GENESIS

DU MÊME AUTEUR

MORT AVEUGLE, Grasset, 2002.
AU FIL DU RASOIR, Grasset, 2004.
À FROID, Grasset, 2005.
INDÉLÉBILE, Grasset, 2006.
SANS FOI NI LOI, Grasset, 2007.
TRIPTYQUE, Grasset, 2008.
PAS DE PITIÉ POUR MARTIN, Grasset, 2009.
IRRÉPARABLE, Grasset, 2011.

KARIN SLAUGHTER

GENESIS

roman

Traduit de l'américain
par
François Rosso

BERNARD GRASSET
PARIS

L'édition originale de cet ouvrage a été publiée
par Delacorte Press, en 2009, sous le titre :

UNDONE

Photo de couverture : Maciej Toporowicz, NYC/GettyImages.
Royce DeGrie/GettyImages.

ISBN 978-2-246-77611-6
ISSN 1263-9559

Prologue

Ils étaient mariés depuis quarante ans jour pour jour et Judith avait toujours le sentiment de ne pas tout savoir de son mari. Quarante ans à préparer les repas pour Henry, quarante ans à repasser ses chemises, quarante ans à dormir dans le même lit que lui, et pourtant il restait un mystère. Peut-être était-ce pour cette raison qu'elle continuait de faire tout cela pour lui sans se plaindre, ou rarement. On ne dénigre pas un homme qui parvient à retenir votre attention au bout de quarante ans.

Judith baissa la vitre de la voiture pour faire entrer un peu d'air frais et printanier. Le centre d'Atlanta n'était qu'à une demi-heure, mais ici, à Conyers, on trouvait encore des étendues de terre campagnardes et même quelques petites fermes. C'était un endroit tranquille, et Atlanta était juste assez loin pour qu'elle puisse apprécier ce calme. Pourtant, en apercevant les gratte-ciel de la ville se profiler à l'horizon, Judith soupira de plaisir à l'idée de rentrer chez elle.

Elle fut surprise de cette pensée. Atlanta était donc maintenant « chez elle » ? Jusqu'à une date récente, sa vie avait été banlieusarde et même rurale. Elle préférait les espaces ouverts aux trottoirs en ciment des villes, même si elle reconnaissait qu'il était agréable de vivre dans un quartier si central que l'on pouvait aller à pied jusqu'au supermarché du coin ou à un petit café si l'envie vous en prenait.

Les jours passaient sans qu'elle eût seulement besoin de prendre sa voiture, et c'était un genre de vie qu'elle n'aurait jamais imaginé dix ans plus tôt. C'était aussi le sentiment de son mari, elle le savait. De temps en temps, ses épaules se haussaient jusqu'à ses oreilles avec résolution tandis qu'il conduisait la Buick sur l'étroite route de campagne. Après des décennies passées à rouler sur toutes les autoroutes et les grands axes du pays, Henry semblait reconnaître d'instinct toutes les voies détournées, les virages et les raccourcis.

Judith avait confiance en lui pour les ramener à la maison sans encombre. Elle s'enfonça dans son siège et regarda par la fenêtre en fermant à demi les yeux pour que les arbres qui bordaient la route ressemblent davantage à une épaisse forêt. Elle se rendait à Conyers au moins une fois par semaine, et chaque fois il lui semblait découvrir quelque chose de nouveau : une petite maison qu'elle n'avait jamais remarquée, un pont qui avait secoué maintes fois la suspension sans qu'elle y prenne jamais garde. La vie était ainsi. On n'avait pas conscience de ce qu'on traversait à moins de ralentir un peu pour observer avec plus d'attention.

Ils revenaient d'une fête pour leur anniversaire de mariage, organisée par leur fils. Ou, plus probablement, organisée par la femme de Tom, qui gouvernait sa vie comme une administratrice, une intendante, une baby-sitter, une cuisinière et – selon toute vraisemblance – une concubine, tout cela réuni en une seule personne. Tom avait été une heureuse surprise, et sa naissance un événement dont les médecins avaient prétendu qu'il n'arriverait jamais. Judith l'avait adoré dès le premier regard et accueilli comme un cadeau du destin qu'elle chérirait de toutes ses fibres jusqu'à son dernier jour. Elle avait tout fait pour lui, et Tom, bien qu'il eût dépassé la trentaine, semblait encore avoir besoin qu'on prenne le plus grand soin de lui. Peut-être Judith avait-elle été une épouse trop conventionnelle et une mère trop empressée pour que Tom ne devienne pas le genre d'homme qui avait besoin (et était en quête) d'une femme qui fît aussi tout pour lui.

Judith, pourtant, ne s'était pas asservie à Henry. Ils s'étaient mariés en 1969, c'est-à-dire à une époque où les femmes pouvaient déjà se trouver d'autres centres d'intérêt que la meilleure recette de pot-au-feu ou la méthode la plus efficace pour enlever les taches d'un tapis. D'emblée, elle avait voulu que sa vie fût la plus intéressante possible. À l'école de Tom, elle avait assuré beaucoup d'heures de soutien scolaire. Elle s'était aussi engagée comme bénévole dans un foyer local pour femmes sans-abri et avait participé à la fondation d'une association qui recyclait les objets usagés. Quand Tom avait grandi, Judith avait travaillé comme aide-comptable pour une entreprise des environs et rejoint, par l'intermédiaire de la paroisse, un groupe de coureurs amateurs qui s'entraînaient pour les marathons. Cette existence active offrait un contraste frappant avec celle de sa mère, qui, à la fin de sa vie, était si épuisée d'avoir élevé neuf enfants, si fourbue par les constantes exigences physiques de sa condition de fermière que certains jours elle était trop abattue pour parler.

Au demeurant, il fallait bien le reconnaître, Judith elle-même avait jadis été une femme assez représentative de ces années lointaines. Si humiliant que ce fût à admettre, c'était une de ces filles qui s'étaient inscrites à l'université expressément pour trouver un mari. Elle avait grandi près de Scranton, en Pennsylvanie, dans une bourgade si insignifiante qu'elle ne méritait même pas un point sur la carte. Les seuls hommes disponibles étaient des agriculteurs, et ils ne s'intéressaient guère à Judith. Elle ne pouvait les en blâmer. Le miroir ne mentait pas. Elle était un peu grassouillette, elle avait les dents en avant, elle était à tous égards un peu trop ceci et un peu trop cela pour être le genre de fille que les hommes de Scranton pouvaient désirer comme épouse. Et puis, il y avait son père, un moraliste autoritaire qu'aucun homme sain d'esprit n'aurait voulu pour beau-père, en tout cas pas en échange d'un pot à tabac aux dents en avant et sans aucun don pour les tâches agricoles.

À vrai dire, Judith avait toujours été le canard boiteux de la famille, celle qui ne rentrait pas dans le moule. Elle lisait trop. Elle détestait les travaux de la ferme. Même dans son adolescence, elle n'avait jamais été attirée par les animaux et ne voulait pas se charger de les soigner ou de les nourrir. Aucun de ses frères et sœurs n'avait été à l'université. Elle avait deux frères aînés qui avaient abandonné leurs études après la troisième, et une sœur qui s'était mariée hâtivement pour donner naissance à son premier enfant sept mois plus tard. Non que personne se souciât de faire le calcul. Enveloppée dans le déni, sa mère avait prétendu jusqu'à son dernier jour que son premier petit-fils avait toujours été un costaud, même quand il était bébé. Heureusement, le père de Judith avait compris que sa deuxième fille était mal partie. Il n'y aurait pas de mariage de raison avec un garçon des environs, ne fût-ce que parce qu'aucun ne voyait la moindre raison pour l'épouser. La faculté biblique, jugea-t-il, était non seulement la dernière chance de Judith, mais la seule.

À l'âge de six ans, Judith avait été blessée à l'œil par un caillou pointu alors qu'elle courait derrière le tracteur. Depuis lors, elle avait toujours porté des lunettes. Les gens la prenaient pour une cérébrale à cause de ses lunettes, alors que c'était l'inverse qui était vrai. Oui, elle aimait beaucoup lire, mais ses goûts la portaient plutôt vers les romans de gare que vers les œuvres littéraires. Pourtant, l'étiquette d'intellectuelle lui collait à la peau. Quelle était la phrase, déjà ? « Les hommes ne draguent pas les femmes qui portent des lunettes. » Aussi était-il surprenant – non, plus que cela : presque choquant – que dès son premier jour à l'université, pendant son premier cours, l'attaché d'enseignement lui eût adressé un clin d'œil.

Elle avait d'abord cru qu'elle avait quelque chose dans l'œil ; mais impossible de se méprendre sur les intentions de Henry Coldfield quand, après le cours, il l'avait prise à part pour lui proposer de venir prendre un milk-shake avec lui. Le clin d'œil, apparemment, était le début et la fin de son entreprise de séduction. Henry, en ce temps-là, était la timidité même. C'était curieux, si l'on pensait que par la suite il était devenu un cadre commercial important dans une société de vente de spiritueux (un métier dont il parlait avec le plus violent mépris même après trois ans de retraite).

Judith supposait que l'aisance qu'il manifestait dans les contacts avec des inconnus venait de ce qu'il était le fils d'un colonel, qui s'était déplacé avec sa famille dans tous les coins des États-Unis et n'était jamais resté sur une même base militaire plus de trois ou quatre ans de suite. Il n'y avait pas eu de coup de foudre, l'amour était venu plus tard. Au départ, Judith avait simplement été touchée que Henry s'intéressât à elle. C'était une nouveauté pour le pot à tabac de Scranton, mais Judith était à l'opposé de la philosophie de Marx (Groucho, pas Karl) : elle était disposée à s'inscrire à n'importe quel club qui voulait bien d'elle comme membre.

Henry était un club à lui tout seul. Il n'était ni beau ni laid, ni humble ni orgueilleux. Avec sa raie sur le côté et son élocution monocorde, « ordinaire » était l'adjectif qui le décrivait le mieux. C'était ce qu'elle avait écrit un peu plus tard dans une lettre à sa sœur aînée, et Rosa avait répondu quelque chose comme « c'est le mieux que tu puisses espérer ». Pour sa défense, Rosa était à l'époque enceinte de son troisième enfant alors que le précédent était encore dans les langes, mais Judith ne lui avait jamais pardonné cet affront, non envers elle, mais envers Henry. Si Rosa ne comprenait pas en quoi Henry sortait du lot, c'était parce que Judith écrivait mal, et qu'il avait une personnalité trop nuancée pour qu'on pût la résumer sur le papier. C'était peut-être mieux ainsi. La remarque acide de Rosa avait poussé Judith à s'éloigner de sa famille et à s'attacher à cet inconnu introverti et lunatique qui lui avait cligné de l'œil.

Sa sociabilité timide n'était qu'une des nombreuses contradictions que Judith avait observées chez son mari au fil des années. Il avait la terreur du vide, mais avait décroché son brevet de pilote amateur alors qu'il sortait tout juste de l'adolescence. Il vendait de l'alcool, mais ne buvait jamais un verre de trop. C'était un casanier, toutefois la plus grande partie de sa vie d'adulte avait consisté à circuler sur les routes du Nord-Ouest, puis du Middle West à mesure que les promotions les promenaient à travers le pays comme l'armée l'avait fait quand Henry était enfant. Son existence semblait se borner à des obligations affrontées avec plus ou moins de patience. Il disait souvent à Judith que sa compagnie était la seule chose qui le rendait vraiment heureux.

Quarante ans, et tant de surprises.

Malheureusement, Judith doutait que son fils réserve de telles surprises à la femme qu'il avait épousée. À l'époque où Tom grandissait, Henry était sur les routes trois semaines sur quatre ; il ne jouait son rôle de père que par intermittence, et sans toujours manifester beaucoup d'indulgence. Aussi Tom était-il devenu comme son père lui était apparu dans son enfance et son adolescence : strict, intransigeant, pointilleux.

Il y avait autre chose. Judith ne savait si c'était parce que Henry voyait son métier comme un devoir envers sa famille et non comme une passion ou parce qu'il lui répugnait d'être si souvent loin de chez lui, mais ses rapports avec son fils étaient toujours imprégnés d'avertissements sous-jacents : *Ne fais pas les mêmes erreurs que moi. Ne sois pas prisonnier d'un métier que tu méprises. Ne sacrifie pas tes aspirations pour faire bouillir la marmite.* Sa seule recommandation positive au jeune garçon était qu'il se mariât avec une femme bien. Si seulement il avait été plus précis. Et moins dur.

Pourquoi les hommes se montraient-ils si exigeants avec leurs fils ? Sans doute parce qu'ils attendaient d'eux qu'ils réussissent là où eux-mêmes avaient échoué. En ces temps lointains, au début de sa grossesse, l'idée d'avoir une fille avait parcouru le corps de Judith d'une rapide chaleur, bientôt suivie d'un froid brûlant. Une fille comme elle, là, dans le monde, défiant sa mère et la terre entière. Cela l'aidait à comprendre pourquoi Henry tenait tant à ce que Tom fasse mieux que lui, soit meilleur que lui, ait tout ce qu'il désirait et davantage.

Tom, assurément, réussissait dans sa carrière, mais son mariage avec une petite souris grise avait été une déception. Chaque fois que Judith se trouvait face à face avec sa bru, l'envie la démangeait de lui demander de se tenir droite, de dire ce qu'elle avait sur le cœur et, par pitié, de montrer qu'elle avait une colonne vertébrale. Une des bénévoles de la paroisse avait prétendu l'autre jour que les hommes épousaient leur mère. Judith n'avait pas répliqué, mais elle aurait mis n'importe qui au défi de repérer la moindre similitude entre elle et la femme de son fils. N'eût été le désir de passer du temps avec ses petits-enfants, Judith aurait pu ne jamais revoir sa belle-fille et s'en trouver parfaitement heureuse.

Les petits-enfants étaient après tout la seule raison pour laquelle ils s'étaient installés à Atlanta. Henry et elle avaient renoncé à leur paisible vie de retraités dans l'Arizona et emménagé à quelque trois mille kilomètres de là, dans cette ville trop chaude, avec ses alertes à la pollution et ses bandes de voyous assassins, dans le seul but d'être proches de deux des jeunes créatures les plus gâtées et les plus ingrates de ce côté des Appalaches.

Judith jeta un coup d'œil à Henry qui tapotait le volant avec ses doigts et chantonnait faux tout en conduisant. Ils ne se parlaient de leurs petits-enfants qu'en termes débordants d'affection et de fierté, peut-être parce qu'un accès d'honnêteté aurait pu révéler qu'en vérité ils ne les aimaient guère, et où cela les mènerait-il ? Ils avaient chamboulé leur vie pour deux gamins soumis à un régime sans gluten, à des siestes strictement réglementées et à un programme de jeux rigoureusement planifié qui ne leur faisait rencontrer d'autres enfants qu'à la condition que ceux-ci eussent « le même état d'esprit et les mêmes buts dans la vie ».

Pour ce que Judith en savait, le seul but dans la vie de ses petits-enfants consistait à être en permanence au centre de l'attention. Il suffisait sans doute de regarder autour de soi pour trouver des enfants au même état d'esprit, c'est-à-dire aussi égocentriques, mais à en croire sa bru c'était une tâche impossible. L'égocentrisme, après tout, n'était-il pas le principal attribut des enfants ? Et n'était-ce pas le rôle des parents de l'extirper de leur caractère ? En tout cas, tout le monde était d'accord sur un point : ce n'était pas celui des grands-parents.

Quand le petit Mark avait répandu son jus de fruit non pasteurisé sur le pantalon de Henry et que sa sœur Lilly avait dévoré avec une telle gloutonnerie tous les chocolats qu'elle avait trouvés dans le sac de Judith qu'elle avait rappelé à celle-ci une junkie de son foyer pour femmes sans-abri qui, le mois dernier, s'était tant bourrée de métamphétamines que dans son délire elle avait fait sur elle, Henry et Judith s'étaient contentés de sourire, et même de rire sous cape, comme si c'étaient là de gentilles espiègleries qui disparaîtraient bientôt, quand les enfants auraient grandi.

Mais ce « bientôt » ne venait pas assez vite, et, maintenant qu'ils avaient atteint les âges de sept et neuf ans, Judith perdait l'espoir que ses petits-enfants deviennent un jour de jeunes adultes aimants et polis qui n'éprouveraient pas le besoin constant d'interrompre les conversations des adultes et de courir dans la maison en produisant tant de décibels qu'à dix kilomètres à la ronde les chiens hurlaient à la mort. La seule consolation de Judith était que Tom les emmenait à l'église tous les dimanches. Bien sûr, Judith souhaitait que ses petits-enfants soient initiés à la vie chrétienne, mais, plus important, elle voulait qu'ils apprennent les leçons enseignées à l'école du dimanche. *Honore ton père et ta mère. Ne fais pas à autrui ce que tu ne voudrais pas qu'on te fasse. Ne t'imagine pas qu'on te laissera gâcher ta vie, abandonner l'école et aller un jour t'installer avec Grand-Père et Grand-Mère.*

« Hé là ! », aboya Henry au moment où une autre voiture les croisait à une telle vitesse et en passant si près que la Buick en trembla sur ses pneus. « Ces jeunes ! », maugréa-t-il en serrant ses mains sur le volant.

Plus il approchait de soixante-dix ans, plus Henry semblait endosser le rôle de vieux râleur. Parfois, c'était attendrissant. D'autres fois, Judith se demandait s'il n'allait pas finir par brandir son poing en l'air en blâmant « les jeunes » pour tous les maux de la terre. L'âge des jeunes en question semblait s'étager de quatre à quarante ans, et son irritation croissait exponentiellement quand il les surprenait à faire quelque chose qu'autrefois il faisait lui-même, mais ne pouvait plus savourer. Judith redoutait le jour où on lui retirerait son brevet de pilote, ce qui ne saurait guère tarder, car ses derniers examens chez le cardiologue avaient révélé certaines irrégularités. C'était une des raisons pour lesquelles ils avaient décidé de se retirer en Arizona, où il n'y avait ni neige à déblayer ni pelouses à entretenir.

« On dirait qu'il va pleuvoir », dit-elle.

Henry tendit le cou pour mieux voir les nuages.

« Un bon soir pour commencer mon livre. »

Ses lèvres dessinèrent un sourire. Henry lui avait fait cadeau d'un épais roman historique pour leur anniversaire de mariage. Judith lui avait offert une nouvelle glacière à emporter sur le terrain de golf.

Elle plissa les yeux pour observer la route et songea qu'elle devrait faire de nouveau contrôler sa vue. Elle non plus n'était pas loin de soixante-dix ans, et elle y voyait de moins en moins d'année en année. Le crépuscule était le plus mauvais moment de la journée, car sa vision se brouillait autour des objets éloignés. Aussi cligna-t-elle des paupières à plusieurs reprises avant d'être sûre de ce qu'elle voyait, et n'ouvrit la bouche pour avertir son mari que lorsque l'animal se trouva juste devant eux.

« Jude ! », cria Henry, lançant un bras devant la poitrine de Judith tandis que de l'autre il donnait un coup de volant pour tenter d'éviter la pauvre créature. Judith pensa bizarrement que les films donnaient une image juste : tout ralentissait, le temps avançait si lentement que chaque instant semblait une éternité. Elle sentit le bras robuste de Henry contre son thorax, la ceinture de sécurité qui lui écrasait les côtes. Sa tête fut projetée en avant et heurta la portière tandis que la voiture faisait une violente embardée. Le pare-brise se craquela lorsque l'animal rebondit contre le verre, puis sur le toit et sur le coffre. Ce fut seulement quand la voiture s'arrêta en tressautant après un virage à 180 degrés sur la chaussée que Judith prit conscience des bruits qu'elle avait entendus, *crac, bong, bong*, mêlés à un cri aigu dont elle mit un certain temps à comprendre qu'il sortait de sa propre bouche. Elle devait être sous le choc, car Henry dut hurler à plusieurs reprises « Judith ! Judith ! » pour qu'elle se taise.

La main de son mari était crispée sur son bras et la douleur montait jusqu'à son épaule. Elle toucha le dessus de sa main en disant : « Ça va, ça va, je n'ai rien. » Ses lunettes étaient de travers, sa vision décalée. Elle porta ses doigts à sa tempe et sentit quelque chose de chaud et de collant. Quand elle regarda sa main, elle vit que c'était du sang.

« Ce devait être un cerf ou... » Henry mit sa main sur sa bouche pour arrêter ses mots. Il semblait calme, à part un halètement révélateur qui soulevait sa poitrine. L'airbag s'était gonflé. Une fine poussière blanche couvrait son visage.

Elle eut le souffle coupé en regardant devant elle. Du sang avait éclaboussé le pare-brise comme une pluie soudaine et brutale.

Henry ouvrit la portière, mais ne descendit pas. Judith retira ses lunettes pour se frotter les yeux. Les deux verres étaient brisés, la partie inférieure du double-foyer de droite avait dû tomber quelque part. Elle vit que la paire de lunettes tremblait et prit conscience que ce tremblement venait de ses mains. Henry sortit de la voiture et elle se força à le suivre.

La créature était sur la route, remuant vaguement les pattes. La tête de Judith lui faisait mal à l'endroit où elle avait heurté la portière et elle avait du sang dans les yeux. C'était la seule façon d'expliquer que l'animal -- sûrement un cerf – lui fît l'impression d'avoir les longues jambes blanches d'une femme.

« Oh, mon Dieu ! murmura Henry. C'est... Judith... c'est... »

Judith entendit une voiture derrière eux. Des pneus crissèrent contre l'asphalte. Des portières s'ouvrirent et se fermèrent. Deux hommes les rejoignirent sur la route et l'un des deux courut vers l'animal.

« Appelez les secours ! », cria-t-il en s'agenouillant à côté du corps. Judith s'avança plus près, puis plus près encore. Les pattes bougèrent de nouveau. Ce n'étaient pas des pattes, mais les jambes bien proportionnées d'une femme. Elle était complètement nue. Des contusions noircissaient ses cuisses. Des contusions très sombres. Anciennes. Du sang se coagulait autour de ses jambes. Une pellicule violette semblait envelopper son torse, une blessure à son côté laissait apparaître la blancheur de l'os. Judith regarda son visage. Le nez était de travers, les yeux enflés, les lèvres fissurées. Du sang collait ses cheveux noirs et formait une flaque autour de sa tête, comme un halo.

Judith fit encore un pas en avant. Elle était incapable de s'en empêcher, voyeuse tout à coup, après toute une vie passée à détourner poliment les yeux. Du verre craqua sous ses pieds et les yeux de la femme s'ouvrirent brusquement sous l'effet de la panique. Elle fixa son regard quelque part, plus loin que Judith, avec une terne immobilité dans ses prunelles. Tout aussi soudainement, ses paupières battirent et se refermèrent, mais Judith ne put réprimer le frisson qui parcourut son corps. Comme si un fantôme l'avait frôlée.

« Seigneur Dieu », murmura Henry, presque en prière. En se tournant, Judith vit que son mari avait la main serrée contre la poitrine. Les articulations de ses phalanges étaient blanches. Il contempla la femme comme s'il était sur le point de vomir. « Comment est-ce possible ? marmonna-t-il, le visage contracté par l'horreur. Mon Dieu, comment une telle atrocité est-elle possible ? »

Premier jour

Chapitre premier

SARA LINTON S'ENFONÇA PLUS PROFONDÉMENT dans son fauteuil, en murmurant doucement « Oui, maman » dans son téléphone portable. Elle se demanda brièvement si le jour viendrait où tout lui semblerait de nouveau normal, où une conversation au téléphone avec sa mère la rendrait heureuse comme autrefois au lieu de lui donner l'impression de lui arracher le cœur de la poitrine.

« Mon petit, dit Cathy d'une voix apaisante. Tout va beaucoup mieux, maintenant. Tu prends soin de toi, et c'est tout ce que papa et moi avons besoin de savoir. »

Sara sentit des larmes lui piquer les yeux. Ce ne serait pas la première fois qu'elle pleurait dans la salle des médecins du Grady Hospital, mais elle en avait assez de pleurer. Assez de ressentir, pour tout dire. N'était-ce pas la raison pour laquelle, deux ans plus tôt, elle avait quitté sa famille, quitté sa vie dans la Géorgie rurale pour s'installer à Atlanta ? Pour que les choses qu'elle voyait cessent de lui rappeler constamment ce qui s'était passé ?

« Promets-moi que tu essaieras d'aller à l'église dimanche prochain. »

Sara marmonna quelque chose qui pouvait ressembler à une promesse. Sa mère n'était pas bête, et elles savaient toutes les deux que la présence de Sara sur un banc d'église pour ce dimanche de Pâques était hautement improbable, mais Cathy n'insista pas.

Sara regarda la pile de dossiers devant elle. Elle avait fini ses heures de permanence et devait dicter quelques instructions avant de partir.

« Excuse-moi, maman, je dois te laisser. »

Cathy lui extorqua la promesse d'un autre coup de fil la semaine suivante, puis raccrocha. Sara garda son portable en main quelques minutes, regardant les chiffres à demi effacés, appuyant son pouce sur le cinq et le sept, composant un numéro familier, mais sans lancer l'appel. Elle glissa le portable dans sa poche et sentit la lettre frôler le dos de sa main.

La Lettre. Elle y pensait comme à un être vivant.

Sara avait coutume d'ouvrir sa boîte aux lettres en rentrant de son travail pour ne pas avoir à transporter son courrier avec elle, mais un matin, sans savoir pourquoi, elle l'avait ouverte avant de partir. Elle avait senti perler une sueur froide à son front en reconnaissant l'adresse au dos de l'enveloppe blanche. Elle l'avait fourrée sans l'ouvrir dans la poche de sa blouse blanche et s'était rendue à son travail en se disant qu'elle la lirait à l'heure du déjeuner. Mais le déjeuner était passé et la lettre était restée cachetée. Elle était revenue à la maison, puis repartie pour l'hôpital le lendemain matin. Des mois avaient passé. La lettre ne quittait pas Sara, elle la suivait partout, parfois dans son manteau, parfois dans son sac quand elle allait faire des courses. Elle était devenue un talisman, et souvent elle enfonçait sa main dans sa poche pour la toucher et se rappeler qu'elle était bien là.

Avec le temps, les coins de l'enveloppe s'étaient cornés et le tampon du comté de Grant avait commencé à s'effacer. Chaque jour rendait Sara un peu plus incapable de l'ouvrir et de découvrir ce que la femme qui avait tué son mari pouvait bien avoir à lui dire.

« Docteur Linton ? » Mary Schroder, une des infirmières des urgences, avait frappé à la porte. « Nous avons une femme qui a fait une syncope. Trente-trois ans, faible et fatiguée. »

Sara jeta un nouveau coup d'œil à ses dossiers, puis à sa montre. Une femme de trente-trois ans qui avait fait une syncope représentait une énigme qui prendrait du temps à résoudre. Il n'était pas loin de sept heures, sa permanence serait finie dans dix minutes.

« Krakauer ne peut pas s'en occuper ?

— Il l'a fait, répondit Mary. Il a ordonné la panoplie classique de tests sanguins, puis il est allé prendre un café avec la nouvelle bimbo. » Elle était de toute évidence perturbée par cette affaire, et ajouta : « La patiente est de la police. »

Mary était mariée à un policier, ce qui n'avait rien d'étonnant puisqu'elle travaillait aux urgences du Grady Hospital depuis presque vingt ans. Au reste, il était de règle dans les hôpitaux du monde entier que les membres des forces de l'ordre avaient droit au traitement le meilleur et le plus rapide ; mais il semblait qu'Otto Krakauer n'avait pas compris le message.

Sara se laissa fléchir.

« Combien de temps est-elle restée inconsciente ?

— Environ une minute, à ce qu'elle dit. » Mary secoua la tête, car les patients n'étaient pas les sources les plus fiables quand il s'agissait de leur santé. « Vous savez, elle n'a pas l'air bien. »

Ce furent ces derniers mots qui convainquirent Sara de se lever. Grady possédait le plus grand et le mieux équipé des services d'urgences de la région, et c'était un des rares hôpitaux publics de Géorgie. Jour après jour, les infirmières y voyaient défiler des victimes d'accidents de voiture, de coups de feu, de coups de couteau, d'overdoses et de toutes les formes de crimes contre l'humanité. Elles avaient un œil exercé pour repérer les problèmes importants. Et de surcroît, les policiers n'avaient pas coutume de se présenter dans un hôpital à moins d'être à l'article de la mort.

Sara parcourut le dossier de la femme en se dirigeant vers les urgences. Otto Krakauer s'était borné à noter les antécédents médicaux et à ordonner les analyses de routine : le diagnostic n'était donc pas évident. Faith Mitchell était une jeune femme en bonne santé, qui n'avait souffert ni de graves maladies ni de traumatismes récents. Les résultats des tests sanguins donneraient peut-être une meilleure idée de ce qui lui arrivait.

Sara murmura quelques mots d'excuse lorsqu'elle heurta un lit roulant dans le hall. Comme d'habitude, les salles étaient bondées et les patients débordaient dans les couloirs, certains sur des lits, d'autres sur des fauteuils, tous semblant plus mal en point qu'ils ne l'étaient à leur arrivée. La plupart étaient sans doute venus aussitôt après leur travail parce qu'ils ne pouvaient se permettre de perdre une journée de salaire. En voyant la blouse blanche de Sara, ils la hélèrent et l'appelèrent, mais elle les ignora en continuant à lire le dossier.

« Je vous rejoins. Elle est au trois », dit Mary en se laissant arrêter par une femme âgée sur une civière.

Sara frappa à la porte entrouverte de la salle d'examen numéro 3. La discrétion : autre faveur accordée à la police. Une petite femme blonde était assise sur le bord du lit, tout habillée et visiblement irritée. Mary était certes une excellente infirmière, mais même un aveugle aurait pu voir que Faith Mitchell n'allait pas bien. Elle était aussi pâle que le drap et, même à distance, on distinguait la moiteur de sa peau.

Son mari n'arrangeait pas les choses en arpentant la pièce avec agitation. C'était un bel homme, de haute taille, aux cheveux blonds coupés très court. Une cicatrice recousue courait le long de son visage, probablement un accident de jeunesse où sa joue avait heurté l'asphalte après une chute de vélo ou le marbre d'un terrain de base-ball. Il était mince et élancé, un coureur probablement, et son costume trois-pièces laissait deviner les épaules carrées et la poitrine large d'un assidu des salles de gym.

Il cessa de faire les cent pas et regarda alternativement Sara et sa femme.

« Où est l'autre médecin ?

— On l'a appelé pour une urgence », mentit Sara. Elle marcha jusqu'au lavabo et se lava les mains, en disant : « Je suis le docteur Linton. Racontez-moi. Qu'est-ce qui s'est passé ?

— Elle a fait une syncope », dit l'homme en faisant tourner nerveusement son alliance. Il sembla comprendre que son affolement était visible et poursuivit d'une voix plus calme : « Ça ne lui était jamais arrivé. »

Faith Mitchell paraissait agacée par son inquiétude.

« Je vais très bien », lui dit-elle d'un ton presque acerbe, avant d'ajouter à l'intention de Sara : « C'est ce que j'ai dit à l'autre médecin. Je pense que j'ai eu une petite faiblesse à cause d'un début de grippe. C'est tout. »

Sara pressa ses doigts contre le poignet de Faith pour vérifier son pouls.

« Et comment vous sentez-vous maintenant ? »

Elle jeta un regard à son mari.

« Contrariée. »

Sara sourit et dirigea son crayon lumineux sur les pupilles de Faith, observa sa gorge et poursuivit l'examen de routine sans rien déceler d'anormal. Elle était d'accord avec la conclusion initiale de Krakauer : Faith était probablement un peu déshydratée. Mais son cœur battait normalement, et rien ne donnait à penser qu'elle avait souffert d'un accident vasculaire.

« Vous vous êtes cogné la tête en tombant ? »

Elle ouvrit la bouche pour répondre, mais son mari prit les devants :

« Ça s'est passé sur le parking. Sa tête a heurté le trottoir.

— À part ça… d'autres problèmes ? demanda Sara à la jeune femme.

— Seulement quelques maux de tête. » Malgré sa réponse, elle semblait garder quelque chose pour elle. « Je n'ai presque rien mangé aujourd'hui. Ce matin, je me sentais un peu barbouillée. Hier matin aussi. »

Sara ouvrit un tiroir pour y prendre le petit marteau caoutchouté et vérifier ses réflexes. De nouveau, rien d'anormal.

« Avez-vous pris ou perdu du poids récemment ?

— Non », répondit Faith, juste au moment où son mari disait : « Oui. »

Il parut le regretter et tenta de se rattraper :

« Mais je trouve que ça te va très bien. »

Faith inspira profondément, puis expira avec lenteur. Sara observa l'homme avec un peu plus d'attention et pensa qu'il devait être comptable ou homme de loi. Sa tête étant tournée vers sa femme, Sara remarqua une autre cicatrice, plus fine, au-dessus de sa bouche. De toute évidence, pas un coup de bistouri. La peau avait été recousue de travers, si bien que la trace qui courait verticalement entre sa lèvre et son nez semblait un peu irrégulière. Il avait dû faire de la boxe à l'université, ou alors il avait reçu un coup de poing de trop parce qu'il était du genre à aimer la bagarre. « Faith, je trouve que tu es beaucoup mieux avec quelques kilos en plus. Tu pourrais encore… »

Elle le fit taire d'un regard.

« Bon », dit Sara en ouvrant le dossier pour noter ses instructions. « Il va falloir vous faire une radio du crâne, plus quelques analyses supplémentaires. Ne vous inquiétez pas, la prise de sang qu'on vous a faite suffira. Plus d'aiguilles pour aujourd'hui. » Elle griffonna quelques mots et cocha quelques cases avant de lever les yeux vers Faith. « Je vous promets que nous ferons le plus vite possible, mais comme vous avez vu, nous sommes assez débordés. Il y a au moins une heure d'attente pour la radio. Je vais essayer d'accélérer les choses, mais vous feriez mieux de prendre un livre ou un magazine. »

Faith ne répondit pas, mais quelque chose dans son attitude changea. Elle jeta un coup d'œil à son mari, puis regarda de nouveau Sara.

« Je dois signer ? » Elle indiquait la feuille que Sara tenait.

Il n'y avait rien à signer, mais Sara lui tendit la feuille. Elle gribouilla quelque chose en bas et la lui rendit. Sara lut les mots *Je suis enceinte.*

Sara hocha la tête en replaçant le feuillet dans le dossier. De toute évidence, Faith n'avait rien dit à son mari, mais il y avait d'autres questions que Sara devait lui poser maintenant, et elle ne pouvait le faire sans trahir le secret.

« À quand remonte votre dernier frottis ? »

Faith parut comprendre.

« À l'année dernière.

— Alors, autant nous en occuper tant que vous êtes ici. » Elle ajouta pour l'homme : « Vous pouvez attendre dehors.

— Oh. » Il sembla surpris, mais hocha la tête. « D'accord. » Puis : « Je suis dans la salle d'attente si tu as besoin de moi, dit-il à sa femme.

— Très bien. »

Elle le regarda partir et ses épaules se relaxèrent quand elle vit la porte se refermer. Elle demanda à Sara :

« Ça vous ennuie si je m'allonge ?

— Pas du tout. »

Sara l'aida à s'étendre à son aise sur l'étroit lit médical et songea que Faith ne paraissait pas ses trente-trois ans. Mais elle avait bien l'allure d'un policier, cette façon d'aller droit au but et de ne pas s'en laisser conter. Son avocat de mari semblait un drôle de choix, mais Sara avait vu des assemblages plus bizarres.

Elle demanda : « Vous en êtes à combien ?

— À peu près neuf semaines. »

Sara nota et poursuivit :

« C'est une supposition ou vous avez vu un gynéco ?

— J'ai juste acheté un test de grossesse. » Elle se corrigea : « En réalité, j'en ai acheté trois différents. Je n'ai jamais de retard. »

Sara ajouta un examen gynécologique à ses prescriptions.

« Et cette prise de poids ?

— Cinq kilos, admit Faith. Je suis devenue un peu boulimique depuis le résultat des tests. »

Sara savait par expérience que cinq kilos voulait en général dire sept ou huit.

« Vous avez d'autres enfants ?

— Un. Jeremy.

— Quel âge ?

— Dix-huit. »

Sara nota encore, en marmonnant : « Armez-vous de patience. À deux ans, ils piquent des colères.

— Et à vingt ans ? Mon fils en a dix-huit ! »

Sara dut y réfléchir à deux fois, en repensant à l'histoire de Faith.

« Je peux faire le calcul à votre place, proposa celle-ci. Je me suis retrouvée enceinte à quatorze ans. Jeremy est né quand j'en avais quinze. »

Bien que plus grand-chose ne puisse surprendre Sara, Faith Mitchell y avait réussi.

« Vous avez eu des problèmes au cours de votre première grossesse ?

— À part être la proie des magazines féminins ? » Elle secoua la tête. « Non, aucun problème.

— Bon, dit Sara en reposant le dossier et en concentrant son attention sur Faith. Parlons de ce qui s'est passé aujourd'hui.

— Je marchais vers la voiture. J'ai senti un léger vertige. Tout ce dont je me rappelle ensuite, c'est que j'étais affalée sur la banquette et que Will m'emmenait ici.

— Un vertige… Comme quand la pièce se met à tourner ? Ou comme quand la tête semble vide ? »

Elle réfléchit un instant avant de répondre.

« Plutôt comme quand la tête se vide.

— Des flashes de lumière ? Un goût bizarre dans la bouche ?

— Non.

— Will, c'est votre mari ? »

Elle s'esclaffa. « Mon Dieu, non ! » Elle s'étrangla d'un rire incrédule. « Will, c'est mon coéquipier. Will Trent.

— Est-ce que l'inspecteur Trent est ici pour que je puisse lui dire un mot ?

— L'agent spécial Trent. Vous lui avez déjà parlé. Il vient de sortir. »

Sara était sûre que quelque chose lui échappait.

« L'homme qui vient de sortir est policier ? »

Faith se remit à rire.

« C'est son costume. Vous n'êtes pas la première à le prendre pour un croque-mort.

— Je pensais plutôt à un avocat », dit Sara, en pensant que jamais de sa vie elle n'avait rencontré un homme qui ressemblât moins à un policier.

« Il faudra que je le lui dise, que vous l'avez pris pour un avocat ! Il sera flatté de passer pour un homme éduqué. »

Pour la première fois, Sara remarqua que la jeune femme ne portait pas d'alliance.

« Alors, le père est…

— Tantôt dans ma vie, tantôt non. » Faith ne semblait pas gênée de cet aveu, et Sara se dit que peu de choses devaient gêner quelqu'un qui avait eu un enfant à quinze ans. « Je préférerais que Will ne soit pas au courant, poursuivit-elle. Il est très… » Elle s'interrompit au milieu de sa phrase. Ferma les yeux, pinça les lèvres. Un peu de sueur perlait à son front.

Sara pressa de nouveau ses doigts sur son poignet.

« Qu'est-ce qui se passe ? », demanda-t-elle.

Faith serra les mâchoires sans répondre.

On avait vomi sur Sara assez souvent pour qu'elle connaisse les signes avant-coureurs. En se dirigeant vers le lavabo pour mouiller un mouchoir en papier, elle dit à Faith :

« Respirez profondément et expirez lentement. »

Faith obéit, les lèvres tremblantes.

« Vous êtes-vous sentie irritable ces temps derniers ? »

Malgré son malaise, Faith opta pour la plaisanterie.

« Plus que d'habitude ? » Elle posa sa main sur son ventre, sérieuse tout à coup. « Oui. Nerveuse. Souvent à cran. » Elle déglutit. « J'ai un bourdonnement dans la tête, comme si j'avais des abeilles dans la boîte crânienne. »

Sara pressa le mouchoir mouillé sur le front de la jeune femme.

« Des nausées ?

— Le matin, articula Faith, fermant les yeux. Je croyais que c'étaient les habituelles nausées du matin...

— Et vos maux de têtes ?

— Assez forts. Surtout l'après-midi.

— Vous avez très soif ? Vous urinez beaucoup ?

— Oui. Non. Je ne sais pas. » Elle rouvrit les yeux. « Alors, qu'est-ce que c'est ? La grippe, une tumeur au cerveau ou quoi ? »

Sara s'assit sur le bord du lit et lui prit la main.

« Mon Dieu, c'est si grave que ça ? » Avant que Sara puisse répondre, elle poursuivit : « Les médecins et les flics ne s'asseyent que quand les nouvelles sont mauvaises. »

Sara se demanda comment cela lui avait échappé. Au fil des années qu'elle avait passées avec Jeffrey Tolliver, elle croyait avoir repéré tous ses tics, mais jamais celui-là. Elle dit à Faith :

« J'ai été mariée à un policier pendant quinze ans. Je ne l'avais jamais remarqué, mais vous avez raison, mon mari s'asseyait toujours quand les nouvelles étaient mauvaises.

— Je suis flic depuis quinze ans, répondit Faith. Il vous a trompée ou il est devenu alcoolique ? »

Sara sentit sa gorge se nouer.

« Il s'est fait tuer il y a trois ans et demi.

— Oh..., fit Faith en portant sa main à sa poitrine. Je suis désolée.

— Ne vous inquiétez pas », dit Sara en se demandant pourquoi elle avait fait part à cette femme d'un détail aussi personnel. Ces dernières années, elle avait employé sa vie à ne pas parler de Jeffrey, et voilà qu'elle faisait des confidences à une parfaite inconnue. Elle tenta d'alléger la tension en ajoutant : « Vous avez raison. Il m'a trompée aussi. » Du moins, il l'avait fait la première fois que Sara l'avait épousé.

« Je suis vraiment désolée, insista Faith. Il est mort en service ? »

Sara n'avait pas envie de lui répondre. Elle avait mal au cœur et la tête lui tournait, probablement comme Faith avant qu'elle ne s'évanouisse sur le parking.

Faith comprit.

« Vous n'êtes pas obligée de...

— Merci.

— J'espère qu'on a arrêté le tueur. »

Sara enfonça sa main dans sa poche et ses doigts frôlèrent le bord de la lettre. C'était la question que tout le monde posait : *On l'a arrêté ? On l'a attrapé, le salaud qui a tué votre mari ?* Comme si c'était important. Comme si l'arrestation de l'assassin de Jeffrey pouvait atténuer le chagrin de sa mort.

Heureusement, Mary Schroder entra dans la pièce.

« Excusez-moi, dit-elle. Les enfants de la vieille dame l'ont abandonnée ici. J'ai dû appeler les services sociaux. » Elle tendit une feuille à Sara. « Les résultats des analyses de sang. »

Sara plissa le front en lisant les chiffres du profil métabolique.

« Vous avez votre glucomètre ? »

Mary fouilla dans sa poche et en tira le petit appareil. Sara versa de l'alcool sur le bout du doigt de Faith. Les gens du labo étaient aussi soigneux que précis, mais Grady était un grand hôpital et il était déjà arrivé que des échantillons sanguins soient échangés.

« À quand remonte votre dernier repas ? demanda-t-elle à Faith.

— Nous avons passé toute la journée au tribunal. » Faith réprima un juron au moment où l'aiguille perça la peau de son doigt, puis continua : « Vers midi, j'ai mangé la moitié d'un beignet graisseux que Will a acheté au distributeur. »

Sara insista : « Je parle de votre dernier *vrai* repas.

— Vers huit heures hier soir. »

Au regard coupable de Faith, Sara devina qu'il s'agissait sans doute d'une saleté sortie d'un fast-food.

« Vous avez bu du café ce matin ?

— Une demi-tasse, pas plus. L'odeur m'incommodait.

— Avec du lait ? du sucre ?

— Noir. D'habitude, je prends un bon petit déjeuner, un yaourt, un fruit. Quand je rentre de mon jogging. » Puis elle demanda : « J'ai un problème de sucre ?

— Nous allons voir », répondit Sara en faisant couler un peu de sang sur le testeur. Mary haussa les sourcils, comme si Sara avait décidé de miser sur un chiffre. Mais celle-ci la détrompa en secouant la tête. Mary insista en indiquant un nombre avec ses doigts : un, cinq, zéro.

« J'aurais cru que le test était pour plus tard, dit Faith, peu sûre d'elle. Après avoir bu un truc sucré.

— Vous avez déjà eu des problèmes de glycémie ? Des antécédents familiaux ?

— Non. Rien. »

Le glucomètre fit un bip et le chiffre 152 apparut sur l'écran.

Mary siffla, impressionnée elle-même de la justesse de sa prévision. Sara lui avait demandé un jour pourquoi elle n'entamait pas des études de médecine, pour s'entendre répondre que les infirmières étaient les seuls vrais médecins.

Sara dit à Faith : « Vous avez du diabète. »

La bouche de Faith resta ouverte une seconde avant qu'elle puisse articuler un faible : « Quoi ?

— Je pense que vous êtes dans un état pré-diabétique depuis longtemps. Votre cholestérol et vos triglycérides sont extrêmement élevés. Votre tension est un peu haute. La grossesse et la prise de poids rapide – cinq kilos, c'est beaucoup en neuf semaines –, plus vos mauvaises habitudes alimentaires, tout ça a précipité les choses.

— Ma première grossesse s'est bien passée, pourtant…

— Vous êtes moins jeune maintenant. » Sara lui tendit un mouchoir en papier pour qu'elle le presse sur son doigt et arrête le saignement. « Passez voir votre médecin habituel dès demain matin. Nous devons être sûrs que vous n'avez pas autre chose. En attendant, il faudra contrôler votre glycémie. Sinon, les syncopes dans les parkings seront le moindre de vos soucis.

— Peut-être que c'est seulement… Je ne mange pas comme il faut, et… »

Sara l'interrompit au milieu de ses objections.

« Un taux supérieur à un quarante est un signe clair de diabète. C'est encore monté depuis le test de tout à l'heure. »

Faith prit un peu de temps pour absorber la nouvelle.

« Et… ça va durer ? »

C'était à un endocrinologue de répondre. « Il faudra en parler avec votre médecin, qui vous fera passer d'autres examens », conseilla Sara ; mais, si elle avait révélé le fond de sa pensée, elle aurait déclaré à Faith qu'elle était assez mal partie. À part sa grossesse, elle présentait tous les symptômes d'un diabète bien installé.

Sara jeta un coup d'œil à sa montre.

« Je vous garderais bien en observation, mais le temps de remplir tous les papiers et de vous trouver une chambre, le cabinet de votre médecin sera ouvert. Et de toute façon, quelque chose me dit que vous ne resteriez pas. »

Elle avait assez fréquenté les policiers pour savoir que Faith prendrait la poudre d'escampette à la première occasion.

Elle poursuivit : « Promettez-moi que vous allez téléphoner à votre médecin demain matin à la première heure, j'ai bien dit à la première heure. Une infirmière va vous montrer comment vous faire un test sanguin, et elle vous dira quand et comment vous faire une piqûre d'insuline. Mais il faut que vous soyez suivie immédiatement.

— Je vais devoir me faire des piqûres ? » Sous l'effet de l'inquiétude, la voix de Faith était plus aiguë.

« Les traitements par voie orale ne sont pas bons pour les femmes enceintes. Voilà pourquoi vous avez besoin d'en parler avec votre médecin. Dans votre cas, les analyses sont tâtonnantes. Votre poids et vos taux d'hormones vont changer à mesure que vous avancez dans votre grossesse. Votre médecin sera votre meilleur compagnon pour les huit prochains mois, au moins. »

Faith semblait embarrassée.

« Je n'ai pas de médecin. »

Sara prit son bloc d'ordonnances et nota le nom et l'adresse d'une ancienne compagne d'internat.

« Le docteur Delia Wallace a son cabinet juste à côté d'Emory Hospital. Elle est à la fois gynécologue et endocrinologue. Je l'appellerai ce soir pour que son secrétariat la prévienne de votre visite. »

Faith semblait toujours peu convaincue.

« Comment ai-je pu devenir diabétique en si peu de temps ? Je sais que j'ai pris du poids, mais je ne suis pas grosse.

— Pas besoin d'être grosse, lui dit Sara. Vous êtes moins jeune. La grossesse a un effet sur vos hormones, sur votre capacité à produire de l'insuline. Et vous ne mangez pas bien. Tout ça s'est ajouté et le diabète s'est déclenché.

— C'est la faute de Will, marmonna Faith. Il mange comme un gamin de douze ans. Des beignets, des pizzas, des hamburgers. Il ne peut pas s'arrêter à une station-service sans acheter des nachos ou un hot dog. »

De nouveau, Sara s'assit sur le bord du lit.

« Faith, ce n'est pas la fin du monde. Votre état général est bon. Vous avez une excellente assurance. Vous vous en sortirez très bien.

— Et si je... » Elle pâlit et détourna les yeux. « Si je n'étais pas enceinte ?

— Ce dont vous souffrez n'est pas un diabète gestationnel. C'est un diabète installé, de type deux. Une IVG ne résoudrait pas le problème, répondit Sara. Vous savez, je pense que c'était latent depuis pas mal d'années. La grossesse n'a fait qu'accélérer les choses. Ça va vous compliquer un peu la vie au début, mais rien d'insurmontable, je vous assure.

— Bon. C'est seulement que je... » Elle ne semblait pas capable de terminer une phrase.

Sara lui tapota la main et se leva.

« Le docteur Wallace a un diagnostic très sûr. Et elle accepte le plan d'assurance d'Atlanta, je le sais.

— De Géorgie, corrigea Faith. Je travaille pour la police de Géorgie. »

Le régime devait être à peu près le même, mais Sara n'avait pas envie d'ergoter. De toute évidence, Faith avait du mal à accepter la nouvelle, et on ne pouvait pas dire que Sara eût pris beaucoup de gants pour la lui annoncer. Mais ce qui était fait était fait. Sara lui serra doucement le bras.

« Mary va vous faire une piqûre. Vous vous sentirez mieux tout de suite. » Elle se disposa à partir. « Je n'oublierai pas d'appeler le docteur Wallace, ajouta-t-elle fermement. Présentez-vous à son cabinet demain matin à la première heure, et cessez de manger des beignets graisseux. Peu de sucres, peu de graisses et des repas sains et réguliers, d'accord ? »

Faith fit oui de la tête, l'air encore un peu ahurie, et Sara quitta la pièce en se sentant d'une indélicatesse crasse. Ses manières avec les patients s'étaient de toute évidence détériorées avec les années, mais elle n'était jamais tombée si bas. Pour autant, l'anonymat n'était-il pas la première raison pour laquelle elle était venue exercer au Grady Hospital ? À part quelques sans-abri et quelques prostituées, il était rare qu'elle voie un patient plus d'une fois. C'était cela qui avait attiré Sara : le détachement complet. Elle était à une période de sa vie où elle n'avait aucune envie de se lier. Chaque nouveau dossier était une occasion de recommencer de zéro. Si Sara avait de la chance – et si Faith Mitchell prenait soin d'elle –, il était probable qu'elles ne se reverraient jamais.

Au lieu de retourner dans son cabinet pour en finir avec ses dossiers, Sara passa devant le bureau des infirmières, franchit la double porte, traversa la salle d'attente bondée et se retrouva dehors. Près de la sortie, deux pneumologues tiraient sur leur cigarette, aussi Sara continua-t-elle à marcher jusqu'à l'arrière du bâtiment. La culpabilité de s'être montrée si rude avec Faith Mitchell pesait encore sur elle, et elle vérifia le numéro de Delia Wallace sur son portable avant d'oublier d'honorer sa promesse. Le répondeur enregistra son message au sujet de Faith, et Sara se sentit un peu mieux en rangeant son téléphone.

Elle s'était retrouvée nez à nez avec Delia Wallace environ deux mois plus tôt, quand celle-ci était venue rendre visite à un de ses riches patients qu'on avait transporté au Grady en hélicoptère après un grave accident de la route. Delia et Sara avaient été les seules femmes dans les cinq pour cent les mieux notés de leur promotion à la faculté de médecine d'Emory University. À l'époque, une règle non écrite stipulait que les femmes médecins n'avaient le choix qu'entre la gynécologie et la pédiatrie. Delia avait choisi la première, Sara la seconde. Toutes deux passeraient le cap des quarante ans l'année prochaine. Delia semblait tout avoir. Sara avait le sentiment de n'avoir rien.

La plupart des médecins (Sara comprise) manifestaient un certain degré d'arrogance, mais Delia les surpassait tous sur ce plan. Pendant qu'elles buvaient leur café dans la salle des médecins, elle l'avait aussitôt informée de ses triomphes : un cabinet florissant avec deux bureaux, un mari courtier en valeurs, trois enfants surperformants. Elle lui avait montré des photos de tout ce monde, cette petite famille parfaite qui avait l'air de sortir d'une publicité pour Ralph Lauren.

Sara s'était abstenue de raconter à Delia ce qu'avait été sa vie après la fac de médecine, de lui dire qu'elle était retournée dans le comté de Grant, chez elle, pour soigner les enfants des zones rurales. Elle ne lui avait pas parlé de Jeffrey, ni des raisons qui l'avaient poussée à revenir à Atlanta, ou à travailler au Grady Hospital alors qu'elle aurait pu ouvrir son propre cabinet et avoir ne serait-ce qu'une apparence de vie normale. Elle s'était bornée à hausser les épaules en disant « Moi, j'ai fini ici », et Delia l'avait regardée avec un mélange de commisération et de revanche, car Sara avait été une meilleure étudiante qu'elle au temps d'Emory University.

Sara enfonça ses mains dans ses poches et serra contre elle son mince manteau, car le soir était frais. Près du parking des ambulances, elle sentit de nouveau la lettre frôler le dos de sa main. Elle s'était portée volontaire pour assurer une permanence de plus depuis ce matin et avait travaillé presque sans interruption pendant presque seize heures pour être libre toute la journée du lendemain. L'épuisement tomba sur elle comme la froideur de la nuit et elle resta un moment debout, goûtant l'air relativement pur qui remplissait ses poumons. Sous l'odeur des gaz d'échappement et de ce qui gisait dans les conteneurs à ordures, elle sentit celle de la pluie. Peut-être dormirait-elle cette nuit. Elle dormait toujours mieux quand il pleuvait.

Elle baissa les yeux vers les voitures sur l'autoroute. L'heure de pointe s'achevait, des hommes et des femmes rentraient encore chez eux pour retrouver leur famille, leur vie. Sara était debout à ce qu'on appelait le Virage de Grady, un arc de cercle que les spécialistes de la circulation routière utilisaient comme point de repère lorsqu'ils faisaient un reportage sur les difficultés du trafic à proximité de l'échangeur central d'Atlanta. Tous les feux arrière étaient rouges ce soir, car un camion de dépannage tractait un 4 × 4 arrêté sur l'accotement de gauche. Des voitures de police bloquaient la scène, leurs gyrophares dardant une lumière bleue et irréelle dans la nuit. Cela rappela à Sara le soir où Jeffrey était mort : les essaims de policiers, les forces de l'ordre de l'État de

Géorgie qui venaient prendre le relais, la scène du crime passée au peigne fin par des dizaines d'hommes en bottes et blouse blanche.

« Sara ? »

Elle se retourna. Mary était debout, tenant la porte ouverte et la rappelant de la main à l'intérieur du bâtiment. « Venez vite ! »

Sara retourna vers la porte au pas de course. À mesure qu'elle s'approchait, Mary lui expliquait en peu de mots la situation.

« Un accident de la route. Une femme à pied renversée. Krakauer s'occupe du chauffeur et de la passagère. Lui fait peut-être un infarctus. La femme renversée est pour vous. Fractures ouvertes au bras et à la jambe droits. Perte de connaissance sur le lieu de l'accident. Possibilité de violences sexuelles et de torture. L'homme qui nous a appelés est infirmier. Il a fait ce qu'il a pu, mais elle est dans un état grave. »

Sara était sûre d'avoir mal compris.

« Elle a été violée et frappée par une voiture ? »

Mary ne s'expliqua pas. Tandis qu'elles traversaient le hall en courant, sa main était comme un étau enserrant le bras de Sara. La salle d'orientation des patients était ouverte. Sara vit la civière et trois infirmiers entourant la blessée. Il n'y avait que des hommes dans la salle, parmi lesquels Will Trent, qui se penchait sur la femme et tentait de la questionner.

« Pouvez-vous me dire votre nom ? », demanda-t-il.

Sara s'arrêta net à côté de la civière, la main de Mary toujours sur son bras. La blessée gisait, allongée sur le côté en position fœtale. Des adhésifs chirurgicaux la retenaient au cadre du brancard, des attelles pneumatiques redressaient son bras et sa jambe droits. Consciente, elle claquait des dents et murmurait des paroles inintelligibles. Une veste pliée lui servait d'oreiller, une minerve immobilisait son cou. Le côté visible de son visage était couvert de boue et de sang coagulé. Des pansements électriques pendaient de sa joue et se collaient à ses cheveux noirs. Sa bouche était entrouverte, ses lèvres fissurées et sanglantes. Le drap dont on l'avait couverte avait glissé et sur son flanc béait une blessure si profonde que de la graisse jaune apparaissait.

« Madame ? demanda Will. Êtes-vous consciente de votre état ?

— Éloignez-vous », ordonna Sara en le poussant un peu plus fort qu'elle n'aurait voulu. Il trébucha et faillit perdre l'équilibre. Sara ne s'en soucia pas. Elle avait remarqué le petit enregistreur électronique qu'il tenait à la main et ce qu'il faisait ne lui plaisait pas.

Elle enfila une paire de gants et s'agenouilla en disant à la femme :

« Je suis le docteur Linton. Vous êtes au Grady Hospital et nous allons vous soigner.

— Au secours… au secours… au secours… », psalmodia la femme, son corps tremblant si fort que le brancard en métal grinça. Ses yeux regardèrent le vide au-dessus de sa tête, sans se fixer sur rien. Elle était terriblement maigre, sa peau desquamée et sèche. « Au secours… »

Sara ramena ses cheveux en arrière aussi doucement qu'elle put.

« Nous sommes nombreux ici et nous allons prendre soin de vous. Attendez-moi un instant, d'accord ? Vous êtes en sécurité maintenant. »

Sara se leva et posa doucement sa main sur l'épaule de la femme pour lui faire comprendre qu'elle n'était pas seule. Deux autres infirmiers étaient entrés dans la pièce, attendant les instructions.

« Faites-moi un bilan, quelqu'un. »

Elle avait adressé cette demande plus particulièrement aux deux ambulanciers en uniforme, mais l'homme en face d'elle prit la parole, décrivant dans un rapide staccato les blessures dont souffrait la femme et les examens effectués pendant le transport. Il portait des vêtements de ville, abondamment tachés de sang. C'était sans doute le passant qui avait apporté son aide sur la scène de l'accident et téléphoné aux secours.

« Blessure pénétrante au thorax, entre la onzième et la douzième côte. Fractures ouvertes au bras droit et à la jambe droite. Traumatisme crânien causé par un instrument contondant. Elle était inconsciente quand nous sommes arrivés, mais elle a repris connaissance quand j'ai commencé à m'occuper d'elle. Impossible de l'allonger sur le dos, expliqua-t-il d'une voix angoissée. Elle n'arrêtait pas de hurler. Nous avons dû la hisser dans l'ambulance, donc nous l'avons attachée au brancard. Je ne sais pas ce qu'elle... ce qu'elle... »

Il réprima un sanglot. Son désarroi était contagieux. L'air semblait chargé d'adrénaline, ce qui était compréhensible compte tenu de l'état de la victime. L'espace d'un instant, Sara aussi se sentit paniquée, incapable d'assimiler les dommages infligés au corps, les multiples blessures, les signes évidents de torture. Ils étaient plus d'un dans la pièce à avoir les larmes aux yeux.

Sara parla d'une voix aussi calme que possible pour tenter de pacifier le climat d'hystérie ambiant. Elle donna congé aux ambulanciers et au passant qui les avait aidés :

« Merci, messieurs. Vous avez fait tout ce que vous pouviez rien qu'en l'amenant ici. Maintenant, dégageons la pièce pour avoir un peu de place et la soigner. » Elle dit à Mary : « Préparez une perfusion. Et aussi un cathéter, au cas où. » Puis, à une autre infirmière : « Apportez ici la radio portative. Je veux aussi un scanner et une IRM. Faites venir le chirurgien de garde. » Et à une troisième : « Gazométrie artérielle, bilan toxicologique, numération et formule sanguine, INR. »

Avec précaution, elle appuya son stéthoscope sur le dos de la femme en essayant de ne pas voir les marques de brûlures et les plaies en croix dans la chair. Elle l'ausculta, sentant sous ses doigts la forme dure des côtes. Sa respiration était égale, mais plus faible que Sara ne l'aurait voulu, probablement à cause de la dose massive de morphine qu'on lui avait injectée dans l'ambulance. Souvent, la panique brouillait la frontière entre les soins et les obstacles aux soins.

Sara s'agenouilla de nouveau. Les yeux de la femme étaient encore ouverts, ses dents continuaient de claquer. Sara lui dit :

« Si vous avez des difficultés pour respirer, dites-le-moi et nous vous assisterons tout de suite. D'accord ? Vous pouvez ? » Aucune réponse, mais Sara continua, en expliquant chaque étape de ce qu'elle faisait, et pourquoi. « Je contrôle vos voies respiratoires pour m'assurer que vous pouvez respirer », dit-elle, en lui introduisant doucement un abaisse-langue dans la bouche. Les dents de la femme étaient rosâtres, ce qui indiquait qu'elle avait du sang dans la bouche, mais Sara pensa qu'elle s'était probablement mordu la langue. Son visage était marqué de profondes écorchures, comme si quelqu'un l'avait griffée. Sara se dit qu'elle devrait peut-être l'intuber, la paralyser, mais c'était peut-être la dernière occasion que cette malheureuse avait de parler.

C'était pour cette raison que Will Trent ne pouvait partir. S'il avait questionné la victime au sujet de son état, c'était pour appuyer une déclaration de décès. La victime devait savoir qu'elle était mourante pour que ses dernières paroles soient recevables devant un tribunal sans être considérées comme un simple ouï-dire. Maintenant, encore adossé au mur, il observait tout, écoutant chaque mot prononcé dans la pièce au cas où il serait appelé à témoigner.

« Madame… Pouvez-vous me dire votre nom ? » demanda Sara. Elle se tut en voyant les lèvres de la femme tenter d'articuler quelque chose, mais aucun mot n'en sortit. « Juste votre prénom, reprit-elle. Commençons par le plus facile.

— Ah… Ah… nn…

— Anne ?

— Na… Naaaa…

— Anna ? »

La femme ferma les yeux et hocha presque imperceptiblement la tête. Sa respiration était plus courte après cet effort.

Sara tenta d'aller plus loin : « Et votre nom de famille ? »

La femme ne réagit pas.

« Bon. C'est bien, Anna. Ne bougez pas. » Sara jeta un coup d'œil vers Will Trent, qui la remercia d'un signe de tête. Sara se repencha sur la patiente, contrôlant ses pupilles, passant doucement sa main sur son crâne pour sentir d'éventuelles fractures. « Vous avez du sang dans les oreilles, Anna. Vous avez reçu un coup violent sur la tête. » Elle prit un tampon mouillé et le passa sur le visage de la femme pour nettoyer un peu du sang coagulé. « Je sais que vous êtes toujours là, Anna. Je m'occupe de vous. »

Avec toute la légèreté dont elle était capable, Sara glissa ses doigts le long du cou et de l'épaule et sentit la clavicule bouger. Elle avança sa main plus bas, touchant les épaules par-devant et par-derrière, puis les vertèbres. La femme était affreusement sous-alimentée, le contour de ses os sensible sous les doigts, la forme du squelette visible. Sa peau était déchirée en maints endroits, comme si des crochets ou du fil de fer barbelé s'étaient plantés dans sa chair. Des coupures superficielles sillonnaient son corps, et la longue blessure à son flanc avait déjà une odeur d'infection ; elle était ainsi depuis plusieurs jours.

« La perfusion arrive, dit Mary. Solution saline en place. »

Sara demanda à Will Trent : « Vous voyez l'annuaire des médecins ? Là, près du téléphone. » Il fit oui de la tête. « Cherchez Phil Sanderson. Dites-lui que nous avons besoin de lui ici. Immédiatement. »

Il hésita un instant, puis : « Je vais le chercher », dit-il.

Mary intervint :

« C'est plus rapide de l'appeler. Poste 392. » Elle attacha une boucle du tube de la perfusion au dos de la main de la femme et demanda à Sara : « Encore une dose de morphine ?

— Faisons d'abord le bilan de ce qu'elle a. » Sara tenta d'examiner le torse de la femme, soucieuse de ne pas déplacer le corps avant d'avoir constaté toutes les lésions. La blessure à son flanc était grande ouverte entre la onzième et la douzième côte, ce qui expliquait sans doute pourquoi elle avait hurlé quand les ambulanciers avaient cherché à l'allonger. Les torsions et les frottements du muscle et du cartilage déchirés devaient avoir été horriblement douloureux.

Les ambulanciers avaient placé des orthèses de compression sur la jambe et le bras droits, ainsi que des attelles pneumatiques pour immobiliser les deux membres. Sara souleva le pansement stérile sur la jambe et vit la blancheur de l'os. Le bassin semblait instable sous ses mains. C'étaient des blessures récentes. La voiture avait dû heurter Anna par la droite et la plier en deux.

Sara prit des ciseaux dans sa poche et coupa les bandes adhésives qui bloquaient la femme sur sa civière, en lui expliquant : « Anna, je vais vous rouler sur le dos. » Elle la saisit par les épaules tandis que Mary plaçait ses mains de part et d'autre de ses cuisses. « Nous garderons vos jambes pliées, mais nous avons besoin de...

— Non, non, non ! supplia la femme. S'il vous plaît ! S'il vous plaît ! » Sara et Mary continuèrent leur effort, mais sa bouche s'ouvrit toute grande et ses hurlements firent frissonner Sara. Elle n'avait jamais rien entendu d'aussi terrible dans sa vie. « Non !

vociféra la femme, sa voix s'étranglant. Non ! S'il vous plaît ! *Nooooon !* »

Elle fut prise de violentes convulsions. Aussitôt, Sara se pencha sur la civière et s'efforça de maintenir son corps pour qu'elle ne tombe pas sur le sol. Elle entendait Anna gémir à chaque crispation de ses muscles, comme si tout mouvement lui faisait l'effet d'un couteau planté dans sa chair meurtrie.

« Cinq milligrammes d'Ativan », ordonna-t-elle, dans l'espoir de contrôler les contractions. « Restez avec moi, Anna. Restez avec moi. »

Mais les mots de Sara n'avaient plus d'importance. La femme avait perdu connaissance. Bien après le temps qu'il fallait au médicament pour produire son effet, ses muscles continuèrent à se contracter en spasmes, ses jambes à tressaillir et sa tête à tourner de droite et de gauche.

« La radio portative est là », annonça Mary en faisant entrer le technicien dans la pièce. Puis elle dit à Sara : « Je m'occupe de Sanderson et de la salle d'opération. »

Le radiologue posa une main sur sa poitrine.

« Macon, se présenta-t-il.

— Sara. Je vais vous aider. »

Il lui tendit un tablier plombé, puis s'affaira à préparer la machine. Sara garda sa main sur le front d'Anna, en repoussant doucement ses cheveux noirs. Ses muscles présentaient encore des crispations quand Macon et Sara réussirent à la rouler sur le dos, les jambes pliées pour qu'elle ne souffre pas davantage. Sara s'aperçut que Will Trent était encore dans la pièce et lui dit :

« Allez-vous-en. Nous avons du travail. »

Elle aida Macon à faire les radios et tous deux procédèrent aussi vite que possible. Elle priait pour que la patiente ne se réveille pas et ne recommence pas à hurler. Elle avait encore dans l'oreille les cris d'Anna, presque ceux d'un animal pris au piège. Ce seul bruit laissait à penser que la femme se savait mourante. On ne crie pas ainsi à moins d'avoir abandonné tout espoir de survivre.

Macon aida Sara à remettre la femme sur le côté, puis partit développer ses clichés. Sara ôta ses gants et, de nouveau, s'agenouilla près de la civière. Elle posa la main sur le visage d'Anna et lui caressa la joue.

« Excusez-moi d'avoir été brutale », dit-elle, non à Anna, mais à Will Trent. Elle tourna la tête et le trouva debout à l'extrémité du brancard, les yeux baissés sur les jambes de la femme et la plante de ses pieds. Sa mâchoire était serrée, mais Sara ne savait si c'était sous l'effet de la colère, de l'horreur ou des deux à la fois.

« Nous avons tous les deux un boulot à faire, dit-il.

— Oui, mais quand même... »

Doucement, il se pencha et caressa la plante du pied droit d'Anna, pensant sans doute qu'il n'y avait pas d'autre endroit où il pût la toucher sans lui faire mal. Sara fut surprise de ce geste. Il était presque tendre.

« Sara ? »

Phil Sanderson se tenait dans l'encadrement de la porte, sa tenue de chirurgien bien propre et bien repassée.

Elle se leva en appuyant légèrement le bout de ses doigts sur l'épaule d'Anna et dit à Phil :

« Nous avons deux fractures ouvertes et un bassin écrasé. Plus une coupure profonde au sein droit et une blessure pénétrante au côté gauche. Sur le plan neurologique, je ne suis sûre de rien. Ses pupilles ne répondent pas, mais elle parlait, elle comprenait. »

Phil s'avança vers le corps et commença son examen. Il ne fit aucun commentaire sur l'état de la victime, les violences manifestes. Il se concentrait sur ce qu'il pouvait réparer : les fractures ouvertes, le bassin en morceaux.

« Tu ne l'as pas intubée ?

— Les voies respiratoires fonctionnent. »

Phil, de toute évidence, n'approuvait pas sa décision, mais les chirurgiens orthopédiques ne se souciaient guère de savoir si leurs patients pouvaient parler ou non.

« Le cœur ?

— Ça va. La tension est bonne. État stable. »

L'équipe chirurgicale de Phil arrivait pour préparer le corps au transport. Mary revint avec les radios qu'elle tendit à Sara.

« L'anesthésie pourrait la tuer », fit observer Phil.

Sara mit les clichés sur la table lumineuse.

« Elle ne serait pas ici, bien vivante, si ce n'était pas une battante.

— La blessure au sein est infectée. On dirait qu'elle...

— Je sais, interrompit Sara en chaussant ses lunettes pour observer les radios.

— Celle du côté semble propre. » Il arrêta son équipe un moment et se pencha pour examiner la longue déchirure dans la peau. « Est-ce que la voiture l'a traînée ? Ou est-ce qu'elle a été blessée par un objet métallique ? »

Ce fut Will Trent qui répondit.

« Pour autant que je sache, elle a été heurtée de plein fouet. Elle était debout au milieu de la chaussée.

— Y avait-il quelque chose sur les lieux qui ait pu causer cette blessure ? interrogea Phil. Elle est très nette. »

Will hésita, se demandant sans doute si le chirurgien se rendait compte de ce que cette femme avait enduré avant d'être renversée.

« L'endroit est boisé, c'est encore la campagne. Je n'ai pas encore parlé aux témoins. Sur place, le chauffeur s'est plaint de douleurs dans la poitrine. »

Sara observa avec attention la radio du torse. Ou quelque chose n'était pas normal, ou elle était plus épuisée qu'elle n'aurait cru. Elle compta et recompta les côtes, presque sans en croire ses yeux.

Will sembla percevoir sa stupeur.

« Qu'est-ce que vous voyez ?

— Sa onzième côte, dit Sara. On l'a enlevée.

— Enlevée comment ? demanda Will.

— Pas chirurgicalement.

— Ne dis pas de bêtises », s'écria Phil en levant les yeux au ciel. Il fit quelques pas jusqu'à elle et se pencha pour examiner la radio de près. « C'est probablement… » Il passa au second cliché du torse, antério-postérieur, puis latéral. Il s'approcha davantage, plissant les yeux comme si cela pouvait l'aider. « Elle n'a pas pu tomber hors de son corps. Où est-elle ?

— Regarde. » Sara parcourut du bout de son doigt l'ombre inégale où le cartilage avait auparavant retenu l'os. « Ce n'est pas une malformation, dit-elle. On la lui a arrachée. »

Chapitre deux

WILL SE RENDIT SUR LE LIEU de l'accident dans la Mini de Faith Mitchell, le dos voûté, le sommet du crâne pressé contre le plafond. Il n'avait pas voulu perdre de temps à tenter d'ajuster le siège, ni quand il avait conduit Faith à l'hôpital, ni (moins encore) maintenant qu'il se dirigeait vers la scène d'un des crimes les plus affreux qu'il eût jamais vus. La voiture répondait bien. Il filait sur la 316 en roulant bien au-dessus de la limitation de vitesse. Le large empattement de la Mini lui faisait tenir la route dans les virages, mais il décéléra en s'éloignant de la ville. Les arbres s'épaississaient, la route devenait plus étroite, il s'enfonçait dans une zone où il n'était pas rare qu'un cerf ou un blaireau traverse soudain la chaussée.

Il pensait à la femme : sa peau lacérée, son corps ensanglanté, ses plaies. Dès l'instant où il avait vu les ambulanciers transporter son brancard dans le couloir de l'hôpital, Will avait su que ces blessures avaient été infligées par un individu à l'esprit très malade. La femme avait été torturée. Quelqu'un avait passé beaucoup de temps avec elle, et ce quelqu'un était bien entraîné dans l'art de causer la douleur.

Lorsqu'elle s'était trouvée au milieu de la route, la femme n'avait pas surgi du néant. Les écorchures fraîches encore saignantes à la plante de ses pieds indiquaient qu'elle avait marché ou couru à travers bois. Une aiguille de pin était fichée dans la chair de sa voûte plantaire, et ses talons étaient noircis par la poussière. On l'avait gardée enfermée quelque part et, d'une manière ou d'une autre, elle avait réussi à s'échapper. Le lieu de sa séquestration devait être assez près de la route, et Will était décidé à le trouver même s'il devait y consacrer le reste de sa vie.

Will se rendit compte qu'en pensée il employait le pronom « elle », alors que la victime avait un prénom : Anna, qui commençait comme Angie, celui de la femme de Will. Comme Angie, Anna avait les cheveux et les yeux noirs. Sa peau était olivâtre et elle avait un grain de beauté à l'arrière du mollet, juste sous le genou, comme celui d'Angie. Will se demanda si c'était habituel pour les femmes au teint olivâtre d'avoir des grains de beauté à l'arrière du mollet. Peut-être était-ce une espèce de marqueur transmis par l'héritage génétique, comme les cheveux et les yeux de couleur sombre. Son médecin devait le savoir.

Il se rappela les mots de Sara Linton tandis qu'elle examinait la peau déchirée, les traces de griffures autour de la plaie ouverte dans le flanc de la victime : « Elle devait être éveillée quand on lui a arraché cette côte. »

Will frissonna à cette pensée. Il avait vu les œuvres de beaucoup de sadiques au cours de sa carrière, mais jamais rien d'aussi pervers.

Son portable sonna, et il se démena pour glisser sa main dans sa poche sans risquer un brusque coup de volant qui enverrait la Mini dans le fossé. Avec précaution, il ouvrit le téléphone. La coque de plastique était brisée depuis des mois, mais Will avait réussi à la recoller avec de la Superglu, du Scotch et cinq bouts de ficelle qui faisaient office de charnière. Mais il devait faire attention, ou le vieil appareil retomberait en morceaux.

« Will Trent.

— Ici Lola, mon chéri. »

Il sentit ses sourcils se froncer. La voix avait le son rauque que donnent deux ou trois paquets de cigarettes par jour.

« Qui ?

— Tu es le frère d'Angie, pas vrai ?

— Son mari, corrigea-t-il. Qui est à l'appareil ?

— Lola, je t'ai dit. Je suis une de ses filles. »

Angie, désormais, travaillait en free lance pour plusieurs agences de détectives privés, mais pendant plus de dix ans elle avait appartenu à la brigade des mœurs. Will recevait de temps en temps un coup de fil de l'une ou l'autre des femmes qu'elle avait rencontrées sur le trottoir. Toutes voulaient de l'aide, et toutes finissaient par retourner en prison, d'où elles l'appelaient de la cabine intérieure.

« Qu'est-ce que vous voulez ?

— Pas besoin de me parler sur ce ton, chéri…

— Écoutez, je n'ai pas parlé à Angie depuis huit mois. » Comme par coïncidence, leur relation s'était cassée à la même époque que son téléphone. « Je ne peux rien pour vous.

— Mais je suis innocente ! » Lola se mit à rire, puis à tousser et à tousser encore. « Je me suis fait choper avec une poudre blanche, mais je ne faisais que la garder pour une copine. »

Ces filles connaissaient la loi mieux que beaucoup de policiers, et elles faisaient très attention quand elles téléphonaient de la prison.

« Prenez un avocat », conseilla Will en accélérant pour doubler une voiture. Un éclair zébra le ciel et illumina un instant la route. « Je ne peux rien pour vous.

— J'ai des informations en échange.

— Alors, dites-le à votre avocat. »

Son téléphone émit un bip. Double appel. Il reconnut le numéro de sa chef. « Je dois vous laisser. » Il coupa la communication avant que la femme pût dire un mot de plus. Puis il prit l'autre appel. « Will Trent. »

Amanda Wagner inspira bruyamment, et Will se prépara à un flot de paroles.

« Qu'est-ce qui vous prend d'abandonner votre coéquipière à l'hôpital pour aller perdre votre temps sur une affaire qui ne dépend même pas de nous et pour laquelle personne ne nous a rien demandé ? Dans un comté, en plus, où les flics locaux ne nous portent pas dans leur cœur !

— On ne va pas tarder à nous demander notre aide, assura-t-il.

— Votre intuition féminine ne m'impressionne pas, Will.

— Plus longtemps nous laisserons la police du coin s'occuper de ce cas, plus les pistes s'effaceront. Notre kidnappeur n'en est pas à son coup d'essai, Amanda. Ce n'est pas un match amical.

— C'est Rockdale qui doit s'en charger », dit-elle, en parlant du comté qui avait la juridiction sur la région où l'accident avait eu lieu. « Ils savent ce qu'ils font.

— Ils arrêtent les voitures ? Ils cherchent un véhicule volé ?

— Ils ne sont pas bêtes à ce point.

— Oh, si ! insista-t-il. Et il ne s'agit pas d'une victime abandonnée en rase campagne. Cette femme a été séquestrée dans le coin et elle a réussi à s'enfuir. »

Amanda resta silencieuse quelques instants, probablement pour chasser la fumée qui lui sortait des oreilles. Au-dessus de lui, un éclair déchira de nouveau le ciel, et le tonnerre l'empêcha de bien entendre ce qu'elle lui disait.

« Pardon ?

— Dans quel état est la victime ? »

Will ne pensa pas à Anna, mais se rappela le regard dans les yeux de Sara Linton au moment où l'on emmenait la patiente vers le bloc opératoire.

« Le pronostic n'est pas fameux. »

Amanda poussa un nouveau soupir, plus long.

« Racontez-moi. »

Will lui résuma ce qu'il savait. L'apparence de la femme, les traces de torture.

« Elle a dû marcher ou courir dans les bois. Il doit y avoir une maison quelque part, une cahute quelconque. Elle n'avait pas l'air d'avoir été exposée aux intempéries. Quelqu'un l'a séquestrée pendant un certain temps, l'a privée de nourriture, violée, suppliciée.

— Vous pensez qu'un péquenot du coin l'a enlevée ?

— À mon avis, il s'agit d'un kidnapping, répondit Will. Elle avait une bonne coupe de cheveux, les dents bien détartrées. Pas de traces d'injections au creux du coude. Aucun signe de négligence. Et même deux petites cicatrices au niveau des hanches, probablement une liposuccion.

— Donc, ni une clocharde ni une prostituée.

— Ses chevilles et ses poignets saignaient d'avoir été attachés. Certaines de ses blessures étaient en cours de cicatrisation, d'autres toutes fraîches. Elle était maigre, beaucoup trop maigre. Son calvaire n'a pas duré quelques jours, mais une semaine, deux semaines, au moins. »

Amanda jura entre ses dents. Le dossier s'épaississait. Le Georgia Bureau of Investigation – ou GBI – était à l'État de Géorgie ce que le FBI était aux États-Unis. Il coopérait avec les polices locales quand un crime franchissait les frontières des comtés et se concentrait sur l'affaire plutôt que sur les querelles territoriales. L'État possédait huit laboratoires criminels et des centaines de techniciens des scènes de crime, ainsi que d'agents spéciaux, toujours prêts à servir dès qu'on les appelait à l'aide. L'ennui, c'est que cet appel devait être formulé officiellement. Il y avait des moyens de le provoquer, mais par des échanges de faveurs ; cependant, pour des raisons dont il ne fallait pas parler devant les demoiselles, Amanda Wagner avait perdu sa crédibilité dans le comté de Rockdale quelques mois plus tôt au cours d'une affaire concernant un père déséquilibré qui avait séquestré et assassiné ses enfants.

Will fit une nouvelle tentative : « Amanda...

— Laissez-moi le temps de passer quelques coups de fil.

— Pouvez-vous commencer par appeler Barry Fielding ? », demanda-t-il. Fielding était l'expert cynophile du GBI. « Je ne suis même pas sûr que les flics locaux sachent à quoi ils s'attaquent. Ils n'ont pas vu la victime ni parlé aux témoins. Leur inspecteur n'était même pas arrivé à l'hôpital quand j'en suis parti. » Elle ne répondit pas ; aussi Will ajouta-t-il un argument : « Barry habite le comté de Rockdale. »

Un soupir encore plus profond que les deux précédents lui parvint dans l'écouteur. Enfin : « D'accord, dit-elle. Essayez seulement de ne pas énerver ces gens plus que d'habitude. Et faites-moi votre rapport dès que vous aurez quelque chose. » Amanda mit un terme à la communication.

Will referma son portable et le glissa dans la poche de sa veste au moment où le fracas du tonnerre emplissait l'air. Un éclair sillonna de nouveau le ciel et il ralentit la Mini, les genoux pressés contre le tableau de bord plastifié. Il avait planifié de rouler sur la route 316 jusqu'à ce qu'il arrive à l'endroit de l'accident. Bêtement, il ne s'était pas attendu à tomber sur un barrage. Deux voitures appartenant à la police du comté de Rockdale étaient arrêtées nez à nez, bloquant la route dans les deux sens, et deux policiers en uniforme solidement bâtis étaient debout devant chacune. Environ cinquante mètres plus loin, des projecteurs géants éclairaient une Buick à l'avant fortement cabossé. Des techniciens des scènes de crime étaient partout, tout à leur tâche fastidieuse de récolte des débris, des cailloux et de verre brisé pour les rapporter au labo à fin d'analyse.

Un des policiers s'approcha de la Mini. Will chercha le bouton pour baisser la vitre, oubliant qu'il se trouvait sur la console centrale. Quand la vitre fut ouverte, le second policier avait rejoint son coéquipier. Tous deux souriaient jusqu'aux oreilles. Will se rendit compte qu'il devait avoir l'air comique, grand comme il était dans cette voiture minuscule, mais il n'y pouvait rien. Quand Faith s'était évanouie sur le parking du tribunal, la seule pensée de Will avait été que la voiture de sa camarade était garée plus près que la sienne et qu'il serait plus rapide de prendre la Mini pour l'emmener à l'hôpital.

« Le cirque, c'est par là », ironisa le second policier. Du pouce, il indiquait Atlanta.

Will avait suffisamment le sens du ridicule pour ne pas essayer de tirer son portefeuille de sa poche intérieure en restant dans la voiture. Il ouvrit la portière et s'en extirpa non sans difficulté. Les trois hommes regardèrent vers le haut lorsque le tonnerre retentit, secouant l'air.

« Agent spécial Will Trent », dit-il à ses deux collègues en leur montrant sa carte.

Les deux hommes prirent un air méfiant. L'un d'eux s'éloigna et parla dans la radio suspendue à son épaule, probablement pour avertir son chef. Parfois, les policiers locaux étaient contents de voir le GBI sur leur terrain. D'autres fois, ils avaient plutôt envie de les abattre.

Le type devant Will demanda : « Qu'est-ce que c'est que ce costume de pingouin, monsieur le citadin ? Vous revenez d'un enterrement ? »

Will ignora le sarcasme.

« J'étais à l'hôpital quand on a amené la victime.

— Nous avons plusieurs victimes, répondit l'autre, apparemment décidé à rendre les choses difficiles.

— La femme, précisa Will. Celle qui marchait sur la route et a été renversée par la Buick que conduisait un homme âgé. Il semble qu'elle s'appelle Anna. »

Le second policier était de retour.

« Je dois vous demander de remonter dans votre voiture. Selon mon chef, vous êtes en dehors de votre juridiction.

— Puis-je lui parler, à votre chef ?

— Il savait que vous alliez demander ça. » L'homme avait un sourire méchant sur le visage. « Il dit que vous lui passiez un coup de fil dans la matinée, vers dix heures, dix heures et demie. »

Will regarda la scène du crime, au-delà des deux voitures.

« Son nom ? »

Le policier prit son temps, s'emparant théâtralement de son carnet et de son stylo, posant le stylo sur le papier et formant lentement les lettres. Avec le plus grand soin, il arracha la page et la tendit à Will.

Celui-ci observa le griffonnage au-dessus du numéro de téléphone.

« C'est de l'anglais ?

— Fierro, crétin. Italien par ses grands-parents. » L'homme jeta un coup d'œil au papier et se défendit : « C'est écrit clairement, non ? »

Will plia le petit feuillet et le glissa dans sa poche intérieure.

« Merci. »

Il n'était pas assez bête pour croire que les deux policiers retourneraient poliment à leur poste pendant qu'il remontait dans la Mini. Mais Will n'était plus pressé maintenant. Il se pencha et trouva la manette qui permettait d'abaisser le siège du conducteur et la poussa autant qu'il put. Puis il s'introduisit dans la petite voiture et adressa un salut aux deux flics avant de faire demi-tour et de repartir.

La route 316 n'avait pas toujours été une artère secondaire. Avant la construction de l'autoroute 20, c'était la voie principale qui reliait le comté de Rockdale à Atlanta. Aujourd'hui, la plupart des conducteurs préféraient l'autoroute, mais il y avait encore des gens qui passaient par ici pour éviter la circulation ou dans d'autres buts moins avouables. À la fin des années soixante-dix, Will avait participé à une action d'infiltration pour empêcher les prostituées d'amener leurs clients dans les bois environnants. Le fait que deux voitures se soient trouvées ici ce soir en même temps que la victime était une coïncidence étrange. Qu'elle ait voulu traverser la chaussée à l'instant même où l'une arrivait était encore plus étonnant.

À moins qu'Anna ne les ait attendues. Peut-être avait-elle fait exprès de débouler devant la Buick. Will avait appris depuis longtemps que s'échapper était parfois plus facile que survivre.

Il roula lentement, cherchant une petite route parallèle où il pourrait faire demi-tour, et la trouva au bout de quelques centaines de mètres. Le pavé était inégal et la Mini, basse sur ses roues, tressautait au moindre cahot. De temps à autre, un nouvel éclair illuminait les bois alentour. De la route, Will n'apercevait aucune maison, pas même une bicoque délabrée ou une ancienne grange. Pas même un abri pour un vieil alambic. Il continua, se servant des projecteurs de la scène du crime pour le guider, de sorte qu'en s'arrêtant il se retrouva au niveau où se déroulait l'action. Il tira sur le frein à main et s'autorisa un sourire. Le site de l'accident était à environ deux cents mètres sur sa gauche. Les lumières et les allées et venues lui donnaient l'apparence d'un stade de football au milieu de la forêt.

Will prit la petite lampe de poche dans la boîte à gants et sortit de la voiture. Le temps changeait rapidement, la température descendait. Aux nouvelles, ce matin, le type de la météo avait annoncé des nuages, mais Will avait l'impression qu'un déluge se préparait.

À pied, il s'enfonça dans les bois épais en éclairant soigneusement le chemin à mesure qu'il avançait et cherchant le moindre objet qui ne serait pas à sa place. Il se pouvait qu'Anna soit passée par ici, à moins qu'elle ne soit venue de l'autre côté de la route. L'important était de ne pas confiner la scène du crime à celle-ci. Les techniciens auraient dû être dans la forêt et l'explorer dans un rayon d'au moins un kilomètre. Ce ne serait pas tâche facile. Les bois étaient denses, les branches basses et les buissons empêchaient la progression, les arbres tombés et les flaques profondes rendaient le terrain encore plus dangereux de nuit. Will tenta de se repérer, en se demandant quelle direction prendre pour rejoindre l'autoroute, à proximité de laquelle se trouvaient les zones résidentielles ; mais il renonça quand la boussole dans sa tête s'affola en lui indiquant tous les chemins à la fois.

L'inclinaison du terrain s'accentuait. Bien qu'il fût encore à distance, Will entendait les bruits habituels d'une scène de crime : le ronron électrique du générateur, la basse continue des projecteurs, les déclics des flashes, les bougonnements des policiers et des techniciens, parfois ponctués d'un rire de surprise.

Au-dessus de sa tête, les nuages s'écartaient, laissant la place à l'éclat de la lune qui projetait des ombres sur le sol. Du coin de l'œil, il aperçut une étendue de feuilles qui semblaient avoir été écrasées. Il se pencha. Le faible rayon de sa lampe de poche ne l'aidait pas beaucoup. Les feuilles étaient plus sombres ici, mais il n'aurait su dire si elles étaient tachées de sang ou simplement mouillées de pluie. Will était sûr que quelqu'un s'était couché à cet endroit. La question était : ce quelqu'un était-il un animal ou une femme ?

De nouveau, il s'efforça de se repérer. Il était à peu près à mi-chemin entre la Mini de Faith et la Buick cabossée sur la route. Les nuages se déplacèrent de nouveau, et il fut replongé dans l'obscurité. La lampe de poche choisit ce moment pour rendre l'âme : l'ampoule tourna au brun jaunâtre, puis au noir. Du plat de la main, Will donna plusieurs coups au boîtier dans l'espoir que les piles dispenseraient encore un peu d'électricité. En vain.

Tout à coup, une puissante torche éclaira tout ce qui se trouvait dans un rayon d'un mètre cinquante.

« Vous êtes sûrement l'agent spécial Trent », dit un homme.

Will leva la main pour se protéger de la lumière qui lui brûlait les yeux. L'homme prit son temps pour la baisser au niveau de sa poitrine. À la clarté lointaine des projecteurs de la scène de crime, il ressemblait à une de ces effigies à petite tête sur un gros corps. Sa trogne rétrécie avait l'air de flotter au-dessus de ses épaules, mais le surplus de graisse de son cou de taureau débordait sur le col de sa chemise.

Compte tenu de son embonpoint, il avait la démarche légère : Will ne l'avait pas entendu se frayer un chemin à travers la forêt.

« Inspecteur Fierro ? » devina-t-il.

L'homme dirigea la torche vers son visage pour que Will puisse voir ses traits.

« Appelez-moi Gros Con, parce que c'est ce que vous allez penser de moi en retournant tout seul à Atlanta. »

Will était toujours accroupi. Il jeta un coup d'œil vers la scène du crime.

« Et si vous me laissiez explorer le coin avant ? »

La lumière de la torche revint lui brûler les yeux.

« Vous êtes du genre têtu, pas vrai ? dit Fierro.

— Vous pensez qu'on l'a abandonnée ici, mais vous vous trompez.

— Vous lisez dans les pensées ?

— Vous avez dressé un barrage pour arrêter toutes les voitures suspectes et vos gars sont en train de passer cette vieille Buick au peigne fin.

— Le barrage est une opération de code 10-38, ce que vous sauriez si vous étiez un vrai flic. Et la maison la plus proche est occupée par un pauvre vieux en fauteuil roulant, à trois kilomètres d'ici. » Fierro parlait avec un dédain qui était plus que familier à Will. « De toute façon, je n'ai pas envie de discuter avec vous. Allez, filez.

— J'ai vu ce qu'on a fait subir à cette malheureuse, insista Will. On ne l'a pas fourrée dans une voiture pour la laisser sur le bas-côté. Elle saignait de partout. Celui qui a fait ça est un malin. Il ne l'aurait pas mise dans une voiture, avec toutes les traces d'ADN qu'ils auraient laissées tous les deux. Et il ne l'aurait pas abandonnée vivante, c'est certain.

— Deux options. » Fierro leva deux gros doigts et compta. « Ou vous repartez volontairement sur vos deux pieds, ou vous repartez sur le dos. »

Will se leva, redressant les épaules pour déplier toute la hauteur de son mètre quatre-vingt-huit, et baissa ostensiblement les yeux vers Fierro.

« Il vaudrait mieux nous entendre. Je suis ici pour vous aider.

— Je n'ai pas besoin de votre aide, Gomez. Faites demi-tour, remontez dans votre jolie bagnole de demoiselle et partez gentiment dans cette belle nuit de printemps. Vous voulez savoir ce qui s'est passé ici ? Vous l'apprendrez par les journaux.

— Vous voulez dire Lurch, corrigea Will. Dans la famille Addams, Gomez, c'est le père. »

Fierro fronça les sourcils. Will reprit :

« Écoutez, la victime, Anna, s'est probablement couchée ici. » Il désigna les feuilles écrasées. « Elle a entendu des voitures arriver et elle a marché jusqu'à la route pour appeler à l'aide. » Fierro ne répliqua pas et il continua. « J'ai une unité avec des chiens qui va arriver. Pour le moment, les traces sont encore fraîches, mais avec la pluie il ne restera plus rien. » Comme pour confirmer ses dires, un éclair zébra le ciel, presque aussitôt suivi d'un coup de tonnerre.

Fierro s'approcha davantage.

« Vous ne m'écoutez pas, Gomez. » Il appuya la poignée de sa torche contre la poitrine de Will, le poussant hors de la scène du crime. Il continua tout en parlant, ponctuant chaque mot d'une bourrade. « Vous allez me foutre fissa votre cul de croque-mort du GBI en costume trois-pièces dans votre saloperie de petite voiture-jouet et débarrasser ma... »

Le talon de Will heurta quelque chose de dur. En entendant le bruit, les deux hommes s'immobilisèrent.

Fierro ouvrit la bouche, mais Will lui fit signe de garder le silence et s'agenouilla lentement. Avec ses mains, il écarta les feuilles et découvrit le bord d'un large carré de contreplaqué. Deux grosses pierres marquaient l'endroit, posées sur un angle du bois.

Un léger bruit se fit entendre, presque un grincement. Will se pencha davantage et le bruit se transforma en quelques mots étouffés. Fierro l'entendit aussi. Il sortit son arme, gardant le faisceau de sa torche près du canon pour voir sur quoi il allait tirer. Soudain, il ne semblait plus contrarié par la présence de Will ; il paraissait plutôt l'encourager à soulever la surface de contreplaqué et à avancer son visage dans la ligne de feu. Will leva les yeux vers lui et il haussa les épaules, l'air de dire : « Puisque vous y tenez tant... »

Will avait passé toute la journée au tribunal. Son arme était chez lui, dans le tiroir de sa table de chevet. Ou Fierro avait la cheville très enflée, ou il en portait une autre sur lui ; mais il ne la lui proposa pas, et Will s'abstint de la lui demander. Il aurait besoin de ses deux mains pour soulever le contreplaqué et s'écarter en même temps. Il inspira profondément, déplaça les deux grosses pierres, puis enfonça précautionneusement ses doigts dans le sol meuble pour avoir une bonne prise sur le bois. La planche était de dimensions ordinaires, environ un mètre vingt sur deux mètres cinquante, et d'une épaisseur d'un peu plus d'un centimètre. Will sentit que le bois était mouillé, ce qui voulait dire qu'il serait plus lourd.

Il jeta un regard vers Fierro pour s'assurer qu'il était prêt ; puis, d'un seul mouvement, rapide, il souleva la planche et recula. De la terre et des cailloux tombèrent à ses pieds.

« Qu'est-ce que c'est ? » La voix de Fierro n'était plus qu'un murmure enroué. « Vous voyez quelque chose ? »

Will tendit le cou pour distinguer ce qui se trouvait sous la planche. Le trou était profond, grossièrement creusé. C'était une ouverture carrée d'environ quatre-vingts centimètres de côté qui s'enfonçait dans la terre. Will, toujours accroupi, s'avança pour regarder. Conscient qu'il offrait de nouveau sa tête pour cible à un éventuel tireur, il jeta rapidement un coup d'œil, essayant de comprendre de quoi il s'agissait, mais il ne parvint pas à apercevoir le fond. Ce qu'il vit, cependant, était une échelle appuyée à quelques dizaines de centimètres du bord, une échelle de fortune, bricolée avec des clous de travers pour retenir quelques échelons pourrissants.

De nouveau, un éclair craqua dans le ciel, illuminant le tableau dans toute sa gloire : l'échelle conduisant aux enfers.

« Passez-moi la torche », murmura-t-il à Fierro.

Plus qu'accommodant à présent, l'inspecteur plaça sa torche dans la main tendue de Will qui le regarda un instant : Fierro s'était prudemment écarté, son arme pointée vers l'ouverture dans la terre, les yeux agrandis par la peur.

Will éclaira l'intérieur du trou. La caverne semblait être en forme de L, rectiligne sur environ un mètre cinquante, puis s'enfonçant vers ce qu'on devinait être l'espace principal. Des bouts de bois saillaient pour étançonner le toit que Will avait écarté. Il y avait des objets en bas de l'échelle. Des boîtes de conserve. De la corde. Des chaînes. Des crochets. Soudain, le cœur de Will bondit dans sa poitrine : il avait entendu du bruit dans le fond, un froissement, et dut se forcer à ne pas faire un saut en arrière.

Fierro demanda : « Est-ce que c'est… »

Will mit un doigt sur ses lèvres, certain pourtant que l'avantage de la surprise n'était pas de leur côté. La personne qui était là-dedans avait vu le rayon de la torche se déplacer sur les parois. Comme pour confirmer son sentiment, il entendit un son guttural monter de la caverne, presque une plainte. Y avait-il une autre victime enfermée au fond de ce trou ? Il pensa à la femme qu'il avait vue à l'hôpital. Anna. Will savait à quoi ressemblaient les brûlures produites par l'électricité. Elles tachaient la peau d'une espèce de poudre noire qui ne s'effaçait jamais. Elles étaient sur vous pour la vie, du moins s'il vous restait une vie.

Will ôta sa veste et la jeta derrière lui. Il tendit la main vers la cheville de Fierro et prit le revolver dans son étui. Avant de se donner le temps de réfléchir, il laissa tomber ses jambes dans l'ouverture.

« Seigneur ! » siffla Fierro entre ses dents. Il regarda par-dessus son épaule en direction des nombreux policiers qui s'affairaient sur la route à quelques dizaines de mètres, se disant sans doute qu'il y avait une manière plus prudente de procéder.

Will entendit de nouveau le son qui provenait du fond de la caverne. Peut-être un animal, peut-être un être humain. Il éteignit la torche et la glissa dans sa ceinture. Il aurait dû dire quelque chose, comme « Dites à ma femme que je l'aime », mais il ne voulait pas imposer ce fardeau à Angie. Ou lui donner cette satisfaction.

« Attendez », dit Fierro. Il voulait le couvrir.

Mais Will l'ignora et glissa le revolver dans sa poche arrière. Avec précaution, il posa son pied sur l'échelle branlante, dos à la paroi de manière à voir l'intérieur de la caverne à mesure qu'il descendait. Dans cet espace étroit, ses épaules trop larges l'obligèrent à garder un bras au-dessus de la tête pour se glisser dans le trou. De la terre tombait en mottes autour de lui et des racines lui griffaient le visage et le cou. La paroi était proche de son nez et faisait monter en lui une sensation de claustrophobie que Will ne connaissait pas. Chaque fois qu'il inspirait, il sentait un goût de boue dans le fond de sa gorge. Il ne pouvait baisser les yeux parce qu'il n'y avait rien à voir, ni les lever de crainte de rebrousser chemin en toute hâte.

À chaque pas, l'odeur était plus fétide : une odeur d'excréments, d'urine, de sueur, de peur. Peut-être la peur venait-elle de Will. Anna s'était enfuie de cet endroit. Peut-être avait-elle blessé son tortionnaire. Peut-être l'homme était-il là, tout au fond, attendant avec un revolver, un rasoir, un couteau.

Le cœur de Will battait si fort qu'il avait l'impression d'étouffer. Il ruisselait de sueur et ses genoux tremblaient dans cette descente interminable, échelon après échelon. Finalement, son pied toucha la terre meuble. Il explora la surface du sol du bout de sa chaussure, sentit la corde en bas de l'échelle, entendit la chaîne cliqueter. Il lui faudrait de nouveau s'accroupir pour aller plus loin, et ainsi s'exposerait-il complètement à celui qui, peut-être, guettait.

Will percevait des halètements, de nouveaux grognements. Le revolver de Fierro était dans sa main, mais il ne savait plus guère comment il y était arrivé. L'espace était trop étroit pour qu'il puisse sortir sa torche, qui glissait dans son pantalon. Il essaya de plier les genoux, mais son corps ne répondait pas. Les halètements se faisaient plus forts, et il prit conscience qu'ils venaient de sa propre bouche. Il leva enfin les yeux, mais ne vit que l'obscurité. La sueur lui brouillait les yeux. Il retint un instant son souffle, puis réussit à s'accroupir.

Aucun coup de feu ne partit. Personne ne lui trancha la gorge. Aucun poinçon ne s'enfonça dans ses yeux. Il sentit une brise qui provenait de la surface, à moins que quelque chose ne soufflât au niveau de son visage. Quelque chose, ou quelqu'un. Quelqu'un était-il debout devant lui ? Il perçut de nouveau un mouvement, un bredouillement.

« Ne bougez pas ! », parvint-il à dire.

Il tendit son arme devant lui, la balançant de droite et de gauche comme un pendule au cas où quelqu'un lui aurait fait face. D'une main tremblante, il réussit à extraire la torche de son pantalon. Les halètements avaient recommencé, un bruit gênant qui semblait éveiller des échos dans la caverne.

« Jamais… », murmura un homme.

Moite de transpiration, la main de Will tenait solidement la poignée cannelée de la torche. Il pressa son pouce sur le bouton pour l'allumer.

Des rats s'agitèrent autour de lui, trois gros rats noirs au ventre gras et aux griffes acérées. Deux se jetèrent sur Will. Instinctivement, il recula, son dos heurta l'échelle, ses pieds s'emmêlèrent dans la corde. Il couvrit son visage de ses bras et sentit les griffes sur sa peau au moment où les rats s'élançaient sur l'échelle. Will fut un instant pris de panique ; il s'aperçut qu'il avait laissé tomber la torche et la ramassa d'un mouvement rapide, puis éclaira l'intérieur de la caverne, cherchant d'autres occupants.

Elle était vide.

« Merde ! », laissa échapper Will en se penchant vers le sol. De la sueur lui coulait dans les yeux. Ses bras lui brûlaient à l'endroit où les rats l'avaient griffé. Il dut combattre l'impulsion de prendre la fuite comme eux.

Il utilisa sa torche pour observer ce qui l'entourait, semant la terreur parmi les blattes et les autres insectes qui grouillaient dans le souterrain. Impossible de dire où avait disparu le troisième rat, et Will n'avait aucune envie de se lancer à sa recherche. La plus grande partie de la caverne était inondée, une vaste flaque commençait à environ un mètre des pieds de Will. Celui qui avait conçu cette structure savait ce qu'il faisait : le creux dans le sol constituait un avantage en cas d'intrusion.

Will se baissa lentement sur ses jambes, gardant le faisceau de la torche devant lui pour éviter d'autres surprises. L'espace était plus grand qu'il ne l'avait imaginé. Il avait dû falloir des semaines et des semaines pour le creuser en emportant seau de terre après seau de terre et en étayant l'ensemble avec du bois pour l'empêcher de s'effondrer.

Il sentit que la partie principale devait avoir au moins trois mètres de profondeur et deux mètres de largeur. Le plafond était assez haut pour lui permettre de se tenir debout s'il gardait les épaules voûtées, mais il n'avait pas confiance en ses genoux tremblants pour le soutenir. La torche ne pouvait tout éclairer à la fois, aussi l'espace semblait-il encore plus confiné. À cela s'ajoutait l'odeur étrange et délétère de boue mêlée au sang et aux excréments, en sorte que tout semblait plus petit et plus sombre que la réalité.

Contre un mur se trouvait un lit bas apparemment assemblé avec du bois recyclé. Plus haut, sur une étagère, étaient posés divers objets : cruches à eau, boîtes de conserve et instruments de torture que Will n'avait vus que dans des livres. Le matelas était mince et le rembourrage taché de sang sortait de la toile sombre. On distinguait des bribes de chair à la surface, déjà pourrissantes. Des vers se tortillaient comme des eaux tourbillonnantes. Plusieurs longueurs de corde étaient entassées près du lit, assez pour ligoter une personne de la tête aux pieds, presque comme une momie. Des traces de griffures marquaient le bois sur les côtés du lit. Il y avait des aiguilles à coudre, des hameçons pour la pêche, des allumettes. Du sang formait une flaque sur le sol en terre battue. La flaque coulait sous le lit, comme après la fuite d'un robinet.

« ... A déclaré... », prononça une voix, aussitôt noyée par l'électricité statique. Will vit une petite radio-télévision posée sur une chaise en plastique blanc au fond de la caverne. Il resta accroupi pour s'en approcher et regarda les boutons, puis en pressa quelques-uns jusqu'à ce que la radio s'éteigne et se rappela trop tard qu'il aurait dû enfiler des gants.

Il suivit des yeux le cordon d'alimentation de l'appareil et découvrit une grosse batterie de marine. La prise avait été coupée, les fils nus rouges et noirs étaient attachés aux terminaux. Il y avait d'autres câbles aux bouts dénudés jusqu'au cuivre. Ils étaient noircis, et Will perçut l'odeur caractéristique des brûlures causées par l'électricité.

« Hé, Gomez ? », appela Fierro. Sa voix trahissait son degré de nervosité.

« C'est vide », lui répondit Will.

Fierro poussa un grognement hésitant.

« Je suis sérieux », insista Will. Il retourna vers l'ouverture et tendit le cou pour le voir. « C'est vide, répéta-t-il.

— Mon Dieu. » La tête de Fierro disparut à son regard, mais pas avant qu'il ait le temps de voir sa main se lever pour faire le signe de la croix.

Will aurait prié aussi s'il n'était pas remonté de ce trou. Il dirigea la torche sur l'échelle et vit les empreintes sanglantes de ses chaussures sur les échelons. Il baissa les yeux vers elles, vers le sol de terre battue, et découvrit d'autres traces de sang sur lesquelles il n'avait pas marché. Il rentra les épaules pour se glisser de nouveau dans le puits et posa son pied sur la première marche, en s'efforçant de ne rien effacer d'autre. Les gars de la Scientifique ne seraient pas contents de lui, mais il était trop tard pour réparer les dégâts, il ne pourrait que s'excuser.

Will s'immobilisa soudain. Il avait vu les coupures sur les plantes des pieds d'Anna, mais elles ressemblaient plus aux égratignures qu'on se fait en marchant sur des objets pointus, des aiguilles de pin, de la bardane, des épines. Voilà pourquoi il avait tenu pour acquis qu'elle s'était enfuie à travers bois. Elle ne saignait pas assez pour avoir laissé des empreintes sanglantes si visibles qu'on distinguait le contour de la chaussure dans la poussière. Will resta un moment la main levée, un pied sur l'échelle, réfléchissant.

Il poussa un soupir d'épuisement et se pencha de nouveau, dirigeant sa torche sur tous les recoins de la caverne. La corde le rendait perplexe, ou plutôt la façon dont elle avait entouré le lit. Son esprit lui montra un instant l'image d'Anna, couchée et ligotée par une corde qui tournait autour de la sinistre couche en une boucle continue pour l'attacher au cadre en bois. Il souleva une des longueurs entassées sur le sol. Le bout en était tranché net, de même que pour les autres. Il jeta un regard autour de lui. Où était le couteau ?

Probablement avec le dernier des affreux rats.

Will tira le matelas, hoquetant à cause de l'odeur, s'efforçant de ne pas penser à ce que ses mains nues touchaient. Il garda son poignet pressé contre son nez tout en arrachant les lattes qui soutenaient le matelas, priant pour que les rats ne surgissent pas, tout prêts à lui griffer les yeux. Il fit autant de bruit qu'il put en laissant les lattes tomber en pile sur le sol. Il entendit un couinement derrière lui et se retourna pour apercevoir dans un coin le rat recroquevillé, dont les yeux luisants réfléchissaient la lumière. Will tenait une latte dans sa main et songea à la jeter sur la bête, mais il craignit de ne pas bien viser dans un espace aussi étroit. Et il craignait aussi d'énerver le rat.

Il posa la planche sur la pile en gardant un œil méfiant sur l'animal. Puis, quelque chose d'autre attira son attention : des marques de griffures sur le dessous des lattes, de profondes rainures sanglantes qui ne semblaient pas avoir été faites par un animal. Will dirigea sa torche sous le lit. La terre était creusée à environ dix centimètres de profondeur sur toute la longueur et la largeur du lit. Will ramassa un morceau de corde. Comme les autres, le bout en était coupé. Mais à la différence des autres, on l'avait noué et le nœud était intact.

Will arracha le reste des lattes. Sous le lit, il trouva quatre cadenas en métal, un à chaque angle. Une corde était passée dans un des cadenas, tachée de sang. Il la tâta avec ses doigts et sentit qu'elle était mouillée. Quelque chose de pointu lui érafla le pouce. Will se pencha davantage, s'efforçant de voir de quoi il s'agissait. Il parcourut la longueur de la corde avec ses ongles et saisit l'objet de manière à pouvoir l'examiner à la clarté de la torche. Il sentit une montée de bile dans sa gorge quand il identifia ce qu'il tenait entre ses doigts.

« Hé ! aboya Fierro. Gomez ! Vous remontez ou quoi ?

— Appelez une équipe de recherche ! répliqua Will d'une voix étranglée.

— De recherche ? Qu'est-ce que vous me racon... »

Will regarda le morceau de dent cassée dans sa main.

« Il y a une autre victime ! »

Chapitre trois

FAITH ÉTAIT ASSISE DANS LA CAFÉTÉRIA de l'hôpital et songeait qu'elle se sentait comme le soir de son premier bal au lycée : indésirable, grosse et enceinte. Elle regarda le type sec et nerveux assis en face d'elle. C'était l'inspecteur du comté de Rockdale. Avec son long nez et ses cheveux gras tombant sur ses oreilles, Max Galloway avait l'air maussade et perplexe d'un braque allemand. Au surplus, il n'était pas beau joueur. Chacune des phrases qu'il adressait à Faith contenait une allusion au fait que le GBI avait pris l'affaire en main, à commencer par la première, lorsque Faith lui avait demandé d'être présente pour l'entretien avec deux des témoins : « Je parie que la salope qui vous dirige est déjà en train de fignoler sa coiffure pour les caméras de la télé. »

Faith avait retenu sa langue, mais elle ne pouvait imaginer Amanda Wagner en train de fignoler quoi que ce soit. D'aiguiser ses griffes, peut-être, mais sa coiffure était une architecture qui défiait toute esthétique.

« Donc, dit Galloway aux deux témoins – deux hommes –, vous rouliez dans les parages et vous n'avez rien remarqué, sauf, tout à coup, la Buick et la femme sur la route ? »

Faith s'empêcha de lever les yeux au ciel. Pour la police municipale d'Atlanta, elle avait travaillé sur des meurtres pendant huit ans avant de devenir la coéquipière de Will Trent. Elle savait ce que c'était d'être le policier de l'autre côté de la table et d'avoir un bonhomme arrogant du GBI qui débarquait pour vous annoncer qu'il pouvait mener votre enquête mieux que vous. Elle comprenait la colère et la frustration qu'on éprouvait à être traité comme un bouseux ignorant et un bon à rien incapable de trouver son chemin pour sortir d'un sac-poubelle ; mais à présent, c'était elle qui appartenait au GBI, et tout ce qu'elle attendait était le plaisir de piquer cette affaire à ce bouseux ignorant-là, qui se montrait particulièrement hargneux.

Quant au sac-poubelle, Max Galloway aurait tout aussi bien pu en avoir un sur la tête. Cela faisait au moins une demi-heure qu'il interrogeait Rick Sigler et Jake Berman, les deux hommes qui étaient arrivés sur le lieu de l'accident juste après que celui-ci s'était produit, et il n'avait toujours pas remarqué qu'ils étaient pédés comme des phoques.

Galloway s'adressa à Rick, l'infirmier urgentiste qui avait tenté de porter secours à la victime :

« Vous me dites que votre femme est infirmière ? »

Rick regarda ses mains. Il portait une alliance d'or rose à son auriculaire et ses mains étaient les plus jolies et les plus délicates que Faith ait jamais vues à un homme.

« Elle travaille de nuit à Crawford Long. »

Faith se demanda comment réagirait cette femme en apprenant que son mari s'envoyait en l'air dans la nature alors qu'elle finissait sa dernière garde nocturne.

Galloway demanda : « Quel film êtes-vous allés voir ? »

Il leur avait posé cette même question au moins trois fois, pour recevoir la même réponse. Faith, bien sûr, était d'accord pour qu'on essaie de piéger un suspect en l'amenant à se couper, mais pour y parvenir il fallait avoir un intellect un peu plus développé que celui d'un batracien, et c'était justement cette finesse qui manquait à Max Galloway. De sa place, Faith avait l'impression que les deux témoins avaient simplement eu la malchance de se trouver au mauvais endroit au mauvais moment. Le seul aspect positif de leur présence avait été que l'infirmier avait pu prendre soin de la victime en attendant l'arrivée de l'ambulance.

Rick demanda à Faith : « Vous croyez qu'elle va s'en sortir ? »

Faith supposait que la femme était toujours au bloc opératoire.

« Je ne sais pas, dit-elle. Mais vous avez fait tout ce que vous pouviez pour la sauver. Sachez-le.

— J'ai été envoyé sur les lieux après des milliers d'accidents de voiture. » De nouveau, Rick regarda ses mains. « Je n'ai jamais vu quelqu'un dans un état pareil, jamais. C'était... C'était épouvantable. »

Dans sa vie de femme, Faith n'était pas du genre à beaucoup toucher les gens ; mais en tant que policier, elle savait quand une approche plus douce s'imposait, et elle eut envie de se pencher par-dessus la table et de poser ses mains sur celles de Rick, pour le réconforter et l'encourager à se livrer. Pour autant, elle ne savait pas comment réagirait Galloway et ne tenait pas à s'en faire un ennemi plus qu'il ne l'était déjà.

« Vous vous êtes retrouvés devant le cinéma ou vous y êtes allés dans une seule voiture ? », questionna celui-ci.

Jake, l'autre homme, s'agita un peu sur sa chaise. Il était resté très silencieux depuis le début, ne parlant que lorsqu'une question lui était adressée directement. Il ne cessait de regarder sa montre.

« Il faut que je parte, dit-il. Je dois me lever dans moins de cinq heures pour aller travailler. »

Faith jeta un coup d'œil à la pendule sur le mur. Elle fut surprise de constater qu'il était presque une heure du matin, probablement parce que l'injection d'insuline lui avait donné une sorte de second souffle. Will était parti deux heures plus tôt après l'avoir précipitamment informée de ce qui se passait et avait filé vers la scène du crime avant qu'elle ait le temps de proposer de se joindre à lui. Il était obstiné, et Faith savait qu'il trouverait le moyen de se faire confier cette affaire. Mais elle aurait voulu savoir ce qui le retenait si longtemps.

Galloway tendit un calepin et un stylo aux deux hommes : « Veuillez noter vos numéros de téléphone : fixe, portable, travail. »

Rick pâlit.

« Ne m'appelez que sur mon portable, dit-il. S'il vous plaît. Ne m'appelez pas à mon travail. » Il jeta un regard nerveux vers Faith, puis fixa de nouveau Galloway. « Vous savez, à mon travail, je ne suis pas censé recevoir de coups de fil personnels. Je suis dans mon fourgon toute la journée. D'accord ?

— Bien, bien. »

Max s'appuya au dossier de sa chaise, les bras croisés sur la poitrine et fixant Faith. « Vous avez entendu, vautour ? »

Faith adressa à l'homme un sourire pincé. Elle endurait mieux la haine déclarée que cette attitude d'agression passive, qui lui portait sur les nerfs.

Elle prit deux cartes professionnelles et en tendit une à chacun des deux hommes.

« Appelez-moi si vous vous rappelez quelque chose. Même si ça vous semble insignifiant. »

Rick hocha la tête, en glissant la carte dans la poche arrière de son pantalon. Jake garda la sienne à la main et elle se dit qu'il la jetterait dans la première poubelle qu'il trouverait sur son chemin. Faith avait l'impression qu'ils ne se connaissaient pas très bien. Sur les détails concernant leur amitié, ils étaient restés dans le vague, mais tous deux avaient présenté un ticket de cinéma quand on le leur avait demandé. C'était probablement là qu'ils s'étaient rencontrés, avant de décider de chercher un endroit plus discret.

La sonnerie d'un portable se fit entendre. C'était le *Chant de bataille de la République*. Puis Faith se corrigea : c'était plus probablement le chant de bataille de l'université de Géorgie, car Galloway ouvrit son téléphone.

« Oui ? »

Jake se leva lentement de sa chaise et Galloway lui adressa un signe de tête, comme si la permission de partir avait été demandée et accordée.

« Merci, dit Faith aux deux hommes. S'il vous plaît, appelez-moi si vous pensez à quelque chose. »

Jake s'était déjà éloigné vers la porte, mais Rick s'attarda un instant.

« Je regrette de ne pas avoir pu vous aider davantage. Il se passait beaucoup de choses, et... » Ses yeux se mouillèrent de larmes. De toute évidence, il était encore hanté par ce qu'il avait vu.

Faith lui posa la main sur le bras et lui parla à voix basse.

« Vous savez, ça m'est bien égal de savoir ce que vous faisiez sur cette route. » Rick rougit. « Ça ne me regarde pas. Tout ce que je veux savoir, c'est qui a mis cette femme dans cet état. »

Il détourna les yeux. Aussitôt, Faith comprit qu'elle s'était montrée maladroite.

Rick inclina sèchement la tête, en évitant toujours son regard.

« Désolé de ne pas pouvoir vous en dire plus. »

Faith le regarda partir et eut envie de se donner des gifles. Derrière elle, elle entendit Galloway marmonner plusieurs jurons. Elle se retourna au moment où il se levait dans un mouvement si brutal que sa chaise se renversa.

« Putain, il est cinglé, votre coéquipier ! Complètement cinglé ! »

Faith était d'accord, au sens où Will n'était pas du genre à faire les choses à moitié ; mais elle ne disait jamais de mal de son partenaire, sauf si c'était pour lui dire ses quatre vérités en face.

« C'est une remarque en passant, ou vous essayez de me dire quelque chose ? »

Galloway déchira la page sur lequel les deux témoins avaient inscrit leurs numéros de téléphone et la jeta sur la table en faisant claquer sa main.

« Vous avez l'affaire.

— Ah oui ? Quelle surprise ! » Faith lui darda un sourire. Puis elle lui tendit une carte. « Merci de me faxer les dépositions des témoins et tous les rapports préliminaires. Le numéro est au dos. »

Galloway saisit la carte et se cogna à la table en partant, grommelant : « Tu peux sourire, salope. »

Faith se pencha et ramassa la chaise, sentant un léger vertige au moment où elle se redressa. L'infirmière instructrice ne l'avait pas instruite de grand-chose, et Faith n'était pas encore très sûre de ce qu'elle devait faire avec les instruments et les médicaments anti-diabète qu'on lui avait remis. Elle avait des notes, des formulaires et toutes sortes de résultats d'analyses et d'autres documents à transmettre à son médecin le lendemain. Mais rien de tout cela n'avait le moindre sens pour elle. Ou peut-être était-elle trop chamboulée pour le comprendre. Elle avait toujours été bonne en maths, mais l'idée de peser ses aliments et de calculer son insuline lui faisait tourner la tête.

Le coup de grâce était venu avec le résultat du test de grossesse, indiqué sur une étiquette et aimablement collé en bas des autres analyses sanguines. Faith s'était accrochée à la possibilité que les tests vendus en pharmacie n'étaient peut-être pas fiables, aucun des trois qu'elle avait faits. Quelle était l'exactitude technologique d'une languette sur laquelle on urinait ? Jour après jour, elle avait hésité entre l'idée d'une grossesse et l'idée d'une tumeur abdominale, sans trop savoir laquelle des deux nouvelles serait la meilleure ou la pire. Quand l'infirmière lui avait joyeusement annoncé : « Vous allez avoir un bébé ! », Faith avait eu l'impression qu'elle allait de nouveau tomber en syncope.

Mais elle ne pouvait plus rien y faire. Elle se rassit devant la table et regarda les numéros de téléphone de Rick Sigler et de Jake Berman. Elle aurait parié que celui de Jake était faux, mais elle n'était pas tombée de la dernière pluie. Max Galloway s'était agacé quand elle avait demandé à voir les permis de conduire des deux hommes et recopié les informations permettant de les retrouver le cas échéant. Mais peut-être Galloway n'était-il pas aussi stupide qu'il en avait l'air. Elle lui avait vu griffonner pour son propre compte les numéros de téléphone pendant qu'il parlait dans son portable. À la pensée qu'il aurait peut-être à venir la trouver pour avoir l'adresse de Jake Berman, elle ne put s'empêcher de sourire.

Elle regarda de nouveau la pendule, se demandant ce qui retenait Henry et Judith Coldfield. Galloway lui avait dit que tous deux avaient été priés de se présenter à la cafétéria dès que le médecin des urgences les aurait libérés, mais monsieur et madame semblaient prendre leur temps. Faith était aussi curieuse de savoir ce que Will avait fait pour que Galloway le traite de cinglé. Elle était la première à admettre que son coéquipier n'avait rien d'un flic classique, qu'il avait des façons bien à lui de procéder ; mais Will Trent était le meilleur enquêteur avec qui elle ait jamais travaillé, même s'il avait autant de sens de la diplomatie qu'un enfant en bas âge. Par exemple, Faith aurait aimé apprendre de sa bouche que l'affaire leur était confiée plutôt que de l'entendre de celle d'un crétin du comté de Rockdale à la tête de braque allemand.

Peut-être, au fond, valait-il mieux qu'elle ait un peu de temps pour elle avant de parler à Will. Elle n'avait aucune idée de l'explication qu'elle lui donnerait de son évanouissement sur le parking du tribunal sans lui avouer la vérité.

Elle fourgonna dans le sac en plastique rempli de médicaments et de seringues hypodermiques et en tira la brochure que l'infirmière lui avait remise, en espérant que cette fois elle parviendrait à se concentrer sur les informations qu'elle contenait. Faith n'alla guère plus loin que les mots *Vous avez du diabète* avant de se dire une fois de plus qu'une erreur avait dû être commise. Elle se sentait mieux après la piqûre d'insuline, mais peut-être était-ce le simple fait d'être restée allongée un moment qui l'avait revigorée. Avait-elle seulement des antécédents familiaux dans ce domaine ? Elle aurait pu passer un coup de fil à sa mère, mais elle n'avait pas prévenu Evelyn qu'elle était enceinte et, de surcroît, celle-ci était en vacances au Mexique, son premier voyage d'agrément depuis des années. Faith voulait être sûre que sa mère aurait son médecin à proximité quand elle lui apprendrait la nouvelle.

La personne qu'elle pourrait appeler était plutôt son frère. Le capitaine Zeke Mitchell était un chirurgien des forces armées aériennes stationné à Landstuhl, en Allemagne. En tant que médecin, il saurait tout sur sa maladie, et c'était peut-être pour cette raison qu'elle répugnait à lui téléphoner. Quand Faith, à quatorze ans, avait annoncé qu'elle était enceinte, Zeke venait d'entrer en terminale. Sa mortification et son humiliation s'étaient manifestées vingt-quatre heures sur vingt-quatre et sept jours sur sept. À la maison, il avait été forcé de regarder sa traînée de sœur cadette gonfler comme un ballon, et, dans la cour du lycée, d'écouter les plaisanteries grossières de ses camarades à son sujet. Rien d'étonnant qu'il se soit engagé dans l'armée dès la fin de ses études secondaires.

Ou alors, il y avait Jeremy. Mais Faith ne savait pas comment lui avouer qu'elle attendait un enfant. Son fils avait dix-huit ans, le même âge que Zeke quand elle lui avait tant pourri la vie. Si les garçons ne voulaient pas savoir que leur sœur avait des relations sexuelles, ils ne devaient pas non plus apprécier d'apprendre la même chose au sujet de leur mère.

Faith avait fini de grandir avec Jeremy, et maintenant qu'il était à l'université, ils étaient plus à l'aise l'un avec l'autre et pouvaient se parler comme des adultes. Bien sûr, des images lui revenaient de temps en temps de son fils quand il était petit – la couverture qu'il traînait partout avec lui, son habitude de lui demander sans cesse quand il deviendrait trop lourd pour qu'elle le porte –, mais elle avait fini par s'accoutumer au fait que son garçonnet était maintenant un homme. Comment pourrait-elle lui couper l'herbe sous le pied à présent qu'il avait trouvé son équilibre ? Elle n'était pas seulement enceinte, elle souffrait d'une maladie, héréditaire qui plus est. Jeremy était exposé. Il avait maintenant une liaison sérieuse avec une fille de son âge, et Faith savait qu'ils faisaient l'amour. Les enfants de Jeremy pourraient devenir diabétiques à cause d'elle.

« Mon Dieu », murmura-t-elle. Ce n'était pas seulement l'idée du diabète, mais la perspective qu'elle pourrait se retrouver grand-mère avant d'avoir trente-quatre ans.

« Comment vous sentez-vous ? »

Faith leva les yeux et découvrit Sara Linton debout devant elle, un plateau de nourriture entre les mains.

« Vieille !

— À cause de la brochure ? »

Faith avait oublié qu'elle la tenait à la main. Elle fit signe à Sara de s'asseoir.

« À vrai dire, je m'interrogeais sur vos compétences.

— Vous n'êtes pas la première. » Elle prononça ces mots d'un ton mélancolique, et, pour la deuxième ou la troisième fois, Faith se demanda ce que pouvait être l'histoire de Sara. « J'aurais pu vous traiter un peu moins rudement. »

Faith était assez d'accord. Aux urgences, elle avait eu envie de détester Sara Linton au premier regard, sans autre raison que le fait que Sara était le type de femme qu'on avait envie de détester au premier regard : grande, mince, distinguée, avec de longs cheveux châtains et le genre de beauté inhabituel qui mettait les hommes dans tous leurs états dès qu'elle entrait dans une pièce. Cela n'arrangeait pas les choses qu'elle fût de toute évidence une femme intelligente et qui réussissait dans la vie, et Faith avait ressenti le même dégoût qu'au lycée, quand les pom-pom girls se trémoussaient devant elle. Elle aurait aimé croire qu'une nouvelle force de caractère, une nouvelle maturité lui avaient permis de surmonter cette réaction mesquine, mais la vérité était que Faith avait du mal à détester une veuve, surtout la veuve d'un flic.

Sara lui demanda : « Avez-vous mangé quelque chose depuis que nous nous sommes vues ? »

Faith secoua la tête et baissa les yeux sur ce que le médecin avait choisi : un morceau de poulet rôti tout racorni sur une feuille de salade fanée et quelque chose qui avait vaguement l'air d'un légume. Sara se servit de sa fourchette et de son couteau en plastique pour couper son poulet. Du moins, elle essaya. À la fin, elle en déchira un lambeau plus qu'elle ne le coupa. Elle prit le petit pain rond sur son assiette et tendit le poulet à Faith.

« Merci », dit celle-ci, en pensant que les brownies qu'elle avait repérés en entrant étaient beaucoup plus appétissants.

Sara lui demanda : « Êtes-vous officiellement chargée de l'affaire ? »

Faith fut surprise par cette question ; mais après tout, Sara avait soigné la victime et il était normal qu'elle se montre curieuse.

« Will a réussi à nous la décrocher. »

Elle jeta un coup d'œil à l'écran de son portable, en se demandant pourquoi il ne l'avait pas encore appelée.

« Je suis sûre que les policiers locaux ont été ravis de vous la céder… »

Faith se mit à rire et pensa que le mari de Sara était certainement un bon flic. Faith aussi était un bon flic, et elle était consciente qu'il était une heure du matin et que six heures plus tôt, Sara lui avait dit qu'elle était à la fin de sa permanence. Elle l'observa. Sara avait l'éclat reconnaissable entre tous des junkies de l'adrénaline. Elle était ici pour en savoir plus long.

« J'ai examiné Henry Coldfield, le conducteur de la voiture », reprit Sara. Elle n'avait encore rien mangé, mais elle était entrée dans la cafétéria pour y trouver Faith, non pour s'étouffer avec la chair rabougrie d'un poulet couvé au temps du Watergate. « L'airbag lui a un peu contusionné la poitrine et sa femme avait besoin de quelques points de suture à la tempe, mais ils vont bien tous les deux.

— Ce sont eux que j'attends. » Une fois de plus, Faith regarda la pendule. « Ils sont censés me rejoindre ici. »

Sara parut gênée.

« Ils sont partis il y a au moins une demi-heure avec leur fils.

— Quoi ?

— Je les ai vus parler tous les trois avec ce policier aux cheveux gras.

— Le salaud ! » Pas étonnant si Max Galloway avait eu l'air si content de lui en quittant la cafétéria. « Excusez-moi, dit-elle à Sara. Un des flics locaux s'est montré plus malin que je ne pensais. Il s'est bien fichu de moi.

— Coldfield, ce n'est pas un nom très répandu, observa Sara. Je suis sûre qu'ils sont dans l'annuaire. »

Faith l'espérait, car elle n'avait pas envie d'aller ramper devant Max Galloway pour lui donner la satisfaction de lui transmettre ses informations.

« Je pourrais vous trouver leur adresse et leur numéro de téléphone dans le dossier de l'hôpital », proposa encore Sara.

Faith fut surprise de cette offre, car un tel acte demandait d'habitude une commission rogatoire.

« Ce serait génial.

— Alors, je m'en occupe.

— Mais c'est... » Faith s'interrompit, se mordant la langue pour ne pas faire observer à son interlocutrice que ce qu'elle se proposait de faire était illégal. « Will m'a dit que vous vous étiez chargée de la victime quand elle est arrivée...

— Anna, précisa Sara. Du moins, je crois que c'est ce qu'elle a dit. »

Will ne lui avait pas donné les détails les plus sinistres sur l'état de la patiente.

« Et... quelle est votre impression ? »

Sara s'adossa à sa chaise, croisant les bras.

« Elle présente des signes de malnutrition et de déshydratation sévères, dit-elle. Ses gencives sont blanches, ses veines en collapsus. À voir la cicatrisation et la coagulation du sang, je pense que ses blessures lui ont été infligées sur plusieurs jours, ou davantage. Ses poignets et ses chevilles portent des marques de ligature. Pénétration vaginale et anale. Apparemment, on s'est servi d'un objet contondant. Je ne pouvais pas examiner les traces de viol avant la chirurgie, mais j'ai pu faire quelques premières observations. J'ai retiré des échardes de bois de sous ses ongles pour que votre labo les analyse. Il ne semble pas qu'elles aient été enfoncées par son tortionnaire, mais c'est à vos collègues de le confirmer. »

On aurait dit qu'elle apportait son témoignage devant un tribunal. Chaque observation était étayée par une preuve, chaque supposition soigneusement présentée comme telle. Faith lui demanda :

« Combien de temps pensez-vous qu'elle est restée séquestrée ?

— Au moins quatre jours. Mais à en juger par son état famélique, peut-être bien une semaine, dix jours. »

Faith ne voulait même pas imaginer un supplice de dix jours.

« Comment êtes-vous sûre, pour les quatre jours ?

— La blessure au sein, ici, dit Sara en indiquant le côté de son propre sein. Elle est profonde, déjà infectée, avec des signes que des insectes s'y activent. Il faudrait interroger un entomologiste pour évaluer la nymphose. Le degré de développement de l'insecte. Mais si l'on considère qu'elle est encore en vie, que son corps est relativement chaud et que les bêtes avaient du sang frais pour se nourrir, quatre jours, c'est une supposition assez solide. » Elle ajouta : « Je doute qu'on puisse sauver les tissus. »

Faith gardait les lèvres serrées et se retint de porter la main à sa poitrine elle aussi. Combien de morceaux de soi-même pouvait-on perdre en continuant à vivre ?

Sara poursuivit, bien que Faith ne l'ait pas encouragée :

« Sa onzième côte, ici – elle toucha le haut de son abdomen – a disparu. C'est récent, ça date probablement d'aujourd'hui ou d'hier soir. Fait avec précision.

— Une précision chirurgicale ?

— Non. » Elle secoua la tête. « Avec de la détermination. Aucun signe d'hésitation, aucune incision à côté. La personne qui a fait ça était sûre d'elle et très décidée. »

Faith songea que le docteur Linton semblait très sûre d'elle aussi.

« Comment pensez-vous qu'on ait pu s'y prendre ? »

Sara prit son bloc d'ordonnances et se mit à dessiner une série de lignes courbes qui ne prit son sens qu'avec ses explications.

« Les côtes vont par paires et descendent du sommet du thorax à l'abdomen, douze de chaque côté. » Elle tapota son dessin avec son stylo. « La paire numéro un se trouve juste en dessous des clavicules et la paire numéro douze est la dernière, ici. » Elle leva les yeux pour s'assurer que Faith suivait. « Les paires onze et douze, en bas, sont appelées les côtes flottantes, parce qu'elles n'ont pas d'attache antérieure. Elles ne sont fixées qu'à l'arrière, mais pas devant. » Elle dessina une ligne droite qui représentait la colonne. « Les sept paires de côtes du haut sont rattachées aux vertèbres et au sternum. Les trois suivantes, aux côtes du dessus. On les appelle les fausses côtes. L'ensemble est très élastique pour qu'on puisse respirer, et c'est aussi pourquoi il est difficile de casser une côte en frappant un coup direct. Elles se plient facilement. »

Penchée en avant, Faith écoutait de toutes ses oreilles.

« Alors, cette côte a été enlevée par une personne ayant des connaissances médicales ?

— Pas nécessairement. Nous pouvons tous sentir nos côtes avec nos doigts. Savoir où elles se trouvent dans le corps.

— Mais tout de même...

— Regardez. » Elle s'assit très droite, leva le bras droit et enfonça les doigts de sa main gauche dans son flanc. « Faites courir vos doigts sur la ligne axillaire postérieure jusqu'à ce que vous sentiez la pointe de la côte. La onzième, alors que la douzième est un peu plus profonde. » Elle prit le couteau en plastique. « Plantez le couteau dans la chair et coupez le long de la côte. La pointe de la lame peut même suivre l'os pour se guider. Repoussez le muscle et la graisse, désarticulez la côte de la vertèbre, extrayez-la du torse, et vous n'avez plus qu'à tirer. »

Faith avait la nausée rien qu'à cette pensée.

Sara reposa le couteau.

« Un chasseur pourrait faire ça en moins d'une minute, mais n'importe qui peut y arriver. Ce n'est pas de la chirurgie de précision. Je suis sûre que vous trouveriez un meilleur croquis que le mien sur Google.

— Est-ce qu'on ne peut pas imaginer qu'Anna n'ait jamais eu de onzième côte ? Qu'elle soit née sans ?

— Un petit pourcentage de la population naît avec une paire en moins. Mais pour l'immense majorité, nous avons tous vingt-quatre côtes.

— Je croyais que les hommes avaient une côte en moins...

— Vous voulez dire... comme Adam et Ève ? » Les lèvres de Sara dessinèrent un sourire, et Faith eut la nette impression qu'elle devait faire un effort pour ne pas se moquer d'elle. « Il ne faut pas croire tout ce qu'on vous apprend au catéchisme, Faith. Nous avons tous le même nombre de côtes.

— Je suis idiote, non ? » Ce n'était pas une question. « Mais vous êtes sûre de ce que vous dites ? Qu'on lui a enlevé cette côte ?

— Arrachée. Les muscles et le cartilage sont déchirés. Quelqu'un a exercé une traction violente.

— Vous semblez y avoir beaucoup réfléchi. »

Sara haussa les épaules, comme si elle n'avait fait que laisser libre cours à une légitime curiosité. Elle reprit son couteau et sa fourchette et s'attaqua de nouveau à son poulet. Pendant quelques secondes, Faith observa ses efforts pour venir à bout de cette viande blanchâtre et rabougrie, puis Sara reposa ses couverts. Elle eut un sourire étrange.

« J'ai été médecin légiste dans une vie antérieure. »

Faith sentit sa bouche s'ouvrir sous l'effet de la surprise. Elle l'avait dit sur le ton qu'on emploie pour confier qu'on possède un talent acrobatique, ou pour révéler une polissonnerie de jeunesse.

« Où ça ?

— Dans le comté de Grant. C'est à environ quatre heures d'ici.

— Jamais entendu parler.

— C'est le Sud profond, rural, infesté de moustiques », reconnut Sara. Elle étendit ses bras sur la table et sa voix trahit une certaine mélancolie lorsqu'elle précisa : « J'ai pris ce job en plus pour racheter les parts de mon associée et gérer seule mon cabinet pédiatrique. Du moins, c'est ce que j'ai cru à l'époque. La vérité, c'est que je m'ennuyais. Les vaccinations, les pansements sur les genoux couronnés... Intellectuellement, ce n'est pas très stimulant !

— J'imagine », murmura Faith, tout en se demandant ce qui était le plus alarmant : que le médecin qui venait de diagnostiquer son diabète soit pédiatre ou légiste.

« Je suis contente que vous preniez en main cette affaire, dit Sara. Votre coéquipier est...

— Bizarre ? »

Sara eut de nouveau un regard étrange. « J'allais plutôt dire exalté.

— Son métier le passionne, c'est vrai », admit Faith, en pensant que c'était la première fois depuis qu'elle connaissait Will Trent qu'il donnait d'emblée à quelqu'un une impression aussi flatteuse. Il fallait en général un certain temps pour s'habituer à lui, un peu comme à une infirmité.

« Il semble très compatissant. » Sara leva la main pour prévenir toute protestation. « Je ne dis pas que les flics ne soient pas compatissants en règle générale, mais ils ont tendance à ne pas le montrer. »

Faith ne put que hocher la tête. Will, le plus souvent, n'extériorisait guère ses émotions, mais elle savait que les victimes de torture le bouleversaient.

« C'est un bon flic », dit-elle.

Sara baissa les yeux sur son plateau.

« Si vous en voulez… Je n'ai pas vraiment faim.

— Je ne pensais pas que vous étiez venue ici pour manger. »

Sara rougit, prise en flagrant délit.

« Peu importe, la rassura Faith. Mais si vous êtes toujours d'accord pour me donner l'adresse des Coldfield…

— Bien sûr. »

Faith tira de sa poche une de ses cartes professionnelles.

« Mon numéro de portable est au dos.

— Très bien. »

Elle lut le numéro, avec une expression déterminée, et Faith comprit que non seulement Sara Linton savait qu'elle enfreignait la loi, mais que cela lui était bien égal.

« Autre chose… » Sara semblait se demander si elle devait parler ou non. « Ses yeux. Les blancs étaient injectés de sang, mais je n'ai constaté aucune trace de strangulation. Ses pupilles ne se fixaient sur rien. C'est peut-être à cause du traumatisme ou d'une lésion neurologique, mais je ne suis pas sûre qu'elle y voyait.

— Ce qui pourrait expliquer pourquoi elle s'est retrouvée au milieu de la route.

— Compte tenu de ce qu'elle a vécu… » Sara ne finit pas sa phrase, mais Faith comprit exactement ce qu'elle avait en tête : inutile d'être médecin pour deviner qu'une femme tout juste sortie d'un pareil enfer était capable de se jeter devant une voiture, même roulant à vive allure.

Sara glissa la carte de Faith dans la poche de son manteau. « Je vous appellerai dans quelques minutes. »

Faith la regarda partir, en se demandant par quels tours et détours du sort Sara Linton avait fini médecin de garde au Grady Hospital. Elle n'avait sûrement pas plus de quarante ans, mais les urgences étaient l'affaire des débutants, le genre d'endroit dont on s'enfuyait en hurlant avant d'avoir atteint la trentaine.

De nouveau, elle regarda son téléphone. Les six petits plots sur l'écran étaient visibles, ce qui signifiait que la réception était parfaite. Elle tenta d'accorder à Will le bénéfice du doute. Peut-être son téléphone était-il de nouveau tombé en morceaux. Oui, mais tous les policiers présents sur la scène du crime devaient avoir un portable sur eux. Donc, Will lui jouait peut-être encore un tour à sa façon.

En se levant et en se dirigeant vers le parking, Faith ne manqua pas de songer qu'elle aurait pu appeler Will elle-même. Mais il y avait une raison pour que Faith se retrouve de nouveau enceinte et célibataire en moins de vingt ans, et ce n'était pas son don pour la communication avec les hommes de sa vie.

Chapitre quatre

DEBOUT À L'ENTRÉE de la caverne, Will faisait descendre des lampes accrochées à un câble pour que Charlie Reed dispose d'un éclairage meilleur que celui d'une simple torche pour tenter de trouver des indices. Bien que la pluie eût cessé depuis une bonne demi-heure, Will était trempé jusqu'aux os, et, à l'approche de l'aube, il commençait à faire vraiment froid ; mais il aurait préféré être catapulté sur le pont du *Titanic* plutôt que de redescendre dans ce trou.

Les lampes heurtèrent le sol et il vit une paire de mains les emporter dans la caverne. Will se gratta les bras. Sa chemise blanche portait de petites taches de sang là où les rats en fuite l'avaient griffé, et il se demandait si ces démangeaisons étaient un symptôme de la rage. C'était le genre de question qu'il posait d'ordinaire à Faith, mais il ne voulait pas la déranger à cette heure. Elle avait très mauvaise mine quand il avait quitté l'hôpital, et elle ne pouvait rien faire d'utile ici à part rester sous la pluie avec lui. Il l'informerait des derniers développements de l'affaire le lendemain matin, quand elle aurait passé une bonne nuit de sommeil. Cette horrible histoire ne serait pas résolue en une heure. Il était préférable qu'au moins un d'entre eux soit bien reposé avant de se lancer dans l'enquête.

Un hélicoptère bourdonnait au-dessus de sa tête et le bruit haché des pales vibrait dans ses oreilles. La Scientifique balayait le terrain aux infrarouges, en quête de la deuxième victime. Les équipes de recherche étaient là depuis des heures et passaient les environs au peigne fin dans un rayon de trois kilomètres. Barry Fielding était arrivé avec ses chiens, et les animaux s'étaient excités pendant la première demi-heure, avant de perdre toute trace olfactive. Des hommes de patrouille en uniforme du comté de Rockdale sondaient le sol et cherchaient d'autres cavernes souterraines, d'autres indices révélant que la deuxième femme s'était aussi échappée.

Peut-être n'y était-elle pas parvenue. Peut-être son agresseur l'avait-il surprise avant qu'elle puisse chercher de l'aide. Peut-être était-elle morte depuis plusieurs jours, voire plusieurs semaines. À moins qu'elle n'ait jamais existé. À mesure que les recherches arrivaient à leur terme, Will avait l'impression que bon nombre des policiers présents se retournaient contre lui. Certains d'entre eux ne croyaient pas qu'il y avait une autre victime. Et ils se disaient que si Will les forçait à rester dehors dans le froid et l'humidité, la seule raison en était qu'il se montrait trop stupide pour reconnaître son erreur.

Seule une personne aurait pu dire s'il avait tort ou raison, mais elle se trouvait encore au bloc opératoire du Grady Hospital et luttait contre la mort. La première chose qu'on faisait d'habitude dans une affaire de meurtre ou d'enlèvement était d'examiner au microscope le passé de la victime. Mais, hormis le fait que son prénom était peut-être Anna, ni Will ni aucun de ses collègues ne savaient rien sur cette femme. Dès demain matin, Will se pencherait sur la liste des personnes portées disparues dans la région, mais il devait y en avoir des centaines, et c'était sans compter la ville d'Atlanta, où deux personnes en moyenne disparaissaient chaque jour. Si la femme venait d'un autre État, la paperasserie gonflerait le dossier de manière exponentielle. Plus de deux cent cinquante mille cas de disparitions étaient signalés au FBI chaque année. Et pour compliquer encore le problème, les mises à jour n'étaient pas toujours effectuées si le disparu était retrouvé.

Si Anna n'était pas réveillée demain matin, Will ferait relever ses empreintes digitales. Mais c'était un moyen bien peu sûr de tenter d'établir son identité : à moins qu'elle ait commis un délit passible d'une arrestation, ses empreintes n'apparaîtraient sur aucun fichier. Pourtant, il était arrivé à maintes reprises qu'une affaire soit résolue rien qu'en suivant la procédure. Will avait appris depuis longtemps qu'une chance minuscule était tout de même une chance.

À la bouche de la caverne, l'échelle trembla et Will la maintint solidement tandis que Charlie Reed remontait. Les nuages s'étaient écartés après la pluie et avaient cédé la place à un peu de clair de lune. Bien que le déluge fût terminé, une goutte tombait encore de temps en temps en faisant le bruit d'un chat claquant sa langue. Dans la forêt, tout avait pris une teinte étrange, bleuâtre, et il faisait assez clair maintenant pour que Will n'ait pas besoin de sa torche pour distinguer Charlie. Le technicien des scènes de crime sortit une main hors du puits et jeta aux pieds de Will un grand sac en plastique destiné à recueillir les indices, puis remonta à la surface.

« Merde », jura Charlie. Sa combinaison blanche était toute maculée de boue. Il descendit la fermeture Éclair dès qu'il fut sorti de la caverne, et Will vit qu'il transpirait si fort que son tee-shirt était collé à sa poitrine.

« Ça va ? demanda Will.

— Merde, répéta Charlie en s'essuyant le front du dos de la main. Je n'arrive pas à croire… Oh, Will ! » Il se pencha en avant, appuyant ses mains sur ses genoux. Il respirait très fort, bien qu'il fût entraîné et que l'ascension n'eût rien de difficile. « Je ne sais pas par où commencer. »

Will comprenait ce qu'il ressentait.

« Il y avait des instruments de torture… » Charlie mit un moment sa main sur sa bouche. Puis : « Des trucs comme je n'en ai jamais vu qu'à la télé…

— Il y a une autre victime », dit Will en élevant la voix pour que Charlie prenne ses mots comme une observation qui réclamait d'être confirmée.

« Ce qui a pu se passer là-dessous… Ça me dépasse. » Charlie s'assit en tailleur et se prit la tête entre les mains. « Je n'ai jamais rien vu de pareil. »

Will s'assit près de lui et prit le sac d'indices.

« Qu'est-ce que c'est ? »

Charlie secoua la tête.

« J'ai trouvé ça roulé dans une boîte en fer près de la chaise. »

Will étala le sac sur sa jambe et lui prit son crayon électrique pour en examiner le contenu. Il y avait au moins une cinquantaine de feuilles de carnet. Chaque page était couverte au recto et au verso de mots tracés au crayon. Will plissa les yeux, s'efforçant de les déchiffrer. Mais il n'avait jamais été très doué pour cet exercice. Les mots lui donnaient l'impression de se mélanger et de tourner en tous sens. Parfois, ils se brouillaient si fort qu'il en avait le mal de mer.

Charlie n'était pas au courant de ce problème. Will tenta de lui soutirer des informations, en lui demandant : « À ton avis, qu'est-ce que c'est que ces notes ?

— C'est fou, pas vrai ? » Charlie se frottait la moustache avec le pouce et l'index, un tic nerveux qui ne se manifestait que lorsqu'il était horrifié. « Je ne crois pas que je pourrais redescendre dans ce trou. » Il se tut un instant et déglutit avec peine. « On sent... la présence du mal, tu comprends ? Du mal à l'état pur. »

Will entendit un bruissement de feuilles, un craquement de branches. Il se retourna et découvrit Amanda Wagner qui se frayait un chemin à travers le bois. Elle n'était plus jeune, elle devait avoir atteint la soixantaine. Elle privilégiait les tailleurs unis avec une jupe en dessous du genou et des bas qui mettaient en valeur la forme de ses mollets, qui étaient beaux, Will devait le reconnaître, bien qu'avec cette femme il eût souvent le sentiment d'avoir affaire à l'Antéchrist. Ses hauts talons avaient dû rendre sa progression difficile, mais, comme chaque fois qu'elle était confrontée à un obstacle, Amanda avait conquis le terrain avec une détermination de fer.

Les deux hommes se levèrent à son approche.

Comme toujours, elle ne perdit pas de temps en bavardage aimable.

« Qu'est-ce que c'est ? » Elle tendit la main vers le sac d'indices. À part Faith, Amanda était la seule personne dans le service à connaître les difficultés de lecture de Will, qu'elle acceptait sans se priver de les critiquer. Will dirigea le crayon électrique sur les pages et elle lut à voix haute : « *Je ne me priverai pas. Je ne me priverai pas.* » Elle secoua le sac pour voir le reste des feuillets. « Recto-verso, toujours la même phrase. En cursive. Probablement une écriture de femme. » Elle rendit le sac à Will avec un regard désapprobateur. « Bon, alors notre méchant est soit un instituteur en colère, soit un gourou qui pratique l'autosuggestion. » Elle s'adressa à Charlie : « Qu'avez-vous trouvé d'autre ?

— De la pornographie. Des chaînes. Des menottes. Des accessoires sexuels.

— Ça, ce sont des indices. Je vous parle de pistes. »

Will intervint : « Je pense que la deuxième victime était ligotée sous le lit. J'ai trouvé ça sur la corde. » Il tira de la poche de sa veste un autre petit sac. Il contenait un morceau d'une dent de devant, avec la racine encore attachée. « C'est une incisive, dit-il à Amanda. Et la victime à l'hôpital avait une dentition intacte. »

Elle observa Will plus que la dent.

« Vous en êtes sûr ?

— J'étais juste devant elle, à essayer de lui tirer des informations, répondit-il. Ses dents claquaient. Je les entendais et je les voyais. »

Elle sembla en prendre acte.

« Qu'est-ce qui vous fait croire que cette dent a été perdue récemment ? Et ne me dites pas votre instinct, Will, parce que j'ai toute la police du comté de Rockdale qui attend sur la route, dans le froid et l'humidité, et ils sont prêts à vous lyncher pour les avoir lancés dans une chasse à l'oie sauvage en plein milieu de la nuit.

— La corde a été coupée sous le lit, dit-il. La première victime, Anna, était ligotée au-dessus. La seconde était en dessous. Anna n'aurait pas pu couper la corde elle-même. »

Amanda demanda à Charlie : « Vous êtes de cet avis ? »

Toujours secoué, il prit son temps pour répondre.

« La moitié des bouts de corde sectionnés sont encore sous le lit. S'ils sont tombés là, c'est logiquement qu'ils ont été coupés en dessous. Si on les avait coupés au-dessus, ils seraient tombés sur le lit ou par terre, pas dessous. »

Amanda restait dubitative.

« Continuez, dit-elle à Will.

— Il y avait encore des bouts de corde fixés à des crochets du lit. En dessous du cadre. Quelqu'un a coupé ces cordes pour s'enfuir. Mais cette personne devait avoir encore de la corde autour des chevilles et d'un poignet au moins. Anna n'avait pas de corde autour des membres.

— Les ambulanciers ont pu l'enlever », rétorqua Amanda. Elle demanda à Charlie : « De l'ADN ? Des fluides ?

— Partout, répondit celui-ci. Nous devrions avoir les analyses dans quarante-huit heures. Si ce type est sur une base de données… » Il jeta un coup d'œil à Will. Tous trois savaient que l'ADN était tout sauf une panacée. À moins que le kidnappeur ait commis un crime assez grave pour que son ADN soit prélevé et fiché, les analyses ne serviraient pas à grand-chose.

Amanda demanda : « Il reste des déchets ? »

D'abord, Charlie ne sembla pas comprendre la question. Puis il répondit :

« Pas de boîtes de conserve vides, pas d'emballages, rien de ce genre. Je pense que tout ça a été emporté. Il y a un seau avec un couvercle dans un coin qui a dû servir de toilettes, mais tout indique que la victime – ou les victimes – étaient attachées la plupart du temps et n'avaient pas d'autre choix que de faire sur elles. Je ne peux pas vous dire si elles étaient une ou deux. Tout dépend de la date du ou des enlèvements, du degré de déshydratation…

— Y avait-il quelque chose d'humide sous le lit ?

— Oui, dit Charlie, comme si cette révélation le surprenait lui-même. Une zone positive au test d'urine. Au bon endroit pour une personne attachée sur le dos.

— Est-ce qu'il faut longtemps pour qu'un liquide s'évapore sous terre ? insista Amanda.

— Non, pas forcément. Le haut degré d'acidité provoquerait une réaction chimique avec le pH du sol. Tout dépend du contenu minéral et de… »

Amanda l'interrompit.

« Ne vous occupez pas de mon instruction, Charlie. Donnez-moi des faits dont je puisse me servir. »

Charlie regarda Will d'un air d'excuse.

« Je ne sais pas s'il y a eu là-dessous deux otages en même temps. Quelqu'un a été attaché sous le lit, c'est certain, mais ça pourrait être la même personne que le criminel a changée de place. Les fluides corporels auraient pu couler du dessus du lit. Tu es descendu. Tu as vu de quoi ce type est capable. » Son visage était pâle de nouveau. « C'est horrible, murmura-t-il. Tout simplement horrible. »

Amanda se montra aussi peu compatissante qu'à son habitude. « Un peu de courage, Charlie. Redescendez là-dedans et trouvez-moi des indices utiles pour attraper ce salaud. » Elle lui tapota le dos, plus pour le pousser que pour le réconforter, puis dit à Will : « Venez avec moi. Il faut retrouver cet inspecteur pygmée que vous avez énervé et être gentils avec lui pour qu'il n'aille pas pleurer sur l'épaule de Lyle Peterson. » Peterson était le chef de la police du comté de Rockdale, et Amanda Wagner ne le comptait pas parmi ses amis. Selon les termes de la loi, seul un chef de police locale, un maire ou un procureur pouvait demander au GBI de se charger d'une affaire. Will se demanda quelles ficelles Amanda avait pu tirer et quel était le degré de fureur de Peterson.

« Bon. » Elle tendit les mains pour assurer son équilibre en enjambant une branche tombée. « Vous avez cru bien faire en descendant dans ce trou sans rien demander à personne, mais ne refaites jamais une bêtise pareille. Sinon, je vous affecte au contrôle des toilettes de l'aéroport pour le reste de votre existence. Vous m'avez compris ? »

Will hocha la tête : « Compris.

— Votre victime est mal en point », continua Amanda en dépassant un groupe de policiers qui prenaient une pause pour fumer et adressèrent à Will un regard mauvais. « Son état s'est compliqué. J'ai parlé avec le chirurgien, un nommé Sanderson. Apparemment, il n'a pas beaucoup d'espoir. » Elle ajouta : « Il a confirmé votre observation au sujet des dents. Elles sont intactes. »

C'était typique d'Amanda de ne jamais lui faciliter les choses. Will ne prit pas cela pour une insulte, mais comme le signe qu'elle était peut-être de son côté.

« Les coupures aux plantes des pieds sont récentes, dit-il. Elle n'a pas saigné des pieds dans la caverne.

— Racontez-moi comment tout ça s'est passé. »

Will lui avait déjà exposé ses principales observations par téléphone, mais il lui narra de nouveau comment il avait trouvé la trappe en contreplaqué et comment il était descendu dans le puits. Cette fois, il entra davantage dans les détails pour lui décrire la caverne et lui donner la sensation de l'atmosphère qui y régnait, sans pour autant lui révéler qu'il avait été encore plus épouvanté que Charlie Reed. « Il y avait des traces de griffures sur le dessous des lattes du lit, dit-il. Les mains de la deuxième victime ne devaient pas être attachées pour qu'elle ait pu les faire. Mais il ne l'aurait pas laissée détachée quand elle était seule, de peur qu'elle ne réussisse à s'enfuir.

— Vous pensez vraiment qu'il en a ligoté une sur le lit et une autre en dessous ?

— Oui. C'est exactement ce que je pense.

— Si elles étaient toutes les deux attachées et qu'une des deux s'est débrouillée pour mettre la main sur un couteau, on peut penser que celle du dessous l'a gardé caché pendant qu'elles attendaient que leur geôlier s'en aille. »

Will ne répondit pas. Amanda pouvait se montrer sarcastique, acerbe ou carrément méchante, mais elle savait aussi être juste à sa façon, et il savait que même si elle raillait son instinct, elle avait appris au fil des années à lui faire confiance. Il savait également qu'il était inutile d'attendre un commentaire ressemblant si peu que ce soit à un compliment.

Ils avaient atteint la route où Will avait laissé la Mini il y avait maintenant plusieurs heures. L'aube se levait rapidement et la clarté bleuâtre avait pris des tons sépia. Des dizaines de voitures de patrouille de la police de Rockdale bloquaient le lieu de l'accident. Des hommes continuaient à s'affairer, mais l'impression d'urgence s'était dissipée. La presse aussi était arrivée sur place, et Will vit deux hélicoptères portant les logos de chaînes de télévision qui tournaient au-dessus des têtes. Il faisait trop sombre pour filmer, mais sans doute cela n'empêchait-il pas les journalistes de rapporter le moindre mouvement qu'ils observaient sur le terrain, ou croyaient observer. L'exactitude ne faisait pas vraiment partie de l'équation quand on avait pour métier de déverser des nouvelles vingt-quatre heures sur vingt-quatre.

Will tendit la main à Amanda pour l'aider à descendre sur le bas-côté et à marcher avec lui de l'autre côté de la forêt. Des centaines de techniciens, certains venus d'autres comtés, passaient les environs au peigne fin, répartis en petits groupes, et les autorités avaient appelé les unités cynophiles civiles, des gens qui avaient dressé leurs chiens à flairer les cadavres. Les chiens avaient cessé d'aboyer depuis des heures. La plupart des volontaires étaient rentrés chez eux. Il ne restait plus grand monde à part des policiers, qui, eux, n'avaient pas le choix. L'inspecteur Fierro ne devait pas être loin, probablement occupé à maudire Will.

« Comment va Faith ? », demanda Amanda.

La question le surprit, mais après tout Amanda connaissait Faith depuis bon nombre d'années.

« Elle va bien, répondit-il automatiquement pour couvrir sa coéquipière.

— J'ai su qu'elle avait fait une syncope. »

Il feignit la surprise. « Vous êtes au courant ? »

Amanda le regarda en haussant les sourcils.

« Elle n'a pas l'air très bien ces temps-ci. »

Will supposa qu'elle faisait allusion à la prise de poids de Faith, qui était un peu excessive pour sa stature, mais il avait compris aujourd'hui qu'il valait mieux ne jamais parler du poids d'une femme, surtout avec une autre femme.

« Elle me semble en bonne forme.

— Moi, je la trouve irritable, distraite... »

Will resta bouche cousue, incapable de dire si Amanda était vraiment inquiète ou si elle voulait lui tirer les vers du nez. C'était vrai : Faith s'était montrée irritable et distraite depuis quelque temps. Il travaillait avec elle depuis assez longtemps pour remarquer ses changements d'humeur. D'ordinaire, elle n'en avait pas beaucoup. Une fois par mois, toujours vers la même date, elle gardait son sac à main avec elle pendant un jour ou deux. Le ton de sa voix était plus cassant et elle écoutait plus volontiers des stations de radio qui diffusaient des voix féminines chantant sur fond de guitares acoustiques. Will savait alors qu'il devait s'excuser pour tout ce qu'il disait, jusqu'à ce qu'elle abandonne son sac. Pas question d'en parler à Amanda, mais en ce moment, il fallait bien le reconnaître, chaque journée avec Faith ressemblait à une journée avec sac.

Amanda tendit la main et il l'aida à enjamber une bûche.

« Vous savez que je déteste travailler sur des affaires que nous n'arrivons pas à résoudre, dit-elle.

— Je sais que vous aimez résoudre celles sur lesquelles tout le monde se casse les dents. »

Elle eut un petit rire mélancolique.

« Quand en aurez-vous assez de me voir vous piquer toutes vos idées, Will ?

— Je suis infatigable.

— Vous vous servez de mon calendrier, je vois.

— C'est le cadeau le mieux choisi que vous pouviez me faire. »

C'était tout Amanda d'offrir à un demi-illettré un calendrier pour apprendre un mot par jour. Pour Noël, par-dessus le marché.

Un peu plus loin, Will aperçut Fierro qui marchait dans leur direction. De ce côté de la route, la forêt était plus épaisse et il y avait partout des branches tombées et des fourrés. Will entendit Fierro jurer quand la jambe de son pantalon s'accrocha à un buisson de ronces. Il se donna une grande claque sur la nuque, probablement pour tuer un insecte.

« C'est gentil de venir perdre votre temps avec nous, Gomez. »

Will fit les présentations : « Inspecteur Fierro, voici la divisionnaire Amanda Wagner. »

En guise de salut, Fierro pointa le menton vers elle.

« Je vous ai vue à la télé.

— Merci, répondit Amanda comme s'il avait voulu la complimenter. Nous sommes sur une affaire dont les détails sont assez sordides, inspecteur Fierro. J'espère que vos hommes savent tenir leur langue.

— Vous nous prenez pour une bande d'amateurs ? »

De toute évidence, oui, c'était ce qu'elle pensait.

« Que donne la battue ?

— Nous trouvons tout ce qu'il y a dans le coin, c'est-à-dire rien du tout. Nada. Zéro. » Il lança vers Will un regard chargé de rancune. « C'est comme ça que vous procédez, dans la police de l'État ? Vous brûlez l'argent du contribuable en envoyant tout votre effectif faire une battue inutile au milieu des bois, en pleine nuit ? »

La fatigue et l'agacement de Will transformaient sa voix.

« En général, nous commençons par piller vos réserves et violer vos femmes.

— Ah, ah, ah ! Comme il est drôle ! », ironisa Fierro en se donnant une autre claque sur la nuque. Il regarda sa main. Les restes sanglants d'un insecte étaient visibles sur sa paume. « Vous allez rire à en tomber sur le cul quand je reprendrai mon affaire.

— Inspecteur Fierro, dit Amanda, c'est le commissaire Peterson, le chef de la police de votre comté, qui nous a demandé d'intervenir. Vous n'avez aucune autorité pour reprendre cette affaire.

— Peterson, hein ? » Ses lèvres dessinèrent un rictus. « Ce qui veut dire que vous êtes retournés lui sucer la bite ? »

Will aspira tant d'air que ses lèvres firent un son sifflant. De son côté, Amanda restait imperturbable, mais ses yeux s'étaient plissés et elle adressa à Fierro un hochement de tête, comme pour lui dire que son heure viendrait. Will ne serait pas étonné si, un matin dans le futur, Fierro se réveillait avec dans son lit la tête d'un cheval décapité.

« Hé ! cria quelqu'un. Par ici ! »

Tous trois restèrent où ils se trouvaient, envahis par la colère et la rage à des degrés divers.

« J'ai trouvé quelque chose ! »

À ces mots, Will partit au pas de course vers l'endroit d'où venait la voix. La femme qui avait crié agitait furieusement les bras en l'air. Elle portait l'uniforme de patrouille de la police de Rockdale, un bonnet en laine tricotée sur la tête et était entourée d'herbes hautes.

« Qu'est-ce que c'est ? », demanda-t-il.

Elle pointa son doigt vers un groupe épais d'arbres aux branches basses. De loin, il vit que l'herbe y était piétinée et que des taches de terre apparaissaient par endroits.

« Quelque chose a brillé dans le faisceau de ma torche », dit-elle en dirigeant la lumière vers la zone ombreuse sous les arbres. Will ne distingua rien. Quand Amanda le rejoignit, il était en train de se demander si la patrouilleuse n'était pas un peu trop fatiguée, un peu trop anxieuse pour avoir trouvé quelque chose.

« Qu'est-ce que c'est ? », demanda Amanda au moment où un reflet scintillait dans la clarté de la torche. Ce ne fut qu'un éclair, qui ne dura pas plus d'une seconde. Will cligna des yeux, en se disant que peut-être son cerveau surmené à cette heure avait aussi imaginé cet éclat de lumière, mais la patrouilleuse trouva l'objet de nouveau et le reflet éclata un instant comme une petite explosion de poudre, à quelque cinq ou six mètres.

Will prit une paire de gants en latex dans sa veste et les enfila. Il prit la torche et écarta soigneusement les branches basses en s'approchant de l'endroit d'où était parti le scintillement. Les buissons épineux et les branchages rendaient sa progression difficile, et il se pencha pour avancer davantage. Il balaya le sol avec la torche, en quête de l'objet. C'était peut-être un fragment de miroir ou un morceau d'emballage en papier d'argent. Toutes les possibilités se bousculèrent dans son esprit tandis qu'il s'efforçait de le localiser : un bijou, un débris de verre, une plaque de mica dans la roche.

Un permis de conduire de l'État de Floride.

Le permis était à environ soixante centimètres du pied de l'arbre. À côté de lui, Will découvrit un petit canif, dont la lame mince était si noircie de sang qu'elle avait la même couleur que les feuilles pourrissantes alentour. Près du tronc, les branches étaient moins épaisses. Will s'agenouilla et ramassa les feuilles une par une pour dégager le permis de conduire sans y toucher. Le rectangle de plastique avait été plié en deux. Les couleurs et le contour reconnaissable de la Floride lui révélèrent où il avait été émis. Au dos, il y avait un hologramme pour empêcher les faux. Ce devait être ce qui s'était reflété.

Il se pencha, tendant le cou pour mieux voir et soucieux de ne rien déranger. Une des empreintes digitales les plus évidentes que Will ait jamais vues apparaissait au milieu du document. La trace d'un doigt ensanglanté lui sautait presque aux yeux. La photographie était celle d'une femme : les yeux sombres, les cheveux sombres.

« Un canif et un permis de conduire », lança-t-il à Amanda d'une voix assez forte pour qu'elle puisse l'entendre. « Avec une empreinte sanglante sur le permis.

— Vous arrivez à lire le nom ? » Elle avait mis ses poings sur ses hanches et son ton était irrité.

Will sentit sa gorge se nouer. Il se concentra sur les petites lettres et distingua un J, à moins que ce ne fût un I. Puis tout se brouilla.

La colère d'Amanda montait : « Apportez-moi ça, et vite ! »

Il y avait tout un groupe de policiers autour d'elle à présent, qui ne semblaient savoir que faire. Même à plusieurs mètres, Will les entendit murmurer contre cette entorse à la procédure. La pureté de la scène de crime était sacro-sainte. Les avocats de la défense ne faisaient qu'une bouchée des irrégularités. Il fallait prendre des photos, des mesures, faire des croquis. Toutes les formalités devaient être respectées, sinon les preuves seraient rejetées pour vice de forme.

« Will ? »

Une goutte de pluie lui tomba sur la nuque. Chaude, presque brûlante. D'autres policiers s'approchaient, essayant de voir de loin ce qu'il avait trouvé. Ils devaient se demander pourquoi Will ne criait pas le nom inscrit sur le permis de conduire, pourquoi on n'envoyait pas immédiatement quelqu'un pour le chercher dans les fichiers informatiques. L'affaire finirait-elle ainsi ? Will serait-il contraint de sortir du couvert des branches et d'annoncer à un groupe d'inconnus que, dans le meilleur des cas, il avait les capacités de lecture d'un écolier du cours élémentaire ? Si la chose était divulguée, il ferait aussi bien de rentrer chez lui et de se mettre la tête dans le four, car il ne resterait plus un flic dans tout Atlanta qui veuille bien travailler avec lui.

Amanda avança dans sa direction. Sa jupe s'accrocha à un buisson épineux et des jurons s'échappèrent de ses lèvres.

Will sentit une autre goutte de pluie sur sa nuque et l'essuya de la main. Puis il regarda son gant et vit que ses doigts étaient couverts d'une pellicule de sang. Il pensa qu'il s'était peut-être égratigné le cou à une branche basse, mais de nouveau il sentit une goutte sur sa nuque. Chaude, mouillée, visqueuse. Il y porta la main. Encore du sang.

Will leva les yeux, et découvrit le visage d'une femme aux cheveux bruns et aux yeux sombres. Pendue la tête en bas, à quatre ou cinq mètres au-dessus de lui. Sa cheville était emmêlée dans les branches, ce qui l'avait empêchée de heurter le sol. Elle était tombée de trois quarts, la tête la première, en se brisant le cou. Ses épaules étaient de travers, ses yeux ouverts semblaient fixer le sol. Un de ses bras pendait tout droit, vers Will. Elle avait un profond cercle rouge autour du poignet, la peau était comme brûlée. De la corde était étroitement nouée autour de l'autre poignet.

Sa bouche était ouverte. Une de ses incisives était cassée, il en manquait un tiers.

Une autre goutte de sang coula de ses doigts, et tomba cette fois sur la joue de Will, juste sous l'œil. Il ôta son gant en latex et toucha le sang. Encore chaud.

Elle était morte depuis moins d'une heure.

Deuxième jour

Chapitre cinq

PAULINE MCGHEE GARA SA LEXUS LX dans l'espace réservé aux handicapés devant le supermarché City Foods. Il était cinq heures du matin, et tous les handicapés devaient encore dormir, pensa-t-elle. Plus important, il était trop tôt pour marcher plus que nécessaire.

« Debout, marmotte ! », dit-elle à son fils en lui touchant doucement l'épaule. Felix remua un peu sur son siège, mais il n'avait pas envie de se réveiller. Elle lui caressa la joue, pensant une fois de plus qu'il était miraculeux qu'un être aussi parfait soit sorti de son corps, avec tous ses défauts. « Allez, allez, mon chéri », insista-t-elle en lui chatouillant les côtes jusqu'à ce qu'il se tortille comme un ver de terre.

Elle descendit de voiture et aida Felix à en faire autant. Il n'avait pas posé les deux pieds par terre qu'elle lui fit sa demande habituelle :

« Tu as vu où nous sommes garés ? » Il fit oui de la tête. « Alors, qu'est-ce que tu fais si jamais nous nous perdons ?

— Je te retrouve à la voiture. » Il luttait pour ne pas bâiller.

« C'est bien. »

Elle lui prit la main et ils se dirigèrent vers le magasin. Quand elle était enfant, on avait dit à Pauline de s'adresser à un adulte si jamais elle se perdait ; mais à l'époque actuelle, on ne pouvait plus savoir ce que les adultes avaient dans la tête. Un agent de sécurité pouvait cacher un pédophile. Une petite grand-mère pouvait être une vieille folle qui tuait le temps en fourrant les pommes de lames de rasoir. C'était triste à dire, mais l'aide la plus sûre pour un garçonnet de six ans qui s'était perdu était de se repérer à un objet inanimé.

Les néons du supermarché diffusaient une lumière un peu violente à cette heure de la matinée, mais c'était la faute de Pauline si elle n'avait pas encore acheté les gâteaux à la crème pour la fête de la classe de Felix. Il y avait une semaine qu'on le lui avait demandé, mais elle n'avait pas prévu le branle-bas qui se déclencherait à son travail dans l'intervalle. Un des plus gros clients de son agence de design avait commandé un canapé en cuir brun de style italien à soixante mille dollars, et le canapé ne rentrait pas dans l'ascenseur ; si bien que le seul moyen de le monter jusqu'à son appartement au dernier étage d'un gratte-ciel était de louer une grue à dix mille dollars de l'heure.

Le client reprochait à l'agence de Pauline d'avoir laissé passer cette erreur, l'agence reprochait à Pauline d'avoir dessiné un canapé trop grand, et Pauline reprochait à cet imbécile de tapissier de n'être pas allé mesurer l'ascenseur avant de fabriquer cette saleté de canapé, alors qu'elle le lui avait expressément recommandé. Obligé de choisir entre une facture pour une grue à dix mille dollars de l'heure et la perspective de refaire un canapé à soixante mille dollars, le tapissier oubliait commodément leur conversation à ce sujet, mais Pauline était décidée à ne pas le laisser s'en tirer à si bon compte.

Une réunion était prévue entre toutes les personnes concernées à sept heures tapantes, et elle serait la première arrivée pour exposer son point de vue. Pauline McGhee avait un argument probant en sa faveur : la copie d'un échange d'e-mails avec son patron où elle lui demandait de rappeler au tapissier de prendre des mesures avant de se mettre au travail. L'important était la réponse de Morgan : *Je m'en occupe.* Il faisait comme si ces e-mails n'avaient jamais existé, mais Pauline comptait bien se défendre mordicus. Si quelqu'un devait perdre son boulot aujourd'hui, il n'était pas question que ce soit elle.

« Non, mon chéri », dit-elle en écartant Felix de sachets de chocolats en forme d'animaux qui pendaient à une rangée de crochets plastifiés. Elle était sûre et certaine qu'on suspendait les friandises juste à hauteur des enfants pour obliger les parents à les acheter.

Elle avait vu plus d'une mère céder de guerre lasse à un gamin hurlant pour qu'il accepte de se taire. Mais Pauline était inflexible sur ce point, et Felix le savait. Si jamais il essayait de jouer à ce jeu, elle le saisirait par la main et l'entraînerait hors du magasin, quitte à laisser au milieu d'une allée un caddie à moitié rempli.

Elle tourna le coin du rayon de la biscuiterie et faillit se cogner à un chariot plein de légumes. L'homme qui le poussait rit avec bonne humeur, et Pauline réussit à lui adresser un sourire.

« Bonne journée, lui dit-il.

— À vous aussi », répondit-elle.

Ce serait, pensa-t-elle, la dernière fois qu'elle se montrait aimable ce matin. Elle s'était tournée et retournée dans son lit toute la nuit et s'était levée à trois heures pour courir sur son tapis roulant, se doucher et se maquiller, préparer le petit déjeuner de Felix et l'habiller pour partir à l'école. Il était loin, le temps où elle pouvait faire la fête toute la nuit, rentrer avec le premier beau mec venu, puis sauter de son lit le lendemain matin vingt minutes avant l'heure d'aller travailler.

Pauline ébouriffa les cheveux de Felix en se disant que tout cela ne lui manquait pas le moins du monde. Même si une petite coucherie de temps en temps serait plus que bienvenue.

« Ah, les gâteaux à la crème ! », dit-elle, soulagée d'en trouver plusieurs variétés alignées dans des boîtes transparentes. Son soulagement la quitta lorsqu'elle s'aperçut que tous, jusqu'au dernier, étaient décorés avec des lièvres de Pâques et des œufs multicolores. La note qu'elle avait reçue de l'école précisait : des gâteaux à la crème sans signe religieux. Pauline ne savait pas trop ce que cela voulait dire, sinon que l'école privée horriblement chère où elle avait inscrit son fils était contaminée par les âneries politiquement correctes à la mode. On n'y parlait même pas de fête à l'occasion de Pâques, mais d'une « fête de printemps » qui se trouvait comme par hasard tomber quelques jours avant le dimanche de Pâques. Quelle religion ne célébrait pas Pâques ? Elle savait que les juifs ne fêtaient pas Noël, mais Pâques, pour l'amour du Ciel, Pâques existait dans toutes les traditions, sous une forme ou sous une autre. Même chez les païens, on parlait d'un lièvre, non ?

« Bon », dit Pauline en tendant son sac à Felix. Il le tint pardessus son épaule comme elle le faisait souvent, et Pauline sentit son cœur se serrer d'angoisse. Elle travaillait dans le design d'intérieur, et presque tous les hommes de sa vie étaient des folles perdues. Il faudrait qu'elle fasse un effort pour rencontrer quelques mecs hétéros, pour leur bien à tous les deux.

Il y avait six gâteaux à la crème dans chaque boîte et Pauline en prit cinq en se disant que les institutrices voudraient sans doute en manger. Pour la plupart, elle les trouvait insupportables, mais elles adoraient Felix et Pauline adorait son fils ; dans ces conditions, qu'étaient quatre dollars et soixante-quinze cents de plus pour nourrir les grosses vaches qui s'occupaient de sa chère tête blonde ?

Elle emporta les boîtes vers la sortie du magasin. L'odeur lui donnait une double sensation de faim et de nausée : d'une certaine façon, elle aurait pu manger tous ces gâteaux jusqu'au dernier et s'en rendre malade au point de passer l'heure suivante aux toilettes. Il était trop tôt pour sentir des odeurs de glaçage, aucun doute là-dessus. Elle tourna la tête, cherchant Felix, qui traînait les pieds derrière elle. Il dormait debout, et c'était la faute de sa mère. Elle songea à lui acheter le sachet de chocolats en forme d'animaux qui lui faisaient envie, mais son portable se mit à sonner au moment où elle posait les boîtes de gâteaux sur le tapis roulant de la caisse et elle oublia tout quand elle reconnut le numéro.

« Oui ? », dit-elle en voyant les gâteaux s'avancer doucement sur le tapis roulant vers la caissière aux épaules voûtées. Elle était si grosse que ses mains se rejoignaient à peine autour de son énorme torse, comme celles d'un tyrannosaure ou d'un bébé phoque.

« Paulie. » Morgan, son patron, semblait paniqué. « C'est invraisemblable, cette réunion, non ? »

Il parlait comme s'il était de son côté, mais elle savait très bien qu'il la poignarderait dans le dos pour peu qu'elle baissât un instant sa garde. Elle aurait plaisir à lui voir rassembler ses affaires pour quitter son bureau quand elle aurait montré les e-mails à la réunion.

« Je sais, dit-elle. Horrible.

— Tu es dans un supermarché ? »

Il avait dû entendre les bips de la caisse. Le tyrannosaure lisait le code-barres de chaque boîte l'une après l'autre, bien qu'elles fussent toutes pareilles. Si Pauline n'avait pas été au téléphone, elle aurait sauté par-dessus le tapis roulant pour faire l'opération elle-même. Elle s'avança jusqu'au bout de la caisse et saisit deux sacs en plastique, pour aller plus vite. Coinçant son portable entre son épaule et son oreille, elle demanda :

« Qu'est-ce qui va se passer, à ton avis ?

— De toute évidence, ce n'est pas ta faute », répondit-il ; mais elle aurait mis sa main à couper qu'il avait dit exactement le contraire au big boss de l'agence.

« Ce n'est pas la tienne non plus », dit-elle, bien que Morgan fût responsable de lui avoir recommandé ce tapissier, probablement parce que ce gars avait l'air d'avoir treize ans et épilait ses jambes musclées par la gym jusqu'à les rendre parfaitement lisses et brillantes. Elle savait que cette petite pouffiasse faisait jouer la solidarité gay avec Morgan, mais il se fourrait le doigt dans l'œil s'il s'imaginait que Pauline serait la victime de cet embrouillamini parce qu'elle était une femme. Il lui avait fallu seize ans pour s'élever à la force du poignet du statut de secrétaire à celui d'assistante-décoratrice, elle avait passé des centaines de soirées à l'École d'art et de design d'Atlanta pour obtenir son diplôme tout en travaillant toute la journée pour payer loyer et factures, et elle avait enfin atteint une situation où elle pouvait respirer un peu, se permettre d'offrir une bonne éducation à son fils et le gâter. Felix avait tous les vêtements dont il avait besoin, tous les jouets qu'il fallait, et il fréquentait une des écoles les plus chères de la ville. Mais Pauline ne s'était pas arrêtée là. Elle s'était fait refaire les dents et corriger les yeux au laser. Chaque semaine, elle se faisait masser ; une semaine sur deux, elle se rendait dans un salon de beauté ; et il n'y avait pas un fil de sa chevelure qui ne soit pas d'un châtain clair parfait grâce à la coiffeuse qui s'en occupait toutes les six semaines dans le quartier huppé de Peachtree Hills. Pas question de renoncer à tout cela. Ils pouvaient toujours courir.

Ce serait bien fait pour Morgan de se rappeler où Pauline avait commencé. Elle avait fait partie du secrétariat avant même l'apparition des transferts par informatique et des opérations bancaires en ligne, au temps où l'on gardait tous les chèques dans un coffre-fort mural avant de les déposer à la fin de la journée. Après le dernier réaménagement de l'agence, Pauline avait choisi un bureau plus petit pour que ce coffre s'y trouve. Au cas où, elle avait même fait venir un serrurier un soir après le départ de tout le monde pour qu'il change la combinaison, et elle était la seule à la connaître. Morgan était furieux d'ignorer cette combinaison, mais c'était une excellente chose, car les copies des e-mails qui la couvraient étaient enfermées derrière cette porte d'acier. Pendant des jours, elle avait imaginé des scénarios où on la verrait ouvrir le coffre d'un geste gracieux et lui mettre ces e-mails sous le nez, pour lui faire honte devant le grand patron et le client.

« Quelle embrouille ! soupira Morgan d'un ton dramatique. Je n'arrive pas à croire que… »

Pauline prit son sac des mains de Felix et fouilla pour trouver son portefeuille. Il observa d'un air mélancolique les sachets de bonbons suspendus près de la caisse tandis qu'elle glissait sa carte bancaire dans la machine et composait le code.

« Oui, oui », marmonna-t-elle en entendant Morgan aboyer dans son oreille, pour lui dire sa façon de penser, à savoir que le client était vraiment un beau salaud de laisser l'excellente réputation de Pauline être traînée dans la boue. Si quelqu'un avait été là pour la voir, elle aurait fait semblant de bâiller.

« Viens, trésor », dit-elle en poussant doucement Felix vers la porte. Elle coinça de nouveau le téléphone contre son oreille pour saisir les sacs en plastique par les anses, puis se demanda pourquoi elle avait pris la peine d'envelopper ces quelques boîtes de gâteaux. Des boîtes en plastique, des sacs en plastique : les bonnes femmes de l'école de Felix hurleraient intérieurement au nom de l'environnement. Pauline retira les boîtes des sacs et les empila contre sa poitrine en appuyant son menton sur la dernière. Elle laissa tomber les sacs dans la poubelle et, en franchissant les portes coulissantes, se servit de sa main libre pour fouiller de nouveau dans son sac à main à la recherche de ses clefs de voiture.

« C'est la pire chose qui me soit arrivée dans ma carrière », ronchonna Morgan. Malgré son cou tordu, elle avait oublié qu'elle était encore au téléphone.

Elle appuya sur la télécommande pour ouvrir le coffre de la Lexus. Il se souleva avec un soupir, et elle se dit qu'elle raffolait de ce son du capot en train de s'ouvrir, que c'était décidément un luxe délicieux de gagner assez d'argent pour n'avoir pas besoin d'ouvrir le coffre de sa voiture. Elle n'allait pas perdre tout ça à cause d'un joli cul de jeune mâle et d'une paire de jambes épilées qui n'étaient même pas capables de marcher jusqu'à un immeuble pour mesurer un putain d'ascenseur.

« C'est vrai », dit-elle, bien qu'elle n'eût pas vraiment prêté attention à ce que Morgan débitait maintenant comme s'il parlait la main sur le cœur. Elle posa les boîtes dans le coffre, puis appuya sur le bouton pour le refermer. Elle était déjà montée en voiture quand elle prit conscience que Felix n'était plus avec elle.

« Zut », murmura-t-elle en refermant son téléphone. Elle redescendit de voiture en un éclair et parcourut des yeux le parking, qui s'était considérablement rempli depuis tout à l'heure.

« Felix ? »

Elle fit le tour de la voiture, pensant qu'il devait se cacher de l'autre côté. Mais il n'y était pas.

« Felix ! Felix ! », appela-t-elle en rebroussant chemin au pas de course vers le magasin. Elle faillit se cogner contre les portes coulissantes, qui ne s'ouvraient pas assez vite. Elle demanda à la caissière : « Avez-vous vu mon fils ? » La femme eut l'air déconcerté, et Pauline répéta d'un ton brusque : « Mon fils ! Il était avec moi il y a deux minutes. Cheveux bruns, de cette taille à peu près. Six ans. » Elle abandonna, en jurant entre ses dents : « Merde ! » Elle se précipita vers le rayon pâtisserie, puis dans toutes les allées l'une après l'autre.

« Felix ? » Son cœur battait si fort qu'elle entendait à peine sa propre voix. Elle chercha dans toutes les allées, trottant, puis courant comme une folle à travers le magasin. Elle atterrit à la confiserie, prête à faire sur elle tant elle était affolée. Comment l'avait-elle habillé aujourd'hui ? Il portait ses baskets rouges. C'était toujours celles-là qu'il voulait parce qu'il y avait Elmo dessiné sur la semelle. Son personnage préféré. Lui avait-elle mis sa chemise blanche ou la bleue ? Et son pantalon ? Avait-elle repassé son pantalon cargo ce matin, ou lui avait-elle enfilé un jean ? Pourquoi n'arrivait-elle pas à s'en souvenir ?

« J'ai vu un enfant dehors », dit quelqu'un, et de nouveau elle se rua vers les portes du magasin.

Elle aperçut Felix qui marchait près de la voiture, se dirigeant vers le siège du passager. Il portait sa chemise blanche, son pantalon cargo et ses baskets rouges avec le dessin d'Elmo. Ses cheveux derrière sa tête étaient encore humides à l'endroit où elle avait lissé son épi avant de quitter l'appartement.

Pauline ralentit, passa du pas de course à une marche rapide et se tapota la poitrine avec la main comme si elle pouvait calmer son cœur. Elle ne le gronderait pas, car il n'en comprendrait pas la raison et elle lui ferait peur pour rien. Elle le prendrait plutôt dans ses bras et embrasserait chaque centimètre carré de son petit corps jusqu'à ce qu'il se mette à gigoter, puis elle lui dirait que s'il s'éloignait de nouveau, elle lui tordrait son joli petit cou.

Elle essuya des larmes en contournant l'arrière de la Lexus. Felix était déjà monté, la portière ouverte, les jambes pendant dans le vide. Il n'était pas seul.

« Oh, merci ! », lança-t-elle à l'inconnu. Elle s'approcha de Felix, en ajoutant : « Il s'est perdu dans le magasin, et… »

Pauline sentit une explosion dans sa tête. Elle s'effondra sur le trottoir comme une poupée de chiffon. La dernière chose qu'elle vit en levant les yeux fut Elmo en train de se moquer d'elle sous la semelle de Felix.

Chapitre six

SARA SE RÉVEILLA EN SURSAUT. Elle resta désorientée plusieurs secondes avant de comprendre qu'elle se trouvait dans l'unité de soins intensifs, assise sur une chaise à côté du lit d'Anna. La pièce était sans fenêtre. Le rideau en plastique qui faisait office de porte arrêtait la lumière du couloir. Sara se pencha en avant, regarda sa montre à la clarté des moniteurs et vit qu'il était huit heures du matin. La veille, elle avait assuré deux permanences d'affilée pour avoir sa journée libre et faire tout un tas de choses en retard : le réfrigérateur était vide, des factures attendaient d'être payées et le linge sale s'empilait si haut sur le sol de son placard qu'elle n'arrivait plus à en fermer la porte.

Et pourtant, elle était là.

Quand elle se redressa sur sa chaise, une douleur traversa sa colonne vertébrale. Elle pressa ses doigts sur le poignet d'Anna, bien que les battements rythmiques de son cœur, comme sa respiration, fussent enregistrés par les machines. Sara ne pouvait savoir si Anna percevait la pression de ses doigts, ou même si elle était consciente de sa présence, mais elle se sentait mieux grâce à ce contact.

Peut-être valait-il mieux qu'Anna fût endormie. Son corps luttait contre une infection furieuse qui avait fait chuter dangereusement son taux de globules blancs. Son bras était dans une attelle ouverte, elle avait subi l'ablation du sein droit. Sa jambe était en traction, et des agrafes en métal retenaient tout ce que le choc avec la voiture avait déchiré. Un plâtre maintenait ses hanches en position fixe pour que les os restent alignés en se ressoudant. La douleur serait inimaginable, même si, compte tenu des tortures que la malheureuse avait endurées, cela n'avait peut-être plus d'importance.

Ce que Sara ne pouvait s'empêcher de se dire était que même dans son état, Anna était une belle femme, et que c'était sans doute une des qualités qui avaient plu à son tortionnaire. Ce n'était pas une beauté de cinéma, mais sa physionomie avait quelque chose de frappant qui devait attirer l'attention des hommes. Sara avait probablement regardé trop de reportages sur des affaires sensationnelles, mais il était difficile de croire qu'une femme aussi remarquable qu'Anna ait pu s'évanouir dans la nature sans que personne s'en aperçoive. Qu'il s'agisse de Laci Peterson, de Natalee Holloway ou d'autres victimes récentes d'assassinat, le monde semblait plus attentif quand c'était une belle femme qui disparaissait.

Sara ne savait pas pourquoi elle réfléchissait à tout cela. Comprendre ce qui s'était passé était le travail de Faith Mitchell. Sara n'avait aucun lien avec cette affaire, et à vrai dire il n'y avait aucune raison pour qu'elle soit restée à l'hôpital la veille au soir. Anna était entre de bonnes mains. Les médecins et les infirmières étaient au bout du couloir, et deux policiers montaient la garde devant la porte. Sara aurait mieux fait de rentrer chez elle et de se mettre au lit, pour écouter le doux bruit de la pluie et attendre que vienne le sommeil. Le problème était que le sommeil ne venait pas paisiblement, ou – ce qui était pire – il venait parfois trop profondément et Sara se retrouvait engluée dans un rêve, revivant l'époque où Jeffrey était encore de ce monde et où sa vie lui apportait tout ce qu'elle souhaitait.

Trois ans et demi avaient passé depuis la mort de son mari, et Sara ne se rappelait pas un seul moment où un souvenir de lui, une partie de lui n'avaient pas traîné dans sa tête. Dans les jours qui avaient suivi, elle avait vécu dans la terreur d'oublier quelque chose d'important au sujet de Jeffrey. Elle avait fait d'interminables listes de tout ce qu'elle aimait en lui. Son odeur quand il sortait de la douche. Le plaisir qu'il prenait à s'asseoir derrière elle et à lui brosser les cheveux. Le goût de ses lèvres quand elle l'embrassait. Il avait toujours un mouchoir dans sa poche, imprégné d'une lotion parfumée à l'avoine pour adoucir la peau de ses mains. C'était un bon danseur. Un bon flic. Il s'occupait bien de sa mère. Et il aimait Sara.

Il *avait aimé* Sara.

Les listes s'étaient allongées et avaient fini par devenir des énumérations sans fin : de chansons qu'elle ne pourrait plus écouter, de films qu'elle ne pourrait plus voir, d'endroits où elle ne pourrait plus aller. Elle remplissait des pages et des pages de titres de livres qu'ils avaient lus, de lieux qu'ils avaient visités en vacances, de longs week-ends passés au lit, et de quinze ans d'une vie dont elle savait qu'elle était finie pour toujours.

Sara n'avait aucune idée de ce qu'étaient devenues ces listes. Peut-être sa mère les avait-elle mises dans une boîte et emportées dans l'entrepôt de son père, ou peut-être Sara ne les avait-elle en réalité jamais écrites. Dans ces jours qui avaient suivi la mort de Jeffrey, où elle était si brisée qu'elle avait accepté volontiers de prendre des tranquillisants, peut-être avait-elle seulement rêvé qu'elle faisait ces listes, qu'elle restait assise des heures dans la cuisine sans lumière pour y noter pour la postérité tout ce qu'elle se rappelait de merveilleux sur son mari bien-aimé.

Xanax, Valium, Ambien, Zoloft. Elle s'était presque empoisonnée pour tenter d'aller au bout de chaque journée. Parfois, elle restait au lit, à demi consciente, et imaginait les mains de Jeffrey ou sa bouche sur son corps. Elle rêvait de la dernière nuit qu'ils avaient passée l'un contre l'autre, du regard dans ses yeux, de son assurance tandis qu'il l'amenait lentement au plaisir. Sara se réveillait en se débattant et luttait contre l'envie d'espérer quelques moments de plus de cette autre vie.

Elle passait des heures à se noyer dans des souvenirs érotiques, se rappelant chaque sensation, chaque centimètre de son corps avec une précision presque obscène. Pendant des semaines, elle n'avait pu penser qu'à la première fois où ils avaient fait l'amour. Pas la première fois où ils avaient couché ensemble, dans une impulsion fiévreuse et désordonnée qui l'avait poussée à se glisser honteusement hors de la maison le lendemain matin. Non, la première fois où chacun avait touché, caressé, chéri le corps de l'autre, comme font les vrais amants.

Il était doux. Il était tendre. Il l'écoutait. Il lui ouvrait la porte. Il avait confiance en son jugement. Il avait construit sa vie autour d'elle. Il était toujours là quand elle avait besoin de lui.

Il avait toujours été là.

Au bout de quelques mois, elle s'était souvenue de choses stupides. Une querelle qu'ils avaient eue sur la façon d'accrocher le rouleau de papier hygiénique à son support. Un désaccord sur l'heure où ils devaient se retrouver dans un restaurant. Leur deuxième anniversaire de mariage, où il avait pensé qu'aller voir un match de football à Auburn était un week-end romantique. Un séjour au bord de la mer, où elle s'était sentie jalouse de l'attention que lui portait une femme dans un bar.

Il savait réparer la radio dans la salle de bains. Il aimait lui faire la lecture durant les longs trajets. Il supportait son chat, qui avait uriné dans sa chaussure le premier jour où il s'était officiellement installé chez elle. Le rire commençait à lui donner des pattes-d'oie, qu'elle embrassait en se disant qu'il était vraiment merveilleux de vieillir auprès de cet homme.

Et maintenant, quand elle se regardait dans le miroir et découvrait une nouvelle ride sur son visage, tout ce qu'elle arrivait à se dire, c'était qu'elle vieillissait sans lui.

Sara n'aurait su dire combien de temps son deuil avait duré, ou plutôt s'il avait pris fin. Sa mère avait toujours été l'élément fort de la famille, et d'autant plus fort que ses filles avaient besoin d'elle. Tessa, sa sœur, était restée assise avec Sara des jours d'affilée, en la serrant parfois contre elle, en la berçant comme une enfant qui avait besoin d'être consolée. Son père faisait des réparations dans la maison. Il sortait la poubelle et allait à la poste à sa place. Une fois, elle l'avait trouvé sanglotant dans la cuisine et murmurant « Mon enfant… Mon petit enfant… ». Non pour Sara, mais pour Jeffrey, car Jeffrey était le fils qu'il n'avait jamais eu.

« Elle est en morceaux », avait un jour murmuré sa mère à sa tante Bella au téléphone. Une expression brutale, qu'elle n'aurait pas attendue d'elle. Mais elle décrivait si bien ce que Sara éprouvait qu'elle ne l'avait jamais oubliée et l'avait prise à la lettre, imaginant ses bras et ses jambes en train de se détacher de son corps. Quelle importance ? À quoi bon des bras et des jambes si elle ne pouvait plus courir vers lui, plus le toucher, plus le serrer contre elle ? Sara ne s'était jamais considérée comme le genre de femme qui avait besoin d'un homme pour donner un sens à sa vie ; mais, à bien des égards, Jeffrey en était l'axe, si bien que sans lui elle se sentait totalement égarée.

Qui était-elle, maintenant ? Qui était cette femme qui, sans son mari, n'avait plus envie de vivre, cette femme qui baissait les bras ? Telle était peut-être la vraie cause de sa douleur : non seulement d'avoir perdu Jeffrey, mais surtout de s'être perdue elle-même.

Chaque jour, Sara se disait qu'elle allait cesser de prendre ses pilules, cesser d'essayer de dormir pour mettre un terme aux minutes d'accablement qui lui semblaient passer si lentement que c'était comme si des semaines s'écoulaient à chaque heure. Quand elle réussissait à se passer de ses tranquillisants, elle ne mangeait plus. Non par choix, mais parce que la nourriture lui semblait avoir un goût de pourriture. La bile lui montait à la gorge, même quand sa mère lui apportait des petits plats de sa fabrication. Sara cessait de sortir, de prendre soin d'elle-même. Elle aurait voulu cesser d'exister, mais elle ne savait comment y parvenir sans compromettre tout ce en quoi elle avait cru.

Finalement, sa mère était venue la trouver et lui avait dit : « Décide-toi. Vis ou meurs, mais ne nous force plus à te regarder te délabrer. »

Sara avait considéré d'un œil froid plusieurs possibilités. Ses cachets. Une corde. Un revolver. Des lames de rasoir. Rien de tout cela ne ramènerait Jeffrey, rien de tout cela ne changerait ce qui s'était produit.

Le temps avait passé, la pendule avait tourné quand elle aurait voulu la faire reculer. On approchait du premier anniversaire de la mort de son mari quand Sara avait pris conscience que si elle disparaissait, les souvenirs de Jeffrey disparaîtraient avec elle. Ils n'avaient pas eu d'enfant. Aucun monument ne commémorait leur mariage, leur vie à deux. Il ne restait que Sara, et les souvenirs préservés dans sa tête et dans son cœur.

Elle n'avait donc eu d'autre choix que de se ressaisir enfin, d'arrêter le processus de morcellement. Et petit à petit, c'était un peu plus elle et un peu moins son ombre qui avait recommencé à se mouvoir dans le monde. Elle se levait le matin, allait courir dans le parc, travaillait à temps partiel, tentait de revivre comme autrefois, mais sans Jeffrey. Elle s'était efforcée vaillamment d'aller de l'avant parmi les fantômes de son existence passée, mais elle n'avait pas pu, tout simplement. Impossible de rester dans la maison où ils s'étaient aimés, dans la ville où ils avaient vécu l'un près de l'autre. Impossible même de participer à un classique déjeuner du dimanche chez ses parents, parce qu'il y avait toujours cette chaise inoccupée à côté d'elle, ce vide que rien, jamais, ne pourrait combler.

L'annonce qu'un poste était libre au Grady Hospital lui avait été envoyée par e-mail par un ancien d'Emory University, qui n'avait aucune idée de ce qui lui était arrivé. Pour lui, c'était une plaisanterie, qui sous-entendait : « Qui aurait envie de retourner travailler dans ce trou à rats ? » ; mais Sara avait appelé l'administrateur de l'hôpital dès le lendemain matin. Et s'était fait engager comme interne au service des urgences. Elle savait quel mastodonte courbatu était le système de santé publique. Elle savait aussi que travailler aux urgences dévorait votre vie, votre âme. Elle avait loué sa maison, vendu son cabinet pédiatrique et la plupart de ses meubles et s'était installée à Atlanta un mois plus tard.

Voilà où elle en était. Deux ans avaient passé et Sara stagnait toujours. En dehors du travail, elle n'avait que peu d'amis, mais à vrai dire elle n'avait jamais été très liante. Sa vie avait toujours tourné autour de sa famille. Sa sœur Tessa avait toujours été sa meilleure amie, et sa mère sa principale confidente. Jeffrey était le chef de la police du comté de Grant, Sara, le médecin légiste. Ils travaillaient le plus souvent ensemble, et elle se demandait maintenant si leur relation aurait été aussi forte si chacun était parti tous les matins de son côté et s'ils ne s'étaient retrouvés que le soir pour le dîner.

L'amour, comme l'eau, coulait toujours là où il y avait le moins d'obstacles.

Sara avait grandi dans une petite ville. La dernière fois où elle avait sérieusement fréquenté un garçon, les filles n'avaient pas le droit d'appeler leurs chevaliers servants au téléphone et ceux-ci devaient demander la permission au père pour proposer des sorties à leurs filles. Ces pratiques étaient devenues désuètes, presque risibles, mais il arrivait à Sara de les regretter. Elle ne comprenait pas les nuances de la fréquentation entre adultes, mais elle s'était forcée à essayer, pour voir si cette part d'elle-même était morte avec Jeffrey elle aussi.

Il y avait eu deux hommes depuis qu'elle s'était installée à Atlanta, connus tous les deux par l'intermédiaire d'infirmières et tous les deux d'une épuisante banalité. Le premier était beau, intelligent et réussissait dans sa carrière, mais il n'y avait rien derrière son sourire impeccable et ses excellentes manières, et il n'avait pas rappelé après que Sara avait éclaté en sanglots la première fois qu'ils s'étaient embrassés. Le second remontait à trois mois. Les choses s'étaient un peu mieux passées, à moins que Sara se racontât des histoires. Elle avait couché avec lui une fois, mais seulement après quatre verres de vin. Elle avait serré les dents du début à la fin, comme si l'acte était un examen qu'elle était décidée à réussir. L'homme avait mis un terme à la relation dès le lendemain, ce dont Sara ne s'était rendu compte qu'au bout d'une semaine, en écoutant les messages sur son répondeur.

Si elle ne devait avoir qu'un regret au sujet des années passées avec Jeffrey, ce serait celui-ci : pourquoi ne l'avait-elle pas embrassé plus souvent ? Comme pour beaucoup de couples mariés, un langage secret de l'intimité s'était développé entre eux. En général, un long baiser signalait un désir de sexe et non simplement la tendresse. Il y avait de rapides bises sur la joue ou sur les lèvres avant de partir travailler, mais plus rien comme au temps où ils avaient commencé de se voir et où les baisers passionnés étaient des cadeaux sensuels et exotiques qui ne les poussaient pas forcément à s'arracher leurs vêtements.

Sara aurait voulu revenir à ces commencements, profiter de ces longues heures sur le canapé où elle tenait la tête de Jeffrey sur ses genoux et l'embrassait profondément en faisant courir ses doigts dans ses cheveux. Elle regrettait avec violence ces moments volés dans les parkings, les halls d'immeubles, les cinémas où elle avait le sentiment qu'elle ne pourrait plus respirer si elle ne sentait pas sa bouche pressée contre la sienne. Et ces surprises quand il apparaissait à l'improviste à son travail, ce soudain battement de son cœur quand elle l'apercevait qui marchait dans la rue. Ces frémissements quand le téléphone sonnait et qu'elle entendait sa voix. Ces accélérations de son sang dans ses veines quand elle conduisait seule ou faisait des courses au drugstore et sentait tout à coup son odeur sur sa peau.

Elle regrettait avec violence son amant.

Le rideau en vinyle s'écarta en grinçant sur sa tringle et Jill Marino, une des infirmières de l'unité de soins intensifs, adressa à Sara un sourire éclatant avant de poser le dossier d'Anna sur le lit.

« Bien dormi ? », demanda-t-elle. Elle s'affaira dans la chambre, vérifiant les connexions, s'assurant que la perfusion coulait bien. « La gazométrie est arrivée. »

Sara ouvrit le dossier et lut les colonnes de chiffres. La veille au soir, l'oxymètre au doigt d'Anna s'obstinait à signaler un taux d'oxygène sanguin trop bas. Ce matin, il semblait s'être régularisé tout seul. Sara se sentait souvent humble devant les capacités du corps humain à se soigner lui-même.

« On se sent presque superflu, observa-t-elle. Vous ne trouvez pas ?

— Les médecins, peut-être, la taquina Jill. Mais les infirmières ?

— Bien vu. »

Sara enfonça la main dans la poche de sa blouse et sentit sous ses doigts la lettre. Elle s'était changée la veille après s'être occupée d'Anna et l'avait automatiquement fait passer dans sa blouse propre. Peut-être ferait-elle mieux de l'ouvrir. De s'asseoir, de déchirer l'enveloppe et d'en finir une fois pour toutes.

« Quelque chose ne va pas ? », demanda Jill.

Sara secoua la tête. « Non. Rien. Merci de m'avoir supportée cette nuit.

— Vous m'avez facilité la tâche », protesta l'infirmière. L'unité de soins intensifs était bondée, comme d'habitude. « Je vous appellerai s'il y a un changement. » Elle posa un instant sa main sur la joue d'Anna et sourit à la blessée. « Peut-être que cette pauvre fille va se réveiller d'ici ce soir.

— Je suis sûre que oui. » Sara ne pensait pas qu'Anna puisse l'entendre, mais cela lui faisait du bien d'entendre ces mots de sa propre bouche.

Les deux policiers en faction devant la porte touchèrent leur casquette au passage de Sara. Elle sentit leurs yeux sur elle en s'éloignant par le couloir, non parce qu'ils la trouvaient sexy, mais parce qu'ils savaient qu'elle était la veuve d'un flic. Sara n'avait jamais parlé de Jeffrey avec personne au Grady Hospital, mais il y avait assez de policiers qui entraient et sortaient chaque jour des urgences et sa situation était tombée dans le domaine public. C'était vite devenu un de ces secrets familiers dont tout le monde parlait, mais en évitant seulement d'en dire mot devant Sara. Elle n'avait jamais souhaité jouer les héroïnes tragiques, mais si cela dissuadait les gens de lui poser des questions, elle n'allait pas s'en plaindre.

Le grand mystère était la raison pour laquelle elle avait si facilement parlé de Jeffrey à Faith Mitchell. Elle préférait se dire que c'était parce que Faith était de toute évidence un bon flic, plutôt que de s'avouer la vérité : elle se sentait seule. Sa sœur voyageait par le monde, ses parents habitaient à quatre heures de voiture et à une vie entière de distance, et les journées de Sara n'étaient guère remplies que par son travail et ce qu'il y avait à la télévision quand elle rentrait.

Pire : elle avait le soupçon lancinant que ce n'était pas vraiment Faith qui l'avait intéressée, mais plutôt l'affaire elle-même. Jeffrey avait toujours sondé l'opinion de Sara lors de ses enquêtes, et ces appels à son raisonnement lui manquaient.

La nuit dernière, pour la première fois depuis des siècles, la dernière personne à laquelle elle avait pensé avant de s'endormir n'avait pas été Jeffrey, mais Anna. Qui l'avait enlevée ? Pourquoi l'avait-on choisie ? Quels indices avait-on laissés sur son corps qui pourraient expliquer les motivations de la bête féroce qui l'avait torturée ? En parlant avec Faith dans la cafétéria, Sara avait enfin eu le sentiment que son cerveau servait à une tâche plus utile que celle de la maintenir en vie envers et contre tout. Et c'était probablement la dernière fois qu'elle aurait cette impression avant très longtemps.

Sara se frotta les yeux en essayant de chasser sa somnolence. Elle avait su tout de suite que la vie sans Jeffrey serait douloureuse. Ce qu'elle n'avait pas su, c'était qu'elle lui semblerait si diablement creuse et vaine.

Elle était presque arrivée aux ascenseurs quand son portable sonna. Elle tourna les talons et reprit le chemin de la chambre d'Anna en répondant :

« J'étais en train de partir.

— Sonny sera là dans dix minutes », lui dit Mary Schroder.

Sara s'arrêta et son cœur cessa un instant de battre quand elle entendit ces mots. Sonny était l'époux de Mary, un policier en général de service tôt le matin.

« Il va bien ? demanda-t-elle.

— Sonny ? Oui, bien sûr. Où êtes-vous ?

— En haut, aux soins intensifs. » De nouveau, Sara fit volte-face et retourna vers les ascenseurs. « Qu'est-ce qui se passe ?

— Sonny a reçu un appel au sujet d'un petit garçon abandonné sur le parking du supermarché City Foods, sur Ponce de Leon Avenue. Six ans. Le pauvre gamin est resté au moins trois heures sur la banquette arrière d'une voiture. »

Sara appuya sur le bouton de l'ascenseur.

« Où est sa mère ?

— Disparue. Son sac est sur le siège avant, ses clefs dans le contact, et il y a du sang sur le sol à côté de la voiture. »

Sara sentit son cœur s'accélérer.

« Est-ce que le petit a vu quelque chose ?

— Il est trop choqué pour parler et Sonny n'est bon à rien. Il ne sait pas s'y prendre avec les gamins de cet âge. Vous descendez ?

— J'attends l'ascenseur. » Sara regarda l'heure. « Sonny est sûr, pour les trois heures ?

— Le gérant du magasin a remarqué la voiture en arrivant. Il dit que la mère était là plus tôt, affolée parce qu'elle avait perdu son fils dans les allées. »

Sara appuya de nouveau sur le bouton, tout en sachant que ce geste ne servait à rien.

« Pourquoi a-t-il fallu trois heures pour qu'on prévienne la police ?

— Parce que les gens sont des cons, répondit Mary. La plupart des gens sont vraiment de pauvres cons ! »

Chapitre sept

QUAND FAITH SE RÉVEILLA CE MATIN-LÀ, sa Mini rouge était garée dans l'allée de son pavillon. Amanda avait dû suivre Will jusqu'ici, puis le ramener chez lui. Sans doute avait-il pensé qu'il rendait service à Faith, mais celle-ci avait encore envie de l'étrangler. Quand il l'avait appelée ce matin pour lui dire qu'il passerait la prendre à huit heures et demie comme d'habitude, elle avait répondu par un « Bon » très sec qui résonnait vers lui comme un coup de feu.

Sa colère s'était un peu calmée quand Will lui avait raconté ce qui s'était passé la nuit précédente : sa folle incursion dans la caverne, la découverte de l'autre victime, les réactions d'Amanda. La dernière partie semblait particulièrement éprouvante ; Amanda ne rendait jamais les choses plus faciles pour personne. La voix de Will trahissait son épuisement et Faith avait éprouvé une certaine compassion pour lui lorsqu'il lui avait décrit la femme accrochée dans l'arbre ; mais dès qu'elle avait reposé son téléphone, sa fureur avait repris le dessus.

Pourquoi diable était-il descendu dans cette caverne sans personne pour l'assister à part cet idiot de Fierro resté en haut ? Pourquoi diable n'avait-il pas appelé Faith pour l'aider à chercher la deuxième victime ? Surtout, pourquoi, au nom du Ciel, croyait-il lui rendre service en l'empêchant de faire son travail ? La prenait-il pour une incapable ? Faith n'avait pourtant rien d'une mascotte inutile. Sa mère avait été flic. Et Faith avait gravi les échelons du rang de simple patrouilleuse à celui d'inspectrice de la brigade criminelle plus vite que n'importe qui au GBI. Quand Will l'avait rencontrée, elle n'était pas occupée à ramasser des fleurs. Et elle n'était pas le docteur Watson de son Sherlock Holmes.

Faith s'était obligée à inspirer profondément. Elle avait l'esprit assez clair pour se rendre compte que sa colère était peut-être disproportionnée. Ce fut seulement lorsqu'elle s'assit à la table de la cuisine et mesura le taux de sucre dans son sang qu'elle comprit pourquoi. Elle était de nouveau au-dessus de 1,50, ce qui, aux dires de la brochure *Votre vie avec le diabète*, suffisait à vous rendre nerveuse et irritable. Et ses efforts pour s'injecter de l'insuline ne changèrent rien ni à sa nervosité, ni à son irritabilité.

Ses mains étaient fermes quand elle fit tourner le cadran jusqu'aux bons chiffres (espérait-elle), mais sa jambe se mit à trembler quand elle tenta de se piquer avec l'aiguille, si bien qu'elle se mit à ressembler à un chien qui se gratte avec plaisir. Une partie de son inconscient immobilisait sa main au-dessus de sa cuisse tremblante, incapable de s'infliger une douleur volontaire. C'était probablement du côté de cette région endommagée de son cerveau que quelque chose empêchait Faith d'entamer une relation durable avec un homme.

« Merde ! », souffla-t-elle, presque comme un éternuement, en enfonçant l'aiguille et en appuyant sur le piston. Le liquide brûlait comme le feu, même si le commentaire de la brochure prétendait qu'il était quasiment indolore. Peut-être qu'après s'être piquée dix mille fois par semaine, une dose d'insuline dans la cuisse ou dans l'abdomen ne faisait plus mal, mais Faith n'en était pas au point où elle pouvait imaginer qu'un jour elle en arriverait là. Quand elle retira l'aiguille, elle transpirait si fort que ses aisselles étaient moites.

Durant l'heure suivante, Faith partagea son temps entre le téléphone et l'Internet, appelant diverses agences gouvernementales pour accélérer l'enquête et s'effrayant elle-même en cherchant sur Google tous les renseignements possibles sur le diabète de type 2. Elle passa les dix premières minutes en ligne avec la police d'Atlanta, tout en tâchant de découvrir sur son ordinateur portable un autre diagnostic au cas où Sara Linton se serait trompée. Cette recherche s'avéra illusoire, et quand elle eut au bout du fil ses collègues du labo du GBI, elle était déjà tombée sur son premier blog de diabétique. Elle en trouva un autre, puis un autre, et un autre encore : des milliers de gens s'épanchant sur le malheur de vivre avec une maladie chronique.

Faith lut des messages au sujet de pompes et de moniteurs, et de rétinopathie diabétique, et de mauvaise circulation, et de perte de libido, et de toutes les joyeusetés que le diabète pouvait apporter à votre vie. Il y avait aussi des traitements miracles, des commentaires sur des stratagèmes pour lutter contre la maladie, et un cinglé qui prétendait que le diabète était un complot du gouvernement pour extorquer des sommes folles à un public naïf et financer ainsi la guerre du pétrole.

En parcourant les pages conspirationnistes, Faith fut bientôt prête à croire n'importe quoi qui mettrait fin au cauchemar de devoir vivre le reste de son existence à se mesurer et à se piquer. De longues années passées à suivre tous les régimes sans graisse suggérés par *Cosmo* lui avaient appris à calculer les hydrates de carbone et les calories, mais la pensée de devenir un coussin à épingles humain était difficile à supporter. Complètement déprimée – et en ligne avec la Brigade financière –, elle revint en quelques clics aux pages pharmaceutiques, qui montraient des diabétiques souriants et en pleine santé faisant de la bicyclette, jouant avec des chiots, des chatons, de jeunes enfants et des cerfs-volants, parfois les quatre à la fois. De toute évidence, la femme qui sautillait autour d'un adorable garçonnet ne souffrait pas de sécheresse vaginale.

Et de toute évidence aussi, après avoir passé la matinée au téléphone, Faith aurait pu appeler le cabinet du médecin et fixer un rendez-vous pour plus tard dans l'après-midi. Elle avait le numéro griffonné par Sara Linton à côté d'elle, et bien sûr elle avait fait une recherche sur le docteur Delia Wallace, histoire de voir si elle avait été poursuivie pour faute médicale grave ou conduite en état d'ivresse. Elle connaissait maintenant tous les détails de son curriculum vitae et de ses amendes pour stationnement interdit, mais n'arrivait toujours pas à composer son numéro.

Elle savait que ce qui la retenait était sa grossesse. Amanda Wagner avait eu une liaison avec l'oncle de Faith, Ted, qui avait fini en queue de poisson vers l'époque où Faith était entrée au lycée. La divisionnaire Amanda était très différente de la tante

Amanda. Elle pourrirait la vie de Faith comme seule une femme pouvait pourrir la vie d'une autre femme sous prétexte qu'elle avait fait ce que faisaient la plupart de leurs semblables. Faith était préparée à vivre cet enfer, mais lui permettrait-on de conserver son poste alors qu'elle était diabétique ?

Pouvait-elle aller sur le terrain, porter une arme et arrêter les malfaiteurs si son taux de sucre dans le sang était anormal ? L'exercice pouvait provoquer une chute précipitée. Et si elle poursuivait un suspect et s'évanouissait ? Sans parler des moments d'émotion, qui pouvaient aussi influer sur sa formule sanguine. Et si elle interrogeait un témoin et ne se rendait pas compte qu'elle lui posait des questions folles jusqu'à l'intervention de la police des polices ? Et Will ? Pourrait-il encore se fier à elle ? Malgré tous les agacements, Faith était très dévouée à son partenaire. Elle était souvent amenée à se comporter comme son guide, son rempart contre le monde, voire sa grande sœur. Comment pourrait-elle protéger Will si elle ne pouvait se protéger elle-même ?

Mais peut-être n'aurait-elle pas le choix.

Faith observa l'écran de son ordinateur et songea à faire une recherche sur la politique habituelle des forces de police à l'égard de leurs membres atteints de diabète. Les mettait-on au placard, par exemple au fond d'un bureau jusqu'à ce qu'ils moisissent ou donnent leur démission ? Les obligeait-on à quitter leur poste ? Ses mains se posèrent sur le clavier, mais ses doigts restèrent immobiles. Comme pour la piqûre d'insuline, son cerveau bloquait ses muscles et l'empêchait d'appuyer sur les touches. Son index pressa légèrement la lettre H, par réflexe plus que par volonté, et elle se sentit de nouveau en transpiration. Quand le téléphone sonna, elle bondit de sa chaise.

« Bonjour, dit Will. Si tu es prête, je t'attends dehors. »

Faith referma son ordinateur, rassembla les notes qu'elle avait prises en téléphonant, fourra son matériel de diabétique dans son sac et sortit de l'appartement sans se retourner.

Will était au volant d'une Dodge Charger banalisée, ce qu'ils appelaient un G-ride, un terme familier pour voiture du gouvernement. Le véhicule arborait une grande rayure à l'aile arrière et une antenne pour capter tous les signaux dans un rayon de cent cinquante kilomètres. Un enfant de trois ans aveugle aurait repéré qu'il s'agissait d'une voiture de police.

Elle ouvrit la portière et Will lui dit aussitôt : « J'ai l'adresse de Jacquelyn Zabel à Atlanta. »

Il parlait de la deuxième victime, la femme qu'il avait découverte suspendue la tête en bas à un arbre. Faith monta en voiture et boucla sa ceinture.

« Comment as-tu fait ?

— Le shérif de Walton Beach m'a rappelé ce matin. Ils ont fait une enquête de voisinage. Apparemment, la mère de Jacquelyn venait de partir pour une maison de retraite et sa fille faisait les cartons dans l'intention de vendre la maison.

— Et où est-elle, la maison ?

— Près d'Inman Park. Charlie nous y attend. J'ai appelé la police d'Atlanta pour qu'on nous envoie du renfort. Ils ont dit qu'ils pouvaient me donner deux voitures de patrouille pour deux heures. »

Il fit marche arrière dans l'allée et regarda Faith.

« Tu as l'air d'aller mieux. Tu as dormi ? »

Faith ne répondit pas. Elle prit son calepin et parcourut la liste de ce qu'elle avait fait ce matin au téléphone.

« J'ai fait envoyer au labo les échardes de bois prélevées sous les ongles d'Anna. J'ai envoyé un technicien relever ses empreintes digitales. Lancé un appel à témoins pour qu'on nous signale toutes les disparitions de femmes ressemblant à Anna. On va nous envoyer un dessinateur pour qu'il fasse son portrait. À mon avis, elle a le visage trop contusionné pour qu'on la reconnaisse à partir d'une photo. »

Elle passa à la page suivante, lisant ses notes.

« J'ai contacté le Centre national d'information sur la délinquance et le fichier des enlèvements pour savoir si l'on enquêtait sur des cas similaires ailleurs dans le pays. Le FBI n'est sur rien de comparable en ce moment, mais j'ai fait entrer les détails de notre affaire dans la base de données, au cas où quelque chose correspondrait. » De nouveau, elle tourna une page. « J'ai lancé une alerte sur les cartes de crédit de Jacquelyn Zabel au cas où quelqu'un essaierait de les utiliser. J'ai aussi appelé l'Institut médico-légal. L'autopsie doit commencer ce matin vers onze heures. J'ai aussi pris contact avec les Coldfield, les gens qui étaient dans la Buick qui a renversé Anna. Ils m'ont dit de passer au foyer pour femmes sans-abri où la femme, Judith, travaille comme bénévole, bien qu'ils aient déjà dit tout ce qu'ils savaient à ce sympathique inspecteur, Galloway. En parlant de ce con, j'ai réveillé Jeremy ce matin à son lycée pour qu'il laisse un message sur le répondeur de Galloway en lui disant qu'il était de l'administration des impôts et devait lui parler de certaines irrégularités. »

Will rit à ces derniers mots.

« Nous attendons que le comté de Rockdale nous faxe les rapports sur la scène du crime et les dépositions de témoins qu'ils ont recueillies. Sinon, c'est tout ce que nous avons. » Faith referma son calepin. « Et toi, qu'est-ce que tu as fait ce matin ? »

Il fit un signe du menton vers le tableau de bord.

« Je t'ai apporté un chocolat chaud. »

Faith regarda avec gourmandise le gobelet en carton, mourant d'envie de lécher la crème fouettée qui avait coulé par la fente du couvercle. Elle avait menti à Sara Linton sur ses habitudes alimentaires, et aussi sur le jogging. La dernière fois qu'elle avait couru, c'était de sa voiture à la porte du fast-food Zesto, dans l'espoir d'acheter un milk-shake avant la fermeture. Son petit déjeuner consistait généralement en une tarte aux pommes nappée de crème, également achetée dans un fast-food, qu'elle faisait descendre avec un Coca light ; mais ce matin, elle avait mangé un œuf dur et une tranche de pain grillé sans beurre, le genre de chose qu'on servait dans les prisons. Le sucre du chocolat était probablement ce qu'il fallait pour la tuer, et elle répondit « Non, merci » avant de se laisser le temps de changer d'avis.

« Tu sais, commença-t-il, si tu essaies de perdre du poids, je peux...

— Will, interrompit-elle, je suis au régime depuis dix-huit ans. Si j'avais envie de me laisser aller, je me laisserais aller.

— Je n'ai pas dit...

— Et je n'ai pris que quelques kilos, ajouta-t-elle. Je n'ai rien d'un Bibendum. »

Will regarda son sac sur ses genoux, en faisant la grimace. Finalement, il dit :

« Excuse-moi.

— Merci.

— Si tu n'en veux pas, je... » Il ne finit pas sa phrase et prit le gobelet sur le tableau de bord. Faith alluma la radio pour ne pas avoir à l'entendre déglutir. Malgré le bas volume, elle saisit le murmure d'un flash d'informations résonner dans les baffles. Elle appuya sur les boutons jusqu'au moment où elle trouva quelque chose de doux et d'inoffensif qui ne lui taperait pas sur les nerfs.

La ceinture de sécurité se tendit sur son torse au moment où Will ralentit pour laisser un piéton traverser. Elle n'avait aucune raison d'être désagréable avec lui. Et puis, il n'était pas idiot : il avait compris de toute évidence que quelque chose n'allait pas, mais, comme d'habitude, il ne voulait pas la pousser dans ses retranchements. Elle se sentit soudain coupable de lui cacher des choses importantes, mais Will non plus n'était pas du genre à partager ses angoisses. C'était par accident qu'elle avait découvert qu'il était dyslexique. Du moins, elle pensait qu'il s'agissait de dyslexie. Un problème de lecture en tout cas, mais Dieu seul savait quelle en était la cause exacte. Faith avait constaté que Will parvenait à identifier certains mots, mais cela lui prenait un temps fou et il se trompait le plus souvent sur leur sens. Quand elle avait essayé de l'interroger sur ce sujet, Will lui avait cloué le bec si sèchement qu'elle s'était sentie rougir de honte d'avoir posé la question.

Peut-être avait-il raison de dissimuler son problème, même si Faith avait du mal à le reconnaître. Elle était flic depuis assez longtemps pour savoir que la plupart des officiers de police avaient l'esprit très fermé, voire primaire. Ils étaient même du genre réactionnaire et tout ce qui sortait de l'ordinaire avait tendance à les choquer. Peut-être l'habitude d'avoir affaire aux éléments les plus infâmes de la société les poussait-il à rejeter toute forme d'anomalie dans leurs propres rangs. Quelle que fût l'explication, Faith savait que si la dyslexie de Will était connue au GBI, il n'y aurait pas un seul flic pour se montrer compréhensif. Il avait déjà du mal à s'intégrer, et une indiscrétion risquerait de le marginaliser définitivement.

Will tourna à droite dans Moreland Avenue et elle se demanda comment il pouvait s'orienter, la droite et la gauche restant pour lui un problème insurmontable. Mais il était incroyablement habile à dissimuler ses handicaps. Pour les cas où son étonnante mémoire lui ferait défaut, il possédait un enregistreur numérique qu'il gardait dans la poche arrière de son pantalon, là où la plupart des policiers se contentent d'un calepin. Parfois, il lui arrivait de commettre une erreur, mais la plupart du temps Faith était ébahie de le voir si bien s'en sortir. Il avait achevé son cursus scolaire et universitaire sans que personne s'aperçoive qu'il avait de si gros problèmes. Grandir dans un orphelinat ne lui avait pas vraiment donné un bon départ dans la vie. Ses réussites avaient de quoi le rendre fier, ce qui rendait encore plus triste qu'il ait à cacher ses insuffisances.

Ils traversaient Little Five Points, un quartier mélangé de la ville où les bars miteux côtoyaient les boutiques de mode hors de prix, quand Will se décida à parler :

« Tu te sens bien aujourd'hui ?

— Oui. Je réfléchissais », répondit Faith, sans rien dire de l'objet de ses réflexions. « Que savons-nous des deux victimes ?

— Toutes les deux sont brunes. Toutes les deux sportives et séduisantes. Celle qui est à l'hôpital s'appelle probablement Anna. Le permis de conduire de celle qui pendait dans l'arbre nous dit qu'elle s'appelle Jacquelyn Zabel.

— Les empreintes digitales ?

— Il y en avait une sur le canif qui appartient à Jacquelyn Zabel. Celle qui est bien visible sur le permis de conduire est inconnue de nos fichiers. Ce n'est pas celle de Jacquelyn et elle n'est enregistrée nulle part.

— Il faudrait la comparer à celles d'Anna, c'est peut-être la sienne. Si Anna a touché le permis de conduire, ça veut dire qu'elles étaient séquestrées ensemble dans la caverne.

— Bonne idée. »

Faith avait l'impression de lui tirer les vers du nez, même si l'on ne pouvait blâmer Will d'être sur ses gardes avec elle compte tenu de ses humeurs récentes.

« Tu as trouvé autre chose sur Jacquelyn Zabel ? »

Il haussa les épaules, comme pour dire que ses découvertes étaient insignifiantes, mais débita d'une voix terne :

« Trente-huit ans, célibataire, sans enfants. La police de Floride va nous donner un coup de main : perquisitionner chez elle, étudier ses relevés téléphoniques, chercher d'autres parents que sa mère qui vivait à Atlanta. Le shérif prétend que personne en ville ne la connaissait très bien. Elle était plus ou moins amie avec sa voisine, qui arrosait ses plantes, mais elle ne sait à peu près rien sur elle. Il est question d'un différend durable avec d'autres voisins, notamment une histoire de poubelles laissées dans la rue. Selon le shérif, elle aurait déposé plusieurs plaintes pour nuisances dans les six derniers mois. Des fêtes qui faisaient trop de bruit, des voitures garées devant chez elle. »

Faith se mordit la lèvre pour ne pas lui demander pourquoi il n'avait pas commencé par lui dire tout cela.

« Est-ce que le shérif l'a rencontrée ?

— Il dit qu'il a enregistré lui-même deux ou trois des plaintes pour nuisances et qu'il ne l'a pas trouvée très sympathique.

— En d'autres termes, il dit que c'était une sale conne », résuma Faith. Pour un flic, Will employait un vocabulaire étonnamment comme il faut. « Qu'est-ce qu'elle faisait comme boulot ?

— Agent immobilier. Le marché va mal, mais elle faisait apparemment de bonnes affaires. Une maison au bord de la mer, une BMW, un bateau au port de plaisance.

— Et la batterie que tu as trouvée dans la caverne ? Ce n'était pas un truc pour les bateaux ?

— Le shérif a fouillé le sien. La batterie est en place.

— Ça valait la peine de vérifier », marmonna Faith, en se disant qu'ils s'accrochaient pour le moment à des brindilles.

« Charlie dit que la batterie qu'il a trouvée dans la caverne est vieille d'au moins dix ans. Tous les chiffres sont effacés. Il va voir s'il peut en apprendre plus, mais il est probable qu'il ne trouvera rien. Ce genre de machin s'achète dans n'importe quel vide-greniers. » Il haussa de nouveau les épaules, avant d'ajouter : « La seule chose que cette batterie nous révèle, c'est que le type savait ce qu'il voulait en faire.

— C'est-à-dire ?

— Une batterie de voiture est prévue pour lancer une décharge forte et brève, celle qui est nécessaire pour démarrer le moteur. Une fois que c'est fait, l'alternateur prend le relais et la batterie ne sert plus à rien jusqu'au prochain démarrage. Une batterie de marine comme celle de la caverne est ce qu'on appelle une batterie à charge profonde, ce qui veut dire qu'elle décharge un courant régulier pendant une longue période. On détruirait très vite une batterie de voiture en l'utilisant comme le tortionnaire l'a fait. Alors qu'une batterie de marine peut durer des heures. »

Faith laissa ses mots sans réponse, tandis que son cerveau s'efforçait de les comprendre. Mais il n'y avait rien à comprendre : ce qu'on avait fait subir à ces femmes n'était pas le fait d'un esprit sensé.

« Où est la BMW de Jacquelyn ? demanda-t-elle.

— On ne sait pas. Ni devant chez elle en Floride, ni devant chez sa mère ici.

— Tu as lancé un avis de recherche ?

— Oui, en Floride et en Géorgie. »

Il tendit la main vers le siège arrière et saisit une poignée de classeurs. Tous étaient d'une couleur qui indiquait leur contenu, et il les écarta un par un jusqu'à ce qu'il tombât sur l'orange, qu'il tendit à Faith. Elle l'ouvrit et y trouva un document à l'en-tête du Bureau d'enregistrement des véhicules de l'État de Floride. La copie du permis de conduire de Jacquelyn Alexandra Zabel lui sauta au visage. La photo montrait une très séduisante jeune femme aux longs cheveux bruns et aux yeux marron foncé.

« Elle est jolie, dit Faith.

— Anna aussi. Brunes toutes les deux. Les yeux, les cheveux.

— Notre sadique a un type. » Faith tourna la page et lut à voix haute : « La voiture est une BMW rouge de 2008, modèle 540i. Excès de vitesse il y a six mois pour avoir roulé à cent trente sur une voie rapide limitée à quatre-vingt-dix. Non-respect d'un stop à proximité d'une école le mois dernier. Refus de s'arrêter à un barrage routier il y a deux semaines et refus de se soumettre à l'éthylotest, prochaine convocation au tribunal. » Elle feuilleta le reste du dossier. « Elle n'avait pas eu de contravention jusqu'à une date récente. »

Will se gratta distraitement l'avant-bras en attendant au feu.

« Il s'est peut-être passé quelque chose dans sa vie, dit-il.

— Et toutes ces notes que Charlie a trouvées dans la caverne ?

— *Je ne me priverai pas*, rappela-t-il en prenant le classeur bleu. Les pages sont au labo, on cherche les empreintes, s'il y en

a. Elles viennent d'un carnet à spirale ordinaire. Écrites au crayon, probablement par une femme. »

Faith regarda la copie des feuillets : la même phrase, encore et encore, des lignes d'écriture comme elle en avait fait elle-même plusieurs fois lorsqu'elle était punie à l'école primaire.

« Et la côte ? »

Will continuait à se gratter le bras.

« Pas trace de la côte, ni dans la caverne, ni dans ses environs immédiats.

— Un souvenir, alors ?

— Peut-être, dit-il. Jacquelyn n'avait pas d'entailles sur le corps. » Il se corrigea. « Du moins, d'entailles profondes, comme Anna à l'endroit où on lui arraché une côte. Mais toutes les deux semblent avoir subi plus ou moins les mêmes traitements.

— Les mêmes tortures... » Faith tenta de se placer dans l'esprit de l'homme qui les avait perpétrées. « Il attache une femme sur le lit et une femme en dessous. Il les change peut-être de place. Je veux dire, il soumet Anna à un sévice ou à un autre, puis il la met à la place de Jacquelyn et c'est elle qu'il soumet au même sévice.

— Puis il recommence dans l'autre sens, dit Will. Dans ce cas, Jacquelyn a peut-être entendu qu'il arrachait une côte à Anna, elle a compris ce qui l'attendait et elle a réussi à couper la corde autour de son poignet.

— Elle a dû trouver le canif, ou alors elle l'avait avec elle sous le lit.

— Charlie a examiné les lattes du sommier. La pointe d'un couteau très affuté a laissé une trace sur chaque latte à l'endroit où quelqu'un a coupé la corde sous le lit, de la tête vers les pieds. »

Faith réprima un frisson en se représentant l'évidence.

« Jacquelyn était sous le lit pendant qu'Anna se faisait mutiler.

— Et elle était probablement vivante pendant que nous fouillions les bois. »

Faith ouvrit la bouche pour dire quelque chose comme « Ce n'est pas ta faute », mais de telles paroles étaient inutiles. Elle-même se sentait coupable de n'avoir pas été présente au moment de la battue. Elle avait du mal à imaginer quels pouvaient être les sentiments de Will, tâtonnant dans les bois pendant que la malheureuse agonisait.

Elle préféra demander : « Qu'est-ce que tu as au bras ?

— Comment ça ?

— Tu n'arrêtes pas de te gratter. »

Il arrêta la voiture pour regarder les panneaux de signalisation.

« Hamilton », lut Faith.

Il regarda sa montre, un subterfuge qu'il employait souvent pour distinguer sa gauche de sa droite.

« Nos deux victimes sont certainement des femmes assez aisées », dit-il, en tournant à droite dans la direction de Hamilton. « Anna est sous-alimentée, mais ses cheveux sont en bon état. La coupe et la couleur, je veux dire. Et elle s'est fait manucurer récemment. Le vernis sur ses ongles est craquelé, mais on voit qu'il a été posé par une professionnelle. »

Faith s'abstint de lui demander comment il distinguait une manucure professionnelle d'un amateur.

« Ces femmes n'avaient rien à voir avec des prostituées, dit-elle. Elles avaient une maison et un boulot. Ce n'est pas fréquent qu'un tueur choisisse des victimes dont la disparition sera si vite remarquée.

— Le mobile, les moyens, l'occasion, dit-il, récitant les trois concepts de base de toute enquête criminelle. Le mobile, c'est le sexe et la torture. Peut-être le désir de posséder une côte de femme.

— Et les moyens ? », dit Faith, en se demandant comment le tortionnaire avait pu enlever ses victimes. « Peut-être qu'il a trafiqué leurs voitures pour les faire tomber en panne. C'est peut-être un mécanicien.

— Les BMW sont équipées d'une aide au conducteur. Tu appuies sur un bouton et ils te téléphonent avant de t'envoyer une dépanneuse.

— Pas mal ! », commenta Faith. La Mini était vraiment la BMW du pauvre : il fallait se charger soi-même de téléphoner en cas de pépin. « Jacquelyn est en train de vider la maison de sa mère, non ? Ce qui veut dire qu'elle a probablement signé un contrat avec une société de déménagement ou de vente de meubles.

— Sans compter qu'il lui faut une expertise anti-termites avant de vendre la maison », ajouta Will. Impossible de mettre une maison sur le marché dans la plupart des États du Sud sans fournir la preuve que les termites ne rongeaient pas les fondations. « Donc, notre tueur pourrait être un désinsectiseur, un déménageur, un marchand de meubles… »

Faith prit un stylo et dressa une liste au dos du classeur orange.

« Si elle est agréée comme agent immobilier en Floride, elle ne l'est pas en Géorgie, observa-t-elle. Il lui aurait fallu trouver un collègue d'Atlanta pour la vente de la maison.

— À moins qu'elle n'ait choisi une vente de particulier à particulier, dit Will. Auquel cas elle aurait pu la faire visiter, accueillir sans cesse des inconnus.

— Pourquoi personne n'a-t-il remarqué sa disparition ? s'interrogea tout haut Faith. Sara Linton affirme qu'Anna était séquestrée depuis au moins quatre jours.

— De qui parles-tu ?

— Sara Linton », répéta Faith. Will haussa les épaules, et elle l'observa attentivement. Il n'oubliait jamais les noms. D'ailleurs, il n'oubliait jamais rien. « Le médecin d'hier soir, à l'hôpital.

— C'est son nom ? »

Faith résista à l'envie de lui dire qu'il le savait très bien.

« Comment peut-elle savoir depuis combien de temps Anna était séquestrée ? demanda-t-il.

— Il y a quelques années, elle était légiste dans je ne sais quel comté du Sud. »

Will haussa les sourcils. Il ralentit pour lire un autre panneau.

« Légiste ? C'est curieux.

— Légiste et pédiatre en même temps », précisa Faith.

Will marmonna en s'efforçant avec peine de déchiffrer le panneau.

« Je l'aurais plutôt prise pour une danseuse.

— Woodland, lut Faith à sa place. Une danseuse ? Elle doit faire deux mètres de haut !

— Les danseuses peuvent être grandes. »

Faith serra les dents pour s'empêcher d'éclater de rire.

« Enfin, ce que j'en dis… » Il s'interrompit, car il n'avait prononcé ces mots que pour indiquer qu'il ne souhaitait pas continuer sur ce sujet.

Faith l'observa de profil tandis qu'il tournait le volant, l'intensité avec laquelle il fixait la route. Will était un homme attirant, et même un bel homme, mais à peu près aussi conscient de son charme qu'un escargot. Sa femme, Angie Polaski, semblait voir au-delà de ses bizarreries, parmi lesquelles son inaptitude douloureuse au bavardage sans façons et les costumes trois-pièces désuets qu'il s'obstinait à porter. En retour, Will semblait fermer les yeux sur le fait qu'Angie avait couché avec la moitié de la police d'Atlanta, y compris – s'il fallait en croire les graffitis dans les toilettes du troisième étage – deux ou trois femmes. Ils s'étaient rencontrés au foyer pour enfants d'Atlanta, et Faith supposait que c'était le lien qui les unissait le plus. Tous deux étaient orphelins, tous deux abandonnés par des parents probablement indignes. Comme pour tout ce qui concernait sa vie privée, Will se montrait avare de détails. Faith avait même ignoré qu'Angie et lui étaient officiellement mariés jusqu'au jour où il s'était présenté au bureau avec une alliance au doigt. Et à ce jour, elle n'avait jamais surpris Will à jeter ne fût-ce qu'un regard en passant à une autre femme.

« Nous y sommes », dit-il en s'engageant dans une rue étroite et bordée d'arbres.

Elle aperçut le fourgon blanc des techniciens des scènes de crime garé devant une maisonnette. Charlie Reed et deux de ses adjoints examinaient déjà les ordures sur le trottoir. La personne qui avait sorti les poubelles était de toute évidence exceptionnellement soigneuse. Des cartons étaient empilés près de la bordure, trois rangées de deux, chacun avec une étiquette indiquant son contenu. À côté se trouvaient plusieurs sacs-poubelle en plastique noir alignés comme des sentinelles. De l'autre côté de la boîte aux lettres se trouvaient un matelas et un sommier à ressorts, que les responsables locaux des encombrants n'avaient pas encore repérés. Derrière le fourgon de Charlie étaient parqués deux véhicules vides de la police d'Atlanta, et Faith pensa que les patrouilleurs demandés par Will passaient déjà le voisinage au peigne fin.

« Son mari était flic, dit Faith. Apparemment, il s'est fait tuer en service. J'espère qu'on a chopé son assassin.

— Le mari de qui ? »

Il savait très bien de qui elle parlait.

« Le mari de Sara Linton. Le médecin dansant. »

Will gara la voiture et éteignit le moteur. « J'ai demandé à Charlie d'attendre avant de fouiller la maison », dit-il. Il prit deux paires de gants en latex dans sa poche, en tendit une à Faith. « Je pense que tout est emballé pour le déménagement, mais on ne sait jamais. »

Faith descendit de voiture. Charlie devrait fermer la maison, considérée comme scène de crime, dès qu'il aurait commencé de recueillir des indices. S'il laissait Faith et Will la visiter les premiers, cela signifiait qu'ils n'auraient pas besoin d'attendre que le dossier soit complet pour suivre des pistes éventuelles.

« Salut ! » Charlie leur fit signe en agitant la main dans un geste presque joyeux. « Nous sommes arrivés juste à temps. » Il désigna les sacs-poubelle. « Des hommes de bonne volonté allaient emporter tout ce bazar quand nous sommes descendus du fourgon.

— Qu'est-ce que vous avez trouvé ? »

Il leur montra les étiquettes sur les sacs que son équipe et lui avaient fouillés.

« Principalement des vêtements. Des ustensiles de cuisine, de vieux mixeurs, ce genre de trucs. » Il sourit. « C'est un peu moins sinistre que cette caverne creusée dans le sol.

— Quand penses-tu que nous aurons les résultats des analyses, pour la caverne ? demanda Will.

— Amanda a fait son possible pour accélérer les choses. Il y avait des tas de merde dans ce trou, au sens propre et au sens figuré. Nous avons donné la priorité à ce qui nous semblait le plus important. Comme tu sais, l'ADN des fluides corporels prendra dans les quarante-huit heures. Les empreintes digitales sont dans l'ordinateur dès que les photos sont développées. S'il y a là-dedans quelque chose qui puisse provoquer un séisme, nous le saurons au plus tard demain matin. » Il mima le geste de poser un combiné téléphonique contre son oreille. « Et tu seras le premier averti. »

Will indiqua les sacs d'ordures.

« Tu as trouvé quelque chose d'utile ? »

Charlie lui tendit une liasse de courrier. Will ôta l'élastique et regarda chaque enveloppe avant de la passer à Faith. « Les tampons sont récents », remarqua-t-il. Il lisait facilement les chiffres, beaucoup plus que les mots, et c'était un des nombreux stratagèmes dont il se servait pour cacher son handicap. Il était rapide aussi pour reconnaître les logos. « Facture de gaz, d'électricité, de télévision par câble... »

Faith lut le nom de la destinataire : « Gwendolyn Zabel. Un joli nom à l'ancienne.

— Comme Faith », dit Charlie, et elle fut un peu surprise d'entendre de sa bouche un commentaire si personnel. Il se hâta de chasser cette impression en ajoutant : « Et elle vivait dans une charmante vieille maison. »

Faith n'aurait pas qualifié ce bungalow de charmant ; pourtant, il n'était pas dépourvu d'un certain cachet avec ses bardeaux gris et ses portes et fenêtres rouges. Rien n'avait été fait pour lui donner un coup de jeune, ni même pour l'entretenir : les gouttières pendaient sous le poids des feuilles entassées depuis de longues années et le toit ressemblait au dos d'un chameau. La pelouse était bien tondue, mais il n'y avait aucun de ces massifs de fleurs et de ces buissons sculptés si typiques des maisons d'Atlanta. Toutes les autres dans la rue avaient été rehaussées d'un étage ou abattues pour céder la place à un immeuble de plus grande dimension. Gwendolyn Zabel avait dû occuper contre vents et marées une sorte de petite forteresse, la dernière habitation de plain-pied à deux chambres et une salle de bains dans tout le quartier. Faith se demanda si les voisins s'étaient réjouis de voir la vieille dame partir. Sa fille avait dû être contente d'encaisser le chèque pour la vente de la propriété. Cette modeste baraque n'avait guère dû coûter plus de trente mille dollars quand on l'avait bâtie, mais à présent le terrain à lui seul devait valoir près d'un demi-million.

Will demanda à Charlie : « Tu as dû forcer la serrure ?

— C'était ouvert quand nous sommes arrivés, lui répondit celui-ci. Nous avons jeté un coup d'œil, moi et mes gars. Rien ne nous a sauté aux yeux, mais c'est à vous de fouiller pour de bon. » Il indiqua les piles d'ordures devant lui. « Ça, ce n'est que la pointe émergée de l'iceberg. La maison est un foutoir invraisemblable. »

Will et Faith échangèrent un regard en s'avançant dans l'allée. Inman Park n'avait rien à voir avec Mayberry, le quartier chic de la série télévisée avec sa vidéosurveillance et ses vigiles. On n'y laissait pas sa porte ouverte, à moins d'espérer de l'argent de l'assurance.

Faith poussa le battant de l'entrée et recula jusqu'aux années soixante-dix aussitôt qu'elle franchit le seuil. La moquette verte sur le sol était assez épaisse pour engloutir ses chaussures de tennis, et le papier peint miroitant lui rappela aimablement qu'elle avait pris sept kilos en un mois.

« Eh bien, eh bien ! », murmura Will en jetant un regard dans la pièce principale, bourrée d'amas indéfinissables de paperasses tout justes bonnes à engorger une déchetterie : des piles de vieux journaux, de vieux livres de poche écornés, de magazines défraîchis.

« Ce n'est pas une maison où on pourrait vivre en sécurité...

— Tu imagines de quoi tout ça pouvait avoir l'air avec tous les trucs entassés dehors ? » Faith saisit un antique batteur à œufs sur une pile de magazines *Life*. « Parfois, les vieux se mettent à amasser des objets et il n'y a pas moyen de les arrêter.

— Oui, mais à ce point... C'est dingue ! », dit-il en passant sa main sur une pile de quarante-cinq tours antédiluviens. De la poussière s'envola dans l'air confiné.

« La maison de ma grand-mère était pire que ça, dit Faith. Il nous a fallu une semaine pour dégager le chemin jusqu'à la cuisine.

— Mais pourquoi entasser tous ces vieux trucs ?

— Je ne sais pas », reconnut Faith. Son grand-père était mort quand elle était enfant et sa grand-mère Mitchell avait passé seule la plus grande partie de son existence. Elle avait commencé d'amasser les objets vers l'âge de cinquante-cinq ans, et quand elle avait dû partir pour une maison de retraite médicalisée son domicile était bourré jusqu'au plafond de vieux rossignols inutiles. En visitant la maison d'une autre vieille femme solitaire et en découvrant une accumulation similaire, Faith ne put s'empêcher de se demander si un jour Jeremy ferait les mêmes remarques sur le ménage chez sa mère.

Du moins aurait-il un petit frère ou une petite sœur pour l'aider. Faith posa sa main sur son ventre, s'interrogeant pour la première fois sur l'enfant qui grandissait en elle. Était-ce un garçon ou une fille ? Aurait-il ses cheveux blonds ou les traits sombres de son père latino ? Jeremy ne tenait pas de son père, Dieu merci. Le premier amour de Faith était un jeune zonard bâti à peu près comme Spike dans les bandes dessinées des Peanuts. Dans sa petite enfance, Jeremy était délicat, presque comme un petit objet en porcelaine aux adorables petits pieds. Les premiers temps, Faith avait passé des heures à admirer ses minuscules orteils, à embrasser ses talons roses. Elle voyait en lui la plus délicieuse petite créature à la surface de la terre. C'était un peu sa poupée.

« Faith ? »

Elle laissa tomber sa main, se demandant ce qui lui arrivait. Elle avait pris assez d'insuline ce matin. Peut-être se ressentait-elle du bouleversement hormonal lié à la grossesse qui lui avait rendu si agréable d'avoir quatorze ans, de même qu'à son entourage proche. Comment parviendrait-elle à repasser par tout cela ? Et à repasser par tout cela seule ?

« Faith ?

— Inutile de répéter mon nom, Will. » Elle fit un geste vers l'arrière de la maison. « Va donc inspecter la cuisine. Je m'occupe des chambres. »

Il la regarda avec attention avant de se diriger vers la cuisine.

Faith s'engagea dans le couloir pour gagner les pièces à l'arrière de la maison, se frayant un chemin entre de vieux mixeurs cassés, des grille-pain rouillés, des téléphones. Elle se demanda si la vieille dame avait fouillé les poubelles pour récupérer toutes ces saletés ou si elle les avait accumulées au fil de sa vie. Les photos encadrées sur les murs paraissaient anciennes, certaines en noir et blanc, certaines en sépia. Faith les observa au passage, en se demandant quand les gens avaient commencé à sourire pour le photographe, et pourquoi. Elle possédait quelques très vieux clichés des grands-parents de sa mère, auxquels elle tenait beaucoup. Ils avaient vécu dans une ferme au temps de la Grande Dépression et un photographe ambulant avait fait un portrait de leur petite famille, ainsi que d'un mulet qui s'appelait Big Pete. Seul le mulet souriait.

Il n'y avait pas de Big Pete sur les murs de Gwendolyn Zabel, mais certaines des photos en couleurs montraient non pas une jeune fille, mais deux, avec de longs cheveux bruns tombant jusqu'à leur taille de guêpe. Elles avaient quelques années de différence, et elles étaient sœurs, c'était évident. Aucun des clichés plus récents ne les montrait ensemble. La sœur de Jacquelyn semblait préférer les décors à peu près nus pour les photos qu'elle envoyait à sa mère, alors que les portraits de Jacquelyn, en général pris sur la plage, en bikini couvrant à peine ses hanches minces de garçon. Faith ne put s'empêcher de penser que si elle avait cette allure à trente-huit ans, elle ne manquerait pas de se faire elle aussi photographier en bikini. Rares étaient les clichés récents de la sœur, qui semblait s'être épaissie avec l'âge. Faith espéra qu'elle était restée en contact avec sa mère. Ainsi pourraient-ils la retrouver en épluchant les relevés de factures téléphoniques.

La première chambre n'avait pas de porte. Des monceaux de détritus l'emplissaient : encore des journaux, encore des magazines. Il y avait aussi des cartons, mais pour l'essentiel la petite pièce était tellement bourrée de saletés qu'il était impossible d'y faire plus de quelques pas. Une odeur de moisi flottait dans l'air, et Faith se rappela une histoire vue aux informations des années plus tôt, celle d'une femme qui avait découpé un article dans un vieux magazine et avait fini par mourir d'une étrange maladie. Elle recula et jeta un coup d'œil dans la salle de bains. Encore des détritus, mais quelqu'un avait dégagé un chemin jusqu'au siège des toilettes et l'avait nettoyé. Une brosse à dents, une savonnette et quelques objets du même genre étaient alignés sur le lavabo. La baignoire débordait de sacs d'ordures, et le rideau de douche était presque noir de moisissure.

Faith dut se mettre de biais pour entrer dans la chambre principale, car la porte refusait de s'ouvrir entièrement, et quand elle fut à l'intérieur elle eut tôt fait d'en comprendre la raison : un vieux fauteuil à bascule se trouvait derrière le battant, chargé d'une si lourde pile de vêtements qu'il se serait renversé si la porte ne l'avait retenu. D'autres vêtements jonchaient le sol de la pièce, du genre que les fripiers appelaient *vintage* et vendaient pour des centaines de dollars quelques rues plus loin, dans les boutiques d'occasion branchées de Little Five Points.

Il faisait chaud dans la maison et Faith eut du mal à glisser ses mains moites dans les gants en latex. Elle ignora la petite tache de sang séché au bout de son doigt, préférant éviter les pensées qui risquaient de faire d'elle un pauvre tas sanglotant.

Elle commença par la commode. Tous les tiroirs étaient ouverts et elle n'avait qu'à écarter les vêtements pour chercher des liasses de lettres ou un carnet d'adresses qui pourrait contenir la liste des connaissances de la famille. Le lit était bien fait et bien propre : c'était d'ailleurs le seul objet dans la maison qui puisse suggérer l'idée de la propreté. Impossible de dire si Jacquelyn Zabel avait dormi dans la maison de sa mère ou si elle avait opté pour un hôtel dans le centre.

Ou peut-être que non. Soudain, Faith aperçut un sac de voyage ouvert et une sacoche pour ordinateur portable qui gisaient sur le sol de la chambre. Elle aurait dû les repérer tout de suite, tant le cuir dont ils étaient faits et leurs logos bien visibles tranchaient avec les vieux débris éparpillés dans la pièce. Elle regarda dans la sacoche et y trouva un MacBook Air, un ordinateur ultrafin pour lequel son fils aurait sans doute été capable de tuer. Elle le mit en marche, mais la page d'accueil demanda un nom d'utilisateur et un mot de passe. Charlie devrait le confier à ses techniciens pour qu'ils essaient de fendre cette armure, mais, selon l'expérience de Faith, les MacIntosh protégés par un mot de passe étaient impossibles à décoder, même par le fabricant.

Puis Faith regarda dans le sac de voyage. Les vêtements qu'il contenait étaient de marque : les Donna Karan, Jones of New York, Jimmy Choo étaient impressionnants, surtout pour Faith qui portait une jupe du genre tente de camping, car elle ne trouvait plus dans son placard de pantalon qu'elle puisse encore boutonner. Jacquelyn Zabel ne souffrait apparemment pas de ce genre de soucis vestimentaires. Faith se demanda pourquoi une femme qui pouvait de toute évidence s'offrir autre chose avait choisi de séjourner dans cette horrible bicoque.

Car Jacquelyn avait visiblement dormi dans cette pièce. Le lit soigneusement fait, un verre d'eau et une paire de lunettes pour lire sur la table de chevet indiquaient que la chambre avait été récemment habitée. Il y avait aussi une boîte d'aspirine géante, de la taille de celles qu'on utilisait dans les hôpitaux. Faith l'ouvrit et la trouva à moitié vide. Elle-même aurait probablement besoin d'aspirine si elle déménageait la maison de sa mère. Faith avait vu les souffrances que son père avait endurées quand il avait dû la placer dans une maison de retraite médicalisée. Il était mort depuis plusieurs années, mais Faith savait qu'il ne s'en était jamais remis.

Brusquement ses yeux se remplirent de larmes. Elle laissa échapper un gémissement étouffé et les essuya avec le dos de sa main. Depuis qu'elle avait vu le signe plus sur son test de grossesse, il ne s'était pas passé un jour sans que son cerveau extirpe de ses limbes une histoire triste qui la faisait pleurer.

Elle se pencha de nouveau sur le sac de voyage et enfonça sa main à l'intérieur, cherchant des documents comme un carnet, un journal, un billet d'avion, quand elle entendit une voix qui criait très fort de l'autre côté de la maison. Elle trouva Will dans la cuisine. Une femme grande, grosse et furieuse lui hurlait au visage.

« Vous autres les poulets, vous n'avez pas le droit d'entrer ici ! »

Faith se dit qu'elle avait l'apparence des hippies vieillissants qui employaient encore le mot « poulets ». Ses cheveux étaient tressés jusqu'au bas de son dos et elle portait en guise de pull-over une sorte de couverture de cheval drapée autour du torse. Faith pensa qu'il devait s'agir d'une des dernières résistantes du quartier, attachée à ce qui serait bientôt la baraque la plus miteuse de la rue. Elle ne ressemblait pas aux mères de famille éprises de yoga qui devaient habiter les grandes maisons rénovées.

Will, d'un calme olympien, était penché sur le réfrigérateur.

« Madame, je vous prie de garder votre sang-froid.

— Allez vous faire foutre ! brailla-t-elle. Et vous aussi », ajouta-t-elle en voyant Faith dans l'encadrement de la porte. De près, elle avait l'air d'approcher de la cinquantaine, mais c'était difficile à dire tant la rage crispait et empourprait son visage. Elle avait le genre de traits qui semblaient faits pour exprimer la colère.

Will lui demanda : « Connaissiez-vous Gwendolyn Zabel ?

— Vous n'avez pas le droit de me questionner sans avocat ! »

Faith leva les yeux au ciel et prit plaisir à ce geste enfantin. Will se montra plus évolué dans son approche :

« Pouvez-vous me dire votre nom ? »

Elle se montra aussitôt réticente :

« Pourquoi ?

— J'aimerais savoir comment vous appeler. »

Elle sembla réfléchir aux options qui s'offraient à elle.

« Candy, finit-elle par dire.

— Eh bien, Candy, je suis l'agent spécial Trent, du GBI, et voici l'agent spécial Mitchell. Je suis au regret de vous apprendre que la fille de Mrs Zabel a été victime d'un accident. »

Candy resserra sa couverture contre elle.

« Elle avait bu ?

— Vous connaissiez Jacquelyn ? demanda Will.

— Jackie. » Candy haussa les épaules. « Elle a séjourné ici quelque temps pour vendre la maison de sa mère. Nous nous sommes parlé.

— A-t-elle recouru aux services d'un agent immobilier ou s'est-elle chargée de tout elle-même ?

— Elle s'est adressée à un agent d'Atlanta. » La femme changea de position, comme pour ne pas voir Faith. « Est-ce qu'elle va mieux maintenant ?

— Non, malheureusement. Elle est morte dans l'accident. »

Candy porta sa main à sa bouche.

« Avez-vous vu quelqu'un traîner autour de la maison ? Ou remarqué quelque chose de suspect.

— Bien sûr que non. J'aurais appelé la police. »

Faith retint un grognement sarcastique. Ceux qui avaient une dent contre les « poulets » étaient toujours les premiers à les appeler au secours dès qu'il y avait le moindre problème.

« Est-ce que Jackie avait de la famille que nous pourrions contacter ? demanda Will.

— Vous êtes aveugle ou quoi ? » Candy désigna du menton le réfrigérateur. Faith vit une liste de noms et de numéros de téléphone scotchée contre la porte à laquelle Will était appuyé. Les mots NUMÉROS D'URGENCE étaient écrits en gras tout en haut, à une quinzaine de centimètres de son visage. « Bon sang, on ne vous apprend pas à lire ? »

Will parut mortifié, et Faith aurait giflé cette femme si elle avait été près d'elle. Au lieu de quoi, elle lui dit d'un ton sec :

« Madame, je dois vous demander de vous rendre dans nos bureaux du centre-ville pour y faire une déposition en bonne et due forme. »

Will vit son regard, secoua la tête, mais Faith était si furieuse qu'elle devait faire un effort pour empêcher sa voix de trembler.

« Une voiture va passer vous prendre et vous emmener à City Hall East. C'est l'affaire d'un petit moment.

— Et pourquoi ? demanda la femme. Pourquoi faut-il que je… »

Sur son portable Faith composa le numéro de son ancien collègue de la police d'Atlanta. Leo Donnelly lui devait un service – et même plusieurs services – et elle comptait donc sur lui pour compliquer la vie de cette bonne femme autant que faire se pourrait.

« Je peux vous répondre ici, dit Candy. Inutile de m'emmener dans le centre.

— Votre amie Jackie est morte, lança Faith, d'une voix que la colère rendait plus aiguë que d'ordinaire. Ou vous nous aidez dans notre enquête, ou vous nous faites obstruction.

— D'accord, d'accord, répondit-elle en levant les mains en signe de reddition. Que voulez-vous savoir ? »

Faith jeta un coup d'œil à Will, qui regardait ses chaussures. Elle pressa le doigt sur le bouton de son portable pour arrêter l'appel. Puis elle demanda à Candy :

« Quand avez-vous vu Jackie pour la dernière fois ?

— Le week-end dernier. Elle est passée, elle avait besoin de compagnie.

— Quel genre de compagnie ? »

Candy se tut et Faith fit mine de rappeler son collègue.

« Bon, grommela la femme. Rien de particulier. Nous avons fumé un peu d'herbe. Elle était terrifiée de voir toute cette merde entassée. Il y avait un bout de temps qu'elle n'avait pas rendu visite à sa mère. Personne ne savait vraiment dans quel état était la maison.

— Personne ? Vous parlez de qui ?

— De moi et de quelques voisins. Nous gardions un œil sur Gwen. Elle est très âgée et ses filles habitent loin d'ici. »

Elle n'avait pas dû garder un œil très attentif sur la vieille dame si elle n'avait pas remarqué qu'elle vivait dans une masure à haut risque d'incendie.

« Vous connaissez l'autre fille de Mrs Zabel ?

— Joelyn », répondit-elle en désignant de la tête la liste collée sur le frigo. « Elle ne vient jamais. En tout cas, elle n'est pas venue depuis dix ans que j'habite le quartier. »

De nouveau, Faith jeta un coup d'œil à Will. Il semblait regarder quelque chose par-dessus l'épaule de Candy. Elle demanda à celle-ci :

« Donc, vous avez vu Jackie pour la dernière fois il y a une semaine ?

— Oui.

— Et sa voiture ?

— Elle était encore dans l'allée il y a deux ou trois jours.

— Deux ou trois jours ? Vous êtes sûre ?

— Peut-être quatre ou cinq. J'ai une vie, moi ! Je ne passe pas mon temps à épier les allées et venues dans le voisinage. »

Son ton était sarcastique, mais Faith préféra l'ignorer.

« Avez-vous vu une personne suspecte dans les environs ?

— Je vous l'ai déjà dit. Non.

— Qui était l'agent immobilier ? »

Elle nomma une des principales agences d'Atlanta, dont les affiches publicitaires étaient sur tous les arrêts d'autobus.

« Jackie ne l'a même pas rencontré, poursuivit-elle. Tout s'est passé par téléphone. La maison était vendue avant même qu'on pose un écriteau dans le jardin. Un promoteur a fait une offre permanente sur tous les terrains du quartier et il débarque en moins de dix jours avec son chéquier. »

Ce n'était pas rare, Faith le savait. Son modeste pavillon avait été l'objet d'offres similaires au fil des années, qui ne l'avaient pas intéressée car elle n'aurait pas pu se payer une autre maison dans son quartier maintenant recherché.

« Et les déménageurs ?

— Regardez-moi toute cette merde. » Candy frappa de la main sur une pile de vieux journaux en équilibre instable. « Une des dernières choses que Jackie m'a dites, c'est qu'elle allait devoir faire venir une de ces bennes géantes qu'on voit sur les chantiers. »

Will s'éclaircit la gorge. Il ne regardait plus le mur, mais ne fixait pas non plus le témoin.

« Pourquoi ne pas tout laisser en place ? demanda-t-il. Tout est bon pour l'incinérateur. Et puisque de toute façon le promoteur va raser la maison… »

Candy sembla horrifiée par cette idée.

« C'était la maison de sa mère ! se récria-t-elle. Elle a grandi ici. Son enfance est enterrée sous ces piles de saletés. On ne peut pas tout jeter. »

Il tira précipitamment son téléphone de sa poche comme s'il avait sonné. Faith savait que la fonction vibreur ne marchait plus. Amanda l'avait presque étripé au cours d'une réunion la semaine précédente quand la sonnerie avait soudain retenti. Will regarda l'écran et dit : « Excusez-moi. » Puis il sortit par la porte de derrière en écartant du pied un tas de magazines qui lui bloquaient le chemin.

« Qu'est-ce qu'il a ? demanda Candy.

— Il est allergique aux connes », répliqua Faith en souriant, non sans se dire que si c'était vrai Will serait couvert de boutons de la tête aux pieds avant la fin de la journée. « À quelle fréquence Jackie rendait-elle visite à sa mère ?

— Je ne suis pas sa secrétaire.

— Si je vous emmène dans nos bureaux, vous vous souviendrez peut-être...

— Seigneur ! siffla-t-elle avec agacement. Bon. Disons deux fois par an, au maximum.

— Et vous n'avez jamais vu sa sœur, Joelyn ?

— Non.

— Vous passiez beaucoup de temps avec Jackie ?

— Non, pas beaucoup. Nous n'étions pas amies, nous nous connaissions peu.

— Et le soir où vous avez fumé ensemble, la semaine dernière ? Est-ce qu'elle vous a parlé de sa vie ?

— Elle m'a dit que la maison de retraite où elle envoyait sa mère coûtait cinquante mille dollars par an. »

Faith se retint de pousser un sifflement.

« C'est la maison qui va payer tout ça, je suppose. »

Candy ne semblait pas de cet avis.

« Gwen est malade depuis pas mal de temps. Elle ne passera pas l'année. Jackie m'a dit qu'elle voulait lui offrir un bel endroit pour finir sa vie.

— Et où est-elle, cette maison de retraite ?

— À Sarasota. »

Jackie Zabel vivait dans le nord-ouest de la Floride, à environ cinq heures de route de Sarasota. Ni trop près ni trop loin.

« La porte n'était pas fermée quand nous sommes arrivés, observa Faith.

— Jackie vivait dans une résidence fermée et surveillée par des vigiles. Elle ne fermait jamais sa porte. Un soir, elle a laissé ses clefs sur sa voiture. J'ai été éberluée quand je les ai vues sur le contact. Une sacrée chance qu'on ne l'ait pas volée. » Elle ajouta d'un ton mélancolique : « Mais Jackie a toujours eu de la chance.

— Est-ce qu'elle avait un homme dans sa vie ? »

De nouveau, Candy se tut. Faith attendit. Finalement, elle dit :

« Vous savez, elle n'était pas si sympa que ça. Je veux dire, ça allait pour fumer quelques joints ensemble, mais la plupart du temps elle était plutôt dure, butée sur pas mal de trucs. Le genre de femme qui intéresse les hommes pour une partie de jambes en l'air, et ensuite au revoir. Vous voyez ce que je veux dire ? »

Faith n'était pas en situation de juger.

« Sur quoi était-elle entêtée ?

— La meilleure route pour venir de Floride. La meilleure essence pour la voiture. La meilleure façon de virer les ordures. » Elle montra la cuisine encombrée. « C'est pour ça qu'elle s'en occupait toute seule. Elle était pleine aux as, Jackie. Elle aurait pu engager une entreprise de nettoyage pour emporter tout ce bazar en quarante-huit heures. Mais elle n'avait confiance en personne pour faire les choses proprement. C'est la seule raison pour laquelle elle a séjourné dans cette baraque. C'était une maniaque du contrôle. »

Faith pensa aux cartons soigneusement empilés et étiquetés dans la rue.

« Vous dites qu'elle n'avait pas d'homme dans sa vie. Est-ce qu'il y en avait eu dans le passé ? Des ex-maris ? Des ex-compagnons ?

— Qu'est-ce que j'en sais ? Elle n'était pas du genre à beaucoup se confier et il y a des années que Gwen ne sait même plus quel jour de la semaine on est. Honnêtement, je crois que Jackie avait seulement besoin de fumer un peu pour se calmer, et elle savait que j'ai ce qu'il faut à la maison.

— Pourquoi lui en avez-vous donné ?

— Quand elle était détendue, elle pouvait être marrante.

— Vous m'avez demandé si elle avait bu. Pourquoi ?

— Je sais qu'en Floride, elle avait été arrêtée pour conduite en état d'ivresse. Elle était très emmerdée à cause de ça. » Comme

Faith le prévoyait, elle ajouta : « C'est de la connerie, ces contrôles. Un malheureux verre de vin et ils vous passent les menottes comme à un criminel. Tout ça pour faire du chiffre. »

Faith avait assuré pas mal de ces contrôles, et elle savait deux choses : qu'elle avait sauvé des vies et que Candy avait certainement eu maille à partir avec certains de ses collègues quand ils l'avaient fait souffler dans le ballon.

« En somme, vous n'aimiez pas Jackie, mais vous passiez quand même du temps avec elle. Vous la connaissiez à peine, mais vous saviez qu'elle avait été arrêtée pour conduite en état d'ivresse. C'est curieux, non ?

— Je suis une bonne nature, c'est tout. Quand on vient me voir, j'ouvre. Quand on me parle, j'écoute. Je n'aime pas les ennuis. »

Mais ceux des autres ne semblaient pas l'inquiéter. Faith sortit son calepin.

« Votre nom de famille ?

— Smith. »

Faith la regarda en fronçant les sourcils.

« Je vous dis la vérité. Candace Courtney Smith. J'habite l'autre vieille bicoque un peu plus loin dans la rue. »

Candy jeta un regard par la fenêtre, en direction de Will. Faith vit qu'il parlait avec un des patrouilleurs en uniforme. À la façon dont l'homme secouait la tête, elle comprit que lui et ses collègues n'avaient rien découvert d'utile. Candy reprit la parole.

« Excusez-moi d'avoir crié. Je n'aime pas trop voir la police près de chez moi.

— Pourquoi ?

— J'ai eu quelques problèmes, dans le temps… »

Faith l'avait déjà deviné. Candy avait les réactions coléreuses d'une femme qui s'était retrouvée à l'arrière d'un fourgon de police en plus d'une occasion.

« Quel genre de problèmes ? »

Elle haussa les épaules.

« Si je vous le dis, c'est seulement parce que vous allez tomber là-dessus tôt ou tard et que vous reviendrez me trouver comme si j'avais assassiné tout le quartier à coups de hache.

— Continuez.

— Dans ma jeunesse, je me suis fait ramasser pour racolage. »

Faith ne fut pas surprise. Elle devina :

« Vous avez rencontré un garçon qui vous a rendue accro à la drogue ?

— Roméo et Juliette, confirma Candy. Je lui planquais sa dope chez moi, à ce sale con. Il me disait que je ne risquais rien. »

Il devait y avoir une formule mathématique pour calculer à la seconde en combien de temps une fille rendue accro à la drogue par son copain peut se retrouver sur le trottoir parce qu'il fallait pourvoir à leurs besoins à tous les deux. Le résultat comportait sûrement beaucoup de zéros après la virgule.

« Vous avez pris combien ? », demanda Faith.

Candy se mit à rire.

« Je les ai balancés, lui et son dealer. Du coup, je n'ai pas passé un seul jour en taule. »

Toujours aucune surprise.

« J'ai arrêté les drogues dures il y a longtemps. L'herbe, c'est juste pour rester de bonne humeur. »

Elle jeta de nouveau un coup d'œil en direction de Will. De toute évidence, quelque chose en lui la rendait nerveuse. Faith la questionna :

« Qu'est-ce qui vous inquiète ?

— Il ne ressemble pas à un flic.

— Et à quoi ressemble-t-il ? »

Elle secoua la tête.

« Il me rappelle mon copain, celui qui m'a rendue accro. Tout calme et tout gentil en apparence, mais avec des colères… » Elle frappa du poing la paume de sa main. « Il me cognait. Salement. Il m'a cassé le nez, une fois. Et même la jambe, parce que je n'avais pas rapporté assez de fric. » Elle se frotta le genou. « J'ai encore mal quand il fait humide. »

Faith voyait d'avance où tout cela menait. Ce n'était pas sa faute si elle s'était camée, pas sa faute non plus si ses alcootests s'étaient révélés positifs. Le coupable, c'était ce salaud de petit copain, sans parler de ces cons de flics qui ne pensaient qu'à faire du chiffre. Et maintenant, c'était au tour de Will de passer pour le méchant.

Candy était une manipulatrice assez douée pour savoir quand son public ne la suivait plus.

« Je ne vous mens pas, insista-t-elle.

— Je ne m'intéresse pas aux détails sordides de votre passé tragique, dit Faith. Je voudrais savoir ce qui vous inquiète vraiment. »

Elle réfléchit quelques secondes.

« Je m'occupe bien de ma fille, maintenant. Je suis clean !

— Ah », dit Faith. Elle avait donc peur qu'on lui retire son enfant.

Candy fit un signe du menton vers Will.

« Il me rappelle ces salopards des services sociaux. »

Will en travailleur social. C'était au moins plus vraisemblable que Will en concubin violent.

« Et quel âge a-t-elle, votre fille ?

— Bientôt quatre ans. Je n'aurais jamais cru que je serais capable... Avec toutes les merdes par lesquelles je suis passée... » Candy sourit, et son visage changea. Ce n'était plus un poing rageusement serré, mais un fruit presque appétissant, bien que trop rouge. « C'est un amour, ma petite Hannah. Elle aimait beaucoup Jackie, elle voulait lui ressembler plus tard, avec sa belle voiture et ses fringues de luxe. »

Mais Jackie, pensa Faith, n'était certainement pas du genre à apprécier qu'une enfant de quatre ans tripote ses vêtements griffés, ne serait-ce que parce qu'à cet âge les enfants avaient souvent les doigts collants.

« Et Jackie, est-ce qu'elle l'aimait ? »

Candy haussa les épaules.

« Qui n'aime pas les enfants ? » Puis elle finit par poser la question qu'une personne moins indifférente aux autres aurait posée dix minutes plus tôt. « Alors, qu'est-ce qui lui est arrivé ? Elle avait bu ?

— Elle a été assassinée. »

Candy ouvrit la bouche, puis la referma.

« On l'a tuée ? »

Faith fit oui de la tête.

« Mais qui a pu faire ça ? Qui pouvait lui vouloir du mal ? »

Faith avait entendu ce genre de phrase assez souvent pour savoir ce qui allait suivre. C'était pour cette raison qu'elle s'était abstenue de révéler la vraie cause de la mort de Jacquelyn Zabel. Personne ne voulait dire du mal des morts, même une vieille hippie atrabilaire.

« Elle n'était pas méchante, insista Candy. Je veux dire, elle avait un bon fond.

— J'en suis sûre », dit Faith, même si le contraire lui semblait plus probable.

La lèvre de Candy trembla.

« Comment vais-je annoncer à Hannah qu'elle est morte ? »

Le portable de Faith sonna, ce qui n'était pas plus mal car elle n'avait aucune idée de la réponse à cette question. Pire encore, une partie d'elle s'en moquait, maintenant qu'elle avait obtenu tous les renseignements qu'elle pouvait espérer. Candy Smith n'était certainement pas numéro un sur la liste des mauvais parents, mais ce n'était pas non plus un être humain des plus recommandables, et il y avait près d'ici une enfant de quatre ans qui, selon toute vraisemblance, en subissait les conséquences.

Faith répondit : « Agent spécial Mitchell.

— Tu viens de m'appeler ? lui demanda l'inspecteur Leo Donnelly.

— Une fausse manœuvre, mentit-elle.

— Je devais te téléphoner de toute façon. C'est toi qui as lancé cet appel à la vigilance ? »

Il faisait allusion à l'avertissement que Faith avait fait placarder un peu partout dans la matinée. Elle leva le doigt pour demander à Candy de patienter une minute et passa dans le salon.

« Tu as quelque chose ?

— Pas exactement une disparition officielle, dit-il. Mais une patrouille a trouvé un gamin endormi dans un 4 × 4. Et la mère est introuvable.

— Et ? », l'encouragea Faith. Elle devinait que ce n'était pas la fin de l'histoire, car Leo appartenait à la Brigade criminelle et on ne l'appelait pas pour coordonner les services sociaux.

« Justement, ton appel à la vigilance. Il correspond assez bien à la description de la mère. Une brune avec des yeux bruns.

— Et le gamin, qu'est-ce qu'il dit ?

— Bernique, répondit Leo. Je suis à l'hôpital avec lui. Toi qui as élevé un enfant, tu ne veux pas venir voir si tu en tires quelque chose ? »

Chapitre huit

LES JOURNALISTES ÉTAIENT ATTROUPÉS autour de l'entrée du Grady Hospital, faisant fuir momentanément les pigeons, mais non les sans-abri qui semblaient décidés à figurer à l'arrière-plan de toutes les photos du bâtiment. Will se gara dans une des places de parking réservées, en espérant que Faith et lui pourraient se glisser à l'intérieur sans être remarqués. En réalité, c'était peu probable. Des fourgons portant des logos de chaînes de télévision avaient dirigé leurs satellites vers le ciel, et des reporters en complet impeccable étaient plantés un peu partout, micro à la main, racontant d'une voix haletante la tragique histoire de l'enfant abandonné devant le supermarché City Foods ce matin.

Will descendit de voiture et dit à Faith : « Amanda pensait qu'avec cette histoire de gamin, on nous ficherait la paix quelque temps. Elle va hurler quand elle apprendra que les deux affaires sont peut-être liées.

— Si tu veux, je me chargerai de le lui annoncer », proposa Faith.

Il enfonça ses mains dans ses poches et se mit en marche à côté d'elle.

« S'il te plaît, arrête de me plaindre. Je te préfère quand tu me cries dessus.

— Je peux faire les deux », dit Faith.

Il rit, bien que le fait qu'il n'ait pas remarqué la liste des numéros d'urgence collée au réfrigérateur fût à peu près aussi drôle que son incapacité à déchiffrer le nom de Jacquelyn Zabel sur son permis de conduire alors que la malheureuse pendait morte au-dessus de lui.

« Candy avait raison, Faith, avait-il dit dans la voiture. Elle sautait aux yeux, cette liste !

— De toute façon, tu aurais commencé par me la montrer, avait tempéré Faith. Et la sœur de Jackie Zabel n'était même pas chez elle. Laisser un message sur son répondeur cinq minutes avant ou cinq minutes après, je doute que ça fasse une grande différence. »

Will s'était tu. Mais tous deux savaient que ce n'était pas vrai : dans certains cas, cinq minutes faisaient une différence énorme.

Faith avait poursuivi : « Et si tu n'étais pas resté sous cet arbre avec le permis de conduire, on n'aurait peut-être pas découvert le cadavre avant le jour. Et encore. »

Will vit que les journalistes observaient chaque personne qui marchait vers l'entrée de l'hôpital en se demandant si elle avait une importance pour leur histoire. Il dit à Faith :

« Un jour, tu cesseras de me trouver des excuses.

— Un jour, tu cesseras d'avoir la tête dans le cul », répondit-elle.

Will continua de marcher. Faith disait vrai sur un point : elle pouvait à la fois lui crier dessus et le plaindre. Cela ne le réconfortait guère. Faith avait le sang chaud et la même rapidité de réflexes qu'on avait inculquée à Angie tous les jours de sa formation à l'école de police et à tous les instants sur le terrain. Quand votre coéquipier ou votre équipe étaient attaqués, on les défendait, quelles que soient les circonstances. C'était toujours nous contre eux, et tant pis pour la vérité, tant pis même pour la justice.

« Will… » Faith fut interrompue par l'essaim de journalistes qui se formait tout à coup autour d'elle. Ils l'avaient repérée comme flic au moment même où elle sortait du parking alors que Will, comme d'habitude, était passé inaperçu.

Will leva la main pour empêcher une caméra de filmer et repoussa du coude un reporter dont le blouson portait le logo de l'*Atlanta Journal*.

« Faith ? Faith ? », appela un homme.

Elle se tourna, identifia un journaliste et secoua la tête en continuant à marcher.

« Dis-moi quelque chose, ma jolie ! », insista l'homme.

Will se dit qu'avec sa barbe de plusieurs jours et ses vêtements froissés, c'était exactement le genre de type à qui les femmes n'en voulaient pas de les appeler « ma jolie ».

Faith lui tourna le dos et continua de secouer la tête en se dirigeant vers l'entrée de l'hôpital.

Will attendit qu'ils soient à l'intérieur du bâtiment et franchissent le détecteur de métaux, puis demanda :

« Tu le connais d'où, celui-là ?

— Sam bosse pour l'*Atlanta Beacon.* Il m'a accompagnée pour un reportage au temps où j'étais patrouilleuse. »

Will pensait rarement à la vie de Faith avant qu'ils ne commencent à faire équipe, au fait qu'elle avait porté un uniforme et conduit une voiture de patrouille avant de devenir agent spécial du GBI.

Elle partit d'un rire que Will ne comprit pas bien.

« Nous sommes sortis ensemble quelque temps. C'était chaud entre nous !

— Et ça n'a pas duré ? Pourquoi ?

— Ça ne lui plaisait pas que j'aie un enfant et ça ne me plaisait pas qu'il soit alcoolique.

— Ah. » Will chercha quelque chose à dire. « Il a l'air plutôt sympa.

— Oui, oui, il en a l'air », répondit Faith.

Will regarda les journalistes presser leurs appareils photo contre la porte en verre, tentant désespérément de saisir quelque chose avec leur objectif. Le Grady Hospital était un lieu public, mais la presse n'avait pas le droit de filmer à l'intérieur sans permission et les reporters avaient tous appris un jour ou un autre que les agents de sécurité ne se gênaient pas pour les flanquer dehors *manu militari* s'ils se risquaient à embêter les patients ou – pire – le personnel.

« Will… », commença Faith, et il devina au son de sa voix qu'elle voulait reparler de la liste sur le frigo, de son illettrisme flagrant. Il dit pour changer de sujet :

« Pourquoi le docteur Linton t'a-t-elle raconté tout ça ?

— Quoi, tout ça ?

— Son mari. Son passé de légiste.

— Les gens me disent beaucoup de choses. »

C'était vrai. Faith avait cette qualité importante chez un bon policier de savoir se taire pour que les autres parlent, rien que pour remplir le silence.

« Qu'est-ce qu'elle t'a dit d'autre ? »

Faith eut un sourire félin.

« Pourquoi ? Tu veux que je lui file ton numéro de téléphone ? »

De nouveau, Will se sentit stupide, mais cette stupidité-là était bien pire.

« Comment va Angie ? demanda Faith.

— Comment va Victor ? », répliqua-t-il.

Ils parcoururent le hall sans plus rien dire.

« Ah, vous voilà ! » Leo ouvrit les bras en s'avançant vers Faith. « Notre grande fille du GBI », dit-il en la serrant dans ses bras comme un gros ours. Faith, étonnamment, le laissa faire. « Tu as l'air en forme, Faith. En grande forme. »

Elle le repoussa avec un rire incrédule qui aurait pu passer pour juvénile si Will ne l'avait pas connue aussi bien.

« Content de te voir, mec », tonna Leo en lui tendant la main.

Will fit un effort pour ne pas froncer le nez en sentant la puanteur de tabac qui se dégageait de l'inspecteur. Leo Donnelly était un homme de stature et de corpulence moyennes, mais, malheureusement, c'était aussi un flic plus que moyen. Il savait exécuter les ordres, mais penser par lui-même était un exercice auquel il se refusait. Ce n'était guère surprenant de la part d'un inspecteur de la Brigade criminelle qui avait commencé sa carrière dans les années quatre-vingt, mais Leo Donnelly était le genre de flic que Will détestait : débraillé, arrogant, et ne reculant pas devant l'usage des mains si un suspect devait être encouragé à parler.

Will s'efforça de rester aimable et lui serra la main :

« Comment ça va, Leo ?

— Je ne peux pas me plaindre », répondit celui-ci, mais ce fut exactement ce qu'il se mit à faire en marchant vers les urgences. « Je suis à deux ans de la retraite et on essaie de me pousser dehors. Je crois que c'est pour raisons médicales. Vous vous souvenez de mes problèmes de prostate. » Aucun des deux ne manifesta rien, mais ce n'était pas assez pour arrêter Leo. « Ces connards de l'assurance d'Atlanta refusent de payer certaines de mes pilules. Croyez-moi, ne tombez pas malades ou vous serez niqués plus souvent qu'à votre tour !

— Quelles pilules ? », interrogea Faith. Will se demanda pourquoi elle l'encourageait.

« Ce putain de Viagra ! répondit Leo. Six dollars le comprimé. C'est la première fois de ma vie que je dois payer pour baiser.

— C'est difficile à croire, commenta Faith. Mais parle-nous de ce gamin. Qu'est-ce qu'on sait sur sa mère ?

— Que dalle, dit Leo. La voiture est enregistrée au nom d'une nommée Pauline McGhee. Nous avons trouvé du sang sur les lieux. Pas beaucoup, mais quand même assez. Pas un saignement de nez.

— Quelque chose dans la voiture ?

— Seulement son sac, avec son portefeuille. Le permis de conduire confirme qu'elle s'appelle McGhee. Les clefs étaient sur le contact. Le môme, Felix, dormait sur la banquette arrière.

— Qui l'a trouvé ?

— Une cliente. Elle l'a vu dormir tout seul et elle a prévenu le gérant.

— Probablement épuisé de peur, murmura Faith. La vidéo ?

— La seule caméra qui marche à l'extérieur balaie devant le magasin.

— Qu'est-ce qui est arrivé aux autres caméras ?

— Des cambrioleurs leur ont tiré dessus. » Leo haussa les épaules comme s'il fallait s'y attendre. « Le 4 × 4 était hors champ, on ne le voit pas sur la pellicule. On voit McGhee entrer avec son gamin, ressortir seule, rentrer en courant, ressortir en courant. Je suppose qu'elle ne s'est pas aperçue de l'absence de son fils avant d'arriver à sa voiture. Il se pourrait que quelqu'un l'ait caché, puis se soit servi de lui pour l'attirer. Et ensuite l'assommer et l'enlever.

— On voit quelqu'un d'autre sortir du magasin ?

— La caméra balaie de gauche à droite. Le petit était dans le magasin, c'est sûr. Je pense que le type qui l'a alpagué faisait attention à la caméra. Il a dû le prendre par un bras au moment où elle filmait de l'autre côté.

— Tu sais à quelle école il va ? demanda Faith.

— Une petite école privée très chic dans une banlieue encore plus chic. Je les ai déjà appelés. » Il sortit son calepin et montra l'adresse à Faith pour qu'elle puisse la noter. « Ils m'ont dit que la mère ne leur a pas donné de numéro en cas d'urgence. Quant au père, il s'est branlé dans une banque de sperme, c'est tout ce qu'on sait de lui. S'il y a des grands-parents, ils ne se sont jamais montrés. Et mon impression personnelle est qu'elle n'était pas particulièrement aimée à son travail. Ses collègues ont l'air de la considérer comme une belle salope. » Il prit une feuille de papier pliée dans sa poche et la montra aussi à Faith. « Une copie de son permis de conduire. Jolie femme en tout cas. »

Will regarda la photo par-dessus l'épaule de sa coéquipière. Elle était en noir et blanc, mais on distinguait bien Pauline McGhee.

« Les cheveux bruns. Les yeux bruns.

— Comme les deux autres », murmura Faith.

Leo intervint : « Nous avons déjà envoyé nos gars au domicile de McGhee. Apparemment, aucun des voisins ne sait vraiment qui c'était. Et ils se fichent de savoir où elle a pu passer. Ils disent qu'elle les ignorait, ne disait jamais bonjour, ne venait pas aux fêtes des voisins, ne participait à rien. Nous allons essayer à son boulot. Une boîte de design du genre prétentieux, dans Peachtree Avenue.

— Et ses comptes en banque ?

— Elle est pleine aux as, répondit Leo. Aucun problème pour les traites de son appartement. La voiture est payée, elle a du fric sur son compte, des actions, une grosse assurance. De toute évidence, elle ne vit pas avec un salaire de flic.

— Elle s'est servie récemment de ses cartes de crédit ?

— Tout était encore dans son sac : portefeuille, cartes, soixante dollars en espèces. La dernière fois qu'elle a utilisé une carte, c'était justement au supermarché ce matin. Si quelqu'un a copié les numéros et essaie de s'en servir, nous avons fait ce qu'il faut et je te préviendrai. » Leo regarda autour de lui. Ils étaient près de l'entrée de la salle des urgences. Il baissa la voix : « À votre avis, c'est lié à cette affaire de tueur au rein ?

— Quel tueur au rein ? demandèrent Faith et Will à l'unisson.

— Allez, ne faites pas les naïfs !

— Qu'est-ce que tu racontes, le tueur au rein ? demanda Faith, aussi déconcertée que Will.

— Les fuites de la police de Rockdale sont pires que celles de ma prostate », dit-il, apparemment ravi de répandre la nouvelle. « Ils parlent de votre première victime, ils disent qu'on lui a enlevé un rein. Une affaire de trafic d'organes, non ? Ou alors un truc magique, genre crime rituel. Mais j'ai entendu dire qu'on pouvait ramasser un sacré magot en revendant un rein, dans les cent mille dollars.

— Mon Dieu ! dit Faith. C'est bien la chose la plus idiote que j'ai entendue depuis longtemps.

— Quoi, on ne lui a pas enlevé un rein ? » Leo semblait déçu.

Faith ne répondit rien, et Will n'avait aucune envie de fournir à Leo Donnelly des renseignements qu'il pourrait colporter parmi ses collègues. Il demanda : « Que dit Felix ? »

Leo secoua la tête et montra son badge pour qu'on les laisse entrer aux urgences. « Ce gamin est muet comme une huître. J'ai appelé les services sociaux, mais ils n'ont rien sur lui. Vous savez comment ils sont, les mômes de cet âge. Sans compter qu'il est peut-être un peu retardé mental.

— Je pense qu'il est plutôt choqué parce qu'il a vu sa mère se faire enlever », dit Faith, non sans agacement. « À quoi t'attendais-tu ?

— Qu'est-ce que j'en sais, moi ? Mais toi, tu as élevé un gamin. J'ai pensé que tu saurais mieux t'y prendre avec lui. »

Will ne put s'empêcher de demander à Leo : « Tu n'as pas d'enfants ? »

Celui-ci haussa les épaules. « Est-ce que j'ai l'air du genre de type qui a de bonnes relations avec ses mouflets ? »

La question ne demandait pas vraiment de réponse.

« Est-ce qu'on lui a fait quelque chose, au petit ?

— Le médecin dit qu'il va bien. » Il donna un grand coup de coude à Will. « En parlant du docteur, c'est un sacré brin de femme. Une splendeur, même. Grands cheveux auburn dans le dos, des jambes qui montent jusqu'ici. »

Faith avait un sourire aux lèvres, et Will l'aurait de nouveau interrogée sur Victor Martinez si Leo n'avait pas été là, à lui enfoncer son coude dans le foie.

Des bips sonores leur parvinrent d'une des salles et un essaim de médecins et d'infirmières passa devant eux, des dossiers sous le bras et des stéthoscopes volant autour de leur cou. Will sentit ses entrailles se crisper devant cette vision et ces sons familiers. Il avait toujours détesté les médecins, surtout ceux du Grady Hospital qui s'occupaient des enfants à l'orphelinat où il avait grandi. Chaque fois qu'on l'avait placé dans une famille d'accueil, la police l'avait emmené ici. La moindre égratignure, la moindre petite entaille, le moindre bleu devaient être photographiés, catalogués, détaillés. Les infirmières faisaient cela depuis assez longtemps pour savoir que ce travail demandait un certain détachement. Mais le plus souvent, les médecins n'avaient pas la même expérience. Ils hurlaient et tempêtaient contre l'incurie des services sociaux et vous faisaient croire que cette fois, quelque chose allait changer. Mais un an plus tard, on se retrouvait de nouveau à l'hôpital et un nouveau médecin s'emportait de la même façon.

Maintenant que c'était au tour de Will d'appliquer la loi, il comprenait qu'ils avaient les mains liées par le règlement, mais cela ne changeait rien au malaise qu'il éprouvait chaque fois qu'il entrait aux urgences du Grady Hospital.

Comme pour tester sa capacité à le faire se sentir encore plus mal, Leo lui tapota le bras en disant : « Désolé qu'Angie t'ait plaqué, l'ami. Mais c'est sûrement mieux comme ça. »

Faith ne dit rien, mais Will fut soulagé qu'elle soit incapable de transformer ses regards en lance-flammes.

« Je vais voir où est passé le médecin, dit Leo. Ils ont mis le gamin dans une pièce réservée aux médecins, pour essayer de le calmer. »

Il s'éloigna, et le silence persistant de Faith tandis qu'elle regardait Will en disait plus long que tous les discours. Il enfonça ses mains dans ses poches et s'appuya contre le mur. Les urgences n'étaient pas aussi bondées que la veille au soir, mais il y avait assez de gens autour d'eux pour rendre difficile toute conversation privée.

Faith ne parut pas s'en soucier.

« Angie est partie depuis combien de temps ? demanda-t-elle.

— Un peu moins d'un an. »

Elle retint son souffle. « Mais alors... Vous n'avez été mariés que neuf mois !

— Oui, c'est ça. » Il regarda autour de lui. Il n'avait pas envie d'aborder ce sujet ici, ni ailleurs. « Elle ne s'est mariée avec moi que pour me prouver qu'elle en était capable. » Il se sentit sourire en dépit de la situation. « C'était plus pour le plaisir d'avoir le dernier mot que par envie de se marier. »

Faith secoua la tête, l'air de ne pas comprendre un mot à ce qu'il tentait de lui expliquer. Will n'était pas sûr de pouvoir être plus clair. Lui-même n'avait jamais bien compris sa relation avec Angie Polaski. Il la connaissait depuis l'âge de huit ans et les années ne lui avaient pas appris grand-chose, sinon qu'aussitôt qu'elle se sentait trop proche de lui, elle s'empressait de prendre la porte. Mais elle revenait. C'était la règle, et Will avait fini par l'apprécier pour sa simplicité.

« Elle m'a souvent quitté, Faith, dit-il. Ce n'était pas une surprise. »

Elle garda le silence, et il n'aurait su dire si elle était irritée ou seulement trop choquée pour parler.

Il parla de nouveau : « J'irai prendre des nouvelles d'Anna avant que nous partions. »

Elle se contenta de hocher la tête. Il fit une nouvelle tentative : « Amanda m'a demandé comment tu allais, la nuit dernière. »

Faith lui accorda soudain toute son attention.

« Et qu'est-ce que tu lui as répondu ?

— Que tu allais bien.

— Tant mieux, parce que c'est vrai. »

Il la scruta du regard, l'air de lui dire qu'il n'était pas le seul à garder pour lui des informations.

« Je vais bien, je vais très bien ! insista-t-elle en réponse à ce regard. Ou du moins, j'irai mieux très vite, d'accord ? Alors, ne t'inquiète pas pour moi. »

Will s'appuya plus lourdement au mur. Faith se tut de nouveau, et le bourdonnement des urgences devint comme de l'électricité statique dans leurs oreilles. Au bout de quelques minutes, Will dut lutter contre l'envie de fermer les yeux. Il s'était écroulé dans son lit vers six heures du matin, en se disant qu'il pourrait voler au moins deux heures de sommeil avant de passer prendre Faith. Mais il avait réfléchi au programme de ce matin à mesure que les deux heures s'écoulaient. Il avait pensé qu'il se dispenserait de sortir le chien, qu'il se passerait de petit déjeuner, et même de café. Le réveil avait marqué les minutes avec une lenteur éprouvante, qu'il observait chaque fois que ses yeux s'ouvraient. Mais il se sentait trop oppressé pour dormir, il lui semblait qu'il était toujours au fond de cette horrible caverne.

Il sentit ses bras le démanger de nouveau, mais ne se gratta pas pour ne pas attirer l'attention de Faith. Chaque fois qu'il repensait à la caverne, aux deux rats qui avaient pris son corps pour une échelle, il sentait les mêmes picotements sur sa peau. Vu le nombre de ses cicatrices, c'était idiot d'être obsédé par deux ou trois petites griffures qui guériraient toutes seules et ne laisseraient pas de marque, mais ce souvenir continuait de le perturber, et plus il le perturbait, plus il avait envie de se gratter.

« Tu penses qu'on parle déjà du tueur au rein dans les journaux ? demanda-t-il à Faith.

— J'espère ! Comme ça, quand on apprendra la vérité, nos chers collègues de Rockdale passeront pour des cons, comme ils le méritent.

— Je t'ai répété ce que Fierro a dit à Amanda ? »

Elle secoua la tête, et il lui raconta que l'inspecteur avait accusé leur supérieure de tailler des pipes au chef de la police du Rockdale.

« Et qu'est-ce qu'elle lui a répondu ? murmura Faith, choquée.

— Rien. Il a disparu, dit Will en prenant son portable. Je ne sais pas où il est passé, je ne l'ai plus revu. » Il regarda l'heure sur l'écran du téléphone. « L'autopsie est dans une heure. Si nous ne tirons rien de ce gamin, nous pourrions aller à la morgue et demander à Pete de commencer plus vite.

— Nous avons rendez-vous avec Henry et Judith Coldfield à deux heures. Je peux les appeler et leur demander si nous pouvons les voir plus tôt. »

Will savait que Faith détestait assister aux autopsies.

« Si nous partions chacun de notre côté ? Tu t'occuperais d'eux, et moi… »

La proposition ne sembla pas lui faire plaisir.

« Nous verrons s'ils peuvent être disponibles plus tôt. Nous n'avons pas besoin de rester longtemps à l'autopsie. »

Will l'espérait. Il n'avait aucune envie de s'attarder à la morgue pour écouter tous les détails morbides des tortures endurées par Jacquelyn Zabel avant qu'elle parvienne à s'enfuir, pour tomber et se rompre le cou en attendant de l'aide.

« Peut-être que nous en saurons un peu plus long tout à l'heure, marmonna-t-il. Que nous aurons un lien entre ces femmes.

— Un lien ? Quel genre de lien ? À part qu'elles sont célibataires, jolies, qu'elles réussissent dans la vie et qu'elles se font détester d'à peu près tous ceux qui les approchent...

— Beaucoup de femmes qui réussissent se font détester », observa Will, en se rendant compte après coup que ces mots sonnaient comme le propos d'un sale macho. « Je veux dire, beaucoup d'hommes se sentent menacés par... » Mais il savait que Faith pensait sans doute à Amanda. « C'est peut-être ce qui motive notre tueur, insista-t-il pourtant. Il est furieux de la réussite de ces femmes et du fait qu'elles n'ont pas besoin d'homme dans leur vie. »

Faith croisa les bras, considérant visiblement les différents angles du problème.

« En somme, dit-elle, il a enlevé deux femmes en sachant qu'elles ne seraient pas regrettées. Trois, si on compte Pauline McGhee.

— Elle a de longs cheveux bruns et des yeux bruns comme les deux autres victimes. En général, ces types-là s'attachent à un schéma précis, à un certain type de femme.

— Jackie Zabel était riche. Tu m'as dit qu'Anna était une femme soignée. Pauline McGhee possède une Lexus et élève son fils toute seule, ce qui, tu peux me croire, n'est pas un boulot facile. » Elle resta silencieuse quelques instants, et il se demanda si elle pensait à Jeremy. Faith ne lui laissa pas le temps de lui poser la question. « C'est une chose de tuer des prostituées. Il faut en liquider au moins quatre ou cinq avant qu'on s'en aperçoive. Mais lui s'attaque à des femmes qui ont un rôle de poids dans la société. Il a dû les surveiller. »

Will n'y avait pas pensé, mais elle avait probablement raison. Faith poursuivit : « Pour lui, cela fait peut-être partie de la prédation.

Il fait tout un travail de reconnaissance. Il enquête sur leur vie, il les espionne, et pour finir il les enlève.

— Donc, un homme qui s'en prend à des femmes qu'il trouve antipathiques ? Un solitaire qui s'est senti abandonné par sa mère ? Un cocu ? » Will cessa de tenter d'établir un profil du suspect, en se disant que ces caractéristiques lui ressemblaient un peu trop.

« Ça peut être n'importe qui, dit Faith. Et c'est tout le problème. N'importe qui. »

Will ressentait la frustration qu'il percevait dans sa voix. Tous deux savaient que l'affaire avait atteint un point critique. Les enlèvements d'inconnues étaient les plus difficiles à résoudre. Les victimes étaient en général choisies au hasard, et le kidnappeur un chasseur habile à couvrir ses traces. C'était par chance et seulement par chance que Will avait découvert la caverne, mais il espérait que leur homme était devenu plus négligent : deux de ses victimes lui avaient échappé. Peut-être en éprouvait-il du désespoir, se sentait-il hors jeu, pris à son propre piège. La chance devait être de leur côté. À eux de savoir la saisir.

Il remit son téléphone dans sa poche. Moins de douze heures s'étaient écoulées depuis le début de l'enquête, et ils étaient déjà dos au mur. À moins qu'Anna se réveille, que Felix puisse leur fournir une piste sérieuse ou qu'une des scènes de crime révèle un indice qu'ils pourraient utiliser, ils étaient encore à la case départ, sans rien d'autre à faire qu'attendre l'apparition d'un autre corps.

De toute évidence, Faith pensait comme lui.

« Il lui faudra un nouvel endroit s'il veut séquestrer une autre victime, observa-t-elle.

— Mais sûrement pas une nouvelle caverne. Ç'a dû être un gros travail de la creuser, dit Will. J'ai failli mourir d'épuisement en creusant le bassin dans mon jardin l'été dernier.

— Tu as un bassin dans ton jardin ?

— Avec des carpes, oui. Il m'a fallu deux week-ends entiers pour creuser le trou. »

Elle se tut quelques instants, comme si elle se représentait ce bassin.

« Peut-être qu'il s'est fait aider pour creuser la caverne.

— En général, les tueurs en série travaillent seuls.

— Et ces deux types en Californie ?

— Charles Chi-Tat Ng et Leonard Lake. » Will connaissait l'affaire, qui avait conduit à un des plus longs et plus coûteux procès de l'histoire de la justice californienne. Dans les années quatre-vingt, Lake et Chi-Tat Ng avaient construit une baraque en parpaings dans les montagnes, qu'ils avaient équipée d'instruments de torture pour satisfaire leurs fantasmes pervers. Les deux hommes s'étaient filmés alors que chacun s'acharnait à son tour sur les victimes, des hommes, des femmes et des enfants dont certains n'avaient jamais été identifiés.

Faith poursuivit : « Les deux Étrangleurs des collines agissaient ensemble aussi. »

Une autre affaire restée dans les mémoires, bien qu'un peu plus ancienne. Dans les collines autour de Los Angeles, les deux cousins avaient violé et assassiné toute une série de marginales, des prostituées, de jeunes fugueuses.

« Ils avaient de faux badges de la police, se souvint Will. C'était comme ça qu'ils mettaient les femmes en confiance.

— Je préfère ne même pas imaginer que notre homme en ait un aussi. »

Will pensait la même chose, mais c'était une possibilité qu'il fallait garder présente à l'esprit. La BMW de Jackie Zabel avait disparu, Pauline McGhee avait été enlevée juste à côté de son 4 × 4. Un homme se faisant passer pour un policier avait facilement pu inventer un scénario pour s'approcher des deux véhicules.

« Charlie n'a rien trouvé qui suggère la présence de deux kidnappeurs dans la caverne », dit Will, avant d'ajouter : « Mais il n'a pas eu envie de rester là-dedans plus longtemps que nécessaire.

— Quelle était ton impression quand tu y étais, dans ce trou ?

— Qu'il fallait que je remonte avant d'avoir une attaque », avoua Will, en sentant de nouveau les griffures des rats sur ses bras et les picotements sur sa peau. « Ce n'est pas le genre d'endroit où on s'attarde pour le plaisir.

— Nous regarderons les photos. Il y a peut-être quelque chose que Charlie et toi n'avez pas remarqué sur le moment. »

C'était très possible, Will le savait. Les photos de la caverne seraient certainement sur son bureau quand ils seraient de retour, et ils pourraient les examiner à loisir sans l'affreuse sensation de claustrophobie qu'il avait ressentie sur place.

« Deux victimes, Anna et Jackie. Peut-être deux kidnappeurs ? » Faith poursuivit dans cette logique : « Si c'est leur schéma et que Pauline McGhee est une autre victime, alors il leur en faudra une quatrième.

— Hé ! », cria Leo en leur faisant signe. Il était debout dans l'encadrement d'une porte surmontée d'une pancarte.

« Salle des médecins », lut Faith à haute voix, selon une habitude qu'elle avait prise et dont Will ne savait si elle devait le soulager ou l'irriter.

« Bonne chance », dit Leo en tapant sur l'épaule de Will.

Faith lui demanda : « Tu pars ?

— Le médecin vient de m'envoyer bouler. » Il n'en semblait pas particulièrement affecté. « Vous pouvez parler au gamin, mais n'empiétez pas sur mon enquête sauf si quelque chose s'imbrique avec la vôtre. »

Will fut un peu surpris : en général, Leo Donnelly se montrait ravi de laisser son travail aux autres.

« Croyez-moi, j'aimerais mieux vous refiler cette affaire, continua-t-il, mais mes chefs ont l'œil sur moi. Ils cherchent n'importe quelle raison pour me virer. J'ai besoin d'avancer avant de lancer l'engrenage pour que vous en héritiez, vous comprenez ?

— Compte sur nous pour te protéger, promit Faith. Mais peux-tu garder un œil sur les cas de disparition ? Des Blanches, trente, trente-cinq ans, cheveux bruns, bonne situation, mais pas du genre à avoir beaucoup d'amis pour s'inquiéter.

— Des salopes brunes. » Il lui fit un clin d'œil. « Qu'est-ce que je dois faire à part jouer les détectives privés pour vous ? » Cette perspective ne semblait pas le gêner. « Je serai au City Foods s'il se passe quelque chose. Vous avez mon numéro. »

Will le regarda s'éloigner et demanda :

« Ils poussent Leo vers la sortie ? Pourquoi ? Hormis les raisons évidentes, je veux dire. »

Faith avait été la coéquipière de Leo pendant quelques années, et Will vit qu'elle luttait avec le désir de prendre sa défense. Finalement, elle répondit :

« Il est tout en haut de l'échelle des salaires. Ça reviendrait moins cher de le remplacer par un jeune bleu tout juste sorti des patrouilles pour qu'il fasse le même boulot en étant payé la moitié. En plus, si Leo prend une retraite anticipée, il laisse vingt pour cent de sa pension sur la table. Ajoute les problèmes médicaux, et ça devient très cher de le garder. Les chefs prennent ces questions en considération quand ils établissent leur budget. »

Faith s'apprêtait à ouvrir la porte, mais arrêta son geste, car son portable sonnait. Elle regarda l'identité du correspondant et dit à Will : « La sœur de Jackie. » Puis elle prit l'appel en faisant signe à Will d'entrer sans elle.

La main de Will était moite quand il l'appuya contre le battant de bois. Son cœur fit quelque chose de bizarre – presque un double battement – qu'il attribua au manque de sommeil et à ses deux chocolats chauds du matin. Puis il aperçut Sara Linton, et son cœur recommença à battre normalement.

Elle était assise sur une chaise près de la fenêtre, Felix McGhee sur ses genoux. Le garçon était un peu trop grand pour cela, mais Sara s'en tirait bien : elle avait glissé un bras autour de sa taille et l'autre autour de ses épaules, tout en lui caressant les cheveux avec sa main et en lui murmurant à l'oreille de petits mots réconfortants.

Sara avait levé les yeux quand Will était entré dans la pièce, mais ne se laissa pas perturber par sa présence. Felix regardait par la fenêtre, les yeux vides, la bouche entrouverte. Sara fit un signe du menton vers une chaise en face d'elle, et, en voyant qu'elle était à moins de trente centimètres de ses genoux, Will devina que c'était celle que Leo avait occupée. Il l'écarta un peu et s'assit.

« Felix. » La voix de Sara était calme et contrôlée, comme avec Anna la veille au soir. « Ce monsieur est l'agent Trent. C'est un policier, et il est venu pour t'aider. »

Felix continua de regarder par la fenêtre. La pièce était fraîche, mais Will vit que les cheveux du garçonnet étaient humides de transpiration. Une goutte de sueur roula le long de sa joue, et Will prit son mouchoir pour l'essuyer. Quand il releva les yeux vers Sara, celle-ci le fixait comme s'il avait tiré un lapin de sa poche.

« Une vieille habitude », marmonna Will en pliant le mouchoir en deux. On lui avait fait comprendre au fil des années que seuls les vieux messieurs et les dandies se promenaient encore avec un mouchoir, mais tous les enfants de son orphelinat en avaient un et Will se sentait nu sans son mouchoir.

Sara secoua la tête, comme pour signifier que cela lui était égal. Elle pressa ses lèvres sur le sommet du crâne de Felix. Le garçon ne réagit pas, mais Will avait vu ses yeux lancer un regard vers lui pour observer ce nouveau venu et voir ce qu'il faisait.

« Qu'est-ce que c'est ? », demanda Will en voyant un cartable à côté de la chaise de Sara. Aux personnages de bandes dessinées qui l'ornaient et à ses couleurs vives, il devina que le cartable appartenait à Felix. Il le prit et tira la fermeture Éclair, ôtant quelques confettis pour inspecter le contenu.

Sans doute Leo avait-il déjà examiné tout ce qu'il y avait dans le cartable, mais Will prit soigneusement chaque objet dans sa main dans l'espoir qu'il lui révèle quelque chose. « Jolis crayons. » Il tenait un paquet de crayons de couleur. Le paquet était noir, ce qui était inhabituel pour des articles destinés à un enfant. « Ce sont des crayons pour les grands. Tu dois être un très bon dessinateur ! »

Will n'attendait pas de réponse et Felix n'en donna pas, mais les yeux du garçonnet l'observaient attentivement maintenant, comme s'il voulait s'assurer que Will n'emporterait rien du contenu de son cartable.

Ensuite, Will ouvrit un classeur qui arborait un écusson sur la couverture, probablement celui de l'école. Dans une pochette, il y avait des documents apparemment officiels, de l'école toujours. Dans une autre pochette, les devoirs de Felix. Will ne parvint pas à déchiffrer les documents, mais le papier rayé des devoirs lui fit comprendre que Felix apprenait à écrire droit. Il montra la pochette à Sara.

« Il écrit déjà bien pour son âge, dit-il.

— C'est vrai », acquiesça Sara. Elle observait Will aussi attentivement que le faisait Felix, et il dut s'efforcer de ne pas penser à elle pour continuer correctement son travail. Elle était trop belle, trop intelligente. Trop tout ce que Will n'était pas.

Il replaça le classeur dans le cartable et en tira trois livres minces. Même lui pouvait lire les trois premières lettres de l'alphabet qui ornaient la couverture du premier. Les deux autres restèrent un mystère pour lui, et il les tendit à Felix en disant : « Je me demande de quoi ils parlent, ces deux-là ? » Mais l'enfant ne répondit rien, et Will examina de nouveau les couvertures en plissant les yeux : « Je crois que le cochon travaille dans un restaurant. Il sert des crêpes à ses clients. » Puis il regarda l'autre livre. « Et cette souris est dans un panier-repas. Quelqu'un va la manger pour son déjeuner.

— Non. »

Felix avait parlé si bas que Will n'était pas sûr qu'il ait vraiment dit quelque chose.

« Non ? », demanda-t-il, en regardant de nouveau la souris. Ce qu'il y avait de formidable avec les enfants, c'était qu'on pouvait se montrer parfaitement honnête avec eux en leur faisant croire qu'on les taquinait. « Je ne sais pas très bien lire. Qu'est-ce qu'il raconte, ton livre ? »

Felix s'agita un peu sur les genoux de Sara, qui l'aida à se tourner vers Will. L'enfant tendit les mains vers ses livres, et, au lieu de répondre, il les saisit et les serra contre sa poitrine. Sa lèvre se mit à trembler, et Will devina :

« C'est ta maman qui te lit ces histoires, n'est-ce pas ? »

Il fit oui de la tête et de grosses larmes roulèrent sur ses joues.

Will se pencha en avant, appuyant ses coudes sur ses genoux.

« Je suis là pour la retrouver, ta maman. »

Felix déglutit, comme s'il voulait ravaler son chagrin, et murmura :

« Le grand monsieur l'a emmenée. »

Will savait que pour les enfants, tous les adultes étaient grands. Il se redressa et demanda : « Aussi grand que moi ? »

Pour la première fois depuis qu'il était entré dans la pièce, Felix regarda vraiment Will. Il sembla réfléchir à la question, puis secoua la tête.

« Et le policier qui est venu tout à l'heure, celui qui sent mauvais ? Est-ce que le monsieur était aussi grand que lui ?

— Oui », souffla Felix.

Will s'efforça de prendre tout son temps, de poser ses questions d'un ton décontracté, pour que Felix continue d'y répondre sans avoir le sentiment d'être interrogé.

« Est-ce qu'il avait des cheveux de la même couleur que les miens ? Ou plus foncés ?

— Plus foncés. »

Will hocha la tête et se gratta le menton comme s'il considérait plusieurs possibilités. Les enfants n'étaient pas des témoins très fiables, c'était connu. Ou ils voulaient faire plaisir aux adultes qui les questionnaient, ou ils étaient si vulnérables à la suggestion qu'on pouvait leur enfoncer n'importe quelle idée dans le crâne et leur faire jurer que c'était la vérité.

Il demanda : « Et son visage ? Est-ce qu'il était barbu, moustachu ? Ou sans rien, comme moi ?

— Il avait une moustache.

— Est-ce qu'il t'a parlé ?

— Il m'a dit que maman voulait que je reste dans la voiture. »

Will avança précautionneusement : « Est-ce qu'il portait un uniforme, comme un gardien, ou un pompier ? Ou un policier ? »

Felix fit non de la tête.

« Il avait des vêtements normaux », dit-il.

Will sentit soudain le sang lui monter à la tête. Il savait que Sara l'observait. Veuve de policier, elle n'avait pas dû apprécier ce que sa question sous-entendait.

« De quelle couleur étaient ses vêtements ? », continua-t-il.

Felix haussa les épaules, et Will se demanda si l'enfant en avait assez de répondre ou s'il ne se rappelait pas. Puis Felix tripota un peu le bord de son livre et dit à mi-voix :

« Il portait un costume comme Morgan.

— Morgan ? Qui est-ce ? Un ami de ta maman ? »

Le gamin hocha la tête.

« Elle travaille avec lui. Mais elle est en colère contre lui, parce qu'il dit des mensonges et qu'il veut lui faire des ennuis. Mais c'est elle qui gagnera, à cause du coffre-fort. »

Will se demanda si Felix avait entendu des conversations au téléphone ou si Pauline McGhee était le genre de femme à laisser libre cours à ses contrariétés en face de son gamin de six ans.

« Est-ce que tu te rappelles autre chose sur l'homme qui a emmené ta mère ?

— Il m'a dit qu'il reviendrait me faire du mal si je parlais de lui. »

Will s'efforça de garder une expression neutre, comme celle de Felix.

« Mais tu n'as pas peur de lui », dit-il, non comme une question, mais comme une constatation.

« Maman m'a dit qu'elle ne laisserait jamais personne me faire du mal. »

Il semblait si sûr de lui que Will ne put s'empêcher de se dire, avec respect, que Pauline McGhee devait être une très bonne mère. Il avait interrogé beaucoup d'enfants dans sa carrière, et, si la plupart aimaient leurs parents, peu d'entre eux faisaient preuve de cette confiance aveugle.

« Elle a raison, dit Will. Personne ne te fera de mal.

— Maman me protégera », insista Felix, et Will s'interrogea : on ne rassurait pas un enfant avec cette obstination à moins qu'il n'y ait une vraie crainte à combattre.

Will demanda : « Est-ce que ta maman a peur que quelqu'un te fasse du mal ? »

Felix tripota de nouveau son livre. Puis il hocha la tête presque imperceptiblement.

Will attendit quelques instants, soucieux de ne pas précipiter les questions.

« Et selon elle, qui est la personne qui pourrait te faire du mal, Felix ? »

Il parla d'une voix à peine audible :

« Son frère. »

Un frère. Tout ça était peut-être une querelle de famille, après tout. Will demanda :

« Tu connais son nom ? »

L'enfant secoua la tête. « Je ne l'ai jamais vu. Mais il est méchant. »

Will le fixa des yeux, se demandant comment formuler la question suivante.

« Comment ça, méchant ?

— Méchant, c'est tout. C'est maman qui me l'a dit. Mais elle me protégera de lui, parce qu'elle m'aime plus que tout au monde. Elle a dit ça aussi. » Il y avait quelque chose de définitif dans le ton de sa voix, comme s'il était décidé à ne rien dire de plus sur ce sujet. « Je peux rentrer à la maison maintenant ? »

Will aurait préféré recevoir un coup de couteau que d'avoir à répondre à cette question. Il jeta un coup d'œil à Sara pour qu'elle le soutienne, et elle prit la parole :

« Tu te souviens de cette dame que nous avons vue tout à l'heure ? Miss Nancy ? »

Felix fit oui de la tête.

« Eh bien, miss Nancy va trouver quelqu'un pour s'occuper de toi jusqu'à ce que ta maman revienne te chercher. »

Les yeux du garçonnet se remplirent de larmes. Will le comprenait. Miss Nancy devait appartenir aux services sociaux, et elle ne devait rien avoir en commun avec les dames de l'école privée que fréquentait Felix, ni avec les amies élégantes de sa mère.

« Mais je veux rentrer à la maison ! dit-il.

— Je sais, mon chéri », répondit Sara d'une voix douce. « Mais si tu rentres, tu seras tout seul. Il faut qu'on s'occupe de toi jusqu'à ce que ta maman revienne. »

Il ne semblait pas convaincu.

Will posa un genou par terre pour être face à face avec le garçon. Il lui posa sa main sur l'épaule et, ce faisant, frôla le bras de Sara. Il sentit sa gorge se serrer et dut avaler avant de pouvoir parler.

« Regarde-moi Felix », dit-il. Il attendit que l'enfant obtempère. « Je vais faire tout ce qu'il faut pour que ta maman revienne. Mais je veux que tu sois courageux en attendant que je te la ramène. »

Le visage de Felix était si clair et si confiant que le regarder était douloureux.

« Ça prendra combien de temps ? » demanda-t-il. Sa voix tremblait.

« Peut-être une semaine, pas plus », répondit Will, en luttant contre l'envie de détourner les yeux. Si Pauline McGhee restait introuvable plus d'une semaine, cela voudrait dire qu'elle était morte et que Felix était orphelin. « Peux-tu me donner une semaine ? »

Le garçon continua de le fixer du regard, comme pour découvrir dans son expression s'il lui disait la vérité. Finalement, il hocha la tête.

« Très bien », dit Will, avec la sensation d'avoir une enclume sur la poitrine. Il aperçut du coin de l'œil Faith assise près de la porte et se demanda quand elle était entrée. Elle se leva et lui fit signe de la suivre hors de la pièce. Will tapota la jambe de Felix avant de la rejoindre dans le couloir.

« Je parlerai du frère à Leo, dit-elle. On dirait qu'il y a une querelle de famille là-dessous.

— Probablement. » Will regarda la porte qu'il avait refermée. Il aurait voulu retourner dans la pièce, mais pas à cause de Felix. « Que dit la sœur de Jackie ?

— Joelyn. Quand je lui ai appris que sa sœur avait été assassinée, elle n'était pas exactement déchirée de douleur.

— Qu'est-ce que tu veux dire ?

— Qu'il n'y avait pas qu'une salope dans la famille. »

Will sentit ses sourcils se hausser.

« Je suis dans un mauvais jour », dit Faith, mais ce n'était guère une explication. « Joelyn vit en Caroline du Nord. Elle dit qu'il lui faudra environ cinq heures pour venir ici en voiture. » Elle ajouta, comme si c'était un détail qu'elle se rappelait : « Oh, et elle compte porter plainte contre la police et nous faire virer tous les deux si nous ne trouvons pas qui a tué sa sœur.

— Je vois le genre », murmura Will.

Il ne savait pas ce qui était pire : les familiers si brisés de douleur qu'ils vous arrachaient le cœur, ou ceux qui étaient si hargneux qu'ils voulaient vous faire rentrer sous terre.

« Tu devrais peut-être tenter ta chance avec Felix, dit-il.

— Il m'a semblé trop choqué pour dire grand-chose, répondit Faith. Je ne pourrais pas en tirer davantage.

— Peut-être qu'en parlant à une femme...

— Tu t'y prends très bien avec les enfants », l'interrompit Faith, avec un rien de surprise dans la voix. « Tu es plus patient que moi, aujourd'hui en tout cas. »

Will haussa les épaules. À l'orphelinat, il avait parfois pris soin des enfants plus jeunes que lui, surtout pour qu'ils n'empêchent pas les autres de dormir en pleurant toute la nuit.

« Est-ce que Leo t'a donné le numéro de Pauline McGhee à son travail ? », demanda-t-il. Faith fit oui de la tête. « Il faudra les appeler et voir s'il y a un nommé Morgan dans la boîte, poursuivit-il. Felix a dit que le kidnappeur était habillé comme lui. Peut-être que ce Morgan a une préférence pour un certain genre de costume. Nous savons aussi que le criminel mesure environ un mètre quatre-vingt, qu'il est brun et porte une moustache.

— La moustache pourrait être fausse. »

Will le reconnut. « Felix est éveillé pour son âge, mais je ne suis pas sûr qu'il sache faire la différence entre une vraie et une fausse. Peut-être que Sara est en train de le faire parler.

— Alors, laissons-les seuls encore un moment, proposa Faith. Tu as l'air de penser que Pauline McGhee est une de nos victimes.

— Et toi, qu'est-ce que tu en penses ?

— Réponds d'abord. »

Will soupira. « C'est une impression, dit-il. Pauline est une femme aisée, elle a une belle situation. Et elle est brune avec les yeux bruns. » Il haussa les épaules et nuança son propos : « Mais ce pourrait être une coïncidence. En fait, nous n'avons pas grand-chose.

— En tout cas, un peu plus que ce matin », dit Faith, sans vraiment savoir si elle croyait en son intuition ou si elle se raccrochait à des brins de paille. « Mais soyons prudents. Je ne veux pas causer d'ennuis à Leo en empiétant sur son enquête et ensuite en le laissant en plan si ça ne donne rien.

— Je suis d'accord.

— Je vais appeler la boîte de Pauline McGhee et me renseigner sur les costumes de ce Morgan. Je pourrai peut-être leur tirer quelques renseignements sans marcher sur les brisées de ce pauvre Leo. » Elle prit son portable dans sa poche. « Ma batterie est à plat.

— Tiens. » Will lui tendit le sien. Elle le prit précautionneusement et composa le numéro qu'elle avait noté sur son carnet. Will se demanda s'il avait l'air aussi bête que Faith quand il tenait les deux morceaux de son téléphone pressés contre son oreille. Plus encore, probablement. Faith n'était pas vraiment son genre, mais c'était une jolie femme et les jolies femmes se tiraient à leur avantage de beaucoup de situations. Sara Linton, par exemple, devait pouvoir se sortir de tous les mauvais pas.

« Excusez-moi », dit Faith dans le téléphone, en haussant la voix. « Je ne vous entends pas bien. » Et elle jeta un coup d'œil à Will comme si c'était sa faute, avant de s'éloigner dans le couloir jusqu'à ce que la réception soit meilleure.

Will s'appuya au montant de la porte. Remplacer son téléphone lui apparaissait comme un problème insurmontable, le genre de problème qu'Angie réglait normalement pour lui. Il avait tenté d'appeler l'opérateur pour qu'on lui en envoie un autre, mais on lui avait répondu qu'il fallait qu'il vienne à la boutique pour remplir un formulaire. À supposer qu'il réussisse à accomplir ce miracle, il lui faudrait ensuite régler le nouvel appareil : choisir une sonnerie qui ne l'agacerait pas, mémoriser les numéros dont il avait besoin pour travailler. Bien sûr, il aurait pu demander à Faith de s'en charger, mais sa fierté l'en empêchait. Il savait qu'elle serait contente de l'aider, mais il lui faudrait des explications.

Pour la première fois dans sa vie d'adulte, Will se surprit à souhaiter qu'Angie lui revienne.

Il sentit une main sur son bras, puis une voix qui disait « Pardon », et une petite brune très mince ouvrit la porte pour entrer dans la salle des médecins. Ce devait être Miss Nancy, l'assistante sociale, qui venait chercher Felix. Il était encore assez tôt dans la journée pour que l'enfant ne soit pas envoyé dans un foyer, afin de trouver une famille d'accueil prête à s'occuper de lui quelque temps. Avec un peu de chance, Miss Nancy avait assez d'ancienneté pour en connaître quelques-unes, des familles sympathiques qui seraient prêtes à lui rendre service. C'était difficile de placer des enfants qui étaient entre deux âges. Will y était resté assez longtemps pour arriver à un âge où l'adoption était quasi impossible.

Faith revint et rendit son téléphone à Will d'un air renfrogné.

« Il t'en faudrait un nouveau.

— Pourquoi ? dit-il en rempochant l'appareil. Il marche très bien. »

Elle ignora ce mensonge évident. « Morgan ne porte que des Armani, et il semble convaincu d'être le seul homme d'Atlanta qui ait assez de classe pour bien porter un Armani !

— Ça nous fait entre deux mille cinq cents et cinq mille dollars le costume.

— Je penche pour le haut de la fourchette, si j'en juge par son ton dédaigneux. Il m'a dit aussi que Pauline McGhee n'avait plus de contacts avec sa famille depuis au moins vingt ans. Elle s'est enfuie à dix-sept ans et ne les a plus jamais revus. Et il n'a jamais entendu parler de son frère.

— Quel âge a-t-elle maintenant ?

— Trente-sept.

— Est-ce que Morgan sait comment on pourrait les joindre ?

— Il ne sait même pas de quel État elle est originaire. Elle n'aimait pas beaucoup parler de son passé. J'ai laissé un message à Leo. Je suis presque sûre qu'il aura retrouvé ce frère avant la fin de la journée. Il doit déjà être en train d'étudier toutes les empreintes sur le 4 × 4.

— Peut-être qu'elle vit sous un faux nom, tu ne crois pas ? On ne s'enfuit pas du foyer familial à dix-sept ans sans raison. Pauline a bien réussi professionnellement et financièrement. Pour ça, elle a peut-être dû changer de nom.

— Jackie était en contact avec sa famille, elle. Et elle n'a pas changé de nom. Sa sœur s'appelle Zabel aussi. » Elle sourit. « Gwendolyn, Jacquelyn, Joelyn. Tous les prénoms riment. C'est curieux, tu ne trouves pas ? »

Will haussa les épaules. Il n'avait jamais été capable de remarquer si des mots rimaient, ce qui devait être lié à ses problèmes de lecture, pensait-il. Heureusement, la question ne se posait pas souvent.

Faith poursuivit : « Je ne sais pas pourquoi, mais quand on attend un bébé, on s'entiche des prénoms les plus ridicules. J'ai failli appeler Jeremy Fernando Romantico, à cause d'un des gars du groupe Menudo, tu sais, le *boys band* portoricain ? Heureusement, ma mère m'en a dissuadée. »

La porte s'ouvrit et Sara Linton les rejoignit dans le couloir, avec l'expression à laquelle on pouvait s'attendre de la part d'une femme qui vient d'abandonner un enfant aux services sociaux. Will n'était pas du genre à vilipender le système ; mais, si sympathiques que fussent les assistantes sociales, et si dévouées, elles n'étaient jamais assez nombreuses et jamais assez soutenues. Quant aux familles d'accueil certaines étaient merveilleuses, mais d'autres étaient surtout cupides, voire sadiques dans certains cas, si bien que la tâche des malheureuses pouvait se révéler désespérante. Malheureusement, ce serait peut-être le petit Felix McGhee qui, au bout du compte, serait le plus désespéré.

« Vous vous en êtes très bien tiré », dit Sara à Will.

Il eut envie de sourire comme un enfant qu'on vient de féliciter en lui tapotant la tête.

« Felix a dit autre chose ? », demanda Faith.

Sara secoua la tête.

« Comment vous sentez-vous aujourd'hui ?

— Beaucoup mieux », répondit Faith, sur la défensive.

Sara poursuivit : « On m'a parlé de la deuxième victime que vous avez découverte la nuit dernière.

— C'est Will qui l'a trouvée. » Faith se tut quelques instants, comme pour réfléchir à ce qu'elle s'apprêtait à révéler. « Ça ne doit pas tomber dans le domaine public, mais elle s'est rompu le cou en dégringolant d'un arbre. »

Sara fronça les sourcils.

« Qu'est-ce qu'elle faisait dans un arbre ? »

Will entérina la version de Faith.

« Elle attendait que nous la retrouvions. Nous ne sommes pas arrivés assez vite, malheureusement.

— Vous ne pouvez pas savoir combien de temps elle est restée dans cet arbre, objecta Sara. Déterminer l'heure d'un décès n'est pas une science exacte.

— Son sang était encore chaud », dit Will, en sentant de nouveau l'effroi qu'il avait éprouvé quand le liquide chaud avait coulé sur sa nuque.

« Il pouvait l'être pour plusieurs raisons. Le feuillage de l'arbre a pu protéger le corps et l'empêcher de refroidir. Ou elle a pu être droguée par son geôlier. Il existe plusieurs substances qui peuvent augmenter la température corporelle et la garder élevée même après la mort.

— Mais il n'avait pas eu le temps de coaguler…

— Il suffit de deux comprimés d'aspirine pour empêcher le sang de coaguler. Rien de plus simple. »

Faith intervint : « Jackie avait un grand flacon d'aspirine à côté de son lit. Il était à moitié vide. »

Will n'était pas convaincu, mais Sara était passée à autre chose.

« Le légiste pour la région, c'est toujours Pete Hanson ? demanda-t-elle à Faith.

— Vous connaissez Pete ?

— C'est un excellent professionnel. J'ai pris quelques cours avec lui avant d'être élue. »

Will avait oublié que dans les petites villes, la fonction de médecin légiste était soumise à un vote. Il avait du mal à imaginer le visage de Sara sur une affiche électorale.

Faith reprit : « Nous nous apprêtions à assister à l'autopsie de la deuxième victime. »

Sara parut hésitante.

« Aujourd'hui, c'est mon jour de repos, dit-elle.

— Bon », répondit Faith après un instant de silence. « Alors, profitez-en bien. » Elle avait dit ces mots pour prendre congé, mais Sara ne bougea pas.

Le couloir était maintenant assez calme pour qu'on entende un cliquetis de talons hauts qui s'approchaient. Amanda Wagner s'avança rapidement vers leur petit groupe, l'air reposé bien qu'elle fût restée dans la forêt aussi tard que Will. Ses cheveux étaient un casque immobile, comme d'habitude, et elle portait un tailleur-pantalon d'une discrète nuance pourpre.

Comme toujours, elle ne perdit pas de temps en préliminaires.

« L'empreinte digitale sur le permis de conduire de Jacquelyn Zabel appartient à la première victime, lança-t-elle. Vous l'appelez toujours Anna ? » Elle ne leur laissa pas le temps de répondre. « Cette histoire d'enlèvement au supermarché, c'est en rapport avec notre affaire ?

— Ça se pourrait, oui, répondit Will. La mère a été kidnappée vers cinq heures et demie ce matin. L'enfant, Felix, a été retrouvé endormi sur la banquette arrière de la voiture. Il nous a donné une vague description, mais il n'a que six ans. La police d'Atlanta est sur le coup. Pour autant que je sache, ils n'ont pas demandé notre aide.

— Qui est en charge de l'enquête ?

— Leo Donnelly.

— Pfft ! Un bon à rien, grogna Amanda. Laissons-lui son affaire pour le moment, mais surveillons tout ça de près. Atlanta n'a qu'à faire les premières constatations et payer pour les analyses, mais si Donnelly fait la moindre connerie, nous reprenons l'enquête.

— Il ne va pas aimer ça, observa Faith.

— Qu'est-ce que vous voulez que ça me foute ? » Elle n'attendit pas la réponse. « Nos chers amis de Rockdale regrettent d'avoir laissé échapper l'affaire de cette nuit, annonça-t-elle. J'ai convoqué une conférence de presse dehors dans cinq minutes. J'ai besoin que vous soyez là tous les deux, histoire de rassurer pendant que j'informe la population qu'elle n'a rien à craindre et que ses reins sont protégés contre les trafiquants d'organes. » Elle tendit la main à Sara. « Docteur Linton, je suis contente de vous rencontrer dans des circonstances moins tristes que la dernière fois. »

Sara hocha la tête. « Moins tristes pour moi, du moins.

— C'étaient des funérailles émouvantes. Comme les méritait un grand policier.

— Oh... » La voix de Sara se voila. Elle parut bouleversée et des larmes lui montèrent aux yeux. « Je ne me rappelais pas que vous... » Elle s'éclaircit la gorge et s'efforça de se reprendre. « Cette journée reste un peu floue dans mon souvenir. »

Amanda la regarda avec attention et parla d'une voix étonnamment douce.

« Ça fait combien de temps maintenant ?

— Trois ans et demi.

— J'ai su ce qui s'est passé à Coastal. » Elle tenait toujours la main de Sara, et Will vit qu'elle la serrait dans un geste réconfortant. « Nous prenons soin de nos équipes. »

Sara s'essuya les yeux et jeta un coup d'œil en direction de Faith, comme si elle se sentait prise en faute.

« J'allais justement offrir mes services à vos agents. »

Will vit la bouche de Faith s'ouvrir, puis se refermer aussi vite.

« Et que proposez-vous ? interrogea Amanda.

— J'étais de permanence hier soir, quand on a amené la première victime. Anna. Je n'ai pas pu faire un examen complet, mais j'ai passé un peu de temps avec elle. Pete Hanson est un des meilleurs légistes que je connaisse, mais si vous acceptez que j'assiste à l'autopsie de la deuxième victime, je pourrai apporter mon point de vue sur les différences et les similitudes entre les deux. »

Amanda ne perdit pas de temps à réfléchir avant de décider.

« J'accepte, dit-elle. Faith, Will, venez avec moi. Docteur Linton, mes agents vous attendront à l'institut médico-légal de City Hall East dans une heure. » Comme personne ne bougeait, elle frappa dans ses mains. « Allons-y ! » Elle était déjà à mi-chemin de la sortie avant que Will et Faith aient le temps de réagir.

Will marcha derrière Amanda, raccourcissant ses pas pour ne pas la dépasser. Elle marchait vite pour une femme d'aussi petite taille, mais cette stature modeste donnait souvent à Will l'impression d'être un géant quand il s'efforçait de garder une distance respectueuse. En la regardant de dos, il se demanda si leur tueur pourrait s'en prendre à une femme comme Amanda. Il imaginait assez facilement comment un homme différent de lui pourrait éprouver à son égard une haine féroce au lieu du mélange d'exaspération et d'envie de la contenter que son aînée lui inspirait.

Faith lui posa la main sur le bras pour le ralentir.

« Incroyable, non ? dit-elle.

— Qu'est-ce qui est incroyable ?

— Sara Linton prétend assister à notre autopsie !

— Elle a raison quand elle dit qu'elle peut comparer les deux victimes.

— C'est toi qui les a vues toutes les deux, non ?

— Je ne suis pas légiste, objecta-t-il.

— Elle non plus, répliqua Faith. Elle n'est même pas exactement un vrai médecin. Elle est pédiatre. Et de quoi parlait Amanda au sujet de Coastal ? »

Will était tout aussi curieux de savoir ce qui s'était passé à la prison d'État de Coastal, mais il se demandait surtout ce qui motivait la colère de Faith.

« Vous accepterez toutes les formes d'aide offertes par Sara Linton », ordonna Amanda par-dessus son épaule. De toute évidence, elle les avait entendus murmurer. « Son mari était un des meilleurs flics de Géorgie et j'ai confiance à cent pour cent dans ses compétences médicales. »

Faith ne prit pas la peine de cacher sa curiosité.

« Qu'est-ce qui lui est arrivé ?

— Tué en service, se borna à répondre Amanda. Comment ça va depuis votre évanouissement, Faith ? »

Faith répondit d'un ton inhabituellement désinvolte.

« Très bien.

— Le médecin a tout vérifié ?

— Tout, dit Faith, d'un ton encore plus désinvolte.

— Nous en reparlerons. » Amanda écarta les agents de sécurité et avança dans le hall, en lançant à Faith : « Après la conférence de presse, j'ai rendez-vous avec le maire, mais je veux vous voir dans mon bureau avant ce soir.

— Compris. »

Will se demanda s'il s'abêtissait de minute en minute ou si c'étaient les femmes qu'il côtoyait qui devenaient de plus en plus obtuses. Mais le moment était mal choisi pour y réfléchir. Il marcha plus vite pour ouvrir la porte en verre de l'hôpital et laisser passer Amanda. À l'extérieur était dressée une petite estrade avec un tapis. Will, comme d'habitude, se plaça prudemment sur le côté, rassuré de savoir que les caméras fixées sur Amanda capteraient sa poitrine et tout au plus son nœud de cravate. Faith, de toute évidence, était consciente qu'elle n'aurait pas cette chance et prit un air renfrogné en s'installant derrière leur supérieure.

Ils furent accueillis par des flashes. Amanda s'avança vers les micros, et plusieurs journalistes crièrent des questions ; mais elle attendit que le vacarme ait cessé pour prendre dans sa poche une feuille de papier et la déplier sur le pupitre.

« Je suis Amanda Wagner, sous-directrice du GBI pour Atlanta et sa région. » Elle fit une pause pour ménager son effet. « Certains d'entre vous ont eu connaissance d'une rumeur mensongère au sujet d'un prétendu tueur au rein. Je suis ici pour démentir cette rumeur. Ce tueur n'existe pas. Les reins de la victime n'ont pas été touchés, et elle n'a subi aucune forme d'intervention chirurgicale. La police du comté de Rockdale a nié être à l'origine de cette fausse information, et nous devons croire que nos collègues sont honnêtes sur ce point. »

Will n'eut pas besoin de regarder Faith pour savoir qu'elle luttait contre l'envie de sourire. L'inspecteur Max Galloway l'avait probablement hérissée, et Amanda venait de livrer toute la police du comté de Rockdale en pâture aux caméras.

Un des reporters demanda : « Que pouvez-vous nous dire sur la femme qui a été transportée au Grady Hospital la nuit dernière ? »

Ce n'était pas la première fois qu'Amanda semblait en savoir plus long sur leur affaire que ce qu'ils lui avaient raconté. Elle répondit : « Nous devrions pouvoir vous communiquer un portrait d'elle vers une heure de l'après-midi.

— Pourquoi pas une photo ?

— La victime souffre de contusions au visage. Nous voulons donner au public toutes les chances de l'identifier.

— Quel est le pronostic des médecins ? demanda une envoyée de CNN.

— Réservé. »

Amanda poursuivit en désignant un homme à la main levée. C'était Sam, celui qui avait hélé Faith quand ils étaient arrivés à l'hôpital. Pour ce que Will pouvait voir, c'était le seul à prendre des notes à l'ancienne au lieu de se servir d'un enregistreur numérique.

« Avez-vous un commentaire sur les déclarations de Joelyn, la sœur de Jacquelyn Zabel ? »

Will s'efforça de continuer à regarder devant lui avec une expression impassible, mais il sentit sa mâchoire se contracter. Il imagina qu'il en allait de même pour Faith, car les caméras restaient fixées sur Amanda et ne s'intéressait pas aux deux agents spéciaux derrière elle.

« La famille est évidemment bouleversée, répondit Amanda. Nous faisons tout ce que nous pouvons pour résoudre cette affaire. »

Sam insista : « Vous ne devez pas être très contente qu'elle parle du GBI en termes aussi agressifs. »

Rien qu'à l'expression sur le visage de Sam, Will imagina le sourire d'Amanda. C'était un jeu pour tous les deux, car le journaliste savait de toute évidence qu'Amanda ignorait à quels propos il faisait allusion.

« Interrogez vous-même Miss Zabel sur ses déclarations, répliqua-t-elle. Je n'ai pas d'autre commentaire sur ce sujet. » Elle prit deux autres questions, puis mit un terme à la conférence de presse en demandant, comme c'était l'usage, que toute personne qui détiendrait une information se fasse connaître.

Les journalistes commencèrent à se disperser pour préparer leurs articles ou leurs interventions sur les ondes ; mais Will devinait qu'aucun d'entre eux ne serait assez naïf pour ne pas vérifier le démenti d'Amanda sur le fameux tueur au rein.

« Allez-y », dit celle-ci à Faith. Sa voix ne fut qu'un grommellement sourd, que Will entendit à peine.

Faith n'avait pas besoin d'explication, ni d'assistance, mais elle saisit Will par le bras en se dirigeant vers la foule des reporters.

Elle dépassa Sam en le frôlant, et sans doute lui dit-elle quelque chose, car l'homme se mit à la suivre jusqu'à une allée étroite entre l'hôpital et le parking.

« J'ai pris le vieux dragon par surprise, pas vrai ? », dit Sam.

Faith lui désigna Will : « Agent Trent. Et voici Sam Lawson, emmerdeur professionnel.

— Enchanté », dit Sam en lui adressant un sourire.

Will s'abstint de répondre, et Sam n'en parut pas vexé. C'était à Faith qu'il s'intéressait : il la regardait d'un tel air de prédateur que Will sentit monter en lui une envie d'homme primitif de lui envoyer son poing dans la figure.

« Tu es de plus en plus sexy, ma petite Faith », dit l'homme d'un ton insolent.

Faith l'ignora.

« Tu as mis Amanda en colère, dit-elle.

— Comme toujours, non ?

— Tu n'as pas intérêt à ce qu'elle te prenne en grippe, Sam. Tu te rappelles ce qui est arrivé la dernière fois.

— Ce qu'il y a de bien quand on picole comme moi, c'est que non, on ne se rappelle pas. » Il souriait de nouveau et la regardait de haut en bas et de bas en haut. « Tu es vraiment superbe depuis quelque temps, tu sais ? Une vraie bombe. »

Elle secoua la tête, mais Will sentit qu'elle se laissait amadouer. Il ne l'avait jamais vue regarder un homme comme elle le faisait en ce moment. De toute évidence, quelque chose n'était pas résolu entre Sam Lawson et elle. Will s'était rarement senti de trop comme en ce moment.

Heureusement, Faith sembla se rappeler qu'elle était ici pour une bonne raison.

« C'est Rockdale qui t'a donné les coordonnées de la sœur de Zabel ?

— Les sources journalistiques sont confidentielles », répondit Sam. Ce qui revenait presque à une confirmation.

« Et peut-on savoir ce qu'elle a dit, Joelyn ?

— En deux mots, que vous êtes restés plantés là à vous tourner les pouces pendant trois heures et à vous demander qui serait chargé de l'enquête pendant que sa sœur agonisait dans un arbre. »

Les lèvres de Faith n'étaient plus qu'une petite ligne blanche. Will se sentait physiquement mal à l'aise. Sam avait dû parler à la sœur de Jacquelyn immédiatement après Faith, ce qui expliquait pourquoi il était si sûr qu'Amanda n'était au courant de rien.

Faith finit par demander : « C'est toi qui as dit ça à Joelyn ?

— Moi ? Tu me connais, non ?

— Alors, c'est Rockdale. Ensuite, tu l'as cuisinée là-dessus. »

Il haussa les épaules. Une autre confirmation.

« Je suis journaliste, Faith. Je fais mon boulot, c'est tout.

— Un putain de boulot de merde. Tu pièges des gens en deuil. Tu dis des saloperies sur les flics. Et tu publies des mensonges évidents.

— Voilà, maintenant tu sais pourquoi je bois depuis tant d'années. »

Les mains sur les hanches, Faith poussa un grand soupir exaspéré.

« Ce n'est pas comme ça que les choses se sont passées pour Jackie Zabel.

— C'est ce que je pensais, figure-toi. » Sam prit son carnet et son stylo. « Alors, raconte-moi la véritable histoire.

— Tu sais bien que je ne peux pas.

— Parle-moi de la caverne. J'ai entendu dire que ton gars avait une batterie de marine là-dedans, pour brûler ses victimes. »

La batterie de marine relevait de ce qu'ils appelaient les « informations du coupable », des faits dont seul le tueur pouvait avoir connaissance. À part lui, seule une poignée de gens avaient vu les indices récoltés sous terre par Charlie Reed, et tous portaient des badges de la police. Du moins pour le moment.

Faith formula ce que Will pensait : « C'est soit Galloway soit Fierro qui t'a fourni des renseignements. Comme ça, ils nous coupent l'herbe sous le pied, et toi, tu as ton histoire à raconter en première page. Gagnant-gagnant, hein ? »

Sam sourit de toutes ses dents, ce qui, une fois encore, confirmait sa supposition. Pourtant, il dit : « Pourquoi veux-tu que je m'entende avec Rockdale alors que tu es là pour me servir d'indic ? »

Will avait vu la colère de Faith se déclencher plusieurs fois au cours des dernières semaines, et c'était agréable de ne pas en être l'objet, pour changer.

« Je ne suis pas ton indic, espèce de trou du cul ! lança-t-elle à Sam. Et ce qu'on t'a raconté est faux.

— Dans ce cas, j'attends que tu rectifies, ma jolie. »

Elle sembla sur le point de le faire, mais son bon sens reprit le dessus au dernier moment.

« Le GBI ne fera aucun commentaire officiel sur les déclarations de Joelyn Zabel.

— C'est une phrase que je peux citer ?

— Tu peux la citer, *mon joli* ! »

Will suivit Faith jusqu'à sa voiture, non sans avoir lancé un grand sourire au journaliste. Il était assez convaincu que le geste que Faith lui avait adressé en partant n'était pas de ceux qu'on peut rapporter dans les colonnes d'un journal.

Chapitre neuf

SARA VENAIT DE PASSER TROIS ANS et demi à perfectionner son art du déni ; aussi n'aurait-elle pas dû être surprise qu'il lui faille plus d'une heure avant de prendre conscience de la terrible erreur qu'elle avait commise en proposant ses services à Amanda Wagner. Au cours de cette heure, elle était parvenue à prendre sa voiture et à rentrer chez elle, à se doucher, à se changer et à parcourir le chemin jusqu'au sous-sol de City Hall East, avant que la vérité ne lui assène un grand coup sur la tête. Elle avait posé sa main sur la porte qui portait la pancarte GBI-INSTITUT MÉDICO-LÉGAL et avait suspendu son geste, incapable de l'ouvrir. Une autre ville. Une autre morgue. Une autre façon de souffrir de l'absence de Jeffrey.

Était-il exagéré de dire qu'elle avait adoré travailler avec son mari ? Qu'en le voyant penché sur le cadavre d'un homme tué par balles ou d'un conducteur ivre, elle avait eu le sentiment que sa vie était merveilleusement remplie ? Cela semblait macabre, absurde, et surtout, cela ressemblait à tout ce que Sara avait cru pouvoir laisser derrière elle en venant vivre à Atlanta. Mais elle se retrouvait de nouveau à la case départ, sa main sur la poignée d'une porte qui séparait la vie et la mort, et incapable de l'ouvrir.

Elle s'appuya au mur, regardant les lettres qui se détachaient sur le verre opaque. N'était-ce pas ici qu'on avait amené Jeffrey ? Et Pete Hanson n'était-il pas l'homme qui avait autopsié son mari ? Sara avait son rapport quelque part. À l'époque, il lui avait semblé d'une importance vitale de posséder tous les détails concernant sa mort : l'analyse toxicologique, les poids et les mesures des organes, des os et des tissus. Elle avait vu Jeffrey mourir dans le comté de Grant, mais cet endroit, ce sous-sol de City Hall East, était celui où tout ce qui avait fait de lui un être humain avait été disséqué, retiré de son corps, rédigé.

Qu'est-ce qui l'avait vraiment convaincue de venir jusqu'ici ? Elle pensa aux personnes qu'elle avait rencontrées au cours des dernières heures. Felix McGhee, le regard perdu dans son pâle petit visage, la lèvre tremblante tandis qu'il cherchait des yeux sa mère dans les couloirs de l'hôpital, en répétant qu'elle ne le laisserait jamais tout seul. Will Trent, qui avait tendu son mouchoir au garçonnet. Sara avait cru jusqu'ici que son père et Jeffrey étaient les deux seuls hommes sur terre à rester fidèles aux mouchoirs en tissu. Et puis Amanda Wagner, qui lui avait parlé des obsèques.

Sara avait pris tant de tranquillisants le jour où Jeffrey avait été enterré qu'elle était à peine capable de se tenir debout. Son cousin l'avait soutenue de son bras passé autour de la taille, l'empêchant littéralement de tomber pour qu'elle puisse s'approcher de la tombe de Jeffrey. Sara avait tendu la main au-dessus du cercueil déposé au fond de la fosse, ses doigts refusant de lâcher la poignée de terre qu'ils retenaient. Pour finir, elle avait renoncé et serré son poing contre sa poitrine. Elle avait envie d'étaler cette terre sur son visage, de la respirer, de descendre dans la tombe avec Jeffrey et de l'étreindre jusqu'à ce que ses poumons soient incapables d'aspirer l'air.

Sara glissa sa main dans la poche arrière de son jean et y sentit la lettre. Elle l'avait pliée tant de fois que l'enveloppe se déchirait et laissait voir le jaune vif du papier officiel à l'intérieur. Que ferait-elle si un jour elle s'ouvrait ? Que ferait-elle si un matin ses yeux tombaient sur l'écriture nette, et les explications chagrinées, et les excuses bavardes de la femme dont les actes avaient conduit à la mort de Jeffrey ?

« Sara Linton ! », s'exclama Pete Hanson en arrivant au bas de l'escalier. Il portait une chemise hawaiienne colorée, le genre de vêtement qu'il affectionnait, Sara s'en souvenait bien, et l'expression de son visage était un mélange de ravissement et de curiosité. « Qu'est-ce qui me vaut cet immense plaisir ? »

Elle lui dit la vérité : « J'ai réussi à m'incruster dans une de vos affaires.

— Ah, ah ! L'étudiante veut succéder au professeur !

— Je ne crois pas que vous soyez disposé à passer la main... »

Il lui fit un clin d'œil coquin.

« Vous savez que j'ai le cœur d'artichaut d'un adolescent. »

Sara connaissait déjà cette plaisanterie.

« Et vous le gardez dans un bocal sur votre bureau ? », répliqua-t-elle du tac au tac.

Pete s'esclaffa comme s'il entendait cette repartie pour la première fois.

Sara se dit qu'elle lui devait une explication plus claire et dit : « J'ai vu une des victimes à l'hôpital la nuit dernière.

— On m'en a parlé. Torture et violences sexuelles, c'est ça ?

— Oui.

— Pronostic ?

— On essaie d'enrayer l'infection. » Sara n'entra pas dans le détail, mais ce n'était pas nécessaire. Pete voyait assez de patients de l'hôpital qui ne répondaient pas aux antibiotiques.

« Vous avez fait un examen complet, pour le viol ?

— Je n'ai pas eu le temps avant qu'on l'opère, et après...

— Les preuves ne sont plus valables », compléta-t-il. Pete était au courant des lois. Sara avait été soignée avec des antiseptiques, exposée à toute une série d'environnements différents. N'importe quel bon avocat trouverait un expert pour démontrer qu'un examen effectué après l'intervention chirurgicale était trop imprécis pour servir de preuve.

« J'ai réussi à enlever quelques échardes de sous ses ongles, dit Sara, mais il m'a semblé que ce que je pouvais proposer de mieux était une comparaison entre les deux victimes.

— Hmm... Un raisonnement un peu douteux. Mais je suis si content de vous voir que je vais oublier votre logique tordue. »

Elle sourit. Pete avait toujours été direct, mais avec cette politesse propre aux hommes du Sud. C'était une des raisons qui faisaient de lui un si bon professeur.

« Merci, dit-elle.

— Le plaisir de votre compagnie sera ma meilleure récompense. »

Il ouvrit la porte et lui fit signe d'entrer. Sara hésita, et il insista : « C'est difficile de voir quelque chose depuis le couloir. »

Sara prit ce qui lui sembla une expression décidée et le suivit à l'intérieur de la morgue. Ce fut l'odeur qui la frappa d'abord. Elle avait toujours pensé que le meilleur adjectif pour la décrire était « écœurant », mais le mot n'avait pas de sens tant qu'on n'avait pas respiré quelque chose qui vous écœurait vraiment. Ce n'était pas la senteur de la mort qui dominait, mais celle des produits chimiques utilisés pour les analyses. Avant que le scalpel ait touché la peau, les défunts étaient catalogués, photographiés, radiographiés, déshabillés et longuement nettoyés avec des désinfectants. Un autre produit était employé pour laver le sol, un autre pour décaper les tables métalliques afin qu'elles restent immaculées, et un autre encore pour astiquer les outils servant à l'autopsie. Ensemble, ils créaient une odeur douceâtre impossible à oublier, qui semblait imprégner votre peau et se fixer au fond de votre nez au point qu'on n'en avait plus conscience tant qu'on n'en avait pas été éloigné un certain temps.

Sara suivit Pete vers le fond de la grande salle, comme emportée dans son sillage. La morgue tranchait autant avec le bourdonnement incessant de l'hôpital que le comté de Grant avec le centre-ville d'Atlanta. À la différence du roulement incessant et bruyant des nouveaux cas aux urgences, une autopsie était une investigation intime et silencieuse, qui apportait presque toujours des réponses. Le sang, les fluides, les organes, les tissus : chaque composante était une pièce du puzzle. Un cadavre ne mentait pas, et les défunts ne pouvaient pas toujours emporter leurs secrets dans la tombe.

Presque deux millions et demi de personnes mouraient chaque année aux États-Unis, et environ soixante-dix mille en Géorgie, dont moins d'un millier à la suite d'un homicide. La loi de l'État stipulait que tout décès qui ne se produisait pas dans un hôpital ou une maison de retraite exigeait une enquête. Les petites villes, qui n'étaient pas souvent le théâtre de morts violentes, ou celles qui étaient si pauvres que le directeur des pompes funèbres locales y faisait office de juge de paix, laissaient souvent l'État s'occuper des affaires criminelles. La plupart de ces victimes finissaient à la morgue d'Atlanta. Ce qui expliquait pourquoi la moitié des tables étaient occupées par des corps à divers stades d'examen *post mortem.*

« Snoopy ! », appela Pete, s'adressant au Noir âgé qui balayait le sol. « Voici le docteur Sara Linton. Elle va m'assister pour l'autopsie de Jacquelyn Zabel. Où en sommes-nous ? »

L'homme ne prêta pas attention à Sara.

« Les radios sont sur l'écran, répondit-il. Je peux vous l'amener tout de suite si vous voulez.

— Parfait. » Pete s'approcha de l'ordinateur et tapota quelques touches. Une série de radios apparut sur l'écran. « Ah, la technologie ! », s'exclama-t-il, et Sara ne put s'empêcher d'être impressionnée. Au temps où elle officiait dans le comté de Grant, la morgue se trouvait au sous-sol de l'hôpital, comme si on l'avait aménagée après coup. La radio était une machine destinée aux vivants, à la différence de celle qu'utilisait Pete Hanson dans cet institut médico-légal où peu importait la force des radiations qui traversaient les cadavres. Les clichés étaient d'une clarté absolue, et on pouvait les examiner sur un écran ultraplat de vingt-quatre pouces et non sur un carré lumineux qui clignotait assez pour provoquer une crise d'épilepsie. L'unique table en faïence qu'elle avait à sa disposition ne pouvait guère se comparer aux hautes plaques d'acier brillant qui s'alignaient derrière elle. Par-delà la grande vitre qui donnait sur un couloir, elle voyait aller et venir de jeunes internes et des apprentis légistes. Mais Pete et elle étaient seuls : les deux seuls humains vivants dans la salle principale d'autopsie.

« Nous avons remis à plus tard tous les autres cas quand on l'a amené ici », dit Pete, et, pendant quelques instants, Sara ne comprit pas de quoi il parlait. Il lui montra une table vide, la dernière de la rangée. « C'est là que je l'ai examiné. »

Sara regarda la table, en se demandant pourquoi l'image ne lui apparaissait pas en un éclair, cette horrible vision de la dernière fois où elle avait contemplé son mari. Mais tout ce qu'elle voyait était une table immaculée et la lumière du plafonnier qui semblait rebondir sur la plaque inoxydable d'acier gris. C'était là que Pete Hanson avait réuni les indices qui avaient conduit à la capture de l'assassin. C'était là que l'affaire avait été résolue, qu'il avait prouvé sans l'ombre d'un doute qui était responsable du meurtre de Jeffrey.

À présent qu'elle était là, debout à quelques mètres de cette table, Sara s'attendait à être terrassée par les souvenirs ; mais tout ce qu'elle ressentit fut le calme du lieu, sa destination précise et bénéfique. Car c'était bien, ce qu'on faisait ici. On aidait les gens, même dans la mort. Surtout dans la mort.

Lentement, elle se tourna vers Pete, toujours sans voir Jeffrey, mais en sentant sa présence, comme s'il était dans cette salle avec elle. Pourquoi ? Oui, pourquoi, après trois ans et demi où elle avait supplié son cerveau de lui rendre une sensation qui pourrait suggérer si peu que ce fût le bonheur d'avoir Jeffrey auprès d'elle, était-ce dans cette morgue que lui venait tout à coup le sentiment qu'il était là ?

La plupart des policiers détestaient assister aux autopsies, et Jeffrey ne faisait pas exception à la règle ; mais il considérait sa présence comme un signe de respect envers la victime, une façon de lui promettre qu'il ferait tout ce qui était en son pouvoir pour amener son assassin devant la justice. C'était pour cela qu'il était entré dans la police : non seulement pour venir en aide aux innocents, mais pour punir les criminels qui faisaient d'eux leur proie.

À vrai dire, c'était aussi pour cette raison que Sara était devenue légiste. Jeffrey n'avait encore jamais entendu parler du comté de Grant la première fois qu'elle était entrée dans la morgue au sous-sol de l'hôpital pour examiner une victime et aider à résoudre une affaire. De nombreuses années plus tôt, Sara avait vu la violence de ses propres yeux, en étant elle-même la victime d'une terrible agression. Chaque incision en Y qu'elle pratiquait sur un cadavre, chaque prélèvement d'échantillons, chaque apparition au tribunal pour témoigner des horreurs qu'elle avait découvertes emplissait sa poitrine du feu d'une juste vengeance.

« Sara ? »

Elle se rendit compte qu'elle était restée silencieuse depuis un petit moment. Elle dut s'éclaircir la gorge avant de répondre à Pete : « J'ai demandé au Grady Hospital de vous envoyer les radios de notre patiente de la nuit dernière. Elle a pu parler avant qu'on l'endorme. Nous pensons qu'elle s'appelle Anna. »

En quelques clics, il fit apparaître les radios d'Anna sur l'écran.

« Elle est consciente ?

— J'ai appelé l'hôpital avant de venir. Ils m'ont dit qu'elle dormait toujours.

— Des lésions neurologiques ?

— Elle a bien supporté le choc opératoire, alors que nous redoutions des problèmes. Les réflexes sont bons, les pupilles ne réagissent pas. Elle a un gonflement intracrânien. Un scanner et une IRM sont prévus dans la journée. C'est l'infection qui est le plus inquiétant. On cherche la meilleure façon de la traiter. Sanderson a contacté le Centre de contrôle et de prévention des maladies.

— Eh bien dites donc ! s'exclama Pete en observant un des clichés. Quelle force musculaire faut-il, à votre avis, pour arracher une côte ?

— Elle était affaiblie par le manque de nourriture et la déshydratation. Je pense que cela lui a facilité les choses.

— Oui, et puis elle était attachée, elle n'a pas pu se débattre. Mais quand même ! Vous savez, ça me fait penser à la troisième Mrs Hanson. Vivian faisait du body-building, elle avait les bras gros comme ma cuisse. Une sacrée bonne femme.

— Merci, Pete. Merci de vous être chargé de lui. »

Il lui fit un autre clin d'œil.

« On gagne le respect en respectant les autres. »

Elle reconnut le dicton entendu lorsqu'elle suivait ses cours.

« Snoopy ! Par ici », dit Pete en voyant le vieux Noir entrer par la double porte avec un lit roulant. La tête de Jacquelyn Zabel apparaissait par-dessus un drap blanc, la peau violette d'avoir été suspendue la tête en bas dans l'arbre. La couleur était encore plus sombre autour de ses lèvres, comme si quelqu'un lui avait écrasé une poignée de mûres sur la bouche. Malgré cela, Sara constata qu'elle aussi était une jolie femme, dont seules quelques rides au coin des yeux trahissaient qu'elle avait passé la trentaine. De nouveau, elle pensa à Anna, dont le physique aussi retenait l'attention.

Pete semblait penser la même chose.

« Comment se fait-il que plus une femme est belle, plus le crime est atroce ? », se demanda-t-il tout haut.

Sara haussa les épaules. C'était un phénomène qu'elle avait observé à plusieurs reprises quand elle était légiste. Les belles femmes payaient semble-t-il un prix plus élevé en cas d'agression meurtrière.

« Mettez-la là », indiqua Pete en s'adressant à son assistant.

Snoopy accomplissait sa tâche le visage totalement inexpressif. Avec un soin méthodique, il roula le lit jusqu'à l'endroit désigné par Pete, une place vide dans la rangée de tables. Sur son lieu de travail, Pete était minoritaire : la plupart des personnes employées à la morgue étaient ou des Afro-Américains, ou des femmes, et souvent les deux. C'était pareil au Grady Hospital. Rien d'étonnant : Sara avait maintes fois remarqué que plus un travail était rebutant, plus on avait tendance à le confier à une femme ou à un Noir. Et elle-même, bien entendu, faisait partie de ce lot.

Snoopy appuya sur les freins du lit roulant et commença de mettre en place les scalpels, les couteaux et les scies dont Pete aurait besoin dans les heures qui suivaient. Il venait de saisir une sorte de gros sécateur qu'on se serait plutôt attendu à trouver au rayon jardinage d'un grand magasin quand Will et Faith entrèrent dans la pièce.

Will parut indifférent au spectacle des cadavres ouverts qu'il dépassait. Mais Faith semblait aller plus mal que lorsqu'elle s'était présentée à l'hôpital la veille au soir. Les lèvres blanches, elle regarda droit devant elle en passant devant un homme dont on avait décollé la peau du crâne pour que le légiste puisse observer ses contusions.

« Docteur Linton, dit Will, merci d'être venue. Je sais qu'en principe c'est votre jour de repos. »

Sara ne put que sourire en faisant un vague hochement de tête. Elle se demanda pourquoi il parlait sur ce ton officiel. À chaque minute qui passait, Will lui évoquait de plus en plus un banquier. Elle avait toujours du mal à se convaincre qu'il était policier.

Pete tendit une paire de gants à Sara, mais elle fit un geste de dénégation en disant : « Je ne suis ici que pour observer.

— Vous ne voulez pas vous salir les mains ? » Il souffla dans le gant pour l'ouvrir et l'enfila. « On déjeune ensemble après ? J'ai découvert un nouveau petit italien excellent sur Highland Street. »

Sara allait refuser, quand Faith émit un grognement qui les fit tous regarder dans sa direction. Elle agita la main devant son visage, et Sara supposa que si celui-ci était maintenant d'une pâleur de cendre, c'était seulement parce qu'elle se trouvait dans une morgue.

Pete ignora cette réaction et dit aux deux policiers : « J'ai trouvé beaucoup de sperme et de fluides sur la peau avant qu'elle soit nettoyée. Je vous enverrai tout ça avec mes conclusions. »

Will se gratta le bras sous la manche de sa veste.

« Je doute que notre tueur ait déjà été arrêté. Mais nous verrons ce que le fichier ADN nous répond. »

Par souci de la procédure, Pete alluma son dictaphone, dit tout haut le lieu, la date et son nom, puis poursuivit : « Le corps que j'examine est celui de Jacquelyn Alexandra Zabel, de sexe féminin, âgée de trente-huit ans selon les documents dont je dispose, et visiblement sous-alimentée. Elle a été découverte le samedi 8 avril au petit matin dans une zone boisée près de la route 316, dans la localité de Conyers, située dans le comté de Rockdale, en Géorgie. La victime était pendue dans un arbre, la tête en bas, accrochée aux branches par un pied. Sont présents à l'examen les agents spéciaux Will Trent et Faith Mitchell et l'inimitable docteur Sara Linton. »

Ensuite, il retira le drap et Faith étouffa un cri. Sara prit conscience que c'était la première fois qu'elle voyait l'ouvrage du tortionnaire. Dans la lumière crue de la morgue, chaque lésion était comme exhibée : les coups, les contusions noirâtres, les déchirures dans la peau, les brûlures à l'électricité gris foncé comme de la poudre, mais impossibles à effacer. Le corps avait été lavé avant l'autopsie, le sang nettoyé, si bien que le blanc cireux de la peau faisait ressortir les blessures. La chair de la victime était striée de plaies en forme de croix, assez profondes pour saigner, mais pas assez pour causer la mort. Sans doute faites avec une lame de rasoir, ou avec un couteau très mince et très acéré.

« Il faut que je... » Faith ne termina pas sa phrase. Elle tourna les talons et quitta la pièce. Will la regarda s'éloigner, puis haussa les épaules en marmonnant une excuse pour Pete.

« Visiblement, les autopsies ne sont pas ce qu'elle préfère dans son boulot », dit celui-ci, pince-sans-rire. « Elle est un peu maigre. La victime, je veux dire. »

Il avait raison. Les os de Jacquelyn Zabel saillaient nettement sous sa peau.

« Combien de temps a-t-elle été séquestrée ? demanda Pete à Will.

— Nous espérons que vous pourrez nous le dire, rétorqua celui-ci.

— C'est peut-être un effet de la déshydratation », dit Pete en pressant ses doigts sur l'épaule de la morte. Il se tourna vers Sara : « Qu'est-ce que vous en pensez ?

— L'autre victime, Anna, est dans le même état. Il a pu leur faire prendre des diurétiques en plus de les priver de nourriture et d'eau. C'est une forme de torture connue.

— Ce qui est sûr, c'est qu'il n'a pas manqué d'inventivité, soupira Pete, perplexe. Le sang devrait nous en dire davantage. »

L'examen continua. Snoopy mesura les plaies avec un mètre et prit des photos pendant que Pete prenait des notes et crayonnait des esquisses en vue de son rapport, en tentant d'évaluer les sévices qu'avait subis Jacquelyn Zabel. Finalement, il posa son stylo et souleva les paupières pour observer la couleur des prunelles.

« Intéressant », murmura-t-il, en faisant signe à Sara de se pencher pour regarder. En l'absence de tout environnement humide, les organes d'un corps qui se décompose devaient en principe se contracter, la peau se durcir autour des plaies, s'il y en avait. En examinant les yeux, Sara vit plusieurs trous dans les blancs, de petits points rouges qui formaient des cercles parfaits.

« Des aiguilles ou des épingles, supposa Pete. Il a percé chaque œil au moins une dizaine de fois. »

Sara referma les paupières de la morte et constata qu'elles étaient percées aussi, aux mêmes endroits exactement.

« Les pupilles d'Anna étaient fixes et dilatées », dit-elle en prenant une paire de gants sur le plateau avant de se pencher sur les oreilles ensanglantées de Jacquelyn. Snoopy avait nettoyé les caillots, mais les canaux étaient encore obstrués par du sang séché. « Est-ce que vous auriez un… »

Snoopy lui tendit un otoscope. Sara en glissa la pointe dans l'oreille de la victime et découvrit une lésion qu'elle n'avait constatée que dans des cas d'enfants martyrisés. « Le tympan est crevé. » Elle tourna la tête du cadavre pour examiner l'autre oreille, non sans entendre le craquement des vertèbres brisées du cou. « Celui-ci aussi. » Elle tendit l'otoscope à Pete pour qu'il puisse voir par lui-même.

« Un tournevis ? suggéra-t-il.

— Plutôt des ciseaux, dit Sara. La peau est déchirée à l'ouverture du canal. Vous voyez ?

— La coupure est plus profonde près du pavillon, plus superficielle à l'intérieur.

— Oui, parce que les ciseaux sont pointus. »

Pete hocha la tête et prit encore quelques notes.

« Donc, elle était aveugle et sourde. »

Sara passa à l'étape qui s'imposait de toute évidence et ouvrit la bouche de la femme. La langue était intacte. Elle pressa ses doigts contre l'extérieur de la trachée, puis se servit du laryngoscope que Snoopy lui tendait pour observer le fond de la gorge.

« L'œsophage est brûlé. Vous sentez cette odeur ?

— Qu'est-ce que c'est ? De l'eau de Javel ? De l'acide ?

— Du Destop.

— J'avais oublié que votre père était plombier. » Il indiqua des taches sombres autour de la bouche de la femme. « Vous avez vu ça ? »

Le sang d'un mort, en cessant de circuler, obéit à la loi de la gravité et tombe en donnant à la peau une couleur appelée lividité. Le visage de Jacquelyn, qui avait été pendue à un arbre la tête en bas, était d'un violet foncé ; aussi ne voyait-on pas au premier regard les traces plus sombres près de ses lèvres, mais à présent que Pete les désignait du doigt, Sara distinguait bien les marques du liquide qu'on lui avait versé dans la bouche et qui avait ruisselé sur son visage.

Pete palpa le cou. « Très abîmé, tout ça. Oui, on a dû la forcer à boire un liquide astringent. Nous verrons le résultat sur son estomac quand nous l'aurons ouverte. »

Will prit la parole, et Sara sursauta : elle avait oublié qu'il était là.

« J'ai l'impression qu'elle s'est rompu le cou en tombant. Qu'elle a glissé. »

Sara se rappela leur conversation précédente. Il était sûr que Jacquelyn était pendue dans l'arbre pendant qu'il la cherchait à la surface du sol. Et il lui avait dit que son sang était encore chaud.

« C'est vous qui l'avez descendue par terre ? », demanda-t-elle.

Will secoua la tête. « Il fallait d'abord prendre des photos.

— Vous avez touché sa carotide ?

— Oui. Pas de pulsation, mais le sang coulait sur ses doigts. Il était chaud. »

Sara examina les mains de la morte, vit que ses ongles étaient cassés et, pour certains, arrachés. Comme il était d'usage, des photos avaient été prises du cadavre avant que Snoopy ne le nettoie. Pete savait ce que Sara pensait. Il fit un geste vers l'ordinateur. « Snoopy, tu peux nous montrer les photos prises quand on l'a amenée ? »

L'homme obéit, tandis que Pete et Sara se penchaient par-dessus ses épaules. Tout était dans la banque de données, des clichés réalisés sur la scène de crime aux plus récents, ceux de la morgue. Snoopy les fit défiler et Sara découvrit ce que Will avait vu le premier : Jacquelyn pendue dans l'arbre, le cou tordu. Son pied était si fermement enserré dans les branches qu'on avait dû les couper pour la dégager.

Snoopy arriva aux photos d'avant le début de l'autopsie. Du sang était coagulé sur le visage, les membres, le torse. « Ici », dit Sara, en désignant du doigt la poitrine. Tous deux retournèrent vers le corps, et Sara se retint de se pencher au-dessus. « Excusez-moi », dit-elle. Après tout, c'était Pete le légiste chargé de l'affaire.

Mais son ego ne semblait pas froissé. Il souleva le sein, révélant une autre blessure à la lame de rasoir, elle aussi en forme de croix. Mais celle-ci était plus profonde au milieu du X. Pete approcha la lampe et se pencha pour examiner la plaie de plus près en tirant sur la peau. Snoopy lui tendit une loupe, et Pete s'inclina encore davantage, en demandant à Will : « Vous avez trouvé un canif sur la scène de crime ?

— Oui, répondit Will, mais la seule empreinte était celle de la victime, sur le bout de la poignée. »

Pete tendit la loupe à Sara. Il demanda à Will : « La main gauche ou la main droite ?

— Je... » Will s'interrompit et jeta un coup d'œil vers la porte, cherchant Faith, qui ne revenait pas. « Je ne me souviens pas.

— Cette empreinte, c'est un pouce ? Un index ? »

Snoopy s'était approché de l'ordinateur pour trouver la réponse, mais Will répondit : « Une partie du pouce. Sur le manche.

— Quelle longueur, la lame ? Sept, huit centimètres ?

— À peu près. »

Pete hocha la tête en notant l'information, mais Sara ne lui laissa pas le temps de finir avant d'éclairer Will : « Elle s'est blessée elle-même », expliqua-t-elle en tenant la loupe au-dessus du cadavre et en lui faisant signe de se pencher à son tour. « Vous voyez la forme de la plaie ? Un V profond en bas, beaucoup plus superficiel en haut. » Will fit oui de la tête. « Le canif était à l'envers, elle le tenait en pressant la poignée. » Sara fit le geste de se planter la pointe d'un couteau dans la poitrine. « Le pouce appuyait sur le bout pour enfoncer la lame. Elle a dû le lâcher, puis tomber. Regardez sa cheville. » Elle indiqua les marques légères autour de l'articulation. « Le cœur avait déjà cessé de battre quand le pied s'est pris dans les branches. Les os se sont cassés, mais on ne voit aucune enflure, aucun signe de traumatisme. Il y aurait des contusions importantes si le sang avait circulé. »

Will secoua la tête d'un air ahuri.

« Elle n'a pas pu...

— Les faits sont les faits, interrompit Sara. C'est elle qui s'est fait cette blessure, il n'y a aucun doute. La mort a dû être rapide, elle n'a pas souffert longtemps. » Elle se corrigea : « Elle n'a pas *continué* à souffrir longtemps. »

Les yeux de Will ne quittaient pas les siens, et Sara dut faire un effort pour ne pas détourner le regard. Il ne ressemblait peut-être pas à un policier, mais il en avait les raisonnements. Quand une affaire était au point mort, tout flic digne de ce nom prenait le temps de se demander quand il avait pris une mauvaise décision, quand un indice évident lui avait échappé, et de se le reprocher. C'était exactement ce que faisait Will Trent en ce moment : il cherchait comment se blâmer de la mort de Jacquelyn Zabel.

Sara reprit la parole : « C'est maintenant que vous pouvez quelque chose pour elle. Pas quand vous étiez dans la forêt. »

Pete posa son stylo. « Elle a raison », dit-il. Il pressa ses mains sur la poitrine de la morte. « J'ai l'impression qu'il y a beaucoup de sang ici, et elle a trouvé l'endroit où enfoncer le couteau. Il a dû toucher le cœur tout de suite. Je pense comme Sara que les fractures au pied et aux vertèbres sont survenues après la mort. » Il ôta un de ses gants et marcha vers l'ordinateur pour refaire apparaître les photos de la scène de crime. « Regardez comme sa tête semble reposer sur les branches, un peu de travers. Ce n'est pas ce qui se passe quand on se brise les vertèbres en tombant. La tête reste fermement appuyée contre ce qui l'a arrêtée. Quand on est en vie, les muscles savent éviter ce genre de blessure. C'est un choc violent, pas une torsion légère. Bonne déduction, mon petit ! »

Il regarda Sara d'un air rayonnant et celle-ci se sentit rougir d'une fierté d'étudiante.

« Mais pourquoi se serait-elle tuée ? », insista Will, comme si une femme torturée avait toutes les raisons de vouloir vivre.

Pete répondit : « Elle était certainement aveugle, encore plus certainement sourde. Je suis étonné qu'elle ait réussi à grimper dans cet arbre. Elle n'a pu ni voir ni entendre ceux qui participaient à la battue, elle n'avait aucune idée de la présence de gens qui la cherchaient.

— Mais elle...

— Les infrarouges de l'hélicoptère n'ont pas permis de la repérer, poursuivit Pete. Si vous n'aviez pas été là pour regarder au-dessus de votre tête, j'imagine qu'on n'aurait retrouvé son corps que si des chasseurs l'avaient aperçu après l'ouverture de la saison des cerfs. » Puis il se tourna vers Sara. « Vous permettez ? » Il indiquait du regard l'équipement pour l'examen des parties sexuelles. Snoopy était un excellent assistant, et Sara comprit le message : le moment était venu pour elle de redevenir une simple observatrice et elle ôta ses gants. Snoopy ouvrit le sachet contenant les instruments et posa sur le plateau les tampons et les fioles. Pete prit le spéculum et écarta les jambes pour l'introduire dans le vagin.

Comme c'était souvent le cas pour les viols suivis de mort, les parois étaient restées collées et le spéculum en plastique se brisa quand Pete s'efforça de les ouvrir. Snoopy lui en tendit un autre, en métal celui-là, et Pete essaya de nouveau, les mains tremblantes dans son effort pour desserrer l'étau. C'était pénible à regarder, et

Sara se réjouit que Faith ne soit pas là pour entendre le bruit du métal qui séparait les chairs de force. Snoopy tendit à Pete un long coton-tige qu'il introduisit dans le sexe de la morte. Mais quand il tenta de l'enfoncer, il rencontra une résistance.

Il se pencha pour voir ce qui causait cette obstruction. « Seigneur ! », marmonna-t-il, tandis que sa main se tendait vers le plateau et saisissait une paire de forceps pointus. Sa voix n'avait plus aucune chaleur quand il ordonna à Sara : « Mettez vos gants et aidez-moi. »

Sara enfila de nouveau les gants et saisit le spéculum tandis qu'il actionnait les forceps, qui ressemblaient à une longue paire de pinces. Les pointes se fermèrent sur quelque chose et il tira. Une longue bande de plastique blanc sortit, comme un foulard de la manche d'un prestidigitateur. Pete continua de tirer en mettant le plastique dans une cuvette. Morceau par morceau, tous tachés de sang noirci, chacun fixé au suivant par une ligne perforée.

« Des sacs-poubelle », dit Will.

Sara ne pouvait presque plus respirer.

« Anna ! articula-t-elle. Il faut examiner Anna. »

Chapitre dix

LE BUREAU DE WILL, au troisième étage de City Hall East, n'était guère plus qu'un cagibi percé d'une fenêtre donnant sur une voie ferrée désaffectée et le parking d'un supermarché Kroger qui semblait le lieu de rendez-vous de nombreux individus suspects dans des voitures coûteuses. Le dossier de sa chaise pivotante était tellement pressé contre le mur qu'il rayait la peinture chaque fois qu'il la faisait tourner. Au demeurant, il n'en avait guère besoin. Il voyait facilement toute la pièce sans bouger la tête. Même s'asseoir était difficile, car Will devait se faufiler entre sa table de travail et la fenêtre pour atteindre la fameuse chaise, une manœuvre qui le faisait se féliciter de n'avoir pas le projet de faire des enfants.

Il s'appuya sur un coude, les yeux fixés sur l'ordinateur qui s'allumait. L'écran clignota, les petites icônes prirent leur place. Will ouvrit d'abord sa boîte d'e-mails professionnelle en mettant deux petits écouteurs dans ses oreilles pour pouvoir les entendre grâce au programme SpeakText qu'il avait installé quelques années plus tôt. Après avoir supprimé quelques spams à caractère sexuel et un plaidoyer en faveur d'un président nigérian déposé, il trouva un message d'Amanda et un autre sur un changement dans son régime d'assurance qu'il envoya sur sa boîte privée pour pouvoir pester à loisir sur le nombre de choses qui n'étaient plus couvertes quand il serait rentré chez lui.

Le courriel d'Amanda ne demandait pas la même étude approfondie. Elle écrivait toujours tout en majuscules et ne prenait pas la peine de construire des phrases correctes. Cette fois, le message se bornait à ces mots : JE VEUX UNE MISE À JOUR, plaqués en travers de l'écran dans une police massive, épaisse.

Que pouvait-il lui dire ? Que la femme autopsiée avait onze sacs-poubelle de cuisine enfoncés dans le bas-ventre ? Qu'Anna, celle qui avait survécu, était dans le même cas ? Que les heures avaient passé et qu'ils n'étaient pas plus près de trouver qui avait enlevé ces femmes, et pas davantage d'établir un clair point commun entre les deux victimes ?

Aveugle, sourde et peut-être muette. Will était descendu dans la caverne où ces malheureuses avaient été enfermées. Il avait peine à imaginer les atrocités qu'elles avaient subies. Voir les instruments du tortionnaire avait été assez pénible, mais ne pas les voir aurait sans doute été pire. Au moins, le fardeau de la culpabilité pour la mort de Jackie Zabel ne pesait plus sur ses épaules, même si le fait que celle-ci ait choisi de se donner la mort alors que les secours étaient si proches n'était pas un réconfort.

Will entendait encore la voix compatissante qu'avait prise Sara Linton pour lui expliquer comment Jackie s'était tuée. Il ne se rappelait pas la dernière fois où une femme lui avait parlé ainsi, en lui lançant un gilet de sauvetage au lieu de lui hurler de nager plus fort comme le faisait Faith, ou, pis encore, de s'accrocher à ses jambes pour le tirer vers le bas comme essayait toujours de faire Angie.

Will se laissa tomber contre le dossier de sa chaise, bien conscient qu'il devrait chasser Sara de son esprit. Il était en face d'une affaire qui exigeait de lui une attention sans partage, et il se força à se concentrer sur les femmes qui le concernaient vraiment.

Anna et Jackie s'étaient probablement enfuies de la caverne en même temps, Jackie incapable de voir ou d'entendre, Anna probablement aveugle. Aucun moyen pour deux femmes dans cet état de communiquer entre elles, sauf peut-être par le toucher. S'étaient-elles tenues par la main, marchant et trébuchant ensemble pour tenter de trouver un chemin conduisant hors de la forêt ? En tout cas, elles avaient fini par se séparer, ou se perdre. Anna avait dû se rendre compte qu'elle était sur une route, elle avait dû sentir l'asphalte frais sous ses pieds nus, entendre le moteur d'une voiture qui approchait. Jackie était partie plus loin, elle avait trouvé un arbre, y était montée dans l'espoir d'y être en sécurité. Là, elle avait attendu. Chaque craquement de l'arbre, chaque mouvement des branches avait dû la remplir de l'épouvante que son tortionnaire ne la retrouve et la ramène dans cette effroyable caverne.

Elle devait tenir son permis de conduire, la preuve de son identité, dans une main et l'arme pour se tuer dans l'autre. C'était un choix presque incompréhensible. Redescendre, marcher sans but en espérant trouver de l'aide, au risque d'être à nouveau capturée ? Ou prendre le contrôle de la situation et mettre un terme à ses souffrances ?

L'autopsie avait révélé ce qu'elle avait décidé. La lame avait percé son cœur, elle avait tranché l'artère principale et empli sa poitrine de sang. Aux dires de Sara, Jackie avait dû mourir presque instantanément, et son cœur s'arrêter avant même qu'elle ne tombe de l'arbre. En lâchant son couteau. Et son permis de conduire. On avait trouvé de l'aspirine dans son estomac. Il avait liquéfié son sang, qui coulait encore goutte à goutte un bon moment après sa mort. Will l'avait senti ruisseler, encore chaud sur sa nuque. Levant les yeux, voyant sa main pendante, il avait cru qu'elle tendait le bras vers la liberté. Mais cette liberté, elle l'avait trouvée elle-même.

Il ouvrit une épaisse chemise cartonnée et examina les photos de la caverne. Les instruments de torture, la batterie de marine, les boîtes de conserve encore fermées : Charlie avait tout photographié et noté ses descriptions sur une liste générale. Will passa d'un cliché à l'autre, cherchant la meilleure vue de la caverne. Charlie s'était accroupi au pied de l'échelle, comme lui. Les lampes au xénon faisaient sortir de l'ombre le moindre recoin, la moindre fissure. Will tomba sur une autre photo, qui montrait les outils de torture sexuelle comme on expose les trouvailles d'une fouille archéologique. Pour plusieurs d'entre eux, il comprit au premier regard comment on s'en servait, mais d'autres étaient si compliqués, si horribles que son esprit ne parvenait pas à se représenter comment ils fonctionnaient.

Will était tellement plongé dans ses pensées qu'il fallut du temps à son cerveau pour enregistrer le fait que son portable sonnait. Il en rassembla les morceaux.

« Agent Trent.

— C'est Lola, chéri.

— Qui ?

— Lola. Une des filles d'Angie. »

La prostituée d'hier soir. Will s'efforça de garder un ton calme, car il était plus fâché contre Angie que contre la tapineuse, qui faisait seulement ce que faisaient les poissons carnivores : essayer d'attaquer un angle. Mais Will n'avait aucune envie d'être l'angle fourni par Angie, et il en avait assez des appels empoisonnants de ces filles.

Il lui répondit : « Écoutez, je ne vous sortirai pas de prison. Si vous êtes une des filles d'Angie, arrangez-vous pour qu'Angie vous aide.

— Je n'arrive pas à la joindre.

— Eh bien, moi non plus, alors cessez de m'appeler à l'aide alors que je n'ai même plus son numéro de téléphone. Compris ? »

Il ne lui laissa pas le temps de répondre. Il coupa la communication et reposa précautionneusement son téléphone sur son bureau. Le Scotch était usé, la ficelle se desserrait. Avant le départ d'Angie, il lui avait demandé de l'aider à s'en procurer un neuf, mais, comme pour la plupart des choses qui concernaient Will, elle n'en avait pas fait une priorité.

Il regarda sa main, l'alliance à son annulaire. Était-il stupide ou seulement pitoyable ? Il ne voyait plus très bien la différence. Sara Linton, pensa-t-il, ne devait pas être le genre de femme qui flanquait ce genre de pagaille dans sa vie de couple. Mais aussi, le mari de Sara n'était sûrement pas le genre de chiffe molle qui l'aurait laissée faire.

« Putain, ce que je peux détester les autopsies ! »

Faith venait d'entrer dans la pièce, toujours pâle. Will le savait bien, qu'elle détestait les autopsies : son aversion était plus qu'évidente. Mais c'était la première fois qu'il l'entendait le reconnaître.

« Caroline a laissé un message sur mon portable. » Elle parlait de l'assistante d'Amanda. « Nous ne pouvons pas nous entretenir avec Joelyn Zabel hors de la présence de son avocat.

La sœur de Jackie Zabel.

« Elle compte vraiment porter plainte ? »

Faith laissa tomber son sac sur le bureau.

« Dès qu'elle aura trouvé un avocat dans les Pages jaunes. Tu es prêt à y aller ? »

Il regarda l'heure sur son ordinateur. Ils avaient rendez-vous avec Henry et Judith Coldfield dans trente minutes, mais le foyer pour femmes sans-abri était à moins d'un quart d'heure.

« Parlons-en d'abord un peu », proposa-t-il.

Il y avait une chaise pliante contre le mur, et Faith dut refermer la porte avant de pouvoir s'asseoir. Son propre bureau n'était guère plus grand que celui de Will, mais au moins elle pouvait étendre les jambes devant elle sans que ses pieds se heurtent à la paroi. Will ne savait pas pourquoi, mais leurs discussions se passaient toujours dans son bureau à lui. Peut-être parce que celui de Faith était un ancien débarras. Il n'y avait pas de fenêtre, et on sentait toujours dans l'air une vieille odeur d'urine et de désinfectant. La première fois qu'elle y était entrée, ces relents lui avaient fait tourner la tête.

Faith fit un signe du menton vers l'ordinateur. « Tu trouves quelque chose ? »

Will fit pivoter le moniteur pour qu'elle puisse lire l'e-mail d'Amanda.

Faith scruta l'écran et fronça les sourcils. Will utilisait un fond d'écran rose et des lettres bleu marine, ce qui, pour une raison ou pour une autre, l'aidait à déchiffrer les mots. Elle modifia les couleurs en marmonnant quelque chose, puis tira le clavier à elle pour taper une réponse. La première fois qu'elle avait fait cela, Will avait protesté, mais plus récemment il avait compris que Faith était tout bonnement autoritaire, et avec tout le monde. Peut-être cela venait-il du fait d'avoir été mère à quinze ans, ou peut-être n'était-ce qu'une inclination naturelle, mais elle n'était contente que lorsqu'elle faisait les choses elle-même.

Jeremy était à l'université et Victor Martinez semblait sorti de sa vie, du moins pour le moment ; aussi était-ce Will qui supportait le plus fort de cet autoritarisme. C'était peut-être ce qui se passait quand on avait une grande sœur, se disait-il. Mais Angie se conduisait de la même façon avec Will, et il couchait avec elle. Quand elle était dans les parages.

« Amanda doit avoir reçu le rapport d'autopsie de Jacquelyn Zabel à l'heure qu'il est », dit Faith. Elle tapait sa réponse en parlant. « De quoi disposons-nous ? Pas d'empreintes digitales, pas d'indice évident à suivre. Tout l'ADN que nous voulons dans les fluides et dans le sperme, mais le fichier n'en a pas trace. Quant à Anna, nous ne savons même pas son nom de famille. Un criminel qui crève les yeux de ses victimes, qui leur perce les tympans et leur fait boire du Destop. Les sacs-poubelle... Quelle idée horrible ! Il les torture avec toutes sortes de trucs. Une se fait arracher une côte... » Elle appuya sur la touche Retour, pour ajouter quelque chose sur la ligne. « Zabel allait sûrement être la suivante.

— L'aspirine », dit Will. La quantité d'aspirine trouvée dans l'estomac de Jacquelyn Zabel était dix fois la dose qu'un malade prenait normalement.

« C'est gentil à lui de leur avoir donné quelque chose pour soulager la douleur. » Faith continuait de taper sa réponse. « Tu imagines ? Enfermées dans ce trou, sans pouvoir l'entendre arriver, sans pouvoir voir ce qu'il faisait, sans pouvoir crier au secours. » Faith cliqua avec la souris et envoya le message, puis s'appuya au dossier de la chaise. « Onze sacs-poubelle. Comment Sara a-t-elle pu ne pas s'en apercevoir avec la première victime ?

— On ne prend pas le temps de faire un examen gynécologique quand une femme arrive aux urgences avec à peu près tous les os brisés et un pied dans la tombe.

— Ne t'énerve pas contre moi », dit Faith, bien que Will n'eût pas l'impression de manifester de l'énervement. « Elle ne fait pas partie de l'enquête.

— Qui ? »

Elle leva les yeux au ciel et cliqua sur l'icône d'accès à l'Internet.

« Qu'est-ce que tu fais ? insista-t-il.

— Une recherche sur Sara Linton. Son mari était flic. Je suis sûre que sa mort a fait les gros titres à l'époque.

— Ce n'est pas honnête.

— Honnête ? » Faith tapotait sur le clavier. « Qu'est-ce que tu entends par honnête ?

— Faith, tu n'as pas le droit de fouiller dans sa vie personn... »

Elle pressa la touche Entrée. Will ne savait que faire d'autre, aussi se pencha-t-il pour débrancher l'ordinateur. Faith agita la souris, puis appuya sur la barre d'espacement. Le bâtiment était vieux, il y avait parfois des sautes de courant. Elle leva les yeux et vit que la lumière était encore allumée.

« Tu as éteint l'ordinateur ?

— Si Sara Linton voulait que tu saches les détails de sa vie privée, ce serait à elle de t'en parler.

— Ce que tu peux être raide ! Comme si tu avais un bâton dans le cul ! » Faith croisa les bras et lui adressa un regard aigu. « Tu ne trouves pas ça bizarre qu'elle s'incruste dans notre enquête ? Je veux dire, elle n'est plus légiste. Elle est médecin civil. Si elle était moins jolie, tu serais le premier à te rendre compte que c'est très étrange.

— Qu'est-ce que sa beauté vient faire là-dedans ? »

Faith eut la bienveillance de laisser cette phrase flotter au-dessus de leurs têtes comme un néon avec le mot *idiot*. Elle lui laissa presque une minute pour s'éteindre avant de dire : « N'oublie pas que j'ai un ordinateur dans mon bureau. Je peux faire ma recherche comme je veux.

— Je ne sais pas ce que tu trouveras, mais je ne veux pas le savoir. »

Faith se frotta le visage avec ses mains. Pendant une autre minute, elle regarda le ciel gris par la fenêtre.

« C'est fou, dit-elle enfin. Nous tournons complètement en rond. Il faudrait un événement, du nouveau, une piste à suivre.

— Nous avons Pauline McGhee…

— Leo a fait chou blanc sur son frère. Il n'a rien découvert chez elle : pas de papiers, pas de photos qui indiquent l'existence d'un frère ou d'une famille. Pas de signe d'un ancien nom non plus, mais c'est assez facile à cacher en payant ce qu'il faut aux personnes qu'il faut. Les voisins n'ont pas changé leur témoignage : ou ils ne la connaissent pas, ou ils la trouvent antipathique. Dans les deux cas, ils ne peuvent rien nous dire sur sa vie. Il a parlé au personnel de l'école que fréquente son fils. Même chose. Je veux dire… c'est incroyable, ce pauvre gamin est dans un foyer parce que sa mère n'a pas d'amis prêts à s'occuper de lui !

— Qu'est-ce qu'il fait maintenant, Leo ? »

Elle regarda sa montre. « Il doit chercher une bonne raison pour partir de bonne heure. » De nouveau, elle se frotta les yeux, visiblement fatiguée. « Il vérifie les empreintes de McGhee. Mais ça ne servira à rien, à moins qu'elle ait déjà été arrêtée.

— Il craint toujours que nous lui piquions son affaire ?

— Encore plus que ce matin. » Faith serra les lèvres. Puis : « Je pense que c'est parce qu'il a été malade. Ils en sont capables, tu sais ? Ils regardent combien coûte ton assurance et ils essaient de te pousser dehors si tu reviens trop cher au système. Le ciel nous préserve d'attraper je ne sais quelle maladie chronique qui réclame un traitement coûteux. »

Par chance, ce n'était pas un problème qu'ils devaient affronter pour le moment. Il dit : « L'enlèvement de Pauline pourrait être étranger au reste de l'affaire. Un truc aussi simple qu'une dispute qui aurait poussé son frère à passer à l'acte. Ou alors, un kidnapping par une tout autre personne. C'est une belle femme.

— Si elle est étrangère à notre affaire, elle a été enlevée par quelqu'un qu'elle connaissait.

— Donc son frère ?

— Elle n'aurait pas mis son gamin en garde contre lui si elle ne craignait pas quelque chose. » Faith ajouta : « Bien sûr, il y a aussi ce Morgan. Un sale type arrogant. Quand je lui ai parlé, je l'aurais volontiers giflé si je n'avais pas été au téléphone. Peut-être qu'il y avait quelque chose entre Pauline et lui.

— Ils travaillaient ensemble. Elle a pu le pousser à bout et il a perdu son contrôle. C'est le genre de chose qui arrive souvent aux hommes qui travaillent avec des femmes autoritaires.

— Ha ha », laissa échapper Faith ironique. « Mais est-ce que Felix n'aurait pas reconnu Morgan s'il l'avait vu enlever sa mère ? »

Will haussa les épaules. Les enfants pouvaient être aveugles à beaucoup de choses. Et les adultes aussi, d'ailleurs.

Faith observa : « Aucune des deux victimes connues n'avait d'enfant. Leur disparition n'a pas été signalée, pour autant que nous sachions. La voiture de Jacquelyn Zabel n'a pas été retrouvée. Nous ne savons pas si Anna avait une voiture, puisque nous ne connaissons même pas son nom de famille. » Son ton devenait de plus en plus agacé à mesure qu'elle énumérait chacune des impasses. « Ni son prénom. Elle ne s'appelle peut-être pas Anna. Comment peut-on être sûr de ce que Sara Linton a entendu ?

— Moi aussi, je l'ai entendu, objecta Will. Elle a bien dit Anna. »

Faith ignora cette réponse et poursuivit : « Tu penses toujours qu'il pourrait y avoir deux kidnappeurs ?

— Pour le moment, je ne suis sûr de rien, sauf d'une chose : la ou les personnes concernées n'a rien d'un amateur. Son ADN est partout, ce qui veut dire qu'il n'a pas à s'inquiéter d'un casier judiciaire. Nous n'avons pas d'indices parce qu'il n'en laisse aucun. Il est très fort. Il sait couvrir ses traces.

— Un flic ? »

Will laissa cette question sans réponse. Faith raisonna à voix haute : « Il y a quelque chose dans son comportement qui met les femmes en confiance. Elles le laissent s'approcher jusqu'à ce qu'il puisse les enlever sans se faire voir de personne.

— C'est le costume, suggéra Will. Les femmes, et les hommes aussi, font plus volontiers confiance à un inconnu s'il est bien habillé. C'est un jugement de classe, mais c'est vrai.

— Génial. Nous n'avons plus qu'à passer en revue tous les hommes d'Atlanta qui portaient un costume ce matin. » Elle leva les doigts et les abaissa un par un. « Pas d'empreintes sur les sacs-poubelle trouvés dans le corps des deux femmes. Rien pour remonter la trace d'aucun des objets dans la caverne. L'empreinte de doigt sur le permis de conduire de Jackie Zabel est celle d'Anna. Nous ne savons pas son nom de famille. Nous ne savons ni où elle habitait, ni où elle travaillait, ni si elle avait de la famille. » Faith avait utilisé tous ses doigts.

« De toute évidence, le kidnappeur a une méthode. Il est patient. Il a creusé la caverne et l'a préparée pour ses victimes. Comme tu l'as dit, il espionne sûrement ses victimes avant de les enlever. Et ce n'est pas la première fois qu'il agit. Il l'a fait Dieu sait combien de fois.

— Oui, mais les victimes n'ont pas survécu pour en parler, sinon nous aurions des rapports dans la banque de données du FBI. »

Le téléphone sonna sur le bureau de Will, et ce fut Faith qui décrocha. « Agent Mitchell. » Elle écouta quelques instants, puis prit son calepin dans son sac. Elle écrivit en majuscules bien nettes, mais Will fut incapable de déchiffrer les mots. « Tu peux continuer à enquêter là-dessus ? » Elle attendit. « Bien. Rappelle-moi sur mon portable. »

Elle reposa le combiné.

« C'était Leo, dit-elle. Les empreintes sont revenues, celles du 4 × 4 de Pauline McGhee. Son vrai nom est Pauline Agnes Seward. On a signalé sa disparition à Manistee, dans le Michigan, en 1989. Elle avait dix-sept ans à l'époque. Selon le rapport, ses parents ont déclaré qu'une dispute était à l'origine de sa fugue. Elle menait une vie plutôt dissolue dans ces années-là : les drogues, les mecs à n'en plus finir. On avait ses empreintes à cause d'une petite affaire de vol à l'étalage, pour laquelle elle a plaidé la non-contestation. Les flics locaux ont effectué une recherche générale, mais on n'a plus jamais entendu parler d'elle en vingt ans.

— Ça correspond à ce que t'a dit ce Morgan. Pauline lui a confié qu'elle s'était enfuie de chez elle quand elle avait dix-sept ans. Et le frère ?

— Leo n'a rien trouvé pour le moment. Il va approfondir ses recherches. » Faith rangea son calepin dans son sac. « Il essaie de retrouver les parents. Avec un peu de chance, ils sont encore dans le Michigan.

— Seward, ce n'est pas un nom très courant.

— Non. Mais l'ordinateur nous aurait fourni quelque chose si le frère avait eu des ennuis sérieux avec la justice.

— Pour les âges, on sait quelque chose ? Ou le prénom ?

— Leo a dit qu'il nous rappellerait dès qu'il aurait quelque chose. »

Will s'appuya au dossier de sa chaise, la tête contre le mur.

« Pauline ne fait toujours pas partie de notre affaire. Nous n'avons pas d'éléments pour l'intégrer.

— Elle ressemble aux autres victimes. Personne ne l'aime. Elle n'a pas d'amis.

— Elle est peut-être très amie avec son frère ! remarqua Will. Leo nous a dit qu'elle avait eu Felix grâce à un donneur de sperme. Ce donneur, c'est peut-être le frère… »

Faith poussa un grognement de dégoût. « Je t'en prie, Will ! »

Au ton de sa voix, il regretta d'avoir suggéré cette idée, mais il fallait bien reconnaître que leur boulot consistait à imaginer les situations les plus scabreuses.

« Pour quelle autre raison Pauline aurait-elle dit à son fils que son frère était un méchant homme et qu'elle devait le protéger contre lui ? »

Faith n'avait pas envie de répondre. Finalement, elle articula : « Une histoire d'abus sexuels.

— Oui, c'est peut-être très ancien, admit Will. Et le frère pourrait être un voleur, ou un escroc, ou un drogué. Il est peut-être en prison.

— Si un Seward avait un casier judiciaire dans le Michigan, Leo l'aurait déjà trouvé dans les fichiers.

— Peut-être que le frère a eu de la chance. »

Faith secoua la tête. « Pauline avait peur de lui, elle ne voulait pas que son fils l'approche. Ça indique de la violence, ou la crainte de la violence.

— Et comme tu dis, si le frère la menaçait ou la harcelait, il y aurait un rapport quelque part.

— Pas forcément. C'était quand même son frère. Les gens ne sont pas pressés de courir au commissariat quand il s'agit d'un problème de famille, tu sais bien. »

Will n'en était pas si sûr, mais elle avait raison au sujet des recherches de Leo. « Qu'est-ce qui te pousserait à mettre Jeremy en garde contre ton frère ? »

Elle réfléchit un moment. « Je ne vois pas ce que Zeke pourrait faire pour que je dise à Jeremy d'arrêter de lui parler.

— Et s'il te frappait ? »

Elle ouvrit la bouche pour répondre, puis sembla changer d'idée. « La question n'est pas de savoir comment je réagirais. C'est comment aurait réagi Pauline. » Faith resta silencieuse, pensive. Puis : « C'est compliqué, les familles. Les gens supportent des tas de choses à cause des liens du sang.

— Un chantage ? » Will savait qu'il s'agrippait à des fétus de paille, mais il continua : « Peut-être que le frère était au courant d'une mauvaise action commise par Pauline autrefois ? Elle devait avoir une raison pour changer de nom à dix-sept ans. Pense à ce qu'elle était devenue. Un job avec un excellent salaire. Un bel appartement, en grande partie payé. Une belle voiture. Elle aurait sans doute été prête à débourser pas mal d'argent pour que rien de tout ça ne change. » Puis Will contredit ses propres hypothèses. « Mais si le frère voulait la faire chanter, il avait besoin qu'elle continue à travailler. Il n'avait aucune raison de l'enlever.

— Ce n'est pas comme si on la retenait contre une rançon, ajouta Faith. Tout le monde se fiche qu'elle ait disparu. »

Will secoua la tête. Une autre impasse.

« Bon, poursuivit Faith, il se peut que Pauline n'ait rien à voir avec notre affaire. Peut-être qu'elle a je ne sais quelle relation trouble avec son frère, genre *Dommage qu'elle soit une putain*. Mais pour le moment, qu'est-ce que nous faisons ? Nous restons les bras croisés en attendant qu'une troisième ou quatrième victime se fasse enlever ? »

Will ne savait que répondre. Mais il n'en eut pas besoin.

Faith regarda sa montre et dit : « Allons parler aux Coldfield. »

Il y avait de nombreux enfants au foyer pour femmes de Fred Street. Will ne l'avait pas prévu, mais quoi d'étonnant à ce que des femmes sans-abri aient des enfants sans-abri ? Un petit terrain fermé devant le bâtiment leur servait d'aire de jeu. Ils n'étaient pas tous du même âge, mais sans doute les plus grands n'avaient-ils pas plus de six ans, sinon ils auraient été à l'école à cette heure. Tous portaient des vêtements usagés, dépareillés, et leurs jouets avaient connu des jours meilleurs : des poupées Barbie aux cheveux courts, des camions miniatures auxquels il manquait des roues. Will se dit qu'il aurait dû éprouver de la pitié, car les regarder jouer était une scène qui lui rappelait beaucoup sa propre enfance ; mais la différence était que ces enfants avaient une mère pour se soucier d'eux, un lien avec le monde normal.

« Mon Dieu », marmonna Faith en cherchant dans son sac. Il y avait une petite urne destinée aux dons sur le comptoir dans l'entrée, et elle y glissa deux billets de dix dollars. « Qui s'occupe de ces enfants ? »

Will scruta le couloir. Les murs étaient décorés de dessins évoquant Pâques, dont certains étaient l'œuvre des enfants. Il vit une porte fermée, avec une silhouette de femme stylisée.

« Leur gardienne est probablement aux toilettes.

— Mais n'importe qui pourrait en emmener un ! »

Will doutait que beaucoup de gens aient envie de partir avec un de ces enfants. C'était une partie du problème.

« Appuyez sur la sonnette », dit Faith, lisant (il le supposa) un écriteau sous le bouton, que même un singe aurait pu déchiffrer.

Will tendit le bras et appuya.

« On apprend l'informatique ici, dit Faith.

— Quoi ? »

Elle prit une brochure sur le comptoir. Will vit sur la couverture des photos de femmes souriantes avec leurs enfants, ainsi que des logos d'entreprises au nom des riches sponsors de l'association. « Apprentissage informatique, conseil psychologique, repas gratuits. » Ses yeux parcoururent le texte. « Conseil psychologique et médical dans une optique chrétienne. » Elle reposa la brochure au-dessus des autres. « Je suppose que ça veut dire que vous irez en enfer si jamais vous avortez. Bon conseil pour des femmes qui ont déjà une bouche à nourrir et pas un sou. » Elle appuya de nouveau sur la sonnette, assez fort cette fois pour la faire tomber sur le sol.

Will se pencha pour la ramasser. Quand il se releva, il se trouva en face d'une Hispanique grande et forte qui s'était glissée derrière le comptoir un jeune enfant dans les bras. Avec un fort accent texan elle s'adressa à Faith :

« Si vous êtes ici pour arrêter quelqu'un, nous vous demandons de ne pas le faire devant les enfants.

— Nous avons rendez-vous avec Judith Coldfield », répondit Faith à voix basse, se rendant compte que non seulement les enfants la regardaient, mais qu'ils avaient sans doute deviné son métier comme cette femme.

« Contournez le bâtiment jusqu'à la boutique. Aujourd'hui, Judith s'occupe de la vente. » Elle n'attendit pas qu'on la remercie, fit volte-face et repartit par le couloir avec l'enfant dans ses bras.

Faith ouvrit la porte et ressortit dans la rue.

« Je déteste ce genre d'endroit. »

Will se dit qu'un foyer pour femmes sans-abri était un curieux objet de détestation, même pour Faith. « Pourquoi ? demanda-t-il.

— Qu'ils se contentent de les aider sans les obliger à prier !

— Beaucoup de gens trouvent un réconfort dans la prière.

— Et ceux qui n'en trouvent pas ? Ils ne méritent aucune aide ? Si vous êtes à la rue et que vous crevez de faim, vous ne pouvez pas trouver un abri à moins de déclarer que l'avortement est une abomination et que les autres ont le droit de vous dicter ce que vous pouvez faire de votre corps ? »

Will ne savait guère que lui répondre ; aussi se borna-t-il à la suivre autour du bâtiment de brique, la regardant jeter avec colère son sac par-dessus son épaule. Elle continuait à grommeler entre ses dents quand ils le contournèrent et aperçurent la boutique. Une grande pancarte au-dessus de l'entrée portait sans doute le nom de l'institution. Tout le monde avait des problèmes économiques en ce moment, mais surtout les associations charitables qui dépendaient de donateurs se sentant assez à flot pour porter secours à leur prochain. Beaucoup d'entre elles recevaient des dons en nature qu'elles revendaient pour payer leurs frais de fonctionnement. Des lettres peintes sur la vitrine annonçaient les divers articles qu'on pouvait acheter à l'intérieur. Faith les lut tandis qu'ils se dirigeaient vers l'entrée.

« Ustensiles de cuisine, linge de maison, vêtements. Dons bienvenus. Livraison gratuite pour les objets encombrants. »

Will ouvrit la porte. Il avait envie qu'elle se taise.

« Ouvert tous les jours sauf le dimanche. Animaux interdits, poursuivit-elle imperturbablement.

— Oui, oui, j'ai compris », lui dit-il en regardant autour de lui. Des mixeurs étaient alignés sur une étagère, des grille-pain et des micro-ondes sur celle du dessous. Des vêtements étaient suspendus à des tringles, pour la plupart du genre qu'on appréciait dans les années quatre-vingt. Des boîtes de soupe et d'autres aliments étaient empilées à l'abri du soleil qui brillait à travers la vitrine. L'estomac de Will se mit à gargouiller, et il se rappela le temps où il triait les conserves qui arrivaient à l'orphelinat aux vacances de fin d'année. Personne ne donnait rien de bon, c'était toujours du corned-beef et des betteraves au vinaigre. Exactement ce qui faisait plaisir à un enfant le jour de Noël.

Faith avait trouvé un autre écriteau. « Tous les dons sont déductibles des impôts. Les profits vont intégralement à nos pensionnaires et à leurs enfants. Dieu bénit celui qui fait le bien de son prochain. »

Will sentit que sa mâchoire lui faisait mal à force de serrer les dents. Par chance, il n'eut pas le temps de s'attarder sur cette douleur, car un homme apparut derrière le comptoir comme un diable sortant de sa boîte.

« Bonjour tout le monde ! », clama-t-il joyeusement.

Faith, de surprise, porta sa main à sa poitrine. « Bon sang, qui êtes-vous ? », demanda-t-elle.

L'homme rougit si fort que Will sentit presque le sang qui montait à son visage. « Excusez-moi », dit-il. Il essuya sa main à son tee-shirt, où des traces noirâtres étaient visibles à l'endroit où il avait déjà nettoyé ses doigts plusieurs fois. « Tom Coldfield. Aujourd'hui, j'aide ma mère, parce qu'il y a ce truc à réparer et... » Sans finir sa phrase, il désigna le sol derrière le comptoir. Will vit qu'il travaillait sur une tondeuse à gazon. Le moteur était en partie démonté. Apparemment, il essayait d'installer une nouvelle courroie de ventilation, ce qui n'expliquait guère pourquoi le carburateur était par terre.

Will signala : « Il y a un écrou qui...

— Je suis l'agent spécial Mitchell, interrompit Faith. Voici mon coéquipier, l'agent spécial Trent. Nous avons rendez-vous avec Judith et Henry Coldfield. Je suppose que vous êtes de leur famille ?

— Ce sont mes parents », répondit l'homme avec un sourire qui révéla deux incisives en avant. « Ils sont dans l'arrière-boutique. Franchement, papa n'est pas très content d'avoir manqué sa partie de golf. » Il sembla comprendre combien cette remarque était futile. « Excusez-moi, je sais que c'est affreux, ce qui est arrivé à cette femme. C'est seulement que... Vous savez, ils ont déjà tout dit à l'autre policier. Le peu qu'ils savaient. »

Faith s'efforça de rester aimable.

« Je suis sûre que ça ne les dérangera pas de le raconter de nouveau. »

Tom Coldfield ne semblait pas vraiment de cet avis, mais il leur fit signe de le suivre vers le fond de la pièce. Will laissa Faith passer devant, et ils durent se frayer un chemin entre des boîtes et des piles d'objets qui avaient été donnés à la boutique. Will devina que Tom Coldfield avait été athlétique dans sa jeunesse, mais la trentaine avait eu raison de son allure sportive : il avait un bourrelet autour de la taille et ses épaules se voûtaient déjà. Un début de calvitie formait un rond de peau nue au sommet de son crâne, presque comme une tonsure de moine. Sans avoir à le demander, Will sut que Tom devait avoir des enfants, un ou deux : il avait tout de ces pères qui vont encourager leurs fils au bord du stade. Il devait conduire un monospace et jouer au football virtuel sur l'Internet.

« Désolé pour le désordre, dit-il. Nous manquons de bénévoles.

— Vous travaillez ici ? demanda Faith.

— Oh, non ! Je deviendrais cinglé. » Il rit devant la réaction surprise de Faith, que Will imagina sans la voir. « Je suis contrôleur aérien. Ma mère me culpabilise pour que je vienne l'aider quand il manque du monde.

— Vous étiez dans l'armée ?

— L'armée de l'air, oui. Six ans. Comment avez-vous deviné ? »

Faith haussa les épaules. « C'est la meilleure formation », dit-elle. Puis, sans doute pour sympathiser un peu avec l'homme : « Mon frère est dans l'armée de l'air. Stationné en Allemagne. »

Tom déplaça un carton qui était dans le chemin.

« À Ramstein ?

— À Landstuhl. Il est chirurgien.

— Ouh là ! C'est dur, là-bas. Votre frère doit être un homme dévoué. Un homme de Dieu. »

Faith réagissait en flic maintenant et laissait ses opinions personnelles de côté.

« Certainement », dit-elle.

Tom s'arrêta devant une porte fermée et frappa. Will regarda le couloir qui s'ouvrait et distingua l'autre extrémité du foyer, le comptoir devant lequel ils avaient attendu que la grosse Hispanique sorte des toilettes. Faith vit la même chose et adressa un regard à Will tandis que Tom ouvrait la porte.

« Maman, voici l'agent spécial Trent et... excusez-moi, c'est bien Mitchell ?

— Oui », confirma Faith.

Tom présenta ses parents, mais ce n'était qu'une formalité, car la pièce ne contenait que deux personnes. Judith était assise derrière un bureau, un registre ouvert devant elle. Henry avait pris place dans un fauteuil près de la fenêtre. Ses mains tenaient un journal, et il le secoua avant de le replier soigneusement pour accorder son attention à Will et à Faith. Tom n'avait pas menti quand il avait dit que son père était mécontent d'avoir manqué sa partie de golf. Henry Coldfield était une vraie caricature de vieux grincheux.

« Je vais chercher d'autres chaises ? », proposa Tom. Il n'attendit pas la réponse et disparut. Le bureau était de taille moyenne, autant dire assez grand pour être occupé par quatre personnes sans qu'elles soient les unes sur les autres. Pourtant, Will resta dans l'encadrement de la porte tandis que Faith prenait la seule chaise encore disponible. D'habitude, ils décidaient à l'avance qui des deux parlerait, mais aujourd'hui, ils n'avaient rien préparé. Quand Will regarda Faith pour savoir ce qu'elle préférait, elle se borna à hausser les épaules. Cette famille semblait assez indéchiffrable, il leur faudrait tâtonner. La première étape dans un entretien de ce genre consistait à faire en sorte que les témoins se sentent à l'aise. Chez la plupart des gens, la tendance naturelle n'était pas de s'ouvrir et d'apporter leur aide tant qu'on ne leur avait pas fait sentir qu'on n'était pas un ennemi. Comme elle était plus près d'eux, ce fut Faith qui commença :

« Madame Coldfield, monsieur Coldfield, merci d'avoir accepté ce rendez-vous. Je sais que vous avez déjà parlé à l'inspecteur Galloway, mais ce que vous avez vécu était assez traumatisant. Parfois, il faut quelques jours avant de tout se rappeler.

— Ce genre de chose ne nous était jamais arrivé », dit Judith Coldfield, et Will se demanda s'il était coutumier pour beaucoup de gens de renverser des femmes qui avaient été violées et torturées dans des cavernes souterraines.

Henry sembla en être conscient : « Voyons, Judith, dit-il.

— Oh, mon Dieu. » Judith porta sa main à sa bouche et couvrit son sourire embarrassé. Will vit que Tom avait hérité de ses dents en avant ainsi que de sa propension à rougir. Elle s'expliqua : « Je voulais dire que nous n'avons jamais eu à nous expliquer devant des policiers. » Elle tapota la main de son mari. « Henry a eu une amende pour excès de vitesse une fois, mais ça lui a servi de leçon. C'était quand, chéri ?

— L'été 83 », répondit Henry, en serrant les mâchoires d'une manière qui montrait qu'il n'en était pas encore remis. Il regarda Will en parlant, comme si seul un homme pouvait comprendre. « Dix kilomètres/heure au-dessus de la limite. »

Will essaya de trouver des paroles compatissantes, mais rien ne lui vint à l'esprit.

« Vous êtes du Nord ? demanda-t-il à Judith.

— Ça se sent tant que ça ? », répondit-elle en couvrant de nouveau sa bouche pour cacher son sourire. Elle avait douloureusement conscience de ses dents proéminentes. « De Pennsylvanie, dit-elle.

— C'est là que vous habitiez avant de prendre votre retraite ?

— Oh, non, dit Judith. Le travail de mon mari nous a promenés un peu partout. Surtout dans le Nord-Ouest. Nous avons vécu en Oregon, dans l'État de Washington, en Californie... Mais ça ne nous plaisait pas, n'est-ce pas, Henry ? » Henry poussa un grognement. « En Oklahoma, aussi, mais pas longtemps. Vous y êtes allés ? C'est tellement plat ! »

Faith entra dans le vif du sujet : « Et dans le Michigan ? »

Judith secoua la tête, mais Henry répondit « J'ai vu un match de football dans le Michigan, en 71. Le Michigan contre l'Ohio. Dix à sept. J'ai failli crever de froid. »

Faith saisit cette occasion de le faire parler

« Vous êtes un fan de football ?

— J'ai horreur de ça. » Son front plissé indiquait qu'il était encore mécontent d'avoir vécu cette situation, malgré les foules qu'attiraient les grands matches.

« Henry était commercial dans une entreprise de spiritueux, poursuivit Judith. Mais même dans son enfance, il a beaucoup voyagé. Son père a servi dans l'armée pendant trente ans. »

Faith reprit, s'efforçant d'amener l'homme à s'ouvrir : « Mon grand-père aussi était dans l'armée. »

Mais Judith n'en avait pas fini : « À l'université, Henry a eu droit à un sursis à cause de la guerre. » Sans doute parlait-elle de la guerre du Vietnam. « Nous avons des amis qui l'ont faite, naturellement, et Tom a servi plusieurs années dans l'armée de l'air. Nous en sommes très fiers, pas vrai, Tom ? »

Will ne s'était pas rendu compte que Tom était de retour. Le fils des Coldfield sourit d'un air d'excuse. « Désolé, il n'y a plus de chaises. Les enfants s'en servent pour construire une forteresse.

— Où étiez-vous stationné ? demanda Faith.

— À Keesler, les deux fois où je me suis enrôlé, répondit-il. J'ai commencé mon entraînement, puis je me suis hissé jusqu'au grade d'adjudant-chef, chargé des cours fondamentaux de pilotage.

Ils parlaient de m'envoyer sur la base aérienne d'Altus quand j'ai demandé à revenir à la vie civile.

— J'allais vous demander pourquoi vous aviez quitté l'armée, puis je me suis souvenue que Keesler est dans le Mississippi. »

De nouveau, le rouge lui monta aux joues, et Tom eut un rire gêné.

« En effet. »

Faith concentra son attention sur Henry, devinant probablement qu'elle n'obtiendrait pas grand-chose de Judith sans la bénédiction de son mari.

« Vous avez stationné sur des bases à l'étranger ?

— Toujours sur le territoire américain.

— Vous avez l'accent de l'armée », dit Faith, ce qui, pensa Will, devait vouloir dire pas d'accent du tout.

La réticence de Henry parut s'affaiblir lentement devant l'intérêt que lui manifestait Faith. « Vous savez, on va où on vous dit d'aller.

— C'est exactement ce qu'a dit mon frère quand il a pris le bateau pour l'Europe. » Faith se pencha en avant. « Si vous voulez la vérité, je crois qu'il aime ça, circuler sans arrêt, ne jamais s'enraciner nulle part.

— Marié ?

— Non.

— Une femme dans chaque port ?

— Mon Dieu, j'espère que non ! » Faith se mit à rire. « Pour ma mère, c'était soit l'armée, soit la prêtrise. »

Henry partit aussi d'un petit rire. « C'est ce que désirent beaucoup de mères pour leur fils. » Il pressa la main de sa femme et Judith leva vers Tom un regard rayonnant de fierté.

Faith se tourna vers celui-ci. « Vous dites que vous êtes contrôleur aérien ?

— Oui, madame », répondit-il d'un ton respectueux, bien que Faith fût probablement plus jeune que lui. Il poursuivit : « Je travaille à Charlie Brown. » C'était le nom du principal aéroport d'Atlanta, à l'ouest de la ville. « J'y suis depuis presque dix ans. C'est sympa, comme boulot. Quelquefois, nous nous occupons du trafic de Dobbins pendant la nuit. » Dobbins était une base aérienne située un peu à l'écart de la ville. « Je parie que votre frère s'est déjà envolé de là-bas.

— Probablement », répondit Faith, en regardant Tom assez longtemps pour qu'il se sente flatté. « Vous vivez à Conyers maintenant ?

— Oui, madame. » Tom sourit largement, et ses dents en avant semblèrent jaillir de sa bouche comme des défenses d'éléphant. Il était plus détendu maintenant, prêt à parler. « Je me suis installé à Atlanta quand j'ai quitté Keesler. » Il fit un signe du menton vers sa mère. « J'ai été vraiment content quand mes parents ont décidé de venir habiter par ici.

— Dans Clairmont Road, c'est bien ça ? »

Tom fit oui de la tête, souriant toujours. « Assez près pour nous rendre visite sans avoir besoin d'emporter une valise. »

Judith ne semblait guère apprécier la relation familière qui se créait entre son fils et Faith et se hâta d'intervenir. « La femme de Tom adore son jardin. » Elle se mit à fouiller dans son sac. « Et son fils Mark est fasciné par l'aviation. De jour en jour, il ressemble de plus en plus à son père.

— Maman, inutile de leur montrer... »

C'était trop tard. Judith avait trouvé une photo et la tendait à Faith, qui émit les petits bruits approbateurs qu'on attendait d'elle avant de la passer à Will.

Il garda une expression neutre en observant la photo de famille. Aucun doute, les gènes des Coldfield étaient puissants. La fillette et le garçonnet étaient des copies conformes de leur père. Pour empirer les choses, Tom ne s'était pas trouvé une jolie femme pour diluer un peu le patrimoine paternel. La jeune Mrs Coldfield avait une chevelure blondasse qui ressemblait à de la ficelle et des plis amers aux coins de la bouche qui semblaient exprimer une morose résignation.

« Darla », prononça Judith pour la nommer. « Tom et elle sont mariés depuis bientôt dix ans. N'est-ce pas, Tom ? »

Il haussa les épaules, à la façon gênée qu'ont les enfants devant leurs parents.

« Charmant », dit Will en rendant la photo à Judith.

Judith demanda à Faith : « Vous avez des enfants ?

— Un fils », répondit celle-ci. Elle s'abstint d'entrer dans les détails et demanda à son tour : « Tom est enfant unique ?

— Oui. » Judith sourit de nouveau en cachant sa bouche. « Henry et moi, nous avons longtemps pensé que nous ne pourrions pas... » Sa voix s'éteignit, puis, une fois de plus, elle leva les yeux vers son fils avec fierté. « Tom a été notre miracle ! »

De nouveau, Tom haussa les épaules, visiblement embarrassé.

Brusquement, Faith abandonna ces considérations familiales et entra dans le vif du sujet : « Vous reveniez de chez Tom et sa famille le soir de l'accident ? »

Judith hocha la tête.

« Il voulait une jolie fête pour notre quarantième anniversaire de mariage. N'est-ce pas, Tom ? » Sa voix se fit plus lointaine. « C'était horrible. Je ne crois pas qu'un autre anniversaire se passera sans que nous nous rappelions... »

Tom prit la parole : « Je ne comprends pas comment c'est possible. Comment cette femme... » Il secoua la tête. « Ça n'a aucun sens. Quel est le salaud qui a pu lui faire subir des choses pareilles ?

— Tom ! souffla Judith. Ton langage ! »

Faith adressa un regard à Will pour lui indiquer qu'il lui fallait toute sa volonté pour ne pas lever les yeux au ciel. Mais elle se reprit rapidement et s'adressa au couple : « Je sais que vous avez déjà tout dit à l'inspecteur Galloway, mais recommençons depuis le début. Vous rouliez sur cette route, vous avez vu la femme, et... ?

— Eh bien, j'ai d'abord cru que c'était peut-être un cerf, répondit Judith. Nous en avons vu plusieurs fois sur le bord de la route. Et quand il fait nuit, Henry ralentit toujours au cas où il y en aurait un qui traverserait.

— Ils voient les phares et la lumière les immobilise », expliqua Henry, comme si un cerf fasciné par des phares d'automobile était un phénomène inconnu.

« Mais il ne faisait pas encore nuit, poursuivit Judith. C'était le crépuscule. Et j'ai vu cette... cette chose sur la route. J'ai ouvert la bouche pour avertir Henry, mais c'était déjà trop tard. Nous l'avions déjà heurtée. » Elle prit un mouchoir en papier dans son sac et le pressa sur ses yeux. « Ces deux messieurs sympathiques sont arrivés derrière nous et ils ont essayé de la secourir, mais je ne crois pas... Je veux dire, après tout ce que... »

De nouveau, Henry pressa la main de sa femme. « Est-ce que… Cette femme, est-ce qu'elle est…

— Elle est toujours à l'hôpital, répondit Faith. Mais on ne sait pas si elle reprendra conscience.

— Mon Dieu, murmura Judith, priant presque. J'espère que non.

— Maman ! » La voix de Tom était plus forte sous l'effet de la surprise.

« Ça peut paraître méchant, insista-t-elle, mais j'espère qu'elle ne saura jamais. »

Tous trois se turent. Tom regardait son père. La pomme d'Adam de Henry était en mouvement, et Will devina que ses souvenirs l'accablaient. « J'ai cru avoir une crise cardiaque ! », parvint-il à articuler avec un rire douloureux.

Judith baissa la voix, et, d'un ton de confidence comme si son mari n'était pas à côté d'elle, elle expliqua : « Mon mari n'a pas le cœur très solide.

— En réalité, ce n'était rien de grave, tempéra-t-il. C'est ce stupide airbag qui est venu me cogner la poitrine. Un équipement de sécurité, ils appellent ça ! Cette saleté m'a presque tué. »

Faith demanda : « Monsieur Coldfield, avez-vous vu la femme sur la route ? »

Il fit oui de la tête. « C'est exactement ce que vous a dit Judith. Il était trop tard pour m'arrêter. Je ne roulais pas vite, j'étais en dessous de la limite autorisée. J'ai vu quelque chose. Comme elle, j'ai pensé que c'était un cerf. J'ai donné un grand coup de frein. Mais elle a surgi de nulle part. Vraiment de nulle part. Je n'avais pas encore compris que c'était une femme jusqu'à ce que nous descendions de voiture et que nous la voyions gisant sur la route. C'était affreux. Affreux.

— Avez-vous toujours porté des lunettes ? » Will aborda ce sujet avec précaution.

« Je suis pilote amateur. Je fais contrôler mes yeux deux fois par an. » Il ôta ses lunettes, un peu vexé, mais la voix posée. « Je suis vieux si vous voulez, mais tout à fait en état de piloter. Pas de cataracte, vision corrigée à dix dixièmes. »

Will décida que tant qu'il y était, il pouvait poser une autre question délicate.

« Et votre cœur ? »

Judith intervint : « Oh, rien d'alarmant. Une simple petite faiblesse à surveiller. Pas d'efforts physiques trop importants. »

Henry se redressa, toujours indigné : « Rien qui inquiète les médecins. Je prends quelques pilules. Je ne soulève rien de lourd. Je vais très bien. »

Faith voulut les calmer en changeant de sujet. « Un fils de militaire qui pilote des avions ? »

Henry semblait se demander s'il valait mieux ou non laisser de côté la question de sa santé. Finalement, il répondit : « Mon père m'a fait prendre des leçons quand j'étais gamin. Nous étions stationnés dans une base au milieu des glaces en Alaska. Il a pensé que ça pouvait m'être utile. »

Faith sourit, pour l'aider à se détendre. « Vous aviez du beau temps pour piloter en Alaska ?

— Les jours de chance ! » Il rit avec mélancolie. « Il fallait faire attention en atterrissant. Il soufflait un vent glacé qui pouvait faire tourner l'avion comme une girouette. Certaines fois, je fermais les yeux en espérant que je toucherais la piste et pas la glace ! »

Puis Henry remit ses lunettes, l'air sérieux. « Écoutez, je ne suis pas du genre à apprendre aux gens leur métier, mais pourquoi ne nous posez-vous aucune question sur l'autre voiture ?

— Quelle autre voiture ? demanda Faith. Celle des deux hommes qui se sont arrêtés pour porter secours à la victime ?

— Non, celle que nous avons vue filer sur la route, dans l'autre sens. Ce devait être environ deux minutes avant que nous renversions cette malheureuse. »

Judith rompit leur silence stupéfait : « Vous devez être au courant. Nous en avons longuement parlé à l'autre policier. »

Chapitre onze

LE TRAJET JUSQU'AU COMMISSARIAT de police du comté de Rockdale fut un moment de flou que Faith remplit avec toutes les interjections qu'elle connaissait.

« Je savais qu'il me mentait, ce sale con ! », dit-elle, maudissant Max Galloway et tout l'effectif de la police de Rockdale. « Tu aurais dû voir son air bouffi de satisfaction quand il m'a regardée en quittant l'hôpital. » Elle frappa le volant de la paume de sa main, mais elle aurait voulu que ce soit la tête de l'inspecteur. « Qu'est-ce qu'ils s'imaginent, que tout ça est une rigolade ? Ils n'ont pas vu dans quel état était cette femme ? Bon Dieu de bon Dieu de bon Dieu de bon Dieu. »

À côté d'elle, Will gardait le silence. Comme d'habitude, elle n'avait aucune idée de ce qui lui passait par la tête. Silencieux depuis leur départ, il n'ouvrit la bouche que lorsqu'elle se gara sur le parking des visiteurs devant le commissariat.

« Tu en as fini avec ta grosse colère ? demanda-t-il.

— Certainement pas ! Ils nous ont menti, ce ramassis de salopards. Ils ne nous ont même pas faxé leur putain de rapport sur la scène de crime. Comment diable veux-tu que nous travaillions sur une affaire alors qu'ils retiennent des informations qui pourraient…

— Réfléchis à leurs raisons, observa Will. Une femme est morte, une autre ne vaut pas beaucoup mieux, et ils continuent pourtant à nous cacher des faits. Ce qui veut dire qu'ils se fichent pas mal des victimes. Ils ne pensent qu'à leur ego, Faith ! Et à nous mettre des bâtons dans les roues. Ils glissent des informations à la presse, ils refusent de coopérer. Tu crois qu'en nous précipitant chez eux et en brandissant nos armes, nous obtiendrons ce que nous voulons ? »

Faith ouvrit la bouche pour répondre, mais Will descendait déjà de voiture. Il contourna le capot et lui ouvrit la portière comme s'ils s'étaient retrouvés pour un rendez-vous galant.

« Crois-moi sur un point, Faith, poursuivit-il. Il ne faut pas les attaquer de front.

— Pas question que j'avale des couleuvres offertes sur un plat par ce salaud de Galloway !

— Je les avalerai », promit-il en lui tendant la main comme si elle en avait besoin pour s'extraire de la voiture.

Faith saisit son sac sur la banquette arrière et le suivit le long du trottoir, en se disant qu'il n'y avait rien d'étonnant si les gens qui rencontraient Will Trent le prenaient pour un expert-comptable. Elle ne comprenait pas la minceur de son ego. Depuis plus d'un an qu'elle travaillait avec lui, l'émotion la plus forte qu'elle avait vu Will manifester était l'irritation, en général dirigée contre elle. Certes, il lui arrivait d'être d'humeur changeante ou mélancolique, et Dieu savait qu'il pouvait se reprocher beaucoup de choses, mais elle ne l'avait jamais vu vraiment en colère. Une fois, il s'était trouvé seul dans une pièce avec un suspect qui, seulement quelques heures plus tôt, avait tenté de lui tirer une balle dans la tête, et le seul sentiment qu'il avait montré était l'empathie.

L'homme en uniforme à la réception reconnut Will aussitôt, et ses lèvres dessinèrent un rictus. « Trent !

— Bonjour, inspecteur Fierro », répondit Will, bien que l'homme ne fût de toute évidence plus inspecteur. Son gros ventre tendait les boutons de son uniforme de patrouille et semblait vouloir dégouliner comme l'intérieur d'un beignet à la confiture. Considérant ce que Fierro avait déclaré à Amanda au sujet de son intérêt pour la bite de Lyle Peterson, Faith était surprise que le policier ne soit pas assis dans un fauteuil roulant.

« J'aurais dû remettre les planches au-dessus de votre tête et vous laisser au fond de cette caverne, dit Fierro.

— Je suis assez content que vous ne l'ayez pas fait. » Will désigna Faith du geste. « Voici ma coéquipière, l'agent spécial Mitchell. Nous désirons parler à l'inspecteur Max Galloway.

— À quel sujet ? »

Faith n'avait aucune envie de perdre du temps en amabilités. Elle ouvrit la bouche pour rugir, mais Will l'en dissuada d'un regard.

« Si l'inspecteur Galloway n'est pas disponible, nous pourrions parler directement au divisionnaire Peterson », dit-il.

Faith ajouta : « Ou alors nous adresser à votre copain Sam Lawson à l'*Atlanta Beacon* pour lui expliquer que les histoires que vous lui avez racontées ne sont qu'un moyen de protéger votre gros cul après toutes les erreurs que vous avez commises dans cette affaire.

— Vous êtes une jolie salope, ma petite dame.

— Oh ! vous n'avez encore rien vu, dit Faith. Allez nous chercher Galloway tout de suite si vous ne voulez pas que nous alertions notre chef. Elle vous a déjà privé de votre badge d'inspecteur. Que pensez-vous qu'elle vous prendra ensuite ? À mon avis, ce sera votre petite...

— Faith ! », fit Will. C'était plus un murmure d'avertissement qu'un mot prononcé.

Fierro prit le téléphone et tapa le numéro d'un poste sur le clavier. « Max, il y a ici deux emmerdeurs qui veulent te parler. » Puis il replaça le combiné. « Au bout du couloir à droite, le premier bureau à gauche. »

Faith avança la première, car Will n'aurait pas su se diriger. Le commissariat était un bâtiment public typique des années soixante, avec beaucoup de verre et une mauvaise aération. Les murs étaient ornés d'éloges encadrés, de photos de policiers à des barbecues et d'affiches pour des collectes. Comme Fierro l'avait indiqué, elle tourna à droite et s'arrêta devant la première porte à gauche.

Elle lut ce qui était inscrit sur le battant fermé. « Sale con ! », souffla-t-elle. Il les avait envoyés à une salle d'interrogatoire.

Will se pencha et ouvrit la porte. Elle le vit parcourir des yeux la table fixée au sol et les barreaux sur les côtés pour y menotter les suspects pendant qu'on les interrogeait. « Les nôtres sont plus accueillantes. » Il ne fit pas d'autre commentaire.

La pièce contenait deux chaises, une de chaque côté de la table. Faith jeta son sac sur celle qui tournait le dos au miroir sans tain et croisa les bras : pas question d'être assise quand Galloway se présenterait. « Nous faisons une connerie. Nous aurions dû prévenir Amanda, elle n'aurait pas permis qu'ils nous mènent en bateau. »

Will s'appuya contre le mur et enfonça ses mains dans ses poches.

« Si nous avions prévenu Amanda, ils n'auraient plus rien à perdre, objecta-t-il. Pour le moment, ils ont envie de sauver la face en nous promenant un peu. Quelle importance si nous obtenons les informations dont nous avons besoin ? »

Faith jeta un regard à la glace sans tain, en se demandant s'il y avait des fauteuils derrière. « Quand tout ça sera fini, je rédigerai un rapport officiel, tu peux me croire. Obstruction à la justice, empêchement d'une enquête en cours, mensonges à des officiers de police. Ce gros con de Fierro a déjà dû remettre l'uniforme. Galloway aura de la chance s'ils le laissent s'occuper des chiens errants ! »

Plus loin dans le couloir, elle entendit une porte s'ouvrir, puis se refermer avec un déclic. Quelques secondes plus tard, Galloway apparut dans l'encadrement de la porte, avec le même air de plouc ignorant que la veille au soir.

« Il paraît que vous voulez me parler ?

— Nous venons d'avoir un entretien avec les Coldfield », répondit Faith.

Galloway adressa un signe de tête à Will, qui le salua de la même façon, toujours appuyé au mur.

Faith demanda : « Peut-on savoir pour quelle raison vous ne m'avez pas parlé de l'autre voiture hier soir ?

— Il me semblait vous en avoir parlé.

— Ne me prenez pas pour une imbécile. » Faith ne savait pas ce qui l'exaspérait le plus : le fait qu'il jouait à ce jeu comme si toute cette affaire n'était qu'un amusement ou l'obligation où elle se trouvait d'employer le même ton que lorsqu'elle grondait Jeremy adolescent.

Galloway leva les mains et sourit à Will. « Votre coéquipière est toujours aussi hystérique ? Ou c'est le mauvais jour du mois ? »

Faith sentit ses poings se serrer. S'il voulait de l'hystérie, il allait en avoir.

« Écoutez, dit Will en faisant un pas entre eux deux. Dites-nous seulement ce que vous savez de cette voiture, et toutes les autres informations dont vous disposez. Nous ne vous causerons pas d'ennuis. Nous préférons ne pas être obligés d'obtenir ces renseignements d'autorité. » Will s'avança jusqu'à la chaise et prit le sac de Faith avant de s'asseoir. Il garda le sac sur ses genoux, avec l'air ridicule d'un homme qui attend devant une cabine d'essayage pendant que sa femme passe une robe.

Il fit signe à Galloway de s'asseoir en face de lui, en ajoutant : « Nous avons une victime à l'hôpital qui est probablement dans un coma irréversible. L'autopsie de Jacquelyn Zabel, la femme qui était dans l'arbre, ne nous a fourni aucune piste. Maintenant, une troisième femme a disparu. On l'a enlevée sur le parking d'un supermarché, en laissant son petit garçon dans la voiture. Felix n'a que six ans. On a dû le placer dans une famille d'accueil, c'est-à-dire chez des étrangers, et tout ce qu'il veut, c'est retrouver sa maman. »

Galloway ne sembla pas ému.

Will poursuivit : « On ne vous a pas donné votre badge d'inspecteur pour vos beaux yeux. Il y avait des barrages la nuit dernière. Vous saviez, pour cette autre voiture que les Coldfield ont vue. Vous avez arrêté des automobilistes. » Il changea de tactique. « Nous n'avons pas prévenu votre chef. Nous ne lui avons pas demandé de vous tomber dessus. Nous ne pouvons pas nous offrir le luxe de perdre du temps. La mère de Felix a disparu et elle est peut-être au fond d'une autre caverne, ligotée sur un autre lit, avec une autre place en dessous du lit pour la prochaine victime. Vous voulez en être responsable ? »

Finalement, Galloway poussa un profond soupir et s'assit. Il se pencha pour tirer son calepin de sa poche en grognant comme s'il en éprouvait une douleur physique.

« Ils vous ont dit qu'il s'agissait d'une voiture blanche, probablement une berline ? demanda-t-il.

— Oui. Henry Coldfield n'a pas reconnu le modèle. Il a parlé d'une voiture assez ancienne. »

Galloway hocha la tête. Il tendit son calepin à Will, qui le prit et le feuilleta comme s'il absorbait son contenu, avant de le faire passer à Faith. Celle-ci vit une liste de trois noms avec une adresse dans le Tennessee et un numéro de téléphone. Elle prit son sac sur les genoux de Will pour les noter.

« Deux femmes, deux sœurs, avec leur père, dit l'inspecteur. Ils arrivaient de Floride et rentraient chez eux dans le Tennessee. Leur voiture est tombée en panne sur le bord de la route à environ dix kilomètres de l'endroit où la Buick des Coldfield a heurté la première victime. Ils ont vu arriver une berline blanche. Une des femmes a essayé de l'arrêter en faisant des signes. Elle a ralenti, mais elle ne s'est pas arrêtée.

— Elle a vu le chauffeur ?

— Noir, casquette de base-ball, musique à fond. Elle dit qu'elle était plutôt rassurée qu'il ne s'arrête pas.

— Et la plaque d'immatriculation ?

— Elle ne se rappelle que trois lettres, A, F, C, ce qui correspond à environ trois cent mille voitures, dont seize mille sont blanches et la moitié de ces seize mille enregistrées dans la région. »

Faith écrivit les trois lettres, en pensant que cela ne servirait à rien à moins qu'ils aient la chance de tomber sur le véhicule en question. Elle parcourut les notes de Galloway pour essayer de voir ce qu'il leur cachait d'autre.

« Il faut que je leur parle, à tous les trois, dit Will.

— Trop tard. Ils sont repartis pour le Tennessee ce matin. Le père est un vieux bonhomme en mauvaise santé. J'ai eu l'impression que ses filles le ramenaient chez lui pour mourir. Vous pouvez leur téléphoner, éventuellement faire un saut chez eux, mais vous savez, vous n'en tirerez rien de plus. »

Will demanda : « Il y avait autre chose sur la scène ?

— Seulement ce que vous avez lu dans les rapports.

— Nous ne les avons pas encore reçus. »

Galloway sembla presque contrit. « Désolé. La secrétaire aurait dû vous les faxer à la première heure. Ils traînent probablement encore sur son bureau.

— Nous pouvons les emporter avant de partir, proposa Will. Si vous nous les résumiez ?

— Rien d'inattendu. Quand nos patrouilleurs sont arrivés, le type qui s'était arrêté, l'infirmier, essayait de secourir la victime. Judith Coldfield s'affolait pour son mari, elle avait peur qu'il ait une crise cardiaque. L'ambulance est arrivée et a emmené la victime. Coldfield se sentait mieux et il a attendu la seconde ambulance, qui est arrivée quelques minutes plus tard. Nos gars nous ont appelés et ont commencé à isoler la scène. La routine, quoi. Je vous dis la vérité. Nous n'avons rien trouvé.

— Nous aimerions parler au premier policier qui est arrivé sur place, pour avoir ses impressions.

— En ce moment, il pêche dans le Montana avec son beau-père. » Galloway haussa les épaules. « Je ne cherche pas à vous bourrer le mou, il avait prévu de prendre ces vacances depuis pas mal de temps. »

Faith était tombée sur un nom connu dans le calepin de Galloway. « Qu'est-ce que vous avez écrit sur Jake Berman ? » Pour l'information de Will, elle expliqua : « Rick Sigler et Jake Berman sont les deux hommes qui se sont arrêtés pour tenter d'aider Anna.

— Anna ? demanda Galloway.

— C'est le prénom que la victime a donné à l'hôpital, dit Will. Rick Sigler était l'infirmier, n'est-ce pas ?

— Oui, confirma Galloway. Leur histoire de séance de cinéma ne m'a pas vraiment convaincu. »

Faith poussa un grognement de dégoût, se demandant combien d'impasses Galloway devrait explorer avant que sa complète stupidité soit reconnue.

L'inspecteur l'ignora ostensiblement. « En tout cas, dit-il, j'ai cherché s'ils étaient fichés. Rien sur Sigler, mais Berman a un casier. »

Faith sentit son estomac se serrer. Ce matin, elle avait passé deux heures sur son ordinateur, mais sans penser un instant à vérifier si les deux hommes étaient connus de la police.

« Attentat à la pudeur. » Galloway sourit en voyant l'air stupéfait de Faith. « Il est marié avec deux mômes, mais il y a six mois il s'est fait choper en train de niquer un autre mec dans les toilettes d'un centre commercial. C'est un ado qui est entré et qui les a surpris dans leurs ébats. Un sale pervers, quoi. Dire que ma femme fait ses courses dans ce centre commercial !

— Vous avez parlé à Berman ? demanda Will.

— Il m'a donné un faux numéro. » Galloway lança à Faith un autre regard acerbe. « Et l'adresse sur son permis de conduire n'est plus valable. Mes recherches n'ont rien donné. »

Elle vit une faille dans son histoire et s'engagea aussitôt dans la brèche : « Comment savez-vous qu'il a une femme et deux enfants ?

— C'est dans le procès-verbal. Ils étaient avec lui au centre commercial, ils attendaient qu'il sorte des toilettes. » Les lèvres de Galloway se tordirent de dégoût. « Si vous voulez mon avis, c'est lui que vous devriez rechercher.

— Les victimes ont été violées, dit Faith en lui rendant son calepin. Les gays ne s'intéressent pas aux femmes. C'est justement pour ça qu'ils sont gays, figurez-vous !

— Parce que votre tortionnaire vous fait l'effet d'un homme qui aime les femmes ? »

Faith ne répondit pas. Pour une fois, Galloway n'avait pas tort.

« Et Rick Sigler ? », demanda Will.

Galloway prit son temps pour refermer son calepin et le remettre dans sa poche. « Rien sur lui. Il travaille comme infirmier depuis seize ans. Il a fréquenté un lycée juste à côté d'ici. La Heritage High School. » De nouveau, sa bouche fit une grimace de dégoût. « Il faisait partie de l'équipe de foot, croyez-le ou non. »

À son tour, Will prit son temps pour lui poser sa dernière question. « Qu'est-ce que vous nous cachez d'autre, Galloway ? »

L'homme le regarda droit dans les yeux. « C'est tout ce que je sais. Juré, craché. »

Faith ne le croyait pas, mais Will parut satisfait. Il alla jusqu'à tendre la main pour serrer celle de l'inspecteur. « Merci de nous avoir accordé un moment », dit-il.

En entrant dans la cuisine, Faith alluma la lumière, laissa tomber son sac sur la desserte et s'écroula sur la chaise où elle avait commencé la journée. Elle avait mal à la tête, et les muscles de sa nuque étaient si tendus que tourner le cou à droite ou à gauche était douloureux. Elle prit le téléphone pour écouter ses messages. Il y en avait un de Jeremy, bref et d'une gentillesse inhabituelle. « Salut, maman. J'appelais juste pour savoir comment tu allais. Je t'embrasse très fort. » Faith fronça les sourcils : ou il avait raté un partiel, ou il avait besoin d'argent.

Elle composa son numéro, mais raccrocha avant la sonnerie. Elle se sentait épuisée, tellement à bout de forces que sa vue se brouillait, et elle n'avait envie que d'un bain chaud et d'un verre de vin, bien que ni l'un ni l'autre ne fussent recommandés dans son état. Inutile d'aggraver les choses en enguirlandant son fils.

Son ordinateur portable était encore sur sa table, mais elle ne vérifia pas ses e-mails. Amanda lui avait dit de passer par son bureau à la fin de la journée pour parler de son évanouissement sur le parking, et Faith jeta un coup d'œil à la pendule au-dessus de la cuisinière. On avait largement dépassé les horaires de bureau, il était presque dix heures, et Amanda devait être chez elle à sucer le sang des insectes qu'elle avait capturés dans sa toile.

Faith se demanda si le bilan de sa journée pouvait encore empirer, et se dit que c'était mathématiquement improbable, compte tenu de l'heure. Elle avait passé les cinq dernières heures avec Will, à monter et descendre de voiture, à sonner aux portes et à demander aux hommes, aux femmes et aux enfants qui leur ouvraient – à supposer qu'ils leur ouvrent – s'ils connaissaient un certain Jake Berman. Il y en avait vingt-trois en tout, qui habitaient un peu partout dans la ville et sa banlieue. Will et Faith avaient parlé à six d'entre eux, en avaient écarté douze et n'avaient pu trouver les cinq autres, qui n'étaient pas chez eux ni à leur travail ou n'avaient pas répondu quand ils avaient sonné.

S'il avait été plus facile de rencontrer le bon Jake Berman, peut-être Faith ne se serait-elle pas autant souciée de lui. Il était fréquent, très fréquent que les témoins mentent à la police. Ils donnaient de faux noms, de fausses adresses, de faux numéros de téléphone. Cela faisait tellement partie de l'ordinaire que Faith ne s'en agaçait même plus, ou rarement. Mais pour Jake Berman, c'était différent. Tout le monde laissait des traces dans les archives des banques ou des administrations. On pouvait retrouver de vieilles factures téléphoniques, d'anciennes adresses, et assez vite on était face à face avec le témoin, en faisant comme si on n'avait pas gaspillé une demi-journée à le rechercher. Or, Jake Berman n'avait apparemment laissé aucune trace nulle part. Il n'avait même pas rempli de déclaration d'impôts l'année précédente. En tout cas, pas au nom de Jake Berman. Ce qui faisait apparaître le spectre du frère de Pauline McGhee. Peut-être Berman avait-il changé de nom, comme Pauline Seward autrefois. Et la veille au soir, peut-être Faith avait-elle été assise à la même table que le tueur dans la cafétéria du Grady Hospital.

Ou peut-être Jake Berman fraudait-il les impôts, n'utilisait-il jamais de carte de crédit ni de téléphone portable, et peut-être Pauline McGhee avait-elle disparu parce que les gens faisaient cela quelquefois : ils disparaissaient et on n'en entendait plus parler. Faith, d'ailleurs, commençait à comprendre les avantages de cette option. Entre deux coups de sonnette aux portes de maisons inconnues, Will avait appelé Beulah, Edna et Wallace O'Connor dans le Tennessee. Max Galloway n'avait pas menti au sujet du vieux père : il se trouvait dans une maison de retraite médicalisée, et, aux mots de Will, Faith avait compris qu'il n'avait plus toute sa tête. Les deux sœurs étaient bavardes et s'efforçaient à l'évidence d'apporter leur aide à l'enquête, mais elles n'avaient rien à dire de nouveau sur la berline blanche qu'elles avaient vue foncer sur la route à quelques kilomètres de la scène de crime hormis le fait que son pare-chocs était boueux. Retrouver Rick Sigler, le compagnon de Jake Berman sur la route 316, n'avait guère apporté plus de révélations. C'était Faith qui s'était chargée de l'appel, et le pauvre avait failli avoir une attaque à la seconde où elle s'était présentée. Rick se trouvait à bord de son ambulance, en train d'emmener un patient à l'hôpital, et il devait passer en prendre deux autres ensuite. Faith et Will le verraient le lendemain matin à huit heures, quand il finirait son service.

Faith posa les yeux sur son ordinateur. Elle savait qu'il lui incombait de rédiger un rapport avec tous ces éléments pour qu'Amanda soit informée, bien que leur chef semblât très capable de se renseigner toute seule. Pourtant, Faith décida de s'y mettre. Elle tira l'ordinateur vers elle, l'ouvrit et appuya sur la touche d'espacement pour le réveiller.

Au lieu d'aller sur sa boîte e-mail, elle lança le moteur de recherche. Ses mains restèrent un instant en suspens au-dessus des touches, puis ses doigts s'activèrent tout seuls, et elle écrivit : SARA LINTON COMTÉ GRANT GÉORGIE.

Aussitôt, Firefox proposa plus de trois mille réponses. Faith cliqua sur le premier lien, qui l'emmena sur une page consacrée à la médecine pédiatrique qui réclamait un nom d'utilisateur et un mot de passe pour accéder à l'article de Sara sur la communication interventriculaire chez les enfants sous-alimentés. Le deuxième lien semblait à peu près aussi captivant, et Faith fit défiler la page avant de trouver un article sur un échange de coups de feu dans un bar de Buckhead, à la suite duquel Sara s'était occupée de la victime au Grady Hospital.

Faith prit conscience qu'elle ne procédait pas de manière efficace : une recherche générale, soit, mais même les articles de journaux ne lui fourniraient qu'une partie de l'histoire. Dans le cas où un officier de police était abattu, c'était toujours le GBI qu'on appelait, et Faith pouvait accéder à ses archives dans la banque de données interne du service. Elle ouvrit le programme et lança sa recherche. Cette fois encore, le nom de Sara était partout, affaire après affaire, toutes celles pour lesquelles elle avait témoigné devant les tribunaux en qualité de médecin légiste. Faith réduisit le champ de ses recherches et supprima ces témoignages.

Cette fois, seules deux réponses apparurent. La première concernait une agression sexuelle qui avait eu lieu plus de vingt ans auparavant. Comme avec la plupart des moteurs de recherche, une brève description du contenu était lisible sous le lien, quelques lignes de texte pour donner une idée de l'affaire. Faith parcourut cette description et passa au second lien, sans pourtant cliquer dessus. Les mots de Will lui revinrent à l'esprit, son vertueux discours sur le droit de Sara Linton à garder le secret sur sa vie privée.

Peut-être avait-il raison, au moins en partie.

Mais Faith cliqua sur le second lien et ouvrit le dossier sur Jeffrey Tolliver. Il s'agissait d'un flic assassiné. Aussi les rapports étaient-ils longs et détaillés, le genre de récit qu'on rédigeait quand on voulait être sûr que chaque mot resterait inattaquable au moment de l'interrogatoire des avocats au tribunal. Faith lut tout ce qu'il y avait à lire sur le passé de cet homme, ses années de service dans les forces de l'ordre. Des liens hypertexte renvoyaient aux affaires sur lesquelles il avait enquêté, et dont certaines étaient familières à Faith : soit par les informations télévisées, soit que le bruit en ait couru quand on parlait boutique au bureau.

Elle parcourut une page après l'autre et prit connaissance de la vie de Jeffrey Tolliver, devinant le caractère de l'homme aux phrases respectueuses que les gens employaient pour le décrire. Faith continua jusqu'au moment où elle arriva aux photos de la scène de crime. Tolliver avait été tué par une bombe artisanale. Et Sara se trouvait là, elle avait tout vu, elle l'avait regardé mourir. Faith prit son courage à deux mains et cliqua sur le lien contenant le rapport d'autopsie. Les photos étaient terribles, la bombe avait déchiqueté le corps. Pour une raison ou pour une autre, des photos de la scène s'y étaient mélangées et l'on voyait Sara levant les mains pour que l'appareil conserve la trace de l'éclaboussement de sang. Et aussi le visage de Sara, en gros plan, du sang étalé sur la bouche, les yeux aussi vides d'expression que ceux de son mari à la morgue.

Tous les documents précisaient que l'affaire n'était pas close. Aucune résolution n'était mentionnée. Aucune arrestation. Aucune conviction. Curieux, pour le meurtre d'un flic. Qu'avait dit Amanda au sujet de Coastal ?

Faith ouvrit une nouvelle fenêtre. Le GBI était chargé de toutes les enquêtes sur les morts qui survenaient dans des lieux appartenant à l'État. Elle fit une recherche sur celles qui s'étaient produites à la prison d'État de Coastal au cours des quatre dernières années. Il y en avait seize en tout. Trois homicides : un caïd blanc et maigre qu'on avait battu à mort dans la salle de récréation et deux Afro-Américains poignardés une centaine de fois chacun avec le manche aiguisé d'une brosse à dents. Les treize autres étaient huit suicides et cinq décès de mort naturelle. Elle pensa aux mots d'Amanda à Sara Linton : *Nous prenons soin de nos équipes.*

Les gardiens de prison appelaient cela « libérer un détenu en le confiant à Jésus ». La mort devait être silencieuse, invisible, entièrement crédible. Un policier savait comment couvrir ses traces. Faith se douta qu'un des morts par overdose ou un des suicidés devait être l'assassin de Tolliver : une fin triste, pitoyable, mais juste. Elle se sentit un poids de moins dans la poitrine, un soulagement à la pensée que cet homme avait été puni et que la veuve d'un collègue s'était vu épargner un long procès.

Faith ferma toutes les fenêtres une après l'autre, puis lança de nouveau Firefox. Elle entra le nom de Jeffrey Tolliver après celui de Sara Linton. Apparurent des liens vers des articles du journal local. Le *Grant Observer* n'était pas vraiment en course pour le prix Pulitzer : la première page indiquait les menus de la cantine de l'école primaire et les articles les plus développés semblaient consacrés aux exploits de l'équipe de football du lycée.

Armée des dates exactes, il ne fallut pas longtemps à Faith pour trouver ce qui concernait l'assassinat de Tolliver. L'histoire avait occupé le journal pendant des semaines. Elle fut surprise de constater à quel point il était bel homme. Il y avait une photo de lui en compagnie de Sara, assistant à une réception. Il était en smoking, elle en robe noire moulante. Elle paraissait radieuse à côté de lui, une femme très différente de celle que Faith connaissait. Curieusement, ce fut cette photo qui rendit Faith honteuse de son investigation clandestine dans la vie de Sara Linton. La jeune femme semblait nager dans le bonheur, comme si tout dans son existence, tout jusqu'au moindre détail était parfait, la comblait. Faith regarda la date. Le cliché avait été pris deux semaines avant la mort de Tolliver.

Sur cette dernière découverte, Faith referma l'ordinateur, triste et légèrement dégoûtée d'elle-même. Sur ce point au moins, Will avait raison : elle n'aurait pas dû entreprendre cette recherche.

Comme pénitence, Faith prit son glucomètre et se piqua le bout du doigt pour faire perler une goutte de sang. Le taux de sucre dans son sang était un peu élevé, et elle dut réfléchir quelques instants à ce qu'il convenait de faire. Une autre aiguille, une autre piqûre. Elle fouilla dans son sac. Il ne lui restait que trois ampoules d'insuline et elle n'avait pas pris rendez-vous avec le docteur Delia Wallace comme elle l'avait promis.

Faith releva sa jupe et exposa sa cuisse nue. On voyait encore la marque de l'injection qu'elle s'était faite dans les toilettes à l'heure du déjeuner : un petit bleu l'entourait, et elle pensa qu'elle ferait mieux de tenter sa chance avec l'autre jambe cette fois. Sa main tremblait moins que ce matin, et elle n'eut à compter que jusqu'à vingt-six avant de planter l'aiguille dans sa cuisse. Puis elle s'appuya au dossier de sa chaise, attendant de se sentir mieux.

Une longue minute passa, peut-être plus, et elle se sentit moins bien.

Demain, se dit-elle. Demain, elle téléphonerait au docteur Wallace dès le petit déjeuner.

En se levant, elle tira sur sa jupe. La cuisine était en désordre : des assiettes s'entassaient dans l'évier, la poubelle débordait. Faith n'était pas d'un naturel très soigneux, mais sa cuisine était en général immaculée. On l'avait appelée sur trop de scènes de meurtre où l'on avait trouvé une femme étalée sur le sol d'une cuisine dégueulasse. Cette vision provoquait toujours chez Faith un jugement sec et sans compassion, comme si la malheureuse méritait d'avoir été battue à mort par son concubin ou abattue par un cambrioleur parce qu'elle avait laissé des assiettes sales dans son évier.

Elle se demanda ce que Will pensait quand il arrivait sur une scène de crime. Elle s'était trouvée avec lui devant un nombre impressionnant de cadavres, mais son visage restait toujours impénétrable. Will avait commencé sa carrière au GBI, il n'avait jamais porté d'uniforme, jamais été appelé à cause d'une puanteur suspecte pour découvrir une vieille femme morte et oubliée sur un canapé, jamais effectué de patrouilles, jamais arrêté de véhicules pour cause d'excès de vitesse sans savoir si la personne qu'il trouverait au volant serait un ado stupide ou un gangster qui lui braquerait son flingue sur le visage et préférerait tirer plutôt que de perdre des points sur son permis.

Il était tellement passif ! C'était un trait de son caractère que Faith ne comprenait pas. En dépit des apparences, Will était pourtant un costaud. Il faisait son jogging tous les jours, qu'il pleuve, qu'il vente, qu'il neige. Il pratiquait assidûment la musculation. Et, à ce qu'il disait, il avait creusé lui-même une piscine dans son jardin. Il y avait tant de muscles sous ses costumes trois-pièces que son corps aurait pu être sculpté dans la pierre. Et pourtant, elle l'avait vu cet après-midi avec son sac sur ses genoux, suppliant Max Galloway de lui fournir des informations. À sa place, Faith aurait plaqué cet imbécile contre le mur en lui écrasant les testicules jusqu'à ce qu'il dise tout ce qu'il savait en voix de soprano léger.

Mais elle n'était pas Will, et ce genre de comportement ne correspondait pas à Will. Il était plutôt enclin à serrer la main de Galloway et à le remercier pour son aimable collaboration comme un grand gallinacé un peu demeuré.

Elle fouilla dans le placard sous l'évier, en quête de poudre pour la vaisselle, mais ne trouva qu'une boîte vide. Elle la laissa dans le placard et se dirigea vers le réfrigérateur pour compléter la liste des courses à faire. Elle avait écrit les trois premières lettres de la marque quand elle se rendit compte que celle-ci était déjà notée sur la liste. Deux fois.

« Merde et merde », grogna-t-elle en portant sa main à son ventre. Comment ferait-elle pour s'occuper d'un enfant alors qu'elle était incapable de s'occuper d'elle-même ? Elle aimait Jeremy, elle adorait jusqu'aux défauts de son grand fils, mais elle avait attendu dix-huit ans pour que sa vie commence, et maintenant il lui semblait avoir besoin de dix-huit autres années de délai pour s'y faire. Au bout de ce laps de temps, elle serait quinquagénaire et aurait droit à des réductions dans tous les cinémas grâce à sa carte de préretraitée.

Était-ce vraiment ce qu'elle souhaitait ? En était-elle vraiment capable ? Faith ne pouvait demander à sa mère de lui venir en aide une fois de plus. Evelyn adorait Jeremy, elle ne s'était jamais plainte de devoir prendre soin de son petit-fils – ni quand Faith suivait les cours de l'école de police, ni quand elle devait assurer des doubles permanences pour joindre les deux bouts –, mais il n'était pas question de lui redemander le même soutien à son âge.

Mais dans ces conditions, qui pourrait lui venir en aide ?

Certainement pas le père de l'enfant. Victor Martinez était un homme de haute taille, un bel Hispanique aux cheveux noirs et à la peau brune, qu'elle savait totalement incapable de prendre soin de qui que ce soit, à commencer par lui-même. Il pouvait bien être doyen de la faculté de technologie d'Atlanta, responsable de quelque vingt mille étudiants, il n'en était pas moins incapable de trouver une paire de chaussettes propres dans son tiroir même si sa vie en avait dépendu. Ils s'étaient fréquentés pendant six mois avant qu'il n'emménage dans le pavillon de Faith, une décision qui avait semblé impétueuse et romantique jusqu'à ce que la réalité impose sa loi. Au bout d'une semaine, Faith s'était occupée de son linge, était passée récupérer ses costumes chez le teinturier, avait préparé ses repas et nettoyé le désordre qu'il laissait. C'était comme si elle recommençait à élever son fils, à ceci près qu'elle pouvait punir Jeremy pour sa négligence. La goutte qui avait fait déborder le vase était tombée le jour où Faith venait de nettoyer l'évier et où Victor y avait jeté un couteau couvert de beurre de cacahuète. Si Faith avait porté son arme de service, elle l'aurait probablement abattu sur place.

Il avait déménagé le lendemain matin.

Malgré tout, Faith ne put s'empêcher d'éprouver un tendre sentiment pour Victor en serrant le cordon du sac-poubelle. C'était une différence entre son fils et son ancien amant : il n'y avait pas besoin de demander six fois à Victor de sortir la poubelle. C'était une corvée que Faith détestait, et – ridiculement – elle sentit les larmes lui monter aux yeux en pensant qu'elle était toute seule à devoir porter le sac en bas des escaliers jusqu'au conteneur devant la maison.

On frappa à la porte. Trois petits coups secs avant le grincement de la sonnette.

Faith s'essuya les yeux en s'engageant dans le couloir, les joues si mouillées qu'elle dut les sécher avec sa manche. Elle portait toujours son arme à sa ceinture et ne prit pas la peine de regarder par l'œilleton.

« Tiens ! Ça change, lui dit Sam Lawson. En général, les femmes pleurent quand je m'en vais, pas quand j'apparais.

— Qu'est-ce que tu veux, Sam ? Tu as vu l'heure ?

— Je peux entrer ? » Il fit une mimique avec ses sourcils. « Je te connais, tu ne vas pas me laisser dehors ! »

Faith était trop fatiguée pour discuter et lui fit signe de la suivre dans la cuisine. Sam Lawson lui avait occupé l'esprit pendant des années, une espèce d'urticaire qu'elle avait longuement gratté, et maintenant elle se demandait bien pourquoi. Il buvait trop. Il était marié. Il n'aimait pas les enfants. À vrai dire, c'était un amant commode qui savait ne pas s'attarder, autrement dit partir dès qu'il avait fait ce que Faith attendait de lui.

Oui, maintenant, elle se rappelait.

Sam prit un chewing-gum dans sa bouche et le jeta dans le sac-poubelle.

« Je suis content de t'avoir vue aujourd'hui. Il faut que je te dise quelque chose. »

Faith se prépara à entendre une mauvaise nouvelle.

« Je t'écoute.

— Je ne bois plus maintenant, tu sais ? Ça fait presque un an.

— Tu es venu faire amende honorable ? »

Il se mit à rire. « Allez, allez, Faith, pas de reproches ! Tu es à peu près la seule personne que je n'ai jamais maltraitée.

— Seulement parce que je t'ai viré à coups de pieds au cul avant que tu en aies le temps. »

Elle reprit les extrémités du cordon du sac-poubelle, serrant de toutes ses forces.

« Tu vas le casser », avertit Sam.

La bande de plastique céda au moment où il prononçait ces mots.

« Merde, grommela-t-elle.

— Tu veux que je...

— Je m'en occupe. »

Sam s'appuya à la desserte.

« J'adore voir une femme occupée à des travaux manuels. »

Elle le fusilla du regard, et il lui adressa un autre sourire charmeur.

« On m'a dit que tu avais fracassé quelques têtes à Rockdale cet après-midi. »

Faith jura silencieusement dans sa tête en se rappelant que Max Galloway n'avait pas encore envoyé les rapports sur la scène de crime. Elle était furieuse qu'il n'ait pas tenu sa promesse, et n'était certainement prête à la croire sur parole quand il disait qu'il s'agissait d'une procédure de routine.

« Faith ? »

Elle lui servit la version officielle.

« La police de Rockdale coopère entièrement à notre enquête, récita-t-elle.

— C'est de la sœur que tu devrais t'inquiéter. Tu as vu les infos ? Joelyn Zabel est sur toutes les chaînes et elle clame que c'est ton coéquipier qui est responsable de la mort de sa sœur. »

Cette nouvelle irrita Faith plus qu'elle ne voulait le montrer.

« Il n'y a qu'à consulter le rapport d'autopsie.

— C'est ce que j'ai fait », dit-il. Faith devina qu'Amanda avait communiqué les résultats du rapport à quelques journalistes clés pour que les nouvelles se répandent aussi vite que possible. « Jacquelyn Zabel s'est suicidée avec son couteau.

— Et tu l'as dit à sa sœur ? demanda Faith.

— Ce n'est pas la vérité qui l'intéresse. »

Faith darda sur lui un regard aigu.

« Comme beaucoup de gens », dit-elle.

Il haussa les épaules. « Je lui ai dit ce qu'elle avait envie d'entendre. Ensuite, elle m'a laissé tomber pour répondre aux télés nationales.

— L'*Atlanta Beacon* ne lui suffit pas, c'est ça ?

— Pourquoi es-tu si méprisante avec moi ?

— Je n'aime pas le boulot que tu fais.

— Et le tien, tu crois que je l'aime ? » Il s'approcha de l'évier et souleva le sac-poubelle. « Il est déchiré. Mets-le dans un autre, sinon tout va se répandre dans l'escalier. »

Faith prit un autre sac et en tendit les bords en plastique blanc en essayant de ne pas repenser à ce que Pete avait découvert en pratiquant l'autopsie de Jackie.

En prenant le sac, Sam sembla distrait. « Qu'est-ce qu'il raconte, ton coéquipier ? Trent ? Quelle est sa version ?

— Toutes les questions doivent être posées au service de relations publiques », répliqua Faith automatiquement.

Mais Sam n'avait jamais été du genre à se contenter d'une fin de non-recevoir.

« Francis m'a expliqué deux ou trois trucs sur ton copain Trent et sur la façon dont il s'était fait piéger par Max Galloway. Un vrai gag de Charlie Chaplin. »

Faith cessa de s'occuper des sacs-poubelle et demanda : « Qui est-ce, Francis ?

— Fierro. »

« Et tu as envoyé à l'impression tout ce que ce con t'a raconté sans rien vérifier auprès d'une personne bien informée ? »

De nouveau, Sam s'appuya à la desserte. « Ne me fais pas la leçon, ma jolie. Je fais mon boulot, c'est tout.

— On accepte ce genre d'excuse bidon aux Alcooliques anonymes ?

— Ce n'est pas moi qui ai parlé du tueur au rein.

— Ça, c'est seulement parce que l'histoire a été démentie avant que tu aies le temps d'envoyer ton article ! »

Sam se mit à rire. « Tu ne me laisses jamais le bénéfice du doute », dit-il. Il la regarda glisser le sac déchiré dans le sac neuf. « Tu sais que tu me manques ? »

Faith lui lança un autre regard aigu, mais elle se sentit attendrie sans le vouloir. Quelques années plus tôt, Sam avait été son radeau de sauvetage, présent quand elle avait besoin de lui, mais assez discret pour qu'elle ne se sente pas étouffée.

Il continua : « Je n'ai rien écrit sur ton coéquipier.

— Merci.

— Mais qu'est-ce qui se passe avec les gars de Rockdale ? Ils vous en veulent à mort !

— Ce qui les intéresse, c'est de nous ridiculiser. Beaucoup plus que de trouver qui a enlevé ces femmes. » Faith ne prit pas le temps de réfléchir au fait qu'elle se faisait l'écho des sentiments de Will. « C'est une très sale affaire, Sam. J'ai vu une des victimes. Ce tueur... Je ne sais pas qui ça peut être, mais... » Elle prit conscience presque trop tard qu'elle parlait à un journaliste sans beaucoup de scrupules, et se tut.

« Tout ce que tu me diras restera confidentiel, l'encouragea Sam.

— Rien ne reste jamais confidentiel.

— Tu sais bien que si. »

Il disait vrai, Faith le savait. Dans le passé, elle avait confié à Sam des secrets qu'il n'avait jamais répétés. Sur des affaires. Sur sa mère, un bon flic qui avait dû mettre un terme à sa carrière parce que certains de ses adjoints avaient été surpris à prendre leur part des drogues saisies. De tout cela, Sam n'avait jamais rien publié. Elle savait qu'elle pouvait lui faire confiance. Mais en vérité non, elle ne pouvait pas. Elle n'était plus la seule concernée. Will était impliqué. Même si en ce moment elle détestait son coéquipier pour son manque de poigne, elle aurait préféré mourir que de l'exposer à la curiosité de la presse.

Sam demanda : « Qu'est-ce que tu as, ma jolie ? »

Faith baissa les yeux sur ses sacs-poubelle. Elle savait que si elle le regardait, il lirait tout sur son visage. Elle se rappela le jour où elle avait découvert que sa mère avait été forcée de quitter son travail. Evelyn n'avait pas eu envie qu'on la réconforte. Elle avait préféré rester seule. Faith avait éprouvé le même sentiment jusqu'à l'apparition de Sam. À force de belles paroles, il avait en ce temps-là réussi à s'introduire chez elle comme il l'avait fait ce soir. Sentir ses bras autour d'elle l'avait bouleversée, et elle avait sangloté comme une enfant tandis qu'il l'étreignait.

« Faith ? »

Elle ouvrit un autre sac-poubelle. « Je suis fatiguée, je suis de mauvaise humeur et tu n'as pas l'air de comprendre que je ne te raconterai rien.

— Je n'ai pas envie que tu me racontes quoi que ce soit. » Le ton de sa voix n'était soudain plus le même. Elle leva les yeux, surprise de ne plus voir de sourire ironique danser sur ses lèvres. « Je te trouve... »

Faith pensa à plusieurs adjectifs pour compléter la phrase qu'il avait laissée en suspens : *bouffie, moite, obèse.*

« Je te trouve magnifique », dit-il, ce qui les surprit tous les deux. Sam n'avait jamais été très porté sur les compliments, et Faith, pour sa part, n'avait guère l'habitude d'en recevoir.

Il s'écarta de la desserte et s'approcha davantage. « Il y a quelque chose en toi qui a changé. » Il toucha son avant-bras, et la surface rêche de sa paume fit monter en elle une chaleur qui envahit tout son corps. « Tu es tellement... » Il était tout près maintenant, et il regardait ses lèvres comme s'il voulait les embrasser.

« Ah ? », dit Faith. Puis : « Non, Sam. » Elle s'éloigna de lui. Elle avait déjà fait cette expérience lors de sa première grossesse : les hommes étaient attirés par elle et lui disaient qu'elle était belle même avec un ventre devenu si gros qu'elle n'arrivait plus à se pencher pour lacer ses chaussures. Ce devait être une histoire d'hormones ou de phéromones, quelque chose dans ce genre. À quatorze ans, c'était troublant. À trente-trois, simplement agaçant. « Je suis enceinte », dit-elle.

Les mots restèrent suspendus entre eux comme un ballon gonflé à l'hélium. Faith se rendit compte que c'était la première fois qu'elle les prononçait à voix haute.

Sam essaya de plaisanter. « Et dire que je n'ai même pas eu besoin d'enlever mon pantalon !

— Je suis sérieuse. » Et elle répéta : « Je suis enceinte.

— C'est… » Il sembla chercher ses mots. « Le père ? »

Elle pensa à Victor, à ses chaussettes sales dans son panier à linge. « Il n'est pas au courant.

— Tu devrais le lui dire. Il a le droit de savoir.

— Depuis quand es-tu l'arbitre de la moralité ?

— Depuis que j'ai découvert que ma femme avait avorté sans me le dire. » Il se pencha, posa de nouveau ses mains sur ses avant-bras. « Gretchen pensait que je ne serais pas à la hauteur. » Il haussa les épaules, ses mains toujours sur ses bras. « Elle avait probablement raison, mais quand même. »

Faith se mordit la langue. Bien sûr que Gretchen avait raison, un orang-outang aurait fait un meilleur père que Sam. Elle demanda : « C'est arrivé quand nous étions ensemble ?

— Non. Plus tard. » Il baissa les yeux et regarda sa main lui caresser le bras, ses doigts frôler le bas de ses manches. « Je n'avais pas encore touché le fond.

— Tu n'étais pas exactement en position de prendre une décision responsable.

— Nous continuons à essayer de régler nos problèmes, Gretchen et moi.

— C'est pour ça que tu es ici ? »

Il pressa ses lèvres contre les siennes. Elle sentit le chatouillement rêche de sa barbe, le parfum du chewing-gum à la cannelle qu'il avait mâché. Il la souleva contre la desserte et sa langue chercha la sienne. Ce n'était pas désagréable et quand ses mains remontèrent le long de ses cuisses, sous sa jupe, Faith le laissa faire. Et même, elle l'aida, ce dont elle aurait mieux fait de s'abstenir, car son geste mit un terme à son ardeur beaucoup plus vite qu'elle ne s'y attendait.

« Excuse-moi. » Sam secoua la tête, un peu à court de souffle, et balbutia : « Je n'étais pas venu pour… C'est seulement que… »

Faith n'avait pas besoin de ses explications. Même si son esprit avait banni Sam de ses pensées conscientes depuis plusieurs années, son corps semblait se souvenir de lui jusque dans les moindres détails. Et c'était bon d'avoir de nouveau les bras de Sam autour d'elle, de sentir la proximité d'un homme qui savait tant de choses d'elle, de sa famille, de son travail, de son passé, même si l'homme en question ne pouvait lui être d'un grand secours en ce moment. Elle posa ses lèvres sur les siennes avec douceur, sans autre intention que de se sentir de nouveau tout près de lui.

« Ça n'a pas d'importance », dit-elle.

Sam recula. Il était trop gêné pour comprendre qu'en effet, ce qui venait de se passer était dépourvu de vraie signification.

« Sammy...

— Je n'ai plus la maîtrise des situations depuis que je ne bois plus.

— Ça n'a pas d'importance », répéta-t-elle en essayant de l'embrasser de nouveau.

Il recula un peu plus, regardant non plus dans ses yeux mais par-dessus son épaule. « Tu veux que je... » Il fit un geste hésitant vers son entrejambe.

Faith laissa échapper un profond soupir. Pourquoi les hommes de sa vie étaient-ils tous si constamment décevants ? Pourtant, elle n'était pas particulièrement exigeante.

Il regarda sa montre. « Gretchen doit m'attendre. Je travaille souvent tard ces temps-ci. »

Faith abandonna tout espoir et appuya sa tête au placard derrière elle. Autant essayer de tirer un petit profit de la situation, pensa-t-elle. « Tu peux sortir la poubelle en partant ? »

Chapitre douze

« PUTAIN », MURMURA PAULINE, avant de se demander pourquoi diable elle ne criait pas à tue-tête. « Putain ! », hurla-t-elle d'une voix qui s'étrangla. Elle secoua les menottes autour de ses poignets et tira sur la chaîne, bien qu'elle sût que ce geste était inutile. Elle était comme une prisonnière au fond d'un cachot, les mains menottées, attachée si étroitement avec une courroie en cuir que même en se roulant en boule, elle arrivait à peine à toucher son menton avec ses doigts. Ses pieds étaient enchaînés, les maillons cliquetaient les uns contre les autres dès qu'elle essayait de marcher. Elle avait fait assez de yoga pour soulever ses pieds jusqu'à sa tête, mais à quoi bon ? À quoi pouvait servir la posture de la charrue quand votre vie était en jeu ?

Le bandeau sur ses yeux empirait encore les choses, même si elle avait réussi à le déplacer un peu en frottant son visage contre les parpaings du mur. Il était très serré, mais, millimètre par millimètre, elle était parvenue à le remonter sur son front, quitte à s'égratigner la joue. Elle n'y voyait pas beaucoup plus, mais elle avait l'impression d'avoir accompli quelque chose, l'idée vague qu'elle serait un peu mieux préparée quand la porte s'ouvrirait et qu'elle verrait un rectangle de lumière se dessiner sous le bandeau.

Pour le moment, c'étaient les ténèbres. Elle ne voyait rien d'autre. Pas de fenêtre, pas le moindre éclairage, rien qui permette d'évaluer le passage des heures. Si elle y pensait, réfléchissait au fait qu'elle n'y voyait rien, ne savait si elle était observée, filmée ou pire encore, elle perdrait la tête. Elle la perdait déjà. Elle était en sueur, sa peau ruisselait de transpiration, elle sentait des gouttes lui chatouiller le nez en glissant de son front. C'était à devenir folle, cette sensation de moiteur, dans cette atroce obscurité.

Felix aimait l'obscurité. Il était tout heureux quand elle se glissait dans le lit avec lui après avoir éteint la lumière et qu'elle le serrait contre elle en lui racontant des histoires. Il aimait se glisser sous les draps, remonter les couvertures par-dessus sa tête. Peut-être l'avait-elle trop câliné quand il était bébé. Elle ne le laissait jamais sortir de son champ de vision, elle avait peur que quelqu'un le lui enlève, quelqu'un qui aurait compris qu'elle n'aurait pas dû être mère, qu'elle n'avait pas ce qu'il fallait pour aimer un enfant comme un enfant devait être aimé. Mais c'était faux. Elle adorait son petit garçon, si fort que penser à lui était la seule chose qui la retenait de se rouler en boule sur le sol et de s'étrangler elle-même avec les chaînes.

« Au secours ! », cria-t-elle, tout en sachant que cela ne servait à rien. Si celui ou ceux qui l'avaient enfermée là avaient peur qu'on l'entende, ils l'auraient bâillonnée avant de la laisser.

Elle avait arpenté la pièce des heures auparavant, estimant ses dimensions à environ six mètres sur quatre. Des parpaings d'un côté, du plâtre sur les autres, et une porte en métal verrouillée de l'extérieur. Un matelas plastifié dans un coin. Un seau avec un couvercle. Le sol cimenté était froid sous ses pieds nus. Quelque chose ronronnait dans la pièce voisine, comme une chaudière ou un appareil mécanique. Elle se trouvait dans un sous-sol. Sous terre, ce qui lui donnait la sensation que sa peau allait se détacher de son corps. Elle détestait être sous terre, elle ne garait même pas sa voiture dans le parking souterrain en allant travailler tant cela l'oppressait.

Elle cessa de marcher en long et en large et ferma les yeux.

Personne ne se garait jamais dans son box, à côté de la porte. Parfois, quand elle sortait prendre l'air quelques minutes, elle s'approchait de l'entrée du parking pour s'assurer que l'espace restait vide. De la rue, elle lisait son nom peint sur le sol, PAULINE McGHEE. Bon sang, quelle bataille avec l'entreprise de peinture pour obtenir que le C soit écrit en minuscule ! Quelqu'un y avait perdu sa place, ce qui était bien fait puisqu'il ne savait pas faire proprement son travail.

Si un intrus s'était parqué dans son box, elle appelait le responsable et faisait emmener la voiture à la fourrière. Une Porsche, une Bentley, une Mercedes, peu lui importait. Pauline l'avait gagné, cet espace. Même si elle ne s'en servait pas, il n'était pas question qu'un crétin quelconque s'en serve.

« Laissez-moi sortir ! », cria-t-elle, tirant sur les chaînes, essayant d'arracher la courroie, qui était épaisse, un peu comme les ceintures que son frère portait dans les années soixante-dix. Deux rangées de trous rivetés sur toute la circonférence, deux pointes dans la boucle. Le métal était comme de la cire sur sa peau, et elle se rendait compte que les pointes avaient été soudées. Elle ne se rappelait pas quand, mais elle en était sûre, la sensation était bien nette.

« Au secours ! hurla-t-elle. Au secours ! »

Rien. Pas de secours. Personne. La courroie lui mordait la peau, s'enfonçait dans ses hanches. Merde, si elle n'était pas si grosse, elle aurait pu se glisser hors de cette saloperie.

De l'eau, pensa-t-elle. Quand avait-elle bu un verre d'eau pour la dernière fois ? On pouvait vivre sans se nourrir pendant des semaines, des mois parfois, mais pour l'eau, c'était différent. On pouvait peut-être s'en passer pendant trois ou quatre jours, mais ensuite les symptômes survenaient : le dessèchement, les crampes. Les affreux maux de tête. Allait-on lui donner de l'eau ? Ou la laisser dépérir, se déshydrater, et ensuite la maltraiter sans qu'elle puisse rien faire pour se défendre, aussi faible qu'un enfant ?

Un enfant.

Non, il ne fallait pas qu'elle pense à Felix. Morgan s'occuperait de lui. Il ne laisserait rien de fâcheux arriver à son fils, jamais. Morgan était un connard, un menteur, mais il s'occuperait de Felix, parce que malgré tout ses défauts il n'avait pas un mauvais fond. Pauline en avait connu, des gens qui avaient un mauvais fond, et ce n'était pas le cas de Morgan Hollister.

Elle entendit des bruits de pas derrière elle, de l'autre côté de la porte. Pauline s'immobilisa et retint sa respiration pour écouter. Un escalier. Quelqu'un descendait un escalier. Malgré l'obscurité, elle eut l'impression que les murs se rapprochaient. Qu'est-ce qui était pire, être seule au fond de ce sous-sol ou prise au piège avec quelqu'un d'autre ?

Parce qu'elle savait ce qui allait venir. Elle le savait aussi clairement qu'elle connaissait les détails de sa propre vie. Il n'y en avait jamais une seule, il lui en fallait toujours deux : cheveux sombres, yeux sombres, cœurs sombres qu'il puisse briser. Il les avait gardées séparées aussi longtemps qu'il avait pu le supporter, mais à présent il les voulait ensemble. En cage, comme deux animaux. Se battant. Comme des animaux.

Le premier domino allait tomber et les autres suivraient. Une femme seule, deux femmes seules, et ensuite...

Elle entendit marmonner « Non non non non », et prit conscience que les mots sortaient de sa bouche. Elle recula, se pressa contre le mur, les genoux tremblant si fort qu'elle serait tombée sur le sol si les parpaings rugueux ne l'avaient retenue. Les menottes cliquetèrent tant ses mains tremblaient aussi.

« Non ! », articula-t-elle, un seul mot, pour surmonter sa terreur. Elle était de la race des survivantes. Elle n'avait pas vécu les vingt dernières années de sa vie pour mourir dans ce trou sous la terre.

La porte s'ouvrit. Elle vit un éclair de lumière sous son bandeau.

« Voilà ton amie », dit-il.

Elle entendit quelque chose tomber sur le sol. Un souffle d'air froid et humide, un crissement de chaînes, puis plus rien. L'immobilité. Ensuite, un autre bruit, moins fort, celui d'un objet qu'on jetait à terre. Le bruit résonna dans la vaste pièce.

La porte se referma et la lumière disparut. Un son sifflant se fit entendre, une respiration difficile. À tâtons, Pauline trouva le corps. Des cheveux longs, un bandeau sur les yeux, un visage mince, peu de seins, les mains menottées. Le sifflement venait du nez cassé.

Pas le temps de s'en préoccuper. Pauline fouilla les poches de la femme, essaya de trouver quelque chose qui pourrait l'aider à s'enfuir. Rien. Rien, à part une autre personne qui aurait bientôt faim et soif.

« Merde. » Pauline s'assit sur ses talons et lutta contre l'envie de hurler. Son pied heurta un objet dur et elle toucha le sol autour d'elle, se rappelant le deuxième son qu'elle avait entendu.

Ses mains s'arrêtèrent sur une boîte en carton mince, d'une quinzaine de centimètres de côté. Assez légère, pas plus d'un kilo. Il y avait une ligne perforée sur un côté et Pauline y glissa ses doigts avec force pour arracher le couvercle. Elle trouva une surface glissante à l'intérieur.

« Non… », souffla-t-elle entre ses dents.

Encore une fois.

Elle ferma les yeux et sentit des larmes couler sous son bandeau. Felix, son travail, sa Lexus, sa vie… Tout disparut de son esprit tandis qu'elle tâtait la surface lisse des sacs-poubelle entre ses doigts.

Troisième jour

Chapitre treize

Will s'était forcé à se lever à son heure habituelle, cinq heures. Il avait fait son jogging assez mollement, pris une douche peu énergique. Il se tenait debout près de l'évier, avec son bol de céréales ramollies, quand Betty vint frotter son museau contre sa cheville pour le tirer de sa somnolence.

Il trouva la laisse de Betty près de la porte et se pencha pour l'attacher à son collier. Elle lui lécha la main et, malgré lui, il prit le temps de caresser sa petite tête osseuse. Les chihuahuas avaient tout pour vous mettre mal à l'aise. C'était le genre de chien qu'une jeune vedette pouvait porter dans un cartable en cuir, ce qui n'était guère le genre de Will. Pour rendre les choses encore plus embarrassantes, le cou de Betty n'était qu'à quinze centimètres du sol, et la seule laisse du magasin qui fût assez longue pour lui permettre de la promener sans marcher courbé en avant était d'un joli rose bonbon. Le fait qu'elle était assortie à son collier piqueté de strass avait souvent valu à Will les commentaires ravis de femmes charmantes quand il faisait trotter sa petite chienne dans le parc, avant de proposer de lui faire rencontrer un de leurs frères.

Betty était en quelque sorte un héritage : elle avait été abandonnée environ deux ans plus tôt par les voisins de Will. Angie l'avait aussitôt détestée, et elle avait fait à Will d'amers reproches pour une vérité qu'ils connaissaient tous les deux : un homme élevé dans un orphelinat ne laisserait jamais un chien partir pour la fourrière, et peu importait qu'il se sente ridicule quand il le sortait en public.

Il y avait d'autres aspects honteux de sa vie avec sa chienne dont même Angie ne savait rien. Will travaillait à n'importe quelle heure du jour et de la nuit, et, parfois, quand une affaire battait son plein, il avait à peine le temps de rentrer chez lui pour changer de chemise. C'était pour Betty qu'il avait creusé le bassin dans son jardin, en pensant que regarder les poissons serait pour elle une agréable façon de passer le temps. Elle les avait observés en aboyant pendant un jour ou deux, puis s'en était désintéressée et avait préféré retourner sur le canapé où elle laissait couler les heures en attendant le retour de Will.

Il la soupçonnait un peu de lui jouer la comédie, de sauter sur le canapé quand elle entendait la clef dans la serrure en faisant semblant de l'avoir attendu là toute la journée alors qu'en réalité elle n'avait cessé d'entrer et de sortir, de faire des cabrioles autour des carpes et d'écouter la musique de l'eau.

Will tapota ses poches pour s'assurer qu'il avait bien pris son téléphone et son portefeuille et accrocha l'étui contenant son arme à sa ceinture. Puis il sortit de la maison, verrouillant la porte derrière lui. La queue de Betty était pointée en l'air et s'agitait follement tandis qu'il l'emmenait en direction du parc. Il regarda l'heure sur l'écran de son portable. Il devait retrouver Faith au café qui se trouvait de l'autre côté du parc dans un peu plus de trente minutes. Quand ils étaient plongés jusqu'au cou dans une affaire, c'était là qu'ils se donnaient rendez-vous plutôt que chez lui, et si Faith avait remarqué que le café était juste à côté d'une clinique vétérinaire pour chiens qui s'appelait Aux Jappements joyeux, elle avait eu la bienveillance de ne jamais en parler.

Ils traversèrent la rue bien que le feu fût rouge, et Will ralentit pour ne pas dépasser Betty tout comme il l'avait fait avec Amanda la veille. Il ne savait pas ce qui l'inquiétait le plus : l'affaire, pour laquelle ils ne possédaient que très peu de pistes, ou le fait que Faith était de toute évidence en colère contre lui. Certes, Faith avait déjà manifesté de la colère dans le passé, mais cette colère-là semblait teintée de déception. Il avait l'impression qu'elle le bousculait, même s'il n'aurait pas employé ce mot. Le problème était que Faith et lui n'étaient pas du tout le même genre de policiers. Will savait depuis longtemps que ses méthodes dénuées d'agressivité contrastaient avec celles de sa coéquipière, mais, au lieu d'être une cause de discorde, cette différence s'était révélée une complémentarité qui les servait tous les deux. Cette fois cependant, il n'en était plus si sûr. Faith attendait apparemment de lui qu'il se comporte comme un de ces flics que Will méprisait : ceux qui roulaient des mécaniques et ne se préoccupaient qu'ensuite des conséquences de leur brutalité. Will les détestait et avait travaillé sur plus d'une affaire où il les avait fait virer. On ne pouvait prétendre être du bon côté de la barrière si on se comportait de la même manière que les salauds. Faith devait le savoir. Elle avait grandi dans une famille de policiers. Mais sa mère avait dû démissionner pour mauvaise conduite, aussi était-il possible que Faith le sache et refuse pourtant d'y prendre garde.

Will ne pouvait accepter ce raisonnement : Faith était non seulement un flic solide, mais une fille bien. Elle affirmait toujours que sa mère était innocente. Elle voyait clairement la ligne de démarcation entre le bien et le mal, ce qui était juste et ce qui ne l'était pas. Will ne pouvait se borner à lui dire que ses méthodes étaient les meilleures, il fallait qu'elle s'en aperçoive par elle-même.

Will n'avait jamais procédé comme Faith. Il s'était heurté à plusieurs petites communautés policières et avait appris à ses dépens qu'on ne devait jamais vexer les flics locaux. Selon la loi, c'étaient leurs chefs qui devaient faire appel au GBI, non les inspecteurs ou les patrouilleurs. Ceux-ci continuaient à travailler sur les affaires en cours, estimaient qu'ils pouvaient les résoudre sans l'aide de personne et éprouvaient le plus vif ressentiment envers ceux qui interféraient. Or, on risquait d'avoir besoin d'eux à un moment ou à un autre, et si on les laissait sur le bord de la route sans moyen de sauver la face, ils s'entêtaient à saboter votre travail, et au diable les conséquences.

C'était ce qui se passait avec les gars du comté de Rockdale. Amanda s'était fait un ennemi de Lyle Peterson, leur chef, alors qu'elle enquêtait avec lui sur une autre affaire. Maintenant qu'ils avaient besoin de leur coopération, Rockdale se vengeait en la personne de Max Galloway, qui était tout près d'enjamber la ligne séparant la simple résistance de la faute professionnelle caractérisée.

Ce que Faith avait besoin de comprendre, c'est que les flics étaient loin de se montrer toujours désintéressés. Ils avaient des ego. Des territoires. Comme les animaux, leur espace leur appartenait, et si on empiétait sur eux, peu leur importait le nombre de cadavres qui s'empileraient. Pour certains, c'était comme une compétition, un match : quelqu'un devait gagner, et tant pis pour les victimes collatérales.

Comme si elle lisait dans ses pensées, Betty s'arrêta à l'entrée de Piedmont Park pour faire ses besoins. Will attendit, puis ramassa la petite crotte avec un mouchoir en papier qu'il jeta dans une poubelle tandis qu'ils traversaient le parc. Les joggeurs étaient présents en force, certains avec des chiens, d'autres seuls. Tous étaient emmitouflés pour se protéger de l'air froid, bien que Will vît à la façon dont le soleil dissipait la brume du matin qu'il ferait assez chaud à midi pour qu'il sente le frottement de son col contre son cou.

Le début de l'affaire remontait à un peu plus de vingt-quatre heures, et la journée s'annonçait chargée pour Faith et lui : ils devaient s'entretenir avec Rick Sigler, l'infirmier qui s'était trouvé sur la scène de crime ; rechercher Jake Berman, le compagnon de Sigler cette nuit-là ; puis recevoir Joelyn, la terrible sœur de Jacquelyn Zabel. Will n'était pas porté sur les jugements à l'emporte-pièce, mais il avait vu cette femme la veille au soir sur toutes les chaînes de télévision, nationales et locales, et constaté qu'à l'évidence Joelyn aimait parler. Et plus encore, aimait critiquer. Will était content d'avoir assisté à l'autopsie la veille, et que le fardeau de la mort de Jacquelyn ne pèse plus sur ses épaules avec la longue liste des autres fardeaux, car sinon les mots de sa sœur l'auraient blessé comme autant de couteaux.

Il aurait voulu fouiller la maison de Pauline McGhee, mais Leo Donnelly ne serait certainement pas d'accord. Il devait toutefois être possible de contourner son opposition, et s'il y avait une chose que Will souhaitait faire aujourd'hui, c'était trouver comment amener Leo à un accommodement. Au lieu de dormir, il avait pensé à Pauline McGhee une bonne partie de la nuit. Chaque fois qu'il fermait les yeux, il associait la caverne souterraine avec le visage de McGhee et la voyait attachée sur le lit de bois, ligotée comme un animal, alors qu'il restait à distance, impuissant. Son intuition lui disait qu'il se passait quelque chose avec McGhee. Certes, elle avait disparu une première fois, vingt ans plus tôt, mais à présent elle avait des racines. Et Felix était un bon petit garçon. Sa mère ne l'aurait jamais abandonné.

Will étouffa un petit rire. Il était bien placé pour savoir que beaucoup de mères abandonnaient leurs enfants.

« Allez, viens ! », dit-il en tirant sur la laisse de Betty pour l'éloigner d'un pigeon presque aussi gros qu'elle.

Il enfonça sa main dans sa poche pour la réchauffer, mais son esprit resta concentré sur l'affaire. Will n'était pas assez bête pour tirer gloire de toutes les arrestations qu'il effectuait. La vérité, c'était que les criminels avaient tendance à se montrer stupides. La plupart des tueurs commettaient des erreurs, parce qu'ils agissaient le plus souvent sur l'impulsion du moment. Une querelle éclatait, une arme était à portée de main, la colère montait, et quand tout était fini il n'y avait plus qu'à décider si l'accusation retiendrait ou non la préméditation.

Mais les enlèvements étaient autre chose. Des cas plus difficiles à résoudre, surtout s'il y avait plus d'une victime. Les tueurs en série étaient par définition des hommes qui savaient s'y prendre. Ils savaient qu'ils voulaient tuer. Et ils savaient qui ils voulaient tuer, et comment ils agiraient. Ils avaient répété leurs actes maintes fois, perfectionné leur savoir-faire. Ils savaient comment égarer les enquêteurs, cacher les preuves ou n'en laisser aucune. Les arrêter était souvent une simple question de chance de la part des forces de l'ordre, ou d'excès de confiance en soi de la part de l'assassin.

Parmi les plus célèbres, Ted Bundy avait été capturé à l'occasion de banals contrôles routiers. À deux reprises. BTK – qui signait ses lettres de ces initiales pour narguer les enquêteurs en indiquant que son plaisir était de *Bind, Torture and Kill* (ligoter, torturer et tuer) ses victimes – avait été trahi par une disquette d'ordinateur qu'il avait par erreur remise au pasteur de sa paroisse. Richard Ramirez s'était fait repérer par un veilleur de nuit dont il tentait de voler la voiture. Tous avaient été capturés grâce à des hasards, et tous avaient commis une longue série de meurtres avant d'être appréhendés. Dans la plupart des cas, la police n'avait pu qu'attendre la découverte de nouveaux cadavres et prier pour que la chance amène les criminels devant la justice.

Will réfléchit aux éléments dont ils disposaient sur leur homme : une berline blanche fonçant sur la route, une chambre de torture creusée au fond d'un bois, un couple de témoins âgés qui n'avaient quasiment rien vu. Jake Berman pouvait constituer une piste, mais il se pouvait qu'ils ne le retrouvent jamais. Rick Sigler n'avait rien à se reprocher à part deux traites de retard dans le paiement de son appartement, ce qui n'était guère étonnant dans l'état où se trouvait l'économie. Les Coldfield étaient sur le papier l'exemple même du couple de retraités sans histoires. Pauline McGhee avait un frère qui lui causait du souci, mais peut-être était-ce pour des raisons qui n'avaient aucun rapport avec leur affaire. Peut-être même la disparition de Pauline était-elle sans rapport avec leur affaire.

Les indices matériels étaient tout aussi insignifiants. Les sacs-poubelle trouvés dans le corps des victimes pouvaient provenir de n'importe quel supermarché. Les objets trouvés dans la caverne, de la batterie de marine aux instruments de torture, étaient d'origine complètement intraçable. Les techniciens avaient recueilli une foule d'empreintes et de fluides pour nourrir les ordinateurs, mais ils ne correspondaient à rien ni à personne. Les prédateurs sexuels étaient retors et inventifs. Près de quatre-vingt pour cent des crimes résolus grâce à l'ADN étaient des cambriolages, non des agressions physiques. Les voleurs brisaient du verre, se coupaient aux couteaux de cuisine, laissaient tomber des mouchoirs en papier ou du baume pour les lèvres, ce qui conduisait immanquablement à leur arrestation, car en général ils avaient déjà un lourd casier judiciaire. Mais s'il s'agissait d'un viol, et si la victime (comme c'était le plus souvent le cas) n'avait eu aucun contact antérieur avec son agresseur, autant chercher une aiguille dans une botte de foin.

Betty s'était arrêtée pour renifler des herbes hautes près de l'étang. Will leva les yeux et vit une joggeuse se diriger vers lui. Elle portait des jambières noires et un blouson vert fluo. Ses cheveux étaient relevés sous une casquette de la même couleur. Deux lévriers couraient près d'elle, la tête dressée, la queue droite. De belles bêtes, minces, aux longues jambes, musclées. Comme leur propriétaire.

« Merde », marmonna Will en prenant Betty dans sa main et en la cachant derrière son dos.

Sara Linton s'arrêta à quelques mètres et ses chiens s'immobilisèrent aussitôt derrière elle, comme un commando bien entraîné. La seule chose que Will avait jamais réussi à apprendre à Betty, c'était manger.

« Bonjour ! », lança Sara d'une voix surprise. Will ne répondit pas et elle dit : « Will Trent ?

— Bonjour », répondit-il en sentant Betty lécher la paume de sa main.

Sara l'observa. « C'est un chihuahua que vous tenez derrière votre dos ?

— Non, je suis seulement content de vous voir. »

Sara lui adressa un sourire confus, et, avec réticence, Will se décida à lui montrer Betty.

Petits bruits attendris, gazouillements. Will attendit la question habituelle.

« C'est le chien de votre femme ?

— Oui, mentit-il. Vous habitez dans le coin ?

— Les Milk Lofts, sur North Avenue. »

Elle vivait à deux pâtés de maisons de chez lui. « Vous n'avez pas l'air d'une femme qui habite un loft. »

L'expression confuse revint. « Ah ? Et j'ai l'air de quoi ? »

Will n'avait jamais été très doué pour l'art de la conversation, et il aurait eu le plus grand mal à expliquer de quoi Sara Linton avait l'air à ses yeux, du moins sans se rendre ridicule.

Il haussa les épaules et reposa Betty sur le sol. Les chiens de Sara s'ébrouèrent et elle claqua deux fois la langue pour qu'ils se tiennent tranquilles.

« Il faut que j'y aille, dit Will. J'ai rendez-vous avec Faith au café de l'autre côté du parc.

— Ça vous ennuie si je marche avec vous ? » Elle n'attendit pas la réponse. Les chiens se levèrent et Will reprit Betty dans sa main, puisqu'elle ne pourrait que les ralentir. Sara était grande, ses épaules atteignaient presque les siennes. Il tenta de calculer sa taille sans la regarder. En se hissant sur la pointe des pieds, Angie arrivait presque à poser son menton sur son épaule. Sara, elle, n'aurait eu quasiment aucun effort à faire pour y parvenir. Elle aurait pu lui lécher l'oreille si elle l'avait voulu.

« Bon. » Elle ôta sa casquette et resserra sa queue-de-cheval. « J'ai réfléchi aux sacs-poubelle. »

Will lui jeta un regard. « Et qu'en avez-vous pensé ?

— C'est un message parlant. »

Will n'y avait pas pensé comme à un message. Plutôt comme à une atrocité.

« Je trouve que c'est horrible, dit-il.

— Oui. Comme tout ce qu'il leur fait. Je veux dire, il les prive de leurs sens. »

Will la regarda de nouveau.

« Ne regardez pas le mal, n'écoutez pas le mal, ne dites pas le mal », dit-elle.

Will hocha la tête, se demandant pourquoi il n'y avait pas pensé dans ces termes. Elle poursuivit : « Je me demande s'il ne faut pas considérer tout ça sous l'angle de la religion. Ce qui m'y a fait penser, c'est quelque chose que Faith a dit le premier soir. Dieu a pris une côte à Adam pour créer Ève.

— André Vésale », marmonna Will.

Sara rit de surprise. « Je n'ai pas entendu prononcer ce nom depuis ma première année de médecine ! »

Will haussa les épaules et remercia silencieusement le ciel d'avoir eu le temps de regarder la série d'émissions consacrée aux *Grands hommes de science* sur History Channel. André Vésale était un anatomiste brabançon du XVIe siècle qui, entre autres choses, avait prouvé que les hommes et les femmes avaient le même nombre de côtes. Selon certaines sources, sa découverte lui avait donné maille à partir avec les autorités ecclésiastiques.

« Et puis, il y a le nombre onze », continua Sara. Elle se tut comme si elle attendait une réponse. Puis : « Onze sacs-poubelle, la onzième côte. Il doit y avoir un lien. »

Will s'arrêta de marcher. « Comment ?

— Les femmes avaient onze sacs-poubelle dans le corps. Et la côte arrachée à Anna était la onzième.

— Vous croyez que le tueur se focalise sur le nombre onze ? »

Sara continua de marcher et Will la suivit. « Si vous considérez comment se manifestent les comportements compulsifs, comme la prise de drogues, les désordres alimentaires ou les TOC – vous savez, ces gens qui ont besoin de vérifier vingt fois qu'ils ont fermé la porte à clef ou éteint le four, par exemple ? –, vous ne vous étonnerez pas qu'un tueur en série, qui a la compulsion de tuer, conçoive un mode d'action qui lui plaît, qu'il aime suivre. Ou, dans l'affaire qui nous occupe, qu'il soit attaché à un nombre qui possède une signification particulière à ses yeux. C'est pour cette raison que le FBI conserve tous ces détails dans sa banque de données. Pour qu'on puisse trouver des correspondances dans les méthodes, des modes d'action similaires. Peut-être pourriez-vous chercher les différents sens que peut avoir le nombre onze.

— Je ne sais pas si le logiciel me le permettrait. Les recherches concernent surtout des objets, vous savez ? Les couteaux, les rasoirs. Et ce que font les criminels, non le nombre de fois où ils le font, à moins qu'il y ait une évidence flagrante.

— Vous devriez aller voir dans la Bible. Si le nombre onze a une signification religieuse, vous pourrez peut-être comprendre la motivation du tueur. » Elle haussa les épaules comme si elle avait terminé, mais ajouta : « Dimanche prochain, c'est Pâques. Ça pourrait aussi faire partie du schéma.

— Onze apôtres », dit Will.

Elle lui jeta de nouveau un regard étonné. « Vous avez raison. Judas a trahi Jésus, donc il ne restait plus que onze apôtres. Un douzième a remplacé Judas. Didyme, c'est ça ? Je ne me souviens plus. Je suis sûre que ma mère pourrait me le dire. » Une fois encore, elle haussa les épaules. « Bien sûr, ce pourrait être une perte de temps pure et simple. »

Will croyait fermement que les coïncidences étaient en général des indices. « Ça mérite qu'on essaie, dit-il.

— Et la mère de Felix ?

— Pour le moment, elle a disparu, c'est tout ce qu'on sait.

— Vous avez trouvé le frère ?

— La police d'Atlanta est à sa recherche. » Will n'avait pas envie d'en révéler davantage. Sara travaillait au Grady Hospital, où, du matin au soir, des flics ne cessaient d'entrer et de sortir de la salle des urgences avec des suspects et des témoins. Il ajouta : « Nous ne sommes même pas sûrs qu'elle soit liée à notre affaire.

— J'espère qu'elle ne l'est pas. Pour Felix, surtout. Je souffre d'imaginer ce qu'il doit vivre en se sentant abandonné, placé dans je ne sais quel horrible foyer d'État.

— Ces foyers ne sont pas si terribles », protesta Will. Avant de se rendre compte de ce qu'il lui confiait, il dit : « J'ai grandi dans un orphelinat d'État. »

Elle fut aussi surprise que lui, pour des raisons différentes, bien sûr.

« Quel âge aviez-vous ?

— J'étais tout gamin », dit-il, regrettant de ne pouvoir rattraper ce qu'il avait dit, mais incapable de s'empêcher d'ajouter : « Bébé, pour tout dire. J'avais cinq mois.

— Et on ne vous a pas adopté ? »

Will fit non de la tête. Cette conversation devenait compliquée, et – ce qui était pire – gênante.

« Mon mari et moi... » Elle regarda devant elle, perdue dans ses pensées. « Nous voulions adopter. Nous étions sur la liste d'attente depuis un moment et... » Elle haussa les épaules. « Quand il s'est fait tuer, tout cela... c'était trop... »

Will ne savait s'il devait ressentir de la compassion ; il ne pouvait penser qu'au nombre de fois où, enfant, on l'avait emmené à un pique-nique ou un barbecue de premier contact en imaginant qu'il repartirait avec de nouveaux parents, pour se retrouver le soir dans sa chambre à l'orphelinat.

Il fut plus ravi que de raison d'entendre le Klaxon aigu de la Mini de Faith, qu'elle avait garée en stationnement interdit devant le café. Elle descendit de voiture en laissant le moteur tourner.

« Amanda veut que nous filions tout de suite à son bureau. » Elle salua Sara d'un mouvement du menton. « Joelyn Zabel a avancé son entretien. Elle nous a calés entre *Good Morning America* et CNN. Il faudra ramener Betty chez toi ensuite. »

Will avait oublié la petite chienne dans sa main. Elle avait fourré son museau entre les boutons de son gilet.

« Je l'emmène, proposa Sara.

— Je ne voudrais pas...

— Je reste chez moi toute la journée à faire de la lessive. Elle sera très bien. Passez la reprendre après votre travail.

— Oh ! C'est vraiment… »

Faith était encore plus impatiente que d'habitude. « Donne-lui donc cette chienne, Will ! » Elle se laissa tomber sur le siège de la voiture et Will adressa à Sara un regard d'excuse.

« Les Milk Lofts ? », demanda-t-il comme s'il avait oublié.

Sara prit Betty dans ses mains, et il sentit la froideur de ses doigts quand ils frôlèrent sa peau. Elle le rassura : « Ne vous inquiétez pas si vous rentrez tard. Je n'ai rien de prévu pour la soirée.

— Merci. »

Elle sourit et souleva Betty comme si elle portait un toast avec un verre de vin.

Will traversa la rue et monta dans la voiture de Faith, content que personne n'ait remonté le siège du passager depuis la dernière fois où il s'y était installé, car il aurait eu l'air d'un singe se contorsionnant dans l'espace trop exigu.

En démarrant, Faith alla droit au but : « Qu'est-ce que tu faisais avec Sara Linton ?

— Je suis tombé sur elle dans le parc. C'est tout. » Will se demanda pourquoi il se sentait tellement sur la défensive, ce qui le conduisit à se demander aussi pourquoi Faith se montrait si hostile. Il supposa qu'elle était encore en colère contre lui à cause de la façon trop aimable à son goût dont il avait traité Max Galloway la veille, et il ne sut comment faire face à cette irritation autrement qu'en détournant la conversation. « Sur notre affaire, Sara pose une question intéressante, ou plutôt elle avance une théorie. »

Faith s'enfonça dans la circulation. « Je meurs d'impatience de l'entendre. »

Will sentit l'ironie, mais il lui exposa quand même la théorie de Sara, soulignant la récurrence du nombre onze et les autres détails qu'elle avait remarqués. « Dimanche, c'est Pâques, dit-il. Tout ça pourrait être en rapport avec la Bible. »

Faith fit preuve de bon caractère en acceptant de considérer la question. « Je ne sais pas, finit-elle par dire. Nous pourrions trouver une Bible au bureau, peut-être lancer une recherche par ordinateur sur le nombre onze. Je suis sûre qu'il y a un tas d'obsédés de la religion qui ont des sites Internet.

— Où la Bible parle-t-elle de la côte enlevée à Adam pour créer Ève ?

— Dans la Genèse.

— Les anciens livres, alors ? Pas les récents ?

— Oui, l'Ancien Testament. La Genèse est le premier livre de la Bible. C'est par là que tout commence. » Faith lui lança le même regard en coin que Sara. « Je sais que tu ne peux pas lire la Bible, mais tu n'es jamais allé à l'église ?

— Je *peux* lire la Bible », protesta-t-il. Mais il préférait la curiosité de Faith à sa fureur, aussi poursuivit-il : « Rappelle-toi où j'ai grandi. Avec la séparation de l'Église et de l'État.

— Ah, oui. Je n'y avais pas pensé. »

Probablement parce que c'était un énorme mensonge. L'orphelinat n'organisait pas d'activités religieuses, mais il y avait des bénévoles d'à peu près toutes les Églises de la région qui venaient chercher les enfants chaque semaine dans des minibus et les emmenaient au catéchisme. Pour y être allé une fois, Will avait compris que c'était une autre sorte d'école où il lui faudrait lire et apprendre ses leçons et n'y était jamais retourné.

Faith insista : « Tu n'es jamais allé à l'église ? Vraiment ? »

Will resta bouche cousue et se dit qu'il avait été bien bête de lancer Faith sur cette voie. Faith ralentit et s'arrêta à un feu rouge, en marmonnant : « Je crois que c'est la première fois de ma vie que je parle avec quelqu'un qui n'est jamais allé à l'église.

— On ne pourrait pas changer de sujet ?

— Je trouve ça bizarre, c'est tout. »

Will regarda par la fenêtre sans fixer son attention sur rien de particulier, et se dit que, sans exception, tous les gens qu'il avait rencontrés l'avaient à un moment ou à un autre qualifié de bizarre. Le feu passa au vert et la Mini redémarra. En voiture, les bureaux du GBI à City Hall East étaient à cinq minutes du parc. Mais ce matin, le trajet semblait prendre des heures.

« Même si Sara a raison, dit Faith, elle recommence à essayer de fourrer son nez dans notre enquête.

— Elle est légiste. Du moins, elle l'a été. Et c'est elle qui s'est occupée d'Anna à l'hôpital. C'est normal qu'elle ait envie de savoir ce qui se passe.

— C'est une enquête sur des enlèvements, pas Big Brother, objecta Faith. Elle sait où tu habites ? »

Will n'avait pas pris en compte cette possibilité, mais il n'était pas aussi paranoïaque que Faith.

« Je ne vois pas comment elle pourrait le savoir.

— Elle t'a peut-être suivi. »

Will se mit à rire, mais s'arrêta en voyant que Faith était sérieuse. « Elle habite dans le quartier. Elle courait dans le parc avec ses chiens, c'est tout.

— Comme tout ça est pratique ! »

Il secoua la tête, exaspéré. Il n'avait pas l'intention de laisser Faith se servir de Sara Linton pour se défouler contre lui. « Arrêtons ces chamailleries, Faith. Je sais que tu m'en veux pour hier, mais nous avons cet entretien qui nous attend et nous devons travailler en équipe. »

Elle accéléra. « Nous sommes une équipe, non ? »

Pour une équipe, ils ne se parlèrent pas beaucoup pendant le reste du trajet. Ce fut seulement dans l'ascenseur de City Hall East que Faith ouvrit enfin la bouche. « Ta cravate est de travers. »

Il rectifia le nœud. Sara Linton avait dû le trouver négligé. « C'est mieux ? »

Faith consultait son BlackBerry, bien qu'il n'y eût pas de réception dans l'ascenseur. Elle leva les yeux et fit sèchement oui de la tête, puis s'absorba de nouveau dans son appareil.

Il essayait de trouver quelque chose à lui dire quand les portes s'ouvrirent. Amanda attendait, debout près de l'ascenseur et vérifiant ses e-mails comme Faith, mais sur un iPhone. Will se sentit comme un idiot d'avoir les mains vides, comme au moment où Sara Linton était apparue avec ses grands chiens impressionnants et qu'il avait pris Betty dans sa main telle une pelote de laine.

Amanda fit défiler les e-mails avec son doigt et sa voix sembla distraite quand elle les précéda dans le couloir en direction de son bureau. « Quelles sont les dernières nouvelles ? »

Faith récita la liste de tout ce qu'ils ne savaient pas, qui était longue, et de ce qu'ils savaient, qui se résumait à fort peu de choses. Amanda continua de lire ses e-mails en marchant et en feignant d'écouter Faith lui expliquer ce qu'elle avait sûrement déjà lu dans leur rapport.

Will n'appréciait guère qu'on fasse plusieurs choses en même temps, parce qu'on n'en faisait aucune pleinement. Il était humainement impossible de se concentrer sur deux sujets à la fois. Comme pour le prouver, Amanda leva les yeux de son écran et demanda : « Qu'est-ce que vous dites ? »

Faith répéta : « Sara Linton pense que l'affaire a peut-être quelque chose à voir avec la Bible. »

Amanda s'arrêta de marcher. Elle laissa tomber la main qui tenait l'iPhone et leur accorda enfin toute son attention. « Pourquoi ?

— La onzième côte, les onze sacs-poubelle, Pâques qui tombe ce dimanche. »

Amanda baissa de nouveau les yeux sur son iPhone et tapota l'écran tout en parlant.

« J'ai fait venir le service juridique pour Joelyn Zabel. Elle est arrivée avec son avocat, donc j'ai demandé trois des nôtres. Nous devons faire comme si le monde entier nous écoutait, parce que je suis sûre que tout ce que nous lui dirons sera jeté en pâture au grand public. » Le regard qu'elle leur adressa fut éloquent. « C'est moi qui parlerai, pour l'essentiel. Vous, contentez-vous de poser vos questions, mais n'improvisez pas.

— Nous n'en tirerons rien, dit Will. Avec les avocats, ils sont déjà quatre dans le bureau. En tout, nous serons sept, avec elle au milieu, bien consciente que les caméras l'attendent en bas de l'immeuble. Il faut trouver un autre angle d'attaque. »

Amanda regarda de nouveau son iPhone.

« Et votre brillante idée consiste en quoi ? »

Will n'en avait aucune. Il dit seulement : « Peut-être pourrions-nous lui parler après les interviews des journalistes. Peut-être aller la trouver à son hôtel, sans les journaux, sans les télés, en dehors de l'attention générale. »

Amanda ne lui accorda pas la politesse de lever les yeux. « Et peut-être que je vais gagner à la loterie. Peut-être que vous allez décrocher une promotion. Vous voyez où tous ces peut-être nous mènent ? »

La frustration et le manque de sommeil rattrapèrent Will tout à coup. « Alors, qu'est-ce que nous faisons ici ? Vous ne feriez pas mieux de vous occuper vous-même de Joelyn Zabel en nous laissant travailler plus utilement, plutôt que de lui apporter la matière première du best-seller qu'elle compte écrire ? »

Amanda cessa enfin de scruter son iPhone. Elle lui tendit l'appareil. « Je m'y perds, agent Trent. Lisez donc ça à ma place et dites-moi ce que vous en pensez. »

Will sentit sa vision s'aiguiser et un sifflement bizarre, aigu, retentit dans ses oreilles. L'iPhone restait comme suspendu en l'air, à la façon d'un hameçon. Il y avait des mots sur l'écran. Ça, il le voyait. Il se mordit le bout de la langue et sentit le goût du sang dans sa bouche. Il tendit la main pour saisir l'appareil, mais Faith s'en empara d'un geste vif avant qu'il en ait le temps.

Elle lut d'une voix sèche : « Dans la Bible, le nombre onze est généralement associé au jugement ou à la trahison... Il y avait à l'origine onze commandements, mais les catholiques ont combiné les deux premiers et les protestants les deux derniers de manière qu'il n'y en ait que dix... » Elle fit défiler le texte. « Les Philistins ont donné à Dalila onze cents pièces d'argent pour leur livrer Samson. Jésus a dit onze paraboles sur la route de Jérusalem. » Une nouvelle pause, puis : « Les catholiques considèrent onze des livres apocryphes comme canoniques. »

Faith rendit l'appareil à Amanda. « Nous pourrions y passer la journée, dit-elle. Le 11 septembre, le vol numéro 11 a frappé une des Twin Towers, qui ressemblaient au nombre onze. Apollo 11 est la première capsule à s'être posée sur la lune. La Première Guerre mondiale s'est terminée le 11 novembre. Et vous devriez finir dans le onzième cercle de l'enfer pour ce que vous venez d'infliger à Will. »

Amanda sourit, glissa l'appareil dans sa poche et reprit sa marche vers son bureau. « Rappelez-vous les règles, mes enfants. »

Will ne savait si elle parlait des règles qui faisaient d'elle leur chef ou de celles qu'elle avait édictées pour l'entretien avec Joelyn Zabel. Mais il n'eut pas le temps d'y réfléchir, car Amanda était déjà passée dans l'antichambre de son bureau et ouvrait la porte. Elle fit les présentations, puis alla s'asseoir derrière sa grande table de travail. La pièce était bien sûr plus spacieuse que tous les bureaux du bâtiment, presque de la taille de la salle de réunion à l'étage où travaillaient Will et Faith.

Joelyn Zabel et un homme qui était de toute évidence son avocat étaient assis dans les fauteuils destinés aux visiteurs, en face d'Amanda. Il y avait deux chaises à côté de la table de travail d'Amanda, pour Faith et lui, supposa Will. Les avocats du service juridique avaient pris place sur une banquette au fond de la pièce, trois hommes côte à côte dont les complets sombres et les discrètes cravates en soie trahissaient la profession. L'avocat de Joelyn était vêtu d'un costume bleu qui rappelait la peau d'un requin, ce qui était approprié, car son sourire fit aussitôt penser Will au carnivore aquatique.

« Merci d'être venue », dit Faith en serrant la main de la femme avant de s'asseoir.

Joelyn Zabel ressemblait à sa sœur en plus dodue. Non qu'elle fût grosse, mais ses formes avaient une sorte de saine plénitude, alors que Jacquelyn était mince comme un garçon. En lui serrant la main à son tour, Will sentit une odeur de cigarette.

« Toutes mes condoléances, dit-il.

— Agent Trent, répondit Joelyn. C'est vous qui l'avez trouvée. »

Will s'efforça de ne pas baisser les yeux pour éviter de révéler la culpabilité qu'il ressentait au fond des entrailles pour n'avoir pas sauvé la sœur de cette femme en arrivant à temps. Il ne put que répéter : « Toutes mes condoléances.

— Oui, répondit sèchement la femme. J'ai compris. »

Will s'assit à côté de Faith, et Amanda frappa dans ses mains comme une maîtresse d'école maternelle réclamant l'attention de sa classe. Elle posa sa main sur une chemise cartonnée couleur chanvre, dont Will devina qu'elle contenait une version abrégée du compte rendu d'autopsie. Pete, le légiste, avait été prié de ne pas y inclure le détail scabreux des sacs-poubelle. Compte tenu des relations un peu trop amicales de la police de Rockdale avec la presse, ils ne détenaient plus guère d'informations confidentielles qui puissent les aider à confondre un suspect.

Amanda commença : « Miss Zabel, je suppose que vous avez eu le temps de lire le rapport ?

— Il m'en faudra une copie pour mon dossier, Mandy », dit familièrement l'avocat à Amanda.

Celle-ci lui adressa un sourire encore plus carnassier que le sien. « Naturellement, Chuck.

— Parfait. Je vois que tout le monde se connaît. » Joelyn croisa les bras et ses épaules se haussèrent de chaque côté de son cou. « Maintenant, allez-vous me dire ce que vous faites pour attraper l'assassin de ma sœur ? »

Le sourire d'Amanda continuait de découvrir ses dents. « Nous faisons tout ce que nous pouvons pour…

— Vous avez un suspect ? Je veux dire, merde, ce type est une bête féroce ! »

Amanda ne répondit pas, et Faith considéra que son tour était venu d'intervenir. « Nous sommes d'accord. Une bête féroce. C'est justement pour cette raison que nous avons besoin que vous nous renseigniez sur votre sœur. Nous devons en savoir un peu plus long sur sa vie. Ses amis. Ses habitudes. »

Les yeux de Joelyn se baissèrent un instant, d'un air coupable. « Nous n'étions pas souvent en contact. Elle était très occupée, et moi aussi. Et puis, elle vivait en Floride. »

Faith tenta de détendre l'ambiance. « Au bord de la baie, c'est bien ça ? Jolie région. Et bonne occasion de combiner des vacances avec une visite familiale.

— Oui, j'aurais bien aimé, sauf qu'elle ne m'a jamais invitée, la salope. »

L'avocat tendit la main et lui toucha le bras doucement pour la mettre en garde. Will avait vu Joelyn Zabel sur toutes les chaînes de télévision, sanglotant avec profusion sur la mort tragique de sa sœur bien-aimée pour l'édification de chaque nouveau journaliste. Mais il n'avait pas vu une seule larme tomber de ses yeux, même si elle faisait tous les gestes d'une personne qui pleure : renifler, s'essuyer les yeux, se balancer d'avant en arrière. À présent, elle ne s'en donnait même plus la peine. Apparemment, son chagrin avait besoin d'une caméra. Apparemment aussi, son avocat tenait à ce qu'elle s'en tienne strictement au rôle de la pauvre sœur endeuillée.

Joelyn renifla, les yeux toujours secs. « J'aimais beaucoup ma sœur. Ma mère vient d'entrer dans une maison de retraite médicalisée. Il lui reste peut-être six mois à vivre, et voilà ce qui arrive à sa fille. C'est terrible de perdre un enfant ! »

Faith s'efforça de glisser d'autres questions.

« Et vous, vous avez des enfants ?

— Quatre. » Elle sembla soudain très fière.

« Jacquelyn n'en avait...

— Oh, non. Trois IVG avant ses trente ans. Elle vivait dans la terreur de grossir. Vous vous rendez compte ? Sa seule raison pour accoucher dans les toilettes et tirer la chasse, c'étaient toutes ces conneries sur le poids qu'elle avait peur de prendre. Et puis, à bientôt quarante piges, voilà qu'elle avait tout à coup des envies de maternité. »

Faith cacha bien sa surprise. « Elle voulait avoir un enfant ?

— Vous n'avez pas entendu ce que je viens de dire sur ses avortements ? Vérifiez, je ne vous mens pas. »

Will considérait que lorsqu'une personne insistait sur le fait qu'elle ne mentait pas sur un point, c'était qu'elle mentait sur un autre. Savoir sur quoi serait peut-être la clef pour comprendre les motivations de Joelyn Zabel. Elle ne lui faisait pas l'effet d'une personne affectueuse, et elle était sûrement du genre à désirer que son quart d'heure de célébrité dure aussi longtemps que possible.

Faith demanda : « Est-ce que Jacquelyn cherchait une mère porteuse ? »

Joelyn sembla prendre conscience de l'importance des mots qu'elle prononçait. Soudain, elle jouissait de l'attention générale. Elle prit son temps pour répondre.

« Elle voulait adopter, dit-elle enfin.

— Par une filière privée ? Publique ?

— Qu'est-ce que vous voulez que j'en sache ? Elle avait du fric. Beaucoup. Elle avait l'habitude de pouvoir se payer tout ce dont elle avait envie. » Elle agrippa les bras de son fauteuil, et Will comprit que c'était un sujet dont elle aimait parler. « C'est ça, la vraie tragédie. Ne pas l'avoir vue adopter je ne sais quel pauvre débile abandonné qui l'aurait dévalisée, ou qui aurait fini schizophrène. »

Will sentit Faith se raidir à côté de lui. Il prit les questions à son compte : « Quand avez-vous parlé à votre sœur pour la dernière fois ?

— Il y a un mois, à peu près. Elle m'a saoulée avec ses histoires de maternité, elle s'attendrissait toute seule, comme si elle y comprenait quoi que ce soit. Elle parlait d'adopter un gamin chinois ou russe, ou je ne sais plus d'où. Vous savez, un de ces mômes dressés à tuer. On les a maltraités, ces gamins, ils sont malades dans leur tête. Ils ne font jamais rien de bon.

— Oui, on en voit beaucoup. » Will secoua la tête tristement, comme s'il s'agissait d'une tragédie ordinaire. « Et ses démarches avançaient ? Vous savez à qui elle s'était adressée ? »

Joelyn rechigna à entrer dans les détails. « Jackie n'était pas du genre à beaucoup se confier, vous savez. Elle a toujours eu la manie du secret. » Elle tourna durement la tête vers les avocats du service juridique, qui faisaient de leur mieux pour se confondre avec le tissu de la banquette. « Je sais que vos gars ne vous laisseront pas vous excuser, mais vous pourriez au moins reconnaître que vous vous êtes plantés, non ? »

Amanda intervint : « Miss Zabel, l'autopsie montre... »

Elle haussa les épaules d'un air belliqueux.

« Tout ce qu'elle montre, c'est ce que je savais déjà : vous autres trous du cul de flics, vous êtes restés plantés là à ne rien faire pendant que ma sœur était en train de mourir.

— Peut-être n'avez-vous pas lu le rapport assez attentivement, Miss Zabel. » Le ton d'Amanda était apaisant, le genre d'intonations qu'elle avait eues dans le couloir avant d'humilier Will. « Votre sœur est morte de sa propre main.

— Seulement parce que vous n'avez rien foutu pour la sauver !

— Vous êtes consciente qu'elle était aveugle et sourde ? », demanda Amanda.

A la façon dont les yeux de Joelyn fixèrent brusquement son avocat, Will comprit que non, elle n'en avait pas eu conscience jusqu'à cet instant.

Amanda prit une autre chemise dans le tiroir de son bureau, en feuilleta le contenu, et Will put voir qu'il s'agissait de photos de Jacquelyn Zabel dans l'arbre et à la morgue. Cela lui parut particulièrement cruel, même de la part d'Amanda. Si détestable que fût Joelyn Zabel, elle ne venait pas moins d'en perdre sa sœur, et dans les pires conditions. En voyant Faith s'agiter sur sa chaise, il devina qu'elle pensait la même chose.

Amanda prit son temps pour chercher un feuillet, qui semblait enfoui parmi les clichés les plus éprouvants. Finalement, elle trouva le passage relatif à l'examen externe du corps. « Deuxième paragraphe », dit-elle.

Joelyn hésita, puis s'assit sur le bord de son fauteuil. Elle essayait de mieux voir les photos, comme certaines personnes ralentissent pour observer un accident de voiture particulièrement affreux. Puis elle se rassit au fond du fauteuil avec le feuillet dans les mains. Will vit ses yeux se déplacer de droite et de gauche tandis qu'elle lisait, mais ils s'arrêtèrent brusquement et il comprit qu'en réalité elle ne déchiffrait plus rien du tout.

Elle déglutit avec difficulté. Puis elle se leva, bredouilla « Excusez-moi » et sortit de la pièce en trombe.

Ce fut comme si l'air en était sorti avec elle. Faith regardait droit devant elle. Amanda prit tout son temps pour empiler nettement les photos.

« Pas très gentil, Mandy, murmura l'avocat.

— Ah non ? Eh bien, tant pis », répliqua Amanda sèchement.

Will se leva. « Je vais me dégourdir les jambes. »

Il quitta la pièce avant que les autres aient le temps de réagir. Caroline, la secrétaire d'Amanda, était assise à son bureau. Will leva le menton d'un air interrogateur, et elle murmura : « Aux toilettes. »

Will s'engagea dans le couloir, les mains dans les poches. Il s'arrêta devant la porte des toilettes pour dames, l'ouvrit en poussant le battant avec son pied et pencha la tête à l'intérieur. Joelyn Zabel se tenait debout devant le miroir. Elle avait une cigarette allumée à la main et sursauta en voyant Will.

« Vous n'avez pas le droit d'entrer ! », lança-t-elle en levant le poing comme si elle s'attendait à une bagarre.

« Il est interdit de fumer dans tout le bâtiment. » Will entra dans la petite pièce et s'adossa à la porte après l'avoir refermée, les mains toujours dans les poches.

« Qu'est-ce que vous faites ici ?

— Je suis venu voir comment vous alliez. »

Elle tira rapidement sur sa cigarette. « En pénétrant dans les toilettes pour dames ? C'est interdit, vous ne le savez pas ? Vous n'avez pas le droit ! »

Will regarda autour de lui. Il n'était jamais entré dans des toilettes pour dames. Il y avait une banquette à l'air confortable, avec des fleurs dans un vase sur la table posée à côté. L'air sentait le parfum, les distributeurs de serviettes étaient bien garnis et aucune giclée d'eau n'avait éclaboussé le pourtour du lavabo, si bien qu'on ne risquait pas de mouiller le devant de son pantalon en se lavant les mains. Rien d'étonnant si les femmes passaient tant de temps ici.

« Alors ? Espèce de dingue, vous allez sortir, oui ou non ? cria Joelyn.

— Qu'est-ce que vous nous dissimulez ?

— Je vous ai dit tout ce que je savais. »

Il secoua la tête. « Il n'y a pas de caméras ici. Pas d'avocats, pas de public. Dites-moi ce que vous ne nous avez pas dit.

— Allez vous faire foutre. »

Il sentit qu'une main poussait la porte derrière lui, puis la refermait aussitôt. Il dit : « Vous n'aimiez pas votre sœur.

— Vous avez tout compris, Sherlock Holmes, reconnut-elle en aspirant une autre bouffée de sa cigarette.

— Qu'est-ce qu'elle vous a fait ?

— C'était une salope. »

On pouvait sans aucun doute en dire autant de Joelyn, mais Will garda cette remarque pour lui. « Et cela se manifestait d'une façon particulière à votre égard ? Ou c'est une observation générale ? »

Elle le regarda fixement. « Qu'est-ce que vous voulez dire ?

— Je veux dire que peu m'importe ce que vous ferez en partant d'ici. Portez plainte contre l'État. Ou ne portez pas plainte. Portez plainte contre moi personnellement. Ça m'est égal. L'homme qui a tué votre sœur a probablement enlevé une autre femme, qu'il viole et qu'il torture au moment où nous parlons, et ne pas tout nous dire de ce que vous savez revient à nous déclarer que ce qui arrive à cette autre femme vous laisse complètement indifférente.

— N'essayez pas de me culpabiliser.

— Alors, dites-moi ce que vous cachez.

— Je ne cache rien du tout ! » Elle se tourna vers le miroir et frotta le dessous de ses yeux avec ses doigts en prenant soin de ne pas étaler son maquillage. « C'était Jackie qui cachait des choses. »

Will garda le silence.

« Elle était cachottière, sournoise. Et elle prenait toujours l'air de tout savoir mieux que moi. »

Il hocha la tête, comme s'il comprenait.

« C'était toujours elle qui attirait l'attention. Qui attirait les garçons. » Joelyn secoua la tête et se tourna de nouveau vers Will, en appuyant sa main au lavabo. « Quand j'étais jeune, j'avais tout le temps des problèmes de poids. Je grossissais, je maigrissais, je recommençais à grossir. Et Jackie se moquait de moi, elle disait que j'étais comme une baleine échouée sur la plage.

— Visiblement, c'est un problème que vous avez surmonté. »

Elle écarta ce compliment d'un geste incrédule, et poursuivit du même ton amer : « Tout a toujours été si facile pour Jackie. L'argent, les hommes, la réussite. Et les gens l'aimaient.

— Pas tant que ça, objecta Will. Aucun de ses voisins ne semble très ému de sa disparition. Ils ne s'en sont même pas aperçus jusqu'à ce que la police vienne frapper à leur porte. J'ai même eu l'impression qu'ils étaient soulagés qu'elle ne soit plus dans les parages.

— Je ne vous crois pas.

— Prenez la voisine de votre mère. Candy Smith. Le moins qu'on puisse dire, c'est que la mort de votre sœur ne l'a pas plongée dans le désespoir. »

De toute évidence, Joelyn n'était pas convaincue. « Non, Jackie disait que Candy était comme un caniche toujours pendu à ses basques. Qu'elle était collante, une vraie calamité.

— Ce n'est pas vrai, dit Will. Candy ne l'aimait pas beaucoup. Je dirais même qu'elle l'aimait encore moins que vous. »

Elle finit sa cigarette et entra dans une des cabines pour jeter le mégot dans les toilettes et tirer la chasse. Will la vit réfléchir à ce qu'il venait de lui apprendre sur sa sœur. Il vit aussi que cela lui faisait plaisir. Joelyn revint près du lavabo et s'y appuya de nouveau. « Jackie était une menteuse. Depuis toujours. Elle mentait. Même sur de petites choses, qui n'avaient aucune importance. Pour le plaisir, je dirais.

— Comme quoi ?

— Comme dire qu'elle allait au supermarché alors qu'elle allait à la bibliothèque. Qu'elle avait rendez-vous avec un mec alors qu'elle avait rendez-vous avec un autre.

— Un peu pervers, non ?

— C'est ça. C'est le meilleur adjectif pour la définir. Perverse. Au point de rendre notre mère à moitié folle.

— Elle lui a causé beaucoup d'ennuis ? »

Joelyn eut un rire rauque. « Jackie était toujours le chouchou des professeurs, elle savait passer de la pommade aux bonnes personnes. Elle a berné tout le monde.

— Pas tout le monde, rectifia Will. Vous dites qu'elle a rendu votre mère à moitié folle. Donc, votre maman n'était pas dupe.

— Non, c'est vrai. Elle a dépensé un fric fou pour la faire soigner. Tout ça a gâché mon enfance. Putain de merde, il n'y en avait que pour Jackie ! Comment se sentait Jackie en ce moment, où était allée Jackie, est-ce que Jackie était heureuse. Tout le monde se foutait pas mal de savoir si moi, j'étais heureuse.

— Parlez-moi de cette affaire d'adoption. Avec quelle agence s'était-elle mise en rapport ? »

Joelyn baissa les yeux d'un air coupable.

Will garda un ton neutre. « Si je vous pose cette question, c'est pour la raison suivante : si Jackie essayait d'adopter un enfant, nous devrons aller en Floride et nous entretenir avec les intermédiaires. S'ils ont des connexions à l'étranger, nous devrons sans doute aussi nous renseigner auprès des Russes ou des Chinois pour savoir si le processus d'adoption était légal. Si Jackie voulait passer un contrat avec une mère porteuse, nous devrons parler à toutes les femmes qui ont pu être en contact avec elle. Nous devrons enquêter sur toutes les filières d'adoption qui opèrent en Floride et ailleurs jusqu'à ce que nous trouvions quelque chose, n'importe quoi, qui nous renseigne sur votre sœur, parce qu'elle a rencontré une bête féroce, comme vous dites, qui l'a violée et torturée pendant au moins une semaine. Et si nous pouvons découvrir comment Jackie a rencontré son ravisseur, alors nous aurons des chances de l'identifier. » Il la laissa réfléchir quelques secondes. Puis : « Est-ce que nous trouverons une piste grâce aux agences d'adoption, Joelyn ? »

Elle regarda ses mains sans répondre. Will compta les carreaux sur le mur derrière sa tête. Il en était à trente-six quand elle ouvrit enfin la bouche. « J'ai dit ça comme ça, vous savez. Cette histoire d'enfant. Jackie en parlait, mais elle ne l'aurait jamais fait. Elle aimait l'idée de devenir mère, mais elle savait qu'elle ne serait pas capable d'aller au bout.

— Vous en êtes sûre ?

— C'est comme quand les gens admirent un chien bien dressé, vous voyez ? Ils ont envie d'un chien, mais en réalité ils ont envie de ce chien-là, pas d'un autre qu'ils devront se donner la peine de dresser eux-mêmes.

— Et vos enfants à vous ? Elle les aimait ? »

Joelyn s'éclaircit la gorge. « Elle ne les a jamais vus. »

Il lui laissa un peu de temps, puis passa à un autre sujet : « Jackie a été arrêtée pour conduite en état d'ivresse peu avant sa mort », dit-il.

Joelyn parut très étonnée. « Vraiment ?

— Elle buvait beaucoup ? »

Elle secoua la tête avec véhémence. « Oh, non ! Jackie détestait perdre le contrôle d'elle-même.

— La voisine, Candy, nous a déclaré qu'elles fumaient de l'herbe ensemble. »

Ses lèvres s'écartèrent sous l'effet de la surprise. De nouveau, elle secoua la tête. « Moi, je n'en fume jamais. Et Jackie n'a jamais aimé ce genre de merde. Elle aimait voir les gens saouls, les gens qui ne se tenaient plus, mais c'était justement parce qu'elle, ça ne lui arrivait jamais. Nous parlons d'une femme qui a pesé le même poids depuis l'âge de seize ans ! Elle avait le cul si serré qu'il grinçait quand elle marchait. » Elle réfléchit encore quelques secondes, puis secoua de nouveau la tête. « Non. Pas Jackie.

— Pourquoi se chargeait-elle de vider la maison de votre mère ? Un boulot sale et fatigant. Pourquoi n'a-t-elle pas payé une entreprise pour le faire ?

— Elle n'avait confiance en personne. Elle savait toujours mieux que les autres comment s'y prendre. Vous pouviez être n'importe qui, vous faisiez toujours tout de travers. »

Voilà qui au moins concordait avec les déclarations de Candy. Tout le reste peignait un tableau complètement différent, ce qui n'était pas si surprenant compte tenu des liens assez lâches qui unissaient Joelyn à sa sœur. Il demanda : « Est-ce que le nombre onze vous évoque quelque chose de particulier ? »

Elle plissa le front. « Non. Rien du tout.

— Et les mots *Je ne me priverai pas* ? »

Une fois de plus, elle fit non de la tête. « Mais c'est drôle... Jackie avait beau être riche, elle se privait tout le temps.

— De quoi ?

— De nourriture. D'alcool. De plaisir. » Elle eut un rire triste. « D'amis. De famille. D'amour. » Ses yeux se remplirent de larmes, les premières vraies larmes que Will la voyait verser. Il s'écarta de la porte et sortit, pour trouver Faith qui l'attendait dans le couloir.

« Du nouveau ? demanda-t-elle.

— Cette histoire d'adoption, c'était du pipeau. Enfin, c'est ce qu'elle dit.

— Nous vérifierons avec Candy. » Faith prit son téléphone, l'ouvrit et continua de parler à Will en composant un numéro. « Nous étions censés rencontrer Rick Sigler à l'hôpital il y a dix minutes. Je l'ai appelé pour repousser le rendez-vous, mais il n'a pas répondu.

— Et son copain, Jake Berman ?

— J'ai lancé des patrouilleurs à sa recherche, en urgence. Ils doivent m'appeler s'ils le trouvent.

— Tu trouves bizarre qu'on n'arrive pas à le dénicher ?

— Pas encore, mais on en reparlera à la fin de la journée s'il reste introuvable. » Elle pressa le téléphone contre son oreille et Will l'écouta laisser un message à Candy Smith pour qu'elle la rappelle. Puis elle referma son téléphone et le serra dans sa main. Will sentit une angoisse monter en lui en se demandant ce qu'elle allait dire : quelque chose sur Amanda, une diatribe contre Sara Linton, ou contre lui-même. Heureusement, elle parla de l'affaire.

« Je pense que Pauline McGhee a été victime du même ravisseur que les deux autres, dit-elle.

— Pourquoi ?

— Mon intuition. Je ne peux pas l'expliquer, mais je ne crois pas à une coïncidence.

— L'enquête sur McGhee appartient toujours à Leo. Elle n'est pas de notre ressort, nous ne pouvons pas empiéter sur ses plates-bandes. » Mais il demanda : « Tu crois que tu pourrais le persuader de nous laisser faire ? »

Elle fit non de la tête. « Je ne voudrais surtout pas causer d'ennuis à Leo.

— Il est censé te rappeler, non ? Quand il aura trouvé les parents de Pauline dans le Michigan.

— C'est ce qu'il a dit, oui. »

Ils se tenaient devant les portes de l'ascenseur, en silence.

Will dit : « Je pense quand même que nous devrions faire un tour sur le lieu de travail de Pauline.

— Et moi, je pense que tu as raison. »

Chapitre quatorze

FAITH S'AVANÇA DANS LE HALL de Xac Homage, la boîte de design au nom ridicule qui employait Pauline McGhee. Les bureaux occupaient le treizième étage de Symphony Tower, un gratte-ciel à l'architecture maladroite qui se dressait au coin de Peachtree Avenue et de la Quatorzième Rue comme un immense spéculum. Faith frissonna à cette image en pensant à ce qu'elle avait lu dans le rapport d'autopsie de Jacquelyn Zabel.

En accord avec la prétention du nom de la société, le hall vitré de Xac Homage était meublé de canapés si bas qu'il était impossible de s'y asseoir sans crisper tous ses muscles fessiers pour tenir bien droit sur le bord ou s'y affaler si profondément qu'on aurait besoin d'une main secourable pour s'en extraire ensuite. Faith aurait opté pour la seconde solution si elle n'avait pas porté une jupe qui avait tendance à remonter même quand elle ne s'asseyait pas comme une hôtesse de bar sur son tabouret trop haut.

Elle avait faim, mais ne savait pas quoi manger. Elle manquait d'insuline et n'était pas sûre de s'en administrer les bons dosages. Elle n'avait toujours pas pris rendez-vous avec le médecin que Sara lui avait recommandé. Ses pieds étaient enflés, elle avait horriblement mal au dos et elle avait envie de se taper la tête contre les murs parce que, malgré tous ses efforts, elle n'arrivait pas à chasser Sam Lawson de ses pensées. Et, aux regards en coin que lui lançait Will de temps à autre, elle avait l'impression lancinante que son comportement était celui d'une cinglée.

« Mon Dieu », soupira-t-elle en appuyant son front contre la baie vitrée bien astiquée. Pourquoi commettait-elle tant d'erreurs ? Elle n'était pourtant pas bête. Ou peut-être que si. Peut-être vivait-elle depuis toujours dans l'illusion et était-elle une des personnes les plus bêtes que la terre ait portées.

Elle baissa les yeux vers les voitures qui roulaient dans Peachtree Avenue, pareilles à des fourmis grouillant sur l'asphalte sombre. Le mois dernier, dans la salle d'attente de son dentiste, elle avait lu dans un magazine que les femmes étaient génétiquement programmées pour s'accrocher aux hommes avec lesquels elles avaient eu des rapports sexuels pendant au moins trois semaines après ceux-ci parce que c'était le temps qu'il fallait à leur corps pour déterminer si elles étaient enceintes ou non. Cela l'avait fait rire sur le moment, parce qu'elle n'avait jamais eu l'impression de s'accrocher à un homme. En tout cas, pas après le père de Jeremy, qui avait littéralement disparu sans laisser d'adresse après que Faith lui avait annoncé qu'elle attendait un enfant.

Pourtant, elle vérifiait ses messages et ses e-mails toutes les dix minutes. Elle avait envie de parler à Sam, de savoir comment il allait, de savoir s'il était fâché contre elle et si ce qui s'était produit la veille au soir était sa faute. Comme s'il avait été un amant si merveilleux qu'elle était en émoi aussitôt qu'il s'approchait. Elle était déjà enceinte, donc ce ne pouvait être sa programmation génétique qui la poussait à se conduire comme une écolière idiote. Ou peut-être que si. Peut-être était-elle victime de ses hormones.

Ou peut-être devrait-elle chercher son savoir ailleurs que dans les magazines féminins qui traînaient chez son dentiste.

Faith tourna la tête et observa Will près de l'ascenseur. Il parlait dans son téléphone et, comme d'habitude, le tenait à deux mains pour l'empêcher de tomber en morceaux. Elle ne pouvait rester en colère contre lui : il s'était montré efficace avec Joelyn Zabel, elle devait le reconnaître. Ses méthodes différaient des siennes. Parfois, cela leur profitait, parfois non. Elle secoua la tête. Pas le temps de s'attarder sur ces différences d'approche en ce moment, alors que toute sa vie semblait vaciller sur le bord d'une énorme falaise et que la terre continuait à trembler.

Will finit sa communication et marcha vers elle, jetant un regard au bureau vide où s'était tenue la secrétaire qui les avait accueillis.

Il y avait au moins dix minutes qu'elle était partie chercher Morgan Hollister. Faith les imagina occupés tous les deux à déchiqueter frénétiquement des documents ; mais il était plus probable que la jeune femme, une blonde platinée qui semblait avoir du mal à comprendre la moindre question, les avait oubliés et se trouvait dans les toilettes, son téléphone collé à l'oreille.

« À qui parlais-tu ? demanda Faith.

— À Amanda. » Il prit un bonbon dans la coupe posée sur une table basse. « Elle m'a appelé pour s'excuser. »

Faith rit de cette plaisanterie, et il rit avec elle. Puis il prit un autre bonbon et tendit la coupe à Faith. Elle refusa en secouant la tête et il poursuivit : « Elle a l'intention de tenir une autre conférence de presse cet après-midi. Joelyn Zabel a décidé d'abandonner sa plainte.

— Ah ? Et qu'est-ce qui l'a fait changer d'avis ?

— Son avocat a compris que le dossier était vide. Ne t'inquiète pas, elle sera en couverture de pas mal de magazines la semaine prochaine, et la suivante, c'est nous deux personnellement qu'elle menacera de poursuivre si jamais nous n'avons pas arrêté l'assassin de sa sœur. »

C'était la première fois que l'un ou l'autre d'entre eux formulait leur pire crainte dans toute cette affaire : que le criminel fût assez malin pour leur glisser entre les doigts.

Will indiqua la porte fermée derrière le bureau. « Tu crois que nous devrions frapper ? Ou repartir ?

— Donne-leur encore une minute. »

Elle tenta d'effacer la trace de son front sur la baie vitrée, mais ne réussit qu'à l'étaler. La tension entre eux avait basculé au cours du trajet en voiture : ce n'était plus Will qui craignait la colère de Faith, mais elle qui avait peur de l'avoir blessé par son irritation persistante.

« Tu n'es pas fâché ? lui demanda-t-elle.

— Bien sûr que non, je ne suis pas fâché. »

Elle ne le croyait pas, mais il n'y avait pas moyen de faire dire le fond de sa pensée à un homme décidé à éviter les problèmes : Will continuerait à prétendre qu'il n'était pas fâché jusqu'à ce qu'elle ait l'impression d'avoir tout inventé.

« Au moins, dit-elle, nous savons maintenant que Jacquelyn n'était pas la seule salope dans la famille Zabel.

— En effet.

— Cela dit, Joelyn a ses raisons, ajouta Faith. C'est difficile d'être la gentille.

— Qu'est-ce que tu veux dire ?

— Quand on est l'enfant sage dans une famille, celle qui a toujours des bonnes notes, qui ne cause jamais de soucis, etc. etc., et qu'on a une sœur qui fait toujours des bêtises et qui est au centre de l'attention générale, on finit par se sentir délaissée, non ? On a beau être gentille, ça ne sert à rien, parce que tout ce qui occupe vos parents, c'est votre horrible sœur. »

Elle avait dû parler avec une certaine amertume, car Will lui demanda : « Je croyais que ton frère avait toujours été un chic type ?

— Oui. La mauvaise, c'était moi. Celle qui profitait de l'attention de tout le monde. » Elle rit. « Je me rappelle qu'une fois, il a même demandé à mes parents s'ils ne voulaient pas le faire adopter. »

Will eut un demi-sourire. « Tout le monde veut être adopté. »

Elle se rappela les paroles horribles de Joelyn sur le désir de maternité de sa sœur. « Ce que Joelyn a dit… »

Il l'interrompit : « Pourquoi son avocat appelait-il Amanda “Mandy” ?

— C'est un diminutif d'Amanda. »

Il hocha la tête pensivement, et Faith se demanda si les diminutifs étaient un autre de ses problèmes. Ç'aurait été logique. Il fallait savoir comment un nom s'écrivait avant de pouvoir le raccourcir.

« Tu savais que seize pour cent des tueurs en série connus sont des enfants adoptés ? »

Faith plissa le front. « Je ne te crois pas, dit-elle.

— Joel Rifkin, Kenneth Bianchi, David Berkowitz. Ted Bundy avait été adopté par son beau-père.

— Depuis quand es-tu devenu un expert sur les tueurs en série ?

— History Channel. Crois-moi, on y apprend beaucoup de choses, dit-il.

— Et où trouves-tu le temps de tant regarder la télévision ? s'étonna Faith.

— On ne peut pas dire que j'aie une vie mondaine particulièrement active. »

Faith regarda de nouveau par la fenêtre, en pensant à Will avec Sara Linton ce matin. De ce qu'elle avait lu sur Jeffrey Tolliver, elle déduisait qu'il était exactement le genre de flic que Will n'était pas : physique, déterminé, prêt à tout pour résoudre une affaire. Non que Will manquât d'opiniâtreté, mais il était plus enclin à obtenir les aveux d'un suspect par la persuasion de son regard que par la force de ses muscles. D'instinct, Faith savait que Will n'était pas le type d'homme de Sara Linton, et c'était d'ailleurs pour cette raison qu'elle s'était sentie navrée pour lui ce matin en le voyant si maladroit avec cette belle femme.

Il devait y penser aussi, car il dit : « Je ne connais pas le numéro de son appartement.

— Celui de Sara ?

— Elle habite les Milk Lofts, dans Berkshire Street.

— À l'entrée, il y a forcément une liste des... » Faith s'interrompit. Puis : « Je pourrais t'écrire son nom pour que tu puisses le comparer à ceux de la liste. Il n'y a sûrement pas tant d'occupants dans ces appartements. »

Il haussa les épaules, découragé d'avance.

« Nous pourrions chercher sur l'Internet, dit-il.

— Ça m'étonnerait que nous la trouvions. »

La porte s'ouvrit et la secrétaire platinée revint suivie d'un homme extrêmement grand, extrêmement bronzé et extrêmement beau dans le plus sublime costume italien que Faith ait jamais vu.

« Morgan Hollister », se présenta-t-il en s'avançant dans le hall la main tendue. « Désolé de vous avoir fait attendre. J'étais au téléphone avec un client de New York. Ce qui est arrivé à Pauline nous a tous mis dans le pétrin, comme on dit. »

Faith ne savait pas qui employait encore une expression pareille, mais elle lui pardonna en lui serrant la main. C'était l'homme le plus séduisant, mais aussi le plus gay qu'elle ait rencontré depuis longtemps. Attendu qu'ils se trouvaient à Atlanta, la capitale gay du sud des États-Unis, ce n'était pas peu dire.

« Je suis l'agent spécial Trent et voici l'agent spécial Mitchell », dit Will en ignorant le regard de prédateur que posait sur lui Morgan Hollister.

« Vous faites de la muscu ? demanda celui-ci.

— Des poids et haltères, surtout. Un peu de barres parallèles. »

Morgan lui tapota le bras. « Solide, apprécia-t-il.

— C'est très aimable à vous de nous laisser examiner les affaires de Pauline », dit Will, bien que Morgan n'eût rien proposé de tel. « Je sais que nos collègues de la ville d'Atlanta sont déjà passés. J'espère que nous ne vous dérangeons pas.

— Non, bien sûr que non. » Morgan posa sa main sur l'épaule de Will et le guida vers la porte. « Nous sommes tous catastrophés de ce qui est arrivé à Pauline. C'était une fille très chouette.

— On nous a dit qu'il n'était pas toujours facile de travailler avec elle. »

Morgan eut un petit rire, que Faith interpréta comme une façon de dire « Vous savez comment sont les femmes », et elle se réjouit de constater que le sexisme sévissait aussi dans la communauté gay.

Will demanda : « Est-ce que le nom de Jacquelyn Zabel vous dit quelque chose ? »

Morgan secoua la tête. « Non. Je suis en contact avec tous les clients et je suis à peu près sûr que je m'en souviendrais. Mais je peux quand même vérifier sur l'ordinateur. » Il prit un air triste. « Pauvre Pauline. Toute cette histoire nous a fait un tel choc !

— Nous avons trouvé un placement provisoire pour Felix, lui dit Will.

— Felix ? » Il sembla ne pas se rappeler. Puis : « Ah, oui, le gamin ! Je suis sûr qu'il s'en sortira. C'est un petit soldat, Felix ! »

Morgan les précéda dans un long couloir bordé de bureaux ouverts dont les fenêtres donnaient sur la voie rapide en contrebas. Des maquettes et des dessins jonchaient les tables de travail. Faith aperçut au passage une série de plans étalés sur une table de réunion et se sentit un peu mélancolique.

Enfant, elle avait désiré devenir architecte, mais elle avait dû renoncer à ce rêve à quatorze ans, quand on l'avait renvoyée de l'école parce qu'elle était enceinte. Cela ne se faisait plus, bien sûr, mais à l'époque, tout ce qu'on espérait des adolescentes enceintes était qu'elles disparaissent de la surface de la terre. On ne mentionnait plus jamais leur nom, sauf en référence au garçon qui les avait engrossées, et pour les définir comme « la petite traînée qui a failli gâcher la vie de ce jeune homme ».

Morgan s'arrêta devant un bureau fermé. Le nom de Pauline McGhee était inscrit sur la porte. Il prit une clef dans sa poche.

« Vous fermez toujours la porte à clef ? demanda Will.

— Pas moi. Pauline. C'était une manie à elle.

— Elle en avait beaucoup, des manies ? interrogea Faith.

— Disons qu'elle avait une façon bien à elle de faire son travail. » Morgan haussa les épaules. « Je ne l'ai jamais contrariée. Parce qu'elle se débrouillait très bien. Pour tout l'aspect contractuel, ou pour surveiller les sous-traitants. » Son sourire s'effaça. « Pourtant, il y a eu un problème à la fin. Elle s'est pris les pieds dans le tapis avec une commande très importante. Ce qui a coûté très cher à la boîte. Elle risquait de se faire virer s'il ne lui était pas arrivé quelque chose. »

Si Will se demandait pourquoi Morgan parlait de Pauline comme si elle était morte, il ne lui posa pas la question et tendit la main pour prendre la clef. « Nous refermerons quand nous aurons fini. »

Morgan hésita. De toute évidence, il avait pensé qu'il serait présent pendant qu'ils fouillaient le bureau.

« Je vous la rapporterai ensuite, d'accord ? », dit Will. Il frappa sur l'épaule de Morgan. « Merci, l'ami », dit-il avec une familiarité appuyée. Puis il lui tourna le dos, fit tourner la clef dans la serrure et entra dans le bureau, Faith à sa suite. Elle referma la porte derrière elle.

Elle ne put d'empêcher de demander : « Ça ne te dérange pas ?

— Quoi, les regards de Morgan ? » Il haussa les épaules. « Il voit très bien que je ne suis pas intéressé.

— Oui, mais quand même…

— Il y avait pas mal de garçons homos à l'orphelinat. La plupart beaucoup plus sympas que les hétéros. »

Faith n'imaginait pas comment des parents pouvaient abandonner leurs enfants, et surtout pas pour cette raison-là. « C'est horrible », dit-elle.

De toute évidence, Will n'avait pas envie d'avoir une conversation sur ce sujet. Il promena son regard autour du bureau et commenta : « Le moins qu'on puisse dire, c'est que c'est austère. »

Faith ne pouvait qu'être d'accord. Le bureau de Pauline semblait n'avoir jamais été occupé. Pas le moindre bout de papier sur la table de travail. Boîtes à courrier (reçu et à envoyer) vides de la moindre enveloppe. Les livres de design sur les étagères étaient rangés au cordeau. Les magazines étaient parfaitement alignés dans des boîtes de couleur, et parfaitement visibles pour qui voudrait les consulter. Même l'écran de l'ordinateur sur le côté droit de la table semblait placé selon un angle bien précis de quarante-cinq degrés. Le seul objet de valeur sentimentale était un petit instantané dans un cadre argenté où l'on reconnaissait Felix sur une balançoire.

« "C'est un petit soldat" », dit Will, répétant ironiquement les paroles de Morgan sur le petit garçon de Pauline. « J'ai appelé l'assistante sociale hier soir. Il ne va pas si bien que ça, le pauvre.

— Qu'est-ce qu'elle t'a dit ?

— Il pleure beaucoup. Il ne veut pas manger. »

Faith examina la photo, la joie sans mélange qui brillait dans les yeux de l'enfant regardant sa mère. Elle se rappela Jeremy à cet âge. Il était tellement adorable qu'elle avait envie de le dévorer comme du sucre d'orge. À l'époque, Faith venait d'obtenir son diplôme de l'école de police et s'était installée dans un petit appartement bon marché de Monroe Drive. C'était la première fois qu'elle et son fils n'habitaient plus chez la mère de Faith. Leurs vies étaient entremêlées à un point qu'elle n'aurait pas cru possible. Il faisait tellement partie d'elle qu'elle avait du mal à le laisser à la garderie. Le soir, Jeremy s'amusait à des coloriages tandis qu'elle rédigeait ses rapports à la table de la cuisine. Il lui chantait des chansons de sa petite voix aiguë tandis qu'elle préparait le dîner et leur déjeuner pour le lendemain. Parfois, il se glissait dans son lit et se recroquevillait sous son bras comme un chaton. Faith ne s'était jamais sentie si importante, si nécessaire : ni avant, ni bien sûr après.

« Faith ? » Will venait de dire quelque chose qui lui avait échappé.

Elle reposa la photo sur la table de travail avant de se mettre à pleurer comme une gamine. « Oui ?

— J'ai dit : qu'est-ce que tu paries que la maison de Jacquelyn Zabel en Floride est aussi bien rangée que ce bureau ? »

Faith s'éclaircit la gorge, s'efforçant de se concentrer. « La chambre où elle dormait dans la maison de sa mère était dans un ordre parfait. J'ai pensé que c'était en réaction au foutoir qui avait envahi les autres pièces... Tu sais, le calme au milieu de l'orage ? Mais c'est peut-être une maniaque de l'ordre.

— Une personnalité de type A. » Will contourna la table et ouvrit les tiroirs. Faith regarda ce qu'il avait trouvé : une série de crayons de couleur dans un présentoir en plastique, des post-it soigneusement empilés. Il ouvrit le tiroir suivant et en tira un gros classeur, qu'il posa sur la table pour feuilleter son contenu. Faith vit des schémas de pièces, des échantillons de tissu épinglés, des photos de meubles attachées avec des trombones.

Tandis qu'il fouillait les autres tiroirs, elle alluma l'ordinateur. Bien qu'à peu près sûre de ne rien y découvrir, elle avait pourtant le sentiment étrange que ce qu'ils faisaient était quand même utile à leur enquête. Et elle était de nouveau bien en phase avec Will, elle se sentait vraiment sa coéquipière et non plus son adversaire. C'était forcément une bonne chose.

« Regarde ça », dit-il. Il avait ouvert le dernier tiroir à gauche, dont le contenu, cette fois, était dans le plus grand désordre, comme un tiroir de cuisine où l'on entasse de vieux ustensiles et des couverts dépareillés. Il était plein de papiers chiffonnés, et il y avait même au fond plusieurs paquets de chips vides.

« Eh bien ! Elle est donc humaine, dit Faith.

— Mais c'est curieux, observa Will, songeur. Tout est tellement bien rangé, à part ce seul tiroir ! »

Faith saisit un papier roulé en boule qu'elle lissa contre le plateau de la table. C'était une liste dont chaque élément avait été coché, sans doute une fois la tâche accomplie : supermarché ; lampe à réparer dans le salon des Powell ; contacter Jordan sur les schémas de canapés. Elle prit un autre papier chiffonné et y trouva peu ou prou la même chose.

Will dit : « Peut-être qu'elle a jeté ces papiers une fois qu'elle avait fait ce qu'elle avait à faire. »

Faith examina les deux papiers en brouillant sa vision, tentant de les voir comme Will les voyait. Il était si habile à faire croire aux gens qu'il pouvait lire que, parfois, Faith en oubliait qu'il avait un problème.

Will s'approcha du rayonnage, prit une boîte de magazines d'une des étagères du milieu et la posa sur le sol moquetté. « Qu'est-ce que c'est que ça ? » Il posa par terre une autre boîte, puis encore une autre. Faith vit le cadran d'un coffre-fort.

Will tenta de tirer sur la poignée, mais sans succès. Il fit glisser ses doigts sur le bord. « Il est cimenté dans le mur.

— Si tu allais demander la combinaison à ton copain Morgan ?

— Je parierais gros qu'il ne connaît même pas l'existence de ce coffre. »

Faith ne voulut pas prendre le pari. Comme Jacquelyn Zabel, Pauline McGhee semblait aimer le secret.

« Commençons par l'ordinateur, dit Will. Ensuite, nous irons le chercher. »

Faith regarda l'écran. Une fenêtre demandait un mot de passe.

Will la vit aussi. « Essaie "Felix" », suggéra-t-il.

Elle s'exécuta, et, comme par miracle, cela marcha. Faith songea que le sien était "Jeremy" et qu'elle ferait bien d'en changer en rentrant, puis elle cliqua sur la boîte e-mail et parcourut les messages tandis que Will retournait vers le rayonnage. Elle trouva la correspondance habituelle entre personnes travaillant pour la même société, mais rien de personnel, rien qui indique l'existence d'un ami ou d'une amie, d'un confident ou d'une confidente. Faith s'appuya au dossier de la chaise pivotante et passa au logiciel de navigation, espérant trouver une autre boîte e-mail dans l'historique. Rien, ni Gmail, ni Yahoo. Mais elle découvrit plusieurs sites Internet.

Au hasard, elle cliqua sur l'un, et une page de YouTube apparut. Elle régla le son et mit la vidéo en route. Une guitare grinça dans les haut-parleurs sous l'écran, et une voix lança les mots : *Je suis heureuse*, puis *Je suis souriante*.

Will s'approcha et se tint debout derrière la chaise. Des mots apparurent et disparurent : *Je ressens. Je vis. Je meurs.*

La guitare devenait plus agressive à chaque mot, puis une photo remplaça ceux-ci : celle d'une jeune fille en tenue de majorette.

Son short était très bas sur ses hanches, son haut si petit qu'il couvrait à peine ses seins. Elle était si mince que Faith aurait pu compter ses côtes.

« Mon Dieu », murmura-t-elle. Une autre photo apparut, celle d'une Afro-Américaine cette fois. Elle était recroquevillée sur un lit et tournait le dos à l'appareil. Sa peau était tendue, ses vertèbres et ses côtes assez prononcées pour qu'on distingue le contour de chaque os. Son omoplate saillait comme une lame de couteau.

« Tu crois que c'est un site qui collecte de l'argent ? demanda Will. Pour les victimes du sida, peut-être ? »

Faith fit non de la tête en voyant se dessiner une autre silhouette sur l'écran : celle d'un mannequin debout devant un gratte-ciel, les bras et les jambes maigres comme des manches à balai. Puis surgit une autre jeune fille, une jeune femme plutôt. Ses clavicules ressortaient avec une netteté douloureuse. Sa peau ressemblait à du papier mouillé recouvrant ses tendons.

Faith retourna dans l'historique et une autre vidéo apparut. La musique était différente, mais l'introduction était similaire. Elle lut à voix haute : « *Mangez pour vivre. Ne vivez pas pour manger.* » Les mots s'effacèrent et laissèrent la place à la photo d'une fille si maigre et au visage si émacié que la regarder était presque insupportable. Faith ouvrit une autre page, puis une autre. « *La seule liberté qui nous reste est celle de ne pas nous nourrir,* lut-elle. *La maigreur est belle. La graisse est hideuse.* » Elle regarda en haut de l'écran de quel site provenait la vidéo. « Thinspo[1]. Jamais entendu parler.

— Je ne comprends pas. Ces filles ont l'air de mourir de faim, mais elles ont des télés dans leur chambre et elles sont bien habillées. »

Faith cliqua sur un autre lien. « Thinspiration, dit-elle. Seigneur, c'est inimaginable. Elles n'ont littéralement que la peau sur les os !

— C'est un forum de discussion, quelque chose dans ce genre ? »

Faith examina de nouveau l'historique. En parcourant la liste des sites visités par Pauline, elle trouva d'autres vidéos, mais rien qui ressemble à un forum. Elle passa à la page suivante et comprit.

1. De *thin*, en anglais « maigre » (*NdT*).

« Atlanta Pro Anna point com, articula-t-elle. C'est un site qui milite pour l'anorexie ! » Faith cliqua sur le lien, mais tout ce qui apparut fut une fenêtre demandant un autre mot de passe. Elle essaya de nouveau « Felix », mais sans succès. Elle lut ce qui était écrit en petits caractères. « Pour entrer, il faut un mot de passe de six caractères au moins et Felix n'en a que cinq. » Elle essaya plusieurs variantes du prénom, en disant à voix haute pour le bénéfice de Will : « Zéro-Felix, Un-Felix, Felix-Zero... »

Will demanda : « Il y a combien de lettres dans "Thinspiration" ?

— Trop. Mais "Thinspo" en a sept. » Elle essaya, mais rien ne se passa.

« Quel est son nom d'utilisateur ? », demanda Will.

Faith le lut dans la fenêtre au-dessus du mot de passe. « A, T, L, thin. » Elle se rendit compte qu'épeler n'aiderait en rien son coéquipier. « C'est une abréviation d'"Atlanta Thin". » Elle entra le nom d'utilisateur. « Rien à faire. Oh ! » Elle se botta mentalement les fesses. « L'anniversaire de Felix. » Elle ouvrit le calendrier et chercha les anniversaires. Seulement deux apparurent : celui de Pauline elle-même et celui de son fils. « Douze, Zéro-huit, Zéro-trois ». L'écran resta muet. « Non. Toujours pas. »

Will hocha la tête en se grattant distraitement le bras. « Les coffres-forts ont des combinaisons à six chiffres, non ?

— Ça ne coûte rien d'essayer. » Faith attendit, mais Will ne bougea pas. « Douze, Zéro-huit, Zéro-trois », répéta-t-elle, sachant qu'il n'avait pas de problème avec les chiffres. Mais il resta immobile, et finalement quelque chose fit tilt dans son cerveau. « Oh ! Excuse-moi.

— Ne t'excuse pas, dit-il. C'est ma faute.

— Non. C'est la mienne. » Elle se leva et se dirigea vers le coffre, faisant tourner le cadran de gauche à droite pour composer le douze, puis recommençant pour composer le huit. Ce n'étaient pas les chiffres qui posaient un problème à Will, c'étaient la droite et la gauche.

Faith composa Zéro-trois et fut presque déçue que l'opération ait été si facile en entendant le « clic » de la serrure qui s'ouvrait. Elle ouvrit le coffre et y trouva un carnet à spirale comme en utilisent tous les écoliers, ainsi qu'un feuillet imprimé. Elle lut ce qui était inscrit. C'était l'impression d'un e-mail qui parlait des mesures d'un ascenseur où il fallait faire entrer un canapé, une difficulté à laquelle Faith n'avait jamais songé bien que son premier réfrigérateur ait été trop grand pour passer par la porte de la cuisine. « Un truc professionnel », dit-elle à Will en ouvrant le carnet.

Elle souleva la couverture cartonnée qui cachait la première page. Les poils de ses bras se dressèrent et elle réprima un frisson en voyant ce qui s'offrait à ses yeux. Une écriture nette, cursive, couvrait l'intégralité de la page. Les mêmes mots, encore et encore. Faith passa à la page suivante, puis à celle d'après. Les mots avaient été inscrits avec tant de force que par endroits le stylo avait déchiré le papier. Faith ne croyait pas aux phénomènes paranormaux, mais la colère qu'elle sentait émaner de ce carnet était palpable.

« C'est la même chose, n'est-ce pas ? » Will avait probablement reconnu l'espacement des lignes, la même phrase brève cent fois, mille fois répétée, qui couvrait le carnet comme une forme d'art sadique.

Je ne me priverai pas... Je ne me priverai pas... Je ne me priverai pas...

« La même chose, confirma Faith. Ce carnet relie Pauline à la caverne, à Jacquelyn Zabel et à Anna.

— C'est écrit au stylo, remarqua Will. Les feuilles que nous avons trouvées dans la caverne étaient écrites au crayon.

— Mais c'est la même phrase. *Je ne me priverai pas.* Pauline a écrit ça toute seule, sans y être obligée. Personne ne l'y a forcée. Pour autant que nous sachions, elle n'est jamais descendue dans la caverne. » Faith feuilleta le carnet pour s'assurer que la phrase était la même jusqu'à la dernière page. « Jackie Zabel était maigre, observa-t-elle. Pas comme les filles des vidéos, mais maigre.

— Joelyn dit que sa sœur a toujours pesé le même poids depuis le lycée.

— Tu penses qu'elle avait des troubles du comportement alimentaire ?

— Je pense qu'elle avait beaucoup de choses en commun avec Pauline : le goût du contrôle, le goût du secret. » Il ajouta : « Pete a jugé que Jackie était sous-alimentée, mais peut-être qu'elle se privait de nourriture de sa propre volonté.

— Et Anna ? Est-ce qu'elle est maigre ?

— Pareille. Si tu la voyais... » Il se tâta la clavicule. « Nous avons pensé que les faire crever de faim était une forme de torture parmi les autres. Mais ces filles sur les vidéos... Elles font ça exprès, non ? Ces vidéos, c'est comme de la pornographie pour anorexiques. »

Faith hocha lentement la tête et sentit une montée d'adrénaline en établissant une nouvelle connexion : « Peut-être qu'elles se sont toutes rencontrées sur l'Internet ! » Elle retourna s'asseoir devant l'ordinateur où la fenêtre réclamant un mot de passe était toujours ouverte par-dessus le site Atlanta-Pro-Anna et entra la date d'anniversaire de Felix dans toutes les combinaisons qui lui vinrent à l'esprit, à l'envers, en supprimant les zéros, en mélangeant les chiffres. « On a peut-être assigné à Pauline un mot de passe qu'elle ne pouvait pas changer, réfléchit-elle tout haut.

— Ou peut-être que ce qu'il y a sur ce site est plus précieux pour elle que le contenu du reste de l'ordi. Et du coffre-fort.

— En tout cas, nous avons enfin une piste, Will. Si toutes ces femmes souffraient de désordres alimentaires, c'est quelque chose qui les relie.

— Et un forum sur l'Internet où nous ne pouvons pas entrer. Et des familiers qui ne sont pas très enclins à nous aider.

— Et le frère de Pauline McGhee ? Elle a dit à Felix qu'il était méchant. » Elle se détourna de l'ordinateur et regarda Will avec attention. « Peut-être que nous devrions revoir Felix et le sonder de nouveau. Au cas où il se rappellerait quelque chose d'autre. »

Will parut dubitatif. « Il n'a que six ans, Faith. Il est très malheureux de la disparition de sa mère. Je ne crois pas que nous en tirerons quoi que ce soit de nouveau. »

Tous deux sursautèrent quand le téléphone sonna sur la table de travail. Faith décrocha sans réfléchir et dit : « Bureau de Pauline McGhee.

— Rebonjour. » La voix de Morgan Hollister était légèrement irritée.

Faith lui demanda : « Vous avez trouvé Jacquelyn Zabel dans vos archives ?

— Malheureusement non. Mais figurez-vous que j'ai un appel pour vous sur la ligne deux. »

Faith fit un signe à Will en appuyant sur le bouton éclairé. « Faith Mitchell. »

Leo Donnelly se lança aussitôt dans une tirade furieuse. « Tu n'as pas eu l'idée de me consulter avant de fourrer ton nez dans une affaire qui est de mon ressort ? »

La bouche de Faith était prête à proférer toutes sortes d'excuses, mais Leo ne lui en laissa pas le temps.

« J'ai reçu un appel de mon chef, qui venait d'en recevoir un du beau Morgan Hollister. Il lui a demandé pourquoi le GBI fouillait dans les affaires de Pauline McGhee alors que nous avons déjà tout examiné ce matin. » Il respirait avec peine. « Mon chef, Faith ! Il voudrait savoir pourquoi je ne peux pas faire mon travail tout seul. Tu imagines de quoi j'ai l'air maintenant ?

— Il y a un lien, Leo, dit Faith. Nous avons trouvé ce qui relie Pauline McGhee à nos deux victimes.

— J'en suis ravi pour toi, Mitchell. En attendant, je me fais tordre les couilles par mon boss parce que tu n'as pas pris trente secondes pour me passer un coup de fil.

— Leo, je suis désolée que…

— Laisse tomber, dit-il sèchement. Il y a quelque chose que j'ai envie de ne pas te dire, sauf que je ne suis pas du genre à faire de la rétention d'informations.

— Quoi ?

— Nous avons une autre disparition. »

Faith sentit son cœur bondir dans sa poitrine. « Une autre femme ? », dit-elle pour le bénéfice de Will. « Est-ce qu'elle correspond au profil ?

— Trente-cinq ans, brune aux yeux bruns. Elle bosse dans je ne sais quelle banque à Buckhead où il faut être millionnaire rien que pour franchir le seuil. Pas d'amis. Tout le monde a l'air de la considérer comme une vraie salope. »

Faith fit un signe de tête à Will. Une autre victime, un autre compte à rebours. « Elle s'appelle comment ? Elle habite où ?

— Olivia Tanner. » Il prononça le nom et l'adresse à une telle vitesse qu'elle dut lui demander de répéter. « Virginia Highland Street. »

Faith griffonna le nom de la rue sur le dos de sa main.

« À toi de me renvoyer l'ascenseur, dit Leo. Tu me dois bien ça.

— Leo, je suis vraiment désolée si... »

Il ne la laissa pas terminer. « Si j'étais toi, Mitchell, je ferais attention. À part le compte en banque, tu ressembles beaucoup au profil des victimes ces derniers temps. »

Elle entendit un léger *clic* qui était bien pire que s'il avait claqué le combiné dans son oreille.

Olivia Tanner habitait un de ces pavillons à l'allure trompeusement modeste qui, de la rue, semblent avoir une superficie d'une petite centaine de mètres carrés, mais se révèlent comporter six chambres et cinq salles de bains et demie, avec un prix surpassant le million de dollars. Après avoir fouillé le bureau de Pauline McGhee et dénudé le psychisme de la disparue, Faith observa la maison d'Olivia Tanner d'un œil différent. Le jardin était beau, mais toutes les plantes alignées en rangées uniformes. L'extérieur était peint de frais, les gouttières formaient une ligne gracieuse sous les corniches. Pour ce que Faith savait du quartier, cette maison devait avoir une trentaine d'années de plus que son propre pavillon, mais en comparaison il semblait flambant neuf.

« Très bien. Je vous remercie », dit Will dans son portable. Il le remit dans sa poche et dit à Faith : « Selon Joelyn Zabel, sa sœur a eu des problèmes d'anorexie et de boulimie quand elle était au lycée. Elle ne sait pas trop ce qu'il en était ces derniers temps, mais je parierais que Jackie ne s'en était pas vraiment sortie. »

Faith assimila l'information. « Je vois, dit-elle.

— C'est ça, le lien que nous cherchions.

— Et ça nous mène à quoi ? », se demanda-t-elle tout haut en arrêtant le moteur. « Les techniciens ne sont pas arrivés à entrer dans l'ordinateur de Jackie. Il leur faudra peut-être des semaines pour trouver le mot de passe de Pauline. Et nous ne savons même pas si c'est sur ce forum pour anorexiques que ces femmes se sont rencontrées, ou si elle se contentait d'y jeter un coup d'œil à l'heure de la pause-déjeuner. Même si elle ne déjeunait pas. » Elle regarda de nouveau la maison d'Olivia Tanner. « Tu paries qu'ici non plus nous ne trouverons rien ?

— Je crois que tu es obsédée par Felix alors que c'est à Pauline que tu devrais penser », dit Will doucement.

Faith aurait voulu lui répondre qu'il se trompait, mais ç'aurait été un mensonge. Tout ce qu'elle avait en tête, c'était ce que vivait Felix dans son foyer ou sa famille d'accueil. Probablement pleurait-il toute la journée. Elle aurait dû se concentrer sur les victimes, sur le fait que Jacquelyn Zabel et Anna avaient précédé Pauline McGhee et Olivia Tanner dans leur malheur. Combien de temps celles-ci pourraient-elles endurer les tortures, les dégradations ? Chaque minute qui passait était pour elles une minute de souffrance.

Mais chaque minute qui passait était aussi une minute où Felix pleurait l'absence de sa mère.

« La seule façon d'aider Felix, c'est de retrouver Pauline », insista Will.

Faith poussa un profond soupir. « Ça commence à m'énerver que tu me connaisses si bien.

— Allons, allons, dit-il. Tu es une énigme cachée dans une pelote d'épingles. Et qui s'y frotte s'y pique. » Il ouvrit la portière et descendit. Elle le regarda marcher vers la maison à longues enjambées décidées.

Elle descendit de voiture à son tour et le suivit en remarquant : « Pas de garage, pas de BMW. » Après sa pénible conversation au téléphone avec Leo, elle s'était adressée à un de ses subordonnés pour obtenir le rapport sur la disparition d'Olivia Tanner. Celle-ci possédait une BMW 325 de couleur bleue, ce qui n'avait rien d'extraordinaire dans ce quartier. Elle était célibataire et sans enfant et occupait les fonctions de vice-présidente d'une banque locale. Son seul parent en vie était son frère.

Will tenta d'ouvrir la porte d'entrée, mais elle était fermée à clef. « Qu'est-ce qu'il attend, le frère ? »

Faith regarda sa montre. « Son avion a dû atterrir il y a une heure. S'il y a des embouteillages… » Elle n'acheva pas sa phrase. Il y avait toujours des embouteillages à Atlanta, surtout vers l'aéroport.

Will se pencha pour chercher une clef sous le paillasson. Il n'y en avait pas. Il leva la main vers le linteau de la porte, puis souleva les pots de fleurs. Rien. « Tu crois que nous devrions entrer quand même ? »

Faith réprima un commentaire sur cette soudaine tentation d'effraction. Elle savait que la frustration agissait sur Will comme une montée d'adrénaline, alors qu'elle avait sur elle l'effet du Valium. « Donnons-lui quelques minutes.

— Nous devrions prendre les devants. Appeler un serrurier pour le cas où le frère n'aurait pas de clef.

— Ne nous emballons pas, tu veux bien ?

— Tu me parles comme à un témoin.

— Will, nous ne savons même pas si Olivia Tanner fait partie de nos victimes. Nous allons peut-être découvrir que c'est une blonde platinée qui fait la fête avec des dizaines d'amis et qui promène gentiment son chien en disant bonjour à tout le monde.

— La banque dit qu'elle ne s'est pas absentée un seul jour depuis qu'elle a été engagée.

— Elle a pu tomber dans l'escalier. Décider de changer de ville sur un coup de tête. Filer avec un inconnu qu'elle a rencontré dans un bar. »

Will ne répondit pas. La main en visière, il regarda par les fenêtres du rez-de-chaussée, tentant de distinguer quelque chose à l'intérieur. La patrouille qui avait reçu la veille le rapport de disparition avait dû faire cela avant lui, mais Faith le laissa perdre son temps en attendant que Michael Tanner, le frère d'Olivia, se décide à arriver.

Malgré sa colère, Leo leur avait rendu service en leur parlant immédiatement de cette nouvelle affaire. La procédure aurait voulu qu'un inspecteur de la police d'Atlanta en soit d'abord chargé. Et selon ce que cet inspecteur aurait découvert, il aurait peut-être fallu vingt-quatre heures avant que Michael Tanner soit interrogé par quelqu'un qui ne se bornerait pas à rédiger un rapport. Ensuite, il aurait peut-être fallu un autre jour avant que le GBI soit alerté afin de comparer le cas Tanner à ceux dont il était chargé. Leo leur avait fait gagner deux précieuses journées dans une affaire où ils avaient désespérément besoin d'aide. Et en guise de remerciement, ils lui avaient fait une vraie crasse.

Faith sentit son BlackBerry vibrer. Elle vérifia ses e-mails et remercia mentalement Caroline, la secrétaire d'Amanda.

« J'ai le rapport sur l'arrestation de Jake Berman. Quand il s'est fait choper dans les toilettes du centre commercial.

— Et qu'est-ce qu'il dit, ce rapport ? »

Faith regarda les opérations sur son écran. « Il faut quelques minutes pour le téléchargement. »

Will contourna la maison en regardant par toutes les fenêtres. Faith le suivit, tenant son BlackBerry devant elle comme une baguette de sourcier. Finalement, la première page du rapport apparut et elle lut à partir du titre : « *Suite aux plaintes formulées par des clients du Mall of Georgia, centre commercial situé...* » Elle fit défiler le texte en cherchant les passages explicites. « "*Le suspect a fait alors le geste de la main caractéristique pour me demander si j'étais intéressé par un rapport sexuel. J'ai répondu en hochant deux fois la tête, et il m'a indiqué un recoin au fond des toilettes pour hommes.*" » Elle toucha de nouveau l'écran. « *L'épouse du suspect et ses deux fils, apparemment âgés de trois et un an, attendaient à l'extérieur.* »

« Est-ce que nous avons le nom de la femme ?

— Non. »

Will monta les marches de la plate-forme en bois qui bordait l'arrière de la maison d'Olivia Tanner. Bâtie sur les premiers contreforts des Appalaches, Atlanta était semée de collines et de vallons. La maison avait été construite au pied d'une pente assez escarpée, ce qui permettait aux voisins de ce côté de la distinguer clairement.

« Peut-être qu'ils ont vu quelque chose ? », suggéra Will.

Faith regarda la maison des voisins. Elle était énorme, le genre de baraque qu'on ne voit que dans les banlieues chic. Les deux premiers étages avaient de grands balcons et le rez-de-chaussée était bordé d'une terrasse avec des sièges et une cheminée en brique. Tous les volets et les stores étaient fermés, à l'exception d'une porte en bas où l'on apercevait une paire de rideaux écartés.

« On dirait qu'il n'y a personne, dit-elle.

— Probablement une maison saisie. » Will essaya la porte de derrière d'Olivia Tanner, mais celle-ci aussi était fermée à clef. « Olivia a disparu au moins depuis hier. Si c'est une de nos victimes, ça veut dire qu'elle a été enlevée juste avant ou juste après Pauline. » Il tenta d'ouvrir les fenêtres, sans résultat. « Tu penses que Jake Berman pourrait être le frère de Pauline ?

— C'est possible, admit Faith. Pauline a dit à Felix que son frère était dangereux. Peut-être qu'elle ne voulait pas qu'il tourne autour de son fils.

— Elle devait avoir une raison de le craindre. Peut-être qu'il est violent. C'est peut-être à cause de lui qu'elle s'est enfuie autrefois et qu'elle a changé de nom. Elle a coupé tous les liens avec sa famille quand elle était très jeune. Il est possible qu'elle ait eu très peur de lui. »

Faith écarta cette hypothèse. « Jake Berman était sur la scène de crime. Ensuite, il a disparu. Comme témoin, il n'était pas très coopératif. Il n'a laissé aucune trace dans les administrations, à part cette unique arrestation pour attentat à la pudeur.

— Si Berman est un faux nom dont le frère de Pauline se sert, il n'est apparemment pas connu autrement. Il s'est fait arrêter et il est passé par toute la procédure judiciaire sans qu'on découvre sa véritable identité.

— Mais s'il a changé de nom à l'époque où Pauline s'est enfuie, il y a vingt ans, c'est beaucoup pour les administrations. En ce temps-là, on commençait seulement à tout informatiser, à mémoriser les infos et les vieilles affaires dans les ordinateurs. Beaucoup de ces dossiers sont restés en plan, surtout dans les petites villes. Regarde les difficultés qu'a rencontrées Leo pour retrouver les parents de Pauline. Pourtant, ils avaient déclaré sa disparition à la police autrefois.

— Quel âge a Berman ? »

Faith consulta le rapport sur son écran. « Trente-sept. »

Will s'arrêta. « Trente-sept ans, c'est aussi l'âge de Pauline. Alors, ils seraient jumeaux ? »

Faith fouilla dans son sac et y trouva la photocopie en noir et blanc du permis de conduire de Pauline McGhee. Elle tenta en même temps de se rappeler les traits de Jake Berman, puis se souvint qu'elle tenait son BlackBerry dans son autre main et que le rapport devrait contenir sa photo. L'appareil continuait à charger le document, et elle le leva au-dessus de sa tête dans l'espoir que la captation serait meilleure.

« Retournons devant la maison », suggéra Will.

Ils passèrent par l'autre côté, et, de nouveau, Will observa toutes les fenêtres pour s'assurer que rien n'avait une apparence suspecte. Quand ils atteignirent le porche, la totalité du rapport était téléchargée.

Jake Berman portait la barbe à l'époque de son arrestation, le genre de collier volontairement mal entretenu que les jeunes pères de famille banlieusards se plaisaient à arborer pour se donner l'air subversif. Faith montra la photo à Will. « Il était rasé le soir où je l'ai vu, dit-elle.

— Felix a dit que l'homme qui avait enlevé sa mère portait une moustache.

— Il n'aurait pas pu la faire pousser si vite.

— Nous demanderons un dessin le représentant sans barbe, avec une moustache.

— Amanda décidera si nous devons publier le dessin. » Publier un portrait de Jake Berman pouvait le faire paniquer et se cacher avec encore plus de soin. S'il était le coupable, il pouvait aussi comprendre qu'on était sur sa piste, et décider d'éliminer tous les témoins et de quitter l'État, ou, pire, le pays. L'aéroport international de Hartsfield proposait plusieurs centaines de vols quotidiens pour toutes les destinations.

« Il est brun avec des yeux bruns, comme Pauline, observa Will.

— Toi aussi. »

Will haussa les épaules et admit : « Il ne lui ressemble pas comme un jumeau. Mais il pourrait être son frère. »

Faith eut de nouveau une idée baroque et vérifia les anniversaires. « Pour être exacte, Berman a fêté ses trente-sept ans quelques jours après son arrestation. Il est donc né onze mois avant Pauline. Des maternités très rapprochées, s'ils sont frère et sœur.

— Est-ce qu'il portait un costume quand on l'a arrêté ? »

Faith fit défiler le document sur son BlackBerry. « Jean et chandail. Comme le soir où je l'ai vu au Grady Hospital.

— Et son métier ? »

Faith lut : « Chômeur. » Elle chercha d'autres détails et secoua la tête. « Il ne vaut rien, ce rapport. J'ai du mal à croire qu'un lieutenant de police s'en soit contenté.

— J'en ai rédigé de pareils. On a dix ou quinze plaintes par jour. La plupart des gars avouent et paient une amende en espérant s'en tirer comme ça. Ils n'ont aucune envie de se présenter devant un tribunal, parce que la dernière chose qu'ils souhaitent, c'est faire face à leur accusateur.

— Qu'est-ce que c'est, le "geste de la main caractéristique" qu'on fait pour proposer de baiser ? », demanda Faith, curieuse.

Will fit une démonstration absolument obscène avec ses doigts, et Faith regretta d'avoir posé la question. Il insista : « Pour que Jake Berman se cache, il faut qu'il ait une raison.

— Quelles sont les options ? Ou c'est un froussard, ou c'est le frère de Pauline, ou c'est notre assassin. Ou les trois.

— Ou rien de tout ça, dit Will. Mais dans tous les cas, il faut que nous l'interrogions.

— Amanda a lancé toute une équipe à ses trousses. Ils essaient toutes les déclinaisons de son nom possibles et imaginables : Jake Seward, Jack Seward. Ils cherchent un McGhee, un Jakeson, un Jackson. L'ordinateur fait les permutations.

— Il a un second prénom ?

— Henry. Ce qui nous donne toute une série de diminutifs possibles : Hank, Harry, Hoss…

— Comment un type qui est connu des services de police peut-il rester introuvable ?

— Il ne se sert pas d'une carte bancaire. Il n'a pas de facture de portable, ni de traites pour un appartement. Ses dernières adresses connues n'ont rien donné. Nous ne savons pas qui est son employeur, ni où il a travaillé dans le passé.

— Peut-être que tout est au nom de sa femme. Un nom que nous ne connaissons pas.

— Si mon mari se faisait prendre en train de niquer un autre mec dans un centre commercial pendant que j'attends à la porte avec les enfants… » Faith ne prit pas la peine de finir sa phrase. « Ça nous rendrait service si l'avocat qui l'a défendu au moment de cette affaire d'attentat à la pudeur n'était pas le roi des cons. » L'homme de loi refusait de divulguer le moindre renseignement sur son client et affirmait n'avoir aucun moyen d'entrer en contact avec Jake Berman. Amanda avait rédigé une commission rogatoire pour avoir accès à ses dossiers, mais ce genre de procédure prenait du temps. Et c'était justement ce qui leur manquait.

Une Ford Escape bleue s'arrêta devant la maison. L'homme qui en descendit était l'image même de l'anxiété, de son front plissé à ses mains qui se tordaient devant son ventre un peu rebondi. C'était un trentenaire d'apparence banale, un peu dégarni, un peu voûté. Faith aurait juré que le métier qu'il exerçait était de ceux qui vous collent devant un ordinateur huit heures par jour.

« Vous êtes les officiers de police à qui j'ai parlé ? » demanda-t-il avec brusquerie. Puis, se rendant compte de la rudesse de son ton, il reprit : « Excusez-moi. Je suis Michael Tanner, le frère d'Olivia. Vous êtes de la police, je suppose ?

— Oui, monsieur. » Faith lui montra sa carte. Elle se présenta et présenta Will. « Avez-vous la clef de la maison de votre sœur ? »

Michael sembla à la fois inquiet et gêné, comme si toute cette histoire n'était peut-être qu'un malentendu. « Vous croyez vraiment que nous devons entrer ? Je veux dire, Olivia tient à sa vie privée. »

Faith lança un regard à Will. Encore une femme encline à dresser des barrières autour d'elle.

« Nous pouvons appeler un serrurier si c'est nécessaire, suggéra Will. Mais il est important que nous voyions l'intérieur de la maison si quelque chose est arrivé. Olivia a pu tomber, ou…

— J'ai la clef. » Michael fouilla dans sa poche et en tira une clef unique attachée à un mousqueton. « Elle me l'a envoyée il y a trois mois, je ne sais pas pourquoi. À mon avis, parce qu'elle savait que je ne m'en servirais pas. Et je ne devrais peut-être pas m'en servir. »

Will observa : « Vous ne seriez pas venu de Houston si vous pensiez que tout était normal. »

Le visage de Michael pâlit et Faith devina ce qu'avaient dû être les heures qu'il venait de vivre : filer jusqu'à l'aéroport, prendre un avion, louer une voiture, sans cesser de se dire qu'il se conduisait comme un idiot et que sa sœur se portrait comme un charme. Et sans cesser d'avoir la conscience lancinante, quelque part dans un coin de sa tête, que l'inverse était probablement vrai.

Il tendit la clef à Will. « Le policier à qui j'ai parlé hier m'a dit qu'il avait envoyé une patrouille frapper à la porte. » Il fit une pause, comme s'il attendait une confirmation. Puis : « J'avais peur qu'on ne me prenne pas au sérieux, poursuivit-il. Je sais bien qu'Olivia est adulte depuis longtemps, qu'elle ne doit de comptes à personne, mais c'est une femme qui a ses habitudes. Elle n'abandonne pas facilement sa routine. »

Will ouvrit la porte et entra dans la maison. Faith retint quelques instants Michael Tanner sous le porche. Elle lui demanda : « Et quelle est sa routine ? »

Il ferma les yeux un instant, comme pour reprendre ses esprits. « Elle travaille dans sa banque de Buckhead depuis bientôt quinze ans. Elle y est tous les jours sauf le lundi, où elle fait ses courses, s'occupe de sa lessive, va échanger des livres à la bibliothèque et je ne sais quoi encore, des choses banales. Elle arrive à la banque à huit heures du matin et repart rarement avant huit heures du soir, plus tard s'il y a un événement particulier. Elle s'occupe des relations publiques. S'il y a une collecte de fonds pour une œuvre, quelque chose que la banque sponsorise, elle est obligée d'être présente. Sinon, elle est toujours chez elle.

— La banque vous a appelé ? »

Il porta sa main à sa gorge, frottant une cicatrice rose vif. Faith supposa qu'il avait subi une trachéotomie ou un autre genre d'opération.

« La banque n'a pas mon numéro, dit-il. C'est moi qui ai téléphoné, hier matin, parce que je n'avais pas de nouvelles d'Olivia. Je les ai rappelés en descendant de l'avion. Ils n'ont aucune idée de l'endroit où elle peut se trouver. Elle n'a jamais manqué une journée de travail.

— Avez-vous une photo récente de votre sœur ?

— Non. » Il sembla comprendre pourquoi Faith en avait besoin. « Je suis désolé. Olivia détestait qu'on la photographie. Depuis toujours.

— Ça ne fait rien, le rassura Faith. Nous prendrons celle de son permis de conduire en cas de besoin. »

Will descendit l'escalier en secouant la tête et Faith précéda Michael Tanner dans la maison. Elle tenta de faire un peu de conversation et lui dit : « Belle maison, non ?

— Je n'y suis jamais venu », avoua-t-il. Il regardait autour de lui, comme Faith, et devait se dire la même chose que celle-ci : le domicile de sa sœur ressemblait à un musée.

Le hall s'enfonçait jusqu'à la cuisine, tout au fond, brillante de surfaces en marbre blanc et de placards blancs. L'escalier était moquetté de blanc et le salon était aussi spartiate : tout, des murs aux meubles et au tapis, était d'un blanc immaculé. Même les tableaux sur les murs étaient des toiles blanches dans des cadres blancs.

Michael frissonna : « Que c'est froid ici ! » Et Faith devina aussitôt qu'il ne parlait pas de la température.

Elle précéda les deux hommes dans le salon. Il y avait un long canapé et deux chaises, mais elle ne savait si elle devait rester debout ou s'asseoir. Finalement, elle opta pour la seconde solution et prit place sur le canapé, dont les coussins étaient si durs que ce fut à peine si ses fesses s'y enfoncèrent. Will prit une chaise et Michael s'assit à l'autre bout du canapé.

« Commençons par le commencement, monsieur Tanner, dit-elle.

— Docteur Tanner », corrigea-t-il, avant de plisser le front et de se reprendre : « Excusez-moi. Ça n'a pas d'importance. Appelez-moi tout simplement Michael.

— Comme vous voudrez, Michael. » Faith gardait une voix calme, apaisante, car elle sentait que l'homme était tout proche de la panique. Elle posa une autre question : « Vous êtes médecin, alors ?

— Oui. Médecin radiologue.

— Et vous exercez dans un hôpital ?

— À la Clinique méthodiste du sein. » Il cligna des yeux, et elle comprit qu'il faisait un effort pour ne pas pleurer.

Elle décida d'aller droit au but. « Qu'est-ce qui vous a poussé à appeler la police hier ?

— Depuis un certain temps, Olivia m'appelle tous les matins. Ça n'a pas toujours été le cas. Loin de là. Nous ne nous entendions pas très bien étant enfants. Ensuite, elle est partie pour l'université, ce qui nous a éloignés encore davantage. » Il sourit faiblement. « Mais il y a deux ans, j'ai eu un cancer. La thyroïde. » Il toucha de nouveau la cicatrice à son cou. « À ce moment-là, j'ai senti...

un vide ? » Il prononça ces mots comme une question, et Faith hocha la tête comme si elle comprenait. « J'ai eu envie de retrouver ma famille. Je voulais qu'Olivia retrouve une place dans ma vie. Je savais qu'elle poserait ses conditions, mais j'étais prêt à m'y conformer.

— Et quelles conditions vous a-t-elle imposées ?

— Je ne devais pas lui téléphoner, c'était elle qui m'appellerait. »

Faith ne savait qu'en penser. Will demanda : « Ces appels obéissaient-ils à certaines règles ? »

Michael fit oui de la tête à plusieurs reprises, comme s'il était content de trouver enfin quelqu'un qui comprenne son inquiétude. « Oui. Cela fait dix-huit mois qu'elle m'appelle tous les matins sans exception. Souvent, elle n'a pas grand-chose à me dire, mais elle m'appelle tous les jours à la même heure, quoi qu'il arrive. »

Will demanda : « Pourquoi n'a-t-elle pas grand-chose à dire ? »

Michael baissa les yeux vers ses mains. « C'est une femme dont la vie n'est pas rose. Elle a vécu des choses dures quand nous étions enfants. Ce n'est pas le genre de personne à qui le mot "famille" » donne envie de sourire. » Il caressa de nouveau sa cicatrice, et Faith sentit une profonde tristesse émaner de lui. « D'ailleurs, il y a peu de choses qui la font sourire. »

Will jeta un coup d'œil à Faith pour s'assurer qu'elle voulait bien qu'il prenne les rênes de l'entretien. Elle hocha discrètement la tête. De toute évidence, Michael Tanner était plus à l'aise en parlant à Will. Son travail à elle pour l'instant consistait à se fondre dans le décor.

« Votre sœur n'était pas une femme gaie ? » demanda Will.

Michael secoua lentement la tête et sa tristesse emplit la pièce. Will garda un moment le silence pour lui donner le temps dont il avait besoin. Puis il demanda : « Qui a abusé d'elle ? »

Faith fut choquée par cette question, mais les larmes aux yeux de Michael lui montrèrent que Will avait visé juste.

« Notre père. C'est presque un classique de nos jours.

— Quand ?

— Notre mère est morte quand Olivia avait huit ans. Je pense que ça a commencé peu de temps après. Et ça a duré quelques mois, jusqu'à ce qu'Olivia se retrouve chez le médecin scolaire.

Pour des contusions au niveau du sexe. Le médecin a fait un signalement, mais notre père... » Les larmes coulaient en abondance maintenant. « Notre père a prétendu qu'elle s'était blessée exprès. Qu'elle s'était enfoncé quelque chose dans, euh... à cet endroit. Pour attirer l'attention sur elle, parce que notre mère lui manquait. » Il essuya ses larmes avec colère. « Notre père était juge, vous comprenez ? Il connaissait tout le monde dans la police, et tout le monde croyait le connaître. Il a affirmé qu'Olivia mentait, et tout le monde a pensé que oui, c'était une menteuse. À commencer par moi. Pendant des années, j'ai refusé de la croire.

— Qu'est-ce qui vous a fait changer d'avis ? »

Il eut un petit rire sans joie. « Le raisonnement. Ça n'avait pas de sens qu'elle... qu'elle soit comme elle était à moins que quelque chose de terrible lui soit arrivé. »

Will continuait à regarder l'homme droit dans les yeux. « Est-ce que votre père vous a fait du mal aussi ?

— Non. » Il avait répondu trop vite. « Je veux dire, rien de sexuel. Il lui est arrivé de me corriger assez durement. À coups de ceinture. C'était parfois un homme brutal, mais à l'époque je croyais que les pères étaient comme ça. Que c'était normal. Le meilleur moyen d'éviter les raclées, c'était de filer doux. Alors, je filais doux. »

De nouveau, Will prit son temps avant de poser la question suivante. « Comment Olivia s'est-elle punie pour ce qui lui était arrivé ? »

Michael luttait contre ses émotions, s'efforçait de les contenir, mais échouait lamentablement. Finalement, il cacha ses yeux avec ses mains et se mit à sangloter. Will resta immobile sur sa chaise, et Faith l'imita. Elle savait d'instinct que la pire chose à faire en cet instant serait de consoler Michael Tanner.

Il s'essuya les yeux du dos de sa main. Enfin, il répondit : « Olivia est devenue anorexique. Je pense qu'elle l'est peut-être encore maintenant, mais elle m'a juré que ses troubles étaient sous contrôle. »

Faith se rendit compte qu'elle avait retenu son souffle. Olivia Tanner souffrait d'un désordre alimentaire, comme Pauline McGhee et Jackie Zabel.

« Les problèmes ont commencé quand ? demanda Will.

— Vers dix ou onze ans. Je ne me souviens pas exactement. J'ai trois ans de moins qu'Olivia. Tout ce que je me rappelle, c'est que c'était horrible. Elle s'est mise à... à dépérir littéralement. Comme une plante sans eau. »

Will se contenta de hocher la tête et le laissa parler.

« Même petite, Olivia a toujours été obsédée par son apparence. Elle était jolie, mais elle n'acceptait pas... » Michael fit une pause. Puis : « Je pense que notre père n'a fait qu'empirer les choses, poursuivit-il. Il n'arrêtait pas de la pincer, de la taquiner, en lui disant qu'elle ferait bien de se débarrasser de sa graisse d'enfant en bas âge. Elle n'était pas grosse. Elle était normale. Et jolie. Enfin, avant. Parce que vous savez ce qui arrive quand on se laisse mourir de faim comme ça ? »

Michael regardait Faith à présent, et elle secoua la tête.

« Non seulement elle était maigre à pleurer, squelettique, mais elle avait des escarres sur le dos. De grandes plaies béantes aux endroits où ses os saillaient sous sa peau. Elle ne pouvait plus s'asseoir, se mettre à l'aise. Elle avait froid tout le temps, elle ne sentait plus ses mains ni ses pieds. Parfois, elle n'avait même pas l'énergie d'aller jusqu'aux toilettes. Elle faisait sur elle. » Il s'arrêta de nouveau, visiblement inondé par les souvenirs. « Elle dormait dix, douze heures par jour. Elle a perdu ses cheveux. Elle avait des crises de tremblements incontrôlables, des crises de tachycardie aussi. Et sa peau ! C'était... dégoûtant. Elle se desquamait. Des écailles sèches, des espèces de longues pelures tombaient de toute la surface de son corps. Et elle pensait que c'était bien, que tout ça en valait la peine. Que de cette façon elle deviendrait belle.

— On ne l'a pas hospitalisée ? »

Il rit avec amertume, comme s'ils n'avaient aucune idée de l'horreur de la situation. « Elle n'arrêtait pas de faire des allers-retours entre Houston General Hospital et la maison ! On la nourrissait avec une sonde. Elle reprenait assez de poids pour qu'on la laisse repartir, et tout recommençait dès qu'elle rentrait. L'inanition, les vomissements. Ses reins se sont bloqués deux fois. Et son cœur donnait des inquiétudes, il était mis à rude épreuve. Moi, je lui en voulais beaucoup à cette époque. Je ne comprenais pas pourquoi elle s'infligeait volontairement une telle dégradation. Ça me semblait… Pourquoi se laissait-elle mourir de faim ? Pourquoi se soumettait-elle à ce… ce… » Il bredouillait et s'interrompit pour regarder autour de lui, observer cet environnement glacial que sa sœur s'était créé. « Le contrôle. Elle était obsédée par le contrôle, d'une chose en particulier : ce qui entrait dans sa bouche. »

Faith demanda : « Est-ce qu'elle allait mieux ? Je veux dire, récemment. »

Il hocha la tête et haussa les épaules en même temps. « Elle a commencé d'aller mieux quand elle s'est éloignée de notre père. Elle a pu aller à l'université, passer un diplôme en droit des affaires. Puis elle s'est installée ici, à Atlanta. Je pense que la distance lui a fait beaucoup de bien.

— Elle suivait une thérapie ?

— Non.

— Elle appartenait à un groupe de soutien ? Ou à un forum sur la Toile ? »

Il secoua la tête, sûr de lui. « Olivia estimait n'avoir besoin de l'aide de personne. Elle jugeait qu'elle était assez forte pour se contrôler.

— Est-ce qu'elle avait des amis, ou…

— Non. Elle n'avait personne.

— Votre père est toujours vivant ?

— Il est mort il y a dix ans. Très paisiblement. Tout le monde était content qu'il se soit éteint dans son sommeil.

— Est-ce qu'Olivia est religieuse ? Est-ce qu'elle va à l'église, ou…

— Olivia ? Elle mettrait le feu au Vatican si les gardes suisses la laissaient passer ! »

Will demanda : « Est-ce que les noms de Jacquelyn Zabel, de Pauline McGhee ou d'Anna vous disent quelque chose ? »

Il fit non de la tête.

« Votre sœur et vous êtes-vous déjà allés dans le Michigan ? »

Il les regarda d'un air intrigué. « Jamais. Enfin, moi, jamais. Olivia a passé toute sa vie d'adulte à Atlanta et elle a pu faire un voyage là-bas sans que je le sache. »

Will essaya autre chose : « Et les mots *Je ne me priverai pas* ? Est-ce qu'ils vous évoquent quelque chose ?

— Non. Mais c'est l'exact contraire de ce qu'a fait Olivia toute sa vie. Elle s'est toujours privée de tout.

— Et "Thinspo" ou "Thinspiration" ? »

De nouveau, il secoua la tête. « Non. Rien. »

Faith prit le relais de Will. « Et les enfants ? Est-ce qu'Olivia en a eu ? Ou est-ce qu'elle en voulait ?

— Ç'aurait été physiquement impossible, répondit Michael. Son corps... Elle l'a tellement abîmé, vous comprenez ? Elle n'aurait jamais pu porter un enfant.

— Mais peut-être en adopter un ?

— Olivia détestait tout ce qui a trait à l'enfance. » Sa voix était si basse que Faith l'entendait à peine. « Elle savait ce qui peut arriver à ce moment-là. »

Will formula la question que Faith avait en tête : « Vous pensez qu'elle avait encore des problèmes d'anorexie ?

— Non. Je veux dire, pas comme autrefois. C'est pour cette raison qu'elle m'appelait tous les matins, à six heures pile. Pour me dire qu'elle allait bien. Certains jours, je décrochais et elle me parlait un moment. Mais souvent, elle se contentait de me dire qu'elle allait bien et elle raccrochait très vite. Cette ligne téléphonique, je crois que c'était une ligne de vie pour elle. Enfin, je l'espère.

— Mais elle ne vous a pas téléphoné hier, dit Faith. Est-il possible qu'elle ait été en colère contre vous ?

— Non. » Il s'essuya de nouveau les yeux. « Olivia ne se mettait jamais en colère contre moi. Elle s'inquiétait pour moi. Tout le temps. »

Will se contenta de hocher la tête, et Faith demanda : « Et pourquoi s'inquiétait-elle ?

— Parce qu'elle était... » Michael s'interrompit et se racla deux ou trois fois la gorge.

« Parce qu'elle voulait protéger son petit frère, dit Will. Le protéger contre papa. »

Michael fit oui de la tête, et le silence s'installa de nouveau quelques instants. Il semblait chercher courage. « Vous pensez que... » Il se tut. Puis : « Olivia n'aurait jamais changé ses habitudes sans m'avoir prévenu », murmura-t-il.

Will le regarda droit dans les yeux. « Je pourrais chercher à vous rassurer, mais je préfère être franc, docteur Tanner. Nous n'avons que trois possibilités. L'une, c'est que votre sœur a disparu de son propre gré. Ce sont des choses qui arrivent. Vous n'imaginez pas à quel point c'est fréquent. La deuxième, c'est qu'elle a eu un accident, qu'elle est blessée...

— J'ai appelé les hôpitaux.

— La police d'Atlanta l'a fait aussi. Aucune femme inconnue n'a été admise dans aucun hôpital. »

Michael hocha la tête, probablement parce qu'il le savait déjà. « Et la troisième possibilité ? demanda-t-il à mi-voix.

— C'est qu'elle a été enlevée. Par quelqu'un qui lui veut du mal. »

Michael déglutit avec peine. Il regarda un long moment ses mains avant de dire : « Merci pour votre franchise, monsieur Trent. »

Will se leva et demanda : « Vous ne voyez pas d'inconvénient à ce que nous jetions un coup d'œil dans les affaires de votre sœur ? »

Une fois de plus, l'homme acquiesça de la tête et Will dit à Faith : « Je m'occupe du premier étage. Je t'abandonne le rez-de-chaussée. »

Il ne lui laissa pas le temps de discuter et Faith décida de ne pas protester, même s'il était probable qu'Olivia Tanner gardait ses affaires les plus personnelles dans sa chambre. En particulier son ordinateur.

Elle laissa Michael Tanner dans le salon et se dirigea vers la cuisine. La lumière entrait à flots par les fenêtres, rendant la pièce encore plus blanche. C'était une très belle cuisine, luxueuse même, mais d'aspect aussi glacé que le reste de la maison. Les surfaces étaient complètement vides à l'exception, sur la desserte, du plus mince téléviseur que Faith avait jamais vu. Même les cordons d'alimentation et de raccordement étaient cachés : ils s'enfonçaient dans un trou minuscule percé dans la plaque de marbre blanc à peine veiné.

Le garde-manger était assez grand pour qu'on s'y tienne debout, mais il contenait très peu de nourriture. Ce qui s'y trouvait était nettement aligné sur les étagères : les boîtes en carton de face pour que la marque soit aussitôt visible, les bocaux et les conserves tous tournés dans la même direction. Faith repéra six grands flacons d'aspirine encore dans leur emballage. La marque était différente de celle qu'ils avaient trouvée dans la chambre de Jackie Zabel, mais il lui sembla curieux que les deux femmes consomment tant d'aspirine.

Encore un détail qui semblait n'avoir pas de sens.

En explorant les placards, Faith passa quelques coups de téléphone. D'une voix aussi discrète qu'elle put, elle demanda des vérifications sur le passé de Michael Tanner, ne fût-ce que pour le rayer de la liste des suspects. Puis elle appela la police d'Atlanta pour demander que des agents passent au crible le quartier. Elle demanda aussi qu'on lui fournisse les plus récentes factures de téléphone d'Olivia Tanner pour savoir avec qui celle-ci s'était entretenue récemment, mais son portable était probablement enregistré au nom de la banque. S'ils avaient de la chance, ils trouveraient quelque part un BlackBerry qui leur permettrait de lire ses e-mails. Peut-être Olivia avait-elle quelqu'un dans sa vie dont elle n'avait pas parlé à son frère. Faith secoua la tête, en se disant que tout cela risquait d'être autant de coups d'épée dans l'eau. Quant à la maison, elle était comme un appartement témoin, tant on y sentait peu la présence d'un ou d'une occupante. Il n'y avait pas de réunions d'amis ici, pas de barbecues le dimanche. Et, sans le moindre doute, aucun homme n'y mettait les pieds.

À quoi avait pu ressembler la vie d'Olivia Tanner ? Faith avait déjà travaillé sur des cas de disparition. La clef pour savoir ce qui était arrivé à ces femmes – car il s'agissait généralement de femmes – consistait à tenter de se mettre à leur place. Qu'est-ce qu'elles aimaient, n'aimaient pas ? Qui étaient leurs amis, leurs connaissances ? En quoi leur mari/petit ami/amant était-il si redoutable qu'elles aient envie de partir sans laisser d'adresse ?

Avec Olivia, il n'y avait aucun indice, aucun ancrage affectif qui aurait pu les guider. Cette femme habitait une maison sans vie où il n'y avait même pas un fauteuil confortable où se laisser tomber le soir après une journée de travail. Ses assiettes et ses bols n'étaient ni craquelés ni ébréchés, à croire que personne ne s'en était jamais servi. Même le fond des tasses à café était brillant.

Comment se faire une idée d'une femme qui vivait dans une grande boîte blanche où rien n'avait laissé la moindre trace ?

Faith ouvrit les placards un à un. Là encore, tout était parfaitement en ordre. Même ce qu'on pouvait considérer comme le tiroir fourre-tout était impeccablement rangé : les tournevis dans un sachet en plastique, la tête du marteau bien posée sur la pelote de ficelle. Faith fit courir son doigt sur le bord intérieur du tiroir. Rien, pas un grain de poussière. Épousseter ses meubles de cuisine jusque dans les moindres recoins, au-dehors *et* au-dedans, cela ne pouvait être qu'une qualité.

Faith ouvrit le dernier tiroir et y trouva une grande enveloppe, du genre de celles qu'on utilise pour envoyer des photos. Elle l'ouvrit et y trouva une liasse de feuillets en papier glacé, soigneusement découpés dans des magazines. Tous montraient des mannequins plus ou moins déshabillés. C'étaient des publicités pour des montres en or, des parfums, des cosmétiques. Ces femmes n'étaient pas les femmes habituelles qu'on voit dans beaucoup de réclames, en joli chemisier, jupe élégante et rang de perles, en train de faire joyeusement le ménage ou de s'occuper d'enfants adorables. Ce qui les caractérisait, c'était leur expression libertine, aguicheuse, et, par-dessus tout, leur maigreur.

Faith en avait déjà vu, de ces mannequins faméliques. Elle feuilletait les pages de *Vogue* ou de *Cosmo* comme toute personne qui se trouve parfois dans une queue ou une salle d'attente. Mais, sachant que si Olivia Tanner avait choisi ces images, ce n'était pas pour se rappeler une marque d'eau de toilette ou de crayon pour les yeux, mais parce que l'aspect de ces squelettes à brushing lui semblait un but à atteindre, voir ces femmes anorexiques donna à Faith la nausée.

Elle repensa au récit de Michael Tanner, au supplice auquel sa sœur s'était soumise pendant des années dans le seul but d'être « mince ». Elle ne comprenait pas pourquoi Will était si sûr qu'Olivia voulait protéger son frère cadet. Il semblait peu vraisemblable qu'un homme qui violait sa fille s'en prenne aussi à son fils, mais Faith était flic depuis trop longtemps pour croire encore que les criminels obéissaient à la logique. Malgré la grossesse précoce de Faith, la famille Mitchell avait toujours fonctionné de manière assez normale : pas d'alcooliques violents ou abuseurs, pas d'oncles obsédés sexuels. En matière de graves traumatismes infantiles, c'était toujours vers Will qu'elle s'était tournée.

Il n'avait jamais rien confirmé ouvertement, mais elle devinait qu'il avait subi pas mal de violences au cours de ses jeunes années. Sa lèvre supérieure avait visiblement éclaté sous les coups de quelqu'un, et elle n'avait pas été correctement soignée. La légère cicatrice qui courait le long de sa mâchoire et descendait dans son cou semblait ancienne aussi, le genre de balafre qu'on reçoit dans son enfance et qu'on garde toute la vie. Elle avait travaillé avec Will pendant les mois les plus chauds de l'été et ne l'avait jamais vu relever ses manches ou même desserrer sa cravate. Sa question sur la manière dont Olivia Tanner s'était punie elle-même de ce qu'elle avait enduré était particulièrement révélatrice. Faith avait souvent pensé qu'Angie Polaski était une punition que Will s'infligeait continuellement.

Elle entendit des pas dans l'escalier et Will entra dans la cuisine en secouant la tête. « J'ai appuyé sur le bouton Bis du téléphone et je suis tombé sur le répondeur du frère », dit-il.

Il tenait un livre à la main. « Qu'est-ce que c'est ? », demanda Faith.

Il lui tendit le mince roman, recouvert de plastique transparent et portant au dos la cote d'une bibliothèque. La couverture montrait une femme nue assise sur ses talons. Elle portait des hauts talons, mais la pose était plus artistique qu'érotique et donnait à entendre qu'il s'agissait bien de littérature et non d'un roman de gare plus ou moins graveleux. Pas le genre de livre, donc, que Faith ouvrirait jamais. Elle parcourut la quatrième de couverture et dit à Will : « Apparemment, c'est l'histoire d'une femme accro aux métamphétamines et de son père incestueux.

— Pas une histoire d'amour, alors. » Il devina le titre : « *Dévoilée* ? »

C'était bien cela. Faith s'était rendu compte qu'il déchiffrait en général les trois premières lettres d'un mot et devinait le reste. Le plus souvent, il avait raison, mais les mots compliqués le désarmaient.

Elle posa le livre sur la desserte. « Tu as trouvé un ordi ?

— Ni ordi, ni journal, ni agenda. » Il ouvrit les tiroirs et trouva la télécommande du poste de télévision. Il la dirigea vers l'appareil en tournant celui-ci vers lui. « C'est le seul téléviseur de la maison.

— Il n'y en a pas dans la chambre ?

— Non. » Il passa d'une chaîne à l'autre. « Elle n'a pas le câble. Et je n'ai pas trouvé de box pour l'ADSL.

— Donc, pas d'Internet haut débit, réfléchit Faith à haute voix. Elle se sert peut-être d'un périphérique. Elle a peut-être un ordi portable à son travail.

— À moins que quelqu'un l'ait pris.

— Ou elle ne va sur l'Internet qu'à son bureau. Son frère dit qu'elle y est tous les jours jusqu'à vingt heures. »

Will éteignit la télévision. « Tu as trouvé quelque chose ici ?

— Un stock d'aspirine », répondit-elle en lui montrant les flacons dans le garde-manger. « Tu as dit qu'Olivia protégeait son petit frère. Qu'est-ce que tu entendais par là ?

— Ce dont nous parlions dans le bureau de Pauline. Est-ce que tes parents avaient beaucoup de temps à consacrer à ton frère quand tu as commencé à avoir des ennuis ? »

Faith secoua la tête, comprenant que ce qu'il disait était parfaitement sensé. Olivia avait détourné de son frère toute l'attention – morbide – de leur horrible père de manière qu'il puisse avoir un semblant de vie. Pas étonnant si Michael était à présent rongé par la culpabilité. C'était un survivant.

Will regardait par la fenêtre, en direction de la grande maison apparemment vide derrière celle d'Olivia. « Ça me gêne, ces rideaux à la porte. »

Faith le rejoignit devant la fenêtre. Il avait raison. Tous les volets étaient fermés, excepté cette porte au rez-de-chaussée avec ses rideaux. Elle éleva la voix : « Docteur Tanner, nous sortons quelques minutes. Nous revenons tout de suite.

— Très bien », répondit l'homme.

Sa voix était encore tremblante, et Faith ajouta : « Nous n'avons rien trouvé pour le moment. Nous continuons à chercher. »

Elle attendit. Pas de réponse.

Will ouvrit la porte de derrière et ils sortirent sur la terrasse. « J'ai inspecté ses vêtements. Elle porte du trente-six. C'est normal ?

— Je voudrais bien », répondit Faith ; puis elle se rendit compte de ce qu'elle venait de dire. « Ça signifie qu'elle est très mince, mais rien de pathologique. »

De nouveau, elle promena son regard sur le jardin d'Olivia. Comme la plupart des jardins urbains, sa surface ne dépassait pas un petit millier de mètres carrés et des palissades délimitaient la propriété. On voyait aussi des poteaux téléphoniques qui se dressaient tous les cinquante ou soixante mètres. Faith descendit de la terrasse avec Will. La palissade d'Olivia était en cèdre et paraissait coûteuse. Les planches étaient bien lisses, soutenues à l'extérieur. Elle demanda : « Tout ça te semble neuf ? »

Will fit non de la tête. « Toute la palissade a été passée au Kärcher. Le cèdre neuf est plus rouge. »

Ils atteignirent le bout de la propriété et s'arrêtèrent. Il y avait des marques sur les planches de cèdre, des raclures assez nettes au milieu de l'alignement. Will se pencha en disant : « On dirait des traces de chaussures. Quelqu'un a dû les laisser en essayant de passer par-dessus. »

Faith observa de nouveau la grande maison un peu plus loin. « Oui, on dirait que c'est vide. Tu penses à une maison saisie ?

— Il n'y a qu'une façon de le savoir. » Will commença à se hisser par-dessus la palissade, avant de se rappeler que Faith était avec lui. « Tu m'attends ici ? Sinon, nous pouvons faire le tour.

— Tu me prends pour une invalide ? » Elle s'agrippa au sommet de la palissade. On lui avait fait pratiquer ce genre d'exercice à l'école de police, mais cela remontait à de nombreuses années et elle n'était pas en jupe. Elle fit semblant de ne rien remarquer quand Will la souleva par-derrière pour l'aider, et espéra que lui aussi ferait semblant de ne pas remarquer qu'elle portait une culotte bleu lilas façon grand-maman.

En gigotant un peu, elle parvint à franchir l'obstacle. Will la regarda atterrir, puis bondit par-dessus la palissade comme un de ces petits gymnastes chinois qu'on voit dans les cirques.

« Faiseur d'esbroufe ! », marmonna-t-elle, en s'engageant sur la pente escarpée qui menait à la maison vide. Le rez-de-chaussée comportait toute une série de fenêtres donnant sur le jardin en friche, avec une porte-fenêtre à chaque bout. En approchant, elle eut la confirmation qu'une de celles-ci était ouverte. Le vent se leva, et un rideau blanc s'agita un peu dans la brise.

« Ce serait trop simple… », murmura Will, formulant tout haut ce que Faith pensait tout bas : *est-ce que leur suspect se cachait à l'intérieur, était-ce là qu'il séquestrait ses victimes ?*

Il s'avança vers la maison d'une démarche décidée.

« J'appelle pour demander des renforts ? » suggéra Faith.

Mais Will ne semblait pas inquiet. Il poussa le battant de la porte-fenêtre et passa la tête à l'intérieur.

« Tu sais ce que c'est, un mandat de perquisition ? insista-t-elle.

— Tu entends ce bruit menaçant ? », demanda-t-il, même s'ils savaient tous les deux qu'il n'avait rien entendu du tout. Légalement, ils n'avaient pas le droit de pénétrer dans une propriété privée sans mandat, à moins d'un danger imminent.

Faith se retourna et regarda la maison d'Olivia Tanner. Celle-ci n'était pas une adepte des volets ou des stores. D'où elle se trouvait, Faith distinguait parfaitement l'intérieur de la cuisine et, au premier, ce qui devait être la chambre d'Olivia.

« Je t'assure que nous devrions demander un mandat. »

Mais Will était déjà à l'intérieur. Faith jura entre ses dents et prit son arme dans son sac. Elle entra au rez-de-chaussée en marchant avec précaution sur le tapis berbère. Le rez-de-chaussée avait dû être consacré aux loisirs. Il y avait un billard et un bar. Des fils sortaient d'un mur contre lequel était dressé un système de home cinéma. Will n'était visible nulle part. « Quel idiot ! », marmonna Faith en s'avançant de quelques pas après avoir ouvert tout grands les battants de la porte-fenêtre. Elle écouta, tendant si fort l'oreille qu'elle ressentit une légère douleur.

« Will ? », appela-t-elle à mi-voix.

Pas de réponse. Faith s'aventura un peu plus loin, le cœur battant dans sa poitrine. Elle se pencha par-dessus le bar et vit une boîte vide et une canette de Coca-Cola renversée. Derrière elle se trouvait un placard dont la porte était entrebâillée. Faith utilisa le canon de son arme pour l'ouvrir complètement.

« C'est vide, dit Will en apparaissant derrière elle et en lui faisant une peur bleue.

— Mais qu'est-ce que tu foutais ? répliqua Faith d'une voix agressive. Tu aurais pu tomber sur le tueur ! »

Will ne semblait pas effrayé. « Il faut que nous sachions qui a accès à cette baraque, dit-il. Des agents immobiliers. Des entrepreneurs. Toute personne qui pourrait vouloir l'acheter. » Il prit dans sa poche une paire de gants en latex et se pencha sur la serrure de la porte-fenêtre. « Je vois des traces d'outils. Quelqu'un a forcé cette serrure. » Il marcha jusqu'aux fenêtres, qui étaient couvertes par des stores en plastique bon marché. Une des lames était tordue. Will actionna la manette et laissa entrer la lumière. Puis il s'accroupit et examina le sol.

Faith rangea son arme dans son sac. Son cœur battait encore la chamade. « Will, j'étais morte de peur. Dorénavant, je t'interdis d'entrer dans une maison suspecte si je ne suis pas avec toi !

— Tu ne peux pas tout avoir, rétorqua-t-il tranquillement.

— Ce qui veut dire ? » Mais elle comprit avant même d'avoir fini de poser la question : il essayait de se montrer plus entreprenant pour lui faire plaisir.

« Regarde. » Il lui fit signe d'approcher. « Des traces de pas. »

Faith distingua le contour rougeâtre d'une paire des chaussures sur le tapis. Un des avantages quand on enquêtait sur une affaire en Géorgie était que la terre rouge et argileuse collait à toutes les surfaces, sèches ou mouillées. Elle regarda par la fenêtre. D'ici, on voyait encore mieux que du jardin la maison d'Olivia Tanner.

Will dit : « Tu avais raison. Il les a surveillées. Épiées. Il les suit, il se familiarise avec leur quotidien, il apprend qui elles sont. » Il alla derrière le bar et ouvrit et referma les placards. « Quelqu'un s'est servi de cette boîte de Coca comme cendrier.

— Les déménageurs, probablement. »

Il ouvrit le réfrigérateur et elle entendit un bruit de bouteilles qui s'entrechoquaient. « De la ginger ale. De marque Doc Peterson », dit-il. Il avait probablement reconnu le logo.

Mais Faith n'était pas tranquille. « Nous ferions bien de partir avant de contaminer davantage la scène. »

Par bonheur, Will semblait d'accord. Il suivit Faith à l'extérieur et replaça la porte-fenêtre dans la position exacte où ils l'avaient trouvée.

« Il y a quelque chose de différent cette fois-ci, dit-elle.

— Quoi ?

— Je ne sais pas. Ou plutôt si. Nous n'avons rien trouvé dans la maison de la mère de Jackie, ni au bureau de Pauline. Leo a fouillé son appartement et il n'a rien trouvé non plus. Notre homme ne laisse aucun indice. Alors, pourquoi avons-nous cette fois la trace d'une paire de chaussures ? Et pourquoi la porte est-elle restée ouverte ?

— Il a perdu ses deux premières victimes. Anna et Jackie se sont enfuies. Peut-être Olivia Tanner était-elle réservée pour plus tard. Peut-être a-t-il dû précipiter son enlèvement pour les remplacer.

— Qui pouvait savoir que cette maison était vide ?

— N'importe quelle personne un peu curieuse. »

Faith regarda de nouveau la maison d'Olivia et vit Michael Tanner qui se tenait dans l'encadrement de la porte de derrière. La perspective de se hisser de nouveau par-dessus la palissade n'était pas des plus agréables.

Will dit : « J'y vais. Toi, fais le tour. »

Mais elle secoua la tête et traversa le jardin en friche d'un pas résolu. La palissade serait plus facile à escalader de ce côté, où elle pourrait poser ses pieds sur les barres transversales. Il y en avait une grande au milieu qui lui servit de marchepied et elle put se hisser presque sans aide. De nouveau, Will passa par-dessus d'un bond en s'aidant seulement d'une main.

Michael Tanner les attendait à l'arrière de la maison de sa sœur et les regardait s'approcher, les mains crispées.

« Vous avez trouvé quelque chose d'anormal ?

— Rien dont nous puissions vous parler pour le moment, répondit Faith. J'aurais besoin que vous… »

Soudain, son pied glissa sur la première marche menant à la terrasse, et elle tomba à la renverse. Un bruit comique, une espèce de *wouf*, sortit de sa bouche ; mais il n'y avait rien de drôle à ce que Faith ressentait. Sa vision se brouilla pendant plusieurs secondes et sa tête se mit à tourner. Sans qu'elle le veuille, sa main se pressa sur son ventre et elle ne parvint à penser qu'à ce qui grandissait à l'intérieur.

« Ça va ? », lui demanda Will. Il était agenouillé près d'elle et sa main soulevait sa tête.

Michael Tanner était penché sur elle de l'autre côté. « Respirez très lentement jusqu'à ce que vous repreniez votre souffle. » Sa main courait le long de sa colonne vertébrale et elle s'apprêtait à l'écarter d'un geste brusque quand elle se rappela qu'il était médecin. « Inspirez, expirez. Très doucement. »

Faith essaya d'obéir. Mais elle haletait sans raison apparente. Peu à peu cependant, sa respiration se calma.

« Ça va mieux ? », demanda Will.

Elle hocha la tête en guise de réponse, pensant que oui, peut-être, elle se sentait mieux. « J'ai glissé et ça m'a coupé le souffle, dit-elle. Aide-moi à me relever. »

Les mains de Will se glissèrent sous ses aisselles et elle sentit combien il était fort quand il la souleva de terre comme un fétu. « Il faut que tu arrêtes de t'écrouler par terre comme ça.

— Je me sens idiote », dit-elle en haussant les épaules, la main toujours pressée sur son ventre. Elle s'obligea à la mettre dans sa poche. Puis elle resta debout sans rien dire, s'efforçant de sentir quelque chose dans son corps, une contraction, un spasme qui indiquerait que quelque chose n'allait pas. Elle ne sentit rien. Pour autant, était-elle dans son état normal ?

« Qu'est-ce que c'est que ça ? », dit Will en prenant quelque chose dans ses cheveux. Il tenait un confetti entre le pouce et l'index.

Faith passa ses doigts dans ses cheveux en regardant derrière elle. Elle vit de minuscules confettis tomber sur l'herbe.

« Merde, jura Will. J'ai vu les mêmes sur le cartable de Felix. Ce ne sont pas des confettis. Ça vient d'un Taser. »

Chapitre quinze

SARA N'AURAIT SU DIRE POURQUOI elle se trouvait au Grady Hospital alors que c'était son jour de congé. Elle n'avait fait que la moitié de sa lessive, sa cuisine était à peine débarrassée et sa salle de bains en si piteux état qu'elle se sentait rougir de honte chaque fois qu'elle y pensait.

Et pourtant elle était là, à l'hôpital, montant les marches jusqu'au seizième étage pour que personne ne la voie retourner au service de soins intensifs.

Elle se sentait coupable de n'avoir pas examiné Anna de manière plus approfondie quand on l'avait amenée aux urgences. Des radios, un scanner, des ultrasons, une IRM. Presque tous les chirurgiens de l'hôpital s'étaient penchés sur la malheureuse et aucun n'avait repéré les onze sacs-poubelle. Le Centre de prévention des maladies contagieuses avait même été alerté pour mettre en culture l'infection, mais cela n'avait rien donné. Anna avait été torturée, brûlée, lacérée. Meurtrie de toutes les façons possibles et imaginables, et aucune de ses lésions ne pouvait guérir, parce qu'elle avait du plastique dans le corps. Quand Sara avait retiré les sacs, une puanteur avait envahi la pièce. Cette femme avait commencé à pourrir de l'intérieur. Il était même étonnant qu'elle ne soit pas en état de choc toxique.

Le raisonnement lui disait que ce n'était pas sa faute, mais, d'instinct, Sara sentait qu'elle n'avait pas fait ce qu'il fallait. Toute la matinée, tandis qu'elle pliait des vêtements et lavait des assiettes, sa pensée l'avait renvoyée à ce qui s'était passé deux soirs plus tôt, quand on avait amené Anna. Et elle imaginait une autre réalité, une autre séquence d'événements, où elle aurait fait plus et mieux que remettre Anna entre les mains d'un collègue. Elle devait se remettre en mémoire que même le fait de la redresser pour la radio lui avait causé une douleur épouvantable. Le travail de Sara consistait à la préparer pour une opération, non à procéder à un examen gynécologique complet. Elle avait fait ce qui lui incombait.

Et pourtant, elle se sentait coupable.

Sara s'arrêta sur le palier du sixième, un peu essoufflée. Elle n'avait probablement jamais été en aussi bonne forme physique de sa vie, mais les tapis roulants et les mystérieuses machines de sa salle de gym ne préparaient guère à entreprendre l'ascension d'un interminable escalier. Au début de janvier, elle s'était promis de faire du jogging au moins une fois par semaine. La salle de gym de son quartier, avec ses écrans de télévision, sa climatisation et sa foule de clientes, vous privait du bénéfice le plus important du jogging à l'extérieur : passer un peu de temps avec soi-même. Bien sûr, il était facile de dire qu'on voulait passer du temps avec soi-même et beaucoup plus compliqué de s'y appliquer : janvier avait passé, février était venu, puis mars et maintenant avril, et ce matin, c'était la première fois qu'elle était sortie courir dans le parc depuis qu'elle avait pris sa bonne résolution.

Elle saisit la rampe et se hissa d'un étage à l'autre. Arrivée au dixième, ses cuisses brûlaient. Au seizième, elle dut se pencher pour reprendre haleine, histoire que les infirmières des soins intensifs ne croient pas entendre une folle débarquer dans leur service.

Elle chercha son baume à lèvres dans sa poche et s'immobilisa soudain. Un flot de panique envahit sa poitrine, et elle fouilla frénétiquement ses autres poches. La lettre n'y était pas. Elle la portait sur elle depuis une éternité, comme un talisman qu'elle touchait chaque fois qu'elle pensait à Jeffrey. Elle lui rappelait la femme haïssable qui l'avait écrite, qui était responsable de son assassinat. Et maintenant, elle n'était plus là.

Le cerveau de Sara se mit à fonctionner à toute allure tandis qu'elle tentait de se rappeler ce qu'elle en avait fait. L'avait-elle mise dans la machine à laver avec sa lessive ? À cette pensée, son cœur fit un bond dans sa poitrine. Elle fouilla dans sa mémoire et finit par se souvenir qu'elle l'avait posée sur la desserte la veille au soir, en revenant de l'autopsie de Jacquelyn Zabel.

Sa bouche s'ouvrit et elle parvint à expirer. La lettre était chez elle. L'ayant déplacée ce matin, elle l'avait posée sur le manteau de la cheminée, idée un peu étrange, car l'alliance de Jeffrey s'y trouvait déjà, à côté de l'urne contenant un peu de ses cendres. Ces objets n'étaient pas faits pour aller ensemble. Qu'est-ce qui lui était passé par la tête ?

La porte s'ouvrit et une jeune femme en blanc apparut, un paquet de cigarettes à la main. Sara reconnut Jill Marino, l'infirmière des soins intensifs qui s'était occupée d'Anna le matin précédent.

« Ce n'est pas votre jour de congé ? », demanda Jill.

Sara haussa les épaules. « Il faut croire que je m'ennuie quand je ne suis pas ici. Comment va-t-elle ?

— Elle réagit aux antibiotiques, l'infection est sous contrôle. C'est déjà ça. Si vous n'aviez pas retiré ces sacs, elle serait morte à l'heure qu'il est. »

Sara fit comme si elle n'avait pas entendu ce compliment, pensant que si elle les avait vus tout de suite, Anna aurait eu beaucoup plus de chances de gagner sa bataille contre la mort.

« Elle respire mieux, aussi. On lui a retiré son masque d'intubation tout à l'heure. » Jill maintint la porte ouverte pour que Sara puisse entrer. « Les résultats du scanner cérébral sont arrivés. Tout est normal, à part les dégâts au nerf optique, qui sont irréparables. Rien aux oreilles, donc elle peut au moins entendre. Tout le reste est OK. Il n'y a plus de raison pour qu'elle ne se réveille pas. » Aussitôt, elle sembla prendre conscience qu'en réalité Anna avait une foule de raisons de ne pas se réveiller, et ajouta : « Enfin, vous comprenez ce que je veux dire.

— Vous partez ? »

Jill montra ses cigarettes. « Je monte sur le toit pour augmenter un peu la pollution.

— Est-ce que ça vaut la peine que je gaspille ma salive en vous disant que ces saletés vous tueront ?

— C'est travailler ici qui me tuera d'abord », répliqua l'infirmière. Et, sur ces mots, elle s'engagea dans l'escalier.

Deux agents gardaient encore la porte d'Anna. Ce n'étaient pas les mêmes que la veille, mais eux aussi touchèrent leur casquette pour saluer Sara. L'un d'eux souleva le rideau pour la laisser entrer dans la chambre. Elle lui sourit et pénétra dans la petite pièce. Un très beau bouquet de fleurs était posé sur la table contre le mur. Sara se pencha, mais ne trouva pas de carte.

Elle s'assit sur la chaise près du lit, s'interrogeant sur ces fleurs. Quelqu'un était probablement sorti de l'hôpital en priant les infirmières de distribuer ses bouquets aux autres malades. Mais elles semblaient toutes fraîches, comme si on les avait cueillies ce matin. Était-ce Faith Mitchell qui les avait envoyées ? Sara écarta cette pensée. Faith ne lui avait pas fait l'effet d'une femme sentimentale. Ni très avisée, du moins en ce qui concernait sa santé. Sara avait appelé le cabinet de Delia Wallace en fin de matinée. Faith n'avait pas encore pris rendez-vous. Elle serait bientôt à court d'insuline. Elle risquait une autre syncope, à moins de revenir trouver Sara.

Les mains posées sur le lit d'Anna, elle examina son visage. Sans le masque et le tube qui s'enfonçait dans sa gorge, il était plus facile de deviner à quoi elle avait ressemblé avant les horreurs qu'on lui avait fait subir. Les contusions sur son visage avaient commencé à guérir, ce qui voulait dire qu'elles étaient encore plus spectaculaires que la veille. Sa peau semblait d'une couleur plus saine, mais elle était gonflée à cause de toutes les substances qu'on lui avait perfusées. La sous-alimentation était si prononcée qu'il faudrait plusieurs semaines avant que ses os saillants disparaissent sous une couche de chair.

Sara lui prit la main : malgré la réhydratation, sa peau était encore très sèche. Elle trouva un flacon de lotion dans une trousse fermée par une fermeture Éclair et posée à côté des fleurs. C'était l'assortiment typique qu'on distribuait dans les hôpitaux, une série de produits dont l'administration pensait que les patients pourraient avoir besoin : des bas antidérapants, du baume pour les lèvres et de la lotion pour la peau qui sentait légèrement le désinfectant.

Sara en versa au creux de ses mains, qu'elle frotta l'une contre l'autre pour réchauffer la lotion avant de prendre la frêle main d'Anna dans la sienne. Elle sentait chaque os de ses doigts, ses articulations dures comme des billes. La peau d'Anna était si sèche qu'elle absorba la lotion presque aussitôt. Sara en versait de nouveau dans sa paume quand, tout à coup, la malade bougea.

« Anna ? » Sara toucha le côté de son visage, d'une pression ferme et rassurante.

La tête d'Anna recula très légèrement. Les gens plongés dans le coma ne se réveillaient pas d'un coup, c'était un processus qui pouvait prendre un certain temps. À un moment donné, on s'apercevait qu'ils avaient ouvert les yeux, et ils pouvaient dire des choses sans queue ni tête, reprenant une conversation commencée des jours ou des semaines plus tôt.

« Anna ? », répéta Sara, en s'efforçant de prononcer ce nom de la voix la plus calme possible. « Il faut vous réveiller, maintenant. »

De nouveau, la tête bougea, s'inclinant distinctement vers Sara.

Celle-ci parla d'un ton un peu plus ferme : « Je sais que c'est difficile, ma chérie, mais il faut vous réveiller. » Les yeux d'Anna s'ouvrirent et Sara se leva pour se placer directement dans sa ligne de vision, bien qu'elle sût que la pauvre n'y voyait pas. « Réveillez-vous, Anna. Vous êtes en sécurité maintenant. Personne ne vous fera plus de mal. »

Sa bouche s'entrouvrit, mais ses lèvres étaient si sèches que sa peau se fendit.

« Je suis près de vous, dit Sara. Je vous entends, ma chérie. Essayez de vous réveiller. »

La respiration d'Anna s'accéléra sous l'effet de la peur. Sans doute commençait-elle à se rappeler ce qu'elle avait vécu, les supplices qu'elle avait endurés, le fait qu'elle n'y voyait plus.

« Vous êtes à l'hôpital. Je sais que vous n'y voyez pas, mais vous m'entendez. Vous ne risquez plus rien. Deux agents de police montent la garde devant votre porte. Personne ne vous fera plus de mal. »

La main d'Anna se souleva en tremblant, et ses doigts frôlèrent le bras de Sara. Celle-ci saisit sa main et la tint aussi fermement qu'elle put, mais en prenant soin de ne pas faire mal à la blessée. « Vous êtes en sécurité maintenant, personne ne vous fera plus de mal », insista-t-elle.

Soudain, la main d'Anna serra plus fort celle de Sara, si fort qu'elle lui causa une douleur dans les doigts.

Elle était bien réveillée, tout à fait consciente maintenant. « Où est mon fils ? »

Chapitre seize

QUAND ON APPUYAIT SUR LA DÉTENTE D'UN TASER, deux électrodes étaient propulsées par un gaz nitrogène inerte à une vitesse de cinquante mètres par seconde. Dans les unités civiles, deux filins conducteurs isolés permettaient de décharger cinquante mille volts d'électricité dans le corps de la personne que les électrodes touchaient. Cette onde électrique bloquait les fonctions sensorielles et motrices, ainsi que le système nerveux central. Will avait été atteint par un Taser au cours d'un exercice. Cela remontait à des années, mais il ne se rappelait toujours pas les instants qui avaient précédé et suivi la décharge électrique, seulement le fait qu'Amanda avait arboré un sourire étonnamment ravi quand il avait pu enfin se relever.

Comme un pistolet, le Taser nécessitait des cartouches, et dans la Constitution américaine, les rédacteurs n'avaient pas prévu l'invention d'un tel appareil, il n'existait pas de loi inaliénable attachée à la possession d'un Taser. Mais un petit malin avait cru bon d'en réglementer la fabrication et la vente : toutes les cartouches destinées au Taser devaient être chargées de petits disques en papier rigide qui se répandaient par centaines à chaque utilisation. À première vue, ces disques ressemblaient à des confettis. Leur taille et leur grand nombre avaient un but : il s'en disséminait une telle nuée que celui qui avait tiré ne pouvait les ramasser ensuite pour rester incognito. Car à la loupe, chacun de ces confettis portait un numéro de série qui indiquait de quelle cartouche il provenait. Comme la société Taser International ne voulait pas se mettre à dos la communauté des hommes de loi, elle avait conçu son système de traçabilité : il suffisait de l'appeler avec le numéro de série noté sur un des petits disques de papier pour se voir fournir le nom et l'adresse de celui ou celle qui avait acheté la cartouche.

Faith était restée moins de trois minutes au téléphone quand son interlocuteur revint avec un nom.

« Merde », marmonna-t-elle ; puis, se rendant compte qu'elle était encore au téléphone, elle ajouta : « Excusez-moi. Merci. C'est tout ce que je voulais savoir. » Elle referma son portable et tendit la main pour glisser la clef dans le starter de sa Mini. « La cartouche a été achetée par Pauline Seward. L'adresse est celle de la maison vide derrière celle d'Olivia.

— Comment la cartouche a-t-elle été payée ? demanda Will.

— Avec une carte-cadeau American Express. Pas de nom sur la carte. C'est intraçable. » Elle lui lança un regard lourd de sens. « Les cartouches ont été achetées le 10 février, ce qui veut dire qu'il surveillait Olivia Tanner depuis au moins deux mois. Et comme il a utilisé le nom de Pauline, nous devons en conclure que dès cette époque il avait le projet de la kidnapper aussi.

— C'est une banque qui est propriétaire de la maison vide. Pas celle où Olivia travaille. » Pendant que Faith s'occupait du Taser, Will avait appelé le numéro de l'agence immobilière qui avait posé une pancarte dans le jardin devant la maison. « Elle est vide depuis environ un an. Et personne ne l'a visitée au cours des six derniers mois. »

Faith quitta la voie rapide et tourna à droite. Will fit un signe de la main à Michael Tanner, qui attendait de démarrer dans sa Ford Escape de location, les mains crispées sur le volant.

Will dit : « Je n'ai pas reconnu les confettis d'un Taser dans le cartable de Felix.

— Pourquoi y aurais-tu pensé ? C'étaient des confettis sur le cartable d'un enfant de six ans. Il faut une loupe pour distinguer les numéros de série. » Faith ajouta : « Si tu tiens à faire des reproches à quelqu'un, fais-les plutôt à la police d'Atlanta, qui ne les a pas repérés sur le lieu de l'enlèvement. Leurs experts scientifiques étaient là. Ils ont dû passer l'aspirateur sur le tapis de sol du 4 × 4 de Pauline. Mais ils n'ont rien examiné, parce que pour eux la disparition d'une femme n'est pas une priorité.

— L'adresse de la cartouche aurait pu nous conduire tout droit à la maison derrière celle d'Olivia Tanner.

— Olivia Tanner avait déjà été enlevée quand tu as vu les confettis sur le cartable de Felix. » Elle répéta : « C'est la police d'Atlanta qui a passé la scène de crime au crible. Ou qui était censée le faire. Ce sont eux qui se sont plantés. » Le téléphone de Faith sonna. Elle regarda sur l'écran l'identité de la personne qui appelait et décida de ne pas répondre. « Et puis, continua-t-elle, découvrir que les confettis sur le cartable de Felix et ceux que nous avons trouvés derrière la maison d'Olivia provenaient de la même cartouche ne nous a pas fait beaucoup progresser. Tout ce que cela nous dit, c'est que notre tortionnaire avait projeté les deux enlèvements depuis un certain temps et qu'il est habile à couvrir ses traces. Tout ça, nous le savions déjà en nous levant ce matin. »

Mais Will avait l'impression qu'ils en savaient beaucoup plus long. Ils avaient découvert un lien qui unissait toutes ces femmes. « Nous avons relié Pauline aux autres victimes, dit-il. Le carnet avec la phrase *Je ne me priverai pas* la rattache à Anna et à Jackie et le Taser la rattache à Olivia. » Il réfléchit quelques secondes, se demandant ce qui lui échappait encore.

Faith se posait la même question. « Reprenons tout depuis le début. Qu'est-ce que nous savons ?

— Pauline et Olivia ont toutes les deux été enlevées hier, très tôt dans la matinée. Et toutes les deux ont reçu une décharge du même Taser.

— Pauline, Olivia et Jackie souffraient toutes d'anorexie. Nous pouvons supposer que c'est la même chose pour Anna, tu ne crois pas ? »

Will haussa les épaules. Ce n'était pas une supposition hardie, mais elle restait à vérifier. « Oui, admettons.

— Aucune de ces femmes n'avait d'amis susceptibles de s'inquiéter pour elles. Jackie avait bien cette voisine, Candy Smith, mais Candy n'était pas vraiment une confidente. C'étaient aussi de jolies femmes, très minces, des brunes aux yeux sombres. Toutes les trois avaient de belles situations. Du pognon, en d'autres termes.

— Toutes habitaient Atlanta, sauf Jackie », dit Will, soulevant une question. « Alors, comment Jackie est-elle devenue une cible pour notre homme ? Elle n'était à Atlanta que depuis une semaine, pas plus, pour débarrasser la maison de sa mère.

— Elle a dû venir avant, pour emmener sa mère dans sa maison de retraite en Floride, supposa Faith. Et puis, nous oublions le forum sur l'Internet. Elles ont pu toutes se rencontrer là-dessus.

— Olivia n'avait pas d'ordinateur chez elle.

— Elle avait peut-être un ordi portable, que son agresseur a volé. »

Will se gratta le bras en pensant à sa descente dans la caverne, le premier soir. Et à tous les faux indices qu'ils avaient cru devoir creuser, à tous les murs auxquels ils se heurtaient. « J'ai l'impression que tout ça commence avec Pauline.

— Pourtant, ce n'est que la quatrième victime », objecta Faith. Elle y réfléchit. « Mais il a peut-être gardé le meilleur pour la fin.

— Pauline n'a pas été enlevée chez elle, comme nous pouvons supposer que les autres l'ont été. Notre homme l'a kidnappée sur un lieu public, en plein jour. Son fils était dans la voiture. On a remarqué son absence à son travail parce qu'on l'attendait pour une réunion importante. Celle des autres n'a alerté personne, sauf dans le cas d'Olivia. Et personne ne pouvait savoir qu'elle passait tous les matins un coup de fil à son frère, à moins de placer son téléphone sur écoute. Ce que notre homme n'a pas fait.

— Et le frère de Pauline ? demanda Faith. J'en reviens toujours au fait qu'elle avait assez peur de lui pour mettre Felix en garde. Nous ne trouvons sa trace nulle part. Il a pu changer de nom, comme Pauline l'a fait quand elle avait dix-sept ans. »

Will fit la liste des hommes qu'ils avaient rencontrés depuis le début de l'enquête. « Henry Coldfield est trop vieux, sans compter qu'il est cardiaque. Rick Sigler a passé toute sa vie en Géorgie. Quant à Jake Berman... comment savoir ? »

Faith tapota le volant, pensive. Finalement, elle hasarda : « Il y a aussi Tom Coldfield.

— Tom a à peu près ton âge. Il aurait été tout juste pubère quand Pauline s'est enfuie.

— Sans compter que les psychologues de l'armée l'auraient repéré depuis longtemps, si c'était un détraqué.

— Et Michael Tanner ? suggéra Will. Lui n'est ni trop jeune ni trop vieux.

— J'ai demandé des vérifications sur son passé. On m'aurait déjà appelée si on avait découvert quelque chose.

— Morgan Hollister ?

— Sur lui aussi, nos gars font des recherches. Il n'a pas semblé profondément affecté par la disparition de Pauline.

— Felix a dit que l'homme qui a enlevé sa mère portait un costume, comme Morgan.

— Mais Felix l'aurait reconnu !

— Avec une fausse moustache ? » Will secoua la tête. « Je ne sais pas. Oui, sûrement. Mais gardons Morgan sur la liste. Nous pourrons retourner lui parler si nous ne trouvons rien de plus intéressant.

— Il a l'âge d'être le frère de Pauline, mais pourquoi travaillerait-elle avec lui si c'était le cas ?

— Les gens font des choses étonnantes quand ils ont été violentés dans leur jeunesse, lui rappela Will. Il faudra rappeler Leo et lui demander s'il a découvert quelque chose. Il était en contact avec la police du Michigan pour essayer de retrouver les parents de Pauline. Elle s'est enfuie de chez elle. Mais qui fuyait-elle au juste ?

— Son frère », dit Faith, refermant la boucle. Son téléphone sonna de nouveau. Elle laissa la messagerie prendre l'appel, puis composa un numéro. « Je vais voir où en est Leo. Il doit être sur le terrain. »

Will proposa : « Je vais appeler Amanda et lui dire que nous devons prendre officiellement en charge le cas de Pauline McGhee. » Il ouvrit son téléphone juste au moment où celui-ci sonnait. Comme il était cassé, il sonnait parfois sans raison, mais Will le pressa contre son oreille : « Allô ?

— Salut, toi ! » La voix d'Angie était détendue et il eut la sensation que du miel chaud lui coulait dans l'oreille. Il revit le galbe de son mollet, avec son grain de beauté, et il se rappela quel effet cela lui faisait quand il le caressait. « Tu m'entends ? »

Will jeta un coup d'œil à Faith, sentant une sueur froide dans son dos. « Oui.

— Ça fait longtemps, hein ? »

De nouveau, Will lança un coup d'œil à Faith. « Oui », répéta-t-il. Environ huit mois avaient passé depuis qu'il était rentré un soir pour s'apercevoir que la brosse à dents de sa femme avait disparu de la tablette de la salle de bains.

Elle demanda : « Tu es occupé ces temps-ci ? »

Will déglutit. Il avait la bouche sèche. « Oui. Comme toujours.

— Tant mieux. Je pensais bien que tu étais accaparé par une affaire. »

Faith avait fini sa conversation dans son propre téléphone. Elle regardait la route droit devant elle, mais si elle avait été un chat, elle aurait pointé ses oreilles dans la direction de Will.

Il dit à Angie : « Je suppose que tu veux me parler de ta copine ?

— Lola, oui. Elle a des infos.

— Les indics ne font pas vraiment partie de mon travail », dit-il. Sans compter que le GBI ne commençait pas souvent les enquêtes. Il les finissait, plutôt.

« Un mac a transformé un appart' en repaire de camés. Ils ont toutes les variétés de merdes possibles et imaginables, à ramasser par terre comme des bonbons. Parles-en à Amanda. Elle sera toute fière au journal télévisé devant ces montagnes de dope. »

Will s'efforça de se concentrer sur ce qu'elle disait. Mais il ne percevait que le ronronnement du moteur de la Mini et la présence de Faith tendant l'oreille.

« Tu es toujours là ?

— Oui, répondit-il. Ça ne m'intéresse pas.

— Fais quand même passer l'information. C'est au dernier étage d'un gratte-ciel qui s'appelle Vingt et Un Beeston Place. On lui a donné l'adresse comme nom. Vingt et Un Beeston Place.

— Je ne peux rien pour toi.

— Répète, pour que je sois sûre que tu t'en souviendras. »

Les mains de Will étaient si moites qu'il craignait que son téléphone ne lui échappe. « Vingt et Un Beeston Place.

— Bon. Un de ces jours, je te renverrai l'ascenseur. »

Il ne put résister : « Tu as un million d'ascenseurs à me renvoyer. » Mais il était trop tard, elle avait déjà coupé la communication. Will garda son téléphone collé à son oreille et dit : « Bon, au revoir », comme s'il s'agissait d'une conversation ordinaire avec une personne ordinaire. Pour empirer les choses, l'appareil glissa de ses mains quand il voulut le refermer et la ficelle se rompit sous le Scotch. Des fils qu'il n'avait jamais vus apparurent.

Il entendit Faith ouvrir la bouche, le claquement agacé de sa langue. « Laisse tomber », lui dit-il.

Elle referma la bouche, les mains serrées sur le volant tandis qu'elle tournait en brûlant un feu rouge. « J'ai appelé le Central. Leo est dans North Avenue. Un double meurtre. »

La voiture accéléra et Faith brûla un autre feu rouge. Will desserra sa cravate. Il avait l'impression qu'il faisait chaud dans la voiture. Ses bras lui démangeaient de nouveau et la tête lui tournait un peu.

« Je vais demander à Amanda...

— Angie a un tuyau », coupa-t-il. Les mots sortirent avant qu'il puisse les arrêter. Son esprit cherchait un moyen de les contrôler, mais sa bouche ne comprit pas l'ordre qu'il lui donnait de se fermer. « Un appartement de Buckhead transformé en repaire de drogués.

— Ah oui ? » Faith n'en dit pas davantage.

« Elle sait ça par une fille qu'elle a connue quand elle était à la Brigade des mœurs. Une prostituée. Lola. Elle veut sortir de prison et elle est prête à balancer les dealers.

— Un bon tuyau, tu penses ? »

Will ne put que hausser les épaules. « Probablement.

— Et tu vas l'aider ? »

De nouveau, il haussa les épaules, sans rien dire cette fois.

« Angie est un ancien flic. Elle ne connaît personne aux Stups ? »

Will la laissa réfléchir elle-même à cette question. Angie n'était pas particulièrement douée pour entretenir des contacts. Elle avait tendance à mettre joyeusement le feu aux ponts qu'elle avait établis et à jeter de l'essence sur les flammes.

De toute évidence, Faith aboutit à la même conclusion. « Je peux passer quelques coups de fil à ta place, proposa-t-elle. Personne ne saura que tu te mêles de cette histoire. »

Il tenta de déglutir, mais sa bouche était encore trop sèche. Il était furieux qu'Angie ait cet effet sur lui. Plus furieux encore que Faith fût aux premières loges pour contempler son désarroi. Il demanda : « Qu'est-ce qu'il dit, Leo ?

— Il ne répond pas au téléphone, peut-être parce qu'il sait que c'est moi qui appelle. »

Comme pour lui répondre, son portable sonna de nouveau. Faith regarda qui lui téléphonait, et, cette fois encore, s'abstint de prendre la communication. Will se dit qu'il n'avait pas le droit de lui demander de qui il s'agissait, attendu qu'il avait imposé un moratoire sur les discussions concernant ses propres appels.

Il se racla la gorge plusieurs fois pour pouvoir parler d'une voix qui ne rappellerait pas celle d'un garçon en pleine mue. « Un Taser, ça veut dire qu'il les a braquées à distance. Il aurait utilisé un pistolet à électrochoc s'il avait pu s'approcher suffisamment. »

Faith revint à leur conversation antérieure. « Qu'est-ce que nous savons de plus ? Nous attendons les résultats de l'analyse ADN pour Jacquelyn Zabel. Nous attendons aussi que les techniciens réussissent à entrer dans l'ordi de Jacquelyn et dans celui de Pauline à son bureau. Et que la Scientifique nous dise ce qu'elle a trouvé dans la maison vide derrière chez Olivia. »

Will entendit un bourdonnement et Faith saisit son BlackBerry. Elle conduisit d'une main en lisant l'écran. « Résultats de la recherche sur les récents appels téléphoniques d'Olivia Tanner, annonça-t-elle. Un seul numéro tous les matins vers sept heures à Houston, Texas.

— Sept heures chez nous, c'est six heures à Houston, dit Will. C'est le seul numéro qu'elle ait appelé ? »

Faith fit oui de la tête. « Depuis des mois. Pour les autres appels, elle se servait sans doute de son portable. » Elle fourra son BlackBerry dans sa poche. « Amanda a demandé une commission rogatoire pour la banque. Ils ont bien voulu chercher des comptes au nom des autres femmes, et ils n'en ont aucun. Pour le reste, ils ne veulent pas nous donner accès à l'ordinateur d'Olivia, ni à son téléphone, ni à sa boîte e-mail. Il va falloir se battre, donc. Ils invoquent je ne sais quoi au sujet d'une loi fédérale sur les opérations bancaires. » Elle soupira. « Et puis, il faut que nous entrions dans ce forum de discussion.

— Il me semble que si Olivia y avait participé, elle aurait eu un ordi chez elle.

— Pas forcément. Son frère prétend qu'elle passe sa vie à la banque.

— Qui sait ? Peut-être qu'elles se sont toutes rencontrées en chair et en os. Comme aux Alcooliques anonymes, ou dans les groupes de tricot.

— C'est difficile de faire de la publicité pour un forum pareil. "Vous aimez jeûner jusqu'à en crever ? Venez nous rejoindre !"

— Comment auraient-elles pu se rencontrer autrement ?

— Jacquelyn était agent immobilier, Olivia une banquière qui ne s'occupait pas des prêts, Pauline une dessinatrice d'intérieur. Anna, on ne sait pas, mais probablement quelque chose d'aussi lucratif », dit Faith. Elle soupira plus fort. « Ça ne peut être que par le forum. Comment pourraient-elles se connaître autrement ?

— Est-ce qu'il est nécessaire qu'elles se connaissent ? objecta-t-il. La seule personne qu'elles connaissent forcément toutes, c'est leur ravisseur. Qui pourrait être en contact avec des femmes qui travaillent dans des domaines si différents ?

— Un vigile, un réparateur télé, un éboueur, un exterminateur de rats ou de termites…

— Amanda a fait faire des recherches poussées dans tous ces milieux. Si ce genre de lien existait, nous le saurions à l'heure qu'il est.

— Pas si sûr. Moi, j'espère encore. Après tout, en deux jours et demi, on n'a toujours pas retrouvé Jake Berman. » Faith tourna dans North Avenue. Deux voitures de patrouille de la police d'Atlanta bloquaient la rue. Ils aperçurent Leo à quelque distance, agitant furieusement les mains en enguirlandant un pauvre garçon en uniforme.

Le portable de Faith sonna de nouveau et elle l'enfonça dans sa poche en descendant de voiture. « Je ne suis pas dans les petits papiers de Leo ces jours-ci. Il vaudrait peut-être mieux que ce soit toi qui lui parles. »

Will était d'accord, d'autant plus que Leo semblait déjà hors de lui. Il criait toujours sur le malheureux jeune flic quand ils s'approchèrent de lui. Un mot sur deux qu'il prononçait était un affreux juron et son visage était si rouge que Will se demanda s'il n'allait pas avoir une crise cardiaque.

Au-dessus de leurs têtes, un hélicoptère tournoyait, ce que les flics de la ville appelaient un *ghetto bird* dans leur argot. Il était si près du sol que Will sentait ses tympans vibrer. Leo attendit qu'il s'éloigne avant de leur demander : « Qu'est-ce que vous foutez ici ?

— C'est cette affaire de disparition dont tu nous as informés, dit Will. Olivia Tanner. Il y avait les disques en papier d'un Taser sur les lieux de l'enlèvement. La cartouche a été achetée au nom de Pauline Seward. »

Leo marmonna un autre juron.

« Nous avons aussi trouvé sur le lieu de travail de Pauline des indices qui la rattachent à la caverne. »

La curiosité de Leo prit le dessus sur sa colère. « Vous pensez que Pauline est la tortionnaire ? »

Will n'avait pas vu les choses sous cet angle. « Non, nous pensons qu'elle a été enlevée par le même homme que les autres. Nous avons besoin de savoir tout ce que tu pourras nous dire...

— Mais je n'ai presque rien à dire ! interrompit-il. J'ai parlé à la police du Michigan ce matin. Si je n'ai pas encore rapporté la conversation, c'est parce que ta coéquipière est un vrai rayon de soleil dans ma vie ces temps-ci. »

Faith ouvrit la bouche, mais Will fit un geste pour l'empêcher de parler. « Qu'est-ce que tu as découvert ? »

Leo répondit : « J'ai parlé à un vieux mec qui joue les réceptionnistes. Un nommé Dick Winters. Il est flic depuis trente ans et on l'a relégué devant un téléphone. C'est tout simplement dégueulasse.

— Il se souvenait de Pauline ?

— Oui, il s'en souvenait. Sacré joli brin de fille, à ce qu'il a dit. Rien qu'en parlant d'elle, je crois qu'il bandait encore, le vieux ! »

Will n'avait pas la moindre envie d'entendre l'histoire d'un vieux flic qui bavait de lubricité au souvenir d'une adolescente. « Qu'est-ce qui s'est passé, à l'époque ?

— Il l'a chopée deux ou trois fois pour vol à l'étalage, ivresse sur la voie publique et rébellion contre un agent de la force publique. Sans jamais l'inculper, note bien. Il se contentait de la ramener chez elle et de lui dire de se conduire correctement. Elle était mineure, mais à dix-sept ans il devenait difficile de balayer tout ça sous le tapis. Un commerçant s'est fâché et a porté plainte pour les vols. Le vieux flic a rendu visite à la famille et il a senti que quelque chose ne tournait pas rond. Ça l'a fait débander aussi sec et il a compris qu'il fallait agir, faire son boulot. La fille avait des problèmes à l'école et des problèmes à la maison. Elle lui a parlé d'abus sexuels.

— On a prévenu les services sociaux ?

— Oui, mais la jeune Pauline a disparu avant qu'ils puissent lui parler.

— Est-ce que ton vieux flic se rappelait les noms ? Les parents ? Ou autre chose ? »

Leo fit non de la tête. « Rien. Seulement Pauline Seward. » Il claqua des doigts. « Ah, si. Il m'a parlé d'un frère, un frère un peu dérangé, si tu vois ce que je veux dire. Un petit con très bizarre.

— Comment ça, bizarre ?

— Bizarre. Tu sais comment ça se passe, avec certaines personnes. On a une vibration. »

Will reposa la question : « Mais il ne se souvenait pas de son nom ?

— Tous les rapports sont classés parce que Pauline était mineure. Ajoute à ça la protection de l'enfance, et tu comprendras pourquoi on n'a accès à rien, dit Leo. Il te faudra une commission rogatoire dans le Michigan pour prendre connaissance de quoi que ce soit. Tout ça remonte à vingt ans. Sans compter qu'il y a eu un incendie dans les archives, à ce que m'a dit le vieux. Il n'y a peut-être plus rien à consulter.

— Exactement vingt ans ? », demanda Faith.

Leo la regarda de travers. « Vingt ans à Pâques, exactement. »

Will voulut plus de précision. « Tu veux dire que ce dimanche, jour de Pâques, il y aura exactement vingt ans que Pauline Seward, ou McGhee, s'est enfuie de chez elle ?

— Non, répondit Leo. Il y a vingt ans, Pâques est tombé en mars.

— Tu as vérifié ? »

Leo haussa les épaules. « C'est toujours le premier dimanche qui suit la première pleine lune après l'équinoxe. »

Will eut besoin de quelques instants pour prendre conscience qu'il parlait encore anglais. C'était comme si un chat avait aboyé. « Tu es sûr ?

— Tu me prends pour un crétin ? demanda Leo. Merde, inutile de répondre. Le vieux flic était sûr de lui. Pauline a filé le 26 mars. Le dimanche de Pâques. »

Will tenta de faire le calcul, mais Faith fut plus rapide. « Donc, il y a deux semaines. Ça correspond plus ou moins à la date où Anna et Jacquelyn ont été enlevées. » Son portable sonna de nouveau. « Seigneur ! », gronda-t-elle entre ses dents en regardant le nom qui apparaissait sur l'écran. Elle ouvrit le téléphone. « Qu'est-ce que vous voulez ? »

En un instant, son expression passa de l'agacement extrême à la stupeur, puis à l'incrédulité. « Oh, mon Dieu… » Sa main se crispa contre sa poitrine.

Will ne pouvait penser qu'à Jeremy, le fils de Faith.

« Et l'adresse ? » Sa bouche s'ouvrit sous l'effet de l'ébahissement. « Beeston Place ! »

Will dit : « Mais c'est là qu'Angie…

— Nous y allons tout de suite. » Elle referma son téléphone. « C'était Sara Linton. Anna s'est réveillée. Elle parle.

— Et qu'est-ce qu'elle a dit au sujet de Beeston Place ?

— C'est là qu'elle habite. Qu'ils habitent. Anna a un bébé de six mois, Will. Et la dernière fois qu'elle l'a vu, c'était à son appartement, au dernier étage du Vingt et Un, Beeston Place. »

Will avait bondi au volant de la Mini, reculant rageusement le siège et démarrant avant même que Faith ait eu le temps de claquer sa portière. Il avait malmené la boîte de vitesses, foncé d'un tournant à l'autre, rebondi sur les plaques de métal qui couvraient les travaux de voirie. Dans Piedmont Avenue, il avait franchi la ligne jaune et roulé dans l'autre couloir pour dépasser les voitures attendant au feu. Faith était restée assise à côté de lui, apparemment tranquille et se tenant à la poignée au-dessus de la portière, mais il la sentait grincer des dents à chaque cahot et à chaque virage sur les chapeaux de roues.

« Répète-moi ce qu'elle t'a dit », demanda-t-elle.

Will n'avait pas envie de repenser à Angie pour le moment, il ne voulait pas imaginer qu'elle savait peut-être qu'un enfant était mêlé à la sordide histoire dont elle lui avait parlé, un bébé dont la mère avait été enlevée, qui était resté seul dans un appartement devenu un repaire de drogués.

« Elle a parlé de came, répondit-il. C'est tout. Elle a dit que l'appartement avait été envahi par des dealers et des junkies. »

Elle garda le silence tandis qu'il prenait un autre virage pour s'engager dans Peachtree Street. La circulation était assez fluide compte tenu de l'heure, ce qui voulait dire que les voitures étaient embouteillées sur plusieurs dizaines de mètres. Will roula de nouveau dans le couloir d'en face et dut faire une embardée pour éviter un camion à ordures. Faith claqua ses mains sur le tableau de bord quand il fit une dernière manœuvre échevelée pour tourner dans Beeston Place et s'arrêter en faisant crisser les pneus devant le gratte-ciel appelé le Vingt et Un.

La voiture se balançait encore d'avant en arrière quand il en descendit. Il courut jusqu'à l'entrée. Il entendait les sirènes de voitures de police à distance, et d'une ambulance. Le concierge se tenait derrière un comptoir du hall et lisait un journal sportif. Il était gros, serré dans un uniforme qui contenait à grand-peine son ventre rebondi.

Will sortit sa carte de sa porte et la lui lança presque au visage. « J'ai besoin d'avoir accès à l'appartement du dernier étage. »

Le concierge lui adressa un des sourires les plus maussades dont Will ait gardé souvenir. « Oh, vraiment ? Le dernier étage, hein ? » Il parlait avec un fort accent, russe ou ukrainien.

Faith arriva derrière Will, le souffle court. Elle jeta un coup d'œil au badge du gros homme. « Monsieur Simkov, c'est très important. Nous pensons qu'un enfant est peut-être en danger. »

Il haussa les épaules d'un air d'impuissance. « Personne n'y monte sans permission écrite. Et comme vous n'avez pas la perm… »

Will sentit quelque chose se briser à l'intérieur de lui. Avant qu'il sache ce qu'il faisait, sa main se tendit brusquement, saisit Simkov par la nuque et lui claqua le visage contre la surface de son comptoir.

« Will ! », cria Faith d'une voix étranglée par la surprise.

« Donnez-moi la clef », ordonna Will en appuyant plus fort sur la tête de l'homme.

« Ma poche », articula Simkov à grand-peine, le visage tellement plaqué contre son bureau que ses dents en rayaient la surface.

Will l'attira contre lui, fouilla les poches de sa veste et y trouva un trousseau de clefs qu'il tendit à Faith. Puis il marcha vers l'ascenseur ouvert, les poings crispés.

Faith appuya sur le bouton du dernier étage. « Bon sang, Will, tu as prouvé de quoi tu étais capable, murmura-t-elle. Tu peux être un dur. J'ai compris. Maintenant, tu peux te calmer.

— C'est lui qui surveille la porte. Les entrées et les sorties. » Will était si furieux qu'il avait du mal à prononcer clairement les mots. « Il sait tout ce qui se passe dans cet immeuble. Il a un double des clefs de tous les appartements, à commencer par celui d'Anna. »

Faith comprit qu'il était sincère et ne jouait aucun rôle. « Je sais. Tu as raison. Mais calmons un peu le jeu, d'accord ? Nous ne savons pas ce que nous allons trouver là-haut. »

Will sentait vibrer les tendons de ses bras. Les portes de l'ascenseur s'ouvrirent au dernier étage. Il s'engagea dans un large couloir et attendit que Faith trouve la clef correctement étiquetée pour ouvrir l'appartement. Elle la trouva et il la lui prit des mains.

Il n'avait aucune envie de procéder avec douceur. Il tira son pistolet et ouvrit brusquement la porte.

« Beurk ! », fit Faith en se pinçant le nez.

Will sentit l'odeur lui aussi, ce mélange écœurant de plastique brûlé et de barbe à papa.

« Ça pue le crack, dit-elle en agitant sa main devant son visage.

— Regarde. » Il lui désigna le hall de l'appartement qui s'étendait devant eux. Des confettis gisaient dans un liquide jaunâtre à quelques dizaines de centimètres de la porte. Les disques en papier d'un Taser.

Le hall était long, avec deux portes de chaque côté, toutes les deux fermées. Au bout, on apercevait le salon. Les divans étaient renversés, leur rembourrage arraché. Il y avait des ordures partout. Un homme grand et gros était étendu sur le ventre, les bras écartés, la tête tournée vers le mur. Sa manche droite était retroussée et un garrot lui enserrait le bras, où une seringue était encore plantée.

Tenant son Glock à bout de bras, Will se dirigea vers le bout du hall. Faith sortit son arme à son tour, mais il lui fit signe d'attendre. Le corps dégageait déjà une odeur de décomposition, mais il essaya de sentir son pouls, par acquit de conscience. Il y avait un pistolet aux pieds de l'homme, un Smith & Wesson à la crosse dorée qui donnait l'impression que c'était un jouet d'enfant. Will l'écarta d'un coup de pied, bien que l'homme ne fût plus guère en état de le saisir.

Will fit signe à Faith de s'avancer, puis recula vers une des portes fermées. Il attendit que Faith soit prête, puis donna un coup de pied dans le battant. C'était un placard où des manteaux étaient empilés sur le sol. Will renversa la pile du pied et fouilla sous les manteaux, avant de passer à une autre porte. De nouveau, il attendit Faith. De nouveau, il l'ouvrit avec son pied.

Tous deux reculèrent, assaillis par la puanteur. C'étaient des toilettes, et elles débordaient. Des excréments tachaient les murs carrelés d'onyx. Une flaque brunâtre croupissait dans le lavabo. Will frémit. L'odeur de cette petite pièce lui rappelait celle de la caverne où Anna et Jackie Zabel avaient été séquestrées.

Il referma la porte et fit signe à Faith de le suivre dans le salon. Ils durent enjamber du verre cassé, des aiguilles, des préservatifs. Un tee-shirt blanc était roulé en boule et maculé de sang. Une chaussure de sport gisait à côté, retournée, les lacets encore attachés.

La cuisine communiquait avec le salon. Will alla regarder pardessus la desserte, pour vérifier que personne ne se cachait là, tandis que Faith se frayait un chemin parmi les meubles renversés et le verre brisé qui jonchait partout le sol.

« Il n'y a personne, dit-elle.

— Ici non plus. »

Will ouvrit le placard sous l'évier, cherchant la poubelle. Le sac était blanc, comme ceux qu'ils avaient trouvés dans le vagin des victimes. Et vide. La poubelle était la seule chose propre de tout l'appartement.

« De la cocaïne », devina Faith en indiquant deux petites briques de poudre blanche sur la table basse. Autour, il y avait de fins tuyaux pour l'inhaler. Et des seringues, des billets de banque roulés, des lames de rasoir. « Quel bordel infâme ! J'ai du mal à croire que des gens aient vécu là-dedans. »

Will n'était jamais surpris par les profondeurs d'avilissement où pouvaient sombrer les junkies, ni par les dévastations qu'ils laissaient derrière eux. Il avait vu plus souvent qu'à son tour de jolies maisons de banlieue transformées en quelques jours en tanières immondes et puantes. « Où sont-ils tous passés ? », se demanda-t-il tout haut.

Faith haussa les épaules, incapable de répondre. « Un cadavre ne leur ferait pas assez peur pour qu'ils abandonnent une telle provision de coke. » Elle jeta un regard au mort dans le hall. « C'était peut-être un vigile. »

Ils fouillèrent le reste de l'appartement. Trois chambres, dont une chambre d'enfant, peinte en bleu pâle, et deux autres salles de bains. Les toilettes et les lavabos étaient tous bouchés. Les draps étaient roulés en boule, les matelas retournés. Les placards regorgeaient de vêtements déchirés. Les téléviseurs avaient disparu. Dans une des chambres, un clavier et une souris étaient abandonnés sur un bureau, mais l'ordinateur n'était plus là. De toute évidence, la ou les personnes qui s'étaient emparées de cet appartement avaient emporté tout le matériel de quelque valeur.

Will rangea son arme dans son étui et retourna dans le hall. Deux infirmiers et un agent en uniforme attendaient à la porte. Il leur fit signe d'entrer.

« Aussi mort qu'une momie d'Égypte », prononça un des infirmiers en vérifiant par acquit de conscience les fonctions vitales du junkie étalé près du placard.

Le policier prit la parole : « Mon coéquipier est en train de parler au concierge. » Il parlait d'un ton mesuré, s'adressant à Will. « On dirait qu'il est tombé. Son arcade sourcilière est ouverte. »

Faith rangea son arme à son tour. « Les escaliers sont glissants », dit-elle.

L'agent hocha la tête avec une expression complice. « Oui, très glissants, j'ai l'impression. »

Will retourna dans la chambre d'enfant. Il passa en revue les vêtements de bébé suspendus à de tout petits cintres dans le placard. Puis il s'approcha du berceau et souleva le matelas.

« Fais attention, dit Faith. Il pourrait y avoir des aiguilles.

— Il ne s'en prend pas aux enfants », murmura-t-il, plus pour lui-même que pour Faith. « Il enlève les femmes, mais il ne touche pas aux enfants.

— Pauline n'a pas été enlevée chez elle.

— Pauline, ce n'est pas la même chose. » Il fit un récapitulatif. « Olivia a été enlevée dans son jardin. Et Anna à la porte de son appartement. Tu as vu les confettis du Taser. Et je parierais que Jackie Zabel a été kidnappée dans la maison de sa mère.

— C'est peut-être une amie qui garde le bébé d'Anna. »

Will cessa de fouiller la chambre, surpris par le désespoir qu'il sentait dans la voix de Faith. « Anna n'a pas d'amis. Aucune de ces femmes n'a d'amis. C'est pour ça qu'il les choisit.

— Anna a été enlevée il y a au moins une semaine, Will. » La voix de Faith tremblait. « Regarde autour de toi. Cet appartement est complètement ravagé.

— Tu veux en faire une scène de crime ? », demanda-t-il, sans dire ce que cette perspective signifiait : *Tu veux que quelqu'un d'autre trouve le corps ?*

Faith tenta une autre approche. « Anna a dit à Sara que son nom de famille est Lindsey. Elle est avocate dans je ne sais quel cabinet prestigieux. Nous pourrions appeler son bureau et demander... »

Doucement, Will écarta l'emballage en plastique de la pile de couches-culottes à côté de la table à langer. Les couches-culottes étaient anciennes et immaculées, ce n'était pas d'elles que provenait l'odeur fétide qui flottait.

« Will... »

Il entra dans la salle de bains contiguë et vérifia la poubelle, vide ici aussi. « J'ai d'autres questions à poser au concierge.

— Pourquoi ne laisses-tu pas... »

Will quitta la pièce avant qu'elle ait le temps de terminer sa phrase. Il retourna dans le salon et regarda sous les canapés renversés, puis arracha le rembourrage des sièges pour voir si quelque chose – ou quelqu'un – était caché à l'intérieur.

Le policier en uniforme goûtait la cocaïne abandonnée sur la table basse et semblait en apprécier la qualité. « C'est de la bonne. Il faut que je prévienne les Stups.

— Donnez-moi quelques minutes », dit Will.

Un des infirmiers demanda : « Vous avez encore besoin de nous ? »

Faith répondit « Non », en même temps que Will répondait « Oui ».

Il tenta d'être plus clair : « Ne vous éloignez pas », dit-il.

Faith demanda à l'homme : « Connaissez-vous un infirmier urgentiste qui s'appelle Rick Sigler ?

— Rick ? Oui, bien sûr », répondit-il, comme s'il était surpris par sa question.

Will mit un terme à leur conversation en rouvrant la porte des toilettes donnant dans le hall. Il respira par la bouche pour que l'odeur de pisse et de merde ne le fasse pas vomir. Puis il referma la porte et retourna près de l'entrée et des confettis du Taser. Il s'accroupit pour les examiner, presque sûr que le liquide dans lequel ils flottaient était de l'urine.

Il se redressa et parcourut de nouveau l'appartement. Il était grand et occupait tout le dernier étage. Il n'y avait pas d'autres portes dans le couloir, pas de voisins. Personne qui ait pu entendre crier Anna ou voir son agresseur.

Will sortit et se planta à l'endroit où avait dû attendre le ravisseur. Il promena son regard sur le couloir, pensant que l'homme était peut-être arrivé par les escaliers. Ou descendu du toit. Une sortie de secours y conduisait. À moins que cet imbécile de concierge l'ait laissé entrer, ait même appuyé pour lui sur le bouton de l'ascenseur. Un œilleton était percé dans la porte d'Anna. Elle aurait vérifié d'abord qui était son visiteur. Toutes ces femmes étaient prudentes, méfiantes même. Qui aurait-elle laissé entrer ? Un livreur. Un employé de maintenance. Peut-être le concierge lui-même.

Faith s'approcha de lui. Son visage était indéchiffrable, mais il la connaissait assez pour savoir ce qu'elle pensait : *Il est temps de partir.*

Will observa de nouveau le couloir. Une porte étroite faisait face à l'appartement.

« Will... », articula Faith, mais il se dirigeait déjà vers la petite porte fermée. Il l'ouvrit. À l'intérieur, il découvrit d'abord un vide-ordures en métal. Des boîtes étaient empilées, en vue du recyclage des déchets. Il y avait une poubelle pour le verre, une autre pour les canettes. Et une troisième pour le plastique, sur laquelle était posé un bébé. Les yeux presque fermés, les lèvres entrouvertes. La peau blanche, cireuse.

Faith arriva derrière Will et le saisit par le bras. Will ne parvenait pas à faire un mouvement. La terre s'était arrêtée de tourner. Il se tint à la poignée pour ne pas tomber à genoux. Un bruit sortit de la bouche de Faith, qui ressemblait à une longue plainte.

En entendant ce bruit, le bébé tourna la tête et ses yeux s'ouvrirent lentement.

« Oh, mon Dieu », gémit Faith entre ses dents. Elle écarta Will et se baissa pour prendre l'enfant dans ses bras. « Appelle de l'aide ! Will, appelle de l'aide ! »

Will sentit le monde tourner de nouveau sur son axe. « Par ici ! lança-t-il aux deux infirmiers. Apportez votre matériel ! »

Faith tint le bébé tout contre elle en vérifiant s'il n'était pas blessé. « Mon petit agneau, murmura-t-elle. Tout va bien maintenant. Je suis avec toi. Tout va bien. »

Will la regarda serrer l'enfant contre sa poitrine, caresser ses cheveux et presser ses lèvres sur son front. Les yeux du bébé étaient à peine ouverts, ses lèvres blanches. Will aurait voulu dire quelque chose, mais les mots s'étranglaient dans sa gorge. Il avait chaud et froid en même temps, il avait l'impression qu'il allait se mettre à sangloter devant tout le monde.

« Je suis avec toi, mon amour », dit Faith d'une voix étouffée par l'angoisse. Des larmes roulaient sur son visage. Will ne l'avait jamais vue dans un rôle de mère, en tout cas pas avec un nourrisson. Cela lui fendait le cœur de voir ce côté si tendre de Faith, cette partie d'elle si anxieuse pour un autre être humain que ses mains en tremblaient tandis qu'elle serrait contre sa poitrine ce petit enfant.

Elle murmura : « Il ne pleure pas. Il devrait pleurer, non ? »

Will parvint enfin à parler : « Il sait que personne ne viendra. » Il se pencha et mit doucement sa main sous la tête de l'enfant, qui s'appuyait contre l'épaule de Faith. Il essayait de ne pas penser à toutes les heures qu'il avait passées là, seul dans le local des poubelles, pleurant, hurlant, attendant en vain qu'on vienne à son aide.

L'infirmier ouvrit la bouche sous l'effet de la surprise. Il appela son coéquipier en prenant l'enfant des bras de Faith. La couche était pleine. Le ventre du bébé était distendu, et sa tête roula sur le côté.

« Il est déshydraté. » L'infirmier observa ses pupilles, en quête d'une réaction, et écarta ses lèvres pour examiner ses gencives. « Il est sous-alimenté. »

Will demanda : « Vous croyez qu'il va s'en sortir ? »

L'homme secoua la tête. « Je ne sais pas. Il est mal en point.

— Depuis combien de temps... » La voix de Faith s'étrangla dans sa gorge. « Depuis combien de temps est-il là, à votre avis ?

— Je ne sais pas, répéta l'homme. Un jour. Deux, peut-être.

— Deux jours ? dit Will, presque sûr d'avoir mal compris. Sa mère a été enlevée il y a au moins une semaine. Plus, peut-être.

— Au bout d'une semaine, il serait mort. » Doucement, l'infirmier retourna l'enfant. « Sa peau est irritée parce qu'il est resté trop longtemps couché au même endroit. » Il jura à mi-voix. « Je ne sais pas combien de temps ça prend, mais ce qui est sûr, c'est que quelqu'un lui a au moins donné de l'eau. Sinon, il n'aurait pas survécu. »

Faith suggéra : « Peut-être que la prostituée... »

Elle laissa sa phrase en suspens, mais Will comprit ce qu'elle supposait. Lola avait probablement pris soin du bébé d'Anna après que celle-ci avait été kidnappée. Puis elle avait été arrêtée et l'enfant était resté tout seul. « Si Lola s'occupait de lui, dit-il, il fallait qu'elle entre et qu'elle sorte de l'immeuble. »

Les portes de l'ascenseur s'ouvrirent. Will vit un second policier apparaître avec Simkov, le concierge. Une contusion s'assombrissait sous son œil et son arcade sourcilière était fendue à l'endroit où elle avait heurté le comptoir en marbre au rez-de-chaussée.

« C'est lui ! » Le concierge désigna Will d'un air triomphant. « C'est lui qui m'a brutalisé. »

Les poings de Will se serrèrent. Sa mâchoire se crispa si fort qu'il sentit ses dents sur le point de se casser. « Vous saviez qu'il y avait un bébé ici ? »

Les lèvres du concierge dessinaient de nouveau un sourire ironique. « Un bébé ? Qu'est-ce que vous voulez que j'en sache ? Peut-être que le veilleur de nuit... » Il s'arrêta et jeta un coup d'œil par la porte ouverte de l'appartement. « Seigneur ! », marmonna-t-il, puis il articula quelques mots dans une langue étrangère, avant de demander : « Qu'est-ce qui s'est passé ici ?

— Qui est monté ? demanda Will.

— Ce type, là, est-ce qu'il est mort ? », demanda Simkov, scrutant toujours l'appartement dévasté. « Mon Dieu, regardez-moi cet appartement ! Et l'odeur ! » Il essaya d'entrer, mais les policiers l'en empêchèrent.

Will lui donna une autre chance, en articulant clairement chacun des mots de sa question : « Saviez-vous qu'il y avait un bébé à cet étage ? »

Simkov haussa les épaules, qui s'élevèrent jusqu'à ses oreilles. « Que voulez-vous que je sache de ce qui se passe en haut, chez les riches ? Je gagne huit dollars de l'heure et vous voudriez que je surveille ce qu'ils font ?

— Mais il y a ce bébé ! », dit Will, si furieux qu'il arrivait à peine à parler. « Un bébé de quelques mois qui était en train de mourir !

— Bon, d'accord. Un bébé. Qu'est-ce que vous voulez que ça me foute ? »

La rage envahit Will en un flot noir et aveuglant, et ce fut seulement quand l'homme fut à terre et qu'il sentit le mouvement effréné de ses poings s'abattant sur lui qu'il se rendit compte de ce qu'il était en train de faire. Ce qui ne l'arrêta pas. Il n'avait aucune envie de s'arrêter et cognait, cognait de toute sa force d'adepte de la musculation. Il ne pensait qu'au bébé gisant dans ses excréments, au tueur qui l'avait enfermé dans le local aux poubelles pour qu'il y meure de faim et de soif, à la prostituée qui voulait monnayer des informations en échange de sa libération, et à Angie... Parce qu'au-dessus de ce tas de merde fumante se dressait Angie, manipulant Will comme elle l'avait toujours fait, le rendant fou, pour qu'il ait l'impression d'appartenir à ce monceau d'ordures comme tous les autres.

« Will ! », cria Faith. Elle levait les mains devant elle, comme on fait quand on s'adresse à un forcené. Will sentit une douleur aiguë dans son dos : les deux policiers le tiraient par les coudes pour l'empêcher de massacrer le concierge. Il haletait comme un chien enragé, de la sueur ruisselait sur son visage.

« Ça suffit », dit Faith en s'approchant, les mains toujours levées. « Du calme, maintenant. Du calme. » Elle posa ses mains sur le visage de Will, dans un geste qu'elle n'avait jamais eu. Posées sur ses joues, ses mains l'obligeaient à la regarder au lieu de garder les yeux sur Simkov, recroquevillé sur le sol. « Regarde-moi », dit-elle à voix basse, comme si ses mots ne devaient être entendus que d'eux seuls. « Will, regarde-moi. »

Il se força à croiser son regard. Ses yeux étaient d'un bleu intense, grands ouverts sous l'effet de la panique. « Tout va bien, lui dit Faith. Le bébé s'en sortira. Tu m'entends ? Tout ira bien. »

Will hocha la tête en sentant les deux agents desserrer leur prise. Faith était toujours debout devant lui, et elle avait toujours ses mains sur son visage.

« Calme-toi », lui dit-elle du ton qu'elle avait employé pour parler au bébé. « Je suis là. Tout ira bien. »

Will fit un pas en arrière pour que Faith lâche son visage. Il voyait bien qu'elle était presque aussi terrorisée que le concierge. Will avait peur aussi, peur de ne pas pouvoir se retenir de frapper encore cet homme à terre, se disant que si les deux policiers n'avaient pas été là, s'il avait été seul avec Simkov, il l'aurait peut-être battu à mort avec ses mains nues.

Faith continuait de le fixer du regard. Puis elle concentra son attention sur le gros tas de chair ensanglantée sur le sol. « Levez-vous, gros con. »

Simkov se roula en boule et gémit : « Je ne peux pas bouger.

— Fermez-la. » Elle le tira par le bras, et il se releva.

« Mon nez ! », hurla-t-il, pris d'un vertige tel qu'il dut s'appuyer de l'épaule contre le mur pour ne pas retomber. « Il m'a cassé le nez !

— Tant pis pour vous. » Faith promena son regard le long du couloir, cherchant s'il y avait des caméras de surveillance.

Will en fit autant, soulagé de n'en voir aucune.

« Violence policière ! », brailla l'homme. « Vous avez tout vu. Vous êtes mes témoins. »

Un des agents derrière Will répondit : « Tu es tombé dans l'escalier, l'ami. Tu ne t'en souviens pas ?

— Je ne suis pas tombé ! » Du sang dégoulinait de son nez, coulant entre ses doigts comme de l'eau d'une éponge trop imbibée.

Un des infirmiers posait une perfusion au bébé. Il ne leva pas les yeux et se contenta de dire : « Faites attention où vous posez les pieds la prochaine fois. »

Ainsi Will était-il devenu le genre de flic qu'il n'avait jamais voulu être.

Chapitre dix-sept

Les mains de Faith tremblaient encore quand elle s'arrêta devant la porte de la chambre d'Anna Lindsey au service de soins intensifs.

Les deux policiers en faction devant sa porte bavardaient avec les infirmières sur le seuil de leur bureau, mais ils ne cessaient de jeter des coups d'œil comme s'ils savaient ce qui s'était passé devant l'appartement d'Anna Lindsey au dernier étage du Vingt et Un Beeston Place et n'étaient pas très sûrs de ce qu'ils devaient en penser. Will, pour sa part, se tenait de l'autre côté du couloir, les mains dans les poches, les yeux dans le vide. Elle se demanda s'il était en état de choc. Ou si elle-même, d'ailleurs, était en état de choc.

Dans sa vie personnelle et professionnelle, Faith avait été confrontée à beaucoup d'hommes en fureur ; mais elle n'avait jamais assisté à une démonstration de violence comme celle que Will venait de manifester. Il y avait eu un moment, dans ce couloir au dernier étage de Beeston Place, où Faith avait eu peur que Will ne tabasse à mort le pauvre concierge. C'était son visage qui l'avait choquée : froid, impitoyable, entièrement déterminé à ne pas cesser la pluie de ses coups de poing. Comme toutes les mères du monde, celle de Faith lui avait toujours dit d'être circonspecte dans ses aspirations. Faith avait souhaité que Will montre un peu plus d'agressivité. Elle était servie. Maintenant, elle aurait tout donné pour qu'il redevienne celui qu'il était avant.

« Ils ne diront rien, murmura Faith. Ni les deux flics, ni les deux infirmiers.

— Peu importe.

— Et puis, tu as trouvé le bébé, lui rappela Faith. Qui sait le temps qu'il aurait fallu avant que quelqu'un...

— Laisse tomber. »

Un *ding* sonore se fit entendre avant que les portes de l'ascenseur ne s'ouvrent. Amanda surgit au grand trot. Elle parcourut le couloir du regard, absorbant ce qu'il y avait à voir et tentant sans doute de neutraliser d'éventuels témoins. Faith prit son courage à deux mains, prête à entendre des récriminations, des annonces de suspension, la confiscation de leurs badges d'agents spéciaux. Au lieu de quoi, elle demanda : « Ça va, tous les deux ? »

Faith fit oui de la tête. Will se contenta de fixer le sol.

« Contente de savoir que vous avez enfin des couilles, dit-elle, s'adressant à Will. Vous êtes suspendu sans solde jusqu'à la fin de la semaine. Mais n'allez pas croire une seconde que cela vous dispense de vous démener pour moi. »

La voix de Will, comme épaissie dans sa gorge, répondit : « Compris. »

Amanda s'avança vers la cage d'escalier. Faith remarqua que leur patronne ne manifestait pas son charme coutumier, ni son redoutable self-control. Elle semblait aussi choquée qu'eux.

« Fermez la porte. »

Faith, en tirant sur le battant, vit que ses mains tremblaient encore.

« Charlie est en train de passer au crible l'appartement d'Anna Lindsey », annonça Amanda d'une voix qui éveilla un léger écho dans l'escalier. Elle baissa d'un ton. « Il doit m'appeler s'il découvre quelque chose. Bien entendu, plus question de vous adresser au concierge. » C'était pour Will qu'elle prononçait ces mots. « Les rapports de la Scientifique devraient nous arriver demain matin, mais n'en espérez pas grand-chose compte tenu de l'état de l'appartement. Pour le reste, les techniciens n'ont pas réussi à entrer dans les ordinateurs que ces femmes utilisaient. Ils appliquent des programmes spéciaux pour découvrir les mots de passe, mais cela peut prendre des semaines ou des mois. Le site pro-anorexie est hébergé par une société écran dont le siège est à

Friesland. Ne me demandez pas où ça se trouve. Quelque part à l'étranger. La société refuse de nous fournir le nom des participants, mais les techniciens ont réussi à établir des statistiques. Le site compte environ deux cents visiteurs par mois. C'est tout ce que nous savons. »

Will resta silencieux, et ce fut Faith qui demanda : « Et la maison vide derrière celle d'Olivia Tanner ?

— Les marques de chaussures sont celles d'un homme, pointure quarante-trois. Ce sont des Nike qu'on peut trouver dans mille deux cents boutiques et hypermarchés à travers le pays. Nous avons trouvé des mégots de cigarettes dans la canette de Coca renversée derrière le bar et nous essayons d'en extraire de l'ADN, mais impossible de dire si ça nous mènera quelque part. »

Faith demanda : « Et Jake Berman ?

— Qu'est-ce que vous pensez, hein ? » Amanda inspira profondément, comme pour se calmer. « Nous avons envoyé un portrait de lui sur les sites de toutes les polices du pays. Nous sommes à peu près sûrs que la presse le reprendra, mais nous leur avons demandé d'attendre au moins vingt-quatre heures avant de le publier. »

Dans le cerveau de Faith, les questions se bousculaient, mais rien de précis ne se formulait. Moins de deux heures plus tôt, elle était encore dans la cuisine d'Olivia Tanner, mais, quand bien même sa vie en aurait dépendu, elle aurait été incapable de s'en rappeler un détail. De la cuisine, et du reste de la maison.

Will se décida à parler, d'une voix aussi abattue que son attitude. « Vous feriez mieux de me virer.

— Vous ne vous en tirerez pas aussi facilement.

— Je ne plaisante pas, Amanda. Vous devriez me virer.

— Je ne plaisante pas non plus, pauvre ignorant. » Amanda mit ses mains sur ses hanches et ressembla soudain davantage à l'Amanda revêche dont Faith avait l'habitude. « Le bébé d'Anna Lindsey est en sécurité grâce à vous. Je pense que c'est une victoire pour l'équipe. »

Il se gratta le bras. Au niveau des articulations, la peau de ses doigts était écorchée et saignait. Faith se rappela ce moment, à Beeston Place, où elle s'était caché le visage dans les mains. En désirant de tout son cœur qu'il n'ait pas d'ennuis sérieux, car elle ne pouvait imaginer sa vie si Will Trent n'était plus l'homme qui la partageait comme il l'avait fait presque chaque jour depuis plus d'un an.

Amanda saisit son regard. « Donnez-nous une minute », dit-elle.

Faith ouvrit la porte de la cage d'escalier et retourna dans le couloir. Le service de soins intensifs résonnait d'un bourdonnement d'activité, mais rien de comparable au tapage du rez-de-chaussée et de la salle des urgences. Les deux policiers avaient repris leur place de part et d'autre de la porte d'Anna et leurs yeux suivirent Faith quand elle passa devant eux.

« Ils sont dans la salle d'examen numéro trois », lui dit une des infirmières.

Faith ne savait pas trop pourquoi la jeune femme éprouvait le besoin de l'en informer, mais elle se dirigea vers la salle d'examen numéro trois. Elle y trouva Sara Linton debout devant un petit lit pliant. Elle tenait le bébé dans ses bras. Le bébé d'Anna.

« Il revient à la vie, et au trot ! dit-elle à Faith. Il lui faudra un ou deux jours d'observation, mais il se remettra sans problème. Et surtout, je pense qu'être avec sa mère leur fera du bien à tous les deux. »

Faith ne pouvait se sentir maternelle pour le moment. Aussi se força-t-elle à réagir en flic.

« Anna a dit autre chose ?

— Non, pas vraiment. Vous savez, elle souffre beaucoup. Maintenant qu'elle est réveillée, on a augmenté la dose de morphine. »

Faith fit courir sa main le long du dos du bébé, sentant la douceur de sa peau, la dureté de ses petites vertèbres. « Combien de temps pensez-vous qu'on l'a laissé tout seul ?

— Vos infirmiers avaient raison. Je dirais un jour, deux au maximum. Sinon, son état serait très différent. » Elle déplaça le bébé de son épaule gauche à son épaule droite. « Quelqu'un lui a donné de l'eau. Il est déshydraté, mais j'ai vu bien pire en ce domaine.

— Et vous, que faites-vous ici ? », demanda Faith. La question était sortie sans préméditation. Elle l'entendit sonner à ses oreilles, et pensa qu'elle était légitime, assez pour qu'elle la répète. « Pourquoi travaillez-vous aujourd'hui ? Que faisiez-vous avec Anna ? »

Avec douceur, Sara reposa le bébé sur le lit pliant. « C'est ma patiente. Je suis venue me renseigner sur son état. » Elle plaça une couverture sur le nourrisson. « Comme je me suis renseignée sur le vôtre ce matin. Mais la secrétaire de Delia Wallace m'a dit que vous n'aviez pas encore pris rendez-vous.

— J'ai été un peu occupée à récupérer des bébés dans des poubelles.

— Faith, je ne suis pas votre ennemie. » La voix de Sara avait pris les intonations agaçantes des personnes qui essaient d'être raisonnables. « Il ne s'agit plus seulement de vous. Vous portez un enfant. C'est une autre vie dont vous êtes responsable.

— Ça, c'est à moi d'en décider.

— Il ne vous reste plus beaucoup de temps pour en décider. Ne laissez pas votre corps prendre la décision, parce que s'il y a une lutte entre le diabète et le bébé, c'est toujours le diabète qui l'emportera. »

Faith respira profondément, mais cela ne fit rien pour la calmer. Elle cessa de se contrôler. « Vous essayez peut-être de nous envahir dans notre enquête, mais ne croyez pas que je vais vous laisser envahir ma vie privée !

— Pardon ? » Sara avait le culot de paraître surprise.

« Vous n'êtes plus légiste, Sara. Vous n'êtes plus mariée à un chef de la police. Il est mort. Vous l'avez vu sauter sur cette bombe, de vos propres yeux. Il était déchiqueté. Vous ne le ramènerez pas en traînant à la morgue et en vous imposant dans une enquête criminelle. »

Sara resta debout, la bouche ouverte, apparemment incapable de réagir.

Brusquement, Faith fondit en larmes. « Oh, mon Dieu... Mon Dieu, je suis désolée ! C'est affreux, ce que je viens de dire. » Elle posa sa main sur sa bouche. « Je n'arrive pas à croire que j'ai... »

Sara secoua la tête et regarda le sol.

« Je suis désolée. Désolée. Je vous demande pardon. »

Sara prit son temps pour parler. « Je suppose que c'est Amanda qui vous a informée des détails.

— J'ai tout trouvé sur l'Internet. Je ne...

— L'agent Trent a tout lu aussi ?

— Non. » Faith fit un effort pour raffermir sa voix. « Non. Il m'a dit que ça ne le regardait pas. Et ça ne me regardait pas non plus. Je n'aurais pas dû chercher. Je suis désolée. Je suis horrible, horrible. Je n'arrive pas à croire que je viens de vous dire tout ça. »

Sara se pencha sur le bébé et lui caressa le visage. « Ça ne fait rien », dit-elle.

Faith chercha autre chose à dire, fouillant dans sa mémoire en quête d'autres raisons de se flageller. « Je vous ai menti sur mon poids, aussi. Ce n'est pas cinq kilos que j'ai pris, c'est huit. Je mange des beignets pour mon petit déjeuner, quelquefois pour dîner aussi, même si je bois du Coca light. Je ne fais jamais d'exercice. Jamais. Les seules fois où je cours, c'est pour arriver aux toilettes avant la fin de la pub, et, pour tout dire, depuis que j'ai acheté mon TiVo, je n'en ai même plus besoin. »

Sara restait silencieuse.

« Je suis tellement désolée… », répéta Faith.

Mais Sara continuait à ajuster la couverture, en la bordant davantage pour être sûre que le bébé se trouve dans un petit cocon bien serré.

« Pardonnez-moi, je vous en prie », insista Faith, se sentant si mal qu'elle crut qu'elle allait vomir.

Sara garda ses pensées pour elle. Faith essayait d'imaginer une façon de quitter la pièce sans être trop ridicule quand le médecin dit enfin : « Je savais que c'étaient huit kilos. »

Faith sentit se dissiper un peu de la tension régnante, et elle eut la sagesse de ne pas gâcher ce moment de détente en ouvrant la bouche.

Sara dit : « Personne ne me parle jamais de lui. Les premiers temps, oui, bien sûr, mais maintenant personne ne prononce plus son nom. Comme si les gens craignaient de me faire de la peine, comme si dire son nom pouvait me renvoyer à l'époque où… » Elle secoua la tête. « Jeffrey. Je ne me rappelle pas la dernière fois où j'ai dit ce prénom à voix haute. Il s'appelle… il s'appelait… Jeffrey. Jeffrey Tolliver.

— C'est un joli prénom. »

Sara hocha la tête et déglutit avec difficulté.

« J'ai vu des photos, reconnut Faith. C'était aussi un bel homme. »

Un sourire triste flotta sur les lèvres de Sara. « Oh, oui !

— Et un bon flic. On le devine au ton des rapports.

— C'était un type bien. »

Faith hésita, cherchant autre chose à dire. Mais ce fut Sara qui parla la première.

« Et vous ?

— Moi ?

— Le père. »

Dans son élan de mortification, Faith n'avait pas pensé à Victor. Elle posa sa main sur son ventre.

« Vous voulez dire le papa de mon bébé ? »

Sara sourit plus franchement.

« Il cherchait en moi non une petite amie, mais une mère, soupira Faith.

— Ah ? Jeffrey n'a jamais eu ce problème. Il était très doué pour se prendre en charge tout seul. » Ses yeux prirent une expression lointaine. « Jeffrey est de très loin le plus beau cadeau que la vie m'ait fait.

— Sara… »

Elle fouilla dans les tiroirs du bureau et trouva un glucomètre. « Testons votre sucre », dit-elle.

Cette fois, Faith était trop contrite pour protester. Elle tendit la main et attendit que la petite aiguille perce sa peau.

Tout en s'affairant, Sara continua de parler. « Je n'essaie pas de faire revenir mon mari. Croyez-moi, si c'était aussi simple que de s'intéresser à une affaire criminelle, je m'inscrirais à l'école de police dès demain. »

Faith fit la grimace en sentant le coup d'aiguille.

« Seulement, voyez-vous, j'ai envie de me rendre utile », poursuivit Sara sur le ton de la confidence. « D'avoir l'impression d'en faire plus pour les gens que de prescrire des lotions contre des boutons qui partiraient probablement tout seuls ou de recoudre des voyous pour qu'ils puissent retourner se tirer dessus dans les rues. »

Faith n'avait pas imaginé que les motivations de Sara pouvaient être aussi altruistes. Elle se dit que c'était un triste reflet de sa propre personnalité si elle se figurait toujours que les gens conduisaient leur vie avec des intentions égocentriques. Elle dit à Sara : « Votre mari me fait l'effet d'un… d'un homme parfait. »

Sara rit en continuant le test. « Il laissait son slip suspendu à la poignée de la salle de bains. Quand nous nous sommes mariés, il couchaillait à droite et à gauche, ce que j'ai découvert un soir en rentrant plus tôt que prévu. Et il avait un fils illégitime dont il n'a jamais entendu parler avant la quarantaine. » Elle lut le résultat du test sur la petite machine, puis le montra à Faith. « Qu'est-ce que vous en pensez ? Vous prenez un verre de jus de fruit ? Ou plutôt une dose d'insuline ?

— De l'insuline. Je suis à court depuis le déjeuner, avoua Faith.

— C'est ce que je pensais. » Sara décrocha le téléphone et appela une infirmière. « Il faut absolument que tout ça soit sous contrôle, Faith, dit-elle sérieusement.

— Oui, mais cette affaire…

— Cette affaire suit son cours, comme toutes celles sur lesquelles vous avez travaillé et toutes celles sur lesquelles vous travaillerez dans l'avenir. Je suis sûre que l'agent Trent peut vous accorder une heure ou deux pendant que vous vous occupez de votre santé. »

Faith n'était pas sûre que Will puisse accorder quoi que ce soit pour le moment.

Sara se pencha de nouveau sur le bébé. « Il s'appelle Balthazar, dit-elle.

— Et moi qui pensais que nous étions arrivés au dernier moment pour le sauver… »

Elle eut la bonne grâce de sourire, mais quand elle parla, son ton était grave. « Je suis diplômée d'État en médecine pédiatrique, Faith. J'ai été major de ma promotion à Emory University. Et j'ai passé presque vingt ans de ma vie à aider les gens, vivants ou morts. Vous pouvez discuter mes motivations si ça vous fait plaisir, mais pas mes capacités professionnelles.

— Vous avez raison. » Faith se sentit encore plus penaude. « Je suis désolée. La journée a été dure.

— Et si votre formule sanguine s'affole, ça ne doit pas vous aider. » On frappa à la porte et Sara alla ouvrir, pour prendre des mains de l'infirmière une poignée d'ampoules d'insuline. Elle referma la porte et dit à Faith : « Vous devez vous occuper de vous sérieusement.

— Je sais.

— Remettre les choses à demain n'arrangera rien. Prenez deux heures pour aller voir Delia. Ensuite, vous saurez exactement où vous en êtes et vous pourrez vous concentrer sur votre travail.

— C'est promis.

— Les sautes d'humeur, les colères soudaines, tout ça, ce sont des symptômes de votre maladie. »

Faith eut l'impression qu'elle venait de se faire gronder par sa mère, mais c'était peut-être ce dont elle avait besoin en ce moment. « Merci. »

Sara posa ses mains sur le lit pliant où dormait Balthazar. « Alors, nous nous sommes tout dit, conclut-elle.

— Attendez, dit Faith. Vous vous occupez d'adolescentes, non ? »

Sara haussa les épaules. « Je m'en suis surtout occupée quand j'avais mon propre cabinet. Pourquoi ?

— "Thinspo", ça vous dit quelque chose ?

— Non, pas grand-chose, reconnut Sara. Je sais que c'est un mot de la propagande en faveur de l'anorexie, qu'on rencontre sur l'Internet.

— Ce qui concerne trois de nos quatre victimes.

— Anna est maigre, dit Sara. Ses fonctions hépatiques et rénales sont bloquées, mais j'ai pensé que c'était en raison de ce qu'elle a subi. Non de mauvais traitements qu'elle se serait infligés à elle-même.

— Et si elle était anorexique ?

— C'est possible. Je n'y ai pas songé à cause de son âge. En général, ce sont les très jeunes filles qui sont touchées par l'anorexie. » Sara se souvint : « Pete a fait la même constatation pendant l'autopsie de Jacquelyn Zabel. Elle aussi était maigre. Mais elle aussi avait été privée de nourriture et de boisson pendant de nombreux jours. J'ai pensé qu'avant cela, elle était seulement d'un poids un peu en dessous de la normale. Elle était d'une stature plutôt frêle. » De nouveau, elle se pencha sur Balthazar et lui caressa la joue. « Anna n'aurait jamais pu avoir un bébé si elle se privait de manger. Pas sans graves complications, en tout cas.

— Peut-être a-t-elle réussi à se contrôler assez longtemps pour qu'une grossesse soit possible, suggéra Faith. Mais je ne m'y connais pas bien. L'anorexie, c'est quand on vomit ?

— Non. Ça, c'est la boulimie. L'anorexie, c'est le jeûne pathologique. Certaines anorexiques utilisent des laxatifs, mais elles ne vomissent pas, en général. La recherche trouve des indices de plus en plus probants d'un déterminisme génétique, de particularités chromosomiques qui prédisposeraient à la maladie. Le plus souvent, c'est un traumatisme dans l'environnement familial qui la déclenche.

— Comme la maltraitance ? L'inceste ?

— Oui, parfois. Des expériences violentes qui provoquent un dysmorphisme, c'est-à-dire un décalage pathologique entre la façon dont le sujet perçoit son corps et la réalité. L'anorexique se voit obèse même en pesant trente kilos. On accuse souvent les magazines de mode et les vedettes de cinéma, mais c'est beaucoup plus compliqué. Il n'y a jamais une cause unique. De nos jours, les garçons aussi sont de plus en plus touchés. Et c'est extrêmement difficile à traiter à cause de la composante psychologique très forte. »

Faith réfléchissait à leurs quatre victimes. « Est-ce qu'il y a un certain type de personnalité qui est prédisposé à l'anorexie ? »

Sara pesa la question avant de répondre. « Tout ce que je peux vous dire, c'est que les quelques malades dont je me suis occupée prenaient un plaisir extrême à se laisser mourir de faim. Il faut une énorme volonté pour combattre les exigences naturelles du corps en matière de nourriture. Elles avaient le sentiment que rien ne marchait dans leur vie, mais qu'il y avait une chose qu'elles pouvaient contrôler, et même manipuler : ce qui entrait ou n'entrait pas dans leur bouche. Et le jeûne prolongé provoque des réactions physiologiques, des vertiges agréables, une euphorie, parfois des hallucinations. Tout ça ressemble assez à ce qu'on éprouve en consommant des drogues opiacées, et ce sont des sensations souvent très addictives. »

Faith pensa au nombre de fois où elle avait plaisanté sur son désir d'avoir la force de devenir anorexique pour une semaine.

Sara ajouta : « Le plus gros problème du traitement, c'est qu'il est socialement beaucoup mieux accepté d'être trop maigre que trop grosse.

— Je n'ai encore jamais rencontré de femme qui soit contente de son poids », observa Faith.

Sara eut un petit rire mélancolique. « Ma sœur l'est, pourtant.

— Ah oui ? C'est une sainte ? »

Faith plaisantait, mais Sara la surprit en répondant : « Presque. Elle est missionnaire. Elle a épousé un pasteur il y a quelques années et ils soignent les enfants victimes du sida en Afrique.

— Mon Dieu ! Je ne la connais pas et je la déteste déjà !

— Vous savez, elle aussi a ses défauts, reconnut Sara. Mais vous me parlez de quatre victimes. Ça veut dire qu'une autre femme a été enlevée ? »

Faith prit conscience que la disparition d'Olivia Tanner n'était pas encore publique. « Oui. Mais n'en parlez pas.

— Promis.

— Deux d'entre elles semblaient prendre de fortes quantités d'aspirine. Celle dont la disparition nous a été signalée aujourd'hui en avait six énormes flacons dans sa cuisine. Et Jacquelyn Zabel en avait aussi une grande boîte près de son lit. »

Sara hocha la tête, comme si quelque chose s'éclaircissait dans son esprit. « À hautes doses, l'aspirine est un émétique. Ce qui pourrait expliquer pourquoi l'estomac de Jackie était si ulcéré. » Elle poursuivit. « Et expliquer aussi pourquoi son sang était encore liquide quand Will l'a trouvée dans son arbre. Vous devriez le lui dire. Il s'en voulait de ne pas être arrivé à temps. »

Will avait maintenant beaucoup d'autres raisons de s'en vouloir. Mais Faith se rappela : « Il a besoin du numéro de votre appartement.

— Pourquoi ? » Sara répondit elle-même à sa question. « Ah, oui, la petite chienne de sa femme.

— Exactement », dit Faith, en pensant que ce mensonge était le moins qu'elle pouvait faire pour Will.

« Numéro douze. Mais c'est sur la liste à la porte. » Sara reposa ses mains sur le bord du lit pliant. « Il faut que je ramène ce bébé à sa mère. »

Faith lui tint la porte et Sara poussa le lit sur ses roulettes. Le brouhaha du couloir bourdonna dans ses oreilles jusqu'à ce qu'elle ait refermé la porte. Elle s'assit sur un tabouret et souleva sa jupe pour trouver une zone que les aiguilles n'aient pas encore bleuie.

La brochure sur le diabète indiquait qu'il fallait se piquer à des endroits différents, et Faith inspecta son ventre, où elle découvrit un petit bourrelet de graisse blanche qu'elle pinça entre son pouce et son index.

Elle tint l'ampoule d'insuline avec son aiguille à quelques centimètres de son ventre, mais sans oser se piquer. Quelque part derrière toute cette graisse de beignets, il y avait un tout petit bébé avec des mains et des pieds minuscules, et des yeux, et une bouche, respirant à chaque fois qu'elle respirait, faisant pipi avec elle chaque fois qu'elle courait aux toilettes. Les avertissements de Sara avaient été très explicites, mais tenir dans ses bras Balthazar Lindsey avait éveillé en Faith quelque chose qu'elle n'avait jamais ressenti dans sa vie. Elle avait eu beau aimer Jeremy, sa naissance n'avait guère été une occasion de réjouissances. Quinze ans, ce n'était pas le bon âge pour exhiber fièrement son enfant, et même les infirmières de l'hôpital l'avaient regardée avec pitié.

Mais cette fois, ce serait différent. Faith avait largement l'âge d'être mère. Elle pourrait marcher dans les allées du centre commercial avec son enfant dans les bras sans craindre qu'on la prenne pour sa grande sœur. Elle pourrait l'emmener chez le pédiatre et signer tous les formulaires sans devoir demander à sa mère de cosigner. Et aux réunions de parents à l'école, elle pourrait se permettre de dire aux institutrices leurs quatre vérités sans redouter d'être envoyée chez la directrice. Elle savait même conduire sa voiture.

Elle pourrait bien faire les choses, cette fois. Être une bonne mère du début à la fin. Enfin, du début, peut-être pas. Faith passa en revue tout ce qu'elle avait fait endurer à son bébé en une seule semaine : elle l'avait ignoré, nié son existence ; elle était tombée en syncope sur un parking ; elle avait envisagé l'avortement, l'avait exposé à tous les microbes que transportait peut-être Sam Lawson ; elle était de nouveau tombée du perron d'une terrasse, puis avait risqué sa vie et celle de son enfant en essayant d'empêcher Will d'écraser la tête d'un concierge slave contre la délicate moquette d'un couloir au dernier étage d'un gratte-ciel de Beeston Place.

Et maintenant, ils étaient là, mère et enfant, aux soins intensifs du Grady Hospital, et elle allait enfoncer une aiguille à quelques centimètres de sa tête.

La porte s'ouvrit. « Qu'est-ce que vous fabriquez ? », demanda Amanda Wagner. Elle le devina sans attendre la réponse. « Faith, pour l'amour du Ciel ! Quand comptiez-vous m'en parler ? »

Faith ramena sa jupe sur ses genoux, en se disant qu'il était un peu tard pour la pudeur. « Aussitôt après vous avoir dit que je suis enceinte. »

Amanda tenta de claquer la porte, mais la charnière hydraulique l'en empêcha. « Bon Dieu, Faith ! Vous ne vous en sortirez jamais avec un bébé ! »

Faith se haussa du col. « J'en ai déjà eu un, et j'y suis arrivée.

— Vous étiez une gamine en uniforme qui gagnait seize mille dollars par an. Vous êtes adulte maintenant.

— Ce qui signifie que vous ne me voyez pas comme une mère poule. »

Le regard d'Amanda aurait coupé du verre. « Votre mère est au courant ?

— J'ai préféré la laisser profiter de ses vacances. »

Amanda se frappa bruyamment le front avec la main, ce qui aurait été comique si elle n'avait pas tenu la vie de Faith entre ses mains. « Un demeuré dyslexique qui ne sait pas contrôler ses humeurs et une grosse diabétique qui n'a aucune idée des moyens les plus rudimentaires de contraception. Me voilà bien ! » Elle agita l'index dans la direction de Faith. « J'espère que cette association vous convient, ma petite, parce que vous êtes condamnée à travailler avec Will Trent pour toujours maintenant. »

Faith s'efforça d'ignorer le mot « grosse », qui, en toute honnêteté, était celui qui la blessait le plus. « Il y a pire que d'être la coéquipière de Will pour le reste de ma carrière, dit-elle.

— En tout cas, soyez contente qu'aucune caméra de surveillance n'ait enregistré sa petite colère.

— Will est un bon flic, Amanda. D'ailleurs, il ne travaillerait plus sous vos ordres si vous n'en étiez pas persuadée.

— Oh, vous savez... » Elle rectifia le tir. « Oui, peut-être. Quand il n'est pas en proie à ses angoisses d'abandon.

— Vous l'avez vu ? Il va bien ?

— Il survivra », marmonna Amanda, d'une voix assez peu convaincue. « Je l'ai envoyé à la recherche de cette prostituée. Lola.

— Elle n'est pas en prison ?

— Nous avons fait une sacrée récolte dans cet appartement. De l'héroïne, des méthamphétamines, de la coke et je ne sais quoi encore. Angie Polaski a réussi à faire libérer Lola en échange de ses informations. » Amanda haussa les épaules. Elle ne pouvait pas toujours contrôler les actions de la police d'Atlanta.

« Vous croyez que c'est une bonne idée d'avoir lancé Will à la recherche de Lola, alors qu'il était si choqué qu'on ait abandonné cet enfant ? »

L'Amanda habituelle était de retour, celle dont on ne pouvait pas discuter les décisions. « Nous avons deux femmes disparues et un tueur en série dans la nature, qui sait un peu trop bien ce qu'il veut leur faire subir. Il faut avancer dans cette affaire avant qu'elle nous échappe. L'heure tourne, Faith. Notre sadique est peut-être déjà en train de guetter sa prochaine proie.

— Je devais rencontrer Rick Sigler aujourd'hui. L'infirmier qui s'est occupé d'Anna sur la scène de l'accident.

— J'ai envoyé quelqu'un chez lui il y a une heure. Sa femme était là avec lui. Il a soutenu mordicus qu'il ne connaissait aucun homme du nom de Jake Berman. C'est à peine s'il a reconnu qu'il était au volant de sa voiture ce soir-là. »

Faith n'aurait jamais envisagé pire façon d'interroger cet homme. « Il est gay. Sa femme n'en sait rien.

— Les femmes ne le savent jamais, répliqua Amanda. En tout cas, il n'avait pas envie de parler. Et nous n'avons rien contre lui pour le convoquer.

— Je ne suis pas sûre qu'il y ait des raisons de le suspecter.

— En ce qui me concerne, je suspecte tout le monde. J'ai lu le rapport d'autopsie. J'ai vu quelles tortures notre homme a infligées à Anna. Il aime les expériences. Et il va les continuer jusqu'à ce que nous l'arrêtions. »

Après les montées d'adrénaline de ces dernières heures, Faith en éprouva une de plus en entendant les paroles d'Amanda. « Vous voulez que je surveille Sigler ?

— Leo Donnelly est garé devant chez lui en ce moment. Quelque chose me dit que vous n'avez pas envie d'être enfermée dans une voiture avec lui toute la nuit.

— En effet », répondit Faith, et ce n'était pas seulement parce que Leo fumait cigarette sur cigarette. Il lui reprocherait sans doute de l'avoir mis sur la liste noire d'Amanda. Et il aurait raison.

« Il va falloir que quelqu'un prenne l'avion pour le Michigan et aille inspecter les archives sur la famille de Pauline Seward. Nous avons envoyé une commission rogatoire, mais apparemment ils n'ont rien à nous montrer qui remonte à plus de quinze ans. Il nous faut trouver quelqu'un qui l'ait connue dans le passé. Et le trouver vite. Ses parents, ou avec un peu de chance son frère, s'il n'est pas notre mystérieux Mr Berman. Pour des raisons évidentes, je ne peux pas envoyer Will lire ces dossiers. »

Faith posa l'ampoule d'insuline sur la table. « Je m'en charge.

— Dites-moi, cette histoire de diabète, c'est sous contrôle ? » L'expression de Faith devait être assez révélatrice. « Dans ce cas, je vais envoyer un de mes agents qui pourra faire le travail. » Elle agita la main pour écarter toute objection. « Commençons par là et nous verrons ce qui nous sautera à la gorge ensuite.

— Excusez-moi si je ne vous ai rien dit. » Faith s'était excusée plus souvent en une demi-heure que dans sa vie entière.

Amanda secoua la tête, pour indiquer qu'elle n'était pas disposée à discuter la stupidité de la situation. « Le concierge a pris un avocat. Nous devons les rencontrer demain matin à la première heure.

— Vous l'avez arrêté ?

— Il est en garde à vue. De toute évidence, il est né à l'étranger. Le Patriot Act nous donne vingt-quatre heures pour le garder dans nos locaux et vérifier son statut par rapport aux lois sur l'immigration. En même temps, nous pouvons fouiller son appartement. Peut-être que nous trouverons quelque chose de plus concret pour l'épingler. »

Faith n'était pas d'humeur à discuter du cours de la justice.

Amanda lui demanda : « Et les voisins d'Anna ?

— C'est un immeuble tranquille. L'appartement en dessous du sien est vide depuis plusieurs mois. On aurait pu fabriquer une bombe atomique chez elle sans que personne se rende compte de rien.

— Le mort ?

— Un dealer. Overdose d'héroïne.

— L'employeur d'Anna ne s'est pas inquiété de son absence ? »

Faith lui exposa le peu qu'elle avait pu apprendre. « Elle travaille dans un cabinet d'avocats. Bandle & Brinks.

— Bandle & Brinks ? Seigneur ! Cette histoire tourne de plus en plus mal. Vous les connaissez ? » Amanda ne lui laissa pas le temps de répondre. « Ils sont spécialisés dans les poursuites contre les municipalités : la mauvaise police, les mauvais services sociaux. Dès qu'ils trouvent quelque chose, ils s'acharnent et ils vous ruinent en frais judiciaires. Ils ont plusieurs fois poursuivi l'État et le plus souvent, ils gagnent !

— Ils n'ont pas souhaité répondre à nos questions. Et ils ne nous communiqueront aucun de ses dossiers sans une commission rogatoire. Une de plus.

— En d'autres termes, ils se conduisent en avocats. » Amanda arpenta la pièce quelques instants. Puis : « Allons parler à Anna maintenant, décida-t-elle. Ensuite, nous retournerons chez elle et nous passerons tout au crible avant que ses collègues du cabinet s'aperçoivent de ce que nous faisons.

— À quelle heure est le rendez-vous avec le concierge et son avocat ?

— Huit heures demain matin. Vous pensez que vous pourrez, malgré votre agenda chargé ?

— Oui, bien sûr. »

Amanda secoua de nouveau la tête en regardant Faith, avec une expression de vieille mère mécontente, agacée, vaguement dégoûtée. « Je suppose que le père est absent du tableau cette fois encore ?

— Je n'ai plus l'âge d'essayer de nouvelles formules.

— Félicitations », dit-elle en ouvrant la porte. Ç'aurait été un mot gentil si elle n'avait pas ajouté « idiote » entre ses dents avant de s'engager dans le couloir.

Faith ne s'était pas rendu compte qu'elle avait retenu sa respiration jusqu'à ce qu'Amanda quitte la pièce. Ses lèvres s'ouvrirent et laissèrent échapper un profond soupir. Pour la première fois depuis que Sara avait diagnostiqué son diabète, elle enfonça l'aiguille dans sa chair sans hésiter. Ça ne faisait pas vraiment mal. Ou alors, elle était dans un état de choc trop prononcé pour sentir quoi que ce soit.

Faith fixa le mur devant elle, en s'efforçant de repenser à l'enquête. Elle ferma les yeux et visualisa les photos de l'autopsie de Jacquelyn Zabel, et aussi celles de la caverne où Jacquelyn et Anna avaient été séquestrées. Elle passa en revue dans sa tête les diverses atrocités qu'elles avaient supportées : les tortures, la souffrance, la terreur. De nouveau, elle posa sa main sur son ventre. L'enfant qui grandissait en elle était-il une fille ? À quel genre de monde Faith allait-elle la livrer dans quelques mois ? Un monde où les fillettes étaient battues ou violées par leur père, où les magazines leur disaient qu'elles ne seraient jamais assez parfaites, où en l'espace d'un instant des sadiques pouvaient vous arracher à votre vie, à votre enfant, et vous jeter dans un enfer vivant pour le reste de vos jours ?

Un frisson la parcourut. Elle se leva et quitta la pièce.

Les deux policiers qui montaient la garde devant la chambre d'Anna s'écartèrent pour la laisser passer. Faith croisa ses bras sur sa poitrine, car le froid la saisit au moment où elle entra. Anna était étendue dans le lit, avec Balthazar dans le creux de son bras osseux. Sous son épaule saillante, l'os semblait vouloir percer la peau, comme les filles que Faith avait vues sur les vidéos de l'ordinateur de Pauline McGhee.

« L'agent Faith Mitchell vient d'entrer dans la chambre, dit Amanda. Elle essaie de retrouver l'homme qui vous a enlevée et torturée. »

Le blanc des yeux d'Anna était trouble, comme si elle souffrait de cataracte. Sans voir, elle tourna la tête vers la porte. Faith savait qu'aucun code de politesse ne convenait dans ce genre de situation. Elle avait déjà été confrontée à des cas de viol et de mauvais traitements, mais jamais rien d'aussi horrible. Elle dut réfléchir. Pas question de dire des banalités compatissantes, ni de demander à la victime comment elle se sentait, parce que la réponse était évidente.

« Je sais que c'est un moment très difficile, dit-elle. Mais nous sommes obligés de vous poser quelques questions. »

Amanda dit à Faith : « Miss Lindsey vient de m'expliquer qu'elle venait d'en finir avec un dossier difficile et qu'elle avait pris un peu de vacances pour passer du temps avec son enfant. »

Faith demanda : « Des gens savaient que vous preniez des vacances ?

— J'avais laissé un mot au concierge. À mon travail, tout le monde était au courant, bien sûr. Ma secrétaire, mes associés. Je ne parle pas aux gens de mon immeuble. »

Faith eut l'impression qu'un grand mur avait été érigé autour d'Anna Lindsey. Cette femme dégageait quelque chose de si froid qu'il semblait impossible d'établir un vrai contact avec elle. Elle semblait décidée à s'en tenir aux questions qu'on lui posait, sans ajouter aucun commentaire.

« Pouvez-vous nous dire comment s'est déroulé votre enlèvement ? »

Anna se passa la langue sur ses lèvres sèches et ferma les yeux. Quand elle répondit, sa voix n'était guère plus qu'un murmure. « J'étais chez moi. Je préparais Balthazar pour une promenade dans le parc. C'est la dernière chose dont je me souviens. »

Faith savait qu'une agression au Taser pouvait provoquer une perte de mémoire. « Qu'avez-vous vu quand vous vous êtes réveillée ?

— Rien. Je n'ai plus jamais rien vu.

— Des bruits, des sensations que vous vous rappelez ?

— Non.

— Avez-vous reconnu votre agresseur ? »

Anna secoua la tête. « Non. Je ne me rappelle rien. »

Faith laissa passer quelques secondes, en s'efforçant de maîtriser sa déception. « Je vais vous donner une liste de noms. Vous me direz si l'un ou l'autre vous est familier. »

Anna acquiesça de la tête, tandis que sa main glissait sur les draps vers la bouche de son fils. Elle lui donna le bout de son doigt à sucer, ce qu'il fit avec de petits gargouillis.

« Pauline McGhee. »

Anna fit non de la tête.

« Olivia Tanner. »

Même réponse.

« Jacquelyn ou Jackie Zabel. »

Toujours non.

Faith avait gardé Jackie pour la fin. Les deux femmes avaient été enfermées ensemble dans la caverne, c'était la seule chose dont elle pouvait être sûre. « Nous avons trouvé l'empreinte de votre doigt sur le permis de conduire de Jackie Zabel », insista-t-elle.

Les lèvres sèches d'Anna s'entrouvrirent de nouveau. « Non, dit-elle fermement. Je ne la connais pas. »

Amanda jeta un coup d'œil vers Faith, en haussant les sourcils. S'agissait-il d'amnésie traumatique ? Ou d'autre chose ?

Faith demanda : « Est-ce que le mot "thinspo" vous dit quelque chose ? »

Anna se raidit. « Non », répondit-elle, plus vite cette fois, et d'une voix plus forte.

Faith laissa de nouveau passer quelques secondes pour lui donner le temps de réfléchir. Puis : « Nous avons trouvé des carnets à l'endroit où vous étiez séquestrée, dit-elle. Ils étaient remplis des mêmes mots, répétés page après page : *Je ne me priverai pas*. Est-ce que ça vous évoque quelque chose ? »

Une fois de plus, Anna secoua la tête.

Faith dut faire un effort pour empêcher sa voix de prendre un accent suppliant. « Pouvez-vous nous dire quelque chose au sujet de votre agresseur ? Avez-vous senti une odeur sur lui ? Du pétrole, de l'essence ? Une eau de Cologne ? Savez-vous s'il portait la barbe, la moustache ?

— Non », murmura Anna, en pressant ses doigts le long du corps de son bébé, trouvant sa main et la prenant dans la sienne. « Je ne peux rien vous dire. Je ne me rappelle aucun détail. Rien. »

Faith ouvrit la bouche pour parler de nouveau, mais Amanda la prit de vitesse et dit : « Vous êtes en sécurité ici, miss Lindsey. Depuis votre arrivée, nous avons placé deux policiers armés devant votre porte. Personne ne peut plus vous faire de mal. »

Anna tourna la tête vers son enfant, en poussant de petits murmures pour l'apaiser. « Je n'ai peur de rien », dit-elle.

Son ton révélait une telle assurance que Faith fut prise au dépourvu. Peut-être qu'en survivant à tout ce qu'Anna avait enduré, on estimait qu'on pouvait affronter n'importe quoi.

Amanda reprit la parole : « Nous pensons que votre ravisseur détient deux autres femmes en son pouvoir en ce moment. Qu'il leur fait subir tout ce qu'il vous a fait subir. » Pas de réaction. Elle essaya de nouveau. « Une de ces femmes a un enfant, miss Lindsey. Il s'appelle Felix. Il a six ans et il voudrait retrouver sa mère. Je suis sûre qu'elle pense à lui, qu'elle aimerait le serrer dans ses bras.

— J'espère pour elle qu'elle est forte », murmura Anna. Puis, d'une voix plus sonore : « Comme je vous l'ai dit plusieurs fois, je ne me souviens de rien. Je ne sais pas qui est mon ravisseur, ni où il m'a emmenée, ni pourquoi. Je sais seulement que c'est fini maintenant, et que je veux que tout ça appartienne au passé. »

Faith sentit que la frustration d'Amanda égalait la sienne.

Anna dit : « J'ai besoin de me reposer.

— Nous pouvons attendre, répondit Faith. Nous reviendrons dans quelques heures.

— Non. » L'expression d'Anna se durcit. « Je connais mes obligations légales. Je signerai une déposition, ou je ferai une croix, comme font les aveugles. Mais si vous voulez me parler encore une fois, vous n'aurez qu'à prendre un rendez-vous avec ma secrétaire quand je retournerai travailler. »

Faith fit une dernière tentative : « Mais, Anna… »

La blessée tourna la tête vers son bébé. La cécité d'Anna les bannissait de sa vision, mais, plus encore, son attitude les bannissait de son esprit.

Chapitre dix-huit

Sara avait enfin réussi à faire le ménage dans son appartement, et s'en était acquittée avec tant d'énergie qu'elle ne se rappelait pas quand il avait été si reluisant. Peut-être la première fois où elle l'avait visité avec l'agent immobilier avant d'y emménager. Ancienne laiterie approvisionnée par les vastes élevages qui couvraient l'est d'Atlanta, les Milk Lofts comptaient six étages, et chaque étage deux appartements séparés par un long couloir avec une fenêtre à chaque bout. La plus grande pièce de celui de Sara était ce qu'on appelait un « espace ouvert », avec une cuisine isolée par une simple desserte du vaste salon-salle à manger. Des baies vitrées affreusement difficiles à entretenir occupaient tout un côté du sol au plafond et lui donnaient une belle vue sur le centre-ville quand les stores étaient ouverts. Il y avait trois chambres à l'arrière, chacune avec sa salle de bains. Sara, bien sûr, dormait dans la plus grande, mais personne n'avait jamais dormi dans la chambre d'amis. La troisième lui servait de bureau et de réserve.

Elle ne s'était jamais crue le genre de femme à habiter un loft, mais quand elle s'était installée à Atlanta, Sara avait voulu que sa nouvelle vie fût aussi différente de l'ancienne qu'il était humainement possible. Au lieu de choisir une jolie maison dans une vieille rue bordée d'arbres, elle avait opté pour un espace qui n'était guère plus qu'une grande boîte vide. Le marché immobilier d'Atlanta était au plus bas, et Sara avait énormément d'argent à sa disposition. Tout était en parfait état quand elle avait emménagé, mais elle n'en avait pas moins rénové son nouveau domicile de fond en comble. Le prix de la cuisine à lui tout seul aurait nourri une famille de trois personnes pendant un an. Si l'on ajoutait à cela les salles de bains dignes d'un grand hôtel, on pouvait trouver franchement choquant que Sara ait eu tant de liberté pour signer des chèques.

Dans sa vie précédente, elle s'était toujours montrée prudente avec l'argent et s'était bien gardée de le dilapider, sauf pour l'achat d'une nouvelle BMW tous les quatre ans. Mais après la mort de Jeffrey, elle avait eu de très grosses rentrées : l'assurance-vie de son mari, sa pension de réversion, ses économies et le produit de la vente de leur maison. Sara avait laissé tout cela à la banque, car elle avait le sentiment que dépenser l'argent de Jeffrey serait reconnaître qu'il n'était plus là. Elle avait même envisagé de refuser l'exemption fiscale que lui valait son statut de veuve d'un officier de police mort en service, mais le gestionnaire de son compte avait hautement protesté et elle avait capitulé.

En conséquence, la somme qu'elle envoyait chaque mois à Sylacauga, dans l'Alabama, pour aider la mère de Jeffrey sortait de sa propre poche, tandis que l'argent laissé par son mari dormait dans une banque locale et ne rapportait que de maigres intérêts. Sara avait souvent pensé à en faire don à son fils, mais ç'aurait été trop compliqué : le fils de Jeffrey n'avait jamais su que celui-ci était son vrai père. Elle ne pouvait bouleverser la vie de ce garçon sous prétexte de lui donner une petite fortune alors qu'il était encore à l'université.

Aussi l'argent de Jeffrey attendait-il à la banque, comme la lettre attendait sur le manteau de la cheminée. Elle s'en approcha et toucha les bords de l'enveloppe, en se demandant pourquoi elle ne l'avait pas remise dans son sac ou dans sa poche. Pendant sa crise de fureur ménagère, elle s'était contentée de la soulever pour épousseter en dessous quand elle avait nettoyé le manteau.

Sara aperçut l'alliance de Jeffrey à l'autre bout. Elle portait toujours la sienne, identique, en or blanc, mais elle attachait plus d'importance à sa bague de l'université, une chevalière en or portant gravé l'insigne d'Auburn University. La pierre bleue était rayée et elle était trop grosse pour son doigt ; aussi la portait-elle autour du cou, au bout d'une longue chaîne, comme font les soldats avec leur plaque d'identité militaire. Ce n'était pas pour qu'on la voie, la bague pendait toujours dans son corsage, près de son cœur, pour qu'elle puisse la sentir à tout moment.

Pourtant, elle prit l'alliance de Jeffrey et l'embrassa avant de la reposer sur le manteau. Au cours des derniers jours, son esprit avait en quelque sorte assigné à Jeffrey une place différente. C'était comme si elle revivait son deuil, mais avec plus de distance cette fois. Au lieu de se réveiller anéantie, comme chaque jour depuis trois ans et demi, elle se sentait infiniment triste. Triste de se tourner dans son lit sans le trouver près d'elle. Triste à l'idée qu'elle ne le reverrait jamais sourire. À l'idée qu'elle ne le serrerait plus jamais dans ses bras, ne le sentirait plus jamais en elle. Triste, mais pas complètement anéantie. Elle n'avait plus la sensation que chaque mouvement ou pensée exigeait d'elle un effort. Qu'elle avait envie de mourir. Qu'il n'y avait pas de lumière au bout du tunnel.

Et puis, il y avait autre chose. Faith Mitchell s'était montrée horriblement cruelle aujourd'hui, et pourtant Sara avait survécu. Elle ne s'était pas effondrée. Elle n'était pas tombée en morceaux. Elle avait gardé le contrôle d'elle-même. Ce qu'il y avait de curieux, c'était que Sara, du coup, se sentait à certains égards plus proche encore de Jeffrey. Plus forte. Et plus semblable à la femme qui était tombée amoureuse de lui qu'à celle que sa mort avait brisée. Elle ferma les yeux et parvint presque à sentir son souffle sur sa nuque, ses lèvres qui frôlaient si doucement sa peau qu'un frisson la parcourait. Elle imagina son bras autour de sa taille et fut surprise en y posant la main de n'y trouver que sa propre peau brûlante.

La sonnerie retentit et les chiens s'agitèrent en même temps que Sara se levait. Celle-ci leur fit « chut ! » en marchant vers l'interphone pour faire monter le livreur de pizzas. Betty, la petite chienne de Will Trent, avait été rapidement adoptée par Billy et Bob, ses deux lévriers. Plus tôt, pendant qu'elle s'excitait sur son ménage, les trois chiens s'étaient installés sur un des canapés formant un gros tas de poils, levant parfois les yeux quand Sara entrait dans la pièce et lui adressant un regard sévère comme si elle faisait trop de bruit. Même l'aspirateur ne les avait pas délogés.

Sara ouvrit la porte pour attendre Armando, qui lui livrait une pizza au moins deux fois par semaine. Ils s'appelaient par leurs prénoms et Sara faisait comme si c'était normal, non sans lui donner des pourboires trop généreux pour qu'il ne fasse pas toute une histoire du fait qu'il la voyait plus souvent que ses propres enfants.

« Ça va aujourd'hui ? lui demanda-t-il tandis que la pizza et l'argent changeaient de mains.

— Ça va très bien », répondit Sara. Mais elle pensait à ce qu'elle avait ressenti juste avant que la sonnerie ne retentisse. Il y avait si longtemps qu'elle n'avait plus éprouvé le frémissement de la présence de Jeffrey ! Elle aurait voulu le prolonger, se rouler dans son lit et laisser sa mémoire la replonger dans cette douce sensation.

« Bonne soirée, Sara. » Armando fit volte-face pour partir, puis s'arrêta. « Dites, il y a un drôle de type qui rôde en bas de l'immeuble. »

Sara vivait au cœur d'une grande ville, et les présences incongrues dans la rue n'avaient pour elle rien d'inhabituel.

« Un drôle de type ordinaire ? Ou un drôle de type qui mérite qu'on appelle les flics ?

— Il est flic lui-même, on dirait. Il n'en a pas l'air, mais j'ai vu son badge.

— Merci », dit-elle. Il la salua d'un signe de tête et se dirigea vers l'ascenseur. Sara posa sur la desserte la boîte contenant la pizza et marcha jusqu'à l'autre bout du grand salon-salle à manger. Elle ouvrit la fenêtre et se pencha. Oui, six étages plus bas, il y avait bien une silhouette qui ressemblait à Will Trent.

« Hé ! », appela-t-elle. Il ne réagit pas, et elle le regarda quelques instants faire les cent pas sur le trottoir en se demandant s'il l'avait entendue. Elle essaya de nouveau, plus fort cette fois, comme une de ces mères qui encouragent à grands cris leurs garçons sur les terrains de football. « *Hé !* »

Will leva enfin les yeux et elle lui cria encore : « Sixième étage ! »

Elle le regarda se diriger vers l'entrée de l'immeuble en croisant Armando qui en sortait et lui fit signe en lui lançant : « À bientôt, Sara ! » Elle referma la fenêtre en espérant que Will n'avait pas entendu cette familiarité, ou du moins aurait le bon goût de faire semblant de rien. Elle promena son regard sur l'appartement pour s'assurer que rien n'était trop scandaleusement en désordre. Deux canapés se faisaient face dans le salon, l'un où s'entassaient les trois chiens, l'autre avec plusieurs coussins. Sara souleva ceux-ci un par un, les regonfla en les tapotant et les remit soigneusement en place en espérant arriver à un arrangement artistique.

Grâce à deux heures d'huile de coude, la cuisine était étincelante, même le revêtement en cuivre derrière les brûleurs, qui semblait une merveille jusqu'au moment où l'on s'apercevait qu'il exigeait deux produits nettoyants différents pour briller si peu que ce fût. Elle passa devant son téléviseur extraplat et s'arrêta net. Elle venait de se rendre compte qu'elle avait oublié d'épousseter l'écran. Elle tira la manche de sa chemise par-dessus sa main et fit du mieux qu'elle put.

Quand elle ouvrit la porte, Will sortait de l'ascenseur. Sara ne l'avait rencontré qu'en deux ou trois occasions, mais il avait une mine affreuse, comme s'il n'avait pas dormi depuis des semaines. Elle remarqua sa main gauche, les écorchures aux articulations qui suggéraient que son poing s'était acharné sur le visage de quelqu'un.

Il était arrivé à Jeffrey de rentrer avec le même genre de blessures. Alors, Sara ne manquait pas de l'interroger, mais il lui répondait chaque fois par des mensonges. Elle se forçait à les croire, car elle était mal à l'aise avec l'idée qu'il pouvait transgresser la loi. Elle avait besoin de se dire que son mari était un type bien à tous égards et à tous moments. Quelque chose en elle voulait croire que Will Trent était un type bien aussi, aussi étaitelle prête à avaler n'importe quelle histoire qu'il lui servirait quand elle lui demanda : « Qu'est-ce qui est arrivé à votre main ?

— J'ai frappé quelqu'un. Le concierge de l'immeuble d'Anna. »

Son honnêteté prit Sara au dépourvu. Il lui fallut une seconde pour réagir. « Pourquoi ? »

De nouveau, il dit la vérité : « J'ai pété un câble.

— Et maintenant, vous avez des problèmes avec votre chef ?

— Non, pas vraiment. »

Elle se rendit compte qu'ils étaient encore sur le palier et s'écarta pour l'inviter à entrer. « Le bébé a de la chance que vous l'ayez trouvé. Je ne sais pas s'il aurait survécu un jour de plus.

— C'est une excuse commode », dit-il. Il promena son regard sur l'appartement en se grattant distraitement le bras. « C'est la première fois que je frappe un suspect. Il m'est arrivé de leur faire peur en leur faisant croire que j'en serais capable, mais je ne suis jamais passé à l'acte.

— Ma mère m'a souvent dit que la frontière était mince entre jamais et toujours. » Il eut une expression perplexe, et Sara s'expliqua : « Si vous commettez une mauvaise action, c'est plus facile de recommencer la fois suivante, et plus encore celle d'après. Avant que vous ne vous en rendiez compte, c'est devenu une habitude et ça ne trouble plus votre conscience. »

Il la fixa des yeux, une minute entière, lui sembla-t-il.

Elle haussa les épaules. « C'est à vous de voir. Si vous n'avez pas envie de franchir cette ligne jaune, vous n'avez qu'à ne pas recommencer. Pour que ça ne soit jamais facile. »

Son visage exprima une certaine surprise, puis quelque chose qui ressemblait à du soulagement. Mais au lieu d'en parler, il lui dit : « J'espère que Betty ne vous a pas ennuyée.

— Elle a été parfaite. Elle n'aboie jamais.

— C'est vrai, reconnut-il. Mais ça me gêne de vous l'avoir imposée. Ce n'était pas mon intention.

— Aucun problème, je vous assure », insista Sara, même si elle devait admettre que Faith Mitchell avait raison au sujet de ses motivations : si elle s'était proposée pour garder la petite chienne de Will, c'était dans l'espoir d'obtenir des informations sur l'affaire. Elle voulait apporter sa contribution à l'enquête. Être utile à nouveau.

Will restait debout au milieu de la vaste pièce, son costume trois-pièces froissé, le gilet pendant sur son ventre comme s'il avait soudain perdu du poids. De toute sa vie, elle n'avait jamais vu un homme qui ait l'air aussi perdu.

« Asseyez-vous », lui dit-elle.

Il ne semblait pas décidé, mais finit par prendre place sur le canapé en face des chiens. Il ne s'assit pas comme s'asseyent les hommes d'habitude, jambes écartées, bras étalés sur le dossier du canapé. Il était de haute taille et large d'épaules, mais semblait se donner beaucoup de mal pour ne pas prendre trop de place.

« Vous avez dîné ? », lui demanda Sara.

Il secoua la tête et elle posa la boîte contenant la pizza sur la table basse. Quand elle l'ouvrit, les chiens parurent très intéressés, et elle s'assit sur l'autre canapé avec eux pour s'assurer qu'ils restent tranquilles. Elle attendit que Will prenne une part de pizza, mais il resta assis en face d'elle sans bouger, les mains posées sur ses genoux.

Il lui demanda : « C'est l'alliance de votre mari ? »

Surprise, elle tourna les yeux vers l'alliance, qui reposait bien en vue sur le manteau de la cheminée longuement astiqué. La lettre était à l'autre bout, et Sara eut un instant d'inquiétude à la pensée que Will pourrait deviner ce que contenait cette enveloppe froissée.

« Excusez-moi, dit-il. Je ne devrais pas être aussi curieux.

— Oui, c'est bien son alliance », répondit-elle en prenant conscience que depuis quelques secondes elle pressait son pouce contre l'alliance assortie à son doigt, la faisant tourner nerveusement.

« Et ceci… » Il posa sa main sur sa poitrine.

Sara imita son mouvement et se sentit comme dénudée en touchant la bague d'université de Jeffrey sous l'étoffe mince de sa chemise. « C'est autre chose. Un souvenir aussi », répondit-elle sans entrer dans le détail.

Il hocha la tête et continua d'observer la pièce. « Moi aussi, j'ai été trouvé dans une poubelle », dit-il tout à trac, la prenant par surprise. Il expliqua : « Du moins, c'est ce que dit mon dossier. »

Sara ne savait que répondre, d'autant moins qu'il se mit à rire comme s'il venait de faire une plaisanterie osée dans une réunion pour les œuvres paroissiales.

« Excusez-moi. Je ne sais pas pourquoi j'ai dit ça. » Il prit une part de pizza dans la boîte, en empêchant avec sa main le fromage fondu de tomber sur la moquette.

« Ne vous excusez pas », dit-elle en posant sa main sur la tête de Bob, car le museau du lévrier se tendait vers la table basse. Elle ne comprenait pas grand-chose à ce que Will venait de déclarer. Il aurait pu tout aussi bien lui dire qu'il était né sur la lune.

Elle lui demanda : « Quel âge aviez-vous ? »

Il déglutit, puis répondit : « Cinq mois. » Il mordit de nouveau dans la pizza et elle regarda sa mâchoire s'activer. Son esprit tenta d'imaginer à quoi ressemblait Will Trent à cinq mois. Il devait tout juste avoir appris à se tenir assis et à reconnaître les sons.

Il prit un autre morceau et mâcha pensivement. « C'est ma mère qui m'avait mis là.

— Dans la poubelle ? »

Il fit oui de la tête. « Quelqu'un était entré par effraction dans la maison. Un homme dont elle savait qu'il allait la tuer, et moi aussi, probablement. Elle m'a caché dans la poubelle sous l'évier, et il ne m'a pas trouvé. J'avais dû comprendre que je devais me tenir tranquille. » Il eut un sourire un peu de biais. « En fouillant l'appartement d'Anna aujourd'hui, j'ai regardé dans toutes les poubelles. Je n'ai pas cessé de penser à ce que vous avez dit ce matin. Que le tortionnaire enfonçait des sacs-poubelle dans le corps de ses victimes pour envoyer un message. Parce qu'il voulait dire au monde que ces femmes étaient des ordures, des saletés bonnes pour la décharge.

— De toute évidence, votre mère a voulu vous protéger. Elle n'envoyait aucun message.

— Oui, dit-il. Je sais.

— Est-ce qu'on... » Son esprit était trop lent, trop embrouillé pour formuler clairement des questions.

« Est-ce qu'on a arrêté l'homme qui l'a tué ? », compléta Will. De nouveau, il promena son regard autour de la pièce. « A-t-on arrêté celui qui a tué votre mari ? »

C'était une question, mais qui ne demandait pas de réponse. Il voulait dire que cela ne changeait rien, ou si peu de chose, et Sara avait eu le même sentiment dès qu'elle avait appris que l'homme qui avait orchestré la mort de Jeffrey était mort. Elle dit : « Les autres flics ne s'intéressent qu'à ça. Est-ce qu'on l'a arrêté.

— Œil pour œil. » Il fit un geste en direction de la pizza. « Vous permettez que je... »

Il en avait mangé la moitié. « Je vous en prie, dit Sara.

— La journée a été longue. »

Cette litote fit rire Sara. Lui aussi se mit à rire.

Elle désigna sa main. « Vous voulez que je vous soigne ? »

Il regarda ses blessures comme s'il venait de s'apercevoir de leur existence. « Que pouvez-vous y faire ?

— Il est trop tard pour vous poser des points. Mais je peux vous nettoyer. » Elle se leva pour aller chercher sa trousse de premiers secours dans la cuisine et lui parla par-dessus la desserte. « Il faudra aussi prendre des antibiotiques pour éviter que ça s'infecte.

— Et la rage ?

— La rage ? » Elle attacha ses cheveux avec une bande élastique qu'elle trouva dans un tiroir de la cuisine, puis accrocha ses lunettes au col de sa chemise. « La bouche d'un humain est assez sale, mais il est très rare que…

— Je pense plutôt à des rats, dit Will. Il y en avait dans la caverne où Anna et Jackie étaient séquestrées. » Une fois de plus, il se gratta le bras, et elle comprit la raison de ce geste. « Les rats sont porteurs de la rage, non ? »

Sara s'immobilisa, le bras tendu pour prendre une cuvette en acier inoxydable en haut du placard. « Ils vous ont mordu ?

— Non, mais ils m'ont couru sur les bras.

— Des *rats* ont couru sur vos bras ?

— Deux seulement. Peut-être trois.

— Deux ou trois *rats* ont couru sur vos bras ?

— C'est très calmant, votre façon de répéter tout ce que je dis, mais plus fort. »

Elle rit, mais demanda : « Ils avaient l'air sauvage ? Ils vous ont attaqué ?

— Non, ils voulaient seulement s'enfuir. Je pense qu'ils avaient aussi peur que moi. Ils me sont montés dessus pour sortir le plus vite possible. » Il haussa les épaules. « Enfin, il y en a un qui est resté en bas. Il me regardait avec de grands yeux, comme s'il observait ce que je faisais, vous voyez ? Mais à aucun moment il ne s'est approché de moi. »

Elle chaussa ses lunettes et s'assit à côté de lui. « Relevez vos manches. »

Il ôta sa veste et retroussa sa manche gauche, bien qu'il se fût gratté le bras droit. Sara ne protesta pas. Elle examina les traces de griffes sur son avant-bras. Elles étaient superficielles, elles n'avaient même pas saigné. Dans son souvenir, la sensation était certainement bien pire que dans la réalité. « Vous n'aurez pas de problèmes, dit-elle.

— Vous êtes sûre ? C'est peut-être à cause de ça que j'ai un peu perdu la tête aujourd'hui. »

Elle se rendait compte qu'il ne plaisantait qu'à demi. « Dites à Faith de m'appeler si vous avez de l'écume qui vous sort de la bouche.

— Ne soyez pas surprise si elle vous téléphone demain. »

Elle posa la cuvette sur ses genoux, et la main gauche de Will dans la cuvette. « Ça va piquer un peu », avertit-elle en versant du peroxyde sur les plaies. Will ne tressaillit pas, et elle considéra cette absence de réaction comme un encouragement à lui apporter des soins plus approfondis.

Elle tenta de le distraire de ce qu'elle faisait, d'autant plus que sa curiosité était éveillée. « Et votre père ? demanda-t-elle.

— Il avait des circonstances atténuantes. » Sa réponse se borna à ces mots. Puis il ajouta : « Vous savez, les orphelinats ne sont pas aussi horribles que Dickens voudrait le faire croire. » Il changea de sujet et demanda : « Vous venez d'une famille nombreuse ?

— Non, il n'y a que moi et ma sœur cadette.

— Pete a dit que votre père était plombier.

— C'est vrai. Ma sœur a travaillé avec lui pendant un certain temps, mais elle est devenue missionnaire.

— C'est beau. Vous vous occupez toutes les deux des autres. »

Sara essaya de trouver une autre question, quelque chose qui le pousserait à s'ouvrir davantage, mais rien ne lui vint à l'esprit. Elle ne savait pas comment parler à une personne qui n'avait pas de famille. Quelles histoires de tyrannie fraternelle ou d'angoisse parentale pouvait-on partager ?

Will semblait tout aussi incapable de continuer la conversation, à moins que son silence ne fût un choix. En tout cas, il s'abstint de parler jusqu'à ce qu'elle fasse de son mieux pour protéger sa peau entaillée en croisant par-dessus plusieurs bandes de sparadrap.

« Vous êtes un bon médecin, dit-il.

— Ah oui ? Vous devriez me voir à l'œuvre avec des échardes ! »

Il regarda sa main, plia les doigts.

« Vous êtes gaucher, dit-elle.

— C'est un problème ?

— J'espère bien que non. » Elle leva sa main gauche, dont elle s'était servie pour nettoyer les blessures. « Ma mère prétend que c'est un signe d'intelligence. » Elle ramassa les enveloppes du sparadrap. « En parlant de ma mère, je l'ai appelée au sujet de cette question que nous nous posions, vous savez ? L'apôtre qui a remplacé Judas. Il s'appelait Matthias. » Elle rit et plaisanta. « Je suis sûre que si vous rencontrez un homme portant ce prénom, ce sera votre tueur. »

Il rit aussi. « Je vais lancer un mandat d'arrêt.

— En précisant que la dernière fois qu'on l'a vu, il portait une bure et des sandales. »

Il secoua la tête, souriant toujours. « Ne prenez pas ça à la légère. C'est la meilleure info que j'aie eue de toute la journée.

— Anna ne vous a rien appris ?

— Je n'ai pas parlé à Faith depuis que... » Il agita sa main blessée. « Elle m'aurait appelé s'il y avait du nouveau.

— Elle n'est pas le genre de femme que je pensais, dit Sara. Je parle d'Anna. C'est étrange, mais elle est très... dépassionnée. Sans émotion.

— Elle vient de traverser une dure épreuve.

— Je comprends ce que vous voulez dire, mais non. C'est au-delà. » Sara secoua la tête. « Ou alors, c'est mon ego qui prend le dessus. Les médecins n'ont pas l'habitude qu'on leur parle comme à des domestiques.

— Qu'est-ce qu'elle vous a dit ?

— Quand je lui ai apporté son bébé, Balthazar... Je ne sais pas, c'était très étrange. Je ne m'attendais pas à ce qu'on me décerne une médaille, bien sûr, mais je pensais qu'elle me remercierait, au moins. Elle s'est contentée de me dire que je pouvais partir. »

Will reboutonna la manche de sa chemise. « Aucune de ces femmes n'est particulièrement aimable.

— Faith m'a dit que l'anorexie pourrait être un lien entre elles.

— Peut-être. Je n'y connais pas grand-chose. Est-ce que les anorexiques sont généralement des gens antipathiques ?

— Non, bien sûr que non. Ils sont tous différents. Faith m'a posé peu ou prou la même question cet après-midi. Je lui ai dit qu'il fallait beaucoup de détermination pour se faire mourir de faim, mais ça ne veut pas dire que toutes ces malades sont méchantes. » Sara prit quelques instants pour réfléchir. « Votre tueur ne les choisit sûrement pas parce qu'elles sont anorexiques. Plutôt parce qu'elles sont méchantes.

— Pour savoir si elles sont méchantes ou non, il faut d'abord qu'il les connaisse. Qu'il ait eu des contacts avec elles.

— Vous trouvez d'autres liens, à part l'anorexie ?

— Aucune ne semble avoir d'homme dans sa vie. Deux ont un enfant. Une autre déteste les enfants. Une autre a peut-être voulu en adopter un, mais ce n'est pas sûr. » Il ajouta : « Une banquière, une avocate, un agent immobilier et une décoratrice d'intérieur.

— L'avocate s'occupe de quoi ? De litiges immobiliers ?

— Non. Elle fait partie d'un cabinet spécialisé dans les poursuites contre les municipalités, ou l'État. Et la banquière ne s'occupe pas de prêts immobiliers. Plutôt de relations publiques. Des collectes de fonds, du mécénat. Elle s'assure que le président de la banque a sa photo dans les journaux à côté d'enfants cancéreux.

— Elles ne font pas partie d'un groupe de soutien ?

— Nous avons trouvé un forum sur la Toile, mais impossible d'y entrer sans mot de passe. » Il se frotta les yeux. « Nous tournons en rond, soupira-t-il.

— Vous avez l'air très fatigué. Peut-être qu'une bonne nuit de sommeil vous aidera à y voir plus clair.

— Oui, je ferais mieux de rentrer. » Mais il n'en fit rien, ne bougea pas de sa place. Il resta assis à la regarder.

Sara sentit le silence s'installer dans la pièce, l'air se raréfier, devenir étouffant, presque difficile à respirer. Elle sentait fortement la pression de son alliance contre la peau de son annulaire, et elle se rendit compte que sa cuisse frôlait la sienne.

Will fut le premier à rompre le charme. Il se tourna et tendit le bras vers sa veste, qu'il avait posée sur le dossier du canapé. « Il faut vraiment que j'y aille », dit-il en se levant pour l'enfiler. « Je dois trouver une prostituée. »

Elle était sûre d'avoir mal entendu. « Pardon ? »

Il rit. « C'est un témoin, une nommée Lola. C'est elle qui a dû donner à boire au bébé, et elle nous a fourni le tuyau sur l'appartement d'Anna. Je l'ai cherchée tout l'après-midi. Maintenant que la nuit est tombée, elle est sûrement sortie de sa tanière. »

Sara resta assise sur le canapé, en se disant qu'il valait probablement mieux maintenir une distance entre eux pour que Will ne s'imagine pas... Quoi, au juste ? « Je vais vous emballer une ou deux parts de pizza.

— Ce n'est pas la peine. » Il marcha jusqu'à l'autre canapé pour extraire Betty de la pile de chiens. Il la serra contre sa poitrine. « Merci de m'avoir accueilli. » Il fit une pause. « Quant à ce que je vous ai dit sur mon enfance... » Une autre pause. « Le mieux est peut-être de l'oublier, vous voulez bien ? »

Elle réfléchit, pour trouver quelque chose à dire qui ne soit pas une effronterie, ou – pire – une invite. « Bien sûr. Comme vous voudrez. »

Il lui sourit de nouveau, puis sortit de l'appartement.

Sara revint s'asseoir sur le canapé en laissant échapper un long soupir et en se demandant ce qui venait de se produire au juste. Elle se remémora leurs propos depuis une demi-heure et s'interrogea : avait-elle provoqué Will d'une manière ou d'une autre, lui avait-elle donné un signal involontaire ? À moins qu'elle ne se fasse des idées. Qu'elle lise trop de choses dans le regard qu'il lui avait adressé quand ils étaient assis tous les deux en silence. Ce qui rendait les choses évidemment plus troubles, c'est qu'elle avait eu des pensées érotiques en se rappelant son mari quelques minutes à peine avant l'arrivée de Will. Elle repassa de nouveau dans sa tête toutes les phases de leur conversation, en essayant de comprendre ce qui les avait amenés à ce moment embarrassant, à supposer qu'il y ait vraiment eu un moment embarrassant.

Ce fut seulement quand elle se représenta sa main alors qu'elle la soignait au-dessus de la cuvette qu'elle prit conscience que Will Trent ne portait plus son alliance.

Chapitre dix-neuf

WILL SE DEMANDA COMBIEN D'HOMMES sur la planète étaient au volant de leur voiture et cherchaient des prostituées à cette heure de la soirée. Peut-être des centaines de milliers, voire des millions. Il jeta un coup d'œil à Betty et se dit qu'il était probablement le seul à faire cela avec un chihuahua roulé en boule sur le siège du passager.

Du moins, il l'espérait.

Will regarda ses mains sur le volant, les bandes de sparadrap qui couvraient ses articulations écorchées. Il ne se rappelait pas la dernière fois où il s'était battu. Ce devait être au temps de l'orphelinat. Il y avait là une petite brute qui lui empoisonnait la vie. Will l'avait supporté, supporté encore, jusqu'au jour où quelque chose avait explosé dans sa tête, et Tony Campano avait fini avec les dents de devant brisées comme une citrouille de Halloween.

Will plia de nouveau les doigts. Sara avait fait de son mieux, mais pas moyen d'empêcher les bandes de sparadrap de tomber. Il tenta de se rappeler combien de fois il était allé chez le médecin dans son enfance. À peu près chaque visite correspondait à une cicatrice sur son corps, et il se servit de ces marques pour stimuler sa mémoire, en nommant le parent d'accueil ou le petit caïd qui avait eu l'amabilité de lui casser un os, ou de le brûler, ou de lui entailler la peau.

Il s'embrouilla dans ses comptes, ou peut-être n'était-il pas en état de réfléchir, car tout ce qui lui venait à l'esprit était la vision de Sara Linton quand il l'avait aperçue à la porte de son appartement.

Il savait qu'elle avait les cheveux longs, mais ne les avait encore jamais vus autrement qu'attachés. Cette fois, ils ne l'étaient pas : ils cascadaient en boucles douces dans son dos. Elle portait un jean et une chemise en coton à longues manches qui était parfaite pour mouler avantageusement les plus attirantes parties de son corps. Elle était en chaussettes, ses chaussures posées près de la porte. Elle sentait bon, aussi. Pas le parfum, mais la propreté, la chaleur. La beauté. Pendant qu'elle soignait sa main, il lui avait fallu toute sa volonté pour ne pas se pencher et respirer ses cheveux.

Will se souvint d'une espèce de maniaque qu'il avait arrêté dans le comté de Butts quelques années plus tôt. Cet homme suivait des femmes sur le parking d'un centre commercial de la région et leur proposait de l'argent pour renifler leurs cheveux. Will se rappelait encore le reportage télévisé, le représentant du shérif local visiblement inquiet devant les caméras. La seule chose qu'il avait trouvée à dire au journaliste était : « Ce type a un problème. Un problème avec les cheveux. »

Will avait un problème avec Sara Linton.

En attendant à un feu, il gratta distraitement le menton de Betty. Sa petite chienne chihuahua avait su s'attirer les bonnes grâces des deux lévriers de Sara, mais Will n'avait pas la naïveté de croire qu'il avait la moindre chance avec leur maîtresse. Il n'avait pas besoin qu'on lui souffle qu'il n'était pas le genre d'homme auquel Sara pourrait s'intéresser. Pour commencer, elle habitait un palais. Will avait rénové sa maison quelques années plus tôt et savait le prix de toutes les jolies choses qui n'étaient pas dans ses moyens. Rien que l'aménagement de la cuisine avait dû lui coûter dans les cinquante mille dollars, deux fois la somme qu'il avait dépensée pour rafraîchir toute sa maison.

Ensuite, elle était intelligente. Elle ne s'en vantait pas, mais elle était médecin, après tout. On ne faisait pas d'études de médecine sans un QI élevé, sinon Will aurait été médecin lui aussi. Sara aurait tôt fait de s'apercevoir qu'il était illettré. Aussi valait-il mieux qu'il ne s'attarde plus en sa compagnie.

De toute façon, Anna allait déjà mieux. D'ici quelque temps, elle sortirait de l'hôpital. Et son bébé aussi avait été bien soigné. Il n'y avait aucune raison au monde pour que Will revoie Sara

Linton, à moins de devoir faire un saut au Grady Hospital un jour où elle serait de permanence.

Il pouvait espérer se faire virer du GBI. Il avait cru qu'Amanda se disposait à le faire quand elle l'avait pris à part dans la cage d'escalier cet après-midi. Mais elle s'était bornée à dire : « Ça fait longtemps que j'attendais un peu de nerf de votre part. » Un peu incongru de la part d'un supérieur quand on avait presque assommé un homme à coups de poing. Tout le monde lui trouvait des excuses, tout le monde le couvrait, et Will était apparemment le seul à penser que ce qu'il avait fait était mal.

Le feu passa au vert. Il redémarra et se dirigea vers un des quartiers les plus malfamés de la ville. C'était un des derniers endroits où il pouvait trouver Lola, il n'en voyait pas d'autres, et cela l'ennuyait beaucoup. Pas seulement parce qu'Amanda lui avait dit qu'il était inutile de se présenter à son travail le lendemain à moins qu'il ait retrouvé cette fille. Mais Lola devait être au courant, pour le bébé. Elle était au courant pour la drogue et tout ce qui se passait dans l'appartement d'Anna Lindsey. Peut-être avait-elle vu autre chose, quelque chose qu'elle n'était pas disposée à monnayer parce qu'elle mettrait sa vie en danger. Ou peut-être était-elle une de ces personnes au cœur froid, incapables de compassion, qui ne se souciaient pas qu'un bébé soit en train de mourir lentement. En quelques heures, le bruit avait dû courir que Will était le genre de flic qui pouvait frapper les gens. Peut-être Lola avait-elle peur de lui. Il y avait eu un moment, à ce dernier étage du Vingt et Un Beeston Place, où Will avait eu peur de lui-même.

Il s'était senti complètement engourdi en arrivant à l'appartement de Sara, comme si son cœur ne battait même plus dans sa poitrine. Il pensait à tous les hommes qui l'avaient brutalisé dans son enfance. À toute la violence dont il avait été témoin. À toutes les souffrances qu'il avait endurées. Il ne valait pas mieux que tous ces gens, puisqu'il avait tabassé ce concierge.

S'il avait raconté l'incident à Sara Linton, c'était pour une part parce qu'il voulait voir la déception dans ses yeux, savoir d'un seul regard qu'elle ne l'estimerait jamais. Mais ce qu'il avait obtenu était… sa compréhension. Elle avait reconnu qu'il avait commis une erreur, mais n'avait pas jugé qu'elle illustrait son caractère. Quel genre de personne réagissait ainsi ? Pas celles que Will avait rencontrées jusqu'ici. Et pas le genre de femme qu'il pourrait jamais comprendre.

Sara avait raison de dire qu'il était plus facile de mal agir quand on l'avait déjà fait. Dans son travail, Will le constatait sans cesse : des auteurs de délits qui s'en étaient sortis une première fois et pensaient que, du coup, ils pouvaient bien retenter leur chance. C'était peut-être la nature humaine qui poussait à ces transgressions. Un tiers des personnes arrêtées pour conduite en état d'ivresse se retrouvaient une deuxième, une troisième fois en garde à vue pour le même motif. Plus de la moitié des auteurs de vol avec violence avaient déjà fait un séjour derrière les barreaux. Et les violeurs présentaient un pourcentage de récidive encore plus élevé.

Will avait compris depuis longtemps que s'il pouvait contrôler quelque chose dans une situation donnée, ce quelque chose était lui-même. Il n'était pas une victime. Il n'était pas assujetti à ses sautes d'humeur. Il pouvait choisir de se conduire comme un type bien. C'était ce qu'avait dit Sara. Et dans sa bouche, cela semblait facile, si facile…

Ensuite, était revenu cet étrange moment où ils étaient restés assis tous les deux sur le canapé, en silence, et où il l'avait regardée comme un meurtrier armé d'une hache.

« Idiot. » Il se frotta les yeux, désireux d'effacer ce souvenir. Inutile de penser à Sara Linton. Au bout du compte, cela ne mènerait à rien.

Will aperçut un groupe de femmes qui arpentaient mollement le trottoir, à quelques mètres devant lui. Toutes étaient habillées pour correspondre à divers fantasmes : des écolières, des strip-teaseuses, un transsexuel qui ressemblait beaucoup à la mère de famille dans *Les Aventures de Beaver*. Will descendit la vitre de sa voiture et elles se lancèrent dans une négociation silencieuse pour décider laquelle se chargerait de lui. Il conduisait une Porsche 911 qu'il avait entièrement reconstruite. Il lui avait fallu presque une décennie pour la restaurer, et il semblait qu'il faudrait une décennie aux prostituées pour décider qui lui envoyer.

Finalement, une des écolières s'approcha sans se presser. Elle se pencha à l'intérieur de la Porsche, puis recula d'un bond. « Non non non, dit-elle. Pas question. Je ne baise pas avec un chien ! »

Will lui tendit un billet de vingt dollars. « C'est Lola que je cherche. »

Ses lèvres se tordirent et elle lui arracha le billet avec tant de précipitation que Will sentit le papier lui brûler les doigts. « Elle, oui, elle baisera avec ton chien. Elle est sur la Dix-huitième Rue. Tu la trouveras devant l'ancienne poste.

— Merci. »

La fille s'en retournait déjà vers son groupe.

Will remonta la vitre et fit demi-tour. Un instant, il observa les filles dans son rétroviseur. L'écolière tendait le billet de vingt dollars à un homme qui semblait un garde du corps et qui, sans aucun doute, le remettrait au souteneur. Will savait par Angie que les filles ne gardaient que rarement de l'argent. Les macs s'occupaient de les loger, de les nourrir et de les habiller. Tout ce qu'elles avaient à faire, c'était risquer leur santé et leur vie nuit après nuit en attirant tous les quidams qui s'arrêtaient avec assez d'argent. C'était de l'esclavage moderne, ce qui était paradoxal, car la plupart des macs étaient noirs.

Will s'engagea dans la Dix-huitième Rue et roula au pas, jusqu'au moment où il arriva au niveau d'une grosse berline garée sous un réverbère. Le chauffeur était derrière le volant, la tête renversée en arrière. Will attendit quelques instants, et une autre tête apparut d'entre les jambes de l'homme. La portière s'ouvrit et la femme voulut sortir, mais l'homme tendit le bras et la saisit par les cheveux.

« Merde », marmonna Will en sautant de sa voiture. Il la ferma avec la télécommande accrochée à son trousseau de clefs, puis courut vers la berline et ouvrit la portière du côté du chauffeur.

« Qu'est-ce que vous foutez ? », brailla l'homme, en tenant toujours la femme par les cheveux.

« Salut, chéri ! », dit Lola en tendant la main à Will. Il la saisit sans réfléchir et elle réussit à descendre de la voiture, laissant sa perruque dans la main de l'homme. Il jura et la jeta sur la chaussée, puis démarra si vite que la portière claqua toute seule.

« Nous avons à parler », dit Will à Lola.

Elle se pencha pour ramasser sa perruque, et, grâce au réverbère, il vit quasiment l'intérieur de son corps jusqu'à ses amygdales. « Tu ne vois pas que je travaille ? »

Will rétorqua : « La prochaine fois que tu auras besoin d'aide…

— C'est Angie qui m'a aidée, pas toi. » Elle tira un peu sur sa jupe. « Tu as regardé les infos ? Les flics ont trouvé assez de coke dans cet appart' pour blanchir toutes les rues de la ville. Je suis une héroïne, maintenant.

— Balthazar est tiré d'affaire. Le bébé.

— Baltha-quoi ? » Elle plissa le front. « Mon Dieu, j'ai cru qu'il allait mourir, ce pauvre gamin.

— Mais tu t'es occupée de lui. Tu n'es pas restée indifférente.

— Bof ! Si tu veux. » Elle mit la perruque sur sa tête en essayant de la faire tenir droite. « Moi, des mômes, j'en ai deux, tu sais ? Ils sont nés quand j'étais en taule. J'ai pu les garder quelques jours avant que les services sociaux me les enlèvent. » Ses bras étaient décharnés, et Will ne put s'empêcher de repenser aux vidéos qu'ils avaient trouvées dans l'ordinateur de Pauline McGhee. Ces filles se faisaient mourir de faim de leur plein gré. Lola mourait de faim faute d'argent pour se nourrir.

« Laisse-moi faire, dit-il en redressant la perruque.

— Merci. » Elle se mit en route pour retourner vers son groupe, un peu plus loin dans la rue. C'était l'habituel mélange d'écolières, de dominatrices et de transsexuels, mais ces femmes-là étaient plus âgées, plus dures. Plus on s'enfonçait dans le quartier, plus les rues devenaient dangereuses. Bientôt, Lola et sa bande seraient du côté de la Vingt et unième Rue, une zone si violente qu'il était presque routinier pour les policiers locaux d'y envoyer des ambulances pour récupérer les femmes mortes pendant la nuit.

Il tenta autre chose : « Je pourrais t'arrêter pour non-dénonciation d'un crime. »

Elle continua de marcher. « Je ne serais pas si mal, en cabane. Il fait un peu froid par ici ce soir.

— Angie était au courant, pour le bébé ? »

Elle s'arrêta.

« Réponds-moi, Lola. »

Lentement, elle se retourna. Ses yeux scrutèrent les siens. Elle ne réfléchissait pas à la réponse exacte, mais à celle qu'il avait envie d'entendre. « Non.

— Tu mens. »

Son visage resta impassible. « Tu es sûr qu'il va bien ? Le bébé, je veux dire.

— Il a retrouvé sa mère. Je suis sûr qu'il s'en sortira. »

Elle fouilla dans son sac et y trouva un paquet de cigarettes et un briquet. Il attendit qu'elle en ait allumé une et aspiré une bouffée. « Au départ, on m'a invitée à une soirée, dit-elle. Un type que je connais. Il m'a dit qu'il y avait du fric à se faire dans un appartement chic. Le concierge n'est pas un problème, il laisse les gens entrer et sortir comme ils veulent. Genre rupin, en général. En tout cas, bien comme il faut. Tu sais, des mecs qui veulent un endroit tranquille pour une heure ou deux, sans que personne leur pose de questions. Ils viennent, ils s'amusent, la femme de ménage passe le lendemain. Et les richards qui sont propriétaires des appart' rentrent de Palm Beach ou d'ailleurs et ils ne se doutent de rien. » Elle retira une miette de tabac restée collée à sa langue. « Mais cette fois, il s'est passé un truc. Avec Simkov, le concierge. Il s'est embrouillé avec je ne sais qui dans l'immeuble et on l'a viré avec deux semaines de préavis. Alors, il a laissé entrer de la clientèle bas de gamme.

— Comme toi ? »

Elle leva le menton, vexée.

« Il prenait combien ?

— Ça, demande-le aux gars. Moi, je me présente, je baise, un point c'est tout.

— Quels gars ? »

Elle exhala un long nuage de fumée. Will n'insista pas, soucieux de ne pas l'effaroucher. « Tu connaissais la propriétaire de l'appart' où on t'a fait venir ?

— Non. Jamais vue. Je ne sais même pas son nom.

— Donc, tu arrives, Simkov te laisse monter, et ensuite quoi ?

— Oh, c'était bien au début. En général, tout se passait dans les appartements du bas, mais cette fois, c'était dans le grand, tout en haut. Belle clientèle. Et bonne came. De la coke, un peu d'héro. Mais au bout de deux jours, on a vu apparaître le crack. Puis le speed. Après, tout a dégénéré. »

Will se rappela dans quel état épouvantable Faith et lui avaient trouvé l'appartement. « Ça n'a pas pris longtemps.

— Non, mais tu connais les junkies. Ils ne font pas dans la demi-mesure. » Elle rit en se souvenant. « Il y a eu deux ou trois bagarres. Des filles s'en sont mêlées. Puis les trav'. Ensuite... » Elle haussa les épaules, l'air de dire que la suite était prévisible.

« Et le bébé ?

— Il était dans la chambre d'enfant le premier soir. Tu as des enfants ? »

Il fit non de la tête.

« C'est mieux comme ça. Angie n'est pas du genre maternel. »

Will ne prit pas la peine d'en convenir, car ils savaient bien tous les deux que rien n'aurait pu être plus vrai. Il demanda : « Qu'est-ce que tu as fait quand tu as trouvé le bébé ?

— Cet appart', ce n'était pas un endroit pour lui. Je voyais ce qui allait se passer. Des mecs dangereux apparaissaient. Simkov laissait monter n'importe qui. J'ai pris le môme et je l'ai caché dans le couloir.

— Dans le local aux poubelles, tu veux dire. »

Elle eut un petit rire. « Personne ne s'occupait de vider les poubelles, ils étaient tous trop défoncés.

— Tu l'as nourri ?

— Oui », dit-elle. « Avec les petits pots que j'ai trouvés dans le frigo. J'ai changé ses couches, aussi. J'avais appris à le faire pour mes propres gamins, tu comprends ? Comme je t'ai dit, ils vous les laissent quelque temps avant de les placer. J'ai appris comment leur donner à manger, comment changer leurs couches, et tout et tout. Je me suis bien occupée de lui.

— Pourquoi tu n'es pas restée près de lui ? demanda Will. On t'a arrêtée dans la rue, si je me souviens bien.

— Mon mac ne savait rien de toute cette histoire. C'étaient des heures sup', en quelque sorte. Plutôt agréables. Il m'a retrouvée et il m'a dit de retourner travailler, alors j'ai obéi.

— Comment es-tu remontée t'occuper du bébé ? »

Elle fit le geste de boire. « En allant picoler un peu avec Simkov. Il est sympa quand il veut.

— Pourquoi tu ne m'as pas parlé de tout ça la première fois que tu m'as téléphoné ?

— Je pensais que je pourrais y retourner dès que je serais sortie de taule, expliqua-t-elle. Je t'ai dit, je m'en occupais très bien. Je veux dire, je savais m'y prendre, je le nourrissais, je le changeais. C'est un petit garçon tout mignon. Tu l'as vu, non ? Tu le sais, qu'il est mignon. »

Ce petit garçon tout mignon était surtout déshydraté et à quelques heures de mourir quand Will l'avait découvert. « Comment as-tu connu Simkov ? »

Elle haussa les épaules. « Otik, c'est un vieux client. » Elle fit un geste vers la rue. « Je l'ai connu ici, dans cette belle avenue pour millionnaires, ironisa-t-elle.

— Ce n'est pas le genre d'homme à qui on peut se fier, à mon avis.

— Il m'a rendu service en me faisant entrer dans cet immeuble. J'ai ramassé pas mal de fric. Et j'ai mis le bébé en sécurité. Qu'est-ce que tu veux de plus ?

— Angie savait, pour le bébé ? »

Elle toussa, d'une toux qui venait des profondeurs de sa poitrine. Puis elle cracha par terre et Will sentit monter une nausée. « Tu n'as qu'à lui poser la question toi-même. »

Là-dessus, Lola jeta son sac par-dessus son épaule et se dirigea vers son groupe.

En retournant vers sa voiture, Will prit son portable dans sa poche. L'appareil était à l'agonie, mais il parvint quand même à appeler.

« Allô ? », dit la voix de Faith.

Will n'avait pas envie de parler de ce qui s'était passé cet après-midi et ne lui en laissa pas l'occasion. « Je viens de parler à Lola », dit-il. Il lui résuma ce que lui avait appris la prostituée. « Simkov l'a fait venir pour qu'elle ait l'occasion de se faire un peu de fric. Je suis sûr qu'il a pris sa commission, entre nous.

— C'est peut-être quelque chose dont nous pourrons nous servir, remarqua Faith. Amanda veut que je parle à Simkov demain matin. Nous verrons si son histoire correspond.

— Qu'est-ce que tu as trouvé sur lui ?

— Pas grand-chose. Il habite au rez-de-chaussée de l'immeuble. Il est censé monter la garde dans le hall de huit heures à dix-huit heures, mais dernièrement il n'a pas respecté ses horaires.

— Je suppose que c'est pour ça qu'on lui a donné son préavis.

— En tout cas, il n'a pas de casier. Rien de suspect sur son compte en banque. Il est plutôt bien garni, mais il ne paie pas de loyer. » Faith se tut et il l'entendit tourner les pages de son calepin. « On a trouvé quelques revues porno chez lui, mais rien de trop vicelard, rien de pédophile. Rien à signaler sur sa facture téléphonique.

— J'ai l'impression qu'il laisse entrer n'importe qui du moment qu'il est assez payé. Et Anna, qu'est-ce qu'elle t'a dit ? »

Elle lui raconta sa conversation stérile avec Anna Lindsey. « Je ne sais pas pourquoi elle ne veut pas parler. Elle a peut-être peur de quelque chose.

— Ou elle pense qu'en chassant tout ce qu'elle a vécu de son esprit, si elle n'en parle à personne, ce sera comme si rien n'était arrivé.

— Le genre de chose qui marche quand on a la maturité d'un enfant de six ans. »

Will s'efforça de ne pas se sentir visé.

Faith lui dit : « Nous avons regardé la liste des visiteurs qui se sont inscrits. Il y a eu un type qui est venu pour le câble, deux ou trois livreurs. Je leur ai parlé à tous. Et aussi au gars qui s'occupe de la maintenance dans l'immeuble. Ils n'ont pas de casier, leurs alibis sont solides. »

Will monta dans sa voiture.

« Et les voisins ?

— Personne ne semble rien savoir, et ces gens-là sont trop riches pour parler à la police. »

Will avait déjà rencontré ce genre de gens. Ils ne voulaient surtout pas être mêlés à une sale affaire, ni voir leurs noms dans les journaux. « Certains connaissaient Anna ?

— C'est la même chose que pour les autres. Ou ils ne la connaissaient pas, ou ils la trouvaient antipathique.

— Le rapport de la Scientifique ?

— Nous l'aurons demain matin.

— Les ordinateurs ?

— Rien de neuf. Nous n'avons pas encore la commission rogatoire pour la banque, donc nous n'avons pas accès au portable d'Olivia Tanner, ni à son BlackBerry, ni à son ordinateur à son travail.

— Notre tueur est plus malin que nous.

— Je sais, reconnut-elle. Tout aboutit à des impasses. »

Un silence s'installa. Will chercha quelque chose à dire pour le remplir, mais Faith le prit de vitesse.

« Donc, Amanda et moi rencontrons le nommé Simkov demain matin à huit heures. Ensuite, j'ai un rendez-vous important. À Snellville. »

Will se demanda ce qu'on pouvait aller faire dans ce quartier.

« Ça devrait prendre une heure ou deux, poursuivit Faith. Avec un peu de chance, on aura retrouvé le fameux Jake Berman quand j'en aurai fini. Nous devrons aussi aller parler à Rick Sigler. Je n'arrête pas de le laisser me filer entre les doigts.

— Il est blanc, il a la quarantaine. Ça pourrait être le frère, non ?

— C'est ce que dit Amanda. Elle a envoyé quelqu'un l'interroger. Il était chez lui avec sa femme. »

Will poussa un grognement. « Je suppose qu'il a nié qu'il était sur les lieux du crime ?

— Presque. Il n'a même pas voulu reconnaître qu'il était avec Jake Berman. Apparemment, ils ne se connaissent pas vraiment, c'était un coup d'un soir. » Faith soupira. « Amanda a lancé une recherche sur Sigler, mais ça n'a rien donné. Pas d'autres noms, pas d'adresses multiples. Il est né et il a grandi en Géorgie, et il a fait toute sa scolarité à Conyers. Rien n'indique qu'il ait un jour mis les pieds dans le Michigan, encore moins qu'il y ait vécu.

— Toute cette histoire de frère, c'est seulement parce que Pauline a dit à son fils de se méfier de son oncle.

— C'est vrai, mais quelle autre piste avons-nous ? Si nous nous heurtons à d'autres murs, nous allons finir par avoir la figure couverte de bleus. »

Will attendit quelques secondes. Puis : « Qu'est-ce que c'est, ton rendez-vous ? demanda-t-il.

— Un truc personnel.

— Je vois. »

Ni l'un ni l'autre ne sembla avoir autre chose à dire. Pourquoi était-il si facile à Will de se répandre en confidences sur le canapé de Sara Linton alors que c'était à peine s'il pouvait avoir une conversation normale avec les autres femmes de sa vie, à commencer par sa coéquipière ?

Faith proposa : « Je te parlerai de ce qui m'arrive si tu me parles de ce qui t'est arrivé. »

Will se mit à rire. « Commençons plutôt par le commencement. Je veux dire, par notre affaire. »

Faith en était d'accord. « La meilleure façon de savoir si quelque chose nous a échappé, c'est de refaire le chemin qu'on a parcouru.

— Quand tu reviendras de ton rendez-vous. Nous retournerons voir les Coldfield et nous parlerons à Rick Sigler à son travail, pour qu'il ne panique pas devant sa femme. Puis nous repasserons en revue tous les témoins, tous ceux qui ont un lien avec notre affaire, même de loin. Les collègues, les employés de maintenance qui sont entrés dans les appartements, les techniciens en tout genre. Bref, toutes les personnes avec qui ces femmes ont eu des contacts.

— Ça ne peut pas faire de mal », admit Faith. Un autre silence s'installa. Et de nouveau, ce fut elle qui le remplit. « Tu vas bien, toi ? »

Will avait ralenti en approchant de sa maison. Il gara sa voiture en espérant qu'un éclair descendrait du ciel pour la carboniser dans l'instant.

La voiture d'Angie occupait l'allée.

« Will ?

— Oui, oui, parvint-il à articuler. Bonne soirée. À demain matin. »

Il coupa la communication et fourra son téléphone dans sa poche. Dans le salon, la lumière était allumée, mais Angie n'avait pas pris la peine d'allumer aussi sous le porche. Il avait de l'argent sur lui. Sa carte bancaire, aussi. Il pouvait aller dormir à l'hôtel. Il devait y en avoir qui acceptaient les chiens, et de toute façon Betty était si petite qu'il pouvait la cacher sous sa veste.

La petite chienne se redressa et s'étira sur le siège du passager. La lumière sous le porche s'alluma.

Will marmonna quelques mots malsonnants entre ses dents tout en prenant Betty contre sa poitrine. Il descendit de sa voiture et la ferma, puis s'avança dans l'allée de son pavillon. Il ouvrit le petit portail qui donnait sur le jardin de derrière, laissa Betty gambader dans l'herbe et se tint debout à quelques mètres de la maison pendant plusieurs minutes, réfléchissant et ne sachant que faire. Puis il décida qu'il se comportait comme un imbécile et se força à entrer.

Angie était sur le canapé, les pieds ramenés sous ses fesses. Ses longs cheveux noirs pendaient sur ses épaules, comme il les aimait, et elle portait une robe noire moulante qui révélait toutes les courbes de son corps. Sara était belle, mais Angie était sexy. Ses yeux étaient soulignés d'un trait noir, ses lèvres étaient rouge sang. Il se demanda si elle avait fait un effort pour lui. Probablement. Quand Will s'éloignait d'elle, elle le devinait toujours. Elle était comme un requin qui sent l'odeur du sang sous les eaux.

Elle le salua avec les mêmes mots que la prostituée : « Salut, chéri.

— Bonsoir, Angie », répondit-il froidement.

Elle se leva du canapé, s'étirant comme une chatte tout en marchant vers lui. « Tu as passé une bonne journée ? », demanda-t-elle en passant ses bras autour de son cou. Will détourna la tête, mais elle le força à lui faire face et l'embrassa sur les lèvres.

« Ne fais pas ça », dit-il.

Elle l'embrassa de nouveau, parce qu'elle avait toujours détesté qu'on lui dise ce qu'elle pouvait faire ou non.

Will s'efforça de rester aussi impassible qu'il pouvait, et elle finit par laisser tomber ses bras le long de son corps.

« Qu'est-ce que tu as à la main ?

— J'ai tabassé quelqu'un. »

Elle rit, comme s'il plaisantait. « Vraiment ?

— Oui. » Il posa sa main sur le dossier du canapé. Une des bandes de sparadrap se détachait.

« Tu as tabassé quelqu'un. » Cette fois, elle le prenait au sérieux. « Et… il y avait des témoins ?

— Personne qui soit disposé à me dénoncer.

— Tant mieux pour toi, chéri. » Elle était tout près de lui, plantée juste devant lui. « Je parie que Faith a fait pipi sur elle en te voyant. » Sa main courut le long de son bras et s'arrêta sur son poignet. Tout à coup, le ton de sa voix changea. « Où est passée ton alliance ?

— Dans ma poche. » Will l'avait enlevée avant d'entrer chez Sara Linton. Sur le moment, il s'était raconté qu'elle le gênait parce que ses doigts étaient enflés et que l'anneau devenait trop serré.

La main d'Angie se glissa dans la poche de son pantalon. Will ferma les yeux et sentit la fatigue de la journée lui tomber dessus d'un coup. Non seulement de la journée, mais des huit derniers mois. Angie était la seule femme qui avait partagé sa vie, et son corps s'était senti solitaire sans elle. Le manque lui faisait presque mal.

Ses doigts touchèrent son sexe à travers le mince tissu de la poche. Sa réaction fut immédiate, et quand elle lui parla à l'oreille, il dut se tenir au dossier du canapé pour ne pas défaillir.

Elle lui mordit le lobe de l'oreille et murmura : « Je t'ai manqué ? »

Il déglutit, incapable de respirer, tandis qu'elle le contournait et pressait ses seins et tout son corps contre son dos. Il renversa la tête en arrière et elle l'embrassa dans le cou, mais ce n'était pas à Angie qu'il pensait quand ses doigts coururent sur son corps. C'était à Sara, à ses longs doigts minces qui s'affairaient sur sa main blessée tandis qu'ils étaient tous deux assis sur le canapé de son vaste salon. À l'odeur de ses cheveux, car il s'était permis d'incliner la tête un instant et d'inhaler aussi discrètement qu'il pouvait. Elle sentait la bonté, la compassion, la bienveillance. Elle sentait tout ce qui lui avait toujours manqué, tout ce qu'il ne pourrait jamais obtenir.

« Hé ! » Angie avait cessé de le caresser. « Où es-tu parti ? »

Avec effort, Will remonta la fermeture Éclair de son pantalon. Il repoussa Angie et marcha jusqu'à l'autre bout de la pièce.

« Tu as tes règles ou quoi ? demanda-t-elle.

— Tu savais, pour le bébé ? »

Elle mit une main sur sa hanche. « Quel bébé ?

— Ça m'est égal que tu me répondes oui ou non, mais j'ai besoin de savoir la vérité.

— Et qu'est-ce que tu comptes faire si je ne te dis rien ? Me battre ?

— Non. Surtout te détester », répondit-il, et ils savaient tous les deux qu'il disait vrai. « Ce bébé, ç'aurait pu être toi et moi. Pour tout dire, ce bébé, c'était moi ! »

Le ton d'Angie fut sec et défensif : « Sa maman l'a caché dans une poubelle ?

— C'était ça ou le vendre en échange d'une dose de speed. »

Elle serra les lèvres, mais refusa de détourner les yeux. « Bien envoyé », reconnut-elle, car c'était exactement ce que Deirdre Polaski avait fait jadis avec sa petite fille.

Will répéta sa question, la seule question qui comptait encore : « Savais-tu qu'il y avait un bébé dans cet appartement ?

— Lola s'en occupait.

— Quoi ?

— C'est une brave fille, Lola. Elle s'assurait qu'il ne manquait de rien. Si elle n'avait pas été arrêtée...

— Une minute ! » Il leva la main pour qu'elle se taise. « Tu penses vraiment que cette pute s'occupait du bébé ?

— Il se porte bien, non ? J'ai passé un ou deux coups de fil au Grady Hospital. La mère et l'enfant sont réunis.

— Tu as passé des coups de fil ? » Il avait du mal à en croire ses oreilles. « Pour l'amour du Ciel, Angie ! C'était un tout petit bébé. Il serait mort si nous ne l'avions pas découvert.

— Peut-être. Mais vous l'avez découvert et il n'est pas mort.

— Angie !

— Il y a toujours quelqu'un pour prendre soin d'un bébé, Will. Mais qui se soucie d'une pauvre fille comme Lola ?

— Tu t'inquiètes pour une pute camée jusqu'aux yeux alors qu'un bébé est dans un placard pour les poubelles, en train de mourir de faim ? » Il ne la laissa pas répondre. « Bon. Alors, tout est fini.

— Qu'est-ce que tu veux dire ?

— Que je n'en peux plus. Le fil de notre yoyo est cassé, Angie.

— Arrête de dire des conneries.

— C'est fini, ces allers-retours. Tes tromperies, tes départs au milieu de la nuit, tes retours un mois ou un an plus tard en prétendant que tu peux lécher mes blessures encore mieux qu'avant.

— Dans ta bouche, tout ça sonne très romantique ! », ironisa Angie.

Il ouvrit la porte de la maison. « Sors de chez moi et sors de ma vie », dit-il. Mais elle ne fit pas un mouvement. Aussi s'approcha-t-il et se mit-il à la pousser vers la porte.

« Qu'est-ce que tu fais ? » Elle essaya de se dégager, et, voyant qu'il ne la laisserait pas reculer, le gifla. « Lâche-moi, crétin ! »

Il la souleva, et elle se servit de son pied pour refermer la porte.

« Dehors ! », dit-il d'une voix forte en essayant d'atteindre la poignée tout en la maintenant contre lui.

Angie avait été un flic de terrain avant de devenir inspectrice, et elle savait se défendre. Son pied alla frapper l'arrière de son genou et le fit tomber sur le sol. Will ne la lâcha pas et elle tomba avec lui, si bien qu'ils se battirent à même le parquet comme deux chiens en colère.

« Arrête ! », cria-t-elle en lui donnant des coups de poing et de pied et en se servant de toutes les parties de son corps qui pouvaient lui faire du mal.

Il la fit rouler sur le ventre et la plaqua au sol. Puis il saisit ses deux mains dans la sienne pour qu'elle ne puisse plus se défendre. Sans même réfléchir, il glissa son autre main sous sa robe et arracha sa culotte. Les ongles d'Angie s'enfoncèrent dans sa paume tandis qu'il introduisait ses doigts à l'intérieur de son corps.

« Connard », souffla-t-elle entre ses dents, mais elle était si mouillée que Will sentait à peine ses doigts qui entraient et sortaient de son vagin. Il trouva le point sensible et elle l'injuria de nouveau en pressant son visage contre le sol. Avec lui, elle ne jouissait jamais. C'était une partie de sa méthode de manipulation. Elle faisait jouir Will jusqu'à ce qu'il ait l'impression de rendre l'âme, mais elle ne le laissait jamais en faire autant avec elle.

« Arrête ! », lança-t-elle, mais elle épousait le mouvement de sa main et se tendait de tout son corps chaque fois que ses doigts la pénétraient. Il ouvrit la fermeture Éclair de son pantalon et, d'un coup, entra en elle. Elle essaya de crisper ses muscles pour le repousser, mais il s'enfonça avec plus de force, l'obligeant à s'ouvrir. Elle gémit et se détendit en le laissant la pénétrer plus profondément, puis plus profondément encore. Il la souleva et la mit à genoux, en la baisant avec toute la force dont il était capable et en lui titillant le clitoris avec ses doigts pour l'amener au plaisir. Elle émit une sorte de plainte, un son profond et guttural qu'il n'avait jamais entendu auparavant. Will intensifia ses coups de reins, peu soucieux de savoir s'il laisserait des marques sur son corps, peu soucieux de savoir s'il la briserait en deux. Quand elle jouit, elle se contracta si fort qu'il était presque douloureux d'être en elle. Sa propre jouissance fut si sauvage qu'ensuite il s'effondra sur elle, pantelant, ayant mal partout.

Will roula sur le dos. Les cheveux d'Angie étaient en désordre autour de son visage, son maquillage s'étalait autour de sa bouche et de ses yeux. Elle haletait autant que lui.

« Mon Dieu », marmonna-t-elle. « Mon Dieu. » Elle essaya de tendre le bras pour toucher son visage, mais il repoussa sa main.

Ils restèrent tous deux ainsi, étalés sur le sol et le souffle court, pendant un temps qui leur sembla des heures. Will tenta d'éprouver du remords, ou de la colère, mais tout ce qu'il ressentait était l'épuisement. Il avait tellement la nausée de tout cela, la nausée d'être poussé aux extrêmes par Angie Polaski ! Il réfléchit de nouveau à ce que Sara lui avait dit. Qu'il fallait apprendre de ses erreurs.

Angie semblait la pire erreur que Will ait jamais commise au fil de sa triste vie.

« Mon Dieu. » Elle respirait encore très fort. Elle roula sur le côté et glissa sa main sous la chemise de Will. Elle était chaude et moite contre sa peau. Elle dit : « Je ne sais pas qui est cette femme, mais tu lui transmettras mes remerciements. »

Il fixa le plafond. Il n'était pas assez sûr de lui pour la regarder en face.

« On couche ensemble depuis vingt-trois ans, chéri, et tu ne m'as jamais baisée comme ça. » Sa main frôla le bas de sa cage thoracique, l'endroit où sa peau était durcie par une brûlure de cigarette. « Elle s'appelle comment ? »

Will ne répondit pas.

Angie murmura : « Dis-moi son nom. »

Will tenta de déglutir, mais sa gorge lui faisait mal. « Personne », dit-il.

Elle eut un rire rauque, entendu. « C'est une infirmière ou un flic ? » Elle rit de nouveau. « Une pute ? »

Will ne dit rien. Il s'efforçait de chasser de sa mémoire l'image de Sara, il ne voulait pas d'elle dans ses pensées en ce moment, car il savait ce qui allait venir. S'il avait marqué un point, il fallait qu'Angie en marque dix.

Il tressaillit quand elle trouva un nerf sensible sous sa peau abîmée.

Elle lui demanda : « C'est quelqu'un de normal ? »

Normal. On employait ce mot à l'orphelinat pour désigner les gens qui n'étaient pas comme les pensionnaires, qui avaient une famille, une vie. Qui n'étaient pas battus ou prostitués par leurs parents, ou traités comme de l'ordure.

Angie continuait à presser le bout de son doigt autour de sa brûlure. « Elle est au courant de ton problème ? »

De nouveau, Will essaya d'avaler. Sa gorge lui piquait. Il eut envie de vomir.

« Elle sait que tu es demeuré ? »

Il se sentit pris au piège sous son doigt, qui appuyait sur la cicatrice ronde à l'endroit où la cigarette avait durci sa peau. Au moment où il eut la sensation qu'il ne pourrait le supporter davantage, elle s'arrêta, approcha sa bouche de son oreille et glissa sa main sous la manche de sa chemise. Elle trouva la longue balafre qui courait le long de son avant-bras, là où le rasoir avait entaillé sa peau.

« Je me souviens de tout ce sang, dit-elle. De ta tête qui branlait, de la plaie du rasoir sur ton bras. Tu t'en souviens aussi ? »

Il ferma les yeux, et des larmes en coulèrent tout à coup. Bien sûr qu'il s'en souvenait. S'il se concentrait assez, il sentait encore la pointe du métal s'enfoncer jusqu'à son os, parce qu'il savait que le rasoir devait pénétrer profondément la chair, assez profondément pour atteindre les veines principales, assez profondément pour être sûr d'arriver à ses fins.

« Tu te souviens ? Je t'ai tenu très fort », dit-elle, et il sentit ses bras autour de lui bien qu'ils fussent le long de son corps en ce moment. La façon dont tout son corps l'avait enveloppé comme une couverture. « Il y avait tellement de sang ! »

Oui, il avait coulé le long de ses bras à elle, et de ses jambes, et de ses pieds.

Elle l'avait serré si fort qu'il pouvait à peine respirer. Et il l'avait aimée très fort aussi, parce qu'il savait qu'elle comprenait pourquoi il avait fait cela, pourquoi il avait voulu mettre un terme à la folie qui envahissait sa vie. La moindre cicatrice sur sa peau, la moindre brûlure, la moindre fracture : Angie les connaissait toutes, comme elle connaissait son propre corps. Chacun des secrets de Will, Angie le gardait quelque part au fond d'elle-même. Elle s'y accrochait comme on s'accroche à la vie.

Et Angie *était* sa vie.

Il réussit enfin à déglutir, bien qu'il eût encore la bouche sèche. « Combien de temps encore ? »

Elle posa sa main sur son ventre. Elle savait qu'elle l'avait reconquis, qu'il lui suffisait de claquer dans ses doigts. « Combien de temps quoi, chéri ?

— Combien de temps veux-tu que je t'aime encore ? »

Elle ne répondit pas immédiatement, et il allait reposer sa question quand elle parla enfin : « Ce n'est pas le titre d'une chanson country ? »

Il se tourna pour la regarder, cherchant dans ses yeux une lueur de bonté qu'il n'y avait encore jamais vue. « Dis-moi combien de temps, pour que je puisse compter les jours. Pour que je sache quand ce sera enfin fini. »

Angie lui caressa la joue avec le dos de la main.

« Cinq ans ? Dix ? » Sa gorge se serra, comme s'il avait du verre dans la bouche. « Dis-le-moi, Angie. Combien de temps avant que je puisse cesser de t'aimer ? »

Elle s'approcha de nouveau de son oreille. « Jamais. »

Puis elle se releva, tira sur sa jupe, trouva ses chaussures et ce qui restait de sa culotte. Will resta étendu tandis qu'elle ouvrait la porte, puis partait sans prendre la peine de regarder en arrière. Will ne lui en voulut pas. Angie ne regardait jamais en arrière. Elle savait ce qu'elle laissait derrière elle, comme elle savait ce qui l'attendait.

Will ne se leva pas quand il eut entendu ses pas sur le perron, puis sa voiture qui démarrait dans l'allée. Ni quand il entendit Betty gratter à la porte, qu'il avait oublié de laisser entrouverte pour la laisser entrer. Rien ne put le faire bouger. Il resta étendu sur le sol toute la nuit, jusqu'à ce que le soleil, en se glissant entre les lames des stores, lui dise qu'il était temps de retourner travailler.

Quatrième jour

Chapitre vingt

PAULINE MCGHEE AVAIT FAIM, mais c'était quelque chose qu'elle pouvait supporter. Elle connaissait les douleurs dans son estomac et ses intestins, les spasmes qui crispaient ses entrailles quand elles attendaient n'importe quel genre de nourriture. Tout cela lui était familier, et elle pouvait le supporter. Mais la soif, c'était différent. On ne pouvait rien contre la soif. Elle n'était jamais restée sans eau si longtemps. Elle n'en pouvait plus, elle aurait fait n'importe quoi pour qu'on lui donne à boire. Elle avait même uriné sur le sol et tenté de boire son urine, mais cela n'avait fait qu'accroître sa soif, la rendre plus terrible encore, de sorte qu'elle avait fini par tomber à genoux, la bouche ouverte comme un loup haletant.

Tout ça devait finir. Elle ne pourrait rester dans cet endroit obscur beaucoup plus longtemps. Elle ne pourrait laisser ces ténèbres l'envahir, l'envelopper et l'étouffer au point que son seul désir était de se rouler en boule sur le sol et se languir de Felix.

Felix. C'était sa seule raison de sortir d'ici, de se battre, d'empêcher les salauds de la garder loin de son petit garçon.

Elle se coucha sur le côté, les bras le long du corps, les pieds tendus, et souleva le haut de son corps, allongeant le cou. Elle resta ainsi quelques instants, les muscles contractés, transpirant, le bandeau sur ses yeux brûlant sa peau, rassemblant son courage. Les chaînes autour de ses poignets grincèrent, et, avant de pouvoir s'arrêter, elle donna un coup de tête en arrière et heurta le mur.

La douleur se répandit dans son crâne et dans sa nuque. Elle vit des étoiles – de vraies étoiles – étinceler devant ses yeux. Elle tomba sur le dos, pantelante, s'efforçant de ne pas respirer trop fort par crainte d'hyperventilation, s'efforçant surtout de ne pas s'évanouir.

« Qu'est-ce que vous faites ? », demanda l'autre femme.

Il y avait douze heures au moins que cette conne gisait sur le dos comme un cadavre, sans bouger, comme inconsciente, et maintenant elle posait des questions ?

« Taisez-vous », gronda Pauline. Elle n'avait pas de temps à perdre en conversations avec une quelconque pouffiasse. Elle se remit sur le côté, bien en face du mur, s'en rapprochant de quelques centimètres de plus, puis retint sa respiration, ferma les yeux très fort et, de nouveau, se cogna violemment la tête.

« Merde ! », cria-t-elle, son crâne explosant de douleur. Elle retomba sur le dos. Il y avait du sang sur son front, qui glissait sous le bandeau et coulait dans ses yeux. Elle ne pouvait pas l'essuyer, ni même cligner des paupières. Elle eut l'impression qu'une araignée se promenait sur sa peau, cherchait le chemin de ses prunelles.

« Non ! », cria Pauline, mais elle était en pleine hallucination, avec ses araignées qui couraient sur son visage, qui enfonçaient leurs pattes sous sa peau et y pondaient leurs œufs. « Non ! »

Elle se releva d'un coup et ce soudain mouvement lui donna le vertige. Elle haletait de nouveau et baissa la tête jusqu'à ses genoux, touchant ses cuisses avec sa poitrine. Il fallait qu'elle se reprenne. Elle ne pouvait céder à la soif. Encore moins laisser la démence s'emparer de son cerveau jusqu'à ce qu'elle ne sache plus ce qu'elle faisait.

« Qu'est-ce que vous faites ? redemanda l'inconnue, terrifiée.

— Foutez-moi la paix.

— Il va vous entendre. Et il va descendre.

— Mais non, il ne descendra pas », répondit sèchement Pauline. Et pour le prouver, elle cria : « Descends, pauvre minable ! » Sa gorge était si irritée qu'elle se mit à tousser après cet effort, mais elle continua quand même à crier : « Je suis en train de m'enfuir ! Viens m'en empêcher, couilles molles ! »

Elles attendirent, attendirent encore. Pauline compta les secondes. Pas de pas dans l'escalier. Pas de lumière qui s'allumait. Pas de porte qui s'ouvrait.

« Comment pouvez-vous le savoir ? dit l'inconnue. Comment savez-vous ce qu'il fait ?

— Il attend qu'une de nous deux craque, répliqua Pauline. Et ce ne sera pas moi. »

La femme posa une autre question, mais Pauline l'ignora et se plaça de nouveau en face du mur. Elle se disposa à se cogner la tête encore une fois, mais n'y parvint pas. Elle ne pouvait pas recommencer à se faire mal. Pas tout de suite. Plus tard. Elle se reposerait quelques minutes et réessaierait.

Elle roula sur le dos, le visage sillonné de larmes, mais sans ouvrir la bouche, car elle ne voulait pas que l'autre femme sache qu'elle pleurait. L'inconnue avait déjà entendu ses sanglots, entendu Pauline lécher sa propre urine. Mais cette exhibition était terminée, il n'y avait plus de billets à vendre.

« Comment vous appelez-vous ? demanda l'inconnue.

— Ça ne vous regarde pas ! », aboya Pauline. Elle n'avait aucune envie de faire amie-amie avec cette bonne femme. Tout ce qu'elle voulait, c'était sortir de cet endroit de n'importe quelle façon, et s'il fallait passer sur le corps de sa compagne d'infortune, Pauline n'hésiterait pas une seconde. « Vous feriez mieux de la fermer.

— Dites-moi ce que vous faites et je pourrai peut-être vous aider.

— Vous ne pouvez pas m'aider. Compris ? » Pauline se tordit pour faire face à l'inconnue, bien qu'elles fussent dans l'obscurité la plus totale. « Écoute-moi bien, connasse. Une seule de nous deux sortira d'ici vivante, et ce ne sera pas toi. Tu m'entends ? Une de nous finira écrasée comme une merde, et ce n'est pas moi qui sentirai mauvais quand tout ça sera fini. Pigé ? »

L'inconnue garda le silence. Pauline se laissa retomber sur le dos, levant les yeux comme si elle pouvait distinguer le plafond, tentant de se préparer à un nouveau coup de tête contre le mur.

La voix de l'autre femme ne fut qu'un murmure : « Vous interveniez sur Atlanta Thin, non ? »

La gorge de Pauline se serra comme prise dans un nœud coulant. « Quoi ?

— “Finir écrasée comme une merde”, c’est une expression que vous employez beaucoup. »

Pauline se mordit la lèvre.

« Je suis Mia-trois. »

Mia : une abréviation pour *bulimia*, boulimie. Pauline reconnut ce nom d’utilisatrice, elle l’avait vu à maintes reprises sur son écran, mais elle répondit : « Je ne sais pas de quoi vous voulez parler. »

Mia demanda : « Vous leur avez montré ces e-mails à votre travail ? »

Pauline ouvrit la bouche et s’efforça de respirer profondément pendant quelques secondes. Elle réfléchit à tout ce qu’elle avait confié aux participantes du forum sur le Net, aux pensées désespérées qui lui traversaient l’esprit et qu’elle finissait par taper sur son clavier. C’était presque comme vomir, mais au lieu de vider son estomac, c’était son cerveau qu’on vidait. Révéler ces affreuses pensées à d’autres personnes en sachant qu’elles avaient les mêmes, c’était une façon de rendre moins difficile de se lever tous les matins.

À présent, l’inconnue n’était plus une inconnue.

Mia répéta : « Vous les leur avez montrés, ces e-mails ? »

Pauline déglutit bien qu’il n’y eût que de la poussière dans sa gorge. C’était à n’y pas croire : elle était attachée comme un cochon qu’on s’apprête à tuer, et cette idiote venait lui parler boulot ! Ce qui s’était passé à son agence n’avait plus d’importance. Plus rien n’avait d’importance. Les e-mails appartenaient à une autre vie, une vie où Pauline avait un emploi qu’elle voulait garder, un prêt immobilier à rembourser, une grosse voiture. Ce qu’elles pouvaient attendre dans ce trou, c’était d’être violées, torturées, assassinées, et cette femme s’intéressait à une connerie d’e-mail ?

Mia dit : « Je n’ai pas pu appeler Michael, mon frère, comme je fais d’habitude. Peut-être qu’il me cherche.

— Il ne vous trouvera pas, répondit Pauline. Pas ici.

— Où sommes-nous ?

— Je ne sais pas. » C'était la vérité. « Je me suis réveillée dans le coffre d'une voiture. J'étais enchaînée. Je ne sais pas vraiment combien de temps j'y suis restée. Le coffre s'est ouvert, j'ai crié et j'ai eu droit à une autre décharge de Taser. » Elle ferma les yeux. « Quand je suis revenue à moi, j'étais ici.

— Moi, j'étais dans mon jardin, dit Mia. J'ai entendu quelque chose. J'ai pensé que c'était peut-être un chat... » Elle s'interrompit, puis reprit : « J'étais dans un camion quand je suis arrivée ici. Je ne sais pas non plus combien de temps je suis restée enfermée. C'était comme si des jours entiers passaient. J'ai essayé de compter les heures, mais... » Elle tomba dans un long silence, que Pauline ne sut comment interpréter. Puis elle demanda : « Vous croyez que c'est comme ça qu'il nous a repérées ? Sur le forum ?

— Probablement », mentit Pauline. Elle savait très bien comment il les avait trouvées, et ce n'était pas sur ce putain de forum. C'était Pauline qui les avait entraînées ici. Pauline avec sa grande gueule qui était en quelque sorte la cause de tout. Mais elle n'avait pas l'intention de dire à Mia ce qu'elle savait. Elle s'attirerait de nouvelles questions, et après les questions viendraient des accusations que Pauline ne se sentait pas le courage d'affronter.

En tout cas, pas pour le moment. Pas quand sa boîte crânienne lui faisait l'effet d'être bourrée de coton et que le sang qui coulait dans ses yeux lui donnait la sensation que les minuscules pattes poilues de centaines d'araignées lui couraient sur le visage.

Pauline aspirait l'air avec peine et tentait de s'empêcher d'être de nouveau la proie de ses nerfs. Elle pensa à Felix, à son odeur quand elle le baignait avec ce nouveau savon qu'elle avait acheté dans une boutique de Colony Square à l'heure de la pause-déjeuner.

Mia reprit la parole : « Ils sont toujours dans le coffre-fort, n'est-ce pas ? On va les trouver dans le coffre-fort. Et alors, tout le monde saura que vous aviez bien dit au tapissier de prendre les mesures de l'ascenseur, pour ce canapé.

— Idiote, vous croyez que ça compte encore ? Vous ne comprenez pas où nous sommes et ce qui va nous arriver ? Qu'est-ce que ça peut faire qu'on trouve ou non ces e-mails ? Tu parles d'une consolation ! “Elle est morte, mais c'est elle qui avait raison.”

— C'est plus qu'on ne vous a accordé dans votre vie. »

Elles partagèrent quelques instants d'auto-commisération silencieuse. Pauline tenta de se rappeler le peu qu'elle savait de Mia. Elle ne postait pas beaucoup sur le forum, mais quand elle le faisait, elle allait droit au but. Comme Pauline et quelques autres participantes, Mia n'aimait pas les pleurnicheuses et on ne lui racontait pas d'histoires.

« Il ne nous aura pas en nous privant de nourriture, dit-elle. Je peux tenir dix-neuf jours avant de commencer à me détraquer. »

Pauline fut impressionnée. « Moi, c'est pareil », mentit-elle. En réalité, son record était de douze jours, et on l'avait emmenée à l'hôpital pour l'engraisser comme une oie.

Mia poursuivit : « Le problème, c'est l'eau.

— Oui, admit Pauline. Combien de temps pouvez-vous…

— Je n'ai jamais essayé de me priver d'eau, interrompit Mia en finissant la phrase. Il n'y a pas de calories dans l'eau.

— Moi, quatre jours, dit Pauline. J'ai lu quelque part qu'on ne pouvait pas tenir plus de quatre jours.

— Mais nous, nous y arriverons. » Ce n'était pas un vœu pieux. Si Mia pouvait rester dix-neuf jours sans manger, pas de doute : elle pourrait tenir plus longtemps que Pauline sans boire.

C'était le problème. Elle se montrerait plus endurante que Pauline. Or, personne n'avait été plus endurant que Pauline jusqu'ici.

Mia posa la question qui s'imposait : « Pourquoi ne nous a-t-il pas violées ? »

Pauline pressa sa tête contre le ciment froid du sol, en s'efforçant d'empêcher la panique de monter en elle. Ce n'était pas d'être violée qui lui faisait le plus peur, c'était tout le reste : les jeux pervers, le harcèlement, les pièges… et les sacs-poubelle.

« Il veut nous affaiblir », poursuivit Mia, pensant tout haut. « Il veut être sûr que nous serons incapables de nous débattre. » Elle se déplaça, et ses chaînes cliquetèrent. Sa voix sembla plus proche, et Pauline devina qu'elle s'était tournée sur le côté. « Qu'est-ce que vous faisiez ? Tout à l'heure, je veux dire. Pourquoi vous cogniez-vous la tête contre le mur ?

— Si j'arrive à faire un trou dans le plâtre, je pourrai peut-être sortir. En maçonnerie, les poteaux de soutènement sont normalement séparés de trente-six centimètres. »

La voix de Mia se teinta de respect. « Vous faites trente-six centimètres de tour de taille ?

— Mais non, idiote ! Je pourrai rentrer le ventre et me glisser de côté. »

Mia rit de sa propre bêtise, mais à la remarque qu'elle fit, Pauline se sentit tout aussi stupide. « Pourquoi avec la tête plutôt qu'avec les pieds ? »

Un silence tomba, mais Pauline sentit quelque chose monter en elle. Son estomac se contracta et elle entendit un rire résonner dans ses oreilles. Vrai de vrai, un éclat de rire, bien fort et bien sonore, et elle se dit qu'elle était vraiment d'une imbécillité totale. C'était elle qui riait.

« Oh, mon Dieu », soupira Mia. Elle riait aussi. « Que vous êtes bête ! »

Pauline se tortilla sur le sol en tâchant de pivoter sur son épaule. Elle mit ses pieds en face du mur, les serrant l'un contre l'autre, et en donna un grand coup dans le mur. Le plâtre se creva à la première tentative.

« Quelle conne ! », marmonna-t-elle, s'insultant cette fois elle-même. Elle se tortilla de nouveau pour faire face à l'ouverture, en se servant de ses dents pour ôter les débris de plâtre. Il y avait du poison dans cette poussière, mais peu lui importait. Elle préférait mourir en faisant dépasser sa tête de l'autre côté du mur que rester prise au piège dans cette pièce en attendant que son ravisseur vienne s'occuper d'elle.

« Vous y êtes arrivée ? demanda Mia. Vous avez troué le…

— Fermez-la », dit Pauline, en mordant dans le rembourrage. Il avait insonorisé la pièce. Elle aurait dû s'y attendre. Mais tant pis. Elle arracha le rembourrage en mousse avec ses dents, morceau par morceau, dévorée par l'envie de sentir l'air frais sur son visage.

« Merde ! », cria-t-elle soudain. Elle se redressa pour que sa taille soit en face du trou qu'elle avait percé et y introduisit ses doigts qui, attachés comme ils l'étaient, n'allèrent pas beaucoup plus loin que la couche de plâtre cassé. Elle parvint à arracher encore un peu du rembourrage, puis sa main frôla un obstacle. Une sorte d'écran. Elle arqua le dos pour que ses doigts se glissent le plus loin possible, et ils touchèrent un grillage. « Merde et merde !

— Qu'est-ce que c'est ?

— Du grillage. » Il avait grillagé le mur à l'extérieur pour qu'elles ne puissent en aucun cas s'enfuir.

Pauline se remit sur le dos pour frapper le grillage avec ses pieds. Ses semelles rencontrèrent une solide résistance. Au lieu de céder, le métal la repoussa comme un ressort, et elle glissa de plusieurs centimètres. Elle se rapprocha pour réessayer, en se plaçant cette fois sur le ventre, ses paumes moites sur le ciment du sol. Ses pieds s'élancèrent avec toute la violence dont elle était capable. De nouveau, elle rencontra une solide résistance et son corps fut repoussé.

« Oh, mon Dieu », gémit-elle en roulant sur le dos. Des larmes coulèrent sur son visage, les petites pattes des araignées occupèrent son champ de vision. « Qu'est-ce que je vais faire ?

— Vos mains arrivent à le toucher, ce grillage ?

— Non ! », cria Pauline. L'espoir la quittait un peu plus chaque fois qu'elle expirait, comme si elle s'en vidait. Ses mains étaient trop serrées par la courroie. Le grillage était fixé aux poteaux de soutènement, et il n'y avait aucun moyen de l'arracher, ni même de l'atteindre.

Le corps de Pauline était secoué de sanglots. Elle ne l'avait pas vu depuis des années, mais elle savait très bien comment son cerveau fonctionnait. Ce sous-sol n'était qu'une première étape, une prison qu'il avait préparée pour commencer par les priver de nourriture et de boisson pour qu'elles soient complètement soumises. Ensuite, il y aurait une caverne quelque part, un trou sombre dans la terre qu'il avait amoureusement creusé à la main. Le sous-sol les briserait. La caverne achèverait de les détruire. Il avait pensé à tout.

Encore une fois.

Mia était parvenue à se rapprocher. Sa voix était tout près, presque au-dessus de Pauline. « Taisez-vous », ordonna-t-elle en la poussant. « Nous allons ouvrir avec nos dents.

— Quoi ?

— C'est du métal très mince, non ? Du grillage comme pour les basses-cours ?

— Oui, mais...

— Si on tire longuement dessus, ça se casse ! »

Pauline secoua la tête. C'était une idée absurde.

« Il suffit qu'un morceau cède », poursuivit Mia, assurée de la clarté de sa logique. « Saisissez-le entre vos dents et tirez en secouant fort, d'avant en arrière, sans vous arrêter. Il finira par casser, vous verrez. Ensuite, nous pourrons trouer le grillage à coups de pied. Ou casser d'autres morceaux pour former une ouverture.

— Mais nous n'y arriverons jamais...

— Ne me dites pas que nous n'y arriverons jamais, imbécile ! » Les pieds de Mia étaient enchaînés, mais elle parvint à donner un coup de pied dans le mollet de Pauline.

« Aïe ! Mais, bon sang...

— Comptez les secondes », ordonna Mia en s'approchant du trou dans le mur. « Quand vous arriverez à deux cents, ce sera votre tour. »

Pauline n'avait pas l'intention d'obéir. Pas question de se laisser dicter ce qu'elle devait faire par cette conne. Puis elle entendit quelque chose. Des dents contre le métal. Qui grinçaient, qui tordaient. Deux cents secondes. Elles allaient s'écorcher les lèvres. Leurs gencives seraient en lambeaux. Et pas moyen de dire si ça finirait par marcher.

Pauline se dressa sur ses genoux.

Elle commença à compter.

Chapitre vingt et un

FAITH AVAIT TOUJOURS SU qu'elle n'était pas du matin, mais elle avait pris l'habitude de partir travailler tôt quand Jeremy était petit. Impossible de ne pas être du matin quand un petit garçon affamé réclamait son petit déjeuner, qu'il fallait l'habiller, l'examiner de pied en cap pour voir s'il était bien lavé et bien coiffé et le déposer à l'arrêt du bus à sept heures treize au plus tard. Sans Jeremy, elle aurait pu être une de ces couche-tard qui ne se laissent tomber dans leur lit que bien après minuit, mais Faith, d'ordinaire, se couchait peu après dix heures, même depuis que Jeremy avait grandi et n'avait plus besoin de se réveiller aux aurores.

Pour des raisons qui lui appartenaient, Will était lui aussi arrivé de bonne heure ce matin-là. En s'engageant sur le parking de City Hall East, Faith aperçut sa Porsche garée à sa place habituelle. Elle parqua sa Mini non loin de là, puis resta assise pour tenter d'amener le siège assez près des pédales et assez loin du volant pour qu'elle puisse atteindre les unes sans avoir le thorax écrasé par l'autre. Il lui fallut plusieurs minutes pour trouver la bonne position, et elle songea qu'elle serait peut-être bien inspirée de faire souder ce maudit siège. Si Will voulait conduire sa voiture, il n'aurait qu'à le faire avec les genoux dans les oreilles.

On tapota à la fenêtre et Faith leva les yeux en sursautant légèrement. Sam Lawson se tenait à côté de la Mini, un gobelet de café à la main.

Faith ouvrit la portière et descendit, avec la sensation d'avoir pris dix kilos en une nuit. Ce matin, trouver quelque chose à se mettre s'était révélé une tâche presque impossible. Elle était assez pleine d'eau pour remplir une piscine olympique. Heureusement, le trouble que Sam avait éveillé en elle n'avait pas duré plus de vingt-quatre heures. Elle ne se réjouissait aucunement d'avoir une conversation avec lui, d'autant qu'elle avait besoin de se concentrer sur la journée qui l'attendait.

« Salut, ma jolie ! », dit Sam en l'examinant de la tête aux pieds de son regard de prédateur.

Faith prit son sac sur le siège arrière. « Ça fait un bout de temps qu'on ne s'est pas vus », ironisa-t-elle.

Il haussa mollement les épaules pour signifier qu'il n'était que la victime des circonstances. « Tiens, dit-il en lui tendant son gobelet. Du décaféiné. »

Faith avait essayé de boire un peu de café ce matin, mais l'odeur l'avait précipitée vers les toilettes. « Merci, non. » Elle ignora le gobelet et passa devant Sam en faisant un effort pour ne pas être encore prise de nausée.

Sam jeta le gobelet dans une poubelle et la rattrapa. « Nausées du matin ? »

Faith jeta un coup d'œil autour d'elle de crainte qu'on ne les entende. « Je n'en ai parlé à personne, sauf à Amanda. » Elle tenta de se rappeler quand on était censé annoncer la nouvelle. Il fallait laisser passer un certain nombre de semaines pour être à peu près sûre que la grossesse ne se solderait pas par une fausse couche. Faith devait approcher du moment opportun. Bientôt, il lui faudrait mettre son entourage dans la confidence. Devrait-elle réunir tous ceux qui le composaient, inviter sa mère et Jeremy à dîner, parler avec son frère sur Skype ou plutôt se borner à envoyer un e-mail général et sauter dans le premier avion pour passer quelque temps aux Caraïbes et ainsi éviter les réactions ?

Sam claqua des doigts devant son visage. « Tu es toujours là ?

— À peine », répondit Faith. Elle tendit la main vers la porte d'entrée au moment où il tendait la sienne. « J'ai beaucoup de choses en tête.

— À propos d'hier soir...

— C'était avant-hier soir. »

Il sourit. « Oui, mais je n'y ai pas vraiment réfléchi avant hier soir. »

Faith soupira en appuyant sur le bouton de l'ascenseur.

« Viens par ici. » Il l'attira dans un coin où se trouvait un distributeur garni de quelques rangées de brioches collantes, que Faith connaissait sans avoir à le regarder.

Sam lui caressa les cheveux et les ramena derrière ses oreilles. Faith se dégagea. Elle n'était pas disposée à l'intimité à cette heure de la matinée. L'était-elle jamais, d'ailleurs ? Elle n'en était pas sûre. Sans réfléchir, elle leva les yeux pour vérifier qu'aucune caméra de surveillance ne les épiait.

Sam dit : « Je me suis conduit comme un con l'autre soir. Excuse-moi. »

Elle entendit les portes de l'ascenseur s'ouvrir, puis se refermer. « Ça n'a pas d'importance, dit-elle.

— Si, ça en a. » Il se pencha pour l'embrasser, mais elle le repoussa de nouveau.

« Sam, je suis ici pour bosser ! » Elle s'abstint d'ajouter ce qui la préoccupait le plus : qu'elle était sur une affaire où une femme était morte, une autre avait été violée et torturée et deux autres encore avaient disparu. « Ce n'est pas le moment.

— Ce n'est jamais le moment », dit-il, comme il le lui avait déjà dit souvent dans le passé, quand ils étaient amants. « Je veux réessayer, avec toi.

— Et Gretchen ? »

Il haussa les épaules. « Je n'ai pas grand-chose à perdre. »

Faith poussa un grognement agacé et l'écarta de son chemin. Elle retourna vers l'ascenseur et, de nouveau, appuya sur le bouton. Sam ne partait pas ; aussi lui dit-elle : « Je suis enceinte.

— Je n'ai pas oublié.

— Je ne voudrais pas te briser le cœur, mais le bébé n'est pas de toi.

— Peu importe. »

Elle se retourna pour lui faire face. « Tu essaies d'invoquer des fantômes parce que ta femme a avorté ?

— J'essaie de retrouver ma place dans ta vie, Faith. Je sais que ce sera selon tes conditions. »

Faith se déroba à ce compliment. « Je crois me souvenir qu'un des problèmes entre nous dans le temps, outre le fait que tu es un ivrogne, que je suis flic et que ma mère te prend pour l'Antéchrist, était l'existence de mon fils.

— J'étais jaloux de l'attention que tu lui accordais. »

À l'époque, c'était précisément de cela qu'elle l'avait accusé. Entendre Sam reconnaître qu'elle avait raison faillit lui couper le souffle.

« Mais j'ai grandi », poursuivit-il.

Les portes de l'ascenseur s'ouvrirent. Faith s'assura que la cabine était vide et bloqua la porte avec sa main. « Je ne peux parler de ça maintenant. J'ai du travail jusque par-dessus la tête. » Elle monta et lâcha la porte.

« Jake Berman habite dans le comté de Coweta. »

Faith faillit se faire couper la main en empêchant les portes de se rejoindre.

« Quoi ? »

Il prit son calepin dans sa poche et lut tout en parlant : « Je l'ai retrouvé en passant par les paroisses. Il est diacre et catéchiste. Son église a un beau site Web avec sa photo. Des agneaux et des arcs-en-ciel. Il est évangéliste. »

Le cerveau de Faith n'arrivait pas à assimiler cette information. « Peut-on savoir pourquoi tu l'as cherché ?

— Je voulais voir si je pouvais te prendre de vitesse. »

Faith ne savait pas où tout cela risquait de les mener. Elle tenta de neutraliser la situation. « Écoute, Sam, nous ne savons absolument pas s'il a quoi que ce soit à se reprocher.

— Je suppose que tu n'es jamais entrée dans les toilettes pour hommes d'un certain centre commercial.

— Sam…

— Je ne lui ai pas parlé, interrompit-il. Je voulais seulement savoir si je serais capable de le retrouver alors que tout le monde se cassait les dents. Je suis fatigué que les gars de Rockdale me les brisent. Je préfère que ce soit toi. »

Elle ignora ce dernier commentaire. « Donne-moi la matinée pour aller lui parler.

— Je te l'ai dit, je ne cherche pas un sujet pour un article. » Il sourit de toutes ses dents. « Je suis de bonne foi, Faith ! »

Elle le regarda en plissant les yeux.

« Je voulais voir si je pouvais faire ton boulot à ta place, tu comprends ? » Il arracha la feuille de calepin et lui fit un clin d'œil. « Ce n'était pas bien sorcier. »

Faith saisit le papier avec l'adresse avant qu'il ait le temps de changer d'avis. Il soutint son regard tandis que les portes de l'ascenseur se refermaient, puis Faith se retrouva seule, à regarder son reflet dans les battants d'acier. Elle avait chaud, mais cela pouvait passer pour l'éclat propre aux femmes enceintes. Du moins le supposa-t-elle. Ses cheveux commençaient à friser, car, bien qu'on ne fût qu'au début d'avril, la température commençait à monter.

Elle regarda l'adresse que Sam lui avait donnée. Un grand cœur au crayon l'entourait, ce qu'elle trouva tout à la fois irritant et attendrissant. Elle ne lui faisait pas vraiment confiance quand il prétendait qu'il ne cherchait pas un sujet d'article dans le cas de Jake Berman. Peut-être l'*Atlanta Beacon* préparait-il une série exclusive consistant à démasquer les bons chrétiens pères de famille qui avaient un penchant pour les *glory holes* et trouvaient des femmes torturées et violées au milieu de la route.

Berman pouvait-il être le frère de Pauline McGhee ? Maintenant qu'elle avait son adresse, Faith n'en était plus très sûre. N'était-il pas plus vraisemblable que Jake Berman et Rick Sigler aient seulement voulu faire quelques galipettes dans un endroit tranquille et que le hasard, le simple hasard ait voulu qu'ils se trouvent sur la route au moment où la voiture des Coldfield renversait Anna Lindsey ?

Les portes s'ouvrirent et Faith descendit sur le palier. Aucune des lumières du couloir n'était allumée, et elle tourna les interrupteurs en se dirigeant vers le bureau de Will. Aucun rai de clarté ne filtrait sous sa porte, mais elle frappa quand même puisque sa voiture était sur le parking.

« Oui ? »

Elle ouvrit la porte et le trouva assis à sa table de travail, les mains sur le ventre. La lumière était éteinte.

« Tout va bien ? », demanda-t-elle.

Il ne répondit pas à sa question, mais demanda : « Quoi de neuf ? »

Faith referma la porte et ouvrit une chaise pliante. Elle vit le dos de la main de Will, et découvrit que de nouvelles écorchures s'étaient ajoutées à celles qu'il s'était faites en frappant Simkov. Mais elle ne fit aucun commentaire et alla droit au but : « J'ai l'adresse de Jake Berman. Il habite Coweta. C'est à trois quarts d'heure d'ici, non ?

— S'il n'y a pas trop de circulation. » Il tendit la main pour voir l'adresse.

Elle la lui lut : « 1935, Lester Drive. »

Il avait toujours la main tendue. Sans savoir pourquoi, Faith ne parvenait qu'à regarder ses doigts. Will lança d'un ton sec : « Je ne suis pas complètement abruti, Faith. Je sais lire une putain d'adresse. »

Le ton de sa voix était assez agressif pour qu'elle ait l'impression que ses cheveux se dressaient sur sa nuque. Will ne jurait que rarement, et elle ne l'avait jamais entendu dire « putain ». Elle demanda : « Qu'est-ce qui ne va pas ?

— Rien. J'ai seulement besoin de cette adresse. Je ne peux pas interroger Simkov, donc j'irai trouver Berman et nous nous retrouverons après ton rendez-vous. » Il agita la main. « Maintenant, donne-moi l'adresse. »

Elle croisa les bras. Plutôt mourir que de lui donner ce bout de papier. « Je ne sais pas ce que tu as, mais tu ferais mieux de sortir la tête de ton cul et de m'en parler avant que nous ayons un vrai problème.

— Faith, je n'ai que deux testicules. Si tu en veux un, il va falloir que tu t'entendes avec Amanda ou Angie. »

Angie. À la seule mention de ce prénom, toute son agressivité sembla le quitter. Faith s'assit plus confortablement sur sa chaise, les bras toujours croisés, le scrutant du regard. Will tourna la tête vers la fenêtre et elle distingua la fine ligne de la cicatrice qui courait le long de sa joue. Elle aurait voulu savoir comment c'était arrivé, comment sa peau avait été coupée, mais, comme à peu près tout le reste, la cicatrice était quelque chose dont ils ne parlaient pas.

Faith posa le petit feuillet sur la table et le poussa vers lui. Will jeta un coup d'œil rapide à l'adresse. « Il y a un cœur autour.

— C'est Sam qui l'a dessiné. »

Will plia le papier et le glissa dans la poche de son gilet. « Tu le revois ? »

Faith hésitait à employer les mots « plan cul », aussi se borna-t-elle à hausser les épaules et à répondre : « C'est compliqué. »

Il hocha la tête, du geste qu'il faisait toujours quand on abordait un sujet personnel qu'il lui semblait inconvenant de discuter.

Faith en avait assez. Que se passerait-il dans un mois, quand sa grossesse commencerait à se voir ? Et dans un an, quand elle s'évanouirait au travail parce qu'elle s'était trompée dans sa dose d'insuline ? Il imaginait facilement Will trouvant des excuses pour son gain de poids ou l'aidant à se relever en lui disant de faire attention où elle mettait les pieds. Il était tellement doué pour faire comme si la maison n'était pas en feu même s'il courait chercher de l'eau pour éteindre l'incendie.

Elle leva les mains en signe de reddition. « Je suis enceinte. »

Il ouvrit de grands yeux.

« Le père, c'est Victor. Je suis diabétique, aussi. C'est pour ça que j'ai eu cette syncope sur le parking. »

Il semblait trop choqué pour parler.

« J'aurais dû te le dire plus tôt, poursuivit Faith. C'est ça, mon rendez-vous secret à Snellville. Je vais voir un médecin qui me dira quoi faire pour cette saleté de diabète.

— Sara ne peut pas s'en charger ?

— Elle m'a envoyée chez une spécialiste.

— Une spécialiste ? Ça veut dire que c'est grave.

— C'est comme une espèce de défi. Le diabète rend la vie plus difficile. Mais c'est gérable. » Elle ajouta : « Du moins, c'est ce que dit Sara.

— Tu veux que je t'accompagne à ton rendez-vous ? »

Faith imagina Will assis dans la salle d'attente de Delia Wallace avec son sac à main sur les genoux. « Non, merci. C'est important que je m'en occupe toute seule.

— Et Victor...

— Victor ne sait rien. Ni personne d'autre, à part Amanda et toi. Et elle, si je lui en ai parlé, c'est seulement parce qu'elle m'a surprise en train de me faire une piqûre d'insuline.

— Tu dois te faire des piqûres ?

— Oui. »

Elle voyait presque son cerveau travailler, les questions qu'il avait envie de lui poser mais ne savait comment formuler.

Faith proposa : « Si tu préfères avoir une autre coéquipière...

— Pourquoi voudrais-je avoir une autre coéquipière ?

— Parce que c'est un problème, Will. Je ne sais pas si c'est un très gros problème, mais mon taux de sucre ne cesse de monter et de descendre, et ça me rend très émotive. Je ne sais jamais si je vais te hurler dessus ou avoir envie de pleurer dans tes bras. Et je ne sais pas comment je vais faire mon boulot dans ces conditions.

— Tu t'en sortiras, dit-il. Moi, je m'en suis bien sorti. De mon problème, je veux dire. »

Will, décidément, s'adaptait à tout. À chaque mauvaise nouvelle, si horrible fût-elle, il se contentait de hocher la tête et d'aller de l'avant. Ce devait être quelque chose qu'il avait appris à l'orphelinat. À moins qu'Angie Polaski ne l'ait instillé en lui. Comme talent pour survivre, cela méritait le respect. Comme base d'une relation, c'était irritant au plus haut point.

Et Faith ne pouvait strictement rien y faire.

Will se redressa sur sa chaise. Il eut recours à son truc habituel : lâcher une plaisanterie pour atténuer la tension. « Si j'ai voix au chapitre, je préfère que tu me hurles dessus plutôt que de te mettre à pleurer dans mes bras.

— C'est pareil pour moi.

— Je te dois des excuses. » Il était de nouveau sérieux. « Pour ce que j'ai fait à Simkov. Je n'avais jamais frappé quelqu'un comme ça. Jamais. » Il la regarda droit dans les yeux. « Je te promets que ça ne se reproduira pas. »

Faith ne trouva rien d'autre à dire que « Merci ». Bien sûr, elle n'approuvait pas la brutalité de Will, mais il était difficile de lui adresser des reproches alors que de toute évidence il s'en voulait terriblement.

Ce fut le tour de Faith d'alléger l'atmosphère. « Abandonnons le schéma du flic sympa et du flic teigneux pour quelque temps.

— Oui, le schéma flic stupide et flic retors marche beaucoup mieux pour nous. » Il fouilla dans la poche de son gilet et lui rendit l'adresse de Jake Berman. « Nous ferions mieux d'appeler la police de Coweta pour leur demander de vérifier si c'est bien le type que nous cherchons. »

Cette fois, les rouages du cerveau de Faith mirent quelque temps à modifier la direction de sa pensée. Elle regarda l'écriture carrée de Sam, le cœur ridicule qu'il avait tracé autour des mots. « Oui, tu as raison. Je ne sais pas pourquoi Sam s'imagine qu'il peut le retrouver en cinq minutes alors que toute une équipe n'y est pas arrivée en deux jours. »

Faith prit son téléphone portable dans son sac. Fatiguée à l'avance à l'idée de passer par les canaux officiels, elle appela Caroline, la secrétaire d'Amanda. La jeune femme vivait quasiment dans le bâtiment, et elle décrocha à la première sonnerie. Faith lui dicta l'adresse de Jake Berman et lui demanda de faire en sorte qu'un agent de la police de Coweta vérifie qu'il s'agissait bien du Jake Berman qu'ils recherchaient.

« Voulez-vous qu'on vous l'amène ? », demanda Caroline.

Faith y réfléchit un instant, puis jugea qu'elle ne devait pas prendre cette décision toute seule. Elle demanda à Will : « Tu veux qu'ils nous amènent Berman ? »

Il haussa la tête, puis répondit : « Tu veux qu'il se méfie tout de suite ?

— Avec un flic qui viendra frapper à sa porte, il se méfiera de toute façon. »

Will haussa de nouveau les épaules. « Demande qu'ils vérifient l'identité de Berman sans l'alerter. Si c'est celui que nous cherchons, nous ferons un saut là-bas et nous le prendrons par surprise. Donne-leur mon numéro de portable. Nous irons quand tu auras fini de parler avec Simkov. »

Faith transmit le message à Caroline. Elle mit un terme à la communication et Will tourna vers elle son écran d'ordinateur en lui disant : « J'ai reçu cet e-mail d'Amanda. »

Faith attira à elle le clavier et la souris. Elle changea les couleurs de l'écran pour ne pas se brûler la rétine, puis cliqua deux fois sur le message et en résuma le contenu en lisant : « Les techniciens n'ont pu entrer dans aucun des ordinateurs. Ils disent que le forum des anorexiques est inaccessible sans mot de passe. C'est un site crypté. La commission rogatoire pour la banque d'Olivia Tanner devrait arriver cet après-midi. Nous aurons accès à ses dossiers. » Elle fit défiler l'e-mail. « Hmm. » Elle lut silencieusement, puis dit à Will : « Bon, eh bien, voilà peut-être quelque chose pour le concierge. La sortie de secours de l'appartement d'Anna a une empreinte partielle sur la poignée. Un pouce droit. »

Will savait que la veille, Faith avait passé la plus grande partie de l'après-midi à passer au peigne fin l'appartement dévasté d'Anna Lindsey, ainsi que le reste de l'immeuble.

« Comment accède-t-on à l'escalier de secours ?

— Soit par le hall, soit par le toit », dit-elle en lisant la suite. « L'échelle d'incendie à l'arrière de l'immeuble porte une autre empreinte qui correspond à celle de la poignée. On l'a envoyée à la police du Michigan pour la comparer à celles qu'ils ont en mémoire. Si le frère de Pauline a un casier, on saura si ce sont les siennes. Et si on nous donne un nom, la moitié du travail sera faite.

— Nous devrions aussi vérifier les contraventions pour stationnement interdit dans le quartier de la banque. On ne peut pas se garer n'importe où à Buckhead. Et on est souvent verbalisé.

— Bonne idée », dit Faith, et elle ouvrit sa boîte e-mail pour envoyer la requête. « Je vais élargir la demande aux derniers quartiers où on a vu nos victimes.

— David Berkowitz a été arrêté grâce à une contravention. »

Faith tapotait sur son clavier. « Tu regardes trop la télé, Will.

— Le soir, je n'ai pas grand-chose d'autre à faire. »

Elle jeta un regard à ses mains, aux nouvelles écorchures.

Il demanda : « Comment a-t-il fait sortir Anna Lindsey de son immeuble ? Il n'a pas pu la jeter par-dessus son épaule et descendre avec elle par l'échelle d'incendie. »

Faith envoya son e-mail avant de répondre. « La sortie de secours vers l'escalier était protégée. Une alarme se serait déclenchée si quelqu'un avait tenté de l'ouvrir. » Elle demanda : « Tu crois qu'il l'a descendue par l'ascenseur ? Qu'il est passé par le hall ?

— Voilà une bonne question à poser à Simkov.

— Il n'est pas de service vingt-quatre heures sur vingt-quatre, objecta-t-elle. Le tueur a pu attendre qu'il s'en aille, puis se servir de l'ascenseur pour emporter sa victime inconsciente. Simkov est censé surveiller les lieux après ses heures de service, mais on ne peut pas dire qu'il brille par sa conscience professionnelle.

— Il n'y a pas quelqu'un pour prendre la relève quand il a fini ?

— Le syndic cherche un veilleur de nuit depuis des mois, répondit Faith. Apparemment, ce n'est pas facile de trouver quelqu'un qui veuille rester le cul vissé à sa chaise huit heures par jour. C'est pour cette raison qu'ils ont été indulgents avec toutes les conneries de Simkov. Il était prêt à faire des heures supplémentaires.

— Et les caméras de surveillance ?

— On réutilise les bandes toutes les quarante-huit heures. » Elle fut obligée d'ajouter : « Sauf celles d'hier, qui semblent avoir disparu. » Amanda s'était assurée que la bande montrant Will écrasant la tête de Simkov contre son comptoir avait été dûment détruite.

Le visage de Will rougit de culpabilité, mais il demanda pourtant : « Rien dans l'appartement de Simkov ?

— Nous l'avons mis sens dessus dessous. Sa voiture est une Monte Carlo hors d'âge qui fuit comme une vieille tuyauterie et nous n'avons trouvé aucun reçu d'un entrepôt de stockage.

— En tout cas, il ne peut pas être le frère de Pauline.

— Nous nous sommes tellement focalisés sur cette histoire de frère que nous n'avons rien vu d'autre, soupira Faith.

— Bon. Alors, virons le frère de notre équation. Qu'est-ce que tu penses de Simkov ?

— Il n'est pas malin. Je veux dire, ce n'est pas un débile, mais notre tueur cherche des femmes bien particulières. Je ne dis pas que ce soit un génie, mais c'est un chasseur. Simkov est un pauvre minable qui cache des revues porno sous son matelas et se fait faire des pipes par les putains qu'il connaît pour les laisser baiser dans les appartements qu'il est censé surveiller.

— Pourtant, tu n'as jamais cru aux profils, objecta Will.

— C'est vrai, mais nous patinons sur place. Parlons de notre bonhomme », dit Faith, reprenant les termes coutumiers à Will. « Qui est-il ?

— Lui, c'est un malin, dit Will. Il travaille probablement sous les ordres d'une femme autoritaire, ou alors il a des femmes autoritaires dans sa vie.

— C'est le cas de presque tous les hommes sur la planète à notre époque.

— Oui. J'en sais quelque chose. »

Faith sourit, prenant ses mots pour une plaisanterie. « Quel genre de boulot peut-il avoir ?

— Un boulot qui lui laisse du temps. Avec des horaires flexibles. Surveiller ces femmes, découvrir leurs habitudes, tout ça réclame beaucoup d'heures. Il doit avoir un boulot qui lui permet d'aller et venir à sa guise.

— Posons-nous la question ennuyeuse et stupide que nous nous sommes déjà posée je ne sais combien de fois : et ces femmes ? qu'est-ce qu'elles ont en commun ?

— Leur problème d'anorexie. Ou de boulimie.

— Et le forum sur l'Internet. » Mais elle écarta cette idée : « Bien sûr, même le FBI ne pourrait pas trouver au nom de qui il est enregistré. Personne n'a découvert le mot de passe de Pauline. Comment notre tueur y serait-il entré ?

— Peut-être a-t-il créé le site lui-même, pour attirer ses victimes ?

— Mais on se sert de pseudos sur ces sites. Comment s'y prendrait-il pour trouver leur véritable identité ? Tout le monde est grand, mince et blond sur le Net. Sans compter que les filles ont toutes douze ans et une furieuse envie de s'envoyer en l'air. »

Il faisait de nouveau tourner son alliance à son doigt, en regardant par la fenêtre. Faith ne pouvait s'empêcher de regarder les griffes sur le dos de ses mains. En jargon de légiste, c'étaient ce qu'on appelait des marques défensives. Will s'était trouvé derrière quelqu'un qui lui avait planté ses ongles dans la peau. Profondément.

« Comment ça s'est passé hier soir avec Sara ? », demanda-t-elle.

Il haussa les épaules. « Je suis passé prendre Betty, c'est tout. Je crois qu'elle s'entend bien avec les chiens de Sara. Elle a deux lévriers.

— Je les ai vus hier matin. Au parc.

— Ah oui, c'est vrai.

— Elle est sympa, Sara, poursuivit Faith. Elle me plaît. »

Will hocha la tête.

« Tu devrais l'inviter à dîner », insista Faith.

Il rit en secouant la tête. « Je ne crois pas, non.

— À cause d'Angie ? »

Il cessa de faire tourner son alliance. « Les femmes comme Sara Linton… » Elle vit dans ses yeux une lueur qu'elle fut incapable de déchiffrer. Elle crut qu'il allait changer de sujet en haussant encore les épaules, mais il continua : « Faith, il n'y a pas une seule partie de ma personne qui ne soit pas abîmée. » Sa voix s'étranglait dans sa gorge. « Je ne parle pas seulement de ce qu'on peut voir. Il y a d'autres cicatrices. Pas bien jolies. » Il secoua de nouveau la tête, d'un geste nerveux, plus pour lui-même que pour Faith. Finalement, il dit : « Angie sait qui je suis. Mais quelqu'un comme Sara… » De nouveau, la phrase resta en suspens. « Si tu as de l'amitié pour Sara Linton, tu ne dois pas souhaiter qu'elle me connaisse. »

Faith ne trouva rien d'autre à dire que : « Will… »

Il eut un rire forcé. « Nous ferions mieux de parler d'autre chose avant qu'un de nous deux ne se mette à pleurnicher. » Il prit son téléphone portable. « Il est presque huit heures. Amanda doit t'attendre dans la salle d'interrogatoire.

— Tu comptes regarder par la glace sans tain ?

— Je compte plutôt passer quelques coups de fil dans le Michigan et les harceler jusqu'à ce qu'ils comparent ces empreintes digitales que la Scientifique a trouvées sur la porte de secours d'Anna. Appelle-moi après ton rendez-vous chez le médecin. Si Sam a trouvé le bon Jake Berman, nous irons lui parler ensemble. »

Faith avait oublié son rendez-vous chez Delia Wallace. « Si c'est le bon Jake Berman, nous ne ferions pas mal de le coffrer au plus vite.

— Je t'appellerai si c'est lui. Sinon, va chez ton médecin et nous reprendrons tout de zéro comme prévu. »

Elle fit une liste : « Les Coldfield, Rick Sigler, le frère d'Olivia Tanner.

— Avec tout ça, pas le temps de nous ennuyer.

— Tu sais ce qui me turlupine ? » Will fit non de la tête, et elle lui dit : « Nous n'avons pas encore reçu les rapports du comté de Rockdale. » Elle leva la main, sachant bien que Rockdale était un point sensible. Puis : « Si nous devons repartir de zéro, nous devons commencer par étudier le rapport sur la scène de crime, celui du premier flic arrivé sur place, et creuser chaque détail. Je sais que Galloway a dit que le gars en question était à la pêche dans le Montana, mais si ses notes sont assez précises, nous n'aurons pas besoin de lui.

— Qu'est-ce que tu cherches ?

— Je ne sais pas. Mais ça me gêne que Galloway ne nous l'ait pas encore faxé.

— Il ne brille pas par son zèle, Galloway.

— Non, mais chaque fois qu'il s'est abstenu de nous communiquer quelque chose, c'était pour une bonne raison. Tu l'as dit toi-même. Les gens ne font pas de conneries sans une explication logique.

— Je téléphonerai à son bureau et je verrai si sa secrétaire peut s'en occuper sans qu'il le sache.

— Tu devrais faire examiner ces griffes sur le dos de tes mains, tu sais ? »

Il jeta un coup d'œil à sa main. « Tu les as bien assez examinées, non ? »

Excepté la veille, quand elles avaient parlé à Anna Lindsey à l'hôpital, Faith n'avait jamais travaillé directement avec Amanda. En général, il y avait toujours un bureau entre elles, avec Amanda d'un côté, les mains posées devant elle comme une maîtresse d'école mécontente, et Faith remuant sur sa chaise en lui rendant son rapport. Pour cette raison, Faith avait tendance à oublier qu'Amanda s'était élevée en haut de la hiérarchie à une époque où les femmes en uniforme étaient cantonnées à aller chercher le café et à dactylographier les documents. Elles n'avaient même pas le droit de porter une arme, parce que leurs chefs estimaient qu'entre la nécessité de tirer sur un criminel et la crainte de se casser un ongle, c'était toujours la seconde considération qui l'emporterait.

Amanda avait été le premier officier de police de sexe féminin à les détromper sur ce point. Un certain matin, elle se trouvait à la banque pour y déposer son chèque mensuel quand un braqueur y était entré. Une des caissières avait paniqué, et le malfaiteur s'était mis à la frapper avec la crosse de son pistolet-mitrailleur. Amanda l'avait abattu d'une seule balle en plein cœur. Si la poitrine de l'homme avait été une cible, elle aurait mis dans le mille.

Une fois, elle avait dit à Faith qu'elle était allée chez la manucure ensuite.

Pour Otik Simkov, connaître cette histoire aurait été tout bénéfice. Ou peut-être que non. Le gros homme avait un air arrogant, bien qu'il fût vêtu d'un uniforme de prison orange trop petit pour lui et d'une paire de sandales usées qui avait été portée par plusieurs centaines de prisonniers avant lui. Son visage était bleui, contusionné et enflé, mais il se tenait droit, les épaules bien carrées. Quand Faith entra dans la salle d'interrogatoire, il lui adressa le regard d'approbation qu'un fermier aurait pu poser sur une vache.

Cal Finney, l'avocat de Simkov, regarda ostensiblement sa montre. Faith l'avait vu à plusieurs reprises à la télévision, où les publicités pour son cabinet étaient précédées d'un *jingle* irritant. En vrai, il était aussi bel homme que sur les plateaux. La montre à son poignet aurait pu payer toute la scolarité de Jeremy.

« Excusez-moi d'être en retard. » Faith adressa ces mots à Amanda, sachant qu'elle était la seule qui comptait. Elle était assise en face de Finney et observait l'expression de dégoût sur le visage de Simkov qui la scrutait avec sans-gêne. Voilà un homme qui n'avait pas appris à respecter les femmes. Peut-être Amanda le ferait-elle changer d'avis.

« Merci d'avoir accepté de nous répondre, monsieur Simkov », commença-t-elle. Elle parlait encore sur un ton aimable, mais Faith avait participé à assez d'entretiens avec sa supérieure pour savoir que Simkov était mal parti. Les mains d'Amanda reposaient légèrement sur un dossier cartonné. Si l'expérience de Faith valait quelque chose, un moment viendrait où elle ouvrirait ce dossier, et avec lui les portes de l'enfer.

Elle continua : « Nous avons seulement quelques questions à vous poser au sujet…

— Foutez-moi la paix, sale bonne femme, coupa Simkov. Adressez-vous à mon avocat.

— Madame Wagner, dit Finney, vous savez certainement que nous avons déposé plainte contre le GBI pour brutalités policières. » D'un geste vif, il ouvrit sa mallette et en sortit une liasse de papiers, qu'il posa bruyamment sur la table.

Faith sentit son visage s'empourprer, mais Amanda ne parut aucunement troublée. « Je suis au courant, maître Finney, mais votre client est accusé d'obstruction à la justice dans une affaire particulièrement atroce. Une des occupantes de l'immeuble qu'il est censé surveiller a été enlevée. Cette femme a été violée et torturée, et elle a de très peu échappé à la mort. Je suis sûre que vous avez suivi tout cela dans la presse. De surcroît, son bébé a été abandonné dans un local pour les poubelles où il a bien failli mourir aussi, toujours sous la surveillance supposée de Mr Simkov. La victime ne recouvrera jamais la vue. Vous comprendrez donc pourquoi nous sommes assez mécontent que votre client se montre si peu loquace quand nous lui demandons ce qui s'est passé au juste dans son immeuble.

— Je ne sais rien ! », cria Simkov, avec un accent si prononcé que Faith se dit qu'il n'allait pas tarder à parler en moldo-valaque. Il se tourna vers son avocat : « Sortez-moi de là. Pourquoi suis-je en prison ? Je serai bientôt riche ! »

Finney ignora son client et demanda à Amanda : « Combien de temps doit durer cet interrogatoire ?

— Pas longtemps », répondit-elle avec une un sourire qui indiquait le contraire.

Finney n'était pas dupe. « Vous avez dix minutes, dit-il. Nous ne répondrons qu'aux questions ayant trait à l'affaire Anna Lindsey. » Il conseilla à Simkov : « Montrez-vous coopératif. Cela vous servira dans votre action judiciaire contre le GBI. »

Sans que cela surprenne personne, la perspective de l'argent à gagner en dommages et intérêts le fit changer d'attitude. « Bon. D'accord. C'est quoi, vos questions ?

— Dites-moi, monsieur Simkov, poursuivit Amanda, depuis combien de temps habitez-vous notre pays ? »

Simkov jeta un coup d'œil à son avocat, qui lui fit signe de répondre.

« Vingt-sept ans.

— Vous parlez très bien l'anglais. Pensez-vous le maîtriser suffisamment, ou préférez-vous que je fasse appel à un traducteur pour que vous soyez plus à l'aise ?

— Je n'ai aucun problème avec l'anglais. » Il bomba le torse. « Je lis tout le temps des journaux et des livres en anglais.

— Vous êtes natif de Tchécoslovaquie, dit Amanda. C'est exact ?

— Je suis tchèque », répondit-il, probablement parce que son pays natal n'existait plus. « Pourquoi me posez-vous des questions ? C'est moi qui vous poursuis ! Et c'est vous qui devriez répondre à *mes* questions !

— Il faut être citoyen américain pour poursuivre l'État. »

Finney intervint : « Mr Simkov est un résident en règle.

— Vous m'avez pris ma carte verte, ajouta Simkov. Elle était dans mon portefeuille. Je vous ai vue la regarder.

— J'en conviens volontiers. » Amanda ouvrit le dossier posé devant elle, et Faith sentit son cœur battre plus vite dans sa poitrine. « Je vous en remercie. Cela m'a fait gagner du temps. » Elle chaussa ses lunettes et lut un feuillet dans le dossier. « "Les cartes vertes délivrées entre 1979 et 1989 et sans date d'expiration doivent être remplacées dans un délai de cent vingt jours à partir de la date ci-dessus. Les résidents permanents concernés par cette mesure sont tenus de remplir un formulaire de remplacement I-90 afin de remplacer leur carte verte actuelle et le faire parvenir à l'Office d'immigration et de naturalisation, à défaut de quoi leur statut de résident permanent sera annulé." » Elle reposa la page. « Ça vous dit quelque chose, monsieur Simkov ? »

Finney tendit la main. « Montrez-moi ça. »

Amanda lui tendit le feuillet. « Monsieur Simkov, je crains que les services d'immigration et de naturalisation n'aient aucune trace du formulaire I-90 que vous étiez censé leur envoyer pour renouveler votre statut de résident permanent dans ce pays.

— Pff ! Des conneries », grommela Simkov. Mais ses yeux lancèrent un regard inquiet à son avocat.

Amanda tendit à Finney une autre feuille de papier. « Voici une photocopie de la carte verte de Mr Simkov. Vous remarquerez qu'elle ne porte pas de date d'expiration. Votre client est donc en infraction par rapport aux termes de son statut. Malheureusement, nous allons nous trouver dans l'obligation de le signaler aux services compétents. » Elle sourit avec une douceur affectée. « J'ai en outre reçu un appel de la Sécurité nationale. J'ignorais que des armes de fabrication tchèque tombaient entre les mains de terroristes. Monsieur Simkov, je crois que vous travailliez dans la métallurgie avant votre départ pour les États-Unis ?

— J'étais maréchal-ferrant, répondit-il de mauvais gré. Je ferrais les chevaux des paysans.

— Mais vous êtes spécialisé dans le travail des métaux. »

Finney étouffa un juron. « Vous autres flics, vous ne reculez vraiment devant rien. Vous êtes des gens impossibles, vous le savez ? »

Amanda s'adossa à sa chaise. « J'ai vu vos publicités, maître Finney, mais je ne me souviens pas que vous ayez une compétence particulière en matière de lois d'immigration. Je me trompe ? » Elle siffla joyeusement une parfaite imitation du *jingle* des publicités télévisées de Finney.

« Vous croyez vous en tirer avec un détail administratif ? Regardez plutôt cet homme ! » Finney désigna son client, et Faith dut reconnaître qu'il avait raison. Le nez de Simkov était tordu d'un côté, à cause du cartilage arraché. Son œil droit était si enflé que la paupière s'ouvrait à peine. Même son oreille était abîmée : une rangée rageuse de points de suture avait recousu le lobe que le poing de Will avait entaillé.

Finney dit : « Votre subordonné l'a passé à tabac, et vous croyez que ce sera sans conséquences ? » Il n'attendit pas la réponse. « Otik Simkov a fui un régime communiste et il est venu dans ce pays pour recommencer sa vie de zéro. Vous croyez que ce que vous lui faites subir en ce moment est en accord avec la Constitution des États-Unis ? »

Amanda avait réponse à tout. « La Constitution est faite pour les innocents. »

Finney referma sa mallette avec irritation. « Je vais convoquer une conférence de presse.

— Je serai ravie de dire aux journalistes que Mr Simkov s'est fait sucer par une putain avant de la laisser monter nourrir un bébé de six mois en train de mourir. » Elle se pencha au-dessus de la table. « Dites-moi, monsieur Simkov. Lui accordiez-vous quelques minutes de plus avec cet enfant si elle avalait votre sperme ? »

Finney réagit au bout de quelques secondes. « Je ne nie pas que mon client soit sans scrupules, mais même les gens sans scrupules ont des droits. »

Amanda adressa à Simkov un sourire glacé. « Seulement s'ils sont citoyens américains.

— Vous êtes incroyable, Amanda. » Finney semblait sincèrement dégoûté. « Tout ça vous rattrapera un jour. Vous vous en rendez compte ? »

Amanda disputait une sorte de concours avec Simkov : à qui baisserait les yeux le premier. Et elle ne regardait rien d'autre dans la pièce.

Finney tourna la tête vers Faith. « Vous êtes en accord avec ce qui se passe ? Vous approuvez votre coéquipier quand il tabasse un témoin, officier ? »

Faith n'était en accord avec rien, mais ce n'était pas le moment de tergiverser. « Agent spécial, de préférence. Officier, c'est le nom qu'on donne aux agents de patrouille.

— Magnifique. Atlanta est un nouveau Guantánamo. » Il se tourna de nouveau vers Simkov. « Otik, ne vous laissez pas manipuler. Vous avez des droits. »

Simkov regardait toujours Amanda, comme s'il pensait qu'il pouvait la faire céder d'une manière ou d'une autre. Ses yeux tournaient de droite et de gauche, testant sa résistance. Finalement, il hocha la tête.

« Bon. Je retire ma plainte. Et vous laissez tomber cette histoire de carte verte. »

Finney ne voulait rien savoir. « En tant qu'avocat, je vous conseille de...

— Vous n'êtes plus son avocat, interrompit Amanda. Vous êtes bien d'accord, monsieur Simkov ?

— En effet. » Il croisa les bras et regarda droit devant lui.

Finney étouffa un autre juron. « Vous n'en avez pas fini avec tout ça.

— Je crois que si », dit Amanda. Elle prit la liasse de feuillets qui détaillaient la plainte contre le GBI.

Finney lui adressa un nouveau juron, et, pour faire bonne mesure, inclut Faith dans ses imprécations. Puis il quitta la pièce.

Amanda jeta la plainte dans la corbeille à papier. Faith écouta le bruit des pages qui atterrissaient dans le plastique. Elle était contente que Will ne soit pas là, car, même si sa propre conscience la mettait très mal à l'aise, celle de Will était tout près de le plonger dans la dépression. Finney avait raison. Amanda s'en sortait avec un détail administratif. Si Faith n'avait pas été présente la veille au dernier étage du Vingt et Un Beeston Place, elle l'aurait peut-être admirée. Mais elle se rappela l'image de Balthazar Lindsey gisant dans le local aux poubelles à quelques pas de l'appartement de sa mère, et tout ce qui lui vint à l'esprit fut des excuses pour le comportement de Will.

« Bon, dit Amanda. Considérons que tous les criminels ne sont pas dénués d'un certain sens de l'honneur. »

Simkov hocha la tête d'un air approbateur. « Vous êtes une femme très dure », dit-il.

Amanda parut apprécier le compliment, et Faith comprit qu'elle était ravie de se retrouver dans une salle d'interrogatoire. Cela ne lui arrivait pas souvent, et elle trouvait sans doute très ennuyeux de participer à des réunions d'organisation et de s'occuper de budgets et de programmations toute la journée. Rien d'étonnant si son passe-temps préféré consistait à terroriser Will.

Elle dit : « Parlez-moi de ce qui se passait dans les appartements. »

Il haussa les épaules d'un air conciliant. « Les gens riches sont toujours en voyage, vous comprenez ? Quelquefois, je loue un appartement à des gens. Ils y vont. Ils font un peu de… » Il mima la copulation avec ses mains. « Et moi, Otik, je gagne un peu d'argent. La femme de ménage vient le lendemain. Toutes les traces sont effacées, et comme ça, tout le monde est content. »

Amanda hocha la tête, comme si c'était un arrangement parfaitement compréhensible. « Qu'est-ce qui est arrivé dans l'appartement d'Anna Lindsey ?

— Je me suis dit : pourquoi ne pas me faire un peu plus de fric ? Ce con de Mr Regus, qui vit au 9A… il a compris qu'il se passait quelque chose. Il ne fume pas. Il est revenu d'un voyage d'affaires et il y avait une brûlure de cigarette sur sa moquette. Je l'ai vue, ce n'était pas grand-chose, mais Regus a commencé à causer des problèmes.

— Et on vous a licencié.

— Deux semaines de préavis, avec de bonnes références. » Il haussa de nouveau les épaules. « J'ai déjà un autre boulot en vue. Un groupe de maisons du côté de Phipps Plaza. Très classe, comme quartier. Surveillance vingt-quatre heures sur vingt-quatre. Je dois m'en charger avec un collègue. Il prend les jours, je prends les nuits.

— Quand avez-vous remarqué qu'Anna Lindsey n'était plus là ?

— Tous les jours à sept heures, elle descend avec son bébé. Un jour, j'ai cessé de la voir. J'ai vérifié dans ma boîte aux lettres, où les occupants me laissent des messages. Des plaintes, le plus souvent : je ne peux plus ouvrir ma fenêtre, ma télévision est en panne, rien que des trucs qui ne sont pas de mon ressort. Il y avait un mot de Miss Lindsey, elle me disait qu'elle prenait deux semaines de vacances. J'ai pensé qu'elle était partie quelque part. En général, ils me disent où ils vont, mais elle avait pu penser que je ne serais plus là à son retour, donc ça n'avait pas d'importance. »

Cela correspondait aux déclarations d'Anna Lindsey. Amanda demanda : « C'était de cette façon qu'elle communiquait normalement avec vous ? En vous laissant des petits mots ? »

Il fit oui de la tête. « Elle ne m'aime pas. Elle prétend que je suis négligé. » Sa bouche fit un rictus de dégoût. « Elle a poussé le syndic à m'acheter un uniforme. Maintenant, j'ai l'air d'un singe savant. Et elle me faisait répondre "Oui, madame" et "Non, madame" comme si j'étais un gamin. »

C'était le genre de traits de caractère qui cadrait parfaitement avec le profil des victimes.

Faith demanda : « Comment avez-vous su qu'elle était partie ?

— Je vous l'ai dit, je ne l'ai plus vue descendre. D'habitude, elle va à son club de gym, ou faire des courses, ou promener son bébé. Elle a besoin d'aide pour sortir la poussette de l'ascenseur. J'ai pensé : "Elle doit être partie."

— Donc, vous avez supposé que Miss Lindsey serait absente pour deux semaines, dit Amanda. Ce qui coïncidait de façon très pratique avec la date d'expiration de votre préavis.

— Oui. Ça tombait à pic, admit-il.

— Et qui avez-vous contacté ?

— Un mac que je connaissais. Le mort. » Pour la première fois, Simkov sembla perdre un peu de son arrogance. « Un brave gars. On l'appelle Freddy. Je ne sais pas son vrai nom, mais il a toujours été honnête avec moi. Pas comme certains autres. Si je lui dis deux heures, il reste deux heures, pas plus. Il paie la femme de ménage. C'est tout. Avec d'autres, c'est plus dur. Ils essaient de négocier, ils ne partent pas à l'heure convenue. Je suis obligé de les pousser dehors. Et je ne les appelle plus quand un appartement est libre. Freddy, il a filmé une vidéo de rap dans un des appart', une fois. J'ai voulu la voir à la télé, mais elle n'est jamais passée. Peut-être qu'il n'a pas trouvé d'agent. C'est un milieu difficile, la musique.

— Les... festivités chez Anna Lindsey ont dégénéré. » Amanda insistait sur une évidence.

« Oui. Tout ça a dégénéré, reconnut-il. Freddy, c'était le genre de type à qui on pouvait faire confiance. Je ne suis pas monté pour voir ce qui se passait. Chaque fois que je prends l'ascenseur, je tombe sur quelqu'un qui me dit : "Oh, monsieur Simkov, pouvez-vous réparer ceci ou cela dans mon appartement ?" "Pouvez-vous arroser mes plantes ?" "Pouvez-vous promener mon chien ?" Ce n'est pas mon boulot, mais quand ils vous piègent comme ça, qu'est-ce que vous pouvez leur répondre ? D'aller se faire foutre ? Non. Alors, je reste à mon bureau, je leur dis que je ne peux rien faire parce que mon job est de contrôler les entrées et les sorties, pas de promener leur clebs. Vous comprenez ?

— Cet appartement était dans un état épouvantable, dit Amanda. Il est difficile de croire qu'on ait pu faire tant de dégâts en quelques jours. »

Il haussa les épaules. « Ces gens-là ne respectent rien. Ils chient dans les coins comme des animaux. Moi, je ne suis pas étonné. Ce sont des bêtes, ils feraient n'importe quoi pour de la came.

— Et le bébé ? demanda Amanda.

— La putain, vous savez ? Lola. Je pensais que si elle montait au dernier étage, c'était pour travailler, d'autant plus que Freddy était là. Lola a un faible pour lui. Je ne savais pas qu'il était mort. Ou qu'on avait dévasté l'appartement de Miss Lindsey.

— Et Lola montait souvent ?

— Je n'ai pas fait attention. Une ou deux fois par jour. Je pensais qu'elle prenait une dose de temps en temps. » Il frotta son nez avec sa main en reniflant, le geste universel pour mimer une prise de cocaïne. « Ce n'est pas une mauvaise fille, Lola. C'est même une fille bien. Si elle est devenue ce qu'elle est, c'est à cause des circonstances. »

Simkov ne semblait pas se rendre compte qu'il faisait partie des circonstances en question. Faith lui demanda : « Vous n'avez rien remarqué de particulier dans l'immeuble au cours des deux dernières semaines ? »

Il lui accorda à peine un regard et demanda à Amanda : « Pourquoi cette fille me pose-t-elle des questions ? »

Faith avait déjà été snobée par un témoin, mais elle savait qu'avec ce gars-là il fallait réagir vite. « Vous préférez que mon coéquipier revienne vous interroger ? »

Il souffla avec mépris, comme si la perspective d'un autre passage à tabac était sans importance, mais il n'en répondit pas moins à la question : « Qu'est-ce que vous entendez par "particulier" ? Vous connaissez Buckhead, non ? C'est un quartier où tout est particulier. »

L'appartement d'Anna Lindsey avait dû lui coûter dans les trois millions de dollars, on ne pouvait pas dire qu'elle vivait dans les bas-fonds. « Avez-vous vu des étrangers rôder dans les parages ? », insista Faith.

Il écarta la question d'un geste de la main. « Des étrangers, il y en a partout. Atlanta est une grande ville. »

Faith pensa à leur tueur. Il avait dû avoir accès à l'immeuble pour décharger son Taser sur Anna et la porter hors de chez elle. Simkov, de toute évidence, n'était pas disposé à leur faciliter les choses ; aussi essaya-t-elle de bluffer : « Vous savez très bien de quoi je veux parler, Otik. N'essayez pas de m'embrouiller ou j'appelle mon coéquipier pour qu'il vous enlaidisse encore un peu. »

De nouveau, il haussa les épaules, mais cette fois son geste était un peu différent. Moins dédaigneux. Faith attendit, et il finit par dire : « De temps en temps, je sors fumer derrière l'immeuble. »

L'échelle d'incendie qui conduisait au toit était derrière l'immeuble.

« Et vous avez vu quelque chose ?

— Une voiture, dit-il. Une berline. Métallisée. »

Faith s'efforça de rester impassible. Les Coldfield et la famille du Tennessee avaient vu une berline blanche filer tout près de la scène de crime. Le soir tombait, ils avaient pu prendre la couleur métallisée pour du blanc. « Vous avez vu le numéro d'immatriculation ? »

Il secoua la tête. « J'ai vu que le portail de l'échelle était ouvert. Alors, je suis monté sur le toit.

— Par l'échelle ?

— Non. Par l'ascenseur. Je ne peux pas monter par cette échelle. Il y a vingt-trois étages et j'ai mal à un genou.

— Et qu'avez-vous vu sur le toit ?

— Une canette. En verre. Quelqu'un s'en était servi comme cendrier. Il y avait des tas de mégots dedans.

— Où était-elle ?

— Au bord du toit, juste à côté de l'échelle.

— Qu'est-ce que vous en avez fait ?

— J'ai donné un coup de pied dedans », dit-il en haussant les épaules une fois de plus. « Je l'ai regardée tomber. Elle a explosé en heurtant le sol. » Il joignit les mains, puis les écarta brusquement. « C'était spectaculaire. »

Faith était allée derrière l'immeuble et avait soigneusement inspecté le sol. « Nous n'avons trouvé ni débris de verre ni mégots de cigarette derrière le bâtiment.

— C'est ce que je vous dis. Le lendemain, il n'y avait plus rien. Quelqu'un avait tout nettoyé.

— Et la voiture métallisée ?

— Disparue aussi.

— Vous êtes sûr que vous n'avez pas vu d'individu suspect rôder autour de l'immeuble ? »

Il souffla avec agacement. « Non, ma petite dame. Je vous l'ai dit. Seulement la ginger ale.

— Quelle ginger ale ?

— La canette. C'était de la ginger ale Doc Peterson. »

La même que celle qu'ils avaient trouvée au rez-de-chaussée de la maison derrière celle d'Olivia Tanner.

Chapitre vingt-deux

En roulant vers Coweta pour y rencontrer Jake Berman, Will se demandait dans quel état de fureur il retrouverait Faith quand elle aurait compris qu'il l'avait roulée. Il ne savait pas ce qui la mettrait le plus en colère : lui avoir menti au téléphone en prétendant que Sam n'avait pas trouvé le bon Jake Berman, ou être allé l'interroger tout seul. Mais en aucun cas Faith ne se serait rendue à son rendez-vous si elle avait su que Jake Berman coulait des jours paisibles dans sa maison de Lester Drive. Elle aurait insisté pour l'accompagner, et Will n'aurait pas su trouver une bonne raison pour l'en empêcher, sinon qu'elle était diabétique et enceinte et avait déjà bien assez de pain sur la planche pour ne pas se mettre en danger en allant interroger un témoin qui pourrait fort bien se révéler un suspect.

Avec Faith, un tel argument aurait été à peu près aussi convaincant qu'un obèse déguisé en écuyère de cirque.

Will avait demandé à Caroline, la secrétaire d'Amanda, de faire les vérifications sur le Jake Berman de Lester Drive. Avec cette adresse, on avait pu explorer son passé assez facilement. Le prêt pour sa maison était au nom de sa femme, de même que ses cartes de crédit, son abonnement au câble et le forfait de son portable. Lydia Berman était institutrice. Jake un chômeur en fin de droits qui ne trouvait apparemment pas de travail. Il s'était déclaré en faillite personnelle dix-huit mois plus tôt, avec des dettes s'élevant à près d'un demi-million de dollars. La raison de son incognito était peut-être tout simplement la volonté d'échapper à ses créanciers.

Si l'on ajoutait le fait qu'il avait été arrêté quelques mois plus tôt pour attentat à la pudeur, il n'y avait rien d'étonnant à ce qu'il veuille faire profil bas.

Mais tout cela prenait aussi son sens si Jake Berman était leur criminel.

La Porsche n'était pas confortable sur les longues distances, et Will avait mal au dos quand il atteignit Lester Drive. La circulation avait été pire que d'habitude, car un semi-remorque renversé sur l'autoroute l'avait entièrement bloquée pendant près d'une heure. Will aurait préféré ne pas être seul avec ses pensées. Au moment où il avait pénétré dans le comté de Coweta, il avait écouté à peu près toutes les stations de la bande FM.

Will s'arrêta près d'une vieille Chevrolet Caprice à l'extrémité de Lester Drive. Une tondeuse à gazon dépassait du coffre. L'homme au volant portait une salopette et une grosse chaîne dorée autour du cou. Will reconnut Nick Shelton, un inspecteur du district 23.

« Comment ça va, vieux ? », lui demanda Nick en baissant la radio qui beuglait de la musique country. Will l'avait rencontré à quelques reprises. Il était si fan de country qu'on l'aurait pris pour une version mâle de Dolly Parton, mais c'était un enquêteur solide, un gars qui connaissait son boulot.

Will lui demanda : « Berman est encore chez lui ?

— Oui, à moins qu'il ait filé par la porte de derrière. Mais ne t'inquiète pas. Je crois qu'il est plutôt du genre fainéant.

— Tu lui as parlé ?

— Je me suis fait passer pour un jardinier cherchant du travail. » Nick lui tendit une carte professionnelle. « Je lui ai dit que je prenais cent dollars par mois, et il m'a répondu qu'il pouvait tondre sa pelouse tout seul, merci beaucoup. » Il eut un petit rire. « Ça joue les gros travailleurs alors que c'est encore en pyjama à dix heures du matin ! »

Will regarda la carte, qui représentait une tondeuse à gazon à côté d'un parterre de fleurs. « Joli, dit-il.

— Le faux numéro de portable, c'est pratique avec les nanas. » Nick rit de nouveau. « J'ai bien observé le petit Jake pendant qu'il me faisait la leçon sur le prix de mes services. C'est ton homme, pas de doute là-dessus !

— Tu es entré dans la maison ?

— Il n'est pas si bête », répondit Nick, avant de demander : « Tu veux que je reste dans le coin ? »

Will réfléchit à la situation, au fait que si Faith avait été là, elle n'aurait pas manqué de lui dire (avec raison) : n'entre pas dans une maison inconnue sans renfort à proximité. « Si tu veux bien. Surveille les parages et assure-toi qu'il ne sort pas avec mon corps décapité. »

Ils rirent tous les deux un peu plus fort que ces mots ne le justifiaient, probablement parce que Will ne plaisantait qu'à moitié.

Will remonta sa vitre et s'éloigna. Pour lui faciliter la tâche, Caroline avait téléphoné à Jake Berman avant que Will ne quitte son bureau, en se faisant passer pour une opératrice de la compagnie locale de télévision par câble. Berman lui avait assuré qu'il serait chez lui pour accueillir le technicien qui passerait régler son installation pour que le service ne soit pas interrompu. Il y avait toutes sortes de ruses dont on pouvait se servir pour être sûr qu'une personne soit chez elle à une heure donnée. Celle du câble était la plus efficace. La plupart des gens pouvaient se passer de beaucoup de choses, mais ils auraient mis leur vie entre parenthèses pendant des jours pour ne pas être privés de leurs chaînes de télévision.

Will vérifia le numéro sur la boîte aux lettres pour s'assurer qu'il correspondait à l'adresse fournie par Sam. Grâce à MapQuest et à ses flèches indiquant les itinéraires, ainsi qu'à deux arrêts dans des boutiques locales, Will était parvenu à trouver son chemin dans la petite ville sans se tromper, ou presque.

Pourtant, il vérifia le numéro une troisième fois avant de descendre de voiture. Il regarda le cœur que Sam avait dessiné autour de l'adresse et se demanda pourquoi un homme qui n'était pas le père de l'enfant de Faith se livrait à ces manifestations de tendresse. Will n'avait rencontré le journaliste qu'une fois, mais il ne lui plaisait pas. Victor était sympa, mais sans plus. Will lui avait parlé au téléphone en quelques occasions et s'était trouvé assis à côté de lui au cours d'une cérémonie de remise de récompenses incroyablement ennuyeuse à laquelle Amanda avait tenu à ce que son équipe assiste, sans doute pour être sûre que des gens applaudiraient quand on citerait son nom. Victor lui avait parlé de sport, mais pas de basket-ball ni de base-ball, les deux seuls sports auxquels Will s'intéressait. Le hockey était bon pour les gens des États du Nord et le football pour les Européens. Il ne savait pas pourquoi Victor se passionnait pour les deux, mais il en avait résulté une conversation plutôt barbante. Il ne savait pas non plus ce que Faith avait pu trouver à ce type, mais il avait été content quand, deux ou trois mois plus tôt, il avait remarqué que la voiture de Victor n'encombrait plus l'allée du pavillon de sa coéquipière quand il passait la chercher.

Bien sûr, Will était mauvais juge en matière de relations amoureuses. Après sa rencontre avec Angie la veille au soir, il avait encore mal partout. Ce n'étaient pas des douleurs agréables, plutôt de celles qui vous donnent envie de vous rouler en boule au fond de votre lit et de dormir pendant une semaine. Pourtant, Will savait que cela n'aurait aucun effet sur lui : dès qu'il se serait reconstruit un semblant de vie, Angie réapparaîtrait et il devrait repartir de zéro. C'était le schéma de son existence, et il ne changerait jamais.

La maison des Berman était une sorte de fermette à un étage bâtie sur un grand terrain. On voyait qu'elle était habitée, mais elle n'était pas bien soignée. Le gazon n'était pas tondu et des herbes folles envahissaient les parterres de fleurs. La Camry verte dans l'allée était crasseuse. De la boue collait aux pneus et une couche de poussière couvrait la carrosserie, révélant qu'elle n'avait pas été lavée depuis pas mal de temps. Deux sièges d'enfant occupaient la banquette arrière et les classiques smileys souriants étaient collés au pare-brise. Sur les côtés, pendaient deux pancartes jaunes, portant probablement l'inscription *Bébés à bord.* Will posa sa main sur le capot de la voiture. Le moteur était froid. Il regarda l'heure sur son téléphone. Presque dix heures. Faith devait être arrivée chez son médecin.

Will frappa à la porte et attendit. Il pensa de nouveau à Faith, à la fureur qu'il devrait affronter, surtout s'il était sur le point de se trouver face à face avec le tueur. Mais on aurait dit qu'il n'allait se trouver face à face avec personne. Personne ne répondait. Il frappa de nouveau. En vain. Il recula et observa les fenêtres. Tous les stores étaient ouverts, quelques lumières allumées. Peut-être Berman était-il sous la douche. Ou peut-être avait-il trop bien compris que la police cherchait à lui parler. Le numéro de Nick Shelton en jardinier avait sans doute été assez convaincant, mais il attendait au bout de la rue depuis au moins une heure, assis dans sa voiture. Dans ce petit quartier pavillonnaire, les téléphones avaient dû sonner.

Will essaya d'ouvrir la porte, mais elle était fermée à clef. Il contourna la maison en regardant par les fenêtres. Une lumière était allumée au bout d'un couloir. Il allait passer à la suivante quand il entendit un bruit à l'intérieur, probablement une porte qu'on fermait. Il posa sa main sur son arme à sa ceinture, sentant les poils de sa nuque se dresser. Quelque chose n'était pas normal, et Will n'était guère tranquille en pensant qu'en ce moment Nick était dans sa voiture, à plusieurs dizaines de mètres, en train d'écouter la radio.

Un autre son retentit : celui, facile à reconnaître, d'une fenêtre qu'on fermait bruyamment. Will trotta jusqu'à l'arrière de la maison à temps pour voir un homme filer à travers le jardin. Jake Berman était en maillot de corps avec un pantalon de pyjama, mais il avait trouvé le temps d'enfiler une paire de tennis. Il jeta un coup d'œil par-dessus son épaule en passant devant une balançoire et en fuyant vers la palissade en grillage qui séparait sa maison de celle du voisin.

« Merde », marmonna Will en courant à sa poursuite. Will était un bon coureur, mais Berman était rapide : ses bras se balançaient de part et d'autre de son corps, ses pieds donnaient l'impression de toucher à peine le sol.

« Police ! », hurla Will. Mais il méjugea complètement la hauteur de la palissade, au point que son pied se prit dans le grillage. Il tomba lourdement sur le sol, puis se releva aussi rapidement qu'il put. Il vit Berman longer un jardin au galop, dépasser une autre maison et se diriger vers la route. Will en fit autant en coupant à travers la propriété du voisin pour raccourcir la distance qui le séparait du fuyard.

Il y eut un crissement de pneus : c'était la voiture de Nick qui freinait. Berman la contourna et frappa de la main le capot tout en se dirigeant vers un autre jardin.

« Merde », jura de nouveau Will entre ses dents. « Police ! Arrêtez-vous ! »

Berman continuait à courir, mais c'était un sprinter, pas un marathonien. Si Will était doué pour quelque chose, c'était l'endurance. Il trouva son second souffle au moment où Jake Berman ralentissait et s'efforçait d'ouvrir le portail de bois du jardin d'un autre voisin. Il regarda par-dessus son épaule, vit Will qui s'approchait et voulut reprendre sa course de plus belle, mais il était trop essoufflé et Will devinait à la lenteur de ses jambes qu'il était sur le point d'abandonner. Pourtant, il ne voulait prendre aucun risque et, quand il fut assez près, il s'élança et l'aplatit lourdement contre le sol, dans un plaquage digne d'un attaquant de rugby qui leur coupa le souffle à tous les deux.

« Connard ! Qu'est-ce que tu croyais ? », cria Nick en lançant à Berman un coup de pied dans les côtes.

En se rappelant son tabassage du concierge dans l'immeuble d'Anna la veille et les tourments qui avaient suivi, Will s'étonna de ne pas s'être montré moins agressif, mais son cœur battait si fort dans sa poitrine qu'il en avait la nausée. Pire : l'adrénaline éveillait toutes sortes de méchantes pensées dans son cerveau.

Nick donna un autre coup de pied à Berman. « N'essaie jamais d'échapper à la loi, pauvre idiot.

— Je ne savais pas que vous étiez flics...

— Fermez-la. » Will voulut le menotter par-derrière, mais Berman s'agita pour l'en empêcher. Nick voulut le frapper de nouveau, mais Will lui posa un genou sur le dos avec tant de force qu'il sentit les côtes plier. « Arrêtez de bouger.

— Je n'ai rien fait !

— C'est pour ça que vous vous êtes échappé ?

— Je voulais faire mon jogging ! protesta-t-il. Je cours toujours à cette heure-ci. »

Nick demanda : « En pyjama ?

— Et alors ? Foutez-moi la paix.

— C'est un délit de mentir à la police. » Will se leva et souleva Berman. « Passible de cinq ans d'emprisonnement. Il y a beaucoup de toilettes pour hommes dans les maisons d'arrêt. »

Berman pâlit. Des voisins s'étaient attroupés. Will remarqua qu'ils n'avaient pas l'air particulièrement solidaires de l'homme en pantalon de pyjama.

« Ne vous inquiétez pas, leur lança Berman. C'est un malentendu.

— Un malentendu causé par ce con qui croit pouvoir échapper à la police », dit Nick.

Will ne se souciait pas des apparences. Il souleva les mains menottées de Berman derrière son dos, si haut qu'il l'obligea à marcher penché en avant. Il lui fit traverser la rue.

« Vous entendrez parler de mon avocat ! », protesta-t-il.

Nick rétorqua : « N'oublie pas de lui dire que tu t'es enfui comme une petite fille effrayée. »

Will faisait remonter Berman vers sa maison. Il demanda à Nick : « Tu veux bien appeler des renforts ?

— Tu veux toute la cavalerie ?

— Je veux une voiture de police avec une sirène hurlante qui fera crisser ses pneus devant la maison. Pour qu'on sache ce qui se passe. »

Nick s'éloigna vers sa voiture en faisant un petit salut.

Berman dit : « Vous commettez une erreur.

— Votre erreur à vous a été de fuir d'une scène de crime.

— Quoi ? » Il se retourna, avec sur le visage une expression d'étonnement sincère. « Quel crime ?

— Celui de la route 316. »

Il semblait toujours aussi désarçonné. « C'est pour ça que vous êtes là ? »

Ou l'homme lui prodiguait une performance d'acteur digne d'un oscar, ou il était véritablement ahuri.

« Il y a quatre jours, vous avez été témoin d'un accident de voiture sur la route 316, insista Will. Une femme a été renversée. Vous avez parlé avec ma coéquipière.

— Mais je ne l'ai pas laissée seule, cette femme ! L'ambulance était là. Et à l'hôpital, j'ai dit à votre collègue tout ce que j'avais vu.

— Vous avez donné une fausse adresse et un faux numéro de téléphone.

— C'est seulement parce que... » Il regarda autour de lui, et Will se demanda s'il allait tenter de s'enfuir de nouveau. « Sortez-moi de là, supplia Berman. Emmenez-moi au poste, d'accord ? Emmenez-moi au poste, accordez-moi le coup de fil auquel j'ai droit et nous tirerons tout ça au clair. »

Will lui fit faire volte-face en lui gardant une main sur l'épaule au cas où il tenterait de nouveau sa chance. À chaque pas, il sentait sa colère augmenter. Berman lui faisait de plus en plus l'effet d'être un minable absolu. Toute une équipe avait perdu deux jours à rechercher cette nullité humaine, qui l'avait ensuite obligé à traverser tout le quartier à la course pour le rattraper.

Berman se retourna de nouveau. « Et si vous m'enleviez ces menottes pour que je puisse... »

Will le fit tourner sur lui-même, si durement qu'il dut le saisir par le bras pour l'empêcher de tomber face contre terre. La voisine d'à côté était debout dans l'encadrement de sa porte et les observait. Comme les autres, elle ne semblait pas mécontente de voir Berman emmené avec les menottes aux poignets.

Will demanda : « Est-ce qu'ils vous méprisent parce que vous êtes homo ? Ou parce que vous vivez aux crochets de votre femme ? »

Une fois de plus, Berman se retourna. « Où êtes-vous allé chercher que... »

Will le retourna, cette fois si violemment que Berman perdit l'équilibre. « Il est dix heures du matin et vous êtes encore en pyjama. » Il le poussa à travers sa pelouse envahie d'herbes hautes. « Vous n'avez pas de tondeuse à gazon ?

— Je n'ai pas les moyens de me payer un jardinier.

— Où sont vos enfants ?

— À la garderie. » Il tenta de se retourner encore une fois. « On peut savoir en quoi ça vous regarde ? »

Will le poussa plus fort et l'obligea à remonter l'allée. Ce type lui répugnait pour de nombreuses raisons, dont la moindre n'était pas qu'il avait une femme et des enfants qui l'aimaient probablement et qu'il n'était même pas capable de tondre sa pelouse ou de laver sa voiture par égard pour eux.

Berman demanda : « Où m'emmenez-vous ? Je vous ai dit de me conduire au poste de police ! »

Will garda le silence en le faisant avancer dans l'allée, lui soulevant les bras chaque fois qu'il ralentissait ou tentait de se retourner.

« Si je suis en état d'arrestation, vous êtes censé me mettre en garde à vue. »

Ils contournèrent la maison jusqu'au jardin de derrière, sans que Berman cesse un instant de protester. De toute évidence, c'était un homme qui avait l'habitude qu'on l'écoute, et être ignoré semblait l'ennuyer davantage qu'être rudoyé ; aussi Will garda-t-il le silence en le poussant jusqu'au patio.

Will essaya d'entrer par la porte de derrière, mais celle-là aussi était fermée à clef. Il regarda Berman, dont l'air arrogant semblait indiquer qu'il croyait prendre le contrôle de la situation. La fenêtre à guillotine par laquelle il était sorti s'était refermée derrière lui. Will la rouvrit et les ressorts bon marché grincèrent.

Berman dit : « Ne vous inquiétez pas. Je vous attends. »

Will se demanda où était Nick Shelton. Probablement devant la maison, pensant lui rendre service en lui laissant du temps seul avec le suspect.

« Bon », dit Will en ôtant une des menottes du poignet de Berman et en l'attachant au gril du barbecue. Puis il sauta par la fenêtre ouverte et se retrouva dans la cuisine, qui était entièrement décorée avec des oies : des oies sur le papier peint, des oies sur les torchons et sur le tapis en dessous de la table.

Il jeta un coup d'œil par la fenêtre. Berman était toujours là, accroché à son gril en fonte, et lissait son pyjama comme s'il l'essayait dans la cabine d'un supermarché.

Will visita rapidement la maison et n'y trouva que ce à quoi il s'attendait : une chambre d'enfants avec deux lits superposés, une autre chambre plus grande avec salle de bains attenante, une cuisine, un salon-salle à manger et un bureau où un seul livre était posé sur le rayonnage. Will ne pouvait en lire le titre, mais il reconnut sur la couverture la photo du fameux magnat Donald Trump et devina qu'il s'agissait d'une méthode pour s'enrichir vite. De toute évidence, Jake Berman n'avait pas bien suivi les conseils du milliardaire.

Il n'y avait pas de sous-sol, et le garage était vide à part quelques cartons qui contenaient des objets ayant sans doute appartenu au bureau de Berman autrefois : une agrafeuse, un sous-main avec une jolie lampe assortie, et surtout beaucoup de papiers avec des bilans et des graphiques. Will ouvrit la porte coulissante qui donnait sur le patio et y trouva Berman assis à côté du barbecue, sa main menottée en suspens au-dessus de sa tête.

« Vous n'avez pas le droit de fouiller ma maison.

— Vous vous enfuyiez de votre domicile. C'est un motif suffisant. »

Berman sembla accepter cette explication, que Will lui-même trouva assez raisonnable bien qu'il sût que ce qu'il faisait était complètement illégal.

Il prit une chaise de jardin et s'assit. L'air était encore frais, et la sueur qui avait coulé de ses pores lorsqu'il pourchassait Berman séchait peu à peu dans le froid.

« Ce n'est pas correct de me traiter comme vous le faites, dit celui-ci. Je veux votre numéro de badge, et votre nom, et…

— Les vrais ? Ou vous préférez que je les invente, comme vous l'avez fait ? »

Berman eut le bon sens de ne pas répondre.

« Pourquoi vous êtes-vous enfui, Jake ? Où comptiez-vous aller en pyjama ?

— Si vous croyez que j'y ai réfléchi ! maugréa-t-il. Je n'ai pas envie d'avoir affaire à la police, c'est tout. J'ai bien assez d'emmerdements.

— Nous avons deux possibilités. Ou vous me dites ce qui s'est passé ce soir-là, sur la route 316, ou je vous emmène en prison en pyjama. » Pour renforcer sa menace, Will ajouta : « Et ce ne sera pas le Country Club de Coweta. Ce sera le pénitencier d'Atlanta. Et je ne vous laisserai pas le temps de vous changer. » Il désigna du doigt la poitrine de Berman, qui se soulevait sous l'effet de la colère et de la crainte. L'homme faisait visiblement de la musculation : sous son maillot de corps, il était puissamment bâti, ses abdos bien dessinés, ses épaules larges et musclées. « Là-bas, vous aurez l'occasion de vérifier avec vos petits camarades que toutes les heures passées à la salle de gym n'étaient pas du temps perdu.

— C'est ça le problème ? Vous êtes un de ces salauds de flics homophobes ?

— Je me fiche de savoir qui vous sucez dans les toilettes. » C'était la vérité, mais Will parla d'un ton acerbe pour suggérer le contraire. Tout le monde avait un point faible, et celui de Berman était son orientation sexuelle. Alors que ce qui exaspérait Will, c'était surtout que ce fourbe enchaîné à son barbecue baisait à droite et à gauche dans le dos de sa femme en attendant d'elle qu'elle gobe tous ses mensonges et reste une épouse parfaite.

Il dit : « Les gars du pénitencier adorent qu'on leur amène de la chair fraîche.

— Allez vous faire foutre, répliqua Berman.

— C'est vous qui vous ferez foutre. De toutes sortes de façons. Certaines que vous n'imaginez même pas.

— Vous m'emmerdez. »

Will ne répondit pas et le laissa ronger son frein quelques instants, en s'efforçant de contrôler ses propres émotions. Il songea à tout le temps que l'équipe avait perdu à rechercher ce pauvre type alors que tout le monde aurait pu suivre des pistes valables. Will lui fit une liste : « Rébellion contre les forces de l'ordre, mensonges à la police, obstruction à une enquête criminelle. Vous risquez dix ans pour tout ça, Jake, et seulement si le juge est indulgent avec vous, ce qui est douteux compte tenu du fait que vous avez un casier judiciaire et que vous vous présentez comme un petit con arrogant. »

Berman sembla enfin comprendre qu'il avait de sérieux ennuis. « J'ai des enfants. » Son ton était suppliant. « Mes deux fils.

— Oui, je le sais depuis que j'ai lu le rapport sur votre arrestation dans ce centre commercial. »

Berman baissa les yeux vers le sol en ciment du patio. « Qu'est-ce que vous voulez, à la fin ?

— Ce que je veux ? La vérité.

— Je ne sais plus ce que c'est que la vérité. »

De nouveau, il s'apitoyait sur lui-même. Will aurait eu envie de lui envoyer son poing dans la figure, mais il savait que cela ne donnerait rien. « Mettez-vous bien dans la tête que je ne suis pas votre psy, Jake. Je me fiche de vos crises de conscience, ou du fait que vous ayez des enfants ou que vous trompiez votre femme…

— Mais je l'aime ! », protesta-t-il, manifestant pour la première fois une émotion autre que l'auto-apitoiement. « J'aime ma femme. »

Will relâcha un peu la pression en s'efforçant de maîtriser le dégoût que lui inspirait cet homme. Il pouvait se laisser emporter par sa colère, ou obtenir des informations. Et c'était pour obtenir des informations qu'il était là.

Berman dit : « J'étais quelqu'un, il n'y a pas si longtemps. J'avais un job, un très bon job. Je partais travailler tous les matins. » Il leva les yeux vers son modeste domicile. « J'habitais une belle maison. Et j'avais une Mercedes.

— Vous étiez entrepreneur dans le bâtiment ? », demanda Will. Il le savait depuis que Caroline lui avait fourni les documents fiscaux de Jake Berman.

« Oui. Je construisais des gratte-ciel, répondit Berman. Mais le marché s'est effondré. Je n'ai gardé que ma chemise sur le dos, pour ainsi dire.

— C'est pour ça que tout est au nom de votre femme ? »

Il hocha lentement la tête. « J'étais ruiné. Nous sommes arrivés de Montgomery il y a un an. Ce devait être un nouveau départ, mais... » Il haussa les épaules, comme s'il était inutile de continuer.

Will avait bien remarqué qu'il avait l'accent d'un État plus au sud que la Géorgie. « C'est de là que vous êtes originaire ? De l'Alabama ?

— C'est là que j'ai rencontré ma femme. Nous sommes tous les deux allés à Alabama. » Il voulait dire Alabama University. « Lydia a passé un master en littérature anglaise. Mais pour elle, c'était plutôt un passe-temps. Jusqu'à ce que je perde mon travail. Maintenant, elle n'a rien trouvé d'autre qu'enseigner dans le primaire, et moi je reste avec les enfants toute la journée. » Il regarda la balançoire qui s'agitait dans le vent, la cage aux écureuils, les autres jeux. « Avant, je voyageais beaucoup, poursuivit-il. C'est comme ça que je me défoulais. Avec des hommes de passage. Je voyageais, j'assouvissais mes besoins, puis je rentrais à la maison pour être avec ma femme et m'investir dans les activités paroissiales. C'est comme ça que ça a marché pendant presque dix ans.

— Mais votre arrestation remonte à six mois.

— J'ai dit à Lydia que c'était une erreur. Toutes ces folles d'Atlanta qui arpentent le centre commercial en essayant de draguer des hétéros... Les flics étaient aux aguets. Ils ont cru que j'étais homo parce que... Je ne sais plus ce que je lui ai dit. Parce que j'étais trop bien coiffé. Elle avait envie de me croire, alors elle m'a cru. »

Will ne se sentait aucunement coupable d'éprouver plus de sympathie pour l'épouse trompée et bafouée. « Dites-moi ce qui s'est passé sur la route 316.

— Nous avons vu l'accident, les gens sur la route. J'aurais dû aider davantage. L'autre type, je ne sais même pas son nom, mais il était infirmier. Il a essayé d'apporter les premiers soins à la femme renversée. Moi, je suis resté planté là au milieu de la chaussée, en essayant d'inventer un mensonge pour ma femme. Je me disais qu'elle ne me croirait plus si j'avais les mêmes ennuis qu'au centre commercial, vous comprenez ?

— Comment l'aviez-vous rencontré, l'autre type ?

— J'avais dit que j'allais dans un bar pour regarder un match de base-ball. Je l'ai vu passer, entrer dans le bar. Un beau mec. Il était tout seul. Je savais pourquoi il était là. » Il poussa un profond soupir. « Je l'ai suivi dans les toilettes. Nous avons décidé de quitter la ville en voiture, pour trouver un endroit tranquille. »

Berman n'était pas un néophyte et connaissait les bars de drague ; c'est pourquoi Will ne lui demanda pas pourquoi il avait fait quarante minutes de trajet pour aller regarder un match. Coweta était peut-être une petite ville, mais en quittant l'autoroute, Will était passé devant au moins trois bars équipés d'écrans géants, sans compter ceux qui devaient se trouver dans le centre.

Will l'admonesta : « Vous devriez savoir que c'est dangereux de monter dans la voiture d'un inconnu.

— Je crois que je me sentais seul, avoua Berman. J'avais besoin d'être avec quelqu'un. Vous comprenez ? D'être moi-même avec quelqu'un. Il m'a dit que nous n'avions qu'à prendre sa voiture et trouver un endroit dans les bois pour rester ensemble un peu plus longtemps que cinq minutes dans les toilettes d'un bar. » Il eut un rire amer. « L'odeur d'urine, ça ne m'excite pas particulièrement, croyez-le ou non. » Il regarda Will dans les yeux. « Ça vous dégoûte d'entendre tout ça ?

— Non », répondit Will sincèrement. Il avait écouté un nombre incalculable de témoins lui raconter des histoires de drague et de parties de jambes en l'air sans lendemain. Peu importait qu'il s'agisse d'un homme, d'une femme ou des deux. Les émotions étaient les mêmes, et de toute façon le but de Will n'avait pas changé : il voulait glaner un maximum d'informations pour avancer dans son enquête.

Jake savait de toute évidence que Will ne lui laisserait pas la bride sur le cou bien longtemps. Il poursuivit : « Nous étions sur la route, et ce gars que j'accompagnais…

— Rick.

— Rick. D'accord. » Il aurait apparemment préféré ne pas connaître ce nom. « Rick conduisait. Sa braguette était déboutonnée, et j'étais penché, et… » Jake rougit un peu. « Il a écarté ma tête. Il m'a dit qu'il y avait quelque chose d'anormal sur la route. Il a ralenti, et ce que j'ai vu avait l'air d'un grave accident. » Il fit une pause, mesurant ses mots, sa culpabilité. « Je lui ai dit de continuer à rouler, mais il m'a répondu qu'il était infirmier, qu'il ne pouvait pas ne pas s'arrêter sur une scène d'accident. Je pense que c'est une expression qu'on emploie dans sa profession. » Il fit une autre pause, et Will devina qu'il se forçait à se rappeler ce qui s'était passé.

Il lui dit : « Prenez votre temps. »

Jake hocha la tête et garda le silence quelques secondes. « Rick est descendu de voiture. Moi, je suis resté à l'intérieur. Il y avait un couple âgé debout au milieu de la route. L'homme avait la main serrée sur la poitrine. Je suis resté assis dans la voiture, en regardant tout ça comme si c'était un film. La femme a téléphoné, pour appeler une ambulance, je suppose. C'était bizarre, parce qu'elle gardait sa main devant sa bouche, comme ça. » Il cacha sa bouche comme faisait Judith Coldfield quand elle souriait. « C'était comme si elle confiait un secret, mais il n'y avait personne dans les environs pour l'entendre, alors… » Il haussa les épaules.

« Vous êtes descendu de voiture ?

— Oui, répondit-il. J'ai fini par bouger mon cul. J'entendais l'ambulance arriver. Je suis allé vers le vieux. Je crois qu'il s'appelait Henry, non ? » Will fit oui de la tête. « Oui. Henry. Il était mal en point. Je crois qu'ils étaient tous les deux en état de choc. Les mains de Judith tremblaient comme si elle avait la maladie de Parkinson. L'autre gars, Rick, était penché sur la femme blessée. Je ne l'ai pas beaucoup vue. C'était pénible à regarder, vous comprenez ? Pénible de *la* regarder, je veux dire. Je me rappelle, quand leur fils est arrivé, j'étais planté sur la route et je détournais les yeux en me disant “Oh, mon Dieu, quelle horreur”...

— Une seconde, interrompit Will. Le fils de Judith Coldfield était présent sur les lieux ?

— Oui. »

Will se remémora la conversation avec les Coldfield, en se demandant pourquoi Tom aurait omis de mentionner un détail aussi important. Il avait eu tout le temps d'en parler, même si sa dominatrice de mère était présente dans la pièce. « À quelle heure le fils est-il arrivé ?

— Environ cinq minutes avant l'ambulance. »

Will se sentit ridicule de répéter les mots prononcés par Jake Berman, mais il avait besoin d'être sûr : « Tom Coldfield est arrivé sur la scène de l'accident avant l'ambulance ?

— Oui. Avant la police, aussi. Les flics, on ne les a pas vus avant le départ des ambulances. Il n'y avait personne. C'était terrible, très violent. Nous sommes restés peut-être vingt minutes avec cette femme qui mourait sur la chaussée, et personne n'est arrivé pour la secourir. »

Will vit en esprit une pièce du puzzle trouver sa place. Pas celle dont ils avaient besoin pour résoudre l'affaire, mais celle qui expliquait pourquoi Max Galloway s'était montré si hostile à toute coopération. L'inspecteur devait savoir que les ambulances avaient emmené les victimes – Anna et Henry Coldfield, avec son malaise cardiaque – *avant* que ses hommes ne soient arrivés sur place. Faith avait vu juste depuis le début. Si Rockdale ne faxait pas les rapports, c'était pour une bonne raison. Et cette raison, c'était que Galloway et ses hommes se couvraient. Les lenteurs de la police quand survenait une urgence était le genre d'histoire qui plaisait trop à la presse et aux chaînes de télévision. Pour Will, c'était la goutte d'eau qui faisait déborder le vase. Il ferait révoquer Galloway avant la fin de la journée. Impossible de savoir quelles autres preuves avaient été dissimulées ou, pire, détruites par ses soins.

« Hé ! dit Berman. Vous m'écoutez ou non ? »

Will prit conscience que depuis un petit moment, il était plongé dans ses pensées. Il reprit le récit où ils l'avaient interrompu. « Donc, Tom Coldfield est arrivé. Et ensuite les ambulances ?

— Une seule d'abord. Elle a emmené la femme, celle que la voiture avait renversée. Henry a dit qu'il préférait attendre parce qu'il ne voulait pas partir sans sa femme, et il n'y avait pas de place pour tout le monde. Ils se sont un peu disputés sur ce point, mais Rick a dit : "Allez-y, partez tout de suite", parce qu'il savait que la femme était dans un sale état. Il m'a donné les clefs de sa voiture et il est monté dans l'ambulance pour continuer à la soigner.

— Et l'autre ambulance, elle est arrivée combien de temps après ?

— Dix minutes, peut-être un quart d'heure. »

Will fit le calcul dans sa tête. Tous ces événements avaient pris une bonne quarantaine de minutes, et la police n'était toujours pas apparue. « Ensuite, quoi ?

— On a fait monter Judith et Henry. Leur fils les a suivis et je suis resté seul sur la route.

— Et la police n'était toujours pas là ?

— J'ai entendu les sirènes aussitôt après le départ de la seconde ambulance. La voiture était toujours là. Je veux dire, celle des Coldfield. Sur la scène de crime, c'est comme ça qu'on dit ? » Il jeta un regard vers la balançoire et les jeux, comme s'il visualisait ses enfants jouant au soleil. « J'ai pensé à ramener la voiture de Rick devant le bar où nous nous étions rencontrés. Comme ça, mon nom n'apparaîtrait nulle part, vous comprenez ? Je veux dire, vous n'auriez eu aucun moyen de m'identifier si je n'étais pas allé à l'hôpital, si je ne savais pas qui j'étais. »

Will haussa les épaules, mais c'était vrai. Si Jake Berman n'avait pas donné son véritable nom, il ne serait pas assis en face de lui en ce moment.

Jake continua : « Donc, je suis remonté en voiture et j'ai fait demi-tour. Dans un premier temps, pour retourner au bar.

— En direction des voitures de police ?

— Elles arrivaient dans l'autre sens.

— Qu'est-ce qui vous a fait changer d'avis ? »

Il haussa les épaules, et des larmes lui montèrent aux yeux. « J'étais fatigué de fuir. Je crois que c'est ça. De fuir de… tout. Et tout le monde. » Il porta sa main libre à ses yeux. « Rick m'avait dit qu'on l'emmenait au Grady Hospital, alors j'ai pris l'autoroute et je me suis dirigé vers le Grady Hospital. »

Une fois sur place, il n'avait pas tardé à sentir s'épuiser son courage, mais Will s'abstint de le lui faire remarquer.

« Le vieux monsieur va bien ? demanda Jake.

— Oui.

— Et la femme ? J'ai entendu aux infos qu'elle allait mieux.

— Elle se remettra. Mais elle restera aveugle, répondit Will. Et ce qu'elle a vécu, elle ne l'oubliera jamais. Elle ne pourra pas le fuir. »

Il s'essuya les yeux avec le dos de sa main. « Une espèce de leçon pour moi, c'est ça ? » Son auto-apitoiement était de retour. « Mais je ne pense pas que ça vous préoccupe, hein ?

— Vous savez ce que je n'aime pas chez vous ?

— Allez-y, éclairez-moi.

— Vous êtes un tricheur, Jake. Vous trichez avec votre femme. Peu importe avec qui, c'est la tricherie qui compte. Si vous avez envie de vivre avec quelqu'un d'autre, alors faites-le, mais elle, laissez-la partir. Laissez-la avoir une vie digne de ce nom. Avec quelqu'un qui l'aimera vraiment, qui la comprendra vraiment et qui aura vraiment envie d'être avec elle. »

L'homme secoua tristement la tête. « Vous ne comprenez pas. »

Will comprit que Jake Berman était inaccessible à tout argument. Il se leva et lui enleva la menotte qui l'attachait au gril du barbecue. « Faites attention avant de monter en voiture avec des inconnus.

— J'en ai fini avec ça. Je vous le jure. Plus jamais. »

Il semblait si sûr de ce qu'il affirmait que Will faillit le croire.

Will dut attendre d'avoir quitté le quartier de Jake Berman pour que son téléphone capte le réseau et qu'il puisse passer un appel. Mais la communication n'était pas bonne et il dut s'arrêter sur le bord de la route pour entendre la sonnerie du portable de Faith. Ce fut la messagerie qui répondit, et il s'abstint de laisser un message. Il regarda l'heure. Dix heures un quart. Elle devait être encore chez son médecin à Snellville.

Tom Coldfield n'avait pas dit qu'il s'était trouvé sur les lieux du crime. Encore une personne qui leur avait menti. Will commençait à en avoir assez des menteurs. Il ouvrit son téléphone, composa le numéro des renseignements et fut mis en relation avec la tour de contrôle de l'aéroport Charlie Brown, où une autre opératrice lui dit que Tom était sorti pour fumer une cigarette. Will s'apprêtait à laisser un message à son intention quand l'opératrice proposa de lui donner le numéro de portable de Tom. Quelques instants plus tard, il l'écoutait crier par-dessus le vrombissement d'un moteur d'avion.

« Je suis content de vous entendre, agent Trent. » Sa voix était presque un hurlement. « Tout à l'heure, j'ai laissé un message sur le portable de votre coéquipière, mais elle ne m'a pas rappelé. »

Will mit un doigt dans son autre oreille comme si cela pouvait amenuiser le vacarme d'un avion qui décollait à vingt kilomètres de là. « Vous vous êtes souvenu de quelque chose ?

— Non, ce n'est pas ça », répondit Tom. Le vacarme diminua, et sa voix redevint normale. « J'ai parlé avec mes parents hier soir. Et nous nous demandions si votre enquête avançait. »

De nouveau, le fracas d'un moteur. Will attendit qu'il s'atténue, en se disant que cette conversation était impossible. « À quelle heure quittez-vous votre travail ?

— Dans dix minutes. Ensuite, il faut que je passe prendre les enfants chez ma mère. »

Will vit là une occasion de faire d'une pierre deux coups. « Ça ne vous ennuie pas qu'on se voie chez vos parents ? »

Tom attendit la fin d'un autre décollage. « Volontiers. Il me faut environ trois quarts d'heure pour y être. Il y a un problème ? »

Will regarda l'heure sur l'écran. « Je vous retrouve dans trois quarts d'heure », dit-il.

Il coupa la communication avant que Tom ait le temps de poser d'autres questions. Malheureusement, il n'avait pas non plus demandé l'adresse exacte des Coldfield. Il savait qu'ils habitaient dans un lotissement fermé et gardé pour personnes âgées, qui ne devait pas être trop difficile à trouver. Clairmont Road, se rappelait-il. C'était une longue route qui traversait le comté de DeKalb, mais il n'y avait qu'une zone où s'installaient les retraités : au voisinage d'Atlanta Veterans Administration Hospital. Will quitta son stationnement et se dirigea vers l'autoroute.

Tout en conduisant, il se demanda s'il ne devrait pas appeler Amanda et lui dire que Max Galloway les avait roulés dans la farine depuis le début ; mais elle lui demanderait où était Faith, et il n'avait pas envie de rappeler à leur supérieure que Faith avait des ennuis de santé. Amanda détestait toutes les formes de faiblesse, et elle était impitoyable avec l'illettrisme de Will. Impossible de dire à l'avance quelles vexations elle infligerait à Faith sous prétexte qu'elle était diabétique. Et Will n'était pas disposé à lui fournir des munitions.

Le mieux était sans doute de téléphoner à Caroline, qui se chargerait de parler à Amanda. Il prit son portable dans le creux de sa main, priant pour qu'il ne tombe pas en morceaux pendant qu'il composait le numéro de la secrétaire d'Amanda.

Caroline avait vu son nom apparaître sur l'écran. « Salut, Will !

— Ça ne vous ennuie pas de me rendre un autre service ?

— Je suis là pour ça.

— J'ai appris que Judith Coldfield avait appelé les urgences et que deux ambulances étaient arrivées sur la scène de l'accident bien avant la police locale.

— Ah oui ? Si c'est vrai, c'est grave !

— En effet », dit Will. C'était même très grave. Car si Max Galloway avait menti, il s'ensuivait qu'au lieu de s'adresser à un policier entraîné pour savoir ce qu'il avait trouvé sur les lieux, Will devrait se fier aux Coldfield pour reconstituer ce qu'ils avaient vu. « J'aurais besoin que vous m'aidiez à reconstruire la séquence des événements. Je suis sûr qu'Amanda voudra savoir pourquoi il leur a fallu si longtemps.

— Mais pour ça, objecta Caroline, je ne peux m'adresser qu'à Rockdale.

— Essayez plutôt les appels passés du portable de Judith Coldfield. » Si Will pouvait convaincre les gars de Rockdale de mensonge, ce serait une autre arme qu'Amanda pourrait utiliser contre eux. « Vous avez son numéro ?

— Quatre cent quatre...

— Attendez », l'interrompit Will, pensant qu'il lui serait utile d'avoir le numéro de Judith. Il fouilla dans sa poche et y trouva le dictaphone numérique qu'il y conservait toujours. Il l'approcha de sa bouche. « Allez-y. »

Caroline lui donna le numéro de portable de Judith, qu'il répéta dans le petit appareil. Puis il éteignit celui-ci et la remercia. C'était autrefois son système pour garder les coordonnées des suspects et des témoins, mais depuis qu'il travaillait avec Faith, celle-ci avait pris l'habitude de tout noter, si bien que Will était perdu sans elle. Dès leur prochaine affaire, il lui faudrait y remédier. Il n'aimait pas l'idée d'être si dépendant de sa coéquipière, surtout maintenant qu'elle était enceinte. Elle prendrait sans doute au moins une semaine de congé à la naissance du bébé.

Il essaya le numéro du portable de Judith, mais tomba sur la messagerie. Il lui laissa un message, puis téléphona à Faith et lui en laissa un aussi, pour lui dire qu'il se rendait chez les Coldfield. Avec un peu de chance, elle le rappellerait et lui dirait à quel numéro de Clairmont Road ils habitaient. Il ne voulait pas solliciter Caroline une fois de plus, car elle se demanderait pourquoi un agent spécial expérimenté n'avait pas tous ces renseignements par écrit. De surcroît, son portable s'était mis à émettre une sorte de cliquetis dans son oreille. Il lui faudrait de nouveau tenter de le réparer. Il le posa avec précaution sur le siège du passager. Il n'y avait plus qu'une ficelle et une bande de Scotch pour l'empêcher de tomber en pièces.

En entrant dans l'agglomération d'Atlanta, il baissa le volume de la radio pour mieux se concentrer. Au lieu de passer par l'échangeur qui conduisait dans le centre, il bifurqua vers l'autoroute I-85. À la sortie Clairmont Road, la circulation était plus dense que d'habitude. Pour éviter les embouteillages, il prit un chemin plus long, contournant l'aéroport DeKalb Peachtree et traversant des banlieues culturellement si diverses que même Faith n'aurait pas été capable de déchiffrer certaines des pancartes au-dessus des boutiques et des restaurants.

Après s'être dégagé des encombrements, il finit par se trouver dans la zone qu'il cherchait. Il s'arrêta devant la grille du premier lotissement fermé à proximité de l'hôpital, sachant que la meilleure manière de procéder était la patience et la méthode. Le garde à la grille se montra poli, mais les Coldfield n'étaient pas sur la liste des résidents. Au deuxième lotissement, il reçut la même réponse négative, mais au troisième, le plus joli, ses efforts furent récompensés.

« Henry et Judith. » Le vigile à la grille fit un grand sourire, comme s'il s'agissait de vieux amis. « Je crois que Henry est au golf, mais Judith devrait être à la maison. »

Will attendit que l'homme ait passé un rapide coup de fil avant d'ouvrir le portail métallique. Quand les battants s'écartèrent, il regarda autour de lui les pelouses et les jardins bien entretenus avec un sentiment d'envie. Will n'avait ni enfant ni famille. Sa retraite était une perspective qui l'inquiétait sourdement, et il économisait pour ses vieux jours depuis qu'il avait reçu son premier salaire. Il n'était pas du genre à prendre des risques, si bien que la chute du marché ne lui avait pas causé de pertes importantes. Pour l'essentiel, il investissait son argent durement gagné dans des bons du Trésor et dans des obligations. Il était terrifié à l'idée de finir sa vie en solitaire dans une triste maison de retraite administrée par l'État. La vieillesse que s'étaient préparée les Coldfield était infiniment plus enviable : un gardien amical à l'entrée, de jolis jardins avec des parterres de fleurs, un centre récréatif où l'on pouvait jouer aux cartes ou au croquet.

Bien sûr, sachant comment les choses se passaient d'ordinaire dans sa vie, il était très possible qu'Angie contracte une affreuse maladie dégénérative qui durerait juste assez longtemps pour pomper jusqu'au dernier sou de son magot.

« Entrez, jeune homme ! » Le garde souriait toujours, montrant ses belles dents blanches et régulières sous sa moustache broussailleuse. « Tournez à gauche au premier croisement, puis de nouveau à gauche, puis à droite, et vous serez dans Taylor Drive. Ils habitent au 1693.

— Merci », dit Will, ne comprenant que le nom de la rue et le numéro. L'homme avait fait un geste pour indiquer quelle direction il devait prendre dans un premier temps, et, après être entré dans le lotissement, il tourna dans cette direction. Ensuite, ce serait au petit bonheur la chance.

« Merde », marmonna Will entre ses dents. En obéissant à la limitation de vitesse (vingt kilomètres à l'heure), il fit le tour de l'étang au milieu du lotissement. Les maisons étaient des pavillons de plain-pied, tous pareils avec leurs allées de gravier, leurs petits garages et leurs assortiments de lapins, de canards et de nains décorant les gazons bien tondus.

Sur les bords marchaient des personnes âgées qui lui faisaient bonjour de la main. Will leur répondait par le même geste, pour donner l'impression qu'il était familier des lieux et savait où il allait. Ce qui n'était pas le cas. Il s'arrêta près d'une vieille dame vêtue d'un ensemble lilas. Elle avait un bâton de ski dans chaque main, comme si elle s'entraînait pour une course de fond.

« Bonjour madame, lui dit Will. Je cherche le 1693, Taylor Drive.

— Oh, Henry et Judith ! s'écria la skieuse. Vous êtes leur fils ?

— Non, pas leur fils », dit-il en secouant la tête. Mais il ne voulait alarmer personne et ajouta : « Juste un ami.

— Vous avez une jolie voiture.

— Merci, madame.

— Je suis sûre que je ne pourrais pas entrer là-dedans, poursuivit la dame. Et si j'y entrais, je ne pourrais plus sortir ! »

Il rit avec elle par politesse, rayant en pensée ce lotissement de la liste de ceux où il voudrait prendre sa retraite.

Elle demanda : « Vous travaillez avec Judith à son foyer pour femmes sans-abri ? »

Will n'avait pas été questionné si pointilleusement depuis sa formation aux interrogatoires à l'école de police. « Oui, je travaille avec elle, mentit-il effrontément.

— J'ai acheté cet ensemble à sa petite boutique d'occasion », dit-elle en caressant son col. « On croirait qu'il est neuf, pas vrai ?

— Il est parfait », répondit Will, bien que la couleur ne ressemblât à rien de ce qu'on pouvait voir dans la nature.

« Dites à Judith que j'ai toutes sortes de choses à lui donner si elle veut m'envoyer sa camionnette. » Elle eut un regard entendu. « À mon âge, il y a beaucoup d'objets dont je n'ai plus besoin.

— Je n'y manquerai pas.

— Bon. » La vieille dame hocha la tête, contente. « Au bout de cette allée, prenez à droite. » Il regarda le geste de sa main. « Ensuite, vous trouverez Taylor Drive sur votre gauche.

— Merci. » Il passa la première et s'apprêta à redémarrer, mais elle l'arrêta. « Vous savez, ce serait plus facile la prochaine fois si après la grille vous preniez à gauche, puis de nouveau à gauche, puis...

— Merci », répéta Will avant de s'éloigner. S'il parlait encore à quelqu'un dans ce maudit lotissement, sa tête allait exploser. Il roula au pas, en espérant qu'il avait pris la bonne direction. Son portable sonna, et il faillit pleurer de soulagement quand il reconnut sur l'écran le nom de Faith.

Avec précaution, il ouvrit le téléphone cassé et le porta à son oreille. « Comment s'est passé ton rendez-vous ?

— Bien, répondit-elle, laconique. Écoute, je viens de parler à Tom Coldfield…

— Tu lui as donné rendez-vous ? Moi aussi.

— Jake Berman devra attendre. »

Will sentit sa poitrine se serrer. « J'ai déjà parlé à Jake Berman. »

Elle resta silencieuse. Trop silencieuse.

« Excuse-moi, Faith. Tu vois, j'ai pensé que ce serait mieux si… » Will ne savait comment finir sa phrase. Son téléphone faillit glisser de sa main, ce qui provoqua une décharge d'électricité statique dans son oreille. Il attendit que le silence revienne sur la ligne, puis répéta : « Excuse-moi. »

Elle prit un temps douloureusement long avant de laisser tomber le couperet. Quand elle parla enfin, sa voix était blanche, comme si les mots s'étranglaient dans sa gorge. « Je ne te traite pas différemment parce que tu as certains problèmes. »

C'était faux, mais le moment était mal choisi pour en discuter. « Berman m'a dit que Tom Coldfield était présent sur la scène de crime. » Elle ne se mettait pas en fureur, et il continua : « Je pense que Judith l'a appelé parce que Henry avait un malaise cardiaque. Tom les a suivis à l'hôpital dans sa voiture. Nos chers collègues de Rockdale ne se sont pas montrés avant que tout le monde soit parti. »

Elle semblait hésiter entre l'envie de lui hurler dessus et celle de réagir en flic. Comme toujours avec elle, ce fut son côté flic qui l'emporta. « Alors, c'est pour ça que Max Galloway nous a menés en bateau. Il couvrait ses copains, le salaud. » Elle passa au problème suivant. « Et Tom Coldfield nous a caché qu'il était sur les lieux. »

Will attendit la fin d'un nouveau grésillement d'électricité statique. « Exactement, dit-il.

— Il a dans les trente, trente-cinq ans. Plus ou moins mon âge. Le frère de Pauline est plus âgé, non ? »

Will aurait préféré lui parler en tête à tête que dans ce téléphone bruyant. « Où es-tu ?

— Juste devant la maison des Coldfield.

— Très bien », dit-il, surpris qu'elle soit arrivée si vite. « Moi, je suis presque au coin de la rue. Je te rejoins dans deux minutes. »

Il referma son téléphone et le posa sur le siège à côté de lui. Un fil dépassait de nouveau du boîtier. Rouge, ce qui n'était pas bon signe. Il jeta un coup d'œil dans le rétroviseur et vit que la skieuse en ensemble lilas se dirigeait vers lui. Elle marchait d'un pas rapide, et Will osa accélérer jusqu'à trente kilomètres à l'heure pour lui échapper.

Les panneaux étaient plus grands que la normale, les lettres d'un blanc éclatant sur fond noir, ce qui, pour Will, était une combinaison désastreuse. Il tourna dès qu'il put, sans prendre la peine de déchiffrer les premières lettres de la pancarte indiquant le nom de la rue. La Mini de Faith serait là comme un signal lumineux, arrêtée parmi les Cadillac et les Buick pour lesquelles les retraités semblaient avoir un penchant.

Il arriva au bout de la rue, mais sans trouver la Mini. Il tourna dans la suivante et faillit renverser la skieuse. Elle fit un geste de la main pour lui enjoindre de baisser sa vitre.

Il arbora son plus charmant sourire. « Oui, madame ?

— C'est là ! », lui dit-elle en désignant une maison qui faisait l'angle. Plusieurs nains décoraient la pelouse, et la façade blanche avait été repeinte de frais. Deux grosses boîtes en carton attendaient près de la boîte aux lettres, chacune portant une inscription au marqueur noir. « Je suppose que vous n'allez pas emporter ces gros cartons dans votre minuscule voiture de sport, s'amusa la dame.

— Non, madame.

— Judith m'a dit que son fils devait revenir avec la camionnette plus tard dans la journée. » Elle jeta un coup d'œil au ciel. « Il ferait mieux de ne pas tarder.

— Je suis sûr qu'il arrivera avant la pluie », répondit Will.

Cette fois, elle semblait moins encline à poursuivre la conversation. Elle lui fit au revoir de la main et poursuivit sa promenade.

Will regarda les cartons devant la maison de Judith et Henry Coldfield. Ils lui rappelèrent soudain les piles de vieilleries, également bien emballées, que Jacquelyn Zabel avait placées devant celle de sa mère. Mais ces vieilleries n'étaient pas destinées à la décharge. Charlie Reed avait dit que pour examiner le contenu de ces cartons et de ces sacs, il avait fait partir le camion d'une association de charité venu les prendre. C'était juste avant l'arrivée de Will et Faith. Une association de charité. Mais laquelle ?

Depuis le début, ils cherchaient un lien matériel entre les victimes, une chose qui les reliait. Will venait-il de la trouver, comme on bute sur quelque chose par inadvertance ?

La porte de la maison s'ouvrit et Judith apparut, descendant avec précaution les marches du perron avec une autre grosse boîte dans les bras. Will descendit de voiture et se précipita pour l'aider avant qu'elle ne la laisse échapper.

« Merci », dit-elle. Elle était essoufflée et ses joues étaient rouges. « J'ai transporté des cartons toute la matinée et Henry ne m'a été d'aucun secours. » Elle marcha jusqu'au trottoir. « Posez celui-ci avec les autres. Tom doit passer les prendre un peu plus tard. »

Will posa le carton sur le sol. « Il y a longtemps que vous êtes bénévole dans ce foyer ?

— Oh… » Elle sembla réfléchir en retournant vers la maison. « Je ne sais pas. Depuis que nous sommes installés ici. Ça doit faire un peu plus de deux ans maintenant. Mon Dieu, comme le temps passe !

— Faith et moi avons vu une brochure l'autre jour, quand nous sommes venus vous voir au foyer. Il y avait une liste de sponsors.

— Ils veulent que nous leur fassions un peu de publicité. Le plus possible, même. Ils en veulent pour leur argent. Ces gens-là ne pratiquent pas la bienfaisance par amour du prochain. Pour eux, c'est du domaine des relations publiques.

— Je me rappelle avoir vu le logo d'une banque. » Il se souvenait encore de l'image d'un cerf stylisé au bas de la couverture.

« Ah, oui. Buckhead Holdings. Ce sont eux qui nous donnent le plus d'argent, mais, entre vous et moi, c'est encore loin d'être assez. »

Will sentit une goutte de sueur lui couler dans le dos. Olivia Tanner était la directrice des relations publiques de la banque Buckhead Holdings. « Et un cabinet d'avocats ? demanda-t-il. Est-ce qu'il y en a un qui travaillerait gratuitement pour votre foyer ? »

Judith ouvrit la porte. « Il y en a deux ou trois qui nous aident, oui. Nous sommes le dernier refuge pour ces pauvres femmes. Beaucoup ont besoin de remplir des documents pour un divorce, ou pour une injonction d'éloignement d'un conjoint violent. Et puis, certaines ont des problèmes avec la justice. Tout ça est très triste.

— Bandle & Brinks ? », demanda Will, prononçant le nom du cabinet où travaillait Anna Lindsey.

« Oui, dit Judith avec un sourire. Ils nous ont rendu quelques grands services.

— Connaissez-vous une femme du nom d'Anna Lindsey ? »

Elle secoua la tête en entrant dans la maison. « C'était une de nos pensionnaires ? J'ai honte de le dire, mais elles sont si nombreuses que souvent, je n'ai pas le temps de leur parler à toutes individuellement. »

Will la suivit à l'intérieur et regarda autour de lui. L'aménagement était exactement ce qu'il avait imaginé de la rue. Il y avait un grand salon-salle à manger, avec une baie vitrée qui donnait sur l'étang. La cuisine était sur la gauche, là où se trouvait aussi le garage, les chambres de l'autre côté. Toutes les portes du hall étaient fermées. Ce qu'il y avait d'étonnant, c'est qu'on aurait dit qu'un œuf de Pâques géant avait explosé. Des décorations de Pâques avaient atterri partout : des lièvres en costume pastel étaient posés sur la moindre surface, et des paniers d'œufs en plastique sur des lits d'herbe verte soyeuse jonchaient le sol.

« On voit que dimanche, c'est Pâques ! », dit Will d'une voix qu'il força à être aimable.

Judith rayonna. « Après Noël, c'est la période de l'année que je préfère. »

Will desserra son nœud de cravate. Il était en sueur, maintenant. « Pourquoi ? demanda-t-il.

— Eh bien, la Résurrection ! Notre Seigneur qui sort de son tombeau. Le rachat de tous nos péchés. Le pardon est un don puissant. Un don qui nous transforme. Je le vois tous les jours au foyer. Ces pauvres femmes brisées. Elles cherchent la rédemption. Elles ne sont pas conscientes qu'on ne peut pas la recevoir en claquant dans ses doigts. Qu'il faut la gagner.

— Est-ce qu'elles la gagnent toutes ?

— Vu le métier que vous faites, vous devez savoir la réponse mieux que moi.

— Certaines femmes ne la méritent pas ? »

Elle cessa de sourire. « Les gens se plaisent à croire que nous avons évolué depuis les temps bibliques, mais nous vivons encore dans une société où les femmes sont souvent des exclues, vous ne croyez pas ?

— Comme des ordures ?

— Le mot est un peu dur. Mais nous devons toutes lutter. Faire les bons choix. »

Will sentait d'autres gouttes de sueur lui dégouliner dans le dos. « Vous avez toujours aimé Pâques ? »

Elle redressa le nœud papillon d'un des lièvres. « Oui, toujours. Je suppose que c'est en partie parce que le travail de Henry ne lui laissait de liberté que pour Noël et pour Pâques. Chez nous, c'était toujours une période à part. Vous n'aimez pas les réunions de famille ? »

Il demanda : « Votre mari est là ?

— Pas pour le moment. » Elle fit tourner sa montre autour de son poignet. « Il est toujours en retard. Il perd si facilement la notion du temps ! Nous devions aller faire un tour au centre récréatif après que Tom aura emmené les enfants.

— Votre mari travaille aussi au foyer ?

— Oh, non ! » Elle eut un petit rire et entra dans la cuisine. « Henry est beaucoup trop occupé à profiter de sa retraite. Mais Tom m'aide beaucoup, lui. Il se plaint, mais c'est un si bon garçon ! »

Will se rappela que lorsqu'ils étaient entrés dans la boutique d'occasion, Tom tentait de réparer une tondeuse à gazon. « Il travaille surtout à la boutique ?

— Seigneur, non ! Il déteste travailler à la boutique.

— Qu'est-ce qu'il fait, alors ? »

Elle prit une éponge et essuya la desserte. « Un peu de tout.

— Quoi, par exemple ? »

Elle cessa de frotter. « Si une pensionnaire a besoin d'une aide juridique, il va trouver les avocats. Ou si un des enfants vomit, il prend une serpillière. » Elle sourit fièrement. « Je vous l'ai dit, c'est un bon garçon.

— On dirait, oui. Qu'est-ce qu'il fait d'autre ?

— Je vous l'ai dit, un peu de tout. » Elle s'immobilisa pour réfléchir. « Ce qu'il fait le mieux, c'est s'occuper des donations. Il est très persuasif au téléphone. S'il parle à une personne qui pourrait donner un peu plus, il le sent. Il passe chez elle avec la camionnette pour prendre les objets qu'elle a préparés, et neuf fois sur dix il revient avec un joli chèque en plus. Je crois qu'il aime parler avec les gens. Le contact humain. Tout ce qu'il fait à l'aéroport, c'est surveiller des écrans qui clignotent, vous comprenez ? Vous voulez un verre d'eau bien glacée ? Une limonade ?

— Non, merci, répondit-il. Et Jacquelyn Zabel ? Vous avez déjà entendu ce nom ?

— Ça me dit quelque chose, mais je ne sais pas pourquoi. C'est un nom un peu bizarre.

— Et Pauline McGhee ? Ou peut-être Pauline Seward ? »

Elle sourit en mettant sa main devant sa bouche. « Non. »

Will se força à ralentir la cadence de ses questions. La première règle quand on procédait à un interrogatoire était de rester le plus calme possible, parce qu'il était difficile de sentir si le témoin ou le suspect était tendu quand on l'était soi-même. Judith s'était légèrement raidie quand il avait posé la dernière question, et il la répéta : « Pauline McGhee ou Pauline Seward ? »

Elle secoua la tête. « Non.

— À quelle fréquence Tom touche-t-il des donations ? »

La voix de Judith prit une intonation faussement gaie. « Vous savez, j'aurais un peu de mal à vous le dire. J'ai mon calendrier quelque part, et en général je note les dates. » Elle ouvrit un des tiroirs de la cuisine et commença à fourgonner à l'intérieur. Elle était visiblement nerveuse, et Will savait qu'elle avait ouvert ce tiroir pour se donner une contenance sans avoir à le regarder dans les yeux. Elle dit à Will d'un ton pépiant : « Tom est si gentil quand il s'agit de donner de son temps ! Il s'investit beaucoup dans le groupe de jeunes de la paroisse. Et toute sa petite famille est bénévole pour la soupe populaire que nous offrons une fois par mois. »

Will ne la laissa pas changer de sujet. « Quand on vous fait des dons, est-ce qu'il va les chercher seul ?

— Sauf s'il y a quelque chose de volumineux, un canapé par exemple. » Elle ferma le tiroir et en ouvrit un autre. « Je ne sais pas où est passé mon calendrier. Toute ma vie, j'ai regretté que mon mari ne soit pas plus souvent à la maison, et maintenant il me rend folle en ne remettant jamais les choses à leur place. »

Will regarda par la fenêtre qui donnait sur la rue, en se demandant ce qui retardait Faith. « Vos petits-enfants sont ici ? »

Elle ouvrit un autre tiroir. « Ils font la sieste dans la chambre du fond.

— Tom m'a promis qu'il me retrouverait ici. Pourquoi ne nous a-t-il pas dit qu'il était présent sur la scène de l'accident, quand votre voiture a renversé Anna Lindsey ?

— Quoi ? » L'espace d'un instant, elle sembla ne pas comprendre ; puis elle lui répondit : « J'ai appelé Tom à cause de Henry. J'ai cru qu'il faisait une crise cardiaque, que Tom voudrait être là, et...

— Mais Tom ne nous a pas dit qu'il était là, répéta Will. Et vous non plus.

— Je n'ai pas... » Elle agita une main, comme pour écarter la question. « Tom voulait être auprès de son père malade.

— Ces femmes qui ont été enlevées étaient des femmes prudentes. Méfiantes, même. Elles n'auraient pas ouvert la porte à n'importe qui. Il fallait que ce soit quelqu'un en qui elles avaient confiance. Quelqu'un dont elles attendaient la visite. »

Elle cessa de chercher son calendrier. Son visage montrait ses pensées aussi clairement qu'une photo : elle savait que quelque chose de terrible était en train de se passer.

Will lui demanda : « Où est votre fils, madame Coldfield ? »

Des larmes montèrent à ses yeux. « Pourquoi me posez-vous toutes ces questions sur Tom ?

— Il était censé me retrouver ici. »

Sa voix ne fut qu'un murmure. « Il m'a dit qu'il devait rentrer chez lui. Je ne comprends pas... »

Will prit soudain conscience de quelque chose. Quelque chose que Faith lui avait dit au téléphone. Elle avait déjà parlé à Tom Coldfield. La raison pour laquelle elle n'arrivait pas, c'était que Tom Coldfield l'avait envoyée à une autre adresse.

Le ton de Will se fit très péremptoire : « Madame Coldfield, j'ai besoin de savoir où est votre fils en ce moment. »

Elle porta sa main à sa bouche et les larmes roulèrent de ses yeux.

Will repéra un téléphone mural. Il décrocha le combiné et composa le numéro du portable de Faith, mais son doigt n'alla pas jusqu'au dernier chiffre. Une violente douleur lui transperça le dos, le pire spasme musculaire qu'il ait ressenti de sa vie. Will porta la main à son épaule, ses doigts cherchant un point de crispation, mais ce qu'il sentit était du métal. Froid, acéré. Il tourna la tête et vit l'extrémité sanglante de ce qui devait être un grand couteau de cuisine planté dans son dos.

Chapitre vingt-trois

Assise dans sa Mini en face de la maison de Thomas Coldfield, son portable pressé contre son oreille, Faith écoutait celui de Will sonner dans le vide. Il avait dit qu'il la rejoindrait dans deux minutes, mais dix au moins s'étaient écoulées. Au bout de quelques sonneries, la messagerie prit l'appel. Will était probablement perdu, et il faisait des tours et des détours en cherchant sa voiture parce qu'il était trop entêté pour demander de l'aide. Si elle avait été de meilleure humeur, elle serait partie à sa recherche, mais elle avait peur de ce qu'elle dirait à son coéquipier quand elle se retrouverait en tête à tête avec lui.

Chaque fois qu'elle repensait au mensonge de Will, au fait qu'il était allé interroger Jake Berman derrière son dos, elle devait serrer le volant de toutes ses forces pour ne pas donner des coups de poing dans le tableau de bord. Ça ne pouvait pas continuer. Elle ne pouvait pas se laisser considérer comme l'élément faible de leur duo. S'il croyait qu'elle ne pouvait plus affronter le terrain, il n'y avait plus de raison pour qu'ils continuent à faire équipe. Elle pouvait s'accommoder de beaucoup des bizarreries de Will, mais elle avait besoin de sa confiance, ou plus rien ne marcherait. Will, après tout, avait aussi ses points faibles. Par exemple, son incapacité devant un problème aussi ridiculement simple que distinguer la droite de la gauche.

Faith regarda de nouveau l'heure. Elle accorderait encore cinq minutes à Will avant d'entrer dans la maison.

Le médecin ne lui avait pas donné de bonnes nouvelles, bien que Faith l'eût sottement espéré. À la minute où elle avait pris rendez-vous avec Delia Wallace, sa santé s'était spectaculairement améliorée. Ce matin, elle ne s'était pas réveillée avec des sueurs froides. Le taux de sucre dans son sang était élevé, mais sans atteindre un point critique. Elle se sentait l'esprit dispos, la concentration aiguisée. Mais Delia Wallace avait fait s'effondrer ces espoirs comme un château de cartes.

Sara avait demandé allez savoir quelle analyse à l'hôpital, pour déceler l'évolution du taux de sucre dans le sang de Faith au cours des dernières semaines. Les résultats n'étaient pas bons. Pas bons du tout. Faith devrait prendre rendez-vous avec un diététicien. Le docteur Wallace avait déclaré qu'elle devrait planifier le moindre de ses repas, de ses casse-croûte et, en gros, chaque moment de sa vie jusqu'à son dernier soupir ; sans compter qu'elle pourrait bien pousser celui-ci prématurément, car ce fichu taux de sucre fluctuait si follement que, toujours selon le docteur Wallace, la meilleure solution dans l'immédiat serait qu'elle prenne deux semaines de congé pour s'éduquer elle-même à l'art et la manière de soigner un diabétique.

Elle adorait entendre ce genre de suggestion de la bouche d'un médecin, comme si prendre deux semaines de congé était la chose la plus simple du monde. Peut-être Faith pourrait-elle partir en vacances à Hawaii, aux îles Fidji ou à Copacabana. Ou appeler Oprah Winfrey et lui demander les coordonnées de son cuisinier personnel.

Heureusement, de bonnes nouvelles étaient arrivées avec les mauvaises. Faith avait vu son bébé. Enfin, pas vraiment *vu* – l'enfant n'était guère plus qu'une tache sur l'écran –, mais elle avait écouté le battement de son cœur, regardé les ultrasons, et observé le léger mouvement de ce petit être encore flou qui grandissait dans son ventre. Et même si Delia Wallace lui avait affirmé qu'il était trop tôt pour cela, Faith aurait juré qu'elle avait distingué le contour d'une minuscule menotte.

Faith composa de nouveau le numéro du portable de Will. De nouveau, la messagerie. Elle se demanda si son téléphone avait finalement rendu l'âme. Pourquoi il ne s'en procurait pas un nouveau, c'était un mystère qui la dépassait. Peut-être avait-il une sorte d'attachement sentimental à l'appareil.

En tout cas, il la retardait. Elle en eut assez de ronger son frein, ouvrit la portière et descendit de voiture. Tom Coldfield n'habitait qu'à dix minutes de l'endroit où ses parents avaient renversé Anna. Sa maison était perdue dans la campagne, les premiers voisins étaient à plusieurs centaines de mètres. Le bâtiment lui-même ressemblait un peu à une grande boîte, comme beaucoup de maisons banlieusardes modernes. Faith préférait de beaucoup son vieux pavillon d'Atlanta, avec son plancher inégal et ses affreux faux lambris dans le salon-salle à manger.

Chaque année, quand elle touchait son remboursement d'impôts, elle se disait qu'il était temps de faire changer ces antiques boiseries ; mais chaque année, comme par magie, il se trouvait que Jeremy avait besoin de quelque chose vers la date où le chèque arrivait. Une fois, elle avait cru qu'elle pourrait engager les travaux, mais le garnement s'était arrangé pour se casser le bras en essayant de prouver à ses copains qu'il pouvait sauter du toit en skate-board pour atterrir sur un vieux matelas qu'ils avaient trouvé dans les bois.

Elle porta sa main à son ventre. Ce faux lambris resterait là jusqu'à sa mort.

En s'avançant vers la porte, Faith fouilla dans son sac pour trouver sa carte. Elle portait des hauts talons et une de ses plus jolies robes, car ce matin, pour une raison qu'elle n'aurait su expliquer, il lui avait semblé important de faire bon effet sur Delia Wallace. Une affectation stupide, car Faith avait passé la plus grande partie du rendez-vous vêtue d'une chemise en papier.

Elle se retourna et regarda la rue déserte. Toujours aucun signe de son coéquipier. Elle ne comprenait pas ce qui le retenait si longtemps. Au téléphone, Tom avait dit qu'il avait déjà indiqué à Will comment se rendre chez lui. Même en prenant en compte son problème avec la droite et la gauche, Will savait trouver son chemin. Il aurait dû être là. Ou à tout le moins répondre au téléphone. Peut-être qu'Angie l'avait de nouveau appelé. Compte tenu des sentiments que Faith éprouvait pour Will en ce moment, elle espérait que sa femme lui donnait une fois de plus les preuves de sa charmante nature.

Faith sonna à la porte et attendit, beaucoup trop longtemps si l'on considérait qu'elle était garée juste en face de la maison depuis au moins un quart d'heure.

« Oui ? » La femme qui ouvrit la porte était maigre et anguleuse, assez laide pour tout dire. Elle adressa à Faith un sourire gêné, forcé. Ses cheveux blonds pendaient en désordre sur son front, et il y avait longtemps qu'elle n'avait pas fait ses racines. Elle avait cet air fatigué qu'ont les femmes qui doivent surveiller sans cesse de jeunes enfants.

« Je suis l'agent spécial Mitchell, dit Faith en lui montrant son badge.

— Darla Coldfield. » Sa voix était un de ces souffles rauques qui trahissent une santé fragile. Elle tripota nerveusement le col de son chemisier pourpre. Faith remarqua que le bord était usé : des fils pendaient de la couture.

« Votre mari m'a dit qu'il me retrouverait ici.

— Il devrait arriver d'une minute à l'autre. » La femme sembla prendre conscience qu'elle bloquait la porte. Elle s'écarta. « Entrez, je vous en prie. »

Faith entra dans le hall, qui était carrelé de blanc et de noir. Elle vit que ce carrelage continuait jusqu'au fond de la maison, dans le salon et la cuisine. Même la salle à manger et le bureau de part et d'autre de la porte étaient carrelés.

Mais elle fit le commentaire de circonstance, déclarant à Darla Coldfield qu'elle avait une bien belle maison. Elle entendait ses pas résonner à ses oreilles en entrant dans le salon. Le mobilier était plus masculin que Faith ne l'aurait cru. Il y avait un grand canapé en cuir marron et des fauteuils assortis. Le tapis sur le sol était noir, sans la moindre trace de poussière. Aucun jouet en vue, ce qui était surprenant chez des gens qui avaient deux enfants. Peut-être n'avaient-ils pas le droit de les apporter dans cette pièce. Elle se demanda où ils passaient leur temps d'ordinaire. La partie de la maison qu'elle avait traversée était chaude, désagréablement, bien qu'il fît frais au-dehors. Faith sentit une légère transpiration sur sa peau. Le soleil ruisselait par les fenêtres, mais toutes les lumières étaient allumées.

Darla proposa : « Vous prendrez une tasse de thé ? »

De nouveau, Faith regarda sa montre, se demandant pour la cinquantième fois où Will avait bien pu passer.

« Volontiers, dit-elle.

— Avec du sucre ? »

La réponse de Faith ne fut pas aussi automatique qu'elle aurait dû.

« Sans sucre. Merci. Vous vivez ici depuis longtemps ?

— Huit ans. »

La maison semblait aussi habitée qu'un entrepôt vide. « Vous avez deux enfants, n'est-ce pas ?

— Oui. Un garçon et une fille. » Darla sourit d'un air hésitant. « Habituellement, vous êtes avec quelqu'un ? »

La question était étrange dans ce contexte. « J'ai un fils. »

Elle sourit et porta sa main à sa bouche. Un tic qu'elle avait probablement pris de sa belle-mère. « Non. Je voulais dire quelqu'un avec qui vous travaillez.

— Oui. » Faith regarda les photos de famille sur le manteau de la cheminée. Elles appartenaient à la même série que Judith Coldfield leur avait montrée au foyer pour femmes sans-abri. « Vous pourriez peut-être appeler Tom pour savoir ce qui le retarde ? »

Son sourire disparut. « Oh, non ! Je ne voudrais pas le déranger.

— Il s'agit d'une enquête de police. Alors, il va falloir que vous le dérangiez quand même. »

Darla pinça les lèvres. Faith était incapable de déchiffrer son expression. Son visage était complètement neutre. « Mon mari n'aime pas qu'on le presse.

— Mais moi, je n'aime pas qu'on me fasse attendre. »

Darla lui adressa le même faible sourire que précédemment. « Je vais vous chercher votre thé. »

Elle allait sortir de la pièce, mais Faith lui demanda : « Je peux utiliser votre salle de bains ? »

Darla se retourna, les mains crispées sur sa poitrine. Son visage n'exprimait toujours rien. « Au bout du hall, à droite.

— Merci. » Faith suivit cette indication, ses talons cliquetant sur le carrelage comme les baguettes d'un tambour-major. Elle dépassa ce qui devait être une réserve, puis une autre porte qui menait probablement au sous-sol. Darla Coldfield la mettait de plus en plus mal à l'aise, mais elle n'aurait su dire pourquoi. Peut-être était-ce dû à l'animosité instinctive de Faith envers les femmes trop soumises à leur mari.

Entrée dans la salle de bains, elle alla droit au lavabo et se jeta de l'eau froide sur le visage. Les lumières étaient aussi fortes ici, et Faith appuya sur les interrupteurs, mais rien ne se produisit. Elle pressa dans un sens, puis dans l'autre, mais la pièce resta violemment éclairée. Elle leva les yeux au plafond. Les ampoules devaient faire au moins cent watts.

Faith cligna des yeux plusieurs fois, en se disant que regarder fixement des ampoules allumées n'était pas bien malin. Elle saisit la poignée d'un grand placard à linge pour garder son équilibre en attendant la fin de son éblouissement. Peut-être ferait-elle mieux d'attendre Will ici, dans la salle de bains, plutôt que dans le salon en buvant du thé avec Darla Coldfield et en s'évertuant à faire la conversation. La pièce était spacieuse et agréable, bien que peu meublée. En forme de L, avec le placard à linge en occupant le coin. Faith pensa qu'il devait y avoir une buanderie de l'autre côté du mur. Elle entendait le ronronnement d'une machine à laver à travers la cloison.

Comme elle était curieuse, elle ouvrit la porte du placard. Les gonds grincèrent, et elle s'attendit à voir apparaître Darla Coldfield qui lui reprocherait son indiscrétion. Mais rien ne se produisit, et Faith regarda à l'intérieur. L'espace était plus profond qu'elle ne l'aurait cru, mais les étagères étaient étroites, garnies de serviettes soigneusement pliées et de paires de draps, dont une à l'étoffe imprimée de voitures de course qui devait appartenir aux enfants.

Mais où étaient-ils, les enfants ? Peut-être jouaient-ils dehors. Faith referma la porte du placard et regarda par la petite fenêtre. Le jardin de derrière était vide, il n'y avait même pas une balançoire ou une cabane dans un arbre. Peut-être qu'ils faisaient la sieste en préparation d'une visite de leurs grands-parents. Faith, pour sa part, n'avait jamais laissé Jeremy dormir avant la venue de ses parents. Elle préférait qu'ils le fatiguent assez pour qu'il dorme le lendemain matin.

Elle poussa un grand soupir en s'asseyant sur le siège des toilettes à côté du lavabo. La tête lui tournait encore un peu, probablement à cause de la chaleur. Ou de son taux de sucre. Chez le docteur Wallace, il était élevé.

Elle posa son sac sur ses genoux et fouilla dedans, à la recherche de son glucomètre. Dans le cabinet du médecin, il y en avait toute une série exposée sur le mur. La plupart étaient bon marché, voire gratuits, car ce qui coûtait cher, c'étaient les bandes qu'on glissait à l'intérieur après y avoir fait couler une goutte de sang. Chaque fabricant en produisait de différentes, si bien qu'une fois choisi le glucomètre, il ne fallait plus en changer. Sauf si on le laissait tomber par terre et se casser.

« Zut », marmonna Faith en se penchant pour ramasser le sien, qui avait glissé de sa main et atterri près du mur. Elle entendit un léger bruit qui provenait de l'appareil.

Elle le saisit en se demandant ce qu'elle avait abîmé. L'écran marquait toujours zéro, attendant la bande avec l'échantillon de sang. Elle secoua le glucomètre et l'approcha de son oreille pour entendre le bruit qu'il faisait. Rien, il était silencieux. Elle se pencha de nouveau en essayant de reproduire le mouvement qui lui avait fait émettre ce curieux son. Il se répéta, mais c'était plutôt comme l'écho de ce qu'on entend sur un terrain de jeux au loin. Un écho de voix sonores, excitées.

Et il ne venait pas du glucomètre.

Pouvait-il s'agir d'un chat ? Ou d'un autre animal enfermé dans la chaufferie ? Un jour de Noël, le hamster de Jeremy était mort dans le séchoir à linge, et Faith avait préféré vendre la machine à un voisin plutôt que de nettoyer le carnage. Mais si ce qu'elle entendait était une bête, elle était vivante, et de toute évidence décidée à le rester. Elle se pencha une troisième fois, approchant sa tête du radiateur à côté des toilettes.

Le son était plus audible cette fois, bien qu'encore assez étouffé. Faith s'agenouilla et pressa sa tête contre les barres du radiateur. Elle se demanda quels étaient les animaux qui pouvaient émettre cette sorte de bruit. On aurait presque dit des mots.

Au secours.

Ce n'était pas un animal. C'était une femme appelant à l'aide.

Faith enfonça sa main dans son sac et en tira le sac en velours où elle rangeait son Glock quand elle ne le portait pas à la ceinture. Ses mains étaient moites.

On frappa plusieurs fois à la porte, assez fort. Puis elle entendit la voix de Darla : « Vous vous sentez bien, agent Mitchell ?

— Oui, oui », répondit Faith, en s'efforçant de parler d'une voix normale. Elle trouva son portable et tenta d'ignorer le tremblement de ses mains. « Est-ce que Tom est rentré ?

— Oui. » La femme n'en dit pas plus. Un seul mot, suspendu en l'air.

« Darla ? » Pas de réponse. « Darla, mon coéquipier est en route. Il sera ici d'un instant à l'autre. » Le cœur de Faith battait si fort qu'elle avait mal à la poitrine. « Darla ? »

Un autre coup à la porte, beaucoup plus impérieux celui-là. Faith lâcha son téléphone et tint son arme à deux mains, prête à tirer sur toute personne qui entrerait dans la salle de bains. Le Glock n'avait pas de cran de sûreté. On ne pouvait tirer qu'en appuyant jusqu'au bout sur la détente. Faith visa le centre de la porte, se préparant à faire feu de toutes ses forces.

Rien. Personne n'entra. La poignée ne tourna pas. Elle jeta un rapide coup d'œil sur le sol, cherchant son téléphone. Il avait glissé derrière le siège des toilettes. Elle garda son arme dirigée sur la porte en se baissant lentement pour le ramasser, et le saisit de sa main gauche.

La porte resta fermée.

Les mains de Faith étaient si moites qu'elle avait toutes les peines du monde à composer un numéro. Elle siffla un juron, car elle avait appuyé sur le mauvais chiffre. Elle faisait une nouvelle tentative quand elle entendit la porte du placard grincer en s'ouvrant derrière elle.

Elle fit un tour sur elle-même, et son arme se retrouva pointée sur la poitrine de Darla. Faith embrassa tout en un seul coup d'œil : la fausse porte au fond du placard, la machine à laver de l'autre côté, le Taser dans les mains de Darla.

Faith s'inclina de côté, sans prendre la peine de viser en appuyant sur la détente. Les électrodes du Taser passèrent à quelques centimètres de son épaule, et les deux minces filins brillèrent sous les ampoules trop fortes avant d'aller frapper le mur.

Darla se tenait debout, le Taser éteint entre les mains. Un trou dans le plâtre s'était formé à une dizaine de centimètres de sa poitrine.

« Ne bougez pas », ordonna Faith en gardant son Glock pointé sur elle et en cherchant de la main la poignée de la porte. « Je suis sérieuse. Ne bougez pas.

— Je suis désolée, murmura la femme.

— Où est Tom ? » Comme elle ne répondait pas, Faith cria : « Putain, où est votre mari ? »

Darla se borna à secouer la tête.

Faith ouvrit brusquement la porte en continuant de viser Darla tandis qu'elle sortait à reculons de la pièce.

« Je suis vraiment désolée », répéta la femme.

Deux bras puissants, soudain, saisirent Faith par-derrière. Un homme, au corps dur et musclé, à la force palpable. Ce ne pouvait être que Tom. Il la souleva du sol et, sans réfléchir, Faith fit feu de nouveau. La balle troua le plafond. Darla était toujours debout dans le placard et Faith appuya de nouveau sur la détente, mais en visant bien cette fois, résolue à atteindre cette femme et à en assumer toute la responsabilité. Elle la manqua et Darla se baissa, puis sortit du placard et referma la porte derrière elle.

Faith tira encore, et encore, tandis que Tom la forçait à reculer dans le hall. Sa main lui serrait le ventre comme un étau et lui causait une douleur si vive qu'elle était sûre qu'un de ses os avait cédé. Elle s'accrocha à son arme aussi longtemps qu'elle put, mais elle ne pouvait pas rivaliser. Elle la lâcha et se mit à donner des coups de pied avec toute la violence dont elle était capable, tendant les mains pour saisir quelque chose à quoi s'agripper : le chambranle, le mur, la poignée de la porte du sous-sol. Tous les muscles de son corps avaient envie de crier de douleur.

« Bats-toi ! Allez, bats-toi ! », gronda Tom, les lèvres si proches de l'oreille de Faith qu'elle avait l'impression qu'il était à l'intérieur de sa tête. Elle sentait son corps réagir à ses tentatives pour se dégager, le plaisir qu'il prenait à la bataille et surtout à sa peur.

Une montée de rage envahit soudain Faith et enflamma sa détermination. Anna Lindsey. Jacquelyn Zabel. Pauline McGhee. Olivia Tanner. Elle ne serait pas une autre de ses victimes. Elle ne finirait pas à la morgue. Elle n'abandonnerait pas son fils. Elle ne perdrait pas son bébé.

Elle se tourna d'un coup et griffa le visage de Tom, plongeant ses ongles dans ses yeux. Elle se servit de toutes les parties de son corps – ses mains, ses pieds, ses dents – pour lutter contre lui. Elle ne plierait pas, elle le tuerait de ses mains s'il le fallait.

« Laissez-moi sortir ! », cria quelqu'un du sous-sol. Ce bruit de voix les prit par surprise. L'espace d'une fraction de seconde, Faith cessa de se débattre, et Tom s'immobilisa. La porte fut secouée. « Putain de merde, laissez-moi sortir de là ! »

Faith reprit ses esprits. Elle recommença à donner des coups de pied, à se tordre dans tous les sens, à faire tout ce qui était humainement possible pour se dégager. Mais Tom tenait bon. Ses bras puissants l'écrasaient contre lui. La personne qui se trouvait derrière la porte du sous-sol frappait contre le battant, cognait à grands coups de poing, essayait de la casser. Faith ouvrit la bouche et cria de toutes ses forces : « Au secours ! Aidez-moi !

— Vas-y ! Fais-le ! », ordonna Tom.

Darla se tenait au bout du hall, le Taser rechargé à la main. À ses pieds, Faith aperçut son Glock.

« Vas-y, je te dis ! », exigea Tom, d'une voix à peine audible par-dessus le vacarme de la porte. « Tue-la ! »

Faith ne pouvait penser qu'à l'enfant dans son ventre, à ces doigts minuscules, à ce délicat battement de cœur soulevant sa poitrine arachnéenne de fœtus. Soudain, elle se laissa complètement aller, relâchant tous les muscles de son corps, molle comme une poupée de chiffon. Tom ne s'attendait pas à ce qu'elle cesse de lutter, et ce poids mort entre ses bras lui fit perdre l'équilibre. Tous deux roulèrent sur le sol. Faith rampa sur le carrelage, tendant la main vers son arme, mais il la ramena brutalement vers lui comme un poisson au bout d'une ligne.

La porte du sous-sol céda dans une giclée d'échardes de bois. Une femme en sortit en courant et faillit tomber en hurlant des obscénités. Ses mains étaient attachées à sa taille, ses pieds enchaînés, mais ce fut d'un mouvement parfaitement précis qu'elle se jeta sur le corps de Tom.

Faith profita de cette distraction et saisit son Glock. Elle se retourna et visa les deux corps qui se battaient sur le sol.

« Salaud ! Fumier ! », cria Pauline McGhee. Elle était agenouillée sur la poitrine de Tom, le haut du corps penché sur lui.

Ses mains étaient étroitement liées à une ceinture autour de sa taille, mais elle avait réussi à serrer ses doigts autour de son cou. « Crève ! », vocіféra-t-elle, du sang coulant de sa bouche lacérée. Ses lèvres étaient déchiquetées, ses yeux remplis d'une haine sauvage. Elle pesait de tout son poids sur la gorge de Tom.

« Arrêtez ! », parvint à articuler Faith, le souffle court et haletant. Elle sentit une douleur profonde dans son ventre, un élancement qui faillit la plier en deux, comme si quelque chose s'était déchiré, mais elle garda son arme pointée sur la poitrine de Pauline. Il restait au moins la moitié d'un chargeur dans son Glock, et elle s'en servirait si c'était nécessaire. « Lâchez-le ! », ordonna-t-elle.

Tom s'arc-bouta et ses mains saisirent Pauline au-dessus de lui. Mais celle-ci pressa plus fort, pivotant sur ses genoux, lui enfonçant ses pouces dans la gorge.

« Tuez-le », supplia Darla. Elle était recroquevillée près de la porte de la salle de bains, le Taser posé près d'elle. « S'il vous plaît, s'il vous plaît... tuez-le...

— Arrêtez ! », répéta Faith, en tentant d'empêcher sa main de trembler autour de la poignée du Glock.

« Laissez-la faire, implora Darla. Je vous en prie, laissez-la faire ! »

Faith poussa un grognement en se remettant debout. Elle approcha le canon de son arme de la tête de Pauline et parla d'une voix aussi ferme que possible. « Arrêtez immédiatement ou j'appuie sur la détente. Je vous jure que je n'hésiterai pas. »

Pauline leva les yeux. Leurs regards se croisèrent, et Faith souhaita que le sien contienne toute la détermination du monde, même si la seule chose qu'elle avait envie de faire était de tomber à genoux et prier pour que la vie en elle continue.

« Lâchez-le immédiatement ! », ordonna-t-elle.

Pauline prit son temps pour obéir, comme si elle espérait qu'une seconde de pression supplémentaire lui permettrait d'arriver à ses fins. Elle s'assit sur le sol, les mains toujours entravées. Tom roula sur lui-même, toussant si fort que tout son corps fut agité de spasmes.

« Appelez une ambulance », dit Faith, bien que personne ne semblât décidé à faire un mouvement. Son esprit fonctionnait à toute allure, mais sa vision était brouillée. Il fallait qu'elle appelle Amanda. Qu'elle trouve Will. Où était-il ? Pourquoi n'était-il pas là ?

« Qu'est-ce que vous avez ? », demanda Pauline en jetant à Faith un regard méchant.

La tête de Faith tournait. Elle s'appuya lourdement au mur, en faisant des vœux pour ne pas s'évanouir. Elle sentit quelque chose de mouillé entre ses jambes. Puis un autre élancement dans son ventre, comme une contraction. « Appelez une ambulance, répéta-t-elle.

— De l'ordure… Vous n'êtes que de l'ordure, vous toutes… »

C'était la voix étouffée de Tom Coldfield.

« Ta gueule ! gronda Pauline.

— Chassez cette femme… Et fermez la porte à clef…

— Ta gueule ! », répéta Pauline.

Un son guttural sortit de la gorge de Tom. Il riait. « Absalom, je suis ressuscité ! »

Pauline fit un effort pour se mettre à genoux.

« Tu descends tout droit en enfer, mon salaud !

— N'approchez pas ! », avertit Faith en levant de nouveau son arme. « Trouvez-moi un téléphone. » Par-dessus son épaule, elle ordonna à Darla : « Apportez-moi mon téléphone, il est dans la salle de bains. »

Elle tourna brusquement la tête et vit que Pauline se penchait de nouveau sur Tom.

« N'approchez pas ! », répéta-t-elle.

Pauline adressa à Tom un grotesque sourire de citrouille de Halloween. Au lieu d'enserrer de nouveau sa gorge avec ses mains, elle lui cracha au visage. « La Géorgie est un État où on pratique la peine de mort, sale bâtard ! Et figure-toi que c'est pour ça que je m'y suis installée.

— Un moment, intervint Faith, intriguée. Vous le connaissez ? »

La haine à l'état pur brilla dans les yeux de la femme. « Bien sûr que je le connais, pauvre connasse. C'est mon frère. »

Chapitre vingt-quatre

WILL ÉTAIT COUCHÉ SUR LE CÔTÉ sur le sol de la cuisine de Judith Coldfield et la regardait, assise sur une chaise, qui sanglotait dans ses mains. Son nez lui démangeait, mais il était bizarre qu'il en ait conscience à un pareil moment, compte tenu du fait qu'il avait un couteau de cuisine planté dans le dos. Chaque fois qu'il essayait de tourner la tête, la douleur était si forte qu'il se sentait tout près de perdre connaissance.

Il ne saignait pas beaucoup. La vraie menace, c'était que le couteau se mette à bouger et s'enfonce davantage, perçant telle ou telle veine ou telle ou telle artère et causant une sérieuse hémorragie. Rien qu'en pensant à ce mécanisme, à la lame de métal insérée entre ses muscles et ses tendons, la tête lui tournait. Son corps était trempé de sueur et il commençait à avoir des frissons. Curieusement, garder la tête levée était le plus difficile. Ses muscles étaient si tendus que le sang battait violemment à ses tempes à chaque palpitation de son cœur. S'il les décontractait ne fût-ce qu'un instant, la douleur dans son épaule faisait monter un goût de vomi à sa bouche. Will n'avait jamais eu conscience du nombre de parties de son corps qui étaient reliées à son épaule.

« C'est un bon garçon », dit Judith, la voix étouffée par ses mains. « Vous n'imaginez pas à quel point c'est un bon garçon.

— Dites-moi. Dites-moi pourquoi vous le pensez. »

Cette question la surprit. Elle finit par le regarder et sembla se rendre compte qu'il était peut-être en danger de mort. « Vous souffrez ?

— Ça fait plutôt mal, oui. Il faut que j'appelle ma coéquipière. Que je sache si elle va bien.

— Tom ne lui ferait jamais de mal. »

Le fait qu'elle se sente obligée de l'affirmer fit ressentir à Will une peur glacée. Faith était un bon flic. Elle savait se protéger… sauf quand elle était sans défense. Et elle avait fait une syncope quelques jours plus tôt, elle était tombée d'un coup sur le trottoir du parking, au tribunal. Si elle en faisait une autre ? Si elle tombait en syncope et, une fois revenue à elle, ouvrait les yeux pour découvrir l'obscurité d'une autre caverne, d'une autre chambre de torture creusée dans le sol par Tom Coldfield ?

Judith s'essuya les yeux avec le dos de sa main. « Je ne sais pas quoi faire… »

À l'évidence, elle n'attendait pas qu'il le lui suggère. « Pauline Seward a quitté Manistee, dans le Michigan, il y a vingt ans. À l'époque, elle en avait dix-sept. »

Judith détourna les yeux.

Il fit une tentative : « Le rapport sur sa disparition dit qu'elle a quitté le domicile familial parce que son frère la molestait.

— Ce n'est pas vrai. Pauline… Elle a inventé tout ça !

— J'ai lu le rapport, mentit Will. Je sais ce qu'il lui a fait endurer.

— Il n'a rien fait, insista Judith. Pauline s'est fait ça toute seule.

— C'est elle qui s'est blessée volontairement ?

— Elle, oui. Évidemment. Ensuite, elle a inventé des histoires. Du moment où elle est née, c'était une sale gamine qui causait sans cesse des problèmes. »

Will aurait pu prévoir ces mots. « Pauline est votre fille », dit-il.

Judith fit oui de la tête, visiblement dégoûtée de reconnaître cette vérité.

« Quel genre de problèmes causait-elle ?

— Elle ne voulait pas manger, répondit Judith. Elle se faisait mourir de faim. Nous l'avons emmenée chez un médecin après l'autre. Nous avons dépensé jusqu'au dernier sou pour la faire soigner, et elle nous a récompensés en allant trouver la police pour raconter ces horribles histoires sur Tom. Des choses monstrueuses.

— Elle a dit qu'il lui faisait du mal ? »

Elle hésita, puis hocha presque imperceptiblement la tête. « Tom a toujours été d'un caractère très doux. Mais Pauline était trop... » Elle secoua la tête, incapable de trouver ses mots. « Elle a inventé toutes sortes d'histoires sur lui. Des horreurs. Je savais que ça ne pouvait pas être vrai. » Judith revenait sans cesse au même point. « Dès sa petite enfance, Pauline était une menteuse. Elle cherchait toutes les façons de faire du mal aux gens. De faire du mal à Tom.

— Son prénom n'est pas vraiment Tom, n'est-ce pas ? »

Elle regardait par-dessus son épaule, probablement la poignée du couteau qui dépassait. « Tom est son second prénom. Le premier est...

— Matthias ? », devina-t-il. De nouveau, elle fit oui de la tête, et, l'espace de quelques secondes, Will pensa à Sara Linton. Elle plaisantait sur le moment, mais elle avait raison depuis le début : *Trouvez un type qui s'appelle Matthias et vous aurez trouvé votre tueur.*

« Après la trahison de Judas, les apôtres ont dû décider qui les aiderait à annoncer la résurrection de Jésus. » Son regard croisa enfin celui de Will. « Ils ont choisi Matthias. C'est un nom saint. Celui d'un vrai disciple de Notre Seigneur. »

Will cligna des paupières pour chasser la sueur dans ses yeux. Il dit à Judith : « Toutes les femmes qui ont disparu ont un lien avec votre foyer. Jacquelyn Zabel a donné les affaires de sa mère. La banque d'Olivia Tanner était votre sponsor. Le cabinet d'Anna Lindsey vous faisait profiter de ses services. C'est comme ça que Tom a dû toutes les rencontrer.

— Vous n'en savez rien.

— Alors, trouvez-moi un autre lien. »

Les yeux de Judith se détournèrent des siens, et il vit le désespoir sur son visage. « Pauline, suggéra-t-elle. C'est elle qui a dû...

— Pauline a disparu, madame Coldfield. Elle a été enlevée sur le parking d'un supermarché il y a deux jours. Son fils de six ans a été abandonné dans sa voiture.

— Elle a un enfant ? » La bouche de Judith s'ouvrit sous l'effet de la stupeur. « Pauline a un enfant ?

— Oui. Felix. Votre petit-fils. »

Elle porta sa main à sa poitrine. « Les médecins avaient dit qu'elle ne pourrait pas… Je ne comprends pas. Comment a-t-elle fait pour avoir un enfant ? On m'avait dit qu'elle ne pourrait jamais porter… » Elle secouait la tête, incrédule.

« Votre fille souffrait d'anorexie ?

— Nous avons essayé de la faire soigner, mais à la fin… » Judith, de nouveau, secoua la tête, comme si tout cela ne servait à rien. « Tom la taquinait sur son poids, mais tous les petits frères taquinent leur grande sœur. Il n'a jamais voulu la blesser. Il n'a jamais voulu… » Elle s'arrêta, retenant un sanglot étranglé. Sa façade se lézardait à mesure qu'elle comprenait que son fils, après tout, pourrait bien être le monstre que Will lui avait décrit. Mais aussitôt, elle se reprit et secoua encore la tête. « Non. Je ne vous crois pas. Tom ne ferait jamais de mal à personne. »

Un long frisson parcourut le corps de Will. Il ne perdait toujours pas beaucoup de sang, mais son esprit ne parvenait pas à ignorer la douleur plus d'une minute à la fois. Sa tête tombait, ou de la sueur lui brouillait la vue, et elle se réveillait, plus aiguë, plus lancinante que jamais. L'obscurité de l'inconscience l'attirait, le doux soulagement de se laisser aller. Il permit à ses yeux de se fermer quelques secondes, puis quelques secondes de plus. Mais ensuite, d'un sursaut mental, il se força à reprendre ses esprits, non sans une nouvelle morsure de la douleur.

Judith dit : « Vous avez besoin d'aide. Je vais appeler de l'aide. » Mais elle ne fit pas un mouvement. Le téléphone se remit à sonner, mais elle se borna à regarder le combiné sur le mur.

« Parlez-moi de la caverne.

— Quelle caverne ?

— Votre fils aimait creuser des trous dans la terre ?

— Ce qu'il aime, mon fils, c'est aller à l'église. Il aime sa famille. Et il aime aider les autres.

— Parlez-moi du nombre onze.

— Quoi, le nombre onze ?

— Tom semble attiré par le nombre onze. C'est à cause de son prénom ?

— C'est un nombre qu'il aime. C'est tout.

— Judas a trahi Jésus. Il y avait onze apôtres jusqu'à l'arrivée de Matthias.

— Je connais la Bible, figurez-vous.

— Est-ce que Pauline vous a trahie ? Est-ce qu'il vous manquait quelque chose jusqu'à la naissance de votre fils ?

— Je ne comprends rien à ce que vous me dites.

— Tom est obsédé par le nombre onze, dit Will. Il a arraché la onzième côte d'Anna Lindsey. Et il lui a enfoncé onze sacs-poubelle dans le vagin.

— Taisez-vous ! cria Judith. Je ne veux plus écouter vos horreurs !

— Il les a brûlées avec de l'électricité. Il les a violées, torturées. »

Sa voix ne fut plus qu'un glapissement étranglé : « Il essayait de les sauver ! »

Les mots résonnèrent dans la petite pièce comme une balle de flipper tintant contre le métal.

Judith se couvrit la bouche avec la main, terrifiée.

Will dit : « Vous saviez.

— Je ne savais rien du tout !

— Vous avez dû regarder les nouvelles. Les noms de certaines femmes ont été révélés. Et vous les avez reconnues, parce qu'elles avaient toutes un lien avec votre foyer. Vous avez vu Anna Lindsey sur la route après que Henry l'a renversée. Vous avez appelé Tom pour qu'il se charge d'elle, mais il y avait trop de monde autour de vous.

— Non. Non !

— Judith, vous savez…

— Je connais mon fils, s'obstina-t-elle. S'il s'est occupé de ces femmes, c'était seulement parce qu'il voulait les aider.

— Judith… »

Elle se leva, et Will sentit qu'elle était en colère à présent. « Je n'ai pas l'intention de continuer à vous écouter débiter des mensonges sur lui. Je l'ai soigné quand il était bébé. Je l'ai tenu… » Elle joignit les bras pour imiter un berceau. « Je l'ai tenu contre ma poitrine et je lui ai promis que je le protégerais.

— Vous n'avez pas fait la même chose avec Pauline ? »

Son visage n'exprimait plus aucune émotion. « Si Tom n'arrive pas, il va falloir que je m'occupe de vous moi-même. » Elle prit un autre couteau. Ils étaient suspendus à côté de l'évier, rangés par taille. « Ça m'est égal si je passe le reste de ma vie en prison, mais je ne vous laisserai pas vous attaquer à mon fils.

— Vous êtes sûre que vous pourrez ? Poignarder quelqu'un dans le dos, ce n'est pas la même chose que le poignarder en face.

— Je ne vous laisserai pas lui faire du mal. » Elle tint le couteau maladroitement, à deux mains. « Je ne vous laisserai pas faire de mal à mon fils !

— Posez ce couteau.

— Vous croyez pouvoir me dire ce que je dois faire ?

— Ma chef est derrière vous et vise votre tête avec son arme. »

Judith eut une sorte de hoquet, qui s'étouffa dans sa gorge quand elle fit volte-face et découvrit Amanda debout de l'autre côté de la fenêtre. Sans prévenir, elle leva son couteau et se précipita vers Will. La fenêtre explosa. Judith tomba sur le sol aux pieds de Will, la main toujours crispée sur le manche du couteau. Un cercle de sang parfait maculait le dos de son chemisier blanc.

Il entendit qu'on forçait une porte. Des gens entrèrent en courant, leurs lourdes chaussures frappant le sol à grand bruit, des ordres furent aboyés. Mais Will n'en pouvait plus. Il laissa tomber sa tête et un nouvel élancement de douleur le déchira de part en part. Les hauts talons d'Amanda apparurent dans son champ de vision. Elle s'agenouilla devant lui. Ses lèvres remuaient, mais Will n'entendait pas ce qu'elle disait. Il aurait voulu lui demander des nouvelles de Faith, des nouvelles de son bébé, mais il était si facile de se laisser emporter par l'obscurité.

Trois jours plus tard

Chapitre vingt-cinq

PAULINE MCGHEE ÉTAIT PÉNIBLE à regarder, bien qu'elle tînt son enfant dans ses bras. Sa bouche avait été profondément lacérée par les fils de fer qu'elle avait mordus, et elle avait du mal à articuler, car ses lèvres enflées ne se séparaient que de quelques millimètres. De minuscules points de suture avaient recousu la peau d'une façon qui faisait penser au monstre de Frankenstein. Malgré ces blessures, il était difficile d'éprouver de la compassion pour elle, peut-être parce qu'elle traitait Faith de « connasse » avec plus de mépris que le pire des machos.

« Pauvre connasse, je ne sais pas ce que je peux vous dire, marmonna-t-elle. Je n'ai pas vu ma famille depuis vingt ans. »

Will s'agita sur sa chaise à côté de Faith. Le bras en écharpe contre sa poitrine, il souffrait visiblement, mais il avait tenu à assister à l'entretien. Faith ne pouvait lui reprocher de vouloir des réponses à ses questions. Malheureusement, l'évidence s'imposait rapidement qu'ils n'en obtiendraient pas de Pauline.

« Tom a vécu dans seize villes différentes au cours des trente dernières années, dit Will. Et nous avons trouvé des affaires de disparition dans douze d'entre elles. Des femmes enlevées qui ne sont jamais revenues. Toujours par paires. Deux femmes chaque fois.

— Je sais ce que c'est qu'une paire, ducon ! »

Will ouvrit la bouche pour répondre, mais Faith mit sa main sous la table et lui pressa légèrement le genou. Leurs tactiques habituelles ne fonctionnaient pas. Pauline McGhee était de la race des survivantes, et elle aurait piétiné n'importe qui pour sauver sa peau. Elle avait assommé Olivia Tanner en lui cognant la tête contre le mur pour être sûre d'être la première – et peut-être la seule – à s'évader du sous-sol. Elle aurait étranglé son propre frère si Faith ne l'en avait pas empêchée. Elle n'était pas de ces gens avec qui employer la méthode douce.

Faith tenta quelque chose : « Pauline, arrêtez donc votre cinéma, vous voulez ? Vous savez que vous pouvez quitter cette pièce à n'importe quel moment. Si vous restez, c'est pour une raison. »

La femme baissa les yeux sur Felix et lui caressa les cheveux. L'espace d'un instant, Pauline McGhee parut presque humaine. Quelque chose qui émanait de cet enfant la transformait, et Faith comprit que sa carapace de méchanceté était une défense contre le monde dont seul Felix avait le pouvoir de venir à bout. Le petit garçon s'était endormi aussitôt que sa mère s'était assise à la table de réunion. Il ne cessait de porter son pouce à sa bouche, et Pauline l'en avait retiré à quelques reprises avant de renoncer. Faith comprenait qu'elle ne veuille pas s'éloigner un instant de son fils, mais ce n'était pas le genre d'entretien auquel il était normal de venir avec son enfant.

Pauline demanda : « Vous auriez vraiment tiré ?

— Quoi ? », dit Faith. Mais elle savait exactement à quoi Pauline faisait allusion.

« Dans le hall, dit-elle. Je l'aurais tué. Je voulais le tuer.

— Je suis officier de police, répondit Faith. C'est mon travail de protéger la vie.

— Cette vie-là ? demanda Pauline, incrédule. Vous savez ce qu'il a fait, cette charogne ? » Elle fit un signe du menton vers Will. « Écoutez votre coéquipier. Mon frère a tué au moins deux douzaines de femmes. Vous pensez vraiment qu'il mérite un procès ? » Elle pressa ses lèvres sur la tête de Felix. « Vous auriez dû me laisser le tuer. L'exterminer comme une bête nuisible. »

Faith ne répondit pas, car en vérité elle n'avait rien à dire. Tom Coldfield ne parlait pas. Il ne se vantait pas de ses crimes, il ne proposait pas de révéler où il avait enterré les corps en échange de sa vie. Il était résolu à aller en prison, probablement jusqu'au couloir de la mort. Tout ce qu'il avait demandé était du pain, de l'eau et sa Bible, qui portait tant d'annotations gribouillées que les mots étaient à peine lisibles.

Pourtant, les nuits précédentes, Faith s'était tournée et retournée dans son lit, revivant ces quelques secondes dans le hall de la maison de Tom et Darla Coldfield. Parfois, elle imaginait qu'elle laissait Pauline tuer son frère. D'autres fois, elle en arrivait à être obligée de tirer. Aucun de ces scénarios ne lui convenait, et elle s'était résignée à admettre que ces émotions étaient de celles que seul le temps peut effacer. Ce qui l'aiderait à passer à autre chose, c'était que l'affaire n'était plus de sa responsabilité, ni de celle de Will. Comme les crimes de Matthias Thomas Coldfield avaient été commis dans différents États, c'était maintenant au FBI de poursuivre l'enquête. Si Faith avait été autorisée à interroger Pauline, c'était seulement parce qu'elle pensait qu'il y avait un lien entre les victimes. Mais ils s'étaient trompés.

Ou peut-être que non.

« À combien en êtes-vous ? demanda Pauline.

— Neuf semaines », répondit Faith. Elle était tout près de devenir folle quand les infirmiers étaient arrivés chez les Coldfield. Elle ne pouvait penser qu'à son bébé, à sa sécurité. Même quand le battement de son cœur avait été détecté par le moniteur fœtal, Faith avait continué à sangloter, suppliant les infirmiers de l'emmener à l'hôpital. Elle était convaincue que tout le monde se trompait, que quelque chose d'affreux s'était produit. Étrangement, la seule personne qui était parvenue à la persuader du contraire avait été Sara Linton.

Le bon côté des choses était que maintenant, toute sa famille savait qu'elle attendait un enfant, grâce aux infirmières du Grady Hospital qui avaient parlé d'elle comme « cette femme-flic enceinte à moitié hystérique » tout le temps de son séjour aux urgences.

Pauline caressa les cheveux de Felix. « Je suis devenue tellement grosse quand je l'attendais ! C'était répugnant à voir.

— C'est dur, admit Faith. Mais ça en vaut la peine.

— Oui, vous avez raison. » Elle effleura la tête de son fils avec ses lèvres abîmées. « Je n'ai que lui de bien dans ma vie. »

Faith avait souvent été tentée de dire la même chose au sujet de Jeremy, mais à présent, face à Pauline McGhee, elle se rendait compte de sa chance. Faith avait sa mère, qui l'aimait malgré tous ses défauts. Elle avait Zeke, son frère, même s'il était parti pour l'Allemagne pour qu'enfin elle lui fiche la paix. Elle avait Will, et, pour le meilleur et pour le pire, elle avait Amanda. Pauline n'avait personne, sauf un petit garçon qui avait désespérément besoin d'elle.

Pauline parla de nouveau : « Quand j'ai eu Felix, ça m'a fait penser à elle. À Judith. Comment pouvait-elle me détester autant ? » Elle leva les yeux vers Faith, attendant une réponse.

« Je ne sais pas, répondit Faith au bout de quelques secondes. J'ai du mal à imaginer comment on peut détester ses enfants. Ou d'ailleurs n'importe quel enfant.

— Oh, il y a des gamins vraiment odieux. Mais quand il s'agit du sien… »

Pauline se tut de nouveau, si longtemps cette fois que Faith se demanda s'ils étaient revenus à la case départ.

Will prit la parole : « Nous avons besoin de savoir pourquoi tout ça est arrivé, Pauline. »

Elle regardait par la fenêtre, son fils serré contre son cœur. Elle parla si bas qu'ils durent tendre l'oreille. « Mon oncle m'a violée », dit-elle.

Faith et Will gardèrent le silence, pour lui donner du temps.

Pauline continua : « J'avais trois ans. Puis quatre. Puis bientôt cinq. J'ai fini par me confier à ma grand-mère, je pensais qu'elle me sauverait. Mais cette salope n'a pas voulu me croire. Au contraire, elle m'a frappée, elle a dit que j'inventais tout, elle a réagi comme si j'étais une gamine diabolique. » Ses lèvres se tordirent en un rictus amer. « Et c'est eux que ma mère a crus. Elle a choisi leur camp. Comme toujours.

— Qu'est-ce qui est arrivé ensuite ?

— Nous avons déménagé. Nous déménagions toujours quand il y avait un problème. Mon père demandait une mutation, nous vendions la maison et tout était censé repartir de zéro. Mais en réalité, rien ne changeait vraiment. Une autre ville, une autre école, toujours la même vie pourrie.

— Quand les choses ont-elles commencé à se dégrader avec Tom ?

— Quand j'avais quinze ans. » Pauline secoua la tête avec dégoût. « J'avais une amie, qui s'appelait Alexandra McGhee. J'ai pris son nom quand j'en ai changé. Nous vivions dans l'Oregon, c'était un peu plus de deux ans avant que nous nous installions à Manistee. C'est à ce moment-là que les ennuis ont commencé avec Tom. Que le cauchemar a commencé. » Son ton, maintenant, était celui d'un terne récit, comme si elle faisait un compte rendu de seconde main d'événements sans importance au lieu de révéler les moments les plus horribles de sa vie. « Il était obsédé par moi. Peut-être amoureux de moi, mais à sa façon, perverse. Il me suivait partout, il reniflait mes vêtements, il essayait de me toucher, de toucher mes cheveux et aussi… »

Elle laissa sa phrase en suspens, et Faith s'efforça de cacher son dégoût, mais son estomac se crispa devant l'image qu'évoquaient les mots de Pauline.

Elle poursuivit : « Tout à coup, Alex a cessé de venir chez nous. Pourtant, nous étions grandes amies. J'ai essayé de savoir si j'avais dit ou fait quelque chose qui… » De nouveau, elle s'interrompit. « C'était Tom qui lui faisait du mal. Je ne sais pas comment. Enfin, je ne savais pas comment au début. J'ai compris assez vite.

— Quoi ?

— Elle écrivait la même phrase partout. Les mêmes mots, encore et toujours. Sur ses livres, sur les semelles de ses chaussures, sur le dos de sa main.

— *Je ne me priverai pas* », devina Will.

Pauline acquiesça de la tête. « C'était un exercice qu'un médecin de l'hôpital m'avait prescrit. J'étais censée écrire cette phrase le plus souvent possible, pour me convaincre de ne plus m'interdire de manger. Comme si écrire un million de fois sa petite phrase à la con allait suffire à tout changer.

— Vous saviez que Tom obligeait Alex à l'écrire ?

— Alex me ressemblait, dit Pauline. C'est pour ça que Tom l'aimait tant. Elle était comme un substitut de moi : même couleur de cheveux, même taille, à peu près le même poids, même si elle n'avait pas l'air aussi maigre. »

Les qualités qui avaient attiré Tom vers ses victimes récentes : toutes ressemblaient à sa sœur.

Pauline dit : « Je l'ai questionné. Pourquoi lui faisait-il écrire cette phrase ? J'étais en colère, vous comprenez ? Je l'ai engueulé. Alors, il m'a frappée. Pas une gifle. Avec son poing. Je suis tombée à la renverse, et il a continué à me taper dessus de toutes ses forces. »

Faith demanda : « Qu'est-ce qui s'est passé ensuite ? »

Pauline regarda distraitement par la fenêtre, comme si elle était seule dans la pièce. « Alex et moi, nous allions dans les bois. Souvent, après l'école, pour fumer sans qu'on nous voie. Le jour où Tom m'a frappée, c'est là que je suis allée la retrouver. D'abord, elle n'a rien voulu dire, et puis elle a éclaté en sanglots. Elle m'a avoué que Tom l'entraînait dans le sous-sol de notre maison, et qu'il lui faisait des choses. Inutile de vous dire de quel genre. » Elle ferma les yeux. « Et Alex se laissait faire, parce que Tom lui avait dit que sinon, c'est à moi qu'il le ferait. Elle me protégeait, vous comprenez ? »

Elle rouvrit les yeux, fixant Faith avec une intensité pénible à supporter. « Alors, nous avons discuté de ce que nous pourrions faire. Je lui ai dit que ce n'était pas la peine d'en parler à mes parents, parce qu'ils ne nous croiraient pas. Donc, nous avons fini par décider d'aller tout dire à la police. Il y avait un flic que je connaissais. Seulement, je crois que Tom nous avait suivies dans les bois. Il n'arrêtait pas de nous surveiller, de nous épier. Il s'était même procuré un petit micro qu'il avait caché dans ma chambre. Il nous écoutait et pendant ce temps-là… » Elle haussa les épaules, et Faith devina sans peine ce que Tom faisait en écoutant sa sœur et son amie.

Pauline reprit : « Ce qui est sûr, c'est qu'il nous a trouvées. Il m'a frappée à l'arrière de la tête avec une pierre. Je ne sais pas ce qu'il a fait à Alex. Je ne l'ai pas vue pendant quelque temps. Je crois qu'il s'acharnait sur elle, qu'il essayait de la briser. C'était le plus dur à vivre. Est-ce qu'elle était morte ? Est-ce qu'il la battait ? Est-ce qu'il la torturait ? Ou alors, il avait décidé de la laisser tranquille, mais elle restait dans son coin et elle se taisait parce qu'elle avait peur de lui. » Elle déglutit. « Mais ce n'était pas ça.

— Quoi, alors ?

— Il l'avait de nouveau enfermée dans le sous-sol. Il la gardait là avant de commencer les vraies horreurs.

— Et personne ne l'a entendue ?

— Mon père était en déplacement, comme d'habitude, et ma mère… » De nouveau, elle secoua la tête, et Faith se dit qu'ils ne sauraient probablement jamais jusqu'où Judith Coldfield était au courant des comportements sadiques de son fils.

« Je ne sais pas combien de temps elle y est restée, dit Pauline, mais ce que je sais, c'est qu'elle a fini au même endroit que moi.

— C'est-à-dire ?

— Sous terre. Il faisait noir. Nous avions un bandeau sur les yeux. Il nous avait mis du coton dans les oreilles, mais à condition de parler très fort, nous nous entendions quand même. Nous étions attachées, mais nous savions que nous étions sous terre. On sent un goût, vous savez ? Un goût de mouillé, de saleté dans la bouche. Il avait creusé une caverne. Il lui avait sûrement fallu plusieurs semaines. Il aimait tout planifier, contrôler le moindre détail.

— Il était avec vous ?

— Pas au début. Je crois qu'il était occupé à se forger un alibi. Il s'est contenté de nous laisser là pendant quelques jours. Attachées pour que nous ne puissions pas bouger, les yeux bandés pour que nous ne puissions pas voir, obligées de crier pour échanger quelques mots. Nous avons appelé à l'aide, mais… » Elle secoua encore la tête comme si elle voulait chasser ces souvenirs par ce geste. « Il nous a apporté de l'eau, mais pas de nourriture. Je crois qu'une semaine s'est passée comme ça. Je supportais la faim, j'étais déjà restée plus longtemps que ça sans manger. Mais Alex… Ses nerfs l'ont lâchée. Elle n'arrêtait pas de pleurer, elle me suppliait de faire quelque chose pour nous sortir de là. Alors, Tom arrivait et c'était mon tour de le supplier de la faire taire. Je n'en pouvais plus de l'entendre. » Elle se tut de nouveau, perdue dans ses pensées. « Et puis, un jour, quelque chose a changé. Il a commencé, comme il disait, à s'occuper de nous.

— Qu'est-ce qu'il a fait ?

— D'abord, il n'arrêtait pas de parler. Tout un baratin bourré de références bibliques, des trucs que ma mère lui avait fourrés dans le crâne sur le fait qu'il avait pris la place de Judas, parce que Judas avait trahi Jésus. Elle avait toujours dit que je l'avais trahie aussi, qu'elle m'avait élevée pour que je devienne une bonne petite fille, mais que j'avais montré que j'avais un mauvais fond et que je m'étais fait détester de toute la famille à cause de mes mensonges. »

Faith cita les derniers mots qu'elle avait entendus de la bouche de Tom Coldfield : « Absalom, je suis ressuscité ! »

Pauline frémit comme si ces mots lui perçaient la chair. « C'est dans la Bible. Le livre de Samuel. Amnon a violé sa sœur, puis il l'a chassée de la cour en prétendant qu'elle était une putain. » Ses lèvres déchiquetées se tordirent en une approximation de sourire. « Absalom était le frère d'Amnon. Il l'a tué pour le punir d'avoir violé leur sœur. » Elle eut un rire amer. « Dommage que je n'aie pas eu un autre frère.

— Tom a toujours été obsédé par la religion ?

— Si on veut. Je veux dire, pas par une religion normale. Il tordait la Bible dans tous les sens pour l'adapter à ses envies. C'était pour ça qu'il nous gardait sous terre, Alex et moi. Pour que nous ayons une chance de renaître comme Jésus. » De nouveau, elle regarda Faith droit dans les yeux. « C'est complètement fou, hein ? Il parlait des heures et des heures, pour nous faire comprendre à quel point nous étions mauvaises, mais qu'il allait nous racheter. Il me touchait quelquefois, mais je ne voyais pas... » Elle frémit de nouveau, mais cette fois, ce fut tout son corps qui trembla. Felix remua un peu et elle le caressa pour qu'il se rendorme.

Will demanda : « Et quand il ne s'est plus contenté de vous parler ?

— Qu'est-ce que vous croyez ? », demanda-t-elle d'un ton de sarcasme. « Il était trop jeune pour bien savoir ce qu'il faisait, mais il savait une chose : quand il nous faisait mal, quand nous hurlions, il aimait ça ! » Elle avala avec peine et ses yeux se remplirent de larmes. « C'était la première fois, pour toutes les deux. Nous n'avions que quinze ans. Les filles n'étaient pas si délurées à l'époque. Nous n'étions pas des anges, mais pas non plus des traînées.

— Il vous a fait autre chose ?

— Oui, il nous a laissées à moitié mourir de faim. Pas comme ses victimes récentes, mais nous avons pas mal souffert.

— Et les sacs-poubelle ? »

Elle fit oui de la tête, d'un mouvement bref et dur. « Pour lui, nous étions de l'ordure. Pas autre chose que de l'ordure. »

C'était ce que Tom avait dit dans le hall. « Mais personne ne s'est inquiété de votre absence quand vous étiez sous terre ?

— Tout le monde a cru que nous avions fugué. C'est fréquent chez les filles adolescentes, vous savez bien. Elles s'en vont de chez elles, et si les parents sont là pour dire que ce sont des enfants difficiles, de sales gamines qui mentent tout le temps et qui n'arrêtent pas de causer des problèmes, alors les autorités n'y font pas tellement attention, pas vrai ? » Elle ne leur laissa pas le temps de répondre. « Et Tom, je suis sûr que ça l'a fait bander de mentir aux flics, de leur dire qu'il ne savait pas où nous étions passées.

— Quel âge avait Tom quand tout ça est arrivé ?

— Trois ans de moins que moi.

— Donc, douze ans.

— Non, même pas, corrigea Pauline. Il ne les avait pas encore. Son anniversaire est tombé un mois plus tard. Et il a eu droit à une fête. Ce petit monstre était en liberté surveillée, et ma mère lui a organisé une fête d'anniversaire !

— Et comment êtes-vous sorties de la caverne ?

— Il a fini par nous laisser partir. Et il a dit qu'il nous tuerait si jamais nous le dénoncions. Alex en a quand même parlé à ses parents, et ils l'ont crue. » Elle eut un petit rire aigre. « Et comment, ils l'ont crue !

— Qu'est-ce qui est arrivé à Tom ?

— Il a été arrêté. Les flics ont téléphoné et ma mère l'a emmené au poste. Ils ne sont pas venus le chercher, ils se sont contentés d'un coup de fil pour qu'on le leur amène. » Elle se tut, rassemblant ses souvenirs. « On lui a fait subir une expertise psychiatrique. On a beaucoup parlé de l'envoyer dans une prison pour adultes, mais ce n'était qu'un gamin, et tous les psys hurlaient qu'il avait surtout besoin d'aide. Tom avait l'air d'un tout petit garçon quand il voulait. Beaucoup plus jeune que la réalité. Ahuri, comme s'il ne comprenait pas pourquoi les gens disaient toutes ces méchantes choses sur lui.

— Qu'est-ce que le tribunal a décidé ?

— Il a décrété qu'il était malade. Je ne sais pas de quoi. Une psychopathie quelconque, je suppose.

— Nous avons ses états de service dans l'armée de l'air. Vous saviez qu'il avait été militaire ? » Pauline fit non de la tête. « Six ans. Puis il a été mis en réserve définitive alors qu'il risquait de passer en cour martiale.

— Qu'est-ce que ça veut dire ?

— En lisant entre les lignes, je pense que l'armée ne voulait pas – ou ne savait pas – affronter ses comportements déviants. Alors, elle lui a proposé une retraite honorable, et il a accepté. » Les états de service de Tom Coldfield étaient rédigés dans une phraséologie officielle que seul un habitué de la bureaucratie militaire était à même de déchiffrer. En tant que médecin, Zeke, le frère de Faith, avait décelé tous les indices. Le plus probant était que Tom n'avait pas été rappelé pour servir en Irak même au plus fort de la guerre, quand les critères d'enrôlement étaient pourtant les moins exigeants.

Will demanda : « Quand Tom a été déclaré malade mental en Oregon, qu'est-ce qu'on a décidé pour lui ? »

Pauline répondit d'un ton mesuré. « Mes parents ont reçu l'ordre de le faire soigner à l'hôpital d'État, mais ma mère est allée baratiner le juge. Elle a dit que nous avions de la famille dans l'Est et qu'il serait mieux dans un hôpital là-bas, parce qu'il serait mieux entouré. Le juge a dit d'accord. Je suppose que tout le monde avait surtout envie d'être débarrassé de nous. Comme l'armée, non ? Un souci de moins.

— Et votre mère l'a fait traiter ?

— Jamais de la vie, qu'est-ce que vous croyez ? », dit-elle d'une voix ricanante. « Ma mère a réagi comme à chaque fois. Elle a dit qu'Alex et moi étions des menteuses, que nous avions fugué et que nous nous étions fait molester par un inconnu, et que nous mettions tout ça sur le dos de Tom parce que nous le détestions et que nous voulions nous faire plaindre. »

Faith sentit une nausée lui retourner l'estomac. Comment une mère pouvait-elle être aussi aveugle aux souffrances de son enfant ?

Will demanda : « C'est à ce moment-là que vous avez changé de nom ?

— C'est ma mère qui l'a voulu. Après ce qui était arrivé à Tom, nous nous sommes fait appeler Seward. Ce n'était pas simple. Il y avait le nom sur le compte en banque, dans les administrations, tout un tas de formulaires à remplir pour que ce soit légal. Mon père a enfin commencé à poser des questions. Il n'était pas content, parce que pour une fois il fallait qu'il se démène un peu, vous comprenez ? Aller dans des bureaux, obtenir des copies de certificats de naissance, remplir toutes sortes de papiers. Ils étaient en train de faire toutes ces démarches pour s'appeler Seward quand je me suis enfuie. Je suppose que lorsqu'ils ont quitté le Michigan, ils ont repris le nom de Coldfield. Mais ne croyez pas que l'Oregon gardait l'œil sur Tom. En ce qui les concernait, l'affaire était close.

— Plus tard, avez-vous eu des nouvelles de votre amie Alex McGhee ?

— Elle s'est suicidée. » La voix de Pauline était si froide que Faith en eut le frisson. « Je suppose qu'elle n'a pas supporté ce qu'elle avait vécu. Certaines femmes sont comme ça. Elles manquent de résistance. »

Will demanda : « Vous êtes sûr que votre père n'a jamais su ce qui se passait ?

— Il ne voulait pas savoir », répondit Pauline. Mais c'était impossible à vérifier. Quand il avait appris ce qui était arrivé à sa femme et à son fils, le cœur de Henry Coldfield avait lâché et il était mort pendant son transport à l'hôpital.

Will insista : « Votre père n'a jamais remarqué…

— Il voyageait tout le temps. Il partait pour des semaines, parfois un mois entier. Et même quand il était à la maison, il n'y était jamais vraiment. Il pilotait son avion, ou il allait à la chasse, ou il jouait au golf, ou je ne sais quelle autre connerie qui l'amusait. » Le ton de Pauline devenait plus acerbe à chaque mot. « Ils avaient passé une espèce de marché, vous comprenez ? Ma mère s'occupait de tout dans la maison, sans jamais rien lui demander, et il faisait ce qui lui plaisait du moment qu'il rapportait sa paye et ne posait pas de questions. Sympa, comme vie, non ?

— Est-ce que votre père vous a jamais fait du mal ?

— Non. Il n'était pas là pour me faire du mal. Nous le voyions à Noël et à Pâques. C'est tout.

— Pourquoi Pâques ?

— Je ne sais pas. C'était toujours un moment particulier pour ma mère. Elle peignait des œufs, elle suspendait des guirlandes. Et bien sûr, elle répétait à Tom l'histoire de sa naissance, son bonheur d'avoir eu un fils alors qu'elle n'y croyait plus, le fait qu'il avait donné un vrai sens à sa vie.

— C'est pour ça que vous avez décidé de vous enfuir à Pâques ?

— Je me suis enfuie parce que Tom creusait un autre trou au bout du jardin. »

Faith lui laissa quelques instants pour rassembler ses souvenirs. « Ça, c'était à Manistee ? »

Pauline hocha la tête, le regard lointain. Puis : « Je ne l'ai pas reconnu, vous savez ?

— Quand il vous a enlevée ?

— Ça s'est passé si vite ! J'étais tellement heureuse d'avoir retrouvé Felix. J'ai cru que je l'avais perdu. Et puis, mon cerveau a commencé à comprendre que c'était Tom à côté de la voiture, mais à ce moment-là il était déjà trop tard.

— Vous l'avez reconnu ?

— Je l'ai *senti*. C'est indescriptible. Je savais avec toutes les parties de mon corps que c'était lui. » Elle ferma les yeux quelques secondes. « Quand je me suis réveillée dans le sous-sol, je le sentais encore. Je ne sais pas ce qu'il m'a fait pendant que j'étais inconsciente. Je ne sais pas. »

Faith réprima un frisson à cette pensée. « Comment vous a-t-il retrouvée ?

— Je crois qu'il a toujours su où j'étais. Il est doué pour repérer les gens, les espionner, détecter leurs habitudes. Et puis, je ne lui ai pas rendu la tâche trop difficile en prenant le nom d'Alex. » Elle eut un rire sans gaieté. « Il m'a téléphoné à mon travail il y a environ dix-huit mois. Incroyable, non ? Qui aurait pu penser que je prendrais un appel et que ce serait Tom au bout du fil ?

— Vous saviez que c'était lui ?

— Non, évidemment ! Vous êtes vraiment conne ou quoi ? J'aurais pris Felix sous mon bras et je serais partie au triple galop.

— Qu'est-ce qu'il voulait quand il vous a téléphoné ?

— Je vous l'ai dit, c'était un appel ordinaire. » Elle secoua la tête avec incrédulité. « Il m'a parlé de ce foyer pour les femmes sans-abri. Des dons qu'on pouvait faire en échange de déductions fiscales. Nous avons tous ces riches clients qui donnent leurs meubles aux œuvres pour déduire ça des impôts. Ça leur donne meilleure conscience quand ils se débarrassent d'un salon à cinquante mille dollars pour en acheter un à quatre-vingt mille. »

Ces chiffres astronomiques étaient abstraits pour Faith. « Donc, vous avez décidé d'adresser vos clients au foyer ?

— J'en avais assez des œuvres habituelles. Ils vous donnent un créneau horaire, par exemple entre huit heures et midi. Qui peut se permettre de poireauter des heures comme ça ? Mes clients sont des millionnaires. Pas question pour eux de rester assis toute la matinée en attendant qu'un SDF se présente. Tom m'a dit que le foyer leur donnerait une heure exacte et qu'ils seraient ponctuels. Et c'était vrai, ils l'ont toujours été. Ils étaient aimables et soigneux, ce qui est déjà beaucoup, croyez-moi. J'ai conseillé à tout le monde de s'adresser à eux. » Elle prit conscience de ce qu'elle venait de dire. « À tout le monde.

— Y compris aux anorexiques de votre forum sur l'Internet ? »

Pauline se tut.

Faith lui expliqua ce qu'ils avaient découvert au bout de quelques jours d'enquête. « Le cabinet d'Anna Lindsey donne gratuitement des conseils juridiques aux pensionnaires du foyer. Depuis six mois. La banque d'Olivia Tanner est devenue son principal sponsor l'année dernière. Et Jackie Zabel les a récemment contactés pour qu'ils viennent prendre les meubles et les affaires de sa mère. Toutes ces femmes ont entendu parler du foyer quelque part.

— Je ne… Je ne savais pas. »

Les techniciens n'étaient toujours pas parvenus à entrer dans le forum : c'était un site trop crypté, trop sophistiqué, et découvrir les mots de passe n'était plus la principale préoccupation du FBI puisque le prévenu dormait désormais en prison. Mais Faith avait besoin d'une confirmation. Et de l'entendre de la bouche de Pauline.

« Vous avez posté des messages sur ce foyer, pas vrai ? »

Pauline ne répondait toujours pas.

« Dites-le-moi », insista Faith, et cette fois, pour une raison ou pour une autre, son insistance fut payée de retour.

« Oui, reconnut Pauline. J'en ai parlé sur le forum. »

Jusqu'alors, Faith ne s'était pas rendu compte qu'elle avait retenu sa respiration. Elle expira lentement. « Comment Tom savait-il que vous aviez toutes des problèmes d'anorexie ? »

Pauline leva les yeux. Un peu de couleur rosit ses joues pâles. « Comment êtes-vous au courant ? »

Faith réfléchit à sa question. Ils étaient au courant parce qu'ils avaient fouillé dans la vie de toutes ces femmes, aussi méthodiquement que Tom Coldfield. Il les avait suivies, il avait épié leurs moments les plus intimes. Et aucune d'entre elles ne s'en était aperçue.

Pauline demanda : « Et l'autre femme, elle va bien ? Celle avec qui il m'avait enfermée.

— Oui. » Olivia Tanner se portait suffisamment bien pour refuser tout net de parler à la police.

« C'est une dure à cuire, apprécia Pauline.

— Vous aussi, répliqua Faith. Ça pourrait vous aider de parler avec elle.

— Je n'ai pas besoin d'aide. »

Faith ne prit pas la peine de discuter.

Pauline reprit : « J'ai toujours su que Tom finirait par me retrouver. Je n'ai jamais cessé de m'entraîner. De m'assurer que je pouvais me passer de nourriture. Que je pouvais tenir le coup. » Elle précisa : « Avec Alex et moi, il molestait celle qui criait le plus fort, celle qui craquait le plus vite. J'ai voulu être sûre que ce ne serait pas moi. C'est comme ça que je me suis protégée. »

Will demanda : « Votre père n'a jamais voulu savoir pourquoi votre mère tenait à changer de nom et à s'installer ailleurs ?

— Elle lui a dit que c'était pour donner à Tom la chance de prendre un nouveau départ. Pour nous donner cette chance à tous. » Elle eut un autre rire acide et adressa ses mots à Faith : « C'est toujours les garçons qui comptent, vous ne trouvez pas ? Les mères et leurs fils. Au diable les filles. Ce sont leurs fils qu'elles aiment vraiment. »

Faith, une fois de plus, porta sa main à son ventre. Au cours des derniers jours, ce geste était devenu une seconde nature.

Depuis le début, elle imaginait que l'enfant qu'elle portait était un garçon, un autre Jeremy qui lui montrerait ses dessins et lui chanterait des chansons. Un autre petit garnement qui bomberait le torse en racontant à ses copains que sa mère était policier. Puis un autre jeune homme, respectueux des femmes. Un autre adulte qui aurait compris en regardant sa mère combien il était difficile d'appartenir au « beau sexe ».

Maintenant, Faith priait pour que son enfant soit une fille. Toutes les femmes qu'elle avait rencontrées au cours de cette affaire avaient trouvé une raison pour se haïr bien avant que leur chemin croise celui de Tom Coldfield. Elles s'étaient accoutumées à priver leur corps de tout ce dont il avait besoin, de la nourriture à l'amour. Faith voulait enseigner à son enfant qu'il y avait d'autres façons de vivre. Elle voulait une fille pour lui apprendre à s'aimer. Voir cette fille grandir et devenir une femme forte, consciente de sa valeur en ce monde. Et du fond du cœur, elle souhaitait que ses enfants ne rencontrent jamais une personne aussi amère, aussi abîmée que Pauline McGhee.

Will reprit la parole. « Judith Coldfield est à l'hôpital. La balle est passée à quelques centimètres de son cœur. »

Les narines de Pauline frémirent. Des larmes montèrent à ses yeux, et Faith se demanda s'il restait une partie d'elle, même infime, qui désirait rétablir un lien avec sa mère.

« Je peux vous emmener la voir, si vous voulez », dit-elle.

Le ricanement de Pauline fut plus hargneux que jamais. « Plutôt crever, oui ! Ma mère n'a jamais été là pour moi. Vous croyez que j'ai la moindre envie d'être là pour elle ? » Elle hissa son fils contre son épaule. « Il faut que je le ramène à la maison. »

Will hasarda : « Si vous pouviez seulement…

— Seulement quoi ? »

Will n'avait pas de réponse. Pauline se leva et marcha jusqu'à la porte, serrant Felix contre elle tandis qu'elle tendait la main vers la poignée.

Faith lui dit : « Le FBI va probablement vous contacter.

— Le FBI peut aller se faire foutre. » Elle réussit à ouvrir la porte. « Et vous aussi, en ce qui me concerne. »

Faith la regarda s'éloigner dans le couloir, Felix contre son épaule, puis appuyer sur le bouton de l'ascenseur. « Mon Dieu, soupira-t-elle. Malgré tout ce qu'elle a vécu, on a du mal à la plaindre.

— Tu as fait ce qu'il fallait », dit Will.

Une fois encore, Faith se revit dans le hall de Tom Coldfield, son arme dirigée vers la tête de Pauline tandis que Tom se débattait de plus en plus mollement sur le sol. Ils n'étaient pas entraînés à menacer les suspects. Ils étaient entraînés à tirer. Une balle rapide au centre de la poitrine.

À moins d'être Amanda Wagner. Alors, un seul coup de feu suffisait pour mettre un malfaiteur hors d'état de nuire sans le tuer.

Will demanda : « Si c'était à refaire, tu laisserais Pauline tuer Tom ?

— Je ne sais pas, avoua Faith. J'étais en pilotage automatique, tu sais ? J'ai suivi mon instinct.

— Compte tenu de ce que Pauline a subi... », commença Will. Mais il se corrigea. « Le moins qu'on puisse dire, c'est qu'elle n'est pas sympathique.

— C'est une fieffée salope, tu veux dire ! Et une salope à sang froid.

— Bizarre que je ne sois pas tombé amoureux d'elle », ironisa Will.

Faith se mit à rire. Elle avait vu Angie à l'hôpital quand Will était sorti de la salle d'opération. « Comment se porte cette chère Mrs Trent ?

— Elle vérifie que je continue à payer mon assurance-vie. » Il prit son téléphone. « Je lui ai dit que je serais rentré vers trois heures. »

Faith ne fit pas de commentaire sur l'appareil flambant neuf, ni sur l'expression lasse du visage de son coéquipier. Sans doute Angie Polaski avait-elle repris sa place dans la vie de Will, au moins pour le moment. Faith devrait s'y habituer, comme on supporte une belle-sœur exécrable ou l'impossible fille d'un patron.

Il repoussa sa chaise. « Il est temps que je rentre.

— Tu veux que je te ramène ?

— Je préfère marcher. »

Il n'habitait qu'à quelques centaines de mètres, mais il avait été opéré moins de soixante-douze heures plus tôt. Faith ouvrit la bouche pour protester, mais Will l'arrêta. « Tu es un bon flic, Faith. Et je suis heureux d'être ton coéquipier. »

Il n'aurait pas pu trouver grand-chose à lui dire qui l'aurait étonnée davantage. « Vraiment ? »

Il lui fit une bise sur le haut du front. Avant qu'elle ait le temps de réagir, il lui dit : « Si un jour tu vois Angie me sauter dessus comme Pauline sur son frère, pas besoin de sommation, compris ? Tire tout de suite. »

Épilogue

SARA S'ÉCARTA POUR LAISSER PASSER le lit roulant où gisait son patient hors de la salle de traumatologie. La voiture de l'homme avait été heurtée de plein fouet par un motocycliste qui pensait que les feux rouges n'étaient destinés qu'aux automobilistes. Le motocycliste était mort, mais l'homme avait de bonnes chances de s'en sortir grâce au fait qu'il portait sa ceinture de sécurité. Sara était régulièrement abasourdie par le nombre de gens qu'elle voyait aux urgences et qui pensaient que les ceintures dans les voitures n'étaient pas nécessaires. Elle en avait vu presque autant à la morgue au temps où elle était légiste dans le comté de Grant.

Mary entra dans la pièce pour la débarrasser avant l'arrivée du prochain patient. « Joli sauvetage », dit-elle.

Sara ne put s'empêcher de sourire. Le Grady Hospital ne voyait que le pire du pire, et elle n'entendait pas ce genre de phrase assez souvent.

« Comment va cette femme-flic enceinte à moitié hystérique ? Mitchell, c'est ça ?

— Faith Mitchell, oui. Elle va bien, je suppose. » Elle n'avait pas parlé à Faith depuis que celle-ci avait été amenée aux urgences par hélicoptère deux semaines plus tôt. Chaque fois qu'elle avait songé à décrocher le téléphone pour prendre de ses nouvelles, quelque chose l'avait retenue de composer son numéro. Faith, de son côté, ne l'avait pas appelée non plus. Elle était probablement gênée que Sara l'ait vue dans un moment de panique. Pour une femme qui, au début, n'était pas sûre de vouloir garder son bébé, Faith Mitchell avait sangloté comme une enfant quand elle avait cru l'avoir perdu.

Mary demanda : « Votre permanence n'est pas terminée ? »

Sara regarda sa montre. Si, sa permanence était terminée depuis vingt minutes. « Vous avez besoin d'aide ? » Elle indiqua des détritus qu'elle avait laissés tomber sur le sol en bataillant pour sauver la vie de son patient.

« Rentrez chez vous, dit Mary. Vous êtes ici depuis hier soir.

— Vous aussi », lui rappela Sara. Mais elle n'eut pas besoin qu'on lui dise deux fois de partir.

Elle parcourut le couloir jusqu'à la salle des médecins en s'écartant quand elle croisait d'autres lits à roulettes. Une fois de plus, les patients étaient serrés comme des sardines, et pour les éviter, elle prit un raccourci par le bureau des infirmières. La télévision était allumée et réglée sur CNN. Elle vit que l'affaire Tom Coldfield faisait toujours partie des titres principaux.

Bien sûr, c'était une histoire à faire dresser les cheveux sur la tête. Aussi Sara s'étonnait-elle que si peu de gens se soient présentés pour en exposer leur version. Elle ne s'attendait pas à ce qu'Anna Lindsey veuille gagner de l'argent en monnayant son témoignage, mais le fait que les deux autres survivantes se montrent aussi peu loquaces avait de quoi surprendre à l'époque des contrats d'exclusivité immédiats proposés par le cinéma et les chaînes de télévision. Les indiscrétions de la presse avaient fait comprendre à Sara que l'affaire était plus complexe et plus effrayante encore que le GBI voulait bien le dire, mais elle avait le plus grand mal à trouver quelqu'un qui veuille bien lui révéler toute la vérité.

Ce n'était pas faute d'avoir essayé. Faith avait été dans l'incapacité de lui expliquer quoi que ce soit quand elle avait été amenée aux urgences, mais Will Trent était resté une nuit en observation. Le couteau de cuisine n'avait touché aucune de ses artères importantes, mais on ne pouvait pas en dire autant de ses tendons. Il lui faudrait des mois de rééducation avant de retrouver une mobilité normale. Pourtant, Sara ne s'était pas gênée pour entrer dans sa chambre le lendemain matin, avec la ferme intention de lui soutirer un maximum d'informations. Il s'était montré très différent avec elle, ne cessant de tirer sur son drap et finissant par le coincer sous son menton d'une manière curieusement prude, comme si Sara n'avait jamais vu la poitrine d'un homme.

La femme de Will était apparue quelques minutes plus tard, et Sara avait aussitôt compris que le moment embarrassant qu'il lui avait semblé vivre avec Will Trent sur le canapé de son salon était un pur produit de son imagination. Angie Trent dégageait cet érotisme effronté et malfaisant qui conduit les hommes à toutes les extrémités. Debout à côté d'elle, Sara s'était sentie moins intéressante que le papier peint sur le mur. Elle s'était excusée et avait quitté la chambre aussi vite que la politesse le lui permettait. Les hommes qui aimaient les femmes comme Angie Trent n'aimaient pas les femmes comme Sara.

Cette découverte l'avait soulagée, même si elle était aussi un peu déçue. C'était agréable de penser qu'un homme l'avait trouvée attirante. Non qu'elle eût été prête à répondre à une invite. Sara ne pourrait plus jamais donner son cœur à un autre homme comme elle l'avait fait pour Jeffrey. Elle n'était pas incapable d'amour, mais seulement incapable de répéter ce genre d'abandon.

« Salut ! » Krakauer, le chirurgien, sortait de la salle des médecins au moment où elle y entrait. « Tu pars ?

— Oui », répondit Sara, mais il était déjà dans le couloir, regardant droit devant lui, s'efforçant d'ignorer les patients qui l'appelaient.

Elle s'approcha de son vestiaire et composa la combinaison. Elle prit son sac et le posa sur la banquette à côté d'elle. La fermeture Éclair s'ouvrit, et elle vit le bord de la lettre coincée entre son portefeuille et ses clefs.

La Lettre. L'explication. Le plaidoyer. Le rejet de la faute sur autrui. La demande d'absolution.

Qu'est-ce que la femme dont les manœuvres avaient provoqué la mort de Jeffrey pouvait bien avoir à lui dire ?

Sara prit l'enveloppe entre ses mains et l'observa. Il n'y avait personne d'autre dans la pièce. Elle était seule avec ses pensées. Seule avec la diatribe. Les palabres. Les justifications puériles.

Que dire ? Lena Adams avait travaillé pour Jeffrey. Elle était une des inspectrices de la police du comté de Grant. Il l'avait couverte, protégée, tirée d'affaire quand elle s'attirait des ennuis, il avait réparé ses innombrables bévues, et pendant plus de dix ans. En récompense, elle avait mis sa vie en péril, elle l'avait exposé à la vindicte d'hommes pour qui tuer était un sport. Lena n'avait pas posé la bombe elle-même, elle n'était même pas au courant de son existence. Aucun tribunal ne la condamnerait pour ses actes. Mais Sara savait, elle savait au plus profond de son être, que Lena était responsable de la mort de Jeffrey. C'était Lena qui l'avait jeté dans la gueule du loup, qui l'avait mis sur le chemin de ces assassins sanguinaires. Lena qui le leur avait livré pieds et poings liés. Comme d'habitude, Jeffrey protégeait Lena. Cette fois, il en était mort.

Et pour cette raison, Lena était aussi coupable que l'homme qui avait posé la bombe, ou plus coupable encore, du moins aux yeux de Sara. Car Sara ne doutait pas que Lena avait bonne conscience. Lena savait qu'aucune charge ne pouvait peser contre elle, qu'aucun châtiment ne la menaçait. Elle ne connaîtrait jamais l'humiliation de la prise d'empreintes, des photos anthropométriques et de la fouille au corps. Elle ne serait pas placée dans une cellule isolée parce que les autres détenues voulaient avoir la peau de la femme-flic condamnée à la prison. Elle ne sentirait pas au creux du coude l'aiguille de l'injection létale. Elle n'entrerait jamais dans la salle d'exécution du pénitencier d'État, regardant Sara assise derrière la vitre et attendant que Lena Adams périsse enfin pour son crime.

Elle avait échappé à la justice après un meurtre de sang-froid et ne serait jamais punie.

Sara déchira le coin de l'enveloppe et l'ouvrit en faisant courir son doigt le long du bord. La lettre était écrite sur du papier administratif jaune. Seul le recto avait été utilisé, et les trois pages étaient numérotées. L'encre était bleue. Celle d'un stylo à bille, probablement.

Jeffrey aussi se servait des blocs-notes administratifs quand il avait quelque chose à écrire. Comme la plupart des flics. En général, ils en gardaient plusieurs à portée de main, et en prenaient un neuf quand un suspect était prêt à passer aux aveux. Ils le posaient sur la table, ôtaient le capuchon d'un stylo et regardaient les mots couler de la plume au papier à mesure que le suspect devenait un prévenu.

Les jurys aimaient les aveux inscrits sur ce papier jaune. Ils trouvaient cela moins froid qu'un document sorti d'une imprimante, même si celui-ci se trouvait dans le dossier pour confirmer les feuillets manuscrits. Sara se demanda s'il existait quelque part une transcription des mots en petits caractères carrés couvrant les pages qu'elle tenait dans sa main. Car, aussi sûr que Sara se tenait en ce moment dans la salle des médecins du Grady Hospital, ces mots étaient des aveux.

Mais après tout, quelle importance ? Les mots de Lena changeraient-ils quelque chose ? Ramèneraient-ils Jeffrey ? Rendraient-ils à Sara sa vie d'autrefois ? Sa vraie vie ?

Au bout de trois ans et demi, Sara savait à quoi s'en tenir. Rien ne pouvait compenser ce qu'elle avait perdu à jamais : ni les plaidoyers, ni les pilules, ni les châtiments. Aucune liste ne pouvait capturer un moment vécu. Aucun souvenir ne pouvait recréer la félicité. Il n'y aurait que le vide, cette espèce de trou béant, cette déchirure laissée par le seul homme au monde que Sara pouvait aimer.

Bref, peu importait ce que Lena pouvait lui dire, car rien ne lui rendrait la paix. Et sans doute valait-il mieux le savoir une fois pour toutes.

Mais elle s'assit sur la banquette et lut la lettre quand même.

Remerciements

En premier lieu, je tiens à remercier mes lecteurs du fond du cœur pour leur fidélité sans faille. C'est à cette fidélité que j'ai pensé en écrivant l'histoire de Sara, et j'espère qu'ils se diront tous que je l'ai récompensée.

Du côté des éditeurs, mes complices habituels méritent ma gratitude : les deux Kate (M. et E. respectivement), Victoria Sanders et tout le personnel de Random House États-Unis, Royaume-Uni et Allemagne. Une pensée particulière pour mes amis du Busy Bee. J'aurais voulu vous remercier en néerlandais, mais voilà : dans cette langue, je ne connais que les gros mots. *Schijten !*

Le GBI – Georgia Bureau of Investigation – a été assez aimable pour me laisser passer derrière le décor et m'entretenir avec ses agents spéciaux et ses techniciens. Aux directeurs Vernon Keenan, John Bankhead, Jerrie Gass, aux agents spéciaux Jesse Maddox, Wes Horner, David Norman, et à beaucoup d'autres que je n'ai pas la place de nommer ici, un grand merci pour votre temps et votre patience, surtout quand je vous posais les questions les plus folles.

Sara continue à bénéficier de la belle expérience du docteur David Harper. Trish Hawkins et Debbie Teague m'ont apporté une aide essentielle pour imaginer les handicaps de Will, et aussi les moyens de les surmonter. Don Taylor, tu es un amour et un véritable ami.

Papa m'a préparé d'excellentes soupes de légumes quand les traitements pour mes sempiternels rhumes me rendaient trop maboule pour aligner deux phrases sensées. D. A. m'a commandé des pizzas quand mes doigts étaient fatigués d'avoir trop tapé sur mon clavier.

Une dernière remarque : j'ai une fois encore pris certaines libertés avec les routes et les repères géographiques. Par exemple, la route 316 à Conyers n'a rien à voir avec l'autoroute 316, qui traverse Dacula. Rappelez-vous, tout le monde, que tout ça est de la fiction !

Dans la collection Grand Format

Cussler (Clive) *Atlantide Odysée ▪ L'Or des Incas ▪ La Poursuite ▪ Raz de marée ▪ Vent mortel ▪ Walhalla*

Cussler (Clive), **Blackwood** (Grant) *L'or de Sparte*

Cussler (Clive), **Cussler** (Dirk) *Le Trésor du Khan*

Cussler (Clive), **Dirgo** (Craig) *Bouddha ▪ Pierre sacrée*

Cussler (Clive), **Du Brul** (Jack) *Quart mortel ▪ Rivage mortel ▪ Croisière fatale ▪ Corsaire*

Cussler (Clive), **Kemprecos** (Paul) *A la recherche de la cité perdue ▪ Glace au feu ▪ Mort blanche ▪ L'Or bleu ▪ Serpent ▪ Tempête polaire ▪ Le Navigateur*

Davies (Linda) *Dans la fournaise ▪ En ultime recours ▪ Sauvage*

Dekker (Ted) *Adam*

Evanovich (Janet) *Deux fois n'est pas coutume*

Farrow (John) *La Dague de Cartier ▪ Le Lac de glace ▪ La Ville de glace*

Genna (Giuseppe) *La Peau du dragon*

Hartzmark (Gini) *A l'article de la mort ▪ Mauvaise passe*

Kemprecos (Paul) *Blues à Cape Cod ▪ Le Meurtre du Mayflower*

Larkin (Patrick), **Ludlum** (Robert) *Le Vecteur Moscou ▪ La Vendetta Lazare*

Ludlum (Robert) *L'Alerte Ambler ▪ Le Code Altman ▪ La Directive Janson ▪ Le Pacte Cassandre ▪ Le Protocole Sigma ▪ La Trahison Prométhée ▪ La Trahison Tristan*

Cobb (James), **Ludlum** (Robert) *Le Danger arctique*

Ludlum (Robert), **Lynds** (Gayle) *Objectif Paris ▪ Opération Hadès*

Lustbader (Eric van) *Le Gardient du Testament ▪ Le Danger dans la peau ▪ La Peur dans la peau ▪ La Trahison dans la peau ▪ Le Mensonge dans la peau*

Lynds (Gayle) *Le Dernier maître-espion ▪ Mascarade ▪ La Spirale*

Martini (Steve) *L'Accusation ▪ L'Avocat ▪ Irréfutable ▪ Le Jury ▪ La Liste ▪ Pas de pitié pour le juge ▪ Réaction en chaîne ▪ Trouble influence*

McCarry (Charles) *Old Boys*

Moore Smith (Peter) *Les Écorchés ▪ Los Angeles*

Morrell (David) *Accès interdit ▪ Le Contrat Sienna ▪ Disparition fatale ▪ Double image ▪ Le Protecteur ▪ Le Sépulcre des Désirs terrestres*

O'Shaughnessy (Perri) *Entrave à la justice ▪ Intentions de nuire ▪ Intimes convictions ▪ Le Prix de la rupture*

Palmer (Michael) *Le Dernier échantillon ▪ Fatal ▪ Le Patient ▪ Situation critique ▪ Le Système ▪ Traitement spécial ▪ Un remède miracle*

Ramsay Miller (John) *La Dernière famille*

Scottoline (Lisa) *La Bluffeuse ▪ Dans l'ombre de Mary ▪ Dernier recours ▪ Erreur sur la personne ▪ Justice expéditive*

Sheldon (Sidney) *Avez-vous peur du noir ? ▪ Crimes en direct ▪ Racontez-moi vos rêves*

Slaughter (Karin) *A froid ▪ Au fil du rasoir ▪ Hors d'atteinte ▪ Indélébile ▪ Mort aveugle ▪ Sans foi ni loi ▪ Triptyque ▪ Irréparable*

Verdon (John) *658*

Composé par Nord Compo Multimédia
7, rue de Fives, 59650 Villeneuve-d'Ascq

Cet ouvrage a été imprimé en France
par CPI Bussière
à Saint-Amand-Montrond (Cher)
en janvier 2012

N° d'Édition : 17041. — N° d'Impression : 113504/4.
Dépôt légal : janvier 2012.